DE OFFICIER

ROBERT HARRIS BIJ UITGEVERIJ CARGO

Vaderland
Imperium
Geest
Lustrum
De angst-index

Robert Harris

De officier

VERTAALD DOOR
PAUL WITTE

CARGO

2014
DE BEZIGE BIJ
AMSTERDAM

Cargo is een imprint van Uitgeverij De Bezige Bij, Amsterdam

Eerste druk april 2014
Tweede druk mei 2014
Derde druk mei 2014
Vierde druk mei 2014
Vijfde druk mei 2014
Zesde druk juni 2014
Zevende druk juni 2014
Achtste druk juli 2014
Negende druk augustus 2014
Oorspronkelijke titel *An Officer and a Spy*
Oorspronkelijke uitgever Hutchinson, Londen
Omslagontwerp Studio Jan de Boer
Omslagbeeld © Ullstein Bild – Imagno/VHS-Archiv/
Öst. Volkshochschularchiv
Foto auteur Peter von Felbert
Vormgeving binnenwerk Perfect Service, Schoonhoven
Druk Bariet, Steenwijk
ISBN 978 90 234 8517 9
NUR 305

www.uitgeverijcargo.nl

Voor Gill

Opmerking van de auteur

Dit boek is het in een romanvorm gegoten relaas van het waargebeurde verhaal van de Dreyfus-affaire, misschien wel het grootste politieke schandaal en de beroemdste gerechtelijke dwaling uit de geschiedenis, die in de jaren negentig van de negentiende eeuw Frankrijk en uiteindelijk ook de rest van de wereld in haar greep hield. De affaire begon nog geen vijfentwintig jaar nadat de Duitsers in de oorlog van 1870-1871 Frankrijk onder de voet hadden gelopen en de Elzas en Lotharingen hadden bezet – de aardverschuiving binnen de Europese machtsverhoudingen die de Eerste en Tweede Wereldoorlog tot gevolg zou hebben.

Geen van de personages in dit boek is volledig aan mijn fantasie ontsproten, zelfs de onbelangrijkste niet, en vrijwel alle gebeurtenissen hebben zich op enigerlei wijze ook in de werkelijkheid voorgedaan.

Maar vanzelfsprekend heb ik de geschiedenis, om haar in een roman te kunnen vatten, wel moeten simplificeren, heb ik sommige personages helemaal weg moeten laten, heb ik moeten dramatiseren en heb ik allerlei persoonlijke details moeten verzinnen. In het bijzonder heeft Georges Picquart nooit een geheim verslag van de Dreyfus-affaire geschreven en het dus ook nooit in een kluis in Genève gelegd met de opdracht het tot honderd jaar na zijn dood gesloten te laten.

Maar in de beleving van een romanschrijver kan dat anders zijn.

Robert Harris
Quatorze Juillet, 2013

DRAMATIS PERSONAE

DE FAMILIE DREYFUS

Alfred Dreyfus
Lucie Dreyfus, *vrouw*
Mathieu Dreyfus, *broer*
Pierre en Jeanne Dreyfus, *kinderen*

HET LEGER

Generaal Auguste Mercier, *minister van Oorlog van 1893 tot 1895*
Generaal Jean-Baptiste Billot, *minister van Oorlog van 1896 tot 1898*
Generaal Raoul le Mouton de Boisdeffre, *hoofd van de generale staf*
Generaal Charles-Arthur Gonse, *hoofd van het Tweede Departement (de geheime dienst)*
Generaal Georges-Gabriel de Pellieux, *commandant van het departement van de Seine*
Kolonel Armand du Paty de Clam
Kolonel Foucault, *militair attaché in Berlijn*
Majoor Charles Ferdinand Walsin Esterhazy, *Vierenzeventigste Regiment der Infanterie*

DE AFDELING STATISTIEK

Kolonel Jean Sandherr, *hoofd van 1887 tot 1895*
Kolonel Georges Picquart, *hoofd van 1895 tot 1897*
Majoor Hubert-Joseph Henry
Kapitein Jules-Maximillien Lauth
Kapitein Junck
Kapitein Valdant
Félix Gribelin, *archivaris*
Madame Marie Bastian, *agent*

LA SÛRETÉ (de recherche)
François Guénée
Jean-Alfred Desvernine
Louis Tomps

HANDSCHRIFTDESKUNDIGE
Alphonse Bertillon

DE JURISTEN
Louis Leblois, *vriend en advocaat van Picquart*
Fernand Labori, *advocaat van Zola, Picquart en Alfred Dreyfus*
Edgar Demange, *advocaat van Alfred Dreyfus*
Paul Bertulus, *onderzoeksrechter*

DE KRING RONDOM GEORGES PICQUART
Pauline Monnier
Blanche de Comminges en haar familie
Louis en Martha Leblois, *vrienden uit de Elzas*
Edmond en Jeanne Gast, *neef en nicht*
Anna en Jules Gay, *schoonzus en zwager*
Germain Ducasse, *vriend en protegé*
Majoor Albert Curé, *oude legervriend*

DE DIPLOMATEN
Kolonel Maximilian von Schwartzkoppen, *Duits militair attaché*
Majoor Alessandro Panizzardi, *Italiaans militair attaché*

DE 'DREYFUSARDS'
Émile Zola
Georges Clemenceau, *politicus en hoofdredacteur*
Albert Clemenceau, *jurist*
Auguste Scheurer-Kestner, *vicevoorzitter van de Franse Senaat*
Jean Jaurès, *leider van de Franse socialisten*
Joseph Reinach, *politicus en schrijver*
Arthur Ranc, *politicus*
Bernard Lazare, *schrijver*

DEEL I

1

'Majoor Picquart voor de minister van Oorlog...'

De schildwacht op de rue Saint-Dominique stapt uit zijn wachthuisje om het hek te openen en ik ren in een sneeuwvlaag over de winderige binnenplaats naar de warme lobby van hôtel de Brienne, waar een gesoigneerde jonge kapitein van de Republikeinse Garde opstaat en salueert. Ik herhaal, met meer klem: 'Majoor Picquart voor de minister van Oorlog...!'

We marcheren, met de kapitein voorop, in de pas over de zwart-witte marmeren vloer van de officiële ambtswoning van de minister, de wenteltrap op, langs de zilverkleurige harnassen uit de tijd van Lodewijk XIV – de Zonnekoning – en langs dat afschuwelijke stuk keizerlijke kitsch, Davids *Napoleon trekt de Grote Sint Bernardpas over*, tot we op de eerste verdieping halt houden naast een raam dat op de tuinen uitkijkt en de kapitein mijn komst gaat aankondigen en mij even alleen laat, zodat ik iets kan aanschouwen dat even bijzonder als prachtig is: een tuin, op een winterochtend, midden in de stad, door de sneeuw het zwijgen opgelegd. Zelfs de gele verlichting van het ministerie van Oorlog die door de wazige bomen schijnt, heeft iets betoverends.

'Generaal Mercier verwacht u, majoor.'

De werkkamer van de minister is enorm groot en heeft Frans-blauwe panelen en een dubbel balkon boven het wit geworden gazon. Twee mannen op leeftijd, in zwarte uniformen, de hoogste officieren van het ministerie van Oorlog, staan voor de open haard hun benen te warmen. Als ik binnenkom, draaien ze zich naar me om. De ene is generaal Raoul le Mouton de Boisdeffre, hoofd van de staf van het ministerie van Oorlog, specialist in alles wat Russisch is en architect van onze ontluikende alliantie met de nieuwe tsaar; hij heeft zo veel tijd aan het keizerlijke hof doorgebracht dat hij er met zijn stijve bakkebaarden zelf als een Russische graaf begint uit te zien. De andere, die met zijn zestig jaren iets ouder is, is zijn meerdere: de minister van Oorlog in eigen persoon, Auguste Mercier.

Ik marcheer naar het midden van het tapijt en salueer.

Mercier heeft een merkwaardig gerimpeld, bewegingsloos gezicht, als een leren masker. Af en toe heb ik het bizarre gevoel dat er een andere man dan hijzelf door die nauwe oogspleetjes naar me kijkt. Hij zegt met zijn zachte stem: 'Majoor Picquart – dat heeft niet lang geduurd. Hoe laat was het gedaan?'

'Een halfuur geleden, excellentie.'

'Dus het is nu echt allemaal voorbij?'

Ik knik. 'Het is allemaal voorbij.'

En zo begint het.

'Kom bij het vuur zitten,' beveelt de minister. Zoals altijd praat hij heel rustig. Hij gebaart naar een stoel. 'Schuif hem dichterbij. Doet u uw jas uit. Vertel ons precies wat er is gebeurd.'

Hij zit verwachtingsvol op het puntje van zijn stoel, zijn lichaam voorovergebogen, zijn handen ineengevouwen, zijn onderarmen op zijn benen. Het protocol heeft hem belet het spektakel van die ochtend persoonlijk bij te wonen. Dat brengt hem in de positie van een impresario die zijn eigen show heeft gemist. Hij hunkert naar details, naar inzichten, observaties, indrukken.

'Hoe was de sfeer op straat in eerste instantie?'

'Ik zou zeggen dat de sfeer... afwachtend was.'

En ik beschrijf dat ik nog voor het krieken van de dag mijn appartement verliet en in het donker naar de École Militaire liep, en dat de straten, in het begin althans, onwerkelijk stil waren... 'Het is zaterdag,' onderbreekt Mercier me met een minuscuul, kil glimlachje. 'De joodse sabbat.'

Eerlijk gezegd was ik me, toen ik in de duisternis over het trottoir van de rue Boissière en de avenue Trocadéro liep, gaan afvragen of de grote productie van de minister niet op een flop zou uitlopen, maar dat zei ik natuurlijk niet tegen hem. Ik bereikte de pont de l'Alma, en zag de schimmen van de stroom mensen op de brug over het donkere water van de Seine lopen, en op dat moment besefte ik wat Mercier allang moet hebben geweten: dat het de mens zo eigen is de vernedering van een ander te willen zien dat hij daar altijd voldoende troost tegen de kou uit zal putten.

Ik liet me door de menigte in zuidelijke richting meevoeren, de rivier over en de avenue Bosquet in, en de mensen liepen zo dicht opeengepakt dat ze vanaf de houten trottoirs over de straat uitzwermden. Ze deden me aan het publiek bij een race denken – er was diezelfde gedeelde verwachting, datzelfde gemeenschappelijke nastreven van een klasseloos plezier. Krantenverkopers baanden zich er heen en weer lopend een weg doorheen om de morgenedities aan de man te brengen. Van de grills aan de kant van de straat steeg de geur van geroosterde kastanjes op.

Aan het einde van de avenue maakte ik mij los van de drukte; ik stak de weg over en liep naar de École, waar ik tot een jaar geleden als docent topografie heb gediend. Achter mij stroomde de menigte naar het officiële verzamelpunt op de place de Fontenoy. Het begon licht te worden. Tromgeroffel, hoefgetrappel, gevloek en bevelen, signaalhoorns en het gestamp van laarzen vulden de École. Alle negen in Parijs gelegerde regimenten van de infanterie hadden bevel gekregen twee compagnieën te sturen om de ceremonie bij te wonen; de ene een groep ervaren mannen, de andere nieuwe rekruten voor wie het stellen van dit voorbeeld, zo dacht Mercier, karaktervormend zou zijn. Terwijl ik door de chique salons naar de cour Morland liep, verzamelden zij zich met duizenden op de bevroren modder.

Ik heb nooit een openbare executie bijgewoond en de bijbehorende speciale ambiance nooit geproefd, maar ik stel me voor dat die vergelijkbaar met die van die ochtend in de École moet zijn. Een geschikter podium dan de immense cour Morland was er niet voor dit *grand spectacle*. In de verte, achter het hek, in de halve cirkel van de place de Fontenoy, deinde een prevelende zee van roze gezichten achter een rij gendarmes in zwarte uniformen. Elke vierkante centimeter was bezet. Mensen stonden op bankjes en boven op rijtuigen en zaten op takken van bomen; één man was er zelfs in geslaagd boven op het herdenkingsmonument van 1870 te klimmen.

Mercier neemt dit in zich op en vraagt me: 'Hoeveel mensen waren er, schat u?'

'De politieprefect verzekerde me dat het er twintigduizend waren.'

'Echt?' De minister lijkt minder onder de indruk dan ik had verwacht. 'Weet je dat ik de ceremonie in eerste instantie op Longchamps had willen houden? De racebaan heeft een capaciteit van vijftigduizend man.'

De Boisdeffre zegt vleiend: 'En zo te horen zou u die ook gevuld hebben, minister.'

'Natuurlijk hadden we die gevuld. Maar het ministerie van Binnenlandse Zaken hield vol dat er een risico op verstoring van de openbare orde was. Terwijl ik zeg: hoe groter de menigte, hoe sterker de les.'

Evengoed leek twintigduizend man mij meer dan genoeg. De menigte produceerde een gedempt, maar dreigend geluid, als de ademhaling van een enorm beest dat nu koest was, maar ieder moment gevaarlijk kon worden. Iets voor achten verscheen een escorte van de cavalerie; de paarden draafden voor het publiek langs, en plotseling begon het beest zich te roeren, want tussen de ruiters werd een door vier paarden getrokken zwarte gevangeniswagen zichtbaar. Een golf van hatelijke opmerkingen zwol aan en rolde over het plein. De entourage minderde snelheid, er ging een hek open en het voertuig en zijn bewakers ratelden over de kasseien de École binnen.

Terwijl ik hem in een binnenhof zag verdwijnen zei een man die naast me stond: 'Kijk, majoor Picquart, de Romeinen wierpen de christenen voor de leeuwen, wij de Joden. Dat zal dan wel vooruitgang zijn.'

Hij droeg een zware overjas met opgeslagen kraag en een grijze das, en had zijn kepie diep over zijn ogen getrokken. Ik herkende hem eerst aan zijn stem, en daarna aan het ongecontroleerde beven van zijn lichaam.

Ik salueerde. 'Kolonel Sandherr.'

Sandherr vroeg: 'Waar gaat u de voorstelling bekijken?'

'Daar heb ik nog niet over nagedacht.'

'U bent welkom om met mij en mijn mannen mee te gaan.'

'Ik voel me vereerd. Maar ik moet eerst controleren of alles gaat zoals de minister het heeft bevolen.'

'Als u uw verplichtingen bent nagekomen, staan we daar.' Hij wees met een trillende hand naar de overkant van de cour Morland. 'U zult daar een goed zicht hebben.'

Mijn verplichtingen! Achteraf gezien vraag ik me af of hij het niet sarcastisch bedoelde. Ik liep naar het garnizoensbureau, waar kapitein Lebrun-Renault van de Republikeinse Garde de gevangene vasthield. Ik had geen enkele behoefte de veroordeelde man terug te zien. Hij was mijn student geweest, hier, in dit gebouw. Ik had hem niets te zeggen; ik voelde niets voor hem; ik wilde dat hij nooit was geboren en nu wilde ik hem weg hebben – weg uit Parijs, weg uit Frankrijk, weg uit Europa. Een soldaat haalde Lebrun-Renault voor me. Dat bleek een grote, grofgebouwde jongeman met een rood gezicht, eerder een politieman dan een kapitein. Hij kwam naar buiten en rapporteerde: 'De verrader is gespannen, maar kalm. Ik verwacht niet dat hij herrie gaat schoppen. De naden van zijn kleren zijn losgemaakt en zijn sabel is half ingekerfd, om er zeker van te zijn dat hij gemakkelijk breekt. Niets is aan het toeval overgelaten. Als hij probeert het volk toe te spreken, geeft generaal Darras een signaal en zet de band een wijsje in om hem het zwijgen op te leggen.'

Mercier meesmuilt: 'En welk wijsje speelt men om iemand het zwijgen op te leggen?'

De Boisdeffre oppert: 'Een graflied misschien, Excellentie?'

'Die is goed,' zegt Mercier oordeelkundig. Maar hij glimlacht niet; hij glimlacht zelden. Hij wendt zich weer tot mij. 'Dus u heeft de gebeurtenissen verder bij Sandherr en zijn mannen gevolgd. Wat vond u van hen?'

Ik weet niet precies wat ik daarop moet antwoorden – Sandherr is tenslotte wel een kolonel – en zeg behoedzaam: 'Een toegewijde groep patriotten, die werk van onschatbare waarde doet en daar weinig tot geen erkenning voor krijgt.'

Dat is goed geantwoord. Zo goed zelfs dat het in mijn leven van beslissend belang is geweest – en daarmee ook voor het verhaal dat ik nu vertel. Hoe dan ook, Mercier, of de man achter het masker Mercier, kijkt me onderzoekend aan als om te achterhalen of ik echt meen wat ik zeg, en knikt dan instemmend. 'Daar heeft u gelijk in, Picquart. Frankrijk is hun veel dank verschuldigd.'

De genoemde toonbeelden – de staf van de sectie met de eufemistische naam afdeling Statistiek van het ministerie van Oorlog – waren die ochtend alle zes aanwezig geweest om naar de kroon op hun werk te kijken. Na mijn gesprek met Lebrun-Renault zocht ik hen op. Ze stonden enigszins apart in de zuidwesthoek van het exercitieterrein, in de luwte van een van de lage, omliggende gebouwen. Sandherr hield zijn handen in zijn zakken en maakte een afwezige indruk...

De minister van Oorlog wendt zich tot De Boisdeffre en onderbreekt me: 'Herinnert u zich dat ze Jean Sandherr ooit "de knapste man in het Franse leger" noemden?'

'Dat herinner ik me, excellentie,' bevestigt het hoofd van de staf van het ministerie van Oorlog. 'Maar je kunt het je bijna niet meer voorstellen. De arme kerel.'

Aan de ene kant van Sandherr stond zijn plaatsvervanger, een gezette alcoholist met een baksteenkleurig gezicht, die regelmatig uit zijn staalgrijze heupflacon nipte; aan de andere kant stond het enige staflid dat ik van gezicht kende – de forse Joseph Henry, die me op de schouder sloeg en bulderde dat hij hoopte dat ik in mijn verslag aan de minister zijn naam zou noemen. De twee lagere officieren van de afdeling, beiden kapitein, maakten vergeleken met hem een nogal kleurloze indruk. Er was ook een burger, een knokige klerk die eruitzag alsof hij weinig in de frisse lucht kwam en een toneelkijker in zijn hand hield. Ze maakten plaats voor me, en de alcoholist bood me een teug van zijn goedkope cognac aan. Niet lang daarna voegden zich nog twee buitenstaanders bij ons: een vlotte functionaris van het ministerie van Buitenlandse Zaken, en die vervelende stomkop van een kolonel Du Paty de Clam van het ministerie van Oorlog, wiens monocle in het ochtendlicht flikkerde als ware het een lege oogkas.

Inmiddels was het bijna zover, en je voelde dat de spanning onder de sinistere, bleke hemel opliep. Er waren tegen de vierduizend soldaten voor de parade opgetrommeld, maar zij maakten geen enkel geluid. Ook de menigte hield zich muisstil; alleen aan de rand van de cour Morland, waar enkele genodigden zich verontschuldigend als laatkomers op een begrafenis naar hun plaatsen lieten leiden, bewoog iets. Een kleine, slanke vrouw met een witte bontmuts en mof en een uitbundige blauwe paraplu, die werd geëscorteerd door een lange luitenant van de dragonders, werd herkend door toeschouwers die vlak achter het hek stonden, en er zweefde een licht applausje over de bevroren modder, doorspekt met 'Hoera!' en 'Bravo!'

Sandherr keek op en gromde: 'Wie is dat in godsnaam?'

Een van de kapiteins pakte de toneelkijker van de klerk en richtte hem op de dame in het bont, die nu met gracieuze erkentelijkheid naar het publiek knikte en met haar paraplu draaide.

'Wel allejezus, als dat die hemelse Sarah niet is!' Hij stelde de toneelkijker een beetje bij. 'En Rochebouet van het Achtentwintigste begeleidt haar, de mazzelkont!'

Mercier leunt achterover en strijkt met zijn hand over zijn witte snor.

Sarah Bernhardt, in zijn productie! Dit is precies wat hij van me wil horen: dat artistieke, de roddels. Maar hij doet alsof het hem niet aanstaat. 'Ik zou weleens willen weten wie die actrice heeft uitgenodigd...'

Om tien voor negen reed de commandant van de parade, generaal Darras, over de geplaveide weg in het midden van het exercitieterrein naar voren. Hij bracht zijn rijdier tot stilstand – het snoof, trok het hoofd omlaag, keek naar de enorme menigte, draaide onrustig rond, trapte een keer op de harde grond en bleef toen staan.

Om negen uur begon de klok te slaan, en er klonk een luid bevel: 'Compagnieën! Geef acht!' Met één donderende dreun sloegen de laarzen van vierduizend manschappen tegen elkaar. Op hetzelfde moment verscheen in de verre hoek van het exercitieterrein een groep van vijf personen die de generaal naderden. Toen ze dichterbij kwamen, bleken de kleine, moeilijk te onderscheiden figuren een escorte van vier kanonniers, die de veroordeelde man omringden. Ze naderden met flinke pas, zo perfect getimed dat hun rechtervoet bij iedere klokslag vijf passen had gedaan; de gevangene struikelde één keer, maar herstelde zich direct. Toen de echo van de laatste klokslag wegstierf, stopten en salueerden ze. De kanonniers maakten rechtsomkeert en marcheerden weg; de veroordeelde bleef in zijn eentje tegenover de generaal achter.

De trommels roffelden. De hoorn klonk. Een kleine officier kwam naar voren, een vel papier hoog voor zijn gezicht, als een heraut in een toneelstuk. De proclamatie wapperde in de ijzige wind, maar zijn stem was voor zo'n kleine man verrassend krachtig.

'In naam van het Franse volk,' droeg hij monotoon voor, 'is de eerste permanente krijgsraad van het militaire bewind van Parijs, na beraad achter gesloten deuren, tot een vonnis gekomen. De leden van de krijgsraad is de volgende vraag voorgelegd: is Alfred Dreyfus, kapitein van het Veertiende Regiment der Infanterie, gediplomeerd officier en aspirant van de generale legerstaf, schuldig aan het in 1894 aan buitenlandse mogendheden of hun spionnen in Parijs leveren van een aantal geheime of vertrouwelijke documenten met betrekking tot de landsverdediging?

De raad oordeelde unaniem. "Ja, de verdachte is schuldig."

De krijgsraad heeft Alfred Dreyfus unaniem veroordeeld tot levenslange verbanning naar een versterkt eiland, heeft besloten dat kapitein Alfred Dreyfus is ontslagen uit de militaire dienst en heeft bevolen dat zijn militaire degradatie ten overstaan van de eerste militaire parade van het Parijse garnizoen plaatsheeft.'

Hij stapte naar achteren. Generaal Darras verrees in zijn stijgbeugels en trok zijn sabel. Dreyfus moest zijn hals uitstrekken om naar hem op te kunnen kijken. Zijn pince-nez was hem afgenomen. Hij droeg een bril zonder montuur.

'Alfred Dreyfus, u bent het niet waard wapens te dragen. Wij degraderen u in naam van het Franse volk!'

'En op dat moment,' vertel ik Mercier, 'sprak de gevangene voor de eerste keer.'

Mercier schiet verrast achteruit. 'Heeft hij gesproken?'

'Ja.' Ik haal mijn notitieboekje uit mijn broekzak. 'Hij hief beide armen boven zijn hoofd en riep...' en hier kijk ik in mijn boekje om me ervan te vergewissen dat ik het goed zeg: '"Soldaten, ze degraderen een onschuldige... Soldaten, ze bezoedelen de naam van een onschuldige... Lang leve Frankrijk! Lange leve het leger!"' Ik lees het rechttoe rechtaan voor, zonder emotie, wat juist is, want zo werd het ook uitgesproken. Het enige verschil is dat Dreyfus, als Jood uit Mulhouse, zijn woorden kruidde met een licht Duits accent.

De minister fronst zijn wenkbrauwen. 'Hoe heeft dit kunnen gebeuren? Ik dacht dat u zei dat ze een mars zouden spelen als de gevangene het woord nam?'

'Generaal Darras was van mening dat een paar kreten van protest geen toespraak was, en dat muziek de ernst van het evenement zou verstoren.'

'En kwam er een reactie van het publiek?'

'Ja.' Ik keek weer naar mijn aantekeningen. 'Ze begonnen te scanderen: "Dood... dood... dood..."'

Toen het scanderen begon, keken we naar de relingen. Sandherr zei: 'Ze moeten verdergaan, anders loopt het uit de hand.'

Ik vroeg of ik de toneelkijker mocht lenen. Ik bracht hem naar mijn ogen, stelde hem scherp en zag dat een reus van een man, een sergeant-majoor van de Republikeinse Garde, zijn handen op Dreyfus legde. Hij rukte met een paar krachtige bewegingen de epauletten van Dreyfus' schouders en trok de knopen van zijn uniformjasje en de gouden tressen van zijn mouwen; daarna knielde hij en scheurde de rode strepen van zijn broek. Ik concentreerde me op Dreyfus' gezicht. Dat drukte niets uit; hij staarde, terwijl er aan hem werd getrokken, voor zich uit en onderging de vernederingen als een kind wiens kleren door een geïrriteerde ouder worden gefatsoeneerd. Ten slotte trok de sergeant-majoor Dreyfus' sabel uit zijn schede, zette de punt in de modder en brak het blad met een kniestoot. Hij smeet de twee helften op het hoopje fournituren aan Dreyfus' voeten, deed twee vinnige stappen naar achteren, draaide zijn hoofd naar de generaal en salueerde, terwijl Dreyfus zijn neergeslagen blik op de afgerukte symbolen van zijn eer gericht hield.

Sandherr zei ongeduldig: 'Vooruit, Picquart – jij hebt de toneelkijker. Vertel ons hoe hij eruitziet.'

'Hij ziet eruit,' antwoordde ik, terwijl ik de toneelkijker aan de klerk teruggaf, 'als een Joodse kleermaker die berekent wat de kosten zijn van al die gouden tressen die verspild worden. Als hij een centimeter om zijn nek had gehad, zou hij in een naaiatelier in de rue Auber hebben kunnen zitten.'

'Die is goed,' zei Sandherr. 'Heel geestig.'

'Heel goed,' echoot Mercier terwijl hij zijn ogen sluit. 'Ik zie hem zo voor me.'

Dreyfus riep opnieuw: 'Lang leve Frankrijk! Ik zweer dat ik onschuldig ben!'

Toen begon hij aan een lange mars, onder escorte, langs alle vier de zijden van de cour Morland, in zijn kapotgescheurde uniform, langs elk detachement, opdat de soldaten zich voor altijd zouden herinneren hoe het leger met verraders omgaat. Zo nu en dan riep hij: 'Ik ben onschuldig!' wat schimpscheuten en kreten als 'Judas!' en 'Joodse verrader!' aan het publiek ontlokte. Het leek allemaal eindeloos lang te duren, maar ik zag op mijn horloge dat het niet meer dan zeven minuten in beslag nam.

Toen Dreyfus langs de plek liep waar wij stonden, zei de man van het ministerie van Buitenlandse Zaken, die aan de beurt was om de toneelkijker te dragen, met futloze stem: 'Ik begrijp niet dat die kerel zich aan zo'n vernedering laat onderwerpen en tegelijkertijd volhoudt dat hij onschuldig is. Als hij echt onschuldig was, zou hij zich toch zeker verzetten, in plaats van zich zo gedwee rond te laten leiden? Of ligt dat in zijn Joodse aard, denken jullie?'

'Natuurlijk is dat zijn Joodse aard!' antwoordde Sandherr. 'Het is een ras dat geen enkel gevoel voor patriottisme, eergevoel of trots heeft. Ze hebben nooit anders gedaan dan het verraden van de mensen met wie ze samenleven – te beginnen met Jezus Christus.'

Toen Dreyfus ons passeerde, draaide Sandherr hem, om zijn minachting te demonstreren, de rug toe. Maar ik kon mijn ogen niet van hem afhouden. Of het kwam doordat hij de afgelopen drie maanden in de gevangenis had gezeten of doordat het vanmorgen bitterkoud was, zijn gezicht was grijswit en gezwollen, als een made. Zijn zwarte, knopenloze uniformjasje hing open, zodat zijn witte overhemd zichtbaar was. Zijn dunne, grijze haar stak in plukjes omhoog, en er glansde iets in. Hij marcheerde met zijn bewakers voorbij zonder zijn pas te vertragen, maar hij keek wel in onze richting, en zijn blik kruiste kort de mijne: ik keek recht in zijn ziel, ik zag de dierlijke angst, de wanhopige mentale strijd om zich niet te verliezen – toen was hij voorbij. Hij moet zich hebben afgevraagd welke rol ik in zijn ondergang heb gespeeld. Toen ik hem zag weglopen, besefte ik dat er speeksel in zijn haar zat.

Hem restte nog één laatste martelgang, en ik weet wel zeker dat die voor hem de ergste was, namelijk de tocht langs het hek waarachter het volk stond. In een poging het publiek op afstand te houden had de politie de armen in elkaar gehaakt, maar toen de toeschouwers de gevangene zagen naderen, drongen ze naar voren. De politielijn dijde uit, werd weer aangespannen en barstte toen uit elkaar, waardoor een golf van demonstranten over het trottoir stroomde en zich langs het hek verspreidde. Dreyfus bleef staan, draaide zich om en keek hen aan; hij stak zijn armen omhoog en zei iets. Maar hij stond met zijn rug naar mij toegekeerd, en ik kon zijn woorden niet verstaan, alleen de steeds weer zelfde beschimpingen – 'Judas!' 'Verrader!' en 'Dood aan de Jood!' – die hem in het gezicht werden geslingerd.

Uiteindelijk trok zijn escorte hem weg en leidde hem naar de gevangeniskoets, die iets verderop met begeleiders te paard stond te wachten. De armen van de veroordeelde man werden achter zijn rug gebonden. Hij stapte in de wagen. De portieren werden dichtgegooid en op slot gedaan, de paarden kregen met de zweep, en het cortège schoot met een schok naar voren, het hek uit, de place de Fontenoy op. Even vroeg ik me af of het wel aan de omstuwende menigte, die de handen al naar de zijkanten van de wagen uitstrekte, zou weten te ontsnappen, maar de officieren van de cavalerie dreven hen met de platte kant van hun sabel terug. Tweemaal hoorde ik de zweep knallen, en de koetsier riep een commando. De wagen versnelde, maakte zich los uit de opdringerige menigte, sloeg links af en verdween uit het zicht.

Even later volgde het bevel aan de parade om af te marcheren. De aarde trilde onder het stampen van de laarzen. De signaalhoorns klonken. Trommels sloegen de maat. Terwijl het begon te sneeuwen, zette de band 'Sambre-et-Meuse' in. Ik was enorm opgelucht. Iedereen, geloof ik. We keerden ons tot elkaar en schudden elkaar de hand. Het was alsof een gezond lichaam zich van iets vuils en besmettelijks had bevrijd en nu verder kon gaan met leven.

Daarmee is mijn verslag ten einde gekomen. De daaropvolgende stilte in de werkkamer van de minister wordt alleen door het geknetter van het haardvuur verbroken. Aan de andere kant van het raam valt weer sneeuw.

'Het is wel spijtig,' zegt Mercier ten slotte, 'dat die verrader blijft leven. Ik zeg dit eerder in zijn eigen belang dan in dat van iemand anders. Wat voor leven rest hem? Het was humaner geweest om hem af te maken. Daarom wilde ik dat het Huis van Afgevaardigden de doodstraf voor verraad opnieuw zou invoeren.'

De Boisdeffre knikt ijverig. 'U heeft uw best gedaan, Excellentie.'

Mercier staat met krakende ledematen op. Hij loopt naar een grote wereldbol, die op een sokkel naast zijn bureau staat, en vraagt me bij hem te komen. Hij zet een bril op en tuurt als een kippige godheid naar de aarde.

'Ik moet hem ergens naartoe brengen waar hij met niemand kan praten. Ik wil niet dat hij nog meer verraderlijke boodschappen kan smokkelen. En, net zo belangrijk, ik wil niet dat iemand met hém kan communiceren.'

De minister legt een verrassend delicate hand op de noordelijke hemisfeer en geeft de wereld een zachte draai. De Atlantische Oceaan glijdt voorbij. Hij stopt de bol en wijst op een plek voor de kust van Zuid-Amerika, op zevenduizend kilometer van Parijs. Hij kijkt me aan en trekt een wenkbrauw op, als teken dat hij me uitnodigt te raden.

Ik zeg: 'De strafkolonie in Frans-Guyana?'

'Warm, maar dan nog beter beveiligd.' Hij buigt zich voorover en tikt op de wereldbol. 'Duivelseiland. Vijftien kilometer van de kust. De zee is er vergeven van de haaien. Door de enorme golven en de sterke stroming is het zelfs voor een boot moeilijk er te komen.'

'Ik dacht dat die plek vorig jaar was gesloten.'

'Dat was hij ook. De laatste groep bewoners bestond uit een kolonie veroordeelde leprozen. Ik zal het Huis van Afgevaardigden om toestemming moeten vragen, maar dat zal me deze keer wel lukken. Het eiland zal speciaal voor Dreyfus worden heropend. Nou, wat denkt u ervan?'

Ik ben vooral verrast. Mercier, die met een Engelse is getrouwd, staat bekend als een republikein en vrijdenker; zo weigert hij bijvoorbeeld naar de mis te gaan – eigenschappen die ik bewonder. Maar desondanks beklijft er iets van de jezuïtische fanaticus aan hem. Duivelseiland? We staan op de drempel van de twintigste eeuw, niet die van de negentiende...

'Nou?' herhaalt hij. 'Wat denkt u ervan?'

'Is dat niet een beetje erg...' Ik weeg mijn woorden zorgvuldig, probeer tactvol te zijn. '...Dumas?'

'"Dumas?" Hoe bedoelt u, "Dumas?"'

'Alleen in de zin dat het klinkt als een straf uit een historische roman. Ik voel een echo van *De man in het ijzeren masker*. Komt Dreyfus niet bekend te staan als "de Man op Duivelseiland"? Dan is hij meteen de beroemdste gevangene ter wereld.'

'Precies!' schreeuwt Mercier, en hij slaat zich in een zeldzaam vertoon van emoties op zijn dij. 'Dat is precies wat me eraan bevalt. Het zal tot de verbeelding van het publiek spreken.'

Ik buig voor zijn superieure politieke beoordelingsvermogen. Op hetzelfde moment vraag ik me af wat het publiek ermee te maken heeft. Pas als ik mijn jas pak en wil vertrekken, geeft hij mij een hint.

'Dit zou weleens de laatste keer kunnen zijn dat u me in deze werkkamer ziet.'

'Het spijt me dat te horen, generaal.'

'U weet dat politiek me eigenlijk niet interesseert – ik ben een soldaat, geen politicus. Maar ik heb begrepen dat er onder de partijen grote ontevredenheid heerst, en de regering blijft misschien nog maar een week of twee aan. Misschien komt er zelfs een nieuwe president.' Hij haalt zijn schouders op. 'Hoe dan ook, het zij zo. Wij soldaten dienen daar waar we heen gestuurd worden.' Hij schudt mijn hand. 'Ik ben onder de indruk van de intelligentie die u tijdens deze ellendige kwestie tentoon heeft gespreid, majoor Picquart. Het zal niet vergeten worden. Is het niet, De Boisdeffre?'

'Zeker, Excellentie.' Ook De Boisdeffre staat op om me een hand te geven. 'Dank u, Picquart. Zeer verhelderend. Alsof je er zelf bij bent geweest. Hoe gaat het trouwens met uw studie Russisch?'

'Ik betwijfel of ik de taal ooit goed zal spreken, generaal, maar op het moment lees ik Tolstoj – wel met een woordenboek, natuurlijk.'

'Uitstekend! Er staan grote dingen tussen Frankrijk en Rusland te gebeuren. Een goede kennis van de Russische taal zal een officier met ambities goed van pas komen.'

Ik ben al bij de deur en wil die, opgetogen over Merciers vleiende woorden, net opendoen, als hij plotseling vraagt: 'Vertel eens, is míjn naam nog gevallen?'

'Pardon?' Ik weet niet zeker of ik begrijp wat hij bedoelt. 'In welke zin?'

'Tijdens de ceremonie van vanochtend...'

'Dat geloof ik niet...'

'Het doet er ook niet toe.' Mercier maakt een afwijzend gebaar. 'Ik vroeg me af of er in het publiek blijk werd gegeven van...'

'Nee, niet dat ik weet.'

'Goed. Dat had ik ook niet verwacht.'

Zacht trek ik de deur achter me dicht.

Ik stap de winderige canyon van de rue Saint-Dominique weer in en loop met mijn hand aan mijn kepie naar het ministerie van Oorlog, honderd meter verderop. Er is geen hond op straat. Mijn collega-officieren hebben op een zaterdag wel wat beters te doen dan voor de bureaucratie van het Franse leger te zorgen. Verstandige kerels! Ik zal mijn rapport schrijven, mijn bureau opruimen en proberen Dreyfus uit mijn gedachten te zetten. Ik ren de trap op en de gang door naar mijn werkkamer.

Sinds Napoleon is het ministerie van Oorlog in vier departementen opgesplitst. Het Eerste Departement doet de administratie; het Tweede de inlichtingen; het Derde de militaire manoeuvres en oefeningen en het Vierde het transport. Ik werk voor het Derde, onder het bevel van kolonel Boucher, die – ook hij is verstandig – deze ochtend nergens te bekennen is. Als zijn plaatsvervanger heb ik een kleine werkkamer voor mijzelf, een kale monnikencel met een raam dat op een sombere binnenplaats uitziet. Mijn meubilair reikt niet verder dan twee stoelen, een bureau en een dossierkast. De verwarming doet het niet. Het is er zo koud dat ik mijn adem kan zien. Ik ga, nog steeds in mijn overjas, zitten en kijk naar al het papierwerk dat zich de afgelopen dagen heeft opgestapeld. Met een kreun pak ik een van de dossiers.

Het moet een paar uur later zijn, vroeg in de middag, als ik op de verlaten gang zware voetstappen hoor naderen. Wie het ook zijn mag passeert mijn kamer, stopt, komt terug en blijft voor mijn deur staan. Het hout is zo dun dat ik zijn zware ademhaling kan horen. Ik ga staan, loop geruisloos naar de deur, luister en zwaai hem open, om tot de ontdekking te komen dat het hoofd van de staf van het Tweede Departement – dat wil zeggen, het hoofd van de militaire inlichtingendienst – me recht in het gezicht staart. Ik weet niet wie van ons beiden het meest bloost.

'Generaal Gonse,' zeg ik, terwijl ik salueer. 'Ik had geen idee dat u het was.'

Gonse staat erom bekend veertien uur per dag te werken. Ik had het kunnen raden: als er iemand anders in het gebouw aanwezig was, moest hij dat zijn. Zijn vijanden zeggen dat hij zijn werk alleen op die manier aankan.

'Geen probleem, majoor Picquart. Dit gebouw is een doolhof. Mag ik?' Hij waggelt op zijn korte benen mijn kamer binnen, een sigaret in zijn mond. 'Neemt u mij niet kwalijk dat ik u stoor, maar ik krijg net op de place Vendôme een bericht van kolonel Guérin. Hij zegt dat Dreyfus vanmorgen op het exercitieterrein heeft bekend. Wist u dat?'

Ik kijk hem stomverbaasd aan. 'Nee, generaal, dat wist ik niet.'

'Hij schijnt in het halfuur voordat de ceremonie vanmorgen begon tegen de kapitein die hem bewaakte gezegd te hebben dat hij de Duitsers documenten heeft overhandigd.' Gonse haalt zijn schouders op. 'Ik vond dat u dat moest weten, aangezien u het voor de minister in de gaten houdt.'

'Maar ik heb hem al gerapporteerd...' Ik ben ontzet. Dit soort incompetentie kan je je carrière kosten. Vanaf begin oktober heeft Dreyfus, ondanks het overweldigende bewijs tegen hem, geweigerd schuld te bekennen. En nu krijg ik te horen dat hij op het laatste moment heeft bekend, zo ongeveer onder mijn neus, en ik heb het gemist! 'Ik kan dit maar beter tot op de bodem gaan uitzoeken.'

'Dat lijkt mij ook. En als u dat heeft gedaan, kom dan bij mij verslag uitbrengen.'

En opnieuw haast ik mij naar buiten, het kille, grijze schemerlicht in. Bij de standplaats op de hoek van de boulevard Saint-Germain neem ik een huurrijtuig; als we de École Militaire bereiken, vraag ik de voerman te wachten en ren naar binnen. De stilte op het uitgestrekte, verlaten exercitieterrein drijft de spot met me; het enige teken van leven komt van de werklui die de place de Fontenoy aanvegen. Ik ren terug naar het huurrijtuig en vraag de voerman me zo snel mogelijk naar het hoofdkwartier van de militaire gouverneur van Parijs op de place Vendôme te rijden, waar ik in de lobby van dat sombere, vervallen gebouw op kolonel Guérin ga zitten wachten. Hij neemt de tijd, en als hij uiteindelijk verschijnt, heeft hij het air van een man die is gestoord tijdens een goede lunch, waarnaar hij zo snel mogelijk wil terugkeren.

'Ik heb het allemaal al aan generaal Gonse uitgelegd.'

'Het spijt me, kolonel, zou u het mij ook nog een keer willen uitleggen?'

Hij zucht. 'Kapitein Lebrun-Renault had opdracht Dreyfus in het arrestantenlokaal in het oog te houden tot de ceremonie begon. Hij droeg hem over aan het escorte, en op het moment dat de degradatie begon, liep hij naar de plek waar ik met mijn groepje stond, en hij zei iets van: "Het is verdomme niet te geloven, maar die schoft heeft net alles bekend." '

Ik haal mijn notitieboekje tevoorschijn. 'Wat had Dreyfus volgens de kapitein gezegd?'

'Ik herinner me niet precies welke woorden hij gebruikte. Maar het kwam erop neer dat hij geheimen aan de Duitsers had doorgespeeld, maar dat ze niet belangrijk waren, dat de minister er alles van wist en dat de hele geschiedenis over een paar jaar aan het licht zou komen. Zoiets. U moet Lebrun-Renault spreken.'

'Inderdaad. Waar kan ik hem vinden?'

'Ik heb geen idee. Hij heeft geen dienst.'

'Is hij nog in Parijs?'

'Mijn beste majoor, hoe zou ik dat moeten weten?'

'Ik begrijp het niet helemaal,' zeg ik. 'Waarom zou Dreyfus zonder dat hij er iets bij heeft te winnen op uitgerekend dat moment plotseling aan een volslagen vreemde schuld bekennen, nadat hij eerst drie maanden lang heeft ontkend?'

'Ik zou het niet weten.' De kolonel kijkt over zijn schouder in de richting van zijn lunch.

'En waarom bleef hij ten overstaan van tienduizenden vijandige mensen schreeuwen dat hij onschuldig was als hij net aan kapitein Lebrun-Renault had bekend?'

De kolonel recht zijn schouders. 'Beweert u dat een van mijn officieren een leugenaar is?'

'Dank u, kolonel.' Ik stop het notitieboekje weg.

Terug op het ministerie loop ik linea recta naar de werkkamer van Gonse. Hij zit op een stapel dossiers te zwoegen. Hij zwaait zijn laarzen op zijn bureau en leunt achterover terwijl hij naar mijn verslag luistert. Hij vraagt: 'Dus u gelooft niet dat er iets in zit?'

'Inderdaad, dat geloof ik niet. Niet nu ik de details ken. Het lijkt er eerder op dat die idioot van een gardekapitein het bij het verkeerde eind heeft. Of hij heeft het een en ander opgedist om interessant bij zijn kameraden over te komen. Ik neem vanzelfsprekend aan,' voeg ik eraan toe, 'dat Dreyfus niet als dubbelspion op de Duitsers is gezet.'

Gonse lacht en steekt nog een sigaret op. 'Stel je voor!'

'Wat wilt u dat ik doe, generaal?'

'Ik geloof niet dat u veel kúnt doen.'

Ik aarzel. 'Er is natuurlijk maar één manier om een definitief antwoord te krijgen.'

'Welke dan?'

'We kunnen het aan Dreyfus vragen.'

Gonse schudt zijn hoofd. 'Uitgesloten. Hij mag met niemand contact hebben. Trouwens, het zal niet lang duren voordat hij uit Parijs is weggevoerd.' Hij haalt zijn voeten van zijn bureau en zet ze op de vloer. Hij trekt de stapel dossiers die voor hem ligt naar zich toe. De as van zijn sigaret valt op zijn uniformjasje. 'Laat het maar aan mij over. Ik zal alles aan het hoofd van de staf en de minister uitleggen.' Hij opent een dossier en begint het te door te lezen. Hij kijkt niet op. 'Dank u, majoor Picquart. U kunt gaan.'

2

Die avond reis ik in burgerkleding naar Versailles om mijn moeder te bezoeken. De tochtige trein schommelt door de buitenwijken van Parijs, die door de sneeuw en het gaslicht geheimzinnige silhouetten hebben. De reis duurt bijna een uur, en ik heb de wagon voor mezelf. Ik probeer een roman te lezen, *De jongeling* van Dostojewski, maar telkens als we over een wissel rijden vallen de lampen uit en weet ik niet meer waar ik ben. In de blauwe gloed van de noodverlichting staar ik uit het raam en stel me Dreyfus voor in zijn cel in de La Santé-gevangenis. Gedetineerden worden over het spoor in omgebouwde veewagens vervoerd. Ik neem aan dat hij naar het westen wordt getransporteerd, naar een Atlantische haven, om daar zijn deportatie af te wachten. Zo'n reis is een hel in dit weer. Ik sluit mijn ogen en probeer wat te slapen.

Mijn moeder heeft een klein appartement in een moderne straat in de buurt van het station. Ze is zevenenzeventig en woont, al bijna dertig jaar weduwe, alleen. Mijn zus en ik gaan om de beurt bij haar op bezoek. Mijn zus Anna is ouder dan ik en heeft kinderen – ik niet: ik ga altijd op een zaterdagavond, het enige moment van de week dat ik zeker weet dat ik bij het ministerie weg kan.

Tegen de tijd dat ik aankom, is het goed en wel donker, en vriest het zeker tien graden. Ze roept vanachter de deur, die op slot zit: 'Wie is daar?'

'Georges, mama.'

'Wie?'

'Georges. Uw zoon.'

Het duurt even voordat ik haar ervan heb overtuigd dat ze me binnen moet laten. Soms verwart ze me met mijn oudere broer, Paul, die vijf jaar geleden is gestorven, of – wat nog iets erger is – met mijn vader, die overleed toen ik elf was. (Weer een andere zus van me stierf voordat ik ben geboren, en een broer toen hij elf dagen oud was; er valt iets voor seniliteit te zeggen – sinds ze haar verstand kwijt is, mist ze geen gezelschap.)

Het brood en de melk zijn stijf bevroren; de waterleidingen zitten vol ijs. Het eerste halfuur maak ik vuren, om de boel weer een beetje te ontdooien; het tweede lig ik op mijn rug een lek te repareren. We eten de boeuf bourguignon die de hulp in de huishouding, die dagelijks komt, bij de lokale traiteur heeft gehaald. Mama leeft op; ze herinnert zich zelfs weer wie ik ben. Ik vertel haar wat ik heb gedaan, maar ik heb het niet over Dreyfus of de degradatie: het zou haar te veel moeite kosten te begrijpen waar ik het over heb. Later zitten we aan de piano, die het grootste deel van haar kleine zitkamer in beslag neemt, en spelen een duet, het rondo van Chopin. Haar spel is feilloos; het muzikale deel van haar brein blijft intact; ze zal het als laatste verliezen. Als ze naar bed is gegaan, ga ik op de pianokruk zitten en bekijk de foto's die op de piano staan: de plechtige groepsfoto's van ons gezin in Straatsburg; de tuin van het huis in Geudertheim; een miniatuur van mijn moeder als conservatoriumstudent; een picknick in de bossen van Neudorf – artefacten van een verdwenen wereld, het Atlantis dat we met de oorlog hebben verloren.

Ik was zestien toen de Duitsers Straatsburg bombardeerden, waarmee ik getuige was van een gebeurtenis die we op de École Supérieure de Guerre onderwijzen als 'de eerste keer dat er op grote schaal gebruik werd gemaakt van een modern langeafstandsgeschut met als specifiek doel de reductie van een burgerbevolking'. Ik heb toegekeken hoe de kunstgalerij en de bibliotheek tot de grond toe afbrandden, zag hele wijken aan stukken worden gereten, knielde neer bij stervende vrienden en hielp vreemden uit het puin te graven. Na negen weken gaf het garnizoen zich over. We kregen de keus tussen blijven en Duitser worden of alles achterlaten en naar Frankrijk verhuizen. En zo arriveerden we berooid in Parijs, beroofd van de illusie dat ons comfortabele leventje veilig was.

Vóór de vernedering van 1870 zou ik misschien muziekleraar of chirurg zijn geworden; erna leek iedere andere carrière dan die in het leger een frivoliteit. Het ministerie van Oorlog werd mijn vader, en geen zoon deed beter zijn best om een veeleisende vader tevreden te stellen. Ik compenseerde mijn enigszins dromerige, artistieke karakter met een ijzeren discipline. In mijn klas op de militaire academie van Saint-Cyr, met driehonderdvier cadetten, eindigde ik als vijfde. Ik heb in het Aurèsgebergte in Noord-Afrika gevochten en heb aan de Rode Rivier in

Indochina het koloniaal ereteken verdiend, en de Ster voor moed. Ik ben ridder van het Legioen van Eer. En nu, na vierentwintig jaar in uniform, ben ik door zowel de minister van Oorlog als door het hoofd van de staf uitverkoren. Als ik in mijn moeders logeerbed in Versailles lig, en 5 januari 1895 wordt 6 januari 1895, hoor ik niet de stem van Alfred Dreyfus die beweert dat hij onschuldig is, maar die van Auguste Mercier die mijn promotie suggereert: 'Ik ben onder de indruk van de intelligentie die u tijdens deze ellendige kwestie tentoon heeft gespreid.... Die zal niet vergeten worden...'

De volgende ochtend neem ik, als ik de klokken hoor luiden, de fragiele arm van mijn moeder en begeleid haar over de ijzige weg naar boven en de hoek om naar de kathedraal van Saint-Louis – een naar mijn mening wel buitengewoon bombastisch monument om bijgeloof uit te drukken; waarom hebben de Duitsers die niet platgebombardeerd? De kerkgangers vormen een monochrome congregatie, zwart en wit, nonnen en weduwen. Bij de deur neem ik mijn arm van de hare. 'Ik zie u hier na de mis.'

'Kom je niet binnen?'

'Ik ga nooit naar binnen, mama. We voeren dit gesprek iedere week.'

Ze tuurt me met vochtige grijze ogen aan. Haar stem beeft. 'Maar wat zeg ik tegen God?'

'Zeg hem dat ik in het café aan de overkant van het plein zit.'

Ik laat haar achter bij een jonge priester en wandel naar het café. Onderweg koop ik twee kranten, *Le Figaro* en *Le Petit Journal*. Ik ga aan een tafeltje bij het raam zitten, bestel koffie en steek een sigaret op. Beide kranten hebben de degradatie op de voorpagina – het *Journal* gaat eigenlijk over niets anders. Het verslag is met een aantal wrede tekeningen geïllustreerd – van Dreyfus die het exercitieterrein op wordt geleid, van de gezette, kleine officier in zijn cape die het vonnis voorleest, van het van Dreyfus' uniform afrukken van de insignes, en van Dreyfus zelf, die er met zijn witte haar op zijn vijfendertigste al als een oude man uitziet. De kop is 'Boetedoening': 'We eisen de hoogste straf voor de verrader Dreyfus. We geloven nog steeds dat de enige gerechtigde straf de doodstraf is...' Het lijkt wel alsof alle haat en alle beschuldigingen die sinds de nederlaag van 1870 zijn opgekropt op één man worden geprojecteerd.

Ik nip van mijn koffie en lees de sensationele beschrijving van de ceremonie in *Le Journal* snel door, tot ik plotseling op de volgende zinsnede stuit: 'Dreyfus richtte zich tot zijn escorte en zei: "Als ik deze documenten overhandigde, deed ik dat alleen om er belangrijkere voor terug te krijgen. Binnen drie jaar zal de waarheid boven tafel komen en de minister mijn zaak hoogstpersoonlijk heropenen." Deze halve bekentenis is de eerste die de verrader sinds zijn arrestatie heeft gedaan...'

Ik zet mijn kopje terug zonder mijn ogen van het krantenpapier af te halen en herlees de passage. Dan pak ik *Le Figaro*. Op de voorpagina geen woord over een bekentenis, half of niet: een opluchting. Maar op de tweede pagina staat een laatste bericht – 'Hieronder volgt het relaas van een getuige, dat we vlak voor het ter perse gaan ontvingen...' – en voor ik het weet lees ik weer een versie van hetzelfde verhaal, alleen is deze keer Lebrun-Renault met naam en toenaam genoemd als bron en kan hier geen twijfel bestaan over de authenticiteit van Dreyfus' woorden: iedere zin is doorspekt van zijn vertwijfeling, van zijn verwoede poging iedereen te overtuigen, zelfs de officier die hem bewaakt.

Alstublieft, kapitein, luister: in een kast in een ambassade is een brief ontdekt; het was een begeleidend schrijven bij vier andere documenten. De brief is handschriftdeskundigen voorgelegd. Drie zeiden dat ik hem had geschreven; twee zeiden van niet. En alleen op basis daarvan ben ik veroordeeld! Op mijn achttiende ben ik op de École polytechnique gekomen. Ik had een schitterende militaire carrière voor me, met een fortuin van vijfhonderdduizend frank en het vooruitzicht een inkomen van vijftigduizend frank per jaar te mogen ontvangen. Ik heb nooit achter de vrouwen aan gezeten. Ik heb van mijn leven geen speelkaart aangeraakt; daartoe ontbrak me de behoefte aan geld. Dus waarom zou ik verraad plegen? Voor het geld? Nee. Dus waarom wel?

Deze details hadden nooit in de openbaarheid mogen komen, en binnensmonds vervloek ik Lebrun-Renault, die jonge, stomme idioot. Je mond voorbijpraten tegen een journalist is voor een officier te allen tijde onvergeeflijk – maar in zo'n gevoelige zaak als deze? Hij moet dronken geweest zijn! Mijn eerste impuls is onmiddellijk naar Parijs terug te gegaan, linea recta naar het ministerie van Oorlog. Maar dan denk ik aan mijn moeder, die op dit moment ongetwijfeld op haar knieën voor mijn onsterflijke ziel bidt, en ik besluit dat ik beter kan blijven.

En zo gaat de dag voorbij zoals ik het had gepland. Twee nonnen dragen mijn moeder aan mij over, we lopen terug naar huis en om twaalf uur rijdt het rijtuig van mijn neef Edmond Gast voor om ons op te halen voor de lunch in zijn huis in het nabijgelegen dorp Ville-d'Avray. Het is een aangenaam, ontspannen bijeenzijn van familie en vrienden: het soort vrienden met wie we al zo lang omgaan dat ze als familie aanvoelen. Edmond is een paar jaar jonger dan ik en nu al burgemeester van Ville-d'Avray, zo'n geluksvogel die de gave om te leven heeft. Hij boert, schildert, jaagt, verdient gemakkelijk geld, geeft het net zo gemakkelijk uit, en is dol op zijn vrouw – maar dat mag geen verrassing heten, want Jeanne is nog altijd knap, als een meisje op een Renoir. Ik ben op niemand jaloers, maar als ik dat wel was, dan zou het op Edmond zijn. Naast Jeanne zit Louis Leblois, met wie ik op school heb gezeten, en naast mij zit zijn vrouw, Martha; tegenover me zit Pauline Romazzotti, die, ondanks haar Italiaanse achternaam, bij ons in Straatsburg is opgegroeid en inmiddels is getrouwd met een officier van het ministerie van Buitenlandse Zaken, Philippe Monnier, die acht of tien jaar ouder is dan de rest. Zij draagt een effen grijze jurk met witte boorden waarvan ze weet dat ik hem leuk vind omdat het me in herinnering brengt hoe ze er op haar achttiende uitzag.

Met uitzondering van Monnier is iedereen aan tafel een banneling uit de Elzas en niemand heeft een goed woord over voor onze mede-Elzasser Dreyfus, zelfs Edmond niet, terwijl hij politiek gezien een radicale republikein is. We hebben allemaal verhalen over Joden, vooral die uit Mulhouse, van wie de loyaliteit, toen het erop aankwam en ze na de oorlog moesten kiezen van welk land ze staatsburger wilden zijn, eerder bij de Duitsers dan bij de Fransen lag.

'Ze zijn zo veranderlijk als de wind, het is maar net wie er aan de macht is,' verkondigt Monnier, die er zijn wijnglas bij heen en weer zwaait. 'Zo heeft hun ras de afgelopen tweeduizend jaar overleefd. Je kunt het hen eigenlijk niet echt kwalijk nemen.'

Alleen Leblois waagt het enige twijfel te uiten. 'Denk erom, als advocaat ben ik principieel tegen rechtszaken achter gesloten deuren, en ik moet bekennen dat ik me afvraag of een christelijke officier de normale juridische procesgang op dezelfde manier ontzegd zou zijn geweest – vooral als het bewijs tegen hem, zoals *Le Figaro* beweert, zo dun is.'

Ik zeg ijzig: 'Hem is "de normale juridische procesgang ontzegd", zoals jij dat noemt, Louis, omdat het een zaak van nationale veiligheid betreft, waarbij de publiciteit die bij een openbare rechtszitting hoort eenvoudigweg onbestaanbaar was, ongeacht wie er in het beklaagdenbankje zat. En er was meer dan genoeg bewijs tegen hem, dat verzeker ik je!'

Pauline kijkt me fronsend aan, en ik besef dat ik mijn stem heb verheven. Er valt een stilte. Louis verschuift zijn servet, maar zegt niets meer. Hij wil de maaltijd niet verpesten, en Pauline, altijd de diplomatenvrouw, maakt van de gelegenheid gebruik om het gesprek op een geschikter onderwerp te brengen.

'Heb ik jullie verteld dat Philippe en ik een geweldig nieuw Elzasser restaurant hebben ontdekt in de rue Marbeuf...'

Als ik thuiskom is het vijf uur. Mijn appartement is in het zestiende arrondissement, vlak bij place Victor Hugo. Het adres klinkt veel chiquer dan het is: ik woon in twee kleine kamers op de vierde verdieping, en zelfs dit kan ik me met het salaris van majoor nauwelijks permitteren: ik ben geen Dreyfus, die een privé-inkomen heeft dat mijn salaris tien keer overtreft. Maar het zit in mijn aard een klein beetje voortreffelijkheid te verkiezen boven een overvloed aan middelmatigheid; ik red het, net.

Ik maak de straatdeur open en heb nog maar een paar stappen naar de trap gezet als ik de stem van de conciërge achter me hoor – 'Majoor Picquart!' Ik draai me om en zie dat madame Guerault met een visitekaartje staat te zwaaien. 'Er was hier een officier voor u,' zegt ze terwijl ze naar me toe loopt. 'Een generaal!'

Ik neem het kaartje aan: 'Generaal Charles-Arthur Gonse, ministerie van Oorlog.' Op de achterkant heeft hij zijn privéadres geschreven.

Zijn huis staat in de buurt van de avenue du Bois de Boulogne; ik kan gemakkelijk gaan lopen. Vijf minuten later bel ik bij hem aan. De deur wordt geopend door een heel andere persoon dan de relaxte kerel die de vorige middag op mijn werkkamer kwam. Hij is ongeschoren en heeft grote, donkere wallen onder zijn ogen. Zijn uniformjasje staat tot aan zijn middel open; eronder draagt hij een enigszins groezelig onderhemd. In zijn hand houdt hij een glas cognac.

'Picquart! Goed dat u er bent.'

'Het spijt mij dat ik niet in uniform ben, generaal.'

'Dat maakt niet uit. Het is tenslotte zondag.'

Ik volg hem door het donkere appartement – 'Mijn vrouw zit op het platteland,' verklaart hij over zijn schouder – naar wat zijn werkkamer lijkt te zijn. Boven het raam hangen twee elkaar kruisende speren, herinneringen aan zijn tijd in Noord-Afrika, neem ik aan, en op de schoorsteenmantel staat een foto van hem die een jaar of vijfentwintig oud moet zijn, een lagere stafofficier in het Dertiende Legerkorps. Hij schenkt zijn glas bij uit een karaf en schenkt er ook één in voor mij; dan ploft hij met een grom op de bank en steekt een sigaret op.

'Die vervloekte Dreyfus-affaire gaat ons allemaal de kop kosten,' zegt hij.

Ik antwoord op lichte toon – 'Echt waar? Ik had gehoopt iets heroischer aan mijn einde te komen' – maar Gonse kijkt me strak en bloedserieus aan.

'Mijn beste Picquart, u schijnt het niet te beseffen: we lopen sinds vandaag een groot risico op oorlog. Ik ben al vanaf één uur vanmorgen op, en dat allemaal dankzij die vervloekte idioot van een Lebrun-Renault!'

'Mijn god!' Volkomen overdonderd zet ik mijn nog onaangeroerde glas cognac weer neer.

'Ik weet dat het bijna niet is te bevatten,' zegt hij, 'dat er uit zo'n bespottelijke kletspraat zo'n catastrofe kan voortvloeien, maar toch is het zo.'

Hij vertelt me hoe hij, om één uur 's nachts, is gewekt door een koerier van het ministerie van Oorlog. Hij werd gesommeerd om naar hôtel de Brienne te komen en trof daar Mercier aan in zijn kamerjas, met een privésecretaris uit het Élysée-paleis, die een aantal exemplaren van de eerste edities van de Parijse kranten bij zich had. De privésecretaris herhaalde tegen Gonse wat hij juist daarvoor tegen Mercier had gezegd: dat de president ontzet was – ontzet! geschokt! – door datgene wat hij net had gelezen. Hoe bestond het dat een officier van de Republikeinse Garde zulke verhalen rondbazuinde – dat de Franse regering een document van de Duitse ambassade had gestolen, en dat het hele voorval een soort spionagevalstrik voor de Duitsers was? Was de minister van Oorlog zich ervan bewust dat de Duitse ambassadeur die middag naar het Élysée-paleis zou komen om formeel protest van Berlijn aan te laten tekenen? Dat de Duitse keizer dreigde zijn ambassadeur uit Parijs terug te roepen als de Franse regering niet onmiddellijk en voor eens en voor altijd verklaarde aan te nemen dat de Duitse regering niets met kapitein

Alfred Dreyfus te maken had? Vind hem, eiste de president! Vind deze kapitein Lebrun-Renault en leg hem het zwijgen op!

En dus bevond generaal Arthur Gonse, het hoofd van de Franse militaire inlichtingendienst, zich op zesenvijftigjarige leeftijd in de vernederende positie dat hij in zijn rijtuig moest springen om de hele stad af te reizen: naar het hoofdkwartier van het regiment, naar het logement waar Lebrun-Renault woonde, naar de bordelen van Pigalle, en zo verder, tot hij uiteindelijk, vlak voor de dageraad, zijn prooi had opgespoord in nachtclub Moulin Rouge, waar de kapitein voor een gehoor van verslaggevers en hoeren stond te oreren!

Op dit moment moet ik mijn wijsvinger tegen mijn lippen drukken om een glimlach te onderdrukken, want de monoloog is niet gespeend van komische elementen – die des te komischer zijn dankzij Gonses hese stem en verbolgen toon. Ik kan me zo voorstellen hoe Lebrun-Renault zich moet hebben gevoeld toen hij zag dat Gonse op hem afstormde, of tijdens zijn verwoede pogingen te ontnuchteren voordat hij zijn daden kon gaan uitleggen: eerst aan de minister van Oorlog, en daarna, in wat helemaal beschamend geweest moet zijn, aan president Casimir-Périer zelf.

'Er is beslist niets grappig aan, majoor!' Het is Gonse niet ontgaan dat ik mij amuseer. 'We zijn absoluut niet tegen een oorlog met Duitsland opgewassen! Als zij dit gebruiken als voorwendsel om ons aan te vallen, dan moge God Frankrijk bijstaan!'

'Natuurlijk, generaal.' Gonse behoort tot die generatie – Mercier en De Boisdeffre ook – die als jonge officieren door de verpletterende nederlaag van 1870 werden getekend en sindsdien bang zijn voor de schaduw van de Duitsers. 'Drie-op-twee' is hun pessimistische mantra: er zijn drie Duitsers op iedere twee Fransen; zij geven drie frank uit aan wapentuig waar wij ons er maar twee kunnen veroorloven. Ik veracht hen om hun defaitisme. 'Hoe heeft Berlijn gereageerd?'

'Het ministerie van Buitenlandse Zaken onderhandelt op dit moment over een formulering die erop neerkomt dat de Duitsers niet verantwoordelijker zijn voor documenten die naar hen toe worden gestuurd dan wij dat zijn voor documenten die onze kant op komen.'

'Ze durven wel, zeg!'

'Niet echt. Ze dekken hun spion. Wij doen hetzelfde. Maar ik kan je wel vertellen dat het de hele dag al koorddansen is.'

Hoe langer ik erover nadenk, hoe verbazingwekkender het lijkt te zijn. 'Zouden ze serieus overwegen de diplomatieke relaties te verbreken en een oorlog te riskeren om één spion te beschermen?'

'Om te beginnen zijn ze natuurlijk in verlegenheid gebracht omdat ze zijn betrapt. Dat is vernederend voor hen. En dan krijg je zo'n typische, vervloekte, overdreven Pruisische reactie...'

Zijn hand beeft. Met zijn oude sigaret steekt hij een nieuwe aan, de peuk gooit hij in het afgezaagde uiteinde van een granaathuls die als asbak dienstdoet. Hij plukt een paar tabaksliertjes van zijn tong, gaat weer op de bank zitten en kijkt me door een rookwolk heen aan. 'Je hebt je cognac niet aangeroerd, zie ik.'

'Als er oorlog dreigt, hou ik mijn hoofd liever helder.'

'O! Ik vind juist dat je er dan wel een kunt gebruiken!' Hij slaat zijn cognac achterover en speelt met het glas. Hij glimlacht naar me. Ik zie aan zijn blik op de karaf dat hij er nog een wil, maar hij permitteert het zich niet ten overstaan van mij als een zuiplap over te komen. Hij schraapt zijn keel en zegt: 'De minister is van je onder de indruk, Picquart, door de manier waarop je je tijdens deze hele affaire hebt opgesteld. Het hoofd van de staf ook. Het is duidelijk dat je de afgelopen drie maanden waardevolle ervaring bij de geheime dienst hebt opgedaan. We denken er dan ook over om je promotie aan te bieden. We overwegen je het bevel over de afdeling Statistiek te geven.'

Ik doe mijn best mijn ongenoegen te verbergen. Spionagewerk is niet erg hoogstaand; alles wat ik in de zaak-Dreyfus heb gezien, sterkt mij in die mening. Daarvoor ben ik het leger niet ingegaan. 'Maar de afdeling heeft toch al een capabele commandant in de persoon van kolonel Sandherr?' werp ik tegen.

'Hij is bekwaam. Maar Sandherr is ziek, en even onder ons, het ziet er niet naar uit dat hij zal herstellen. Bovendien zit hij al tien jaar op zijn post; hij heeft rust nodig. Dus, Picquart, vergeef me dat ik u dit moet vragen, maar gezien de aard van de informatie waarmee u zult werken – er is toch niets in uw verleden of in uw privéleven dat u kwetsbaar maakt voor chantage, of wel?'

Met groeiende weerzin besef ik dat mijn toekomst al is uitgestippeld – misschien gistermiddag, toen Gonse een afspraak had met Mercier en De Boisdeffre. 'Nee,' zeg ik. 'Niet dat ik weet.'

'U bent niet getrouwd, geloof ik?'

'Nee.'

'Is daar een speciale reden voor?'

'Ik ben graag alleen. En ik kan me geen vrouw veroorloven.'

'Is dat alles?'

'Dat is alles.'

'Geen geldzorgen?'

'Geen geld,' zeg ik schouderophalend, 'geen zorgen.'

'Mooi.' Gonse ziet er opgelucht uit. 'Dat is dan geregeld.'

Maar ik verzet me nog steeds tegen mijn lot. 'Beseft u wel dat de huidige staf het niet zal waarderen dat er iemand van buiten komt? Hoe staat het met de assistent van kolonel Sandherr?'

'Die gaat met pensioen.'

'En majoor Henry?'

'O, Henry is een goede soldaat. Hij zal zich van zijn taak kwijten en datgene doen wat voor de afdeling het beste is.'

'Wil hij de baan niet zelf?'

'Dat wil hij wel, maar hij heeft er de opleiding niet voor en hij mist de sociale glans voor zo'n hoge positie. De vader van zijn vrouw is kroegbaas, geloof ik.'

'Maar ik weet niets van spionage af...'

'Kom nou toch, mijn beste Picquart!' Gonse begint geïrriteerd te raken. 'U heeft precies de juiste kwaliteiten voor de post. Wat is het probleem? Goed, officieel bestaat de eenheid niet. Er zullen geen parades zijn en geen stukken in de kranten. U zult niemand mogen vertellen wat uw bezigheden zijn. Maar iedereen die van belang is, zal precies weten wat u doet. U heeft dagelijks toegang tot de minister. En u wordt natuurlijk tot kolonel gepromoveerd.' Hij kijkt me slim aan. 'Hoe oud bent u?'

'Veertig.'

'Veertig! Er is in het hele leger niemand die op uw leeftijd die rang heeft. Stelt u zich voor: op die manier bent u ver voor uw vijftigste generaal! En daarna... Misschien dat u het op een dag tot hoofd van de staf schopt.'

Gonse weet precies waarmee hij me moet paaien. Ik ben ambitieus. Niet dat ik erdoor word verteerd, hoop ik: ik ben me ervan bewust dat er ook nog een leven buiten het leger is. Maar ik benut mijn talenten graag zo goed mogelijk. Ik reken: een paar jaar een baan waar ik niet veel mee opheb, met een gouden toekomst in het vooruitzicht. Mijn verzet breekt. Ik geef me over.

'En wanneer zou dit gebeuren?'

'Niet meteen. Over een paar maanden. Ik zou u zeer dankbaar zijn als u het tegen niemand zegt.'

Ik knik. 'Natuurlijk, ik zal doen wat het leger van me vraagt. Ik dank u voor het in mij gestelde vertrouwen. Ik zal mijn best doen het niet te beschamen.'

'U bent een goed mens! En ik weet zeker dat u daarin zult slagen. Maar nu sta ik erop dat u de cognac opdrinkt die nog altijd naast u staat...'

En daarmee is het bezegeld. We toosten op mijn toekomst. We toosten op het leger. En dan laat Gonse me uit. Bij de deur legt hij zijn hand op mijn arm en knijpt er vaderlijk in. Zijn adem is zoet van de cognac en de sigaretten. 'Ik weet dat je vindt dat spionage geen echt soldatenwerk is, Georges, maar dat is het wel. Spionage is de nieuwe frontlinie in de oorlog tegen de vijand. We bevechten de Duitsers elke dag. Zij zijn sterker dan wij, qua manschappen en materieel – drie-tegen-twee, vergeet dat niet! – dus we moeten hen verslaan op het terrein van de inlichtingen.' Zijn greep op mijn arm verstrakt. 'Het ontmaskeren van een verrader als Dreyfus is voor Frankrijk net zo essentieel als de winst op het slagveld.'

Buiten is het weer gaan sneeuwen. In de gloed van de gaslampen langs de avenue Victor Hugo worden duizenden sneeuwvlokken gevangen. Er wordt een witte deken over de straat gelegd. Het is vreemd. Ik sta op het punt de jongste kolonel in het Franse leger te worden, maar ik voel totaal geen blijdschap.

In mijn appartement wacht Pauline op me. Ze draagt de grijze jurk die ze tijdens de lunch ook aanhad, zodat mij het genoegen ten deel zal vallen hem uit te trekken. Ze draait zich om en maakt hem aan de achterkant los, waarna ze met beide handen haar haar ophoudt zodat ik bij het haakje bovenin kan. Ik kus haar nek en mompel tegen haar huid: 'Hoe lang hebben we?'

'Een uur. Hij denkt dat ik naar de kerk ben. Je lippen zijn koud. Waar ben je geweest?'

Ik kom in de verleiding haar alles te vertellen, maar doe het niet. 'Nergens,' zeg ik.

3

Er gaat een halfjaar voorbij. Het wordt juni. Het wordt warmer, en het duurt niet lang of Parijs begint naar stront te ruiken. De stank stijgt op uit het riool en blijft als een rottend gas boven de stad hangen. Mensen wagen zich alleen op straat met een linnen masker of een zakdoek voor hun mond, maar dat maakt niet veel verschil. In de kranten zijn de experts het erover eens dat het nog niet zo is als tijdens de Grote Stank van 1880 – ik kan daar niet over meepraten, want ik was toen in Algerije – maar het verpest de eerste zomerdagen wel. 'Het is onmogelijk om op je balkon te zitten,' klaagt *Le Figaro*, 'of plaats te nemen op het terras van een van onze drukke, gezellige cafés die de trots van onze boulevards zijn, zonder te denken dat je de wind van een of andere lompe, onzichtbare reus ruikt.' De geur zet zich vast in je haar, in je kleren, in je neusgaten en zelfs op je tong, zodat uiteindelijk alles naar bederf ruikt. In die atmosfeer neem ik de leiding van de afdeling Statistiek over.

Majoor Henry tilt er, als hij me van het ministerie van Oorlog komt ophalen, niet te zwaar aan: 'Dit stelt niets voor, kolonel. U had op een boerderij moeten opgroeien! Mensenstront, varkensstront: wat maakt het uit?' Zijn grote, gladde, vette babygezicht is roze van de warmte. Om zijn lippen speelt voortdurend een zelfgenoegzaam glimlachje. Als hij me aanspreekt, legt hij een lichte nadruk op mijn rang – 'kolonel Picquart!' – waarmee hij tegelijkertijd respect, gelukwensen en spot tot uitdrukking brengt. Ik neem er geen aanstoot aan. Henry is, als tegemoetkoming voor het feit dat hij zelf voor de baan van afdelingshoofd is gepasseerd, mijn assistent geworden. Van nu af aan zitten we vast in rollen die zo oud zijn als de oorlog zelf. Hij is de ervaren, oude soldaat die een gestage carrière heeft gemaakt, de sergeant-majoor die ervoor zorgt dat de dingen werken; ik ben de jongere, benoemde officier die formeel de leiding heeft, maar tegen zichzelf moet worden beschermd omdat hij anders te veel schade aanricht. Zolang we het elkaar niet te moeilijk maken, zullen we het, denk ik, prima met elkaar kunnen vinden.

Henry gaat staan. 'Goed dan, kolonel, zullen we gaan?'

Ik ben nooit eerder op de afdeling Statistiek geweest – wat niet verbazingwekkend is, aangezien er niet veel mensen zijn die zelfs maar van het bestaan ervan af weten – en daarom heb ik Henry gevraagd me te brengen. Ik verwacht naar een discrete uithoek van het ministerie te worden geleid, maar in plaats daarvan gaat hij me voor door de achteruitgang en maken we een korte wandeling naar een oud, grimmig huis op de hoek van de rue de l'Université, waar ik al vaak langs ben gelopen en waarvan ik altijd heb aangenomen dat het leegstond. Voor de ramen hangen zware luiken. Er hangt geen naamplaatje naast de deur. Binnen, in de halfdonkere lobby, hangt dezelfde weeë rioollucht als in de rest van Parijs, maar dan gekruid met een muffe vochtigheid.

Henry haalt zijn duim over een stukje muur, waarop zwarte sporen groeien. 'Een paar jaar geleden wilden ze dit gebouw slopen,' zegt hij, 'maar kolonel Sandherr heeft dat weten te voorkomen. Niemand valt ons hier lastig.'

'Dat geloof ik onmiddellijk.'

'Dit is Bachir.' Henry wijst naar de al wat oudere Arabische portier die het blauwe uniform van een inheems Algerijns regiment draagt en in een hoek op een krukje zit. 'Hij kent al onze geheimen, is het niet, Bachir?'

'Ja, majoor!'

'Bachir, dit is kolonel Picquart...'

We lopen de zwak verlichte hal in en Henry gooit een deur open; vier of vijf slonzige types zitten een pijp rokend te kaarten. Ze draaien zich om en staren me aan, en ik heb net genoeg tijd om de morsige bank en stoelen en het sleetse tapijt in me op te nemen; dan zegt Henry: 'Excuseert u ons, heren,' en doet de deur weer snel dicht.

'Wie zijn zij?' vraag ik.

'Gewoon, mensen die voor ons werken.'

'Wat voor werk doen ze dan?'

'Het zijn spionnen. Informanten. Het zijn mannen met zeer nuttige vaardigheden. Kolonel Sandherr is van mening dat je er beter voor kunt zorgen dat ze hier geen onheil aanrichten dan dat je ze buiten op straat laat rondhangen.'

We gaan de krakende trap op, naar wat Henry 'het heilige der heiligen' noemt. Omdat alle deuren zijn gesloten, komt er op de gang op de eerste verdieping bijna geen daglicht. Er is elektriciteit, maar karig; toch verhult het niet waar de kabels in de muur zitten. Een stuk pleister dat uit het plafond is gevallen, is tegen de muur gezet.

De leden van de staf worden een voor een aan me voorgesteld. Elke man heeft zijn eigen kamer en houdt zijn deur tijdens het werk gesloten. Majoor Cordier, de alcoholist die binnenkort met pensioen gaat, zit in hemdsmouwen antisemitische persberichten te lezen, *La libre parole* en *l'Intransigeant* – ik vraag hem niet of hij dat voor zijn werk of voor zijn plezier doet. De nieuwe man, kapitein Junck, ken ik vaag van mijn colleges aan de École Superieure de Guerre: hij is een grote, gespierde jongeman met een enorme snor, die nu een schort en dunne handschoentjes draagt. Hij opent een stapel onderschepte enveloppen, waarvoor hij een soort keteltje gebruikt dat hij boven een gasvlam verwarmt, om de lijm waarmee de envelop dichtzit los te stomen: dit staat bekend als 'nat openen' legt Henry uit.

Achter de deur van de volgende kamer zit een andere kapitein, Valdant, die de 'droge' methode gebruikt, waarbij hij de plakstrook met een scalpel lospeutert: ik kijk een tijdje toe hoe hij een kleine opening aan weerszijden van de envelopklep maakt, er een lang, smal tangetje in steekt, de brief met een stuk of tien draaibewegingen in een rolletje om het tangetje heen draait en hem dan zonder een spoor achter te laten door de opening uit de envelop trekt. Boven zit monsieur Gribelin, de spinachtige archivaris die tijdens Dreyfus' degradatie een toneelkijker bij zich had, in het midden van een grote ruimte vol kasten die op slot zitten; op het moment dat ik binnenkom verbergt hij instinctief wat hij leest. De kamer van kapitein Matton is leeg: Henry legt uit dat hij is vertrokken – het werk was niet naar zijn zin. Ten slotte word ik voorgesteld aan kapitein Lauth, die ik me ook van de degradatieceremonie herinner: nog zo'n knappe, blonde cavalerist uit de Elzas, in de dertig, die Duits spreekt en eigenlijk op een paard over het platteland zou moeten rijden. Maar ook hij zit hier, ook hij zit met een schort voor, gebogen over zijn bureau, met een fel elektrisch licht dat op een klein stapeltje in snippers gescheurd postpapier is gericht, snippers met een pincet heen en weer te schuiven. Ik kijk Henry vragend aan. 'Daar hebben we het nog wel over,' zegt hij.

We lopen weer naar beneden, naar de gang op de begane grond. 'Dat is mijn kamer,' zegt hij, terwijl hij op een deur wijst zonder die te openen. 'En daar werkt kolonel Sandherr' – hij ziet er opeens bedroefd uit – 'of, liever gezegd, werkte. Ik neem aan dat u die neemt.'

'Goed, ik zal ergens moeten zitten.'

Om er te komen moeten we door een vestibule met een paar stoelen en een kapstok lopen. De kamer is onverwacht klein en donker – de gordijnen zijn gesloten. Ik doe het licht aan. Rechts van mij staat een grote tafel, links een grote stalen dossierkast met een kloek slot erop. Tegenover me staat een bureau; aan de zijkant daarvan bevindt zich een tweede deur, die weer op de gang uitkomt. Achter het bureau is een groot raam. Ik loop ernaartoe en trek de stoffige gordijnen open. Tot mijn verrassing kijk ik uit op een grote, geometrisch aangelegde tuin. Topografie is mijn specialiteit – ik ben me er altijd van bewust waar iets zich ten opzichte van iets anders bevindt en ben heel precies in straten, afstanden en terreinen, maar toch duurt het even voordat ik besef dat ik naar de achterkant van hôtel de Brienne kijk, de tuin van de minister. Het is vreemd die vanuit deze hoek te zien.

'God nog aan toe,' zeg ik, 'als ik een telescoop had, zou ik zo ongeveer in de werkkamer van de minister kunnen kijken!'

'Wilt u dat ik er een voor u haal?'

'Nee.' Ik kijk naar Henry. Of hij een grapje maakt, is me niet duidelijk. Ik kijk weer uit het raam en probeer het te openen. Ik sla een paar keer met de muis van mijn hand tegen de greep, maar hij is vastgeroest. Ik heb nu al een afkeer van deze plek. 'Goed,' zeg ik, terwijl ik de roest van mijn hand veeg. 'Het zal duidelijk zijn dat ik me veel op u zal verlaten, majoor, zeker de eerste maanden. Dit is allemaal volkomen nieuw voor me.'

'Vanzelfsprekend, kolonel. Staat u me om te beginnen toe u uw sleutels te geven.' Hij haalt er vijf tevoorschijn, ze zitten aan een ijzeren ring met een lichte ketting, waarmee ik hem aan mijn riem kan vastmaken. 'Deze is van de voordeur. Deze is van de deur van uw werkkamer. Deze van uw kluis. Deze van uw bureau.'

'En deze?'

'Deze geeft u toegang tot de tuin van hôtel de Brienne. Als u de minister wilt spreken, neemt u die route. Generaal Mercier heeft de sleutel aan kolonel Sandherr gegeven.'

'Wat is er mis met de voordeur?'

'Deze route is sneller. En er is niemand die u ziet.'

'Hebben we een telefoon?'

'Ja, vlak bij de kamer van kapitein Valdant.'

'En een secretaris?'

'Kolonel Sandherr vertrouwde hen niet. Als u een dossier nodig heeft, vraagt u het aan Gribelin. Als u hulp nodig heeft bij het kopiëren, gebruikt u een van de kapiteins. Valdant kan typen.'

Ik heb het gevoel dat ik in een of andere vreemde religieuze sekte ben beland, met obscure geheime rituelen. Het ministerie van Oorlog is op het terrein van een oud nonnenklooster gebouwd, en de officieren van de generale staf aan de rue Saint-Dominique hebben de bijnaam 'de Dominicanen', omdat ze zich altijd heimelijk gedragen. Maar het is me nu al duidelijk dat dat vergeleken met de afdeling Statistiek weinig voorstelt.

'U zou me nog vertellen waar kapitein Lauth net mee bezig was.'

'We hebben een spion in de Duitse ambassade. Deze spion levert ons regelmatig documenten die zijn weggegooid en samen met het afval in de ambassade verbrand hadden moeten worden. Maar die belanden dus bij ons. Meestal zijn ze verscheurd, dus we moeten ze weer aan elkaar plakken. Het is lastig werk. Lauth is er erg goed in.'

'Hebben jullie Dreyfus op die manier in beeld gekregen?'

'Inderdaad.'

'Door een verscheurde brief aan elkaar te plakken?'

'Precies.'

'Mijn god, waar zo'n klein begin toe leidt...! Wie is deze spion?'

'We gebruiken de codenaam "Auguste". Aan het product wordt gerefereerd als "de gebruikelijke route".'

Ik glimlach. 'Goed, laat me het op een andere manier zeggen: wie is "Auguste"?'

Henry geeft liever geen antwoord, maar ik ben vastberaden hem onder druk te zetten: als ik ooit greep op deze baan wil krijgen, moet ik weten hoe de dienst functioneert, van onder tot boven, en hoe sneller hoe beter. 'Vooruit, majoor Henry, ik ben het hoofd van deze afdeling. U zult het me moeten vertellen.'

Onwelwillend zegt hij: 'Een vrouw, ze heet Marie Bastian; ze is een van de schoonmaaksters op de ambassade. Ze maakt, meer in het bijzonder, de kamer van de Duitse militaire attaché schoon.'

'Hoe lang werkt ze voor ons?'

'Vijf jaar. Ik ben haar contact. Ik betaal haar tweehonderd frank per maand.' Hij kan niet laten er vol eigendunk aan toe te voegen: 'Zo'n koopje vind je nergens in Europa!'

'Hoe komt het materiaal bij ons?'

'Ik ontmoet haar in een kerk hier in de buurt, soms één keer per week, soms twee keer – altijd 's avond, als het stil is. Niemand ziet ons. Ik neem de spullen meteen mee naar huis.'

'Naar huis?' Ik kan mijn verbazing niet verbergen. 'Is dat veilig?'

'Volkomen. Ik woon alleen met mijn vrouw en onze baby. Ik sorteer het en bekijk wat in het Frans is geschreven – ik beheers geen Duits: Lauth handelt hier alles in het Duits af.'

'Ik begrijp het. Goed.' Ik knik goedkeurend, terwijl ik in werkelijkheid vind dat deze procedure extreem amateuristisch klinkt. Maar ik ben niet van plan om meteen op mijn eerste dag ruzie met Henry te maken. 'Ik heb het gevoel dat we het prima met elkaar zullen kunnen vinden, Henry.'

'Dat hoop ik van harte, kolonel.'

Ik kijk op mijn horloge. 'Als u me nu wilt excuseren, dan ga ik de deur uit, naar het hoofd van de generale staf.'

'Wilt u dat ik met u meega?'

'Nee.' Opnieuw vraag ik me af of hij het echt meent. 'Dat zal niet nodig zijn. Hij heeft me voor de lunch uitgenodigd.'

'Uitstekend. Als u me nodig heeft, zit ik in mijn kamer.' Ons gesprek is zo formeel als een pas de deux.

Henry salueert en vertrekt. Ik doe de deur dicht en kijk om me heen. Ik krijg kippenvel; ik heb het gevoel dat ik in de huid van een lijk zit: rechthoekige vlekken op de muur geven aan waar Sandherrs schilderijen hebben gehangen, op zijn bureau zitten brandgaten van zijn sigaretten, op de tafel kringen van zijn cognacglazen en een uitgesleten spoor in het tapijt geeft aan waar hij zijn stoel achteruit schoof – zijn aanwezigheid beklemt me. Ik zoek de juiste sleutel en open de kluis. Er liggen twintig, dertig ongeopende brieven in, geadresseerd aan vier of vijf mensen die verspreid door de stad wonen – aliassen, neem ik aan. Waarschijnlijk zijn het verslagen van Sandherrs spionnen, die na zijn vertrek zijn doorgestuurd. Ik open er een – *Ongebruikelijke activiteiten gemeld in het garnizoen in Metz...* – en stop hem weer terug. Spionagewerk: ik haat het. Ik had deze baan nooit moeten accepteren. Het is volkomen ondenkbaar dat ik me hier ooit op mijn gemak ga voelen.

Onder de brieven ligt een dunne manilla envelop met een grote foto van twintig bij vijfentwintig centimeter erin. Ik herken hem onmiddellijk uit Dreyfus' zaak voor de krijgsraad – het is een kopie van het brieftelegram, het beroemde bordereau dat de documenten die hij aan de Duitsers gaf, vergezelde. Het was het cruciale bewijsstuk in de rechtszaak tegen hem. Tot vanochtend had ik geen idee hoe de afdeling Statistiek er de hand op heeft weten te leggen. Nu is dat me duidelijk: ik bewonder Lauths handwerk. Als je ernaar kijkt, kun je je niet voorstellen dat het snippers waren: alle scheurlijnen zijn nauwgezet geretoucheerd, zodat het één heel document lijkt te zijn.

Ik ga aan het bureau zitten en open het. Ondanks de maar traag progressieve aard van zijn ziekte, lijkt Sandherr het pand toch nog overhaast te hebben verlaten: hij heeft verschillende snuisterijen achtergelaten. Als ik de lades opentrek, rollen ze heen en weer. Krijtjes. Een balletje zegelwas. Een paar buitenlandse munten. Vier kogels. En verschillende blikjes en flesjes met medicijnen: kwik, pokhouthars, kaliumjodide.

Generaal De Boisdeffre trakteert me, om mijn aanstelling te vieren, op een lunch in de Jockey Club, wat sympathiek van hem is. De ramen en deuren zitten dicht, en op iedere tafel is een schaal fresia's en reukerwater geplaatst, maar niets kan de zoetzure stank van menselijke uitwerpselen verdrijven. De Boisdeffre doet alsof hij het niet merkt. Hij bestelt een goede witte bourgogne en drinkt er het grootste deel zelf van op, waarbij zijn hoge wangen langzaam maar zeker de kleur van een wilde wingerd in de herfst aannemen. Ik drink mondjesmaat en heb een klein notitieboekje geopend naast mijn bord liggen, zoals het een goede stafofficier betaamt.

De president van de club, Sosthènes de La Rochefoucauld, hertog van Doudeauville, zit aan de tafel naast ons. Hij komt naar ons toe om de generaal te begroeten. De Boisdeffre stelt me voor. De neus en de jukbeenderen van de hertog zien er gerimpeld en breekbaar uit, als meringues; als hij me een hand geeft, voelt zijn huid papierachtig aan.

Bij de forelpaté praat de generaal over de nieuwe tsaar, Nicholas II. De Boisdeffre is gebrand op informatie over Russische anarchistencellen die in Parijs actief zouden kunnen zijn. 'Ik wil dat u uw ogen en oren wijd openhoudt; alles wat we aan Moskou kunnen doorspelen, kan bij onderhandelingen van belang zijn.' Hij slikt een stuk vis door en vervolgt: 'Een alliantie met Rusland maakt met één diplomatieke pennenstreek een einde aan onze inferioriteit ten opzichte van de Duitsers. Het is minimaal honderdduizend man waard. Daarom hou ik me de helft van mijn tijd met buitenlandse zaken bezig. Op het hoogste niveau houdt de scheiding tussen het militaire en het politieke op te bestaan. Maar we moeten niet vergeten dat het leger altijd boven pure partijpolitiek moet staan.'

Die opmerking brengt hem ertoe herinneringen op te halen aan Mercier, die niet langer minister van Oorlog is, maar de jaren tot zijn pensioen als commandant van het Vierde Legerkorps in Le Mans zal slijten. 'Hij had gelijk met zijn voorspelling dat de president zou kunnen worden afgezet, maar dat hij dacht kans te maken hem op te volgen, dat was een misvatting.'

Ik ben zo verbaasd dat mijn vork halverwege mijn mond in de lucht blijft hangen. 'Dacht generaal Mercier dat hij president kon worden?'

'Inderdaad, in die waan verkeerde hij. Dat is een van de nadelen van een republiek – maar goed, in ieder geval droomt niemand ervan koning te worden. Toen de heer Casimir-Périer in januari ontslag nam, en de Senaat en het Huis van Afgevaardigden in Versailles samenkwamen om zijn opvolger te kiezen, verspreidden generaal Merciers "vrienden", zoals ik hen tactvol zal noemen, een pamflet waarin iedereen werd opgeroepen om de man die de verrader Dreyfus aan de krijgsraad had uitgeleverd, tot president te kiezen. Hij kreeg precies drie van de achthonderd stemmen.'

'Dat wist ik niet.'

'Ik geloof dat onze Engelse vrienden zoiets een *long shot* noemen: niet geschoten is altijd mis.' Het hoofd van de generale staf glimlacht. 'Maar de politici zullen het hem natuurlijk nooit vergeven.' Hij dept zijn snor met zijn servet. 'U zult vanaf nu politieker moeten denken, kolonel, als u tenminste van plan bent de hoge verwachtingen die we van u hebben in te lossen.' Ik buig mijn hoofd een beetje, alsof De Boisdeffre een decoratie om mijn nek hangt. Hij zegt: 'Vertel eens, wat denkt u van de zaak-Dreyfus?'

'Onsmakelijk,' antwoord ik. 'Schunnig. Verbijsterend. Ik ben blij dat het voorbij is.'

'O, maar ik betwijfel of het wel voorbij is – en dan denk ik meer als politicus dan als militair. Het Jodendom is een volhardend volk. Het feit dat Dreyfus daar op die rots zit, veroorzaakt bij hen een zeurende kiespijn. Het obsedeert hen. Ze zullen het niet loslaten.'

'Hij staat symbool voor hun schaamtegevoel. Maar wat kunnen ze doen?'

'Dat weet ik niet precies. Maar ze gaan íéts doen, daar kunnen we op rekenen.' De Boisdeffre staart naar het verkeer op de rue Rabelais en valt even stil. Zijn profiel in het aromatische zonlicht is heel voornaam, zijn eeuwenoude goede afkomst zit in zijn vlees gebeiteld. Ik denk plotseling aan de afbeelding van een Normandische ridder die na een lange lijdensweg in een kapel in Bayeux is neergeknield. Hij zegt peinzend: 'Dreyfus heeft toch tegen die jonge kapitein beweerd dat hij geen motief had voor verraad? Ik denk dat we daar eens over moeten nadenken. Laat u die zaak nog maar niet rusten. Licht zijn familie door – "voedt het dossier", zoals uw voorganger placht te zeggen. Kijk maar eens of u nog bewijzen voor een motief kunt vinden, dan kunnen we die achter de hand houden.'

'Ja, natuurlijk, generaal.' Ik voeg het toe aan het lijstje in mijn notitieboekje, onder 'Russische anarchisten' – 'Dreyfus: motief?'

De *rillettes de canard* wordt geserveerd, en het gesprek komt op de recente Duitse vlootschouw, in Kiel.

Die middag haal ik de brieven van de informanten uit de kluis in mijn nieuwe werkkamer, stop ze in mijn aktetas en ga op bezoek bij kolonel Sandherr. Zijn woning, waarvan Gribelin me het adres heeft gegeven, bevindt zich op maar tien minuten lopen, aan de andere kant van de rivier, in de rue Léonce Reynaud. Zijn vrouw doet open. Als ik haar zeg dat ik de opvolger van haar man ben, beweegt ze haar hoofd naar achteren, als een slang die gaat aanvallen: 'U heeft zijn baan, monsieur – wat wilt u nog meer van hem?'

'Als het niet uitkomt, madame, dan kan ik wel een andere keer terugkomen.'

'O, kunt u dat? Wat vriendelijk! Maar hoe komt u erbij dat het een andere keer wel uitkomt?'

'Het is al goed, liefste,' klinkt de vermoeide stem van Sandherr van ergens achter in de woning. 'Picquart is een Elzasser. Laat hem binnen.'

'Jij!' mompelt ze bitter tegen haar man, terwijl ze mij aan blijft kijken, 'jij bent te goed voor die lui!' Toch doet ze een stap opzij om me binnen te laten.

Sandherr roept: 'Ik ben in de slaapkamer, Picquart, kom binnen,' en ik loop in de richting waar zijn stem vandaan komt, naar een zwaar verduisterde kamer waar het naar ontsmettingsmiddelen ruikt. Hij zit in zijn nachthemd rechtop in bed en doet een lamp aan. Als hij zijn ongeschoren gezicht naar mij toe draait, zie ik dat het onder de zweren zit, sommige rauw en vochtig, andere pokdalig en droog. Ik had gehoord dat zijn gezondheid hard achteruitging, maar ik had geen idee dat hij er zo slecht aan toe was. Hij waarschuwt me: 'Als ik u was, zou ik daar blijven staan.'

'Neemt u mij niet kwalijk dat ik zo'n inbreuk maak op uw privacy, kolonel,' zeg ik terwijl ik mijn best doe om mijn afschuw te verbergen. 'Maar ik heb uw hulp nodig.' Ik laat mijn aktetas aan hem zien.

'Ik verwachtte u al.' Hij wijst met een onzekere vinger naar mijn tas. 'Zit alles erin? Laat eens zien.'

Ik haal de brieven eruit en nader het bed. 'Ik neem aan dat ze van informanten komen.' Ik leg ze op zijn deken, net binnen zijn handbereik, en doe een stap achteruit. 'Maar ik weet niet wie zij zijn, en wie ik kan vertrouwen.'

'Mijn parool is: vertrouw niemand; dan word je ook niet teleurgesteld.' Hij draait zich om om zijn bril van het nachtkastje te pakken, en ik zie dat de zweren onder de stoppels op zijn kaak en keel in een blauwgrijs spoor naar zijn nek lopen. Hij zet de bril op en tuurt naar de brieven. 'Ga zitten. Trek die stoel wat dichterbij. Heeft u een potlood? U zult aantekeningen moeten maken.'

De volgende twee uur leidt Sandherr me, bijna zonder adempauze, rond in zijn geheime wereld: deze man werkt in een wasserij voor het Duitse garnizoen in Metz; die man heeft een baan bij de spoorwegmaatschappij aan de oostgrens; zij is de minnares van een Duitse officier in Mulhouse; hij is een kruimeldief in Lotharingen die op bestelling inbreekt; hij is een drinkebroer; hij is homoseksueel; zij is een patriot die in 1870 haar neef verloor en het huishouden van de militaire gouverneur doet; die en die kunt u vertrouwen; luister niet naar hem of haar; hij heeft nu onmiddellijk driehonderd frank nodig; hem hebben we niet langer nodig... Ik noteer alles op dicteersnelheid, tot we alle brieven hebben afgehandeld. Hij somt uit zijn hoofd nog een lijst met andere informanten en hun codenamen op, en zegt dat ik Gribelin om hun adressen moet vragen. Het is duidelijk dat hij moe begint te worden.

'Wilt u dat ik ga?' vraag ik.

'Zo meteen.' Hij maakt een zwak gebaar. 'In die ladekast daar liggen een paar spullen die u moet hebben.' Hij kijkt toe hoe ik kniel om hem te openen en er een zwaar metalen geldkistje en een grote envelop uit haal. 'Maak ze maar open,' zegt hij. Het geldkistje zit niet op slot. Er zit een klein vermogen aan gouden munten en bankbiljetten in: vooral Franse franken, maar ook Duitse marken en Engelse ponden. Hij zegt: 'Het vertegenwoordigt alles bij elkaar een waarde van ongeveer achtenveertigduizend frank. Als u meer nodig heeft, praat u met De Boisdeffre. Monsieur Paléologue van het ministerie van Buitenlandse Zaken heeft ook opdracht bijdragen te leveren. Gebruik het voor informanten en bijzondere betalingen. Zorg er altijd voor dat u veel op zak heeft. Stop het kistje in uw tas.'

Ik doe wat hij me opdraagt en open vervolgens de envelop. Er zitten zo'n honderd vellen papier in: lijsten met namen en adressen, in een keurig handschrift, gerangschikt naar *département*.

Sandherr zegt: 'Het moet voortdurend geactualiseerd worden.'

'Wat is het?'

'Mijn levenswerk.' Hij stoot een droog lachje uit, dat in een hoestbui ontaardt.

Ik sla de pagina's om. Er moeten zo twee- tot drieduizend mensen in staan. 'Wie zijn dat allemaal?'

'Vermeende verraders, die in geval van oorlog onmiddellijk gearresteerd moeten worden. De lokale politie mag alleen de namen op hun respectievelijke grondgebied kennen. Afgezien van dit exemplaar hier bestaat er nog één kopie, die de minister bewaart. Er is ook nog een langere lijst, die heeft Gribelin.'

'Nóg langer?'

'Daar staan honderdduizend namen op.'

'Wat een lijst!' roep ik uit. 'Die moet zo dik als de Bijbel zijn! Wie zijn zij?'

'Vreemdelingen die geïnterneerd moeten worden als er vijandigheden uitbreken. En dat is exclusief de Joden.'

'Bent u van mening dat de Joden in geval van een oorlog geïnterneerd moeten worden?'

‘Ze moeten minimaal verplicht worden zich te registreren en aan een avondklok en reisbeperkingen worden onderworpen.’ Sandherr zet zijn bril met bevende handen af en legt hem op het nachtkastje. Dan zakt hij achterover in de kussens en sluit zijn ogen. ‘Zoals u heeft gezien, is mijn vrouw erg loyaal aan mij – loyaler dan de meeste vrouwen onder deze omstandigheden zullen zijn. Zij vindt het schandalig dat ik op de lijst van gepensioneerden ben gezet. Maar ik verzeker haar dat ik blij ben op de achtergrond te verdwijnen. Als ik hier in Parijs om me heen kijk, zie ik hoeveel buitenlanders er rondlopen en hoe de moraal en de artistieke standaard achteruithobbelen, en dan besef ik dat ik mijn eigen stad niet meer ken. Daarom hebben we in 1870 verloren – de natie is niet meer zuiver.’

Ik pak de brieven en stop ze in mijn aktetas. Dit soort praatjes, van oude mannen die klagen dat de wereld naar de haaien gaat, verveelt me snel. Het is zo banaal. Ik kan niet wachten om van deze deprimerende persoon weg te komen. Maar ik moet nog één vraag stellen. ‘U had het over de Joden,’ zeg ik. ‘Generaal De Boisdeffre is bezorgd dat de belangstelling voor de zaak-Dreyfus zou kunnen opleven.’

‘Generaal De Boisdeffre is een oud wijf,’ zegt Sandherr op een toon alsof het om een wetenschappelijk feit gaat.

‘Hij maakt zich zorgen over de afwezigheid van een bewijs van een motief...’

‘Motief?’ moppert Sandherr. Hij schudt zijn hoofd op het kussen – of hij dat van ongeloof doet of dat het een gevolg is van zijn aandoening, kan ik niet zeggen. ‘Wat wauwelt hij nou? Motief? Dreyfus is een Jood, en meer Duits dan Frans! Het grootste deel van zijn familie woont in Duitsland! Zijn inkomen komt uit Duitsland! Hoeveel motieven heeft de generaal nodig?’

‘Ik moet het dossier “voeden”. Dat waren zijn woorden.’

‘Het dossier-Dreyfus is dik genoeg. Zeven rechters hebben ernaar gekeken, en ze hebben hem unaniem schuldig verklaard. Praat er met Henry over als u er problemen mee krijgt.’

En dat gezegd hebbende trekt Sandherr de dekens tot onder zijn kin en draait zich op zijn zij, met zijn rug naar me toe. Ik blijf nog even staan. Ten slotte bedank ik hem voor zijn hulp en zeg gedag. Maar ik weet niet of hij me hoort, want hij geeft geen antwoord.

Het daglicht op de stoep voor Sandherrs appartement is na de duisternis in de ziekenkamer verblindend. Mijn aktetas, vol geld en namen van verraders en spionnen, hangt zwaar aan mijn hand. Als ik op zoek naar een huurrijtuig de avenue du Trocadéro oversteek en naar links kijk om me ervan te vergewissen dat ik niet word overreden, registreer ik half en half een stijlvol appartementencomplex met een dubbele voordeur; op het blauwe tegeltje ernaast staat het nummer zes. Eerst denk ik er niets van, maar dan blijf ik stokstijf staan en kijk nog een keer: avenue du Trocadéro 6, ik ken dat adres. Ik heb het talloze keren op schrift zien staan. Hier woonde Dreyfus ten tijde van zijn arrestatie.

Ik kijk om naar de rue Léonce Reynaud, hooguit honderd passen van me vandaan. Het is natuurlijk toeval, maar het is wel merkwaardig: dat Dreyfus zo dicht bij zijn wreker woonde dat ze elkaar vanuit hun voordeur zo ongeveer konden zien; ze moeten elkaar dikwijls op straat, op weg naar en terug van het ministerie van Oorlog, zijn tegengekomen. Ik loop naar de stoeprand, leg mijn hoofd in mijn nek en hou mijn hand boven mijn ogen tegen het licht, om het voorname appartementencomplex te bekijken. Alle grote ramen hebben een balkon met een gietijzeren balustrade dat groot genoeg is om op te zitten, met uitzicht op de Seine – het pand is vele malen chiquer dan dat van Sandherr, dat in een smal, geplaveid straatje staat.

Mijn blik valt op een raam op de eerste verdieping: een jongen met een bleek gezicht, als van iemand die invalide en aan huis gebonden is, kijkt op me neer; er komt een volwassene bij hem staan, een jonge vrouw wier gezicht al net zo bleek is als het zijne, met donkere krullen eromheen – zijn moeder, misschien. Ze staat achter hem, met haar handen op zijn armen, en samen staren ze naar mij – een kolonel in uniform die vanaf de straat naar hen kijkt. Dan fluistert zij hem iets in het oor en neemt hem zacht bij zijn arm, waarna ze verdwijnen.

4

De volgende morgen beschrijf ik de vreemde verschijning aan majoor Henry. Hij fronst zijn wenkbrauwen.

'Een raam op de eerste verdieping van nummer zes? Dat moet Dreyfus' vrouw geweest zijn, met hun zoontje... Hoe heet hij ook weer? Pierre, dat was het. Ze hebben ook nog een dochtertje, Jeanne. Madame Dreyfus houdt de kinderen de hele dag binnen, om te voorkomen dat ze horen dat er over hun vader wordt gepraat. Ze heeft hun verteld dat hij op een bijzondere buitenlandse missie is.'

'En dat geloven ze?'

'Waarom zouden ze dat niet geloven? Ze zijn jong.'

'Hoe weet u dat allemaal?'

'O, we houden hen nog steeds nauwgezet in de gaten, maakt u zich geen zorgen.'

'Hoe nauwgezet?'

'We hebben een agent op hun huishoudelijk personeel gezet. We volgen hen. We onderscheppen hun post.'

'Nog steeds? Een halfjaar nadat Dreyfus is veroordeeld?'

'Kolonel Sandherr had een theorie dat Dreyfus tot een spionagesyndicaat zou kunnen behoren. Hij dacht dat we, als we zijn familie observeren, ook andere verraders zouden kunnen ontmaskeren.'

'Maar dat is niet gebeurd?'

'Nog niet.'

Ik leun achterover in mijn stoel en neem Henry op. Hij ziet er vriendelijk uit. Zo op het oog is hij niet zo fit, maar ik denk dat er onder die laag vet behoorlijk veel fysieke kracht schuilgaat: hij is het soort kerel dat in het café het een en ander krijgt aangeboden en, als hij er voor in de stemming is, weet hoe hij een goed verhaal moet vertellen. We zijn zo verschillend als twee mannen maar kunnen zijn. 'Wist u,' vraag ik, 'dat het appartement van kolonel Sandherr maar een paar honderd meter van Dreyfus' woning af ligt?'

Zo af en toe komt er iets sluws in Henry's blik. Dat is de enige scheur in zijn pantser van jovialiteit. Hij vraagt laconiek: 'Zo dichtbij? Dat had ik niet beseft.'

'Ja. Sterker nog, toen ik daar was, bedacht ik dat ze elkaar weleens tegengekomen moeten zijn, al was het maar op straat.'

'Dat zou heel goed kunnen. Ik weet dat de kolonel hem probeerde te mijden. Hij mocht hem niet, hij vond altijd dat hij te veel vragen stelde.'

Ik geloof meteen dat hij hem niet mocht. Een Jood met een enorm appartement met uitzicht op de rivier... Ik stel me voor hoe Sandherr 's ochtends om negen uur met kwieke tred naar de rue Saint-Dominique loopt en de jonge kapitein zich bij hem voegt en probeert een gesprek met hem aan te knopen. Dreyfus wekte bij mij, de keren dat ik met hem te maken had, de indruk dat hij een hersendeel miste: een essentieel stuk sociaal gereedschap dat hem had moeten vertellen wanneer hij mensen verveelde of wanneer ze niet met hem wilden praten. Hij had niet door dat hij dat effect op anderen had, terwijl Sandherr, die al een samenzwering vermoedde als hij twee vlinders op dezelfde bloem zag neerstrijken, zijn nieuwsgierige Joodse buurman steeds argwanender bekeek...

Ik open de lade van mijn bureau en haal er de medicijnen uit die ik er een dag eerder in gevonden heb: een paar blikjes en twee kleine, donkere flesjes. Ik laat ze aan Henry zien. 'Kolonel Sandherr heeft deze laten liggen.'

'Dat is onoplettend van hem. Mag ik?' Henry pakt ze klungelig van me aan. In zijn onhandigheid laat hij een van de flesjes bijna vallen. 'Ik zal ervoor zorgen dat ze naar hem toe gestuurd worden.'

Ik kan niet nalaten te zeggen: 'Kwik, pokhouthars, kaliumjodide... U weet toch waar die normaal gesproken toe dienen, nietwaar?'

'Nee. Ik ben geen dokter...'

Ik besluit het te laten rusten. 'Ik wil een uitgebreid rapport waarin precies staat waarmee de familie Dreyfus zich bezighoudt – wie ze zien, wat ze doen om de gevangene te helpen. Bovendien wil ik Dreyfus' correspondentie naar en van Duivelseiland inzien. Ik neem aan dat die wordt gecensureerd en dat we kopieën hebben?'

'Natuurlijk. Ik zeg Gribelin dat hij ervoor zorgt.' Hij aarzelt. 'Als ik het mag vragen, kolonel, vanwaar al deze belangstelling voor Dreyfus?'

'Generaal De Boisdeffre denkt dat het een politieke kwestie zou kunnen worden. Hij wil dat we op alles voorbereid zijn.'

'Dat begrijp ik.'

Hij vertrekt, met Sandherrs medicijnen aan zijn borst gedrukt. Hij weet heus wel waartegen die voorgeschreven worden: wij hebben in onze tijd allebei genoeg mannen uit illegale bordelen moeten halen om de standaardbehandeling tegen syfilis te kennen. Wat zijn de implicaties van het feit dat ik de geheime dienst heb geërfd van iemand die klaarblijkelijk lijdt aan syfilis in het derde stadium, ook wel 'de verlammende waanzin' genoemd?

Die middag schrijf ik mijn eerste rapport voor de generale staf – een *blanc*, zoals die in de rue Saint-Dominique bekendstaan. Ik flans het in elkaar met behulp van wat Duitse plaatselijke krantjes en de brieven van informanten, die Sandherr voor me heeft toegelicht: *Een correspondent uit Metz rapporteert dat er de laatste dagen veel activiteit is in het garnizoen in Metz. Er gaan geen geruchten in de stad en er is geen onrust, maar de militaire autoriteiten vragen het uiterste van hun manschappen...*'

Als ik het af heb, lees ik het terug, en vraag me af of de inhoud belangrijk is. Is die zelfs wel waar? Eerlijk gezegd heb ik geen flauw idee. Ik weet alleen dat van mij ten minste één blanc per week wordt verwacht en dat dit bij deze eerste poging het beste is wat ik kan bieden. Ik verstuur hem naar het hoofd van de generale staf en zet me schrap voor een berisping voor het leveren van zulke waardeloze kletspraat. Maar nee, De Boisdeffre bevestigt de ontvangst, bedankt me en stuurt een kopie naar de stafchef van de infanterie (ik kan me het gesprek in de mess voorstellen: 'Ik heb van horen zeggen dat de Duitsers iets van plan zijn in Metz...'), en het leven van de vijftigduizend manschappen aan de oostgrens is dankzij het opschroeven van het aantal exercities en geforceerde marsen een paar dagen lang extra ellendig.

Het is mijn eerste les in de kabbalistische macht van de 'geheime dienst': twee woorden volstaan om doorgaans verstandige mannen van hun verstand te beroven.

Een paar dagen later brengt Henry een agent naar mijn kamer om me over Dreyfus te informeren. Hij stelt hem aan me voor als François Guénée, van de Sûreté*. Hij is in de veertig en heeft een gelige huid van

* De Franse recherche.

de nicotine of de alcohol of allebei, en de manieren, dan weer bullebakkerig en dan weer onderkruiperig, die typisch zijn voor een bepaald soort politieagent. Als we elkaar een hand geven, herken ik hem van mijn eerste ochtend: hij was een van die kerels die beneden zaten te roken en te kaarten. Henry zegt: 'Guénée was verantwoordelijk voor het observeren van de familie van Dreyfus. Ik dacht dat u misschien wilde weten hoe het ervoor staat.'

'Gaat u zitten.' Ik maak een gebaar naar de tafel en stoelen in de hoek van mijn kamer, en we nemen plaats. Guénée heeft een dossier bij zich; Henry ook.

Guénée begint: 'Conform de instructies van kolonel Sandherr heb ik mijn onderzoek vooral gericht op de oudere broer van de verrader, Mathieu Dreyfus.' Hij haalt een studiofoto uit zijn map en schuift die over de tafel naar me toe. Mathieu is knap, buitengewoon knap zelfs, en ik bedenk dat híj legerkapitein had moeten zijn, in plaats van Alfred, die meer van een bankdirecteur weg heeft. Guénée vervolgt: 'Het subject is zevenendertig en is vanuit Mulhouse naar Parijs verhuisd om de campagne ten behoeve van zijn broer te organiseren.'

'Dus er is een campagne?'

'Ja, kolonel: hij schrijft brieven aan prominenten en heeft laten weten dat hij bereid is goed te betalen voor nuttige informatie.'

'U weet dat ze erg rijk zijn,' valt Henry in. 'De vrouw van Dreyfus zelfs nog meer. Zij komt uit de familie de Hadamard – dat zijn diamanthandelaren.'

'En komt de broer verder?'

'Er is een arts uit Le Havre, een zekere dokter Gibert, een oude vriend van de president van de republiek. Hij heeft meteen aan het begin al aangeboden bij president Fauré een goed woordje voor de familie te doen.'

'En heeft hij dat ook gedaan?'

Guénée raadpleegt zijn dossier. 'De dokter en de president hebben op 21 februari samen in het Élysée ontbeten. Daarna is Gibert linea recta naar hôtel de l'Athénée gegaan, waar Mathieu Dreyfus op hem wachtte – een van onze mannen was hem daar vanaf zijn appartement naartoe gevolgd.'

Hij geeft me het rapport van de agent: *Subjecten zaten in lobby en maakten zeer geanimeerde indruk. Nam plaats aan belendende tafel en hoorde A. het volgende tegen B. zeggen: 'Ik vertel je wat de president zei – de rechters kwamen op grond van geheim bewijs tot de veroordeling, niet op grond van bewijs dat in de rechtszaak werd aangevoerd.' Dit punt werd verschillende malen met veel nadruk herhaald... Na vertrek van B. bleef een zichtbaar geëmotioneerde A zitten. A. betaalde de rekening (zie bijgevoegde kopie) en verliet het hotel om 9.25 uur.*

Ik kijk naar Henry. 'Dus de president heeft onthuld dat de rechters geheime bewijzen hebben gekregen?'

Henry haalt zijn schouders op. 'De mensen praten wel meer. Het zou toch vroeg of laat naar buiten zijn gekomen.'

'Ja, maar de president...? Baart dat u geen zorgen?'

'Nee, waarom? Het is een legale procedure. Het verandert niets aan de zaak.'

Ik denk hier even over na en betwijfel het ten zeerste. Hoe zou mijn vriend Leblois, die jurist is, reageren als hij dit hoorde? 'Ik ben het met u eens dat het niets aan Dreyfus' schuld verandert. Maar als bekend wordt dat hij is veroordeeld op basis van geheim bewijs dat hij en zijn advocaat zelf nooit hebben gezien, dan zal er zeker beweerd kunnen worden dat hij geen eerlijk proces heeft gekregen.' Ik begin te begrijpen waarom De Boisdeffre politieke problemen voorziet. 'Weten we wat de familie met deze informatie denkt te gaan doen?'

Henry kijkt naar Guénée, die zijn hoofd schudt. 'In het begin waren ze er allemaal erg opgewonden over. De familie kwam bijeen in Bazel. Ze brachten een journalist mee, een Jood, ene Lazare. Die beweegt zich in anarchistische kringen. Maar dat is vier maanden geleden; sindsdien hebben ze niets meer gedaan.'

'Dat wil zeggen, één ding hebben ze wel gedaan,' zegt Henry met een knipoog. 'Vertel de kolonel over madame Léonie – dat zal hem opvrolijken!'

'O ja, madame Léonie!' Guénée lacht en bladert in zijn dossier. 'Dat is een vriendin van dokter Gibert.' Hij reikt me een tweede foto aan, van een vrouw van een jaar of vijftig met een alledaags gezicht en een Normandische bonnet op, die recht in de camera kijkt.

'En wie is madame Léonie?'

'Zij is een waarzegster.'

'Bent u serieus?'

'Volkomen! Ze brengt zichzelf onder hypnose en geeft Mathieu berichten over de zaak van zijn broer door die zij uit de wereld der geesten zegt te ontvangen. Hij heeft haar in Le Havre leren kennen en was zo van haar onder de indruk dat hij haar naar Parijs heeft laten komen. Ze heeft nu een kamer in zijn appartement.'

'Het is toch niet te geloven?' Henry buldert van het lachen. 'Ze tastten letterlijk in het duister! We hebben echt niets van deze mensen te vrezen, kolonel.'

Ik leg de foto's van Mathieu Dreyfus en madame Léonie naast elkaar en voel dat mijn onbehaaglijke gevoel wegtrekt. Tafelklopperij, waarzeggerij, communicatie met de doden: het is op het moment allemaal in de mode in Parijs – je zou over je medemens gaan wanhopen. 'Je hebt gelijk, Henry. Het bewijst inderdaad dat ze geen steek verder komen. Ze hebben ontdekt dat er geheime bewijzen zijn, maar beseffen duidelijk dat dat op zich niets betekent. We moeten ons er alleen wel van vergewissen dat het daarbij blijft.' Ik wend me tot Guénée. 'Hoe organiseert u de surveillance?'

'We hebben een kordon om hen heen gelegd, kolonel. De kinderjuffrouw van madame Dreyfus doet wekelijks verslag bij ons. De conciërge in het appartementencomplex in de rue de Châteaudun, waar Mathieu Dreyfus woont, is een informant van ons. Het dienstmeisje van zijn vrouw ook. Zijn kokkin en haar verloofde houden hun ogen voor ons open. We volgen hem overal waar hij gaat. En al hun post wordt door de posterijen naar ons omgeleid; we maken van alles kopieën.'

'En dit is de correspondentie van Dreyfus zelf.' Henry steekt de map die hij mee heeft genomen op en overhandigt hem aan mij. 'Ze willen hem morgen weer terug hebben.'

Er zit een zwart lint omheen, met het officiële zegel van het ministerie van Overzees Frankrijk. Ik maak het lint los en sla het dekblad om. Sommige brieven zijn origineel – daarvan heeft de censuurambtenaar besloten dat ze niet door mogen, die worden op het ministerie achtergehouden – andere zijn kopieën van toegestane correspondentie. *Lieve Lucie, ik vraag me oprecht af hoe ik verder moet leven...* Ik leg de brief terug en pak een andere. *Mijn lieve, arme Fred, wat voelde ik een pijn toen ik van je werd gescheiden...* Het brengt me van mijn stuk. Je kunt je dat stijve, onaangename, kille figuur moeilijk als 'Fred' voorstellen.

Ik zeg: 'Van nu af aan wil ik van al hun brieven, zodra die op het ministerie van Overzees Frankrijk aankomen, een kopie ontvangen.'

'Ja, kolonel.'

'En in de tussentijd, monsieur Guénée, gaat u door met het observeren van de familie. Zolang hun strijd zich beperkt tot het ontvangen van helderzienden, hoeven wij ons nergens zorgen over te maken. Maar als het verder dan dat gaat, moeten we ons bezinnen. En blijf uitkijken naar aanwijzingen die op een bijkomend motief voor Dreyfus' verraad duiden.'

'Ja, kolonel.'

En daarmee is de briefing ten einde.

Aan het eind van de middag stop ik de map met de briefwisseling in mijn aktetas en ga naar huis.

Het is nog steeds warm, het is het gouden moment van de dag. Mijn appartement ligt zo hoog boven de straat dat de stadsgeluiden er slechts zwakjes doorklinken, en wat overblijft wordt gedempt door de rijen boeken langs de muur. De ruimte wordt voor een groot deel in beslag genomen door een vleugel – een Erard – die we op wonderbaarlijke wijze uit de puinhopen in Straatsburg in veiligheid hebben weten te brengen en die mijn moeder vervolgens aan mij heeft gegeven. Ik ga in mijn leunstoel zitten en trek mijn laarzen uit. Dan steek ik een sigaret op en staar naar de aktetas op de pianokruk. Eigenlijk moet ik me omkleden en meteen weer naar buiten. Ik zou het moeten laten liggen tot ik terugkom. Maar mijn nieuwsgierigheid is te groot.

Ik ga aan mijn kleine secretaire tussen de twee ramen zitten en haal de map uit de tas. Bovenop ligt een brief die in de militaire gevangenis Cherche-Midi is geschreven, op 5 december 1894, meer dan zeven weken na Dreyfus' arrestatie. De censuurambtenaar heeft hem keurig netjes op gelinieerd papier gekopieerd.

Lieve Lucie,

Eindelijk mag ik je schrijven. Ik heb net te horen gekregen dat ik de 19de van deze maand voor de rechter kom. Ik mag je niet zien.
Ik zal je niet beschrijven welke ontberingen ik heb geleden; er zijn geen woorden voor.
Herinner je je hoe vaak ik heb gezegd dat we zo gelukkig waren? Het leven lachte ons toe. En toen kwam vanuit het niets deze vreselijke don-

derslag, waarvan mijn oren nog steeds tuiten. Dat ik word beschuldigd van de monsterlijkste misdaad die een soldaat kan plegen! Eigenlijk denk ik nog steeds dat het een vreselijke nachtmerrie is...

Ik sla de bladzijde om en scan de regels snel naar het einde: *Ik omhels je duizend keer, want ik hou van je, ik adoreer je. Duizend kussen voor de kinderen. Ik durf niet nog meer over hen te schrijven. Alfred.*

De volgende brief, weer een kopie, heeft hij twee weken later vanuit zijn cel geschreven, de dag na zijn veroordeling. *Mijn verbittering is zo groot, mijn hart zo vergiftigd, dat ik mezelf allang van dit trieste leven had beroofd als de gedachte aan jullie niet bij me was gebleven, als de angst jullie verdriet nog verder te vergroten mijn hand niet had tegengehouden.*

Vervolgens een kopie van het antwoord van Lucie op eerste kerstdag: *Leef voor mij, smeek ik je, lieve vriend van me; verzamel je krachten, en vecht – we zullen samen blijven vechten tot de schuldige is gevonden. Wat moet er zonder jou van mij worden? Zonder jou heb ik niets wat me met deze wereld verbindt...*

Het lezen van deze teksten geeft me een smerig gevoel. Het is net alsof je een stel hoort vrijen in de kamer naast die van jou. Maar tegelijkertijd kan ik niet stoppen. Ik blader door de map tot ik bij Dreyfus' beschrijving van de degradatieceremonie kom. Als hij de minachtende blikken van zijn voormalige kameraden beschrijft, vraag ik me af of hij mij in gedachten heeft: *Het is niet moeilijk hun emoties te begrijpen, in hun plaats zou ik mijn minachting voor een officier die, naar mij is verzekerd, een verrader is, ook niet hebben beteugeld. Maar ach, hoe jammerlijk; er is wel een verrader, maar ik ben het niet...*

Ik stop met lezen en steek nog een sigaret op. Geloof ik deze verklaringen van zijn onschuld? Geen moment. Ik heb nog nooit van mijn leven een schoft ontmoet die niet, en altijd op dezelfde, oprechte toon, volhield dat hij het slachtoffer van een gerechtelijke dwaling was. Het lijkt een noodzakelijk onderdeel van de criminele geestesgesteldheid te zijn: om gevangenschap te overleven, moet je jezelf er op de een of andere manier van overtuigen dat je onschuldig bent. Met madame Dreyfus, aan de andere kant, heb ik medelijden. Het is duidelijk dat ze hem volledig vertrouwt – nee, meer dan dat, ze aanbidt hem, alsof hij de een of andere heilige martelaar is: *De waardigheid van je houding maakte op velen een diepe indruk; en als het uur van je rehabilitatie slaat, want dat staat te gebeuren, dan zal de herinnering aan het lijden dat je op die verschrikkelijke dag hebt moeten ondergaan, in het geheugen van de mensheid zijn gegraveerd...*

Hier moet ik het, zij het met tegenzin, bij laten. Ik stop de map in mijn secretaire, scheer me, trek mijn uitgaanstenue aan en loop naar het huis van mijn vrienden de *comte* en *comtesse* De Comminges.

Ik ken Aimery de Comminges, baron de Saint-Lary, sinds we meer dan tien jaar geleden samen in Tonkin waren gelegerd. Ik was een jonge, lage stafofficier; hij een nog jongere en nog lagere luitenant. Twee jaar lang vochten we tegen de Vietnamezen, in de delta van de Rode Rivier en in de buurt van Saigon en Hanoi, en toen we naar Frankrijk terugkeerden, bestendigde onze vriendschap zich. Hij stelde me voor aan zijn ouders en zusjes, Daisy, Blanche en Isabelle. Die waren alle drie muzikaal, ongehuwd en levenslustig, en geleidelijk aan ontstond er een salon, die bestond uit de drie zusjes en hun vrienden en die legerkameraden van Aimery die in muziek geïnteresseerd zijn – of dat veinzen, om de zusjes te kunnen ontmoeten.

De salon houdt al zes jaar stand, en vanavond ben ik voor zo'n muzikale soiree uitgenodigd. Zoals gebruikelijk ga ik, zowel voor mijn conditie als om het geld uit te sparen, niet per huurrijtuig maar lopend naar het feestje – en ik stap stevig door, want ik ben aan de late kant. Het oude, grote huis van de familie De Comminges staat aan de boulevard Saint-Germain. Ik herken het al van verre aan de koetsen en huurrijtuigen die gasten afzetten. Bij mijn binnenkomst krijg ik een vriendelijke begroeting en een warme dubbele handdruk van Aimery, die nu kapitein in de staf van de minister van Oorlog is; daarna kus ik zijn vrouw, Mathilde – haar familie, de Waldner von Freundsteins, is een van de oudste van de Elzas. Mathilde is sinds een jaar, na de dood van de oude comtesse, vrouw des huizes.

'Ga maar vast naar boven,' fluistert ze met haar hand op mijn arm. 'We beginnen bijna.' Ze vervult haar rol als charmante gastvrouw met verve door zelfs een alledaagse opmerking als een intieme ontboezeming te laten klinken. 'En je blijft eten, toch, mijn beste Georges?'

'Heel graag, dank je.' Eigenlijk had ik gehoopt vroeg weg te kunnen gaan, maar ik stem zonder te aarzelen in. Vrijgezellen van veertig zijn de zwerfkatten van het societyleven. We worden in huishoudingen opgenomen en gevoed en er wordt overdreven veel aandacht aan ons besteed; in ruil daarvoor worden wij geacht voor amusement te zorgen, ons uiterst vriendelijk aan soms ronduit opdringerige affectie te onderwerpen ('En wanneer ga jij nu trouwen, Georges?'), en altijd bereid te zijn om bij een diner voor gelijke aantallen te zorgen, ongeacht de termijn.

Als ik het huis in loop, roept Aimery me achterna: 'Blanche zoekt je!' en op hetzelfde moment zie ik dat zijn zus zich door de volle hal een weg naar mij toe baant. Op haar gewaad, met bijpassende hoofdtooi, zit een groot aantal donkergroen, rood en goud geverfde veren.

'Blanche,' zeg ik terwijl ze me kust, 'je ziet eruit als een heerlijke, sappige fazant.'

'Nu hoop ik maar dat jij vanavond een goede, en geen akelige god zult zijn,' antwoordt ze vrolijk, 'want ik heb een verrassing voor je.' Ze neemt me bij de arm en leidt me naar de tuin, in de tegenovergestelde richting van de rest.

Ik bied symbolisch verzet. 'Volgens mij wil Mathilde dat we allemaal naar boven gaan...'

'Doe niet zo mal! Het is pas zeven uur!' Ze vervolgt zachter. 'Is dat iets Dúíts, denk je?'

Ze voert me naar de glazen deuren die toegang geven tot een smal reepje tuin, die door een hoge muur waaraan Chinese lantaarns hangen van die van de buren wordt gescheiden. Bedienden verzamelen limonade- en likeurglazen; de gasten zijn al naar boven gegaan. Er staat nog één vrouw, in haar eentje, met haar rug naar ons toe; als ze zich omdraait, zie ik dat het Pauline is. Ze glimlacht.

'Kijk,' zegt Blanche, met een vreemde ondertoon in haar stem, 'zie je wel? Een verrassing.'

Blanche is de zus die de concerten organiseert. Vanavond presenteert ze haar laatste trouvaille, een jong Catalaans wonderkind: monsieur Casals, pas achttien jaar oud, die ze ontdekte toen hij de tweede cello speelde in het theaterorkest van de Folies-Marigny. Hij begint met een cellosonate van Saint-Saëns – vanaf de eerste noot is het duidelijk dat we hier met een duivelskunstenaar van doen hebben. Maar waar ik normaal gesproken in vervoering zou luisteren, kan ik mijn aandacht er deze avond niet goed bij houden. Mijn blik dwaalt langs de gasten, die op stoelen langs de muur van de *grand salon* zitten, hun blik op de musici in het midden. Van de om en nabij zestig toehoorders tel ik er twaalf in uniform, voor het grootste deel cavaleristen zoals Aimery, van wie ik van de helft weet dat ze bij de generale staf werken. Na een tijdje krijg ik het gevoel dat ikzelf blikken aantrek: ik, de jongste kolonel in het leger, ongetrouwd, naast de aantrekkelijke vrouw van een hooggeplaatste beambte van het ministerie van Buitenlandse Zaken, en haar man in geen velden of wegen te bekennen. Een kolonel in mijn positie die op overspel wordt betrapt, haalt zich een schandaal op de nek dat het einde van zijn carrière zou kunnen inluiden. Ik doe mijn best er niet aan te denken en me op de muziek te concentreren, maar ik ben niet op mijn gemak.

Tijdens de pauze keren Pauline en ik terug naar de tuin, met Blanche tussen ons in – ze heeft ons beiden bij de arm. Twee officieren, oude vrienden van me, komen naar me toe om me met mijn promotie te feliciteren, en ik stel Pauline aan hen voor. 'Dit is majoor Albert Curé – we hebben samen met Aimery in Tonkin gezeten. Dit is madame Monnier. En dit is kapitein William Lallemand de Marais...'

'Ook wel bekend als de halfgod,' onderbreekt Blanche me.

Pauline glimlacht. 'Waarom?'

'Vanwege Loge, de halfgod van het vuur uit *Das Rheingold*, natuurlijk. Zie je de gelijkenis niet, lieve Pauline? Kijk eens naar die passie! Kapitein Lallemand is de halfgod, en Georges is de goede god.'

'Ik weet niet veel van Wagner, vrees ik.'

Lallemand, de man met de grootste muziekkennis van ons groepje, veinst gechoqueerd ongeloof. 'Weet niet veel van Wagner! Kolonel Picquart, u moet madame Monnier meenemen naar Bayreuth!'

Curé vraagt, een beetje erg ad rem naar mijn smaak: 'En, houdt monsieur Monnier van opera?'

'Helaas houdt mijn man van geen enkele vorm van muziek.'

Nadat de mannen verder zijn gelopen, vraagt Pauline zacht: 'Wil je dat ik ga?'

'Nee, waarom zou ik dat willen?' We drinken een glas limonade. De enorme stank is de laatste dagen opgetrokken; er waait een warme bries van de Faubourg Saint-Germain, die de zomergeur van bloemen meevoert.

'Je lijkt je niet op je gemak te voelen, mijn liefste.'

'Nee, ik wist alleen niet dat jij en Blanche elkaar kenden, dat is alles.'

'Isabelle nam me een maand geleden mee naar een theekransje bij Alix Tocnaye, daar was zij ook.'

'En waar is Philippe?'

'Die is de stad uit. Hij komt op z'n vroegst morgen thuis.'

De implicatie, het aanbod, hangt onuitgesproken in de lucht.

'En de meisjes?' Paulines dochters zijn tien en zeven. 'Moet je niet naar hen terug?'

'Ze logeren bij Philippes zus.'

'Aha, dan begrijp ik nu wat Blanche met mijn "verrassing" bedoelde!' Ik weet niet of ik geamuseerd of geïrriteerd moet zijn. 'Waarom heb je haar in vertrouwen genomen?'

'Ik heb haar niets verteld. Ik dacht dat jij dat had gedaan.'

'Ik niet!'

'Maar de dingen die ze zei... Ze liet me geloven dat ze het van jou wist. Daarom heb ik haar deze avond laten regelen.' We kijken elkaar aan. En dan zegt ze, als gevolg van een intuïtie of deductie die zo snel werkt dat ik haar niet kan volgen: 'Blanche is verliefd op je.'

Ik lach geschrokken. 'Niet waar!'

'Je hebt vast en zeker een affaire met haar gehad?'

Wat kan een gentleman in een geval als dit anders doen dan liegen? 'Mijn liefste Pauline, ze is vijftien jaar jonger dan ik. Ik ben als een oudere broer voor haar.'

'Maar ze kijkt de hele tijd naar je. Ze is door je geobsedeerd, en nu heeft ze het over ons geraden.'

'Als Blanche verliefd op me is,' zeg ik zacht, 'lijkt het me sterk dat ze ervoor zorgt dat ik de nacht met jou kan doorbrengen.'

Pauline glimlacht en schudt haar hoofd. 'Dat is juist precies wat ze wel doet. Misschien kan zij je niet zelf krijgen, maar ze heeft nu in ieder geval wel de voldoening dat ze bepaalt wie jou wél krijgt.'

Intuïtief kijken we allebei of we in de gaten worden gehouden. Een lakei maakt zijn ronde en fluistert tegen de gasten dat het concert op het punt staat voortgezet te worden. De tuin loopt leeg. Een kapitein van de dragonders blijft op de drempel staan en draait zich naar ons om.

Pauline zegt opeens: 'Laten we nu weggaan, voor het tweede deel begint. Laten we het diner overslaan.'

'En twee lege plekken openlaten, zodat iedereen het ziet? Dan kunnen we net zo goed een advertentie in *Le Figaro* zetten.'

Nee, er staat ons niets anders te doen dan de hele avond uit te zitten – het strijkkwartet in het tweede deel, de twee toegiften, de champagne erna, het treuzelende afscheid van degenen die niet voor het diner zijn uitgenodigd maar hopen dat ze op het laatste moment nog respijt krijgen... Al die tijd mijden Pauline en ik elkaar zorgvuldig, wat voor buitenstaanders natuurlijk de duidelijkste aanwijzing is dat je wel een affaire hebt.

Het is al tien uur geweest als het souper begint. We zitten met z'n zestienen aan tafel. Ik zit tussen Aimery's weduwe geworden moeder, de *douairière comtesse* – een en al zwart geplooid zijden en doods witte huid, als de geest in *Don Giovanni* – en Blanches zus, Isabelle, die onlangs is getrouwd met een steenrijke bankier, eigenaar van een van de vijf beste wijngaarden van Bordeaux. Ze spreekt deskundig over appellations en grand crus, maar ik begrijp er zo weinig van dat ze wat mij betreft net zo goed Polynesisch had kunnen spreken. Ik heb de vreemde, bijna duizelingwekkend sensatie er niets mee te maken te hebben – het gedistingeerde gesprek is niet meer dan gesnater van fonemen, de muziek louter gekras en geploink op snaren. Ik kijk naar de andere kant van de tafel, waar Pauline zit; ze luistert naar Isabelles bankier, een jongeman wiens goede afkomst hem een verschijning heeft gegeven die zo verfijnd is dat hij bijna iets van een foetus heeft – alsof het van slechte smaak getuigt om de baarmoeder te verlaten. In het kaarslicht kruist mijn blik die van Blanche, de vrouw die wordt versmaad, haar ogen, omhuld door het verenkleed, schitteren en ik kijk weg. Om middernacht gaan we eindelijk van tafel.

Ik zorg ervoor dat ik het huis, om de schijn op te houden, eerder verlaat dan Pauline. 'Jij,' zeg ik bij de deur met een vermanend opgestoken vinger tegen Blanche, 'bent een verdorven vrouw.'

'Goedenacht, Georges,' zegt ze verdrietig.

Op de boulevard zoek ik het witte licht van een huurrijtuig dat op weg is naar de standplaats bij de Arc de Triomphe. Blauwe, rode en gele lichten passeren er genoeg, maar het duurt even voordat er een met een wit licht voorbijrijdt; tegen de tijd dat ik de straat op ben gelopen om het aan te houden en het rammelend over de kasseien tot stilstand is gekomen, komt Pauline aangelopen om bij me in te stappen. Ik neem haar arm en help haar de koets in. Tegen de koetsier zeg ik: 'Rue Yvon-Villarceau, hoek rue Copernic,' en trek me omhoog. Ze staat toe dat ik haar kus, maar duwt me dan van zich af.

'Nee, ik wil weten wat dat allemaal had te betekenen.'

'Dat meen je toch niet? Of wel?'

'Ja.'

Ik zucht en pak haar hand. 'Die arme Blanche heeft gewoon weinig geluk in de liefde. Je kunt er zeker van zijn dat ze altijd valt voor de man die het meest ongeschikt of onbereikbaar is. Er was nogal een schandaal, een paar jaar geleden, en dat heeft de familie enorm in verlegenheid gebracht – vooral Aimery.'

'Waarom vooral Aimery?'

'De man om wie het ging was een officier uit de generale staf – een hoge officier, die net weduwnaar was geworden en veel ouder is dan Blanche. Aimery had hem in huis gehaald en aan Blanche voorgesteld.'

'Wat is er dan gebeurd?'

Ik haal mijn sigarettendoosje uit mijn zak en bied Pauline er een aan. Ze slaat af. Ik steek op. Ik vind het vervelend om over die geschiedenis te praten, maar Pauline heeft het recht het te weten, en ik vertrouw erop dat ze het niet doorvertelt.

'Zij en deze officier hadden een affaire. Die duurde een tijdje, een jaar misschien. Toen ontmoette Blanche iemand anders, een jonge aristocraat van haar eigen leeftijd, die geschikter was. Deze jongeman deed een aanzoek. De familie was dolblij. Blanche probeerde haar relatie met de officier te verbreken, maar dat weigerde hij te accepteren. Aimery's vader, de oude comte, ontving brieven van een afperser, die dreigde de affaire in de openbaarheid te brengen. Uiteindelijk is de comte naar de prefectuur van de Parijse politie gegaan.'

'Mijn god, het lijkt wel een verhaal van Balzac!'

'Het wordt nog mooier. Op een gegeven moment betaalt de comte vijfhonderd frank om een bijzonder compromitterende brief terug te krijgen die Blanche aan haar minnaar had geschreven, en die naar het scheen in handen van een mysterieuze vrouw was gevallen. De vrouw zou met een door een voile bedekt gezicht in een park zijn verschenen om de brief terug te geven. De politie onderzocht de zaak, en de afperser bleek die weduwnaar geworden officier te zijn.'

'Nee! Niet te geloven! Wat is er met hem gebeurd?'

'Niets. Hij heeft zeer goede connecties. Hij kon zijn carrière gewoon voortzetten. Hij zit nog steeds in de generale staf – als kolonel, om precies te zijn.'

'En hoe reageerde Blanches verloofde op dit alles?'

'Hij wilde niets meer met haar te maken hebben.'

Pauline leunt achterover en denkt hierover na. 'Dan heb ik met haar te doen.'

'Ze gedraagt zich soms dwaas. Maar ze heeft een buitengewoon goed hart. En ze is, op haar eigen manier, heel begaafd.'

'Wat is de naam van deze kolonel? Als ik hem ontmoet, geef ik hem een klap in zijn gezicht.'

'Als je zijn naam één keer hebt gehoord, vergeet je hem niet meer: hij heet Armand du Paty de Clam. Hij draagt altijd een monocle.' Het merkwaardige detail dat hij de leiding had over het onderzoek naar kapitein Dreyfus ligt op het puntje van mijn tong, maar uiteindelijk vertel ik het niet: het is geheime informatie, en bovendien heeft Pauline haar wang tegen mijn schouder gevlijd en heb ik wel wat anders aan mijn hoofd.

Mijn bed is smal, echt een soldatenbrits. Om te voorkomen dat we op de vloer vallen, liggen we in elkaars armen, naakt in de warme nacht. Om drie uur is Paulines ademhaling traag en regelmatig, ze komt van een diepe, zachte zeebedding van slaap. Ik daarentegen ben klaarwakker. Ik staar over haar schouder door het open raam naar buiten en probeer me voor te stellen hoe het zou zijn als we getrouwd waren. Zouden we dan ook nachten als deze hebben? Ontlenen momenten als deze hun intensiteit niet aan hun vergankelijkheid? En ik heb er zo'n hekel aan constant in gezelschap te verkeren.

Ik haal mijn arm voorzichtig onder haar arm uit, zet een tastende voet op het tapijt en stap uit bed.

In de zitkamer straalt de nachtelijke hemel zo veel licht uit dat ik moeiteloos mijn weg vind. Ik trek een kamerjas aan, steek de gaslamp op de secretaire aan, doe de la van het slot en haal er de map met Dreyfus' briefwisseling uit; en terwijl mijn geliefde slaapt, lees ik verder waar ik gebleven was.

5

Een of andere bureaucraat heeft de brieven keurig op chronologische volgorde in de map gelegd, zodat het verloop van de vier maanden na Dreyfus' degradatie exact te volgen is. Na twaalf dagen werd hij, midden in de nacht, uit zijn Parijse cel gehaald, in gare d'Orléans in een gevangenenwagon opgesloten en op een tien uur lange treinreis door het besneeuwde platteland naar de Atlantische kust gezet. Op het station van La Rochelle werd hij opgewacht door een menigte. Ze sloegen de hele middag op de zijkant van de trein en riepen dreigementen en beledigingen: 'Dood aan de Jood!' 'Judas!' 'Dood aan de verrader'. Pas bij het vallen van de avond besloten zijn bewakers het erop te wagen en hem uit de trein te halen. Dreyfus werd uitgejouwd en beschimpt.

Île de Ré-gevangenis
21 januari 1895

Mijn liefste Lucie,

Gisteren, bij al die beledigingen in La Rochelle, was ik het liefst aan mijn bewakers ontsnapt om hen, voor wie ik louter en alleen nog het volkomen terechte doelwit van hun minachting was, mijn ontblote borst te tonen en hen toe te roepen: 'Beledig mij niet; mijn ziel, die jullie niet kennen, is vrij van iedere smet; maar als jullie denken dat ik schuldig ben, kom dan, en neem mijn lichaam, ik geef het jullie zonder spijt.' Dan, misschien, in de bijtende greep van fysieke pijn, onder het uitroepen van 'Vive la France!', *dan misschien zouden ze in mijn onschuld hebben geloofd!*
Maar wat vraag ík, dag en nacht? Gerechtigheid! Gerechtigheid! Is dit de negentiende eeuw of zijn we een paar honderd jaar teruggegaan? Hoe is het mogelijk dat in ons tijdperk van verlichting en waarheid mijn onschuld niet wordt herkend? Laat hen zoeken. Ik vraag niet om een gunst, ik vraag alleen om de gerechtigheid waarop ieder menselijk wezen recht

heeft. Laat hen blijven zoeken; laat hen die de macht en de middelen hebben om een onderzoek in te stellen, die aanwenden voor dit doel; het is hun heilige plicht de gerechtigheid en menselijkheid te dienen...

Ik herlees die laatste paragraaf. Die heeft iets vreemds. Ik doorzie hem: ogenschijnlijk schrijft hij aan zijn vrouw, maar hij weet dat zijn woorden onderweg door veel handen gaan, hij stuurt en passant een boodschap aan degenen die in Parijs over zijn lot beschikken; aan mij, in feite, hoewel hij niet zal hebben gedacht dat ik nu aan Sandherrs bureau zit. *Laat hen die de macht en de middelen hebben om een onderzoek in te stellen, die aanwenden voor dit doel...* Het verandert niets aan mijn idee over zijn schuld, maar het is een slimme tactiek, en het zet mij aan het denken: hij geeft in ieder geval niet op, deze kerel.

Parijs
Januari 1895

Fred, mijn liefste,

Gelukkig heb ik de kranten gisterochtend niet gelezen; mijn mensen hebben geprobeerd de schandalige gebeurtenissen in La Rochelle voor mij verborgen te houden. Hadden ze dat niet gedaan, dan zou ik van wanhoop krankzinnig zijn geworden...

De volgende brief in de map is er een van Lucie aan de minister, met een verzoek om op het Île de Ré afscheid van haar man te mogen nemen.

Het verzoek is op 13 februari ingewilligd, onder strikte beperkingen, die ook worden opgesomd: de gevangene blijft aan de ene kant van de ruimte tussen twee bewakers in staan; madame Dreyfus blijft aan de andere kant van de ruimte zitten, vergezeld van een derde bewaker; de commandant van de gevangenis staat tussen hen in; ze mogen niets bespreken wat met de rechtszaak heeft te maken; er mag geen fysiek contact zijn. Op een brief van Lucie waarin ze aanbiedt haar handen op haar rug te laten binden als ze hem iets dichter mag naderen, staat het stempel 'Afgewezen'.

Fred aan Lucie: *Dat korte moment dat ik met jou doorbracht, was ik vervuld van vreugde, hoewel ik je onmogelijk alles kon vertellen wat er in mijn hart was* (14 februari). Lucie aan Fred: *Wat een emoties, wat een verschrikkelijke schok toen we elkaar terugzagen, vooral voor jou, mijn arme, geliefde man* (16 februari). Fred, aan Lucie: *Ik wil je vertellen hoezeer ik je nobele karakter en je toewijding bewonder...* (21 februari). Een paar uur later zat Dreyfus op een oorlogsschip, de *Saint-Nazaire*, dat de Atlantische Oceaan op voer.

Tot hier zijn de meeste brieven in de map kopieën, waarschijnlijk omdat de originelen aan de geadresseerde zijn afgeleverd. Maar vanaf hier is het grootste deel van de bladzijden die ik omsla met Dreyfus' handschrift beschreven. Zijn relaas van de reis – in een onverwarmde cel op het dek, blootgesteld aan de elementen, in zware winterstormen, dag en nacht bewaakt door met revolvers bewapende cipiers die weigerden met hem te praten – is door de censuurambtenaren in het ministerie van Overzees Frankrijk vastgehouden. Op de achtste dag begon het warmer te worden. Dreyfus wist nog altijd niet wat zijn bestemming was en niemand mocht het hem vertellen; zijn inschatting was Frans-Guyana. Op de vijftiende dag van de reis schreef hij aan Lucie dat het oorlogsschip eindelijk zijn anker had uitgeworpen, in de onafzienbare watervlakte van de oceaan, voor drie kleine rotspunten met wat vegetatie erop: Île Royale, Île Saint-Joseph en, het kleinste van de drie, Duivelseiland. Tot zijn ontzetting ontdekt hij dat die laatste voor hem alleen is bestemd.

Liefste Lucie... Mijn liefste Lucie... Lucie, liefste... Mijn lieve vrouw... Ik hou van je... Ik verlang naar je... Ik denk aan je... Ik stuur je de echo van mijn diepste genegenheid... Al die emoties, al die tijd en al die energie in de hoop op een connectie, om dan in deze donkere map te eindigen! Maar misschien is het beter, denk ik terwijl ik door de steeds wanhopigere verzuchtingen blader, dat Lucie dit niet allemaal leest: dat zij niet weet dat haar man, nadat de *Saint-Nazaire* in de tropen voor anker ging, vier dagen in zijn stalen kooi onder de moordende zon zat zonder ook maar één keer op het dek gelaten te worden, of dat hij, toen hij ten slotte op Île Royale aan land kwam – terwijl de oude leprakolonie op Duivelseiland werd afgebroken en zijn nieuwe verblijfplaats werd klaargemaakt – hij in een cel met gesloten luiken werd opgesloten en daar een maand lang niet uit mocht...

Mijn liefste,

Ten slotte, na dertig dagen opsluiting in totale afzondering, hebben ze me naar Duivelseiland overgebracht. Overdag loop ik rond in een ruimte van een paar honderd vierkante meter, en elke stap die ik zet wordt door cipiers met geweren in de gaten gehouden; bij het vallen van de nacht (om zes uur 's middags) word ik in mijn hut opgesloten; die is vier vierkante meter, afgesloten met een ijzeren traliewerk, waar cipiers die elkaar aflossen me de hele nacht in de gaten houden. Mijn rantsoen bestaat uit een half brood per dag, drie keer één derde kilo vlees per week en op andere dagen spek uit blik. Te drinken krijg ik alleen water. Ik moet mijn eigen hout sprokkelen en zelf vuur maken en eten koken, en mijn eigen kleren wassen en proberen ze in dit vochtige klimaat weer droog te krijgen.
Slapen doe ik hier niet. Deze hut waarvoor de bewaker heen en weer loopt als ware hij een fantoom in mijn dromen, de kwellingen van het ongedierte dat me teistert en de folteringen van mijn hart spannen samen om het mij onmogelijk te maken uit te rusten.
Er was vanmorgen een wolkbreuk. Toen het even droog was, liep ik de ronde over het kleine stukje van dit eilandje dat voor mij is gereserveerd. Het is hier een bar terrein; er groeien alleen een paar bananen- en kokospalmen in de droge aarde, waar de basaltachtige rotsbodem overal doorheen steekt, en altijd brult en rommelt de rusteloze oceaan aan mijn voeten!
Ik denk veel aan jou, mijn lieve vrouw, en aan onze kinderen. Ik vraag me af of mijn brieven je bereiken. Wat een droevige en verschrikkelijke lijdensweg is dit voor ons beiden, voor ons allen! Het is de bewakers verboden met me te praten. Er gaan dagen voorbij zonder dat ik een woord spreek. Mijn afzondering is zo volkomen dat het aanvoelt alsof ik levend ben begraven.

De voorwaarden waaraan Lucies brieven moeten voldoen, zijn strikt. Ze mag het niet over de rechtszaak hebben, noch over iets wat eraan gerelateerd is. Haar is opgedragen haar brieven iedere maand op de vijfentwintigste bij het ministerie van Overzees Frankrijk in te leveren. Vervolgens worden ze woord voor woord door de verantwoordelijke beambten in dat ministerie en in het ministerie van Oorlog gekopieerd en gelezen. Er gaan ook kopieën naar majoor Étienne Bazeries, hoofd van het decodeerbureau op het ministerie van Buitenlandse Zaken, die controleert of er geen geheime berichten in staan. (Majoor Bazeries onderwerpt ook de brieven van Dreyfus aan Lucie aan een minutieus onderzoek.) Ik zie in de map dat de eerste stapel brieven van haar eind maart in Frans-Guyana aankwam, maar naar Parijs werd teruggestuurd om opnieuw gecontroleerd te worden. Pas op twaalf juni, na een stilte van vier maanden, ontvangt Dreyfus bericht van thuis:

Mijn liefste Fred,

Ik kan je niet vertellen hoeveel verdriet en pijn ik voel terwijl jij verder en verder van mij weggaat. Mijn dagen zijn vol angstige gedachten, mijn nachten vol afschuwelijke dromen. Alleen de kinderen, met hun mooie manier van doen en de pure onschuld van hun ziel, slagen erin me te herinneren aan de enige dwingende verplichting die ik moet vervullen, en aan het feit dat ik niet het recht heb op te geven. Dus verzamel ik mijn krachten en leg mijn ziel en zaligheid erin hen te vormen en op te voeden zoals jij dat hebt gewild, door jouw goede adviezen op te volgen en ervoor te zorgen dat ze een nobel hart zullen hebben, zodat je je kinderen, als je terugkomt, hun vader waardig zult vinden.
Je hebt voor altijd mijn liefde, mijn liefste echtgenoot.
Je toegewijde

Lucie

Hier eindigt de map. Ik leg het laatste vel papier neer en steek een sigaret op. Ik ben er zo in opgegaan dat ik niet heb gemerkt dat het al licht wordt. Achter me, in de slaapkamer, hoor ik Pauline rondlopen. Ik ga mijn kleine keukentje in en zet koffie; tegen de tijd dat ik met twee koppen de slaapkamer binnenkom, is ze al aangekleed; ze lijkt iets te zoeken.

'Dank je, maar ik hoef niet,' zegt ze afgeleid, als ze de koffie ziet. 'Ik moet gaan, maar ik mis een kous. Aha!'

Ze ziet hem en zakt door haar knieën om hem te pakken, steunt met haar voet op een stoel, rolt het witte zijden over haar tenen en haar hiel uit en strijkt hem omhoog over haar kuit.

Ik kijk naar haar. 'Je bent net een schilderij van Manet: *Nana in de Ochtend.*'

'Is Nana geen hoer?'

'Alleen in de ogen van de bourgeoisie.'

'Ja, maar ik ben bourgeois. En jij ook. En wat belangrijker is, de meeste buren van jou ook.' Ze trekt haar schoen aan en strijkt haar jurk omlaag. 'Als ik nu vertrek, zien ze me hopelijk niet.'

Ik pak haar jas en help haar erin. 'Wacht tenminste even tot ik mijn kleren heb aangetrokken, dan breng ik je naar huis.'

'Dat zou de inspanning weer tenietdoen, nietwaar?' Ze pakt haar tas. Haar opgewektheid is verschrikkelijk. 'Dag, mijn liefste,' zegt ze. 'Schrijf me snel,' en nadat ze me de kortst denkbare kus heeft gegeven, is ze de deur uit.

Ik ben zo vroeg op mijn werk dat ik verwacht het hele gebouw voor mezelf te hebben. Maar Bachir, die op zijn stoel zit te dommelen en pas wakker wordt als ik hem heen en weer schudt, zegt dat majoor Henry al op zijn kamer is. Ik ga naar boven, loop de gang door, klop snel achter elkaar op zijn deur en ga zijn kamer in. Mijn ondergeschikte zit met een vergrootglas en een pincet over zijn bureau gebogen; voor hem ligt een waaier aan documenten. Hij kijkt verrast op. Door de bril die op het puntje van zijn korte, dikke wipneus rust, ziet hij er onverwacht oud en kwetsbaar uit. Zo lijkt hij zich ook te voelen; hij zet hem in ieder geval snel af en gaat staan.

'Goedemorgen, kolonel. U bent er vroeg bij!'

'U ook, majoor. Ik zou bijna gaan denken dat u hier woont! Dit moet terug naar het ministerie van Overzees Frankrijk.' Ik reik hem de map met Dreyfus' briefwisseling aan. 'Ik heb ze gelezen.'

'Dank u. Wat vond u ervan?'

'De censuur is buitengewoon streng. Ik weet niet of het nodig is hun correspondentie zo drastisch in te perken.'

'Ah!' Henry glimlacht op die zelfgenoegzame wijze van hem. 'Misschien bent u gevoeliger dan de rest hier, kolonel.'

Ik hap niet. 'Dat is het eigenlijk niet. Als ik madame Dreyfus toesta haar man te vertellen wat ze doet, bespaart het ons de moeite dat zelf uit te moeten zoeken. En als hij toestemming heeft meer over zijn zaak te zeggen, begaat hij misschien een onzorgvuldigheid en onthult hij iets wat we nog niet weten. Hoe dan ook: als we hen toch afluisteren, kunnen we hen maar beter aanmoedigen daadwerkelijk iets te zeggen.'

'Ik zal het doorgeven.'

'Doe dat.' Ik kijk naar zijn bureau. 'Wat is dat allemaal?'

'Agent Auguste heeft een nieuwe levering gedaan.'

'Wanneer heb je die opgepikt?'

'Eergisteravond.'

Ik bekijk een aantal van de papiersnippers. 'Zit er iets interessants bij?'

'Dat denk ik wel.'

De brieven zijn versnipperd tot stukjes ter grootte van een vingernagel: het is duidelijk dat de Duitse militair attaché, kolonel Maximilian von Schwartzkoppen, alle papieren met extra veel zorg in ongebruikelijk kleine snippers heeft gescheurd. Maar het is dom van hem dat hij niet beseft dat je papier alleen voor de volle honderd procent vernietigt door het te verbranden. Henry en Lauth zijn experts in het weer aan elkaar flansen van de snippers en gebruiken minuscule reepjes doorzichtig plakband om ze aan elkaar te krijgen. De extra laag verleent de documenten een mysterieuze textuur en stijfheid. Ik draai ze om. Ze zijn niet in het Duits maar in het Frans geschreven, en staan vol vleugjes romantiek: *mijn lieve, aanbeden vriend... mijn aanbiddelijke luitenant... mijn kuikentje... mijn Maxi... ik ben de jouwe... voor altijd de jouwe... geheel de jouwe, duizenden en duizenden* tendresses... *de jouwe, voor altijd.*

'Ik neem aan dat deze niet van de Kaiser komen. Of misschien ook juist wel.'

Henry grijnst. 'Onze aanbiddelijke "kolonel Maxi" heeft een affaire met een getrouwde vrouw, wat voor een man in zijn positie heel dom is.'

Even vraag ik me af of dit een hatelijke opmerking aan mijn adres is, maar als ik een blik op Henry werp, kijkt hij niet naar mij maar naar de brief, met een uitdrukking van wellust op zijn gezicht.

Ik zeg: 'Ik dacht dat Von Schwartzkoppen homoseksueel was?'

'Vrouwen of mannen, blijkbaar is het hem allemaal hetzelfde.'

'En wie is zij?'

'Ze ondertekent haar brieven met madame Cornet, wat een schuilnaam is. Ze gebruikt het adres van haar zus als een poste restante. Maar we hebben Von Schwartzkoppen nu vijf keer naar hun rendez-vousjes gevolgd en hebben haar geïdentificeerd als de vrouw van de raadsheer van het Nederlandse gezantschap. Ze heet Hermance de Weede.'

'Mooie naam.'

'Voor een mooie vrouw. Ze is tweeëndertig. Drie jonge kinderen. Hij heeft het goed voor elkaar, de galante kolonel.'

'Hoe lang speelt dit al?'

'Sinds januari. We hebben hen geobserveerd tijdens een lunch in la Tour d'Argent – daarna namen ze een kamer in het hotel erboven. We hebben hen ook zien rondkuieren op de Champs de Mars. Hij is onvoorzichtig.'

'En waarom zijn een man en een vrouw die een affaire hebben zo interessant voor ons dat we onze mensen en onze middelen aanwenden om hen te volgen?'

Henry kijkt me aan alsof ik niet helemaal goed bij mijn hoofd ben. 'Omdat het hem chantabel maakt.'

'Door wie?'

'Door ons. Door wie dan ook. Het zal niet iets zijn waarvan hij wil dat iedereen het weet, denkt u wel?'

Het idee dat we de Duitse militair attaché kunnen chanteren met zijn overspelige verhouding met de vrouw van een hoge Nederlandse diplomaat komt me onwaarschijnlijk voor, maar ik hou mijn mening voor me.

'En u zei dat u deze partij eergisteravond heeft ontvangen?'

'Ja, ik heb er thuis aan gewerkt.'

Er valt een stilte, waarin ik mijn woorden weeg. 'Mijn beste Henry,' begin ik dan voorzichtig, 'ik hoop dat u dit niet verkeerd opvat, maar ik denk toch echt dat het beter is als materiaal dat zo gevoelig is als dit meteen naar ons bureau wordt gebracht op het moment dat u het in uw bezit krijgt. Stelt u zich voor dat de Duitsers erachter komen wat we doen!'

'Ik heb het geen moment uit het oog verloren, kolonel, dat verzeker ik u.'

'Daar gaat het niet om. Het is een slordige procedure. Vanaf nu wordt het materiaal van Auguste direct naar mij gebracht. Ik zal het in mijn kluis bewaren, en ik beslis welke sporen worden gevolgd en wie ze afhandelt.'

Henry bloost. Verbazingwekkend genoeg lijkt die grote, joviale kerel in tranen te gaan uitbarsten. 'Kolonel Sandherr had nooit klachten over mijn procedure.'

'Kolonel Sandherr is hier nu niet meer.'

'Met alle respect, kolonel, u bent nieuw in dit spel en...'

Ik steek mijn hand op. 'Genoeg, majoor.' Ik ben me er terdege van bewust dat ik hem moet afstoppen. Ik kan nu niet inbinden. Als ik nu niet laat zien wie de baas is, zal ik het nooit zijn. 'Ik herinner u eraan dat dit een militaire eenheid is en dat het uw werk is mijn bevelen uit te voeren.'

Hij springt als een opwindsoldaatje in de houding. 'Tot uw dienst, kolonel!'

Ik maak net als in een cavalerieaanval gebruik van mijn momentum. 'Nu we het er toch over hebben, er is nog een aantal andere veranderingen die ik wil doorvoeren. Ik wil niet dat beneden informanten en andere dubieuze types rondhangen. Ze komen hier als we hen ontbieden en vertrekken meteen weer. We moeten een systeem met pasjes invoeren; alleen daartoe bevoegde personen mogen boven komen. En Bachir is hopeloos.'

'Wilt u van Bachir af?' Er klinkt ongeloof in zijn stem.

'Nee, niet totdat we een ander baantje voor hem hebben. Ik geloof in zorg voor oude kameraden. Maar er moet een elektronisch belsysteem worden aangelegd dat rinkelt zodra de voordeur opengaat. Als hij dan zit te slapen, zoals toen ik hier vanmorgen binnenkwam, weten we tenminste dat iemand het gebouw is binnengekomen.'

'Goed, kolonel. Is dat alles?'

'Voor het moment wel. Verzamel het materiaal van Auguste en breng dat naar mijn werkkamer.'

Ik draai me op mijn hakken om en vertrek, zonder de deur achter me dicht te doen. Dat is nog iets wat ik wil veranderen, bedenk ik, als ik door de gang naar mijn werkkamer marcheer: die vervloekte cultuur van heimelijkheid, waarin iedereen zich in zijn kamer schuilhoudt. Ik probeer de deuren aan weerszijden van me open te gooien, maar ze zitten allemaal op slot. Als ik weer achter mijn bureau zit, pak ik een vel papier en schrijf een streng memorandum, dat onder al mijn officieren verspreid moet worden en waarin de nieuwe regels staan. Ik schrijf ook een berichtje aan generaal Gonse, met het verzoek om de afdeling Statistiek werkkamers in het hoofdgebouw van het ministerie toe te wijzen, of, als dat niet kan, het bestaande pand op te knappen. Als ik klaar ben, voel ik me beter. Ik heb het gevoel dat ik eindelijk het bevel heb genomen.

Later die ochtend komt Henry me, zoals ik had verzocht, de recentste levering van Auguste brengen. Ik zet me schrap voor meer moeilijkheden en ben vastberaden geen duimbreed toe te geven. Zijn ervaring mag dan essentieel zijn voor een vlotte gang van zaken op onze afdeling, als het erop aankomt, ben ik zelfs bereid om hem naar een andere eenheid te laten overplaatsen. Maar tot mijn verbazing is hij zo mak als een lammetje. Hij laat me zien wat hij al heeft gereconstrueerd en wat nog gedaan moet worden en biedt me beleefd aan mij te leren hoe de stukken aan elkaar vastgelijmd worden. Om hem te plezieren probeer ik het, maar het werk is mij te lastig en tijdrovend: bovendien, Auguste mag dan onze belangrijkste informant zijn, ik moet de hele sectie leiding geven. Ik herhaal mijn standpunt: ik krijg het materiaal als eerste onder ogen – daarna laat ik het met alle plezier aan hem en Lauth over.

Hij bedankt me voor mijn openhartigheid en vervolgens heerst er vrede tussen ons. In de maanden die volgen is hij vrolijk, wijs, vriendelijk en toegewijd – ten minste, als ik hem voor me heb. Soms kom ik mijn kamer uit en zie ik hem met Lauth en Junck op de gang staan; ze praten zacht met elkaar, en uit de haast waarmee ze zich verspreiden zodra ze mij zien, maak ik op dat ze het over mij hadden. Eén keer blijf ik bij de deur naar Gribelins archief staan om de papieren in een map die ik terugbreng te herschikken en hoor ik Henry duidelijk in de kamer zeggen: 'Wat ik echt niet kan uitstaan, is dat hij denkt dat hij zoveel slimmer is dan wij!' Maar ik weet niet zeker dat hij het over mij heeft – en zelfs als ik dat wel zeker zou weten, ben ik bereid het te negeren. Over welk hoofd van welke organisatie wordt niet achter zijn rug om geklaagd, vooral als hij probeert met enige discipline en efficiëntie leiding te geven?

Gedurende de rest van die zomer en de herfst en de winter van 1895 concentreer ik me er vooral op mijn baan te doorgronden. Ik leer dat 'agent Auguste' te kennen geeft dat ze een zending wil afleveren door 's ochtends vroeg een bepaalde bloempot op het balkon van haar appartement in de rue Surcouf te zetten: dat is het teken dat ze die avond om negen uur in de Sainte Clotilde-basiliek zal zijn. Ik maak gebruik van de mogelijkheden om mijn ervaringen te vergroten. 'Ik haal haar vanavond zelf op,' meld ik Henry op een dag in oktober. 'Eens kijken hoe de procedure werkt.'

Ik zie hem zijn tegenwerpingen inslikken. 'Goed idee,' zegt hij.

Die avond trek ik mijn burgerkleding aan en loop met mijn aktetas in de hand naar de basiliek met de twee torens, die enorme nepgotische bijgelooffabriek. Ik herinner me haar uit de tijd dat César Franck er organist was en ik zijn recitals bijwoonde. Ik ben er ruim op tijd en volg Henry's instructies op: ik wandel de verlaten zijkapel in, loop naar de derde stoelenrij van voren, schuifel naar de derde plek links van het gangpad, kniel, pak de bijbel die daar ligt en schuif tweehonderd frank tussen twee bladzijden. Vervolgens trek ik me terug op de achterste rij en wacht af. Er is niemand die me ziet, maar als er wel iemand was, zou hij gewoon een getroebleerde rijksambtenaar zien die onderweg naar huis raad zoekt bij zijn Schepper.

Hoewel er geen enkel gevaar schuilt in wat ik doe, gaat mijn hart wild tekeer. Bespottelijk! Of komt het door het flikkerende kaarslicht en de geur van wierook, of van de echo's van voetstappen en de fluisterstemmen uit het immense schip. Wat het ook mag zijn, en al heb ik mijn geloof al lang geleden verloren, voor mijn gevoel heeft het feit dat deze transactie op gewijde grond plaatsvindt toch iets van heiligschennis. Voortdurend kijk ik op mijn klokje: tien voor negen, negen uur, vijf over negen, tien voor halftien... Komt ze misschien niet? Ik zie al voor me hoe Henry morgen beleefd blijk geeft van zijn medeleven als ik hem moet vertellen dat ze niet is komen opdagen.

Maar dan, tegen halftien, wordt de stilte verbroken doordat de deur achter me opengaat. Een gedrongen vrouw met een zwarte rok en sjaal loopt langs me. Ze blijft halverwege het gangpad staan, slaat een kruis, maakt een diepe buiging voor het altaar en loopt dan regelrecht naar de aangegeven zitplaats. Ik zie haar knielen. Niet veel later komt ze weer omhoog en beent door het gangpad terug, in mijn richting. Mijn blik is op haar gezicht gevestigd, nieuwsgierig als ik ben te zien wie zij is, deze madame Bastian, een alledaagse schoonmaakster, maar misschien wel de waardevolste geheim agent van Frankrijk, van Europa. Als ze me passeert, kijkt ze me aandachtig aan – verrast, neem ik aan, omdat ze majoor Henry had verwacht – en ik zie dat haar trotse, bijna mannelijke trekken en haar uitdagende blik niets alledaags hebben. Ze is stoutmoedig, roekeloos zelfs misschien; maar dat moet ook wel, anders kun je niet vijf jaar lang spullen onder de neus van de Duitse ambassade wegsmokkelen.

Zodra ze is verdwenen, sta ik op en loop naar de plek waar ik het geld heb achtergelaten. Henry heeft me op het hart gedrukt geen tijd te verspillen. Onder de stoel ligt een papieren puntzak. Als ik hem pak en in mijn aktetas stop, ritselt het papier verontrustend luid. Gehaast verlaat ik de basiliek en loop de deur door en de trap af, en ik been door de donkere, verlaten straten rondom het ministerie. Tien minuten nadat ik de zak heb opgehaald, kieper ik de inhoud, euforisch door het succes, op mijn bureau in mijn werkkamer.

Het is meer dan ik had verwacht: een overvloed aan rommel – verscheurd en verfrommeld papier, sigarettenas, wit en grijs papier, crèmekleurig en blauw vloeipapier en hard papier, minuscule snippers en grote flarden, met potlood en met inkt beschreven, met de typemachine getypt, gedrukt, woorden in het Frans, in het Duits en in het Italiaans, treinkaartjes en souches van het theater, enveloppen, uitnodigingen, rekeningen van restaurants, kleermakers, voermannen en laarzenmakers... Ik ga er met mijn hand doorheen, schep het op en laat het tussen mijn vingers door glijden – het grootste deel zal rommel zijn, dat weet ik wel, maar er kan ook een schat tussen liggen; ik voel iets van de goudkoorts.

Ik begin dit werk leuk te vinden.

Ik schrijf twee keer aan Pauline, maar in bedekte termen, voor het geval Philippe haar post opent. Ze antwoordt niet en ik probeer niet te achterhalen of er iets aan de hand is – voornamelijk omdat ik geen tijd heb. Mijn zaterdagavonden en zondagen wijd ik aan mijn moeder, wier geheugen verder verslechtert, en doordeweeks werk ik vaak tot 's avonds laat door. Er zijn veel zaken die ik in de gaten moet houden. De Duitsers leggen langs de oostgrens telefoonkabels aan. Een werknemer op onze ambassade in Moskou wordt van spionage voor de Russen verdacht. Een Engelse informant zou een kopie van onze mobilisatieschema's aan de hoogste bieder willen verkopen... Ik moet mijn blancs schrijven. Ik word er volledig door in beslag genomen.

Ik ga nog steeds naar de salons van de Comminges, maar 'je lieve madame Monnier', zoals Blanche haar graag noemt, is er nooit, al benadrukt Blanche dat ze haar altijd uitnodigt. Op een avond neem ik Blanche, na een concert, mee uit eten, in la Tour d'Argent, waar we een tafel met uitzicht op de rivier krijgen. Waarom ik uitgerekend voor dit restaurant heb gekozen? Om te beginnen ligt het op loopafstand van het huis van de Comminges. Maar ik ben bovendien nieuwsgierig naar de plek waar kolonel Von Schwartzkoppen zijn minnares mee uit eten neemt. De eetzaal is bijna helemaal gevuld met stelletjes. De met kaarsen verlichte zitjes zijn op intimiteit ingericht – *je suis à toi, toujours à toi, toute à toi...* In het recentste rapport wordt Hermance beschreven als 'een tengere blondine van begin dertig, in een crèmekleurige rok en een bijpassend zwart afgezet jasje'. 'Hun handen waren niet altijd zichtbaar boven de tafel.'

Blanche zegt: 'Wat zit jij te glimlachen?'

'Ik ken een kolonel die zijn minnares hiernaartoe meeneemt. Ze nemen hierboven een kamer.'

Ze kijkt me aan, en het is afgesproken. Ik neem de maître d'hôtel even apart, en hij zegt: 'Mijn beste kolonel, vanzelfsprekend is er een kamer beschikbaar,' en nadat we hebben gedineerd brengt een jongeman die niet glimlacht en zijn flinke fooi zonder erkentelijkheid aanneemt ons naar boven.

Later vraagt Blanche: 'Wat vind jij, is het beter de liefde voor of na het eten te bedrijven?'

'Er valt voor beide iets te zeggen. Maar ik denk ervoor.' Ik kus haar en stap uit bed.

'Daar ben ik het mee eens. Laten we dat de volgende keer doen.'

Ze is vijfentwintig. Waar de veertigjarige Pauline zich in het donker uitkleedt en met een smachtende blik een laken of een handdoek om zich heen slaat, ligt Blanche naakt op haar rug onder het elektrische licht een sigaret te roken en naar de wriemelende tenen van haar rechtervoet op haar opgeheven linkerknie te kijken. Ze steekt haar arm uit en tikt de as in de richting van de asbak.

'Maar het juiste antwoord,' zegt ze, 'is natuurlijk ervoor én erna.'

'Het is het een of het ander, mijn liefste,' corrigeer ik haar, altijd de docent, 'dat zou ongerijmd zijn.' Ik sta voor het raam, de vitrage wappert als een toga om me heen en ik kijk over de kade naar het Île Saint-Louis. Er glijdt een boot voorbij, hij ploegt een glanzende voor in de zwarte rivier, het dek feestelijk verlicht maar verlaten. Ik probeer me op dit moment te concentreren en het in mijn geheugen op te slaan, zodat ik, als iemand me vraagt: 'Wanneer was je tevreden?' kan antwoorden: 'Een keer op een avond met een meisje in la Tour d'Argent...'

'Klopt het,' vraagt Blanche opeens vanaf het bed achter me, 'dat Armand du Paty bij die toestand met Dreyfus was betrokken?'

Het moment komt met een schok tot stilstand en verdwijnt. Ik hoef me niet om te draaien, ik zie haar weerspiegeling in de ruit. Haar rechtervoet beschrijft nog altijd onophoudelijk cirkels. 'Waar heb je dat gehoord?'

'O, dat zei Aimery vanavond.' Ze draait zich snel om en drukt haar sigaret uit. 'En als het klopt, betekent dat vast en zeker dat die arme Jood onschuldig is.'

Dit is de eerste keer dat iemand tegen mij zegt dat Dreyfus onschuldig zou kunnen zijn. Haar gebrek aan eerbied voor de zaak choqueert me. 'Het is geen onderwerp waar je grapjes over maakt, Blanche.'

'Maar dat doe ik ook helemaal niet, liefje! Ik ben bloedserieus!' Ze schudt het kussen op en gaat weer liggen, haar handen achter haar hoofd. 'Ik vond het toen al vreemd, die manier waarop hem publiekelijk zijn onderscheidingstekens werden afgenomen en hij op een verlaten eiland werd gezet – het was allemaal volkomen over de top, toch? Ik had moeten raden dat Armand du Paty erachter zat! Hij mag zich dan kleden als een legerofficier, onder dat uniform klopt het hart van een romantische romanschrijfster.'

Ik lach. 'Ik maak een diepe buiging voor je kennis van wat er allemaal onder zijn uniform speelt, liefje. Maar ik weet toevallig wel wat meer van de zaak-Dreyfus dan jij, en geloof mij maar, je ex-minnaar was bepaald niet de enige officier die bij dat onderzoek was betrokken!'

Ze kijkt me via de ruit pruilend aan; ze wordt niet graag herinnerd aan haar affaire met Du Paty, die een van slechte smaak getuigende misstap was. 'Georges, zoals je daar staat, ben je net Jove. Wees een goede god en kom weer naar bed...'

De woordenwisseling met Blanche heeft me toch een klein beetje van mijn stuk gebracht. Er is een miniem zaadje twijfel – nee, laat het me geen twijfel noemen, maar nieuwsgierigheid – gezaaid; niet zozeer over de schuldvraag, als wel over Dreyfus' straf. Waarom, vraag ik me af, volharden wij in deze absurde, dure en omslachtige vorm van gevangenschap, die het noodzakelijk maakt dat vier tot vijf bewakers met hem in de stilte van dat kleine eiland vastzitten? Wat is ons beleid? Hoeveel uren bureaucratie – inclusief die van mijzelf – moeten de eindeloze administratie, bewaking en censuur die zijn straf met zich meebrengt, tot gevolg hebben?

In de weken en maanden die volgen hou ik deze gedachten voor mijzelf. Ik ontvang regelmatig rapporten van Guénée waarin hij verslag doet van het schaduwen van Lucie en Mathieu Dreyfus; het leidt tot niets. Ik lees hun brieven aan de gevangene (*Mijn goede, lieve man, hoe eindeloos veel uren, hoe vreselijk veel dagen zijn er al voorbijgegaan sinds deze ontstellende ramp ons trof...*) en zijn antwoorden, die voor het grootste deel niet worden bezorgd (*Niets bezwaart mij meer, niets is zo uitputtend voor hart en ziel, als de onafgebroken, martelende stilte, nooit een mens iets te horen zeggen, nooit een vriendelijk gezicht te zien, of een dat medeleven toont...*). Ik ontvang ook kopieën van de periodieke verslagen van de beambten van het ministerie van Overzees Frankrijk in Frans-Guyana, die de gezondheid en de moraal van de gedetineerde in de gaten houden: *De gevangene werd gevraagd hoe het met hem was. 'Met mijn lichaam gaat het wel, op het moment,' antwoordde hij. 'Het is mijn hart dat bezwijkt. Niets...' En hier brak hij en huilde een kwartier. (2 juli 1895)*

De gevangene zei: 'Kolonel Du Paty de Clam heeft me, voordat ik uit Frankrijk vertrok, beloofd de zaak te onderzoeken; ik had niet verwacht dat ze daar zo lang over zouden doen. Ik hoop dat ze er snel uit komen.' (15 augustus 1895)

Toen hij geen brief van zijn familie kreeg, huilde de gevangene en zei: 'Ik onderga deze verschrikkingen nu al tien maanden...' (31 augustus 1895)

De gevangene huilde en zei: 'Het kan zo niet doorgaan; mijn hart zal breken.' Telkens als de gevangene zijn brieven ontvangt, barst hij in snikken uit. (2 september 1895)

De gevangene zat vandaag urenlang stil. 's Avonds klaagde hij over hevige hartkrampen, met regelmatige aanvallen van verstikking. Hij verzocht om medicijnen waarmee hij zijn leven kan beëindigen als hij het niet meer verdraagt. (13 december 1895)

In de winter begin ik te begrijpen dat er ten aanzien van Dreyfus wel degelijk een beleid is, maar dat het me nooit met zo veel woorden is uitgelegd, noch mondeling, noch op papier. We wachten tot hij sterft.

6

De eerste verjaardag van Dreyfus' degradatie op 5 januari 1896 gaat voorbij zonder dat de pers er veel aandacht aan besteedt. Er zijn geen brieven of petities, geen demonstraties voor of tegen hem. Hij lijkt daar op zijn rots vergeten te zijn. Als het voorjaar aanbreekt, heb ik acht maanden de leiding over de afdeling Statistiek gehad, en het is rustig.

Maar dan, op een ochtend in maart, vraagt majoor Henry om een onderhoud in mijn kamer. Zijn ogen zijn roze en gezwollen.

'Mijn beste Henry,' zeg ik terwijl ik het dossier dat ik zat te lezen opzij schuif. 'Gaat het? Wat is er aan de hand?'

Hij staat voor mijn bureau. 'Ik vrees dat ik u per direct om verlof moet vragen, kolonel. Er zijn problemen in mijn familie.'

Ik vraag hem de deur dicht te doen en te gaan zitten. 'Is er iets wat ik kan doen?'

'Ik vrees dat niemand iets kan doen, kolonel.' Hij snuit zijn neus in een grote witte zakdoek. 'Mijn moeder is stervende.'

'Het spijt me vreselijk dat te horen. Is er iemand bij haar? Waar woont ze?'

'In de Marne. In Pogny, een klein dorpje.'

'Ga onmiddellijk naar haar toe en neem zo lang verlof als u nodig heeft. Draag Lauth of Junck op uw werk over te nemen. Dat is een bevel. Ieder van ons heeft maar één moeder, weet u.'

'Dat is heel vriendelijk van u, kolonel.' Hij staat op en salueert. We schudden elkaar welgemeend de hand; ik vraag hem zijn moeder ook namens mij de laatste eer te bewijzen. Nadat hij is vertrokken, vraag ik me nog even af wat voor vrouw zij zal zijn, deze echtgenote van een varkensboertje van het vlakke land van de Marne, met haar luidruchtige soldatenzoon. Ze zal geen eenvoudig leven gehad hebben, lijkt me.

Mijn assistent blijft ongeveer een week weg. Maar dan wordt er in de namiddag op mijn deur geklopt en komt Henry binnen met een uitpuilende bruine papieren zak, die duidt op een levering van agent Auguste. 'Neemt u mij niet kwalijk dat ik u stoor, kolonel. Ik heb haast, want mijn trein vertrekt zo weer. Ik wilde dit alleen even afgeven.'

Aan het gewicht voel ik meteen dat er meer in zit dan gewoonlijk. Henry ziet mijn verbazing. 'Ik vrees dat ik door mijn moeder de laatste afspraak heb gemist,' bekent hij. 'Daarom heb ik met Auguste afgesproken dat ze het vrachtje vandaag zou leveren, bij daglicht voor de verandering. Ik kom er nu net vandaan. Ik moet weer terug naar de Marne.'

Er ligt een berisping op het puntje van mijn tong. Ik had hem opgedragen zijn taken aan Lauth of Junck over te dragen: het had heus wel door iemand anders opgehaald kunnen worden, zoals gebruikelijk als het donker was, zodat er minder risico was geweest dat onze agent werd gezien. Is het bovendien bij de geheime dienst geen gouden regel – zoals hij mij maar al te vaak op het hart heeft gedrukt – dat informatie des te nuttiger is naarmate zij sneller wordt verwerkt? Maar Henry heeft al een week nauwelijks geslapen en ziet er afgetobd uit, dus ik geef geen commentaar; ik wens hem *bon voyage* en leg de zak in mijn kluis, waar hij blijft liggen tot kapitein Lauth de volgende ochtend binnenkomt.

Mijn omgang met Lauth is sinds de dag dat we met elkaar kennis hebben gemaakt niet veranderd: professioneel, maar gereserveerd. Hij is maar een paar jaar jonger dan ik, behoorlijk slim, een Duits sprekende Elzasser: we zouden het beter met elkaar moeten kunnen vinden. Maar zijn knappe blonde voorkomen en stramme, kaarsrechte lichaam hebben iets Pruisisch dat me ervan weerhoudt gevoelens van sympathie voor hem te ontwikkelen. Maar hij is een efficiënte officier, en de snelheid waarmee hij de versnipperde documenten reconstrueert, is fenomenaal, dus als ik met de papieren zak in mijn hand zijn kamer binnenloop, ben ik beleefd als altijd: 'Zou u hiernaar kunnen kijken?'

'Natuurlijk, kolonel.'

Hij trekt zijn schort aan en terwijl hij zijn kistje met instrumenten uit zijn kast pakt, leeg ik de zak op zijn bureau. Onmiddellijk valt mijn oog op een kleine hoeveelheid lichtblauwe snippers tussen de witte en grijze, als stukjes hemel op een bewolkte dag. Met mijn wijsvinger veeg ik er een paar uit. Ze zijn iets dikker dan normaal papier. Lauth pakt er een met zijn pincet en bestudeert hem terwijl hij hem in de krachtige lichtstraal van zijn elektrische lamp naar zich toe en van zich af beweegt.

'*Un petit bleu*,' mompelt hij, wat jargon is voor een buizenpostkaart. Hij kijkt me met gefronste wenkbrauwen aan. 'De snippers zijn kleiner dan gebruikelijk.'

‘Kijk maar wat u kunt doen.’

Er moet een uur of vier, vijf voorbij zijn gegaan als Lauth mijn kamer binnenloopt. Hij heeft een dunne manilla map in zijn hand. Als hij me die aanreikt, huivert hij. Zijn hele manier van doen is angstig, ongemakkelijk. ‘Ik denk dat u hier even naar moet kijken,’ zegt hij.

Ik open de map. De petit bleu ligt erin. Hij heeft een meesterstuk geleverd. De textuur doet me denken aan iets wat door een archeoloog is gereconstrueerd: een gebroken glaswerk misschien, of een blauwe marmeren tegel. De rechterkant, waar een aantal snippers ontbreekt, is gekarteld, en de lijnen van de scheuren geven hem een gemarmerde aanblik. Maar de boodschap, in het Frans, is zonneklaar:

Monsieur,

Meer dan wat ook verwacht ik een meer gedetailleerde verklaring van de betreffende kwestie dan degene die u me gisteren gaf. Ik verzoek u die mij schriftelijk te doen toekomen, zodat ik mij kan beraden of ik mijn relatie met het huis van R al dan niet voortzet.

C

Ik kijk Lauth vragend aan. Zijn houding bij binnenkomst deed vermoeden dat er van een sensatie sprake was; dit lijkt zijn opwinding niet te rechtvaardigen. ‘Staat “C” voor Von Schwartzkoppen?’

Hij knikt. ‘Ja. Het is zijn favoriete codenaam. Sla nu maar om.’

Op de achterkant is een netwerk van repen transparant plakband dat de kaart bij elkaar houdt. Maar het schrift is opnieuw perfect leesbaar. Onder het woord ‘telegram’ en boven het woord ‘Parijs’, op de plek voor het adres, staat:

Majoor Esterhazy
rue de la Bienfaisance 27

Ik herken de naam niet; maar toch ben ik geschokt, alsof ik net de naam van een oude vriend op een dodenlijst heb zien staan. Ik zeg tegen Lauth: ‘Ga naar Gribelin. Vraag hem na te gaan of er een majoor Esterhazy in het Franse leger zit.’ Er is een kans, denk ik, een heel geringe kans, dat hij, gezien de achternaam, Oostenrijks-Hongaars is.

'Dat heb ik al gedaan,' zegt Lauth. 'Majoor Charles Ferdinand Walsin Esterhazy dient in het Vierenzeventigste Regiment der Infanterie.'

'Het Vierenzeventigste?' Ik probeer het nog steeds tot me door te laten dringen. 'Ik heb een vriend in dat regiment. Ze liggen in Rouen.'

'Rouen? "Het huis van R"?' Lauth staart me aan, zijn bleekblauwe ogen groot van ontzetting, want alles wijst nu in één richting, en hij praat zo zacht dat hij fluistert. 'Betekent dit dat er nog een verrader is?'

Ik weet niet wat ik moet antwoorden. Ik herlees de boodschap. Ik heb acht maanden lang Von Schwartzkoppens aantekeningen en kladjes gelezen; ik ben vertrouwd met zijn handschrift, en deze regelmatige, formele schrijfletters lijken er totaal niet op. Sterker nog, ze zijn veel te regelmatig en formeel om iemands normale hand te kunnen zijn. Dit is de belettering die je op officiële uitnodigingen ziet; dit handschrift is onherkenbaar gemaakt. En natuurlijk denk ik: het minste wat je doet als je als officier van een buitenlandse mogendheid via de open post van een gastland met een geheim agent communiceert, is je handschrift verhullen. De toon van de boodschap is geïrriteerd, gebiedend, dwingend: het wijst op een crisis in de relatie. Het pneumatische buizenpostnetwerk volgt de Parijse riolen en levert een telegram zo snel af dat Esterhazy het binnen een uur of twee in handen kan hebben gehad. Maar het blijft riskant, en dat was voor Von Schwartzkoppen waarschijnlijk reden geweest om het, nadat hij het bericht naarstig had gekopieerd en er een vooraf betaalde telegramkaart van vijftig cent voor had gebruikt, uiteindelijk niet te versturen, maar het in de kleinst mogelijke snippers te verscheuren en in zijn prullenbak te gooien.

Ik zeg tegen Lauth: 'Het is duidelijk belangrijk. Dus als hij dit niet heeft verstuurd, wat dan wel?'

'Een andere kaart?' vraagt Lauth. 'Een brief?'

'Heeft u de rest van het materiaal al bekeken?'

'Nog niet. Ik heb me op de bleu geconcentreerd.'

'En daar heeft u goed aan gedaan. Ga nu door de rest en kijk of er nog een kladje van iets anders is.'

'En wat doen we met dit telegram?'

'Dat laat u hier. En praat er met niemand over. Is dat duidelijk?'

'Ja, kolonel.' Lauth salueert.

Als hij de deur uit loopt, roep ik hem achterna: 'Goed werk, overigens.'

Als Lauth is vertrokken, loop ik naar mijn raam en kijk door de tuin naar de ambtswoning van de minister. Ik kan het licht in zijn werkkamer zien branden. Het is een fluitje van een cent om naar hem toe te lopen en hem te vertellen wat we zojuist hebben ontdekt. En anders zou ik ten minste naar generaal Gonse, mijn directe meerdere, moeten gaan. Maar ik weet dat ik, als ik dat doe, de controle over het onderzoek al kwijt ben voordat het is begonnen: dan zal ik niets kunnen doen zonder hun toestemming. En dan is er nog het risico op een lek. Onze verdachte mag dan een nederige majoor in een niet erg deftig regiment in een alledaags garnizoensstadje zijn, Esterhazy is een grote naam in Centraal-Europa: misschien voelt iemand in de generale staf het als zijn plicht de familie te waarschuwen. Ik besluit dat het voorlopig beter is dit voor me te houden.

Ik leg de petit bleu in zijn map en stop hem in mijn kluis.

De volgende dag komt Lauth weer bij me. Hij heeft tot laat in de avond gewerkt en nog een schets van een briefje aan elkaar geplakt. Helaas is Auguste er, zoals zo vaak, niet in geslaagd alle snippers te verzamelen: hier en daar ontbreken woorden, halve zinnen misschien zelfs. Lauth kijkt toe terwijl ik lees.

Af te geven door de conciërge

Mijnheer,

Ik betreur het u niet persoonlijk te spreken... over een aangelegenheid die... Mijn vader heeft de... middelen die noodzakelijk zijn om verder te... onder de gevraagde voorwaarden... Ik leg u zijn redenen nog uit, maar ik moet eerst en vooral meedelen... u te veel vraagt en... wat ertoe leidt dat de reis... Hij stelt voor dat we betreffende tripjes... de relaties die ik heb... voor hem vooralsnog buiten proportie... wat aan die uitstapjes is uitgegeven. Het probleem is... zo spoedig mogelijk te spreken.
De schetsen die u me gisteren gaf, stuur ik bij deze retour; er zullen er nog meer volgen.

C

Ik herlees het briefje meerdere keren. Ondanks de gaten is de strekking duidelijk. Esterhazy heeft informatie, waaronder schetsen, aan de Duitsers geleverd, en Von Schwartzkoppen heeft hem daarvoor betaald; maar de 'vader' van de Duitse attaché, waarschijnlijk een eufemisme voor de een of andere generaal in Berlijn, vindt de prijs voor de inlichtingen te hoog.

Lauth zegt: 'Het zou natuurlijk een valstrik kunnen zijn.'

'Ja.' Daar heb ik ook aan gedacht. 'Als Von Schwartzkoppen heeft ontdekt dat we zijn rommel lezen, zou hij die wetenschap tegen ons kunnen gebruiken; het zou een kleine moeite zijn materiaal in zijn prullenbak te gooien om ons op een dwaalspoor te zetten.'

Ik sluit mijn ogen en probeer me voor te stellen wat ik zou doen als ik in zijn schoenen stond. Het lijkt me onwaarschijnlijk dat een man die in zijn liefdesaffaires zo roekeloos is en zo achteloos met zijn documenten omgaat, nu opeens zo sluw is.

'Heeft het voor hem echt zin om zo ver te gaan?' vraag ik me hardop af. 'Toen wij erachter kwamen dat de Duitsers Dreyfus op hun loonlijst hadden staan, reageerden ze veel agressiever. Waarom zou Von Schwartzkoppen nóg een pijnlijk spionageschandaal riskeren?'

'We kunnen dit niet als bewijs gebruiken, kolonel,' zegt Lauth. 'Als voorwendsel om Esterhazy te arresteren hebben we niets aan de brief of de petit bleu, want geen van beide is daadwerkelijk naar hem verstuurd.'

'Dat is waar.' Ik open de kluis en haal er de manilla map uit. Ik leg het kladbriefje en de petit bleu erin. Op de map schrijf ik 'Esterhazy'. Zie hier, bedenk ik, de paradox van de spionagewereld. Deze documenten zijn alleen belangrijk als je weet waar ze vandaan komen. En als hun oorsprong nooit openbaar wordt gemaakt omdat dat het alibi van een informant in gevaar zou brengen, zijn ze juridisch gezien waardeloos. Ik toon ze zelfs liever niet aan de minister van Oorlog of aan het hoofd van de generale staf, omdat ik bang ben dat een van de lagere officieren ze onder ogen krijgt en erover begint te kletsen: het is overduidelijk gereconstrueerd papierafval. 'Is het mogelijk,' vraag ik aan Lauth terwijl ik de petit bleu weer tevoorschijn haal, 'om hier een foto van te maken en de scheuren te verhullen, zodat het eruitziet alsof we het gewoon in de post hebben onderschept, zoals u dat ook met het Dreyfus-document heeft gedaan?'

'Misschien,' zegt hij aarzelend. 'Maar dat waren maar zes stukken, dit zijn een stuk of veertig snippers. En zelfs als ik het kan, de kant waar het adres op staat en die als bewijsmiddel het belangrijkst is, is niet gefrankeerd en afgestempeld, dus je hoeft er maar even goed naar te kijken om te weten dat hij nooit is bezorgd.'

'Misschien kunnen we hem zelf afstempelen?' stel ik voor.

'Dat weet ik niet hoor.' Lauth kijkt nog bedenkelijker.

Ik besluit niet aan te dringen. 'Goed dan,' zeg ik. 'Laten we het bestaan van deze documenten dan voorlopig voor ons houden. In de tussentijd stellen we een onderzoek in naar Esterhazy en kijken we of we nog meer bewijs tegen hem kunnen vinden.'

Ik merk dat Lauth nog steeds ergens ontevreden over is. Zijn wenkbrauwen zijn gefronst, hij bijt op zijn lip; op het puntje van zijn tong ligt een opmerking die hij toch maar inslikt. Hij zucht. 'Ik wou dat majoor Henry hier was, en niet met verlof.'

'Maak je geen zorgen,' verzeker ik hem. 'Henry komt snel terug. Tot die tijd handelen we het samen af.'

Ik stuur een telegram naar mijn oude kameraad uit Tonkin, Albert Curé, majoor bij het Vierenzeventigste Regiment in Rouen, waarin ik hem laat weten dat ik de volgende dag in de buurt ben en vraag of ik bij hem langs kan komen. Het antwoord beslaat één woord: 'Graag!'

De volgende ochtend lunch ik vroeg in de restauratie van gare Saint-Lazare en neem de trein naar Normandië. Ondanks het gewicht van mijn missie golft de blijdschap door mij heen als we de buitenwijken achter ons laten en het open veld in rijden. Ik kom voor het eerst in weken vanachter mijn bureau vandaan. Het is voorjaar. Ik ben op pad. Mijn aktetas staat ongeopend naast me terwijl het plattelandslandschap als in een diorama aan mijn raam voorbijtrekt: bruine en witte koeien als glanzende loden speelgoeddiertjes in hun sappige, groene weiden, de plompe grijze Normandische kerken en dorpjes met rode daken, de vrolijk gekleurde schuiten op het kalme kanaal, de zanderige landweggetjes en de hoge heggen waaraan de eerste blaadjes groeien – dit is het Frankrijk waar ik voor vecht, al was het maar door de snippers van een ontuchtige Pruisische kolonel aan elkaar te plakken.

Nog geen twee uur later puft de trein, in Rouen, in wandeltempo langs de Seine naar de grote kathedraal. Zeemeeuwen scheren krijsend over de brede rivier; ik vergeet altijd hoe dicht de hoofdstad van

Normandië bij het Kanaal ligt. Vanaf het station ga ik te voet naar de kazerne van Pélissier, en loop door zo'n typische garnizoenswijk, met sombere kaarsenopslagplaatsen en laarzenmakers en die grimmige cafés, altijd van een gewezen soldaat, waar gewone burgerbuurtgenoten niet worden aangemoedigd iets te komen drinken. Het Zeven-Vier zit in drie grote, drie verdiepingen tellende gebouwen van wisselend een laag rode baksteen en een laag grijze natuursteen, die net boven een hoge muur uitsteken. Van buitenaf bezien zou het net zo goed een fabriek, een gekkenhuis of een gevangenis kunnen zijn. Bij de toegangspoort laat ik mijn legitimatie zien, en een ordonnans begeleidt me tussen de twee gebouwen met de slaapzalen door naar het exercitieterrein, met zijn vlaggenstok met de driekleur, kale bomen en waterreservoirs, naar het gebouw aan de lange zijde, waar de administratie huist.

Ik loop de beslagen trap op naar de tweede verdieping. Curé zit niet op zijn kamer. Zijn sergeant vertelt me dat hij net aan een inspectie van de plunjezakken is begonnen. Hij nodigt me uit te wachten. De kamer is, op het bureau en een paar stoelen na, kaal. De hoge ramen met smalle ruiten staan op een kier; de voorjaarsbries en geluiden van het garnizoen dringen binnen. Ik hoor paardenhoeven op de kasseien bij de stallen, het ritmische gestamp van een compagnie die vanaf de weg het terrein op marcheert en, verder weg, een fanfare die repeteert. Het is net alsof ik op Saint-Cyr terug ben en weer als kapitein van het hoofdkwartier van de divisie in Toulouse dien. Zelfs de geuren zijn hetzelfde – paardenmest, leer, kantinevoedsel en mannenzweet. Mijn gedistingeerde vrienden in Parijs verbazen zich erover dat ik dat jaar in jaar uit heb verdragen – ik heb nooit de moeite genomen de waarheid te onthullen: dat juist dat altijd onveranderlijke mij erin aantrekt.

Curé komt gehaast en excuses makend binnen. Eerst groet hij me, dan schudden we elkaar de hand en ten slotte – op mijn initiatief – omhelzen we elkaar onhandig. Ik heb hem voor het laatst gezien bij een concert van de familie De Comminges, afgelopen zomer, en toen had ik de indruk dat iets hem dwarszat. Curé is ambitieus, en een jaar of twee ouder dan ik. Het zou niet meer dan menselijk zijn als hij enigszins afgunstig was over mijn nieuwe rang.

'Zo,' zegt hij terwijl hij een stap achteruit doet en me aankijkt. 'Kolonel!'

'Ik moet toegeven dat het wennen is.'

'Hoe lang blijf je?'

'Een paar uur maar. Ik neem de avondtrein terug naar Parijs.'

'Hier moet op gedronken worden.' Hij opent een la in zijn bureau en haalt er een fles cognac en een paar borrelglazen uit. Hij vult ze tot de rand. We toosten op het leger. Hij vult ze opnieuw, en we toosten op mijn promotie. Maar ik voel dat er, diep onder de felicitaties, een smalle kloof tussen ons is gegroeid. Niet dat het iemand die de kamer binnenloopt zou opvallen. Curé schenkt een derde in. We maken de knopen van onze uniformjasjes los, leunen achterover in onze stoelen en roken met onze voeten op zijn bureau. We praten over oude kameraden en vervlogen tijden. We lachen. Er valt een korte stilte, en dan zegt hij: 'En wat voer je tegenwoordig uit, in Parijs?'

Ik aarzel, ik mag er niet over praten.

'Ik heb Sandherrs baan, ik leid de geheime dienst.'

'Echt waar? Mijn god!' Hij kijkt fronsend naar zijn lege glas; deze keer stelt hij geen nieuwe toost voor. 'Dus je komt hier een beetje rondneuzen?'

'Zoiets, ja.'

Iets van zijn vrolijkheid keert terug. 'Niet in wat ik doe, hoop ik!'

'Deze keer niet, nee.' Ik glimlach en zet mijn glaasje neer. 'Er zit een majoor Esterhazy bij Zeven-Vier.'

Curé kijkt me aan. Zijn gezichtsuitdrukking verraadt niet wat hij denkt. 'Dat klopt.'

'Wat is hij voor een man?'

'Wat heeft hij gedaan?'

'Dat kan ik niet zeggen.'

Curé knikt langzaam. 'Ik dacht wel dat je dat zou zeggen.' Hij komt overeind en begint zijn jasje dicht te knopen. 'Ik weet niet hoe het er met jou voor staat, maar ik wil even een frisse neus halen.'

Buiten waait een verkwikkend windje, waaraan de zee iets prikkelends geeft. We wandelen om het exercitieterrein heen. Na een tijdje zegt Curé: 'Ik begrijp dat je me niet kunt vertellen waar het over gaat, maar als ik je één advies mag geven: wees voorzichtig met Esterhazy. Hij is gevaarlijk.'

'Hoe bedoel je, gevaarlijk? Fysiek?'

'In alle opzichten. Wat weet je van hem?'

'Niets. Jij bent de eerste met wie ik over hem praat.'

‘Om te beginnen heeft hij verdomd goede connecties. Zijn vader was generaal. Hij noemt zichzelf “Graaf Esterhazy”, maar ik denk dat dat onzin is. Hoe het ook zij, zijn vrouw is een dochter van de markies de Nettancourt, dus hij kent mensen.’

‘Hoe oud is hij?’

‘O, hij loopt tegen de vijftig, denk ik.’

‘Tegen de vijftig?’ Ik kijk naar de kazernegebouwen om me heen. De middag loopt ten einde. Soldaten met een bleek gezicht en grijze, kaalgeschoren koppen hangen uit de ramen van hun slaapzalen, als gevangenen.

Curé volgt mijn blik. ‘Ik weet wat je denkt.’

‘O ja?’

‘Ja: wat doet de schoonzoon van een markies op zijn vijftigste in een klerezooi als dit? Dat is in ieder geval beslist het eerste dat ik zou willen weten.’

‘Goed dan, nu we het er toch over hebben: waarom zit hij hier?’

‘Omdat hij geen geld heeft.’

‘Ondanks al zijn connecties?’

‘Hij vergokt het. En niet alleen aan de roulettetafel. Ook bij de paardenraces en de aandelenbeurs.’

‘Maar zijn vrouw zal toch wel geld hebben?’

‘O, zeker, maar ze heeft hem in de smiezen. Ik heb hem horen klagen dat ze zelfs het buitenhuis op haar naam heeft laten zetten om zich tegen zijn schuldeisers te beschermen. Hij krijgt geen sou van haar.’

‘Hij heeft ook nog een appartement in Parijs.’

‘Ga er maar van uit dat ook dat van haar is.’

We lopen zwijgend verder. Ik denk aan het briefje van Von Schwartzkoppen. Dat ging alleen maar over geld. *U te veel vraagt en...* ‘Zeg eens,’ vraag ik, ‘wat voor officier is hij?’

‘De slechtst denkbare.’

‘Verzuimt hij zijn plichten?’

‘Volledig. De kolonel geeft hem niets meer te doen.’

‘Dus hij is hier nooit?’

‘Integendeel, hij is hier altijd.’

‘Wat doet hij dan?’

‘In de weg lopen! Hij houdt ervan rond te hangen en van alles en nog wat te vragen over zaken die hem niets aangaan.’

'Wat voor zaken?'

'Maakt niet uit.'

'De artillerie, bijvoorbeeld?'

'Zeker.'

'Wat vraagt hij daar dan over?'

'Wat niet? Zo weet ik dat hij op ten minste drie artillerieoefeningen is meegegaan. De laatste keer weigerde de kolonel hem in te delen, toen betaalde hij de reis zelf.'

'Je zei toch dat hij geen geld had?'

'Dat klopt, daar heb je een punt.' Curé blijft stokstijf staan. 'Nu je het zegt, ik weet toevallig ook dat hij een korporaal in zijn bataljon heeft betaald om *Het handboek schietinstructies* te kopiëren – je weet dat we dat niet langer dan een dag of twee in ons bezit mogen hebben.'

'Gaf hij daar een reden voor?'

'Hij zei dat hij misschien wat ideeën voor verbeteringen dacht aan te kunnen dragen...'

We lopen verder. De zon is achter de slaapbarakken weggezakt, waardoor het exercitieterrein nu in de schaduw ligt. Het wordt meteen fris. Ik zeg: 'Je zei eerder dat hij gevaarlijk is. Wat bedoelde je daarmee?'

'Dat is lastig te beschrijven. Hij heeft iets... woests, en hij is sluw. Maar tegelijkertijd kan hij heel charmant zijn. Laat ik het zo zeggen: ondanks zijn gedrag wil niemand hem de voet dwars zetten. Hij is ook nogal een buitengewone verschijning. Om te begrijpen wat ik bedoel, zou je hem moeten zien.'

'Dat zou ik graag willen. Het probleem is alleen dat ik niet kan riskeren dat hij míj ziet. Is er een plek waarvandaan ik hem kan gadeslaan zonder dat hij het merkt?'

'Er is een café hier in de buurt waar hij 's avonds vaak naartoe gaat. Niet altijd, maar waarschijnlijk zul je hem daar kunnen zien.'

'Kun je me ernaartoe brengen?'

'Ik dacht dat je de avondtrein wilde nemen?'

'Ik kan wel tot morgenochtend blijven. Eén nachtje kan geen kwaad. Toe, vriend! Gewoon, ouwe jongens krentenbrood!'

Maar Curé heeft genoeg 'ouwe jongens krentenbrood' gehad. Hij kijkt me aandachtig aan, vorsend. 'Als je bereid bent er een nacht in Parijs voor op te geven, moet het ernstig zijn, Georges.'

Curé probeert me over te halen naar zijn verblijf te komen en samen met hem het vallen van de avond af te wachten, maar ik blijf liever niet nodeloos in de kazerne rondhangen, want ik wil niet herkend worden. Ik herinner me een hotelletje voor handelsreizigers vlak bij het station; ik loop erheen en betaal een kamer. Het is er vuil, er is geen elektriciteit, het ruikt er bedompt, het matras is hard en dun en bij elke trein die passeert schudden de muren heen en weer. Maar voor één nacht is het goed genoeg. Ik ga op het bed liggen: het is te kort, mijn voeten hangen over de rand. Ik rook en denk na over de geheimzinnige Esterhazy, zo te horen een man met een overvloed aan precies datgene waaraan het Dreyfus ontbrak: een motief.

In het raam vervaagt de dag. Om zeven uur beginnen de klokken van de Onze-Lieve-Vrouwekerk van Rouen te slaan – het geluid rolt zwaar en sonoor als een spervuur over de rivier, en als het stopt, blijft de stilte als een dikke rook in de lucht hangen.

Als het donker is, sta ik op en loop naar beneden. Curé staat al op me te wachten. Hij zegt me mijn cape strak om mijn schouders te slaan om de onderscheidingstekens van mijn rang aan het oog te onttrekken.

We lopen een minuut of tien door achterstraatjes met huizen waarvan de luiken zijn gesloten en passeren een aantal rustige cafés, tot we bij een doodlopend straatje komen vol schaduwen van mensen, vooral soldaten, en een paar jonge vrouwen. Ze hangen rond voor een lang, laag gebouw zonder ramen, dat een verbouwd pakhuis lijkt te zijn. Ze praten op gedempte toon, er wordt gelachen. Op een geschilderd uithangbord staat: 'Folies Bergère'. Deze provinciaalse hopeloosheid is bijna ontroerend.

Curé zegt: 'Wacht hier. Ik ga kijken of hij er al is.'

Hij loopt door. Er gaat een deur open, en even zie ik zijn silhouet tegen een purperachtig rechthoekig schijnsel; ik hoor een flard lawaai en muziek, en dan wordt hij door de duisternis opgeslokt. Een vrouw met een enorm decolleté en een spierwitte huid komt met een onaangestoken sigaret in haar hand naar me toe en vraagt om een vuurtje. Zonder erbij na te denken strijk ik een lucifer af. In de gele gloed zie ik dat ze jong en knap is. Ze kijkt me bijziend aan. 'Kennen wij elkaar, schatje?'

Dan besef ik mijn fout. 'Neem me niet kwalijk. Ik wacht op iemand.' Ik blaas de vlam uit en loop weg.

Ze roept me lachend na: 'Niet zo onaardig, snoes!'

Een andere vrouw vraagt: 'Wie is dat eigenlijk?'

Een man roept dronken: 'Een bekakte klootzak!'

Een paar soldaten draaien zich om en staren mijn kant op.

Curé verschijnt in de deuropening. Hij knikt en gebaart me te komen. Ik loop naar hem toe. 'Ik kan hier beter weggaan,' zeg ik.

'Een korte blik, dan gaan we.' Hij pakt mijn arm en leidt mij voor zich uit door een korte gang, een paar treden af, een zwaar, zwart fluwelen gordijn door en een grote zaal in: het staat er blauw van de rook en het is afgeladen met mensen, die aan kleine ronde tafeltjes zitten. Achterin speelt een bandje, op het podium staan een stuk of zes dames in korset en onderbroeken zonder kruis die hun rokken optillen en hun voeten lusteloos naar de clientèle trappen en met hun hakken op de kale planken stampen. Het ruikt er naar absint.

'Dat is hem.'

Hij knikt naar een tafel op nog geen twintig passen van ons vandaan, waar twee stellen een fles champagne delen. De ene vrouw, ze heeft rood haar, zit met haar rug naar me toe, de andere, met bruin haar, zit achterstevoren op haar stoel naar het podium te kijken. De mannen zitten tegenover elkaar en praten wild. Curé hoeft me niet te vertellen wie degene is die hij me wilde laten zien. Majoor Esterhazy leunt achterover op zijn stoel, die ver van de tafel is weggeschoven. Zijn uniformjasje is losgeknoopt, zijn heupen naar voren gestoken en zijn armen hangen langs zijn lichaam en reiken bijna tot de vloer. In zijn rechterhand houdt hij, losjes alsof het nauwelijks de moeite waard is, een glas champagne. Zijn hoofd loopt en profil spits toe naar een grote haakneus, als ware het een vulkaan. Hij heeft een grote snor. Zo te zien is hij dronken. Zijn compagnon ziet ons bij de deur staan. Hij zegt iets, en Esterhazy draait langzaam zijn hoofd. Zijn ogen zijn rond en puilen uit: niet op een natuurlijke, maar op een gekke manier, als glazen ballen die op de medische faculteit in de schedel van een skelet zijn geduwd. Het totaalbeeld is, zoals Curé al had gewaarschuwd, verontrustend. Mijn god, denk ik, hij zou deze zaak met iedereen erin kunnen platbranden en het zou hem geen zier kunnen schelen. Zijn blik blijft kort op ons rusten, en even bespeur ik in het optillen van zijn kin en het samenknijpen van zijn ogen een spoor van nieuwsgierigheid. Maar gelukkig is hij in kennelijke staat, en als een van de vrouwen iets zegt, dwaalt zijn aandacht terug naar haar.

Curé tikt mijn arm aan. 'Laten we gaan.' Hij schuift het gordijn opzij en leidt me weg.

7

De volgende dag, een zaterdag, ben ik tegen het middaguur terug in Parijs, en besluit ik niet naar mijn werk te gaan. Daardoor ben ik pas op maandag, vier dagen na mijn laatste gesprek met Lauth, terug op de afdeling. Als ik de trap op loop, hoor ik de stem van majoor Henry al, en op de overloop zie ik hem uit Lauths kamer komen. Hij draagt een zwarte band om zijn arm.

'Kolonel Picquart,' zegt hij terwijl hij op me afloopt en salueert. 'Ik meld me voor het vervullen van mijn plicht.'

'Fijn dat u terug bent, majoor,' antwoord ik nadat ik zijn saluut heb beantwoord. 'Al betreur ik de omstandigheden natuurlijk. Ik hoop dat uw moeder vredig is heengegaan.'

'Er zijn niet veel vredige manieren om het aardse voor het eeuwige te verwisselen, kolonel. Eerlijk gezegd heb ik op het eind gebeden dat het voorbij zou zijn. Ik ben vast van plan mijn dienstpistool te houden. Als mijn tijd gekomen is, kies ik voor de kogel.'

'Zo denk ik er ook over.'

'Het is alleen de vraag of je de kracht nog hebt om de trekker over te halen.'

'O, ik verwacht dat er tegen die tijd genoeg mensen zijn die ons die dienst met veel plezier bewijzen.'

Henry lacht. 'Daar zou u weleens gelijk in kunnen hebben, kolonel!'

Ik doe mijn deur open en nodig hem binnen. Er hangt zo'n koude, bedompte lucht van een kamer die een aantal dagen niet is gebruikt. Hij gaat zitten. De spichtige houten stoelpoten kraken onder zijn gewicht.

'Zo,' zegt hij terwijl hij een sigaret opsteekt, 'ik hoor dat jullie het tijdens mijn afwezigheid druk hebben gehad.'

'U heeft Lauth gesproken?' Ik had natuurlijk kunnen weten dat Lauth het hem zou vertellen: die twee zijn gezworen kameraden.

'Ja, hij heeft me ingelicht. Mag ik het nieuwe materiaal zien?'

Terwijl ik mijn kluis open en hem de map overhandig, bespeur ik een zekere irritatie bij mezelf. Ik zeg, me ervan bewust dat ik kleingeestig ben: 'Ik ging ervan uit dat ik u als eerste zou inlichten.'

'Maakt dat uit?'

'Alleen in die zin dat ik Lauth heb gevraagd er met niemand over te praten.'

Henry zet, met zijn sigaret tussen zijn lippen geklemd, zijn bril op en houdt de twee documenten omhoog. Hij bestudeert ze door de rook heen. 'Misschien,' mompelt hij, 'ziet hij mij niet zomaar als "iemand".' De sigaret wiebelt terwijl hij praat op en neer, de as valt in zijn schoot.

'Dat heeft ook niemand beweerd.'

'Heeft u er al iets aan gedaan?'

'Ik heb het niet aan iemand in de rue Saint-Dominique verteld, als u dat bedoelt.'

'Dat lijkt me verstandig. Zij zouden waarschijnlijk in paniek raken.'

'Dat ben ik met u eens. Ik wil dat wij de zaak eerst onderzoeken. Ik ben al in Rouen geweest en...'

Hij staart me over de rand van zijn bril heen aan. 'Bent u in Rouen geweest?'

'Ja, een majoor in Zeven-Vier – Esterhazy's regiment – is een oude vriend van me. Hij kon me wat persoonlijke inlichtingen geven.'

Henry leest verder. 'En mag ik vragen wat deze oude vriend u heeft verteld?'

'Hij zei dat Esterhazy de gewoonte heeft allerlei verdachte vragen te stellen. Dat hij zelfs heeft betaald om op artillerieoefeningen mee te mogen, en dat hij daarna *Het handboek schietinstructies* had gekopieerd. En dat hij enorm geldgebrek heeft en geen man met een goed karakter is.'

'Echt waar?' Henry draait de petit bleu om om het adres te bekijken. 'Toen hij hier werkte, leek er niets met hem aan de hand te zijn.'

Ik moet hem zeggen dat ik bewondering heb voor het aplomb waarmee hij deze sensationele mededeling doet. Ik staar hem verbijsterd aan. 'Lauth heeft helemaal niet tegen me gezegd dat Esterhazy hier heeft gewerkt.'

'Omdat hij dat niet wist.' Henry legt het document op mijn bureau en zet zijn bril af. 'Dat was lang voor Lauths tijd. Ik werkte hier zelf ook nog maar net.'

'Wanneer was dat dan?'

'Dat moet een jaar of vijftien geleden zijn.'

'Dus u kent Esterhazy?'

'Ooit wel, ja – zijdelings. Hij heeft hier niet lang gewerkt – hij was vertaler Duits. Ik heb hem in geen jaren gezien.'

Ik leun achterover in mijn stoel. 'Dit werpt een heel nieuw licht op de zaak.'

'Is dat zo?' Henry haalt zijn schouders op. 'Ik weet niet of ik u wel kan volgen. Waarom?'

'Het lijkt u allemaal volkomen koud te laten, majoor!' Henry's bestudeerde onverschilligheid heeft iets spottends, en ik voel mijn woede groeien. 'Het lijkt me duidelijk dat het ernstiger is als Esterhazy in onze technieken is getraind.'

Henry glimlacht en schudt zijn hoofd. 'Als ik u van advies mag dienen, kolonel, ik zou het niet te hoog opnemen. Het maakt niet uit aan hoeveel artillerieoefeningen hij heeft meegedaan. Ik zie niet in hoe Esterhazy toegang tot iets belangrijks gehad kan hebben, daar in de negorij van Rouen. Bovendien maakt die brief van Von Schwartzkoppen wel duidelijk dat hij niets belangrijks wist, want de Duitsers dreigen hun relatie met hem te verbreken. Als ze dachten dat hij een waardevolle spion was, zouden ze dat echt niet doen.

Veel nieuwelingen maken de fout,' vervolgt Henry, 'te denken dat de eerste de beste onbetrouwbare kerel die je tegen het lijf loopt een meesterspion is. Maar dat is maar hoogst zelden het geval. En door te heftig te reageren berokken je vaak meer schade dan de zogenoemde verrader zelf veroorzaakt.'

'U stelt toch, hoop ik, niet voor,' antwoord ik stijfjes, 'dat we hem gewoon zijn gang laten gaan omdat de informatie die hij aan de Duitsers doorspeelt van weinig waarde is?'

'Absoluut niet! Ik ben het volkomen met u eens dat we hem goed in de gaten moeten houden. Ik denk alleen dat we het in proportie moeten blijven zien. Zal ik Guénée vragen een beetje rond te neuzen, kijken wat hij vindt?'

'Nee, ik wil niet dat Guénée dit doet.' Guénée is lid van Henry's kliek. 'Ik wil voor de verandering eens iemand anders gebruiken.'

'Zoals u wenst,' zegt Henry. 'Zegt u maar wie, dan zet ik hem erop.'

'Nee, dank u, ik regel het zelf.' Ik glimlach Henry toe. 'Zo'n extra ervaring is goed voor me. Mag ik...' Ik wijs naar de deur. 'En nogmaals: welkom terug. Wilt u Gribelin vragen bij me langs te komen?'

Wat me nog het meest aan Henry's hypocriete preekje stoort, is dat ik inzie dat hij gelijk heeft: mijn fantasie is met me op de loop gegaan en heeft van Esterhazy een verrader van het kaliber Dreyfus gemaakt, terwijl de feiten, zoals Henry zegt, lijken aan te geven dat hij niet veel bijzonders heeft gedaan. Evengoed gun ik hem niet de voldoening de operatie over te nemen. Deze hou ik zelf. Dus als Gribelin bij me binnenkomt, zeg ik hem dat ik een lijst wil hebben van alle agenten van wie onze afdeling recentelijk gebruik heeft gemaakt, met hun adres en een korte beschrijving van hun verleden bij de dienst. Hij vertrekt en komt een halfuur later terug met twaalf namen.

Goed beschouwd is Gribelin een mysterie voor me: hij is de personificatie van de slaafse bureaucraat, een zombie. Hij zou net zo goed veertig als zestig kunnen zijn en is zo mager als een sliert zwarte rook – de enige kleur die hij draagt. Meestal zondert hij zich af in zijn archief; in de zeldzame gevallen dat hij daarbuiten verschijnt, glijdt hij donker en geluidloos als een schaduw langs de muren. Ik zie zo voor me hoe hij door een gesloten deur glipt of eronderdoor glijdt. Het enige geluid dat hij weleens veroorzaakt, is het gerinkel van de sleutelbos die aan een ketting om zijn middel hangt. Terwijl ik de lijst doorneem, staat hij roerloos voor mijn bureau. Ik vraag hem voor welke agent hij een voorkeur zou hebben, maar hij laat zich niet uit de tent lokken: 'Het zijn allemaal goede mannen.' Hij vraagt me niet waar ik een agent voor nodig heb: Gribelin is zo discreet als de biechtvader van de paus.

Uiteindelijk selecteer ik een jonge officier van de Sûreté, Jean-Alfred Desvernine, die aan het politiebureau van gare Saint-Lazare is verbonden. Hij heeft als luitenant van de dragonders in Médoc gediend en carrière gemaakt, is wegens gokschulden gedwongen ontslag te nemen, maar is sindsdien op het rechte pad gebleven: als iemand in staat geacht moet worden de geheimen van Esterhazy's verslaving te ontvouwen, dan moet hij het zijn.

Nadat Gribelin is weggeslopen, schrijf ik Desvernine dat ik hem overmorgen hoop te ontmoeten. Ik wil hem niet op mijn werkkamer ontvangen omdat Henry en Lauth hem dan zien, dus stel een ontmoeting om negen uur 's ochtends voor het Louvre voor, op de place du Carrousel. Ik meld hem dat ik in burgerkleding zal verschijnen, met een overjas en een bolhoed, en dat ik een rode anjer in mijn knoopsgat en een kopie van *Le Figaro* onder mijn arm zal hebben. Als ik de envelop verzegel, bedenk ik hoe snel ik het domein van de clichés van de spionnenwereld heb betreden. Daar schrik ik van. Ik vertrouw nu al niemand meer. Hoe lang zal het duren voordat ik net als Sandherr op dégénérés en buitenlanders loop te foeteren? Het is beroepsdeformatie: het kan niet anders of iedere spion wordt vroeg of laat gek.

Op woensdagochtend stel ik me, in gepaste kledij, voor het Louvre op. Uit de rij toeristen stapt plotseling een man met een intelligent, fris geschoren gezicht met een peper-en-zoutsnor; ik ga ervan uit dat het Desvernine is. We knikken elkaar toe. Ik besef dat hij mij een tijdje geobserveerd moet hebben.

'U wordt niet gevolgd, kolonel,' zegt hij rustig. 'Tenminste, niet voor zover ik het heb kunnen zien. Toch stel ik voor dat we het museum in gaan, als u het goedvindt; het ziet er daar natuurlijker uit als ik aantekeningen moet maken.'

'We doen wat u adviseert: in dit soort zaken heb ik geen ervaring.'

'U heeft helemaal gelijk, kolonel – u kunt het gerust aan mannen als ik overlaten.'

Hij heeft de open schouders en het schommelende loopje van een sportman. Ik volg hem naar het dichtstbij gelegen paviljoen. Het is nog vroeg op de dag, en daardoor niet zo druk. Bij de ingang van de vestibule is een garderobe, recht voor ons is de trap, links en rechts van ons zijn museumzalen. Als Desvernine rechts afslaat, protesteer ik: 'Moeten we hier echt naar binnen? Dat is verschrikkelijke rommel.'

'Werkelijk? In mijn ogen is het allemaal één pot nat.'

'Bekommert u zich maar om het speurwerk, Desvernine, en laat de cultuur aan mij over. We gaan hierheen.'

Ik koop een gidsje en in de Galerie Denon, waar de geur van een klaslokaal hangt, blijven we staan voor een bronzen beeld van Commodus als Hercules – een renaissancekopie uit het Vaticaan. Er zijn bijna geen mensen in de zaal.

Ik zeg: 'Dit blijft onder ons, begrepen? Als uw meerderen proberen te achterhalen wat u aan het doen bent, stuurt u hen maar naar mij.'

'Begrepen.' Desvernine haalt zijn notitieboekje en een potlood tevoorschijn.

'Ik wil dat u zo veel mogelijk te weten komt over ene majoor Charles Ferdinand Walsin Esterhazy.' Mijn stem echoot zelfs als ik fluister. 'Soms noemt hij zichzelf graaf Esterhazy. Hij is achtenveertig en dient bij het

Vierenzeventigste Regiment der Infanterie in Rouen. Hij is getrouwd met de dochter van markies de Nettancourt. Hij gokt en speculeert met aandelen; hij leidt, kort gezegd, een liederlijk leven – u zult beter weten waar je zo'n portret moet zoeken dan ik.'

Desvernine bloost licht. 'Wanneer moet het klaar zijn?'

'Zo snel mogelijk. Kan ik volgende week een voorlopig rapport krijgen?'

'Ik zal het proberen.'

'Nog één ding: ik wil graag weten hoe vaak Esterhazy in de Duitse ambassade komt.'

Als die laatste opmerking Desvernine al verrast, is hij te professioneel om dat te laten merken. We zullen wel een merkwaardig duo zijn: ik, met mijn bolhoed, overjas en museumgids, praat, en hij, in een armoedig bruin pak, schrijft alles op. Maar er is niemand die op ons let. We lopen naar het volgende kunstvoorwerp. In de gids staat dat het *Jongen haalt doorn uit zijn voet* heet.

Desvernine zegt: 'De volgende keer moeten we op een andere plek afspreken, gewoon, als voorzorgsmaatregel.'

'Wat denkt u van de restauratie van gare Saint-Lazare?' vraag ik, met mijn reis naar Rouen in gedachten. 'Dat is uw district.'

'Ik ken het goed.'

'Volgende week donderdag, om zeven uur 's avonds?'

'Afgesproken.' Hij schrijft het op, stopt zijn notitieboekje weg en kijkt naar het bronzen beeld. Hij krabt zich op zijn hoofd. 'Vindt u dit echt mooi, kolonel?'

'Dat heb ik niet gezegd. Als zo vaak in het leven, is het gewoon beter dan het alternatief.'

Niet al mijn tijd is aan het onderzoek naar Esterhazy gewijd. Er zijn nog meer zaken waar ik me om moet bekommeren – niet in de laatste plaats de verraderlijke activiteit van duiven.

Gribelin brengt me het dossier. Het komt van de rue Saint-Dominique, en als hij het me overhandigt, bespeur ik eindelijk een spoor van boosaardig plezier in zijn doffe blik. Duivenmelkers in Engeland blijken de gewoonte te hebben hun vogels naar Cherbourg te brengen en daar los te laten om ze over het Kanaal terug naar huis te laten vliegen. Ieder jaar worden er zo'n negenduizend losgelaten: een onschuldig, oninteressant tijdverdrijf, wat volgens kolonel Sandherr, zo besloot hij in de laatste fase van zijn ziekte, een bedreiging van de nationale veiligheid kan vormen en moet worden verboden, want stel dat de vogels worden gebruikt om geheime boodschappen te vervoeren? Op het ministerie van Binnenlandse Zaken hebben ze zich bijna een jaar lang met deze waanzin beziggehouden, en er is een wet voorbereid. En nu staat generaal De Boisdeffre erop dat ik, als hoofd van de afdeling Statistiek, namens het ministerie van Oorlog een mening over het wetsvoorstel formuleer.

Het hoeft geen betoog dat ik helemaal geen mening heb. Nadat Gribelin is vertrokken, ga ik aan mijn bureau zitten en bestudeer het dossier. Het snijdt zo weinig hout dat het wat mij betreft net zo goed in het Sanskriet geschreven had kunnen zijn: ik heb een jurist nodig. De beste jurist die ik ken is mijn oudste vriend, Louis Leblois, die toevalligerwijs in de rue de l'Université woont. Ik stuur hem een bleu met de vraag of hij op weg naar huis langs kan komen om iets zakelijks te bespreken, en aan het eind van de middag hoor ik de elektronische bel aangeven dat er iemand binnen is gekomen. Ik ben halverwege de trap naar beneden als Bachir met Louis' kaartje in zijn hand de trap op loopt.

'Het is in orde, Bachir. Ik ken hem. Laat hem maar naar mijn kamer komen.'

Twee minuten later sta ik met Louis aan mijn raam en laat hem de tuin van de minister zien.

'Georges,' zegt hij, 'wat een merkwaardig gebouw is dit. Ik ben er al vaak langsgelopen en heb me dikwijls afgevraagd van wie het is. Je bent je er toch wel van bewust wat dit vroeger was, of niet?'

'Nee.'

'Voor de revolutie was het hôtel d'Aiguillon, waar de oude hertogin Anne-Charlotte de Crussol de Florensac haar literaire salon hield. Montesquieu en Voltaire hebben waarschijnlijk hier in deze kamer gezeten!' Hij wappert met zijn hand onder zijn neus. 'Liggen hun lijken soms nog in de kelder? In godsnaam, wat doe je hier de hele dag?'

'Dat kan ik je niet vertellen, maar Voltaire had er zeker de humor van ingezien. Hoe dan ook, ik heb wat werk voor je, als je daar belangstelling voor hebt.' Ik geef hem het postduivendossier. 'Vertel mij maar of je hier wijs uit kunt worden.'

'Wil je dat ik er nu naar kijk?'

'Als je het niet erg vindt: ik vrees dat het niet naar buiten mag.'

‘Waarom? Is het geheim?’

‘Nee, dan zou ik het niet aan jou laten zien. Maar het moet wel hier blijven.’ Louis aarzelt. ‘Ik betaal je,’ voeg ik eraan toe, ‘wat je normaal gesproken ook per uur zou rekenen.’

‘O, als ik voor het eerst van mijn leven iets aan je kan verdienen,’ lacht hij, ‘dan doe ik het natuurlijk,’ en hij neemt plaats aan mijn tafel, opent zijn aktetas, haalt er een bundel papier uit en begint het dossier te lezen. Ik ga weer achter mijn bureau zitten. ‘Netjes’ is het woord dat op Louis van toepassing is: een goed verzorgd persoon, net zo oud als ik, met een keurig getrimde baard en keurig verzorgde handen die snel over de pagina’s gaan terwijl hij zijn keurig geordende gedachten neerschrijft. Ik kijk liefdevol toe. Hij gaat volledig in zijn werk op, precies zoals toen we klasgenoten waren op het lyceum in Straatsburg. We hebben allebei toen we elf waren een ouder verloren, ik mijn vader en hij zijn moeder, en daardoor vormden wij een tweepersoonsclub, al spraken we nooit over datgene wat ons verbond – toen niet, en nu nog niet.

Ik pak mijn pen en begin aan een rapport. Een uur lang werken we in kameraadschappelijke stilte, tot er op mijn deur wordt geklopt. Ik roep: ‘Binnen!’ en Henry komt mijn kamer in, met een map in zijn hand. Als hij Louis ziet, kijkt hij stomverbaasd – alsof hij mij naakt met een van de vrouwen in die steeg in Rouen betrapt.

‘Majoor Henry,’ zeg ik, ‘dit is een goede vriend van me, maître Louis Leblois.’ Louis, in opperste concentratie, steekt alleen zijn linkerhand op en schrijft gewoon verder, terwijl Henry van mij naar hem kijkt en weer terug. ‘Maître Leblois,’ leg ik uit, ‘formuleert onze juridische mening over die absurde postduiventoestand.’

Een moment lang lijkt Henry door emoties verstikt te worden en niet tot spreken in staat te zijn. ‘Mag ik u even buiten op de gang spreken, kolonel?’ vraagt hij ten slotte, en als ik daar met hem sta, zegt hij ijzig: ‘Kolonel, ik moet protest aantekenen. Het is niet ons beleid buitenstaanders op onze kamers toe te laten.’

‘Guénée loopt voortdurend binnen.’

‘Monsieur Guénée is officier bij de politie!’

‘Ja, en maître Leblois is officier van justitie.’ Mijn toon is eerder geamuseerd dan boos. ‘Ik ken hem dertig jaar. Ik sta garant voor zijn integriteit. Trouwens, het enige wat hij bekijkt is het postduivendossier. Dat is niet bepaald geheim.’

'Maar er liggen ook dossiers op uw kamer die topgeheim zijn.'

'Inderdaad en die liggen achter slot en grendel.'

'En toch wil ik laten noteren dat ik ten zeerste bezwaar maak tegen...'

'O, werkelijk, majoor Henry?' onderbreek ik hem. 'Draaft u in godsnaam niet zo door! Ik ben het hoofd van deze afdeling en ik ontvang hier wie ik wil!'

Ik draai mij op mijn hakken om, keer terug naar mijn kamer en doe de deur achter me dicht. Louis, die ieder woord gehoord moet hebben, vraagt: 'Veroorzaak ik een probleem?'

'Absoluut niet. Maar die mensen hier, echt!' Ik plof op mijn stoel, zucht en schud mijn hoofd.

'Goed, dit is in ieder geval afgerond.' Louis staat op en geeft me het dossier. Erbovenop liggen een paar vellen papier die met zijn onberispelijke handschrift zijn beschreven. 'Het is zo klaar als een klontje. Dit zijn de punten die je moet maken.' Hij kijkt me zorgelijk aan. 'Die glansrijke carrière van jou is leuk en aardig, Georges, maar weet je, niemand van ons ziet jou nog. Men behoort zijn vriendschappen te onderhouden. Ga met me mee naar huis en blijf bij ons eten.'

'Dank je, maar dat gaat echt niet.'

'Waarom niet?'

Ik zou willen zeggen: omdat ik niet kan vertellen wat me bezighoudt of wat ik de hele dag doe, en als de mogelijkheid tot zorgeloze intimiteit er niet is, wordt het sociaal verkeer bedrog en een belasting. Maar ik zeg neutraal: 'Ik vrees dat ik dezer dagen nogal slecht gezelschap ben.'

'Laat ons dat maar zelf beoordelen. Kom. Alsjeblieft.'

Hij is zo goed en oprecht dat mij geen andere mogelijkheid rest dan me over te geven. 'Goed dan,' zeg ik. 'Graag. Maar alleen als je zeker weet dat Martha het goedvindt.'

'Mijn beste Georges, ze zal het absoluut fantastisch vinden!'

Hun appartement kan bijna niet dichterbij zijn, het ligt letterlijk aan de andere kant van de boulevard Saint-Germain, en Martha lijkt inderdaad blij te zijn me te zien; als ik hun appartement binnenloop, omhelst ze me enthousiast. Ze is zevenentwintig, veertien jaar jonger dan ik. Ik was getuige op hun huwelijk. Ze gaat waar Louis gaat, ik vermoed omdat ze geen kinderen hebben. Dat is een bron van verdriet – wat ze niet etaleren; ze vragen ook niet wanneer ik ga trouwen, wat ik op mijn beurt een grote opluchting vind. Ik breng drie fijne uren in hun gezelschap door, waarin we over het verleden en over de politiek praten – Louis is plaatsvervangend burgemeester van zijn arrondissement, het zevende, en neemt in de meeste onderwerpen een nogal radicaal standpunt in. De avond eindigt ermee dat ik op hun piano speel en zij erbij zingen. Als hij me uitlaat, zegt Louis: 'Dit zouden we elke week moeten doen. Misschien voorkomt het dat je gek wordt. En vergeet niet dat je, als je tot laat hebt doorgewerkt, altijd hier kunt slapen.'

'Je bent een gulle vriend, beste Lou. Dat ben je altijd al geweest.' Ik kus hem op zijn wangen en slinger de nacht in, terwijl ik het deuntje neurie dat ik net gespeeld heb, misschien niet helemaal goed door de drank, maar des te beter door het gezelschap.

De volgende donderdagavond zit ik om zeven uur precies in een spelonkachtige gele hoek van de restauratie van de gare Saint-Lazare achter een glas Elzasser bier. Het is er afgeladen vol, de dubbele deuren piepen voortdurend. Dankzij het lawaai van de pratende mensen en alle beweging binnen en het gefluit en geroep en de stoomstoten van de locomotieven buiten is het een perfecte plek om door niemand afgeluisterd te worden. Ik ben erin geslaagd een tafeltje met twee stoelen te bemachtigen, waarvandaan ik goed zicht op de ingang heb. Maar ook deze keer verrast Desvernine me, door achter mijn rug vandaan te komen. Hij heeft een flesje mineraalwater in zijn hand en slaat mijn aanbod om ook een biertje te drinken af. Voordat hij goed en wel op de karmijnrode muurbank zit, heeft hij zijn notitieboekje al tevoorschijn getrokken.

'Het is me het type wel, die majoor Esterhazy van u, kolonel. Hij heeft overal in Rouen en Parijs grote schulden: ik heb hier een lijst voor u.'

'Waar geeft hij zijn geld aan uit?'

'Vooral aan gokken. Hij gaat veel naar een tent aan de boulevard Poissonnière. Ik heb zelf tot mijn schade moeten ondervinden dat het een ziekte is waarvan je moeilijk geneest.' Hij schuift de lijst over de tafel naar me toe. 'Bovendien heeft hij een minnares, ene mademoiselle Marguerite Pays, zesentwintig jaar oud, een geregistreerde prostituee in de Pigalle, die de bijnaam "Viervingerige Marguerite" heeft.'

Ik schiet in de lach. 'Dat meent u niet?'

Desvernine, de bloedserieuze oud-officier zonder aanstelling die bij de politie is gaan werken, ziet er de humor niet van in. 'Ze komt oorspronkelijk uit de omgeving van Rouen, ze is de dochter van een calvadosstoker. Als kind werkte ze in een spinfabriek; daar verloor ze bij een ongeluk een vinger en haar baan, waarop ze naar Parijs vertrok en een *horizontale* werd in de rue Victor-Masse; afhankelijk van de vrouw aan wie je het vraagt, zou ze Esterhazy een jaar geleden op de trein van Parijs naar Rouen of in de Moulin Rouge hebben ontmoet.'

'Dus hun affaire is algemeen bekend?'

'Absoluut. Hij heeft zelfs een appartement voor haar geregeld: rue de Douai 49, dat is in de buurt van Montmartre. Hij gaat iedere avond dat hij in de stad is bij haar langs. Zij heeft het ingericht, maar het huurcontract staat op zijn naam. De meisjes in de Moulin Rouge noemen hem "de Weldoener".'

'Zo'n leventje kost geld.'

'Hij laat geen mogelijkheid onbenut om het op de rails te houden. Hij probeert zelfs in de raad van bestuur van een Brits bedrijf in Londen te komen – welbeschouwd een vreemde bezigheid voor een Franse officier.'

'En waar is zijn vrouw ondertussen?'

'Of op haar landgoed bij Dommartin-la-Planchette in de Ardennen of in hun appartement in Parijs. Hij gaat naar haar als hij klaar is met Marguerite.'

'Hij lijkt me een man bij wie bedrog een tweede natuur is.'

'Dat zou ik ook zeggen.'

'En de Duitsers? Heb je iets ontdekt?'

'Dat heeft nog niets opgeleverd.'

'Ik vraag me af... Moeten we hem laten schaduwen?'

'Dat zouden we kunnen doen,' zegt Desvernine aarzelend, 'maar hij is een wakkere vogel. Hij zou ons al snel in de smiezen hebben.'

'In dat geval nemen we geen risico. Het laatste wat ik wil is dat een majoor met goede connecties bij het ministerie klaagt dat wij achter hem aan zitten.'

'We maken het meest kans als we een mannetje bij de Duitse ambassade zetten, om te zien of we hem daar kunnen betrappen.'

'Daar krijg ik nooit toestemming voor.'

'Waarom niet?'

'Het zou te veel opvallen. De ambassadeur zou gaan klagen.'

'Ik denk dat ik wel een manier weet waarop ze er niet achter komen.' Hij haalt een minuscuul, zorgvuldig uitgeknipt krantenknipseltje uit zijn zakboekje en schuift het naar me toe. Het is een advertentie voor een appartement dat te huur staat in de rue de Lille, de straat waar ook hôtel de Beauharnais staat, waarin de Duitse ambassade is gehuisvest.

'Het appartement ligt op de eerste verdieping, bijna recht tegenover de Duitsers. We zouden daar een observatiepost kunnen inrichten, dan zien we precies wie er naar binnen of naar buiten gaat.' Hij kijkt me aan, trots op zijn initiatief, mij dwingend in te stemmen. 'En dit is nog wel het mooiste: het appartement eronder wordt al aan de ambassade verhuurd. Ze gebruiken het als een soort club voor officieren.'

Het idee staat me onmiddellijk aan. Ik bewonder de brutaliteit ervan, maar dat is niet het enige: de operatie zou onafhankelijk van Henry plaatsvinden.

'Dan hebben we, om argwaan te voorkomen, een huurder met een geloofwaardige dekmantel nodig,' zeg ik. 'Iemand met een goede reden om de hele dag binnen te zitten.'

'Misschien dat iemand die 's nachts werkt iets zou kunnen zijn,' stelt Desvernine voor. 'Die is iedere ochtend om zeven uur thuis, en gaat pas om zes uur 's avonds naar zijn werk.'

'Wat bedraagt de huur van het appartement?'

'Tweehonderd per maand.'

Ik schud mijn hoofd. 'Iemand die nachtdiensten moet draaien, kan zich zo'n bedrag niet veroorloven. Het is een chique straat. Een jonge nietsnut met een persoonlijk inkomen lijkt me waarschijnlijker – die zijn de hele nacht op pad en slapen een gat in de dag.'

'Ik geloof niet dat dat in mijn kringen voorkomt, kolonel.'

'Nee. Maar in de mijne wel.'

Ik stuur een bleu naar een jongeman die ik ken en spreek zondag aan het eind van de middag met hem af in een café aan de Champs-Élysées. Daar kijk ik eerst toe hoe hij hongerig eet, alsof hij twee dagen geleden voor het laatst een maaltijd heeft gezien; daarna maken we een wandeling in de Tuilerieën.

Germain Ducasse is een gevoelige, beschaafde, vriendelijke ziel van in de dertig, met donkere krullen en zachte bruine ogen, die populair is bij oudere vrijgezellen en getrouwde dames die op zoek zijn naar een escorte voor de opera, iemand die verstand van zaken heeft en op wie hun man niet jaloers hoeft te zijn. Ik ken hem al meer dan tien jaar, sinds zijn militaire dienst onder mijn commando in het Honderdzesentwintigste Regiment in Pamiers, in Ariège. Ik heb hem aangemoedigd moderne talen aan de Sorbonne te studeren, en neem hem af en toe mee naar een soiree bij de Comminges. Tegenwoordig scharrelt hij als vertaler en secretaris een mager inkomen bij elkaar, en als ik tegen hem zeg dat ik misschien werk voor hem heb, is zijn dankbaarheid bijna pijnlijk.

'Georges, dat is vreselijk aardig van je. Moet je kijken.' Hij pakt mijn arm en tilt zijn voet op om me een gat in zijn schoen te laten zien. 'Zie je dat? Beschamend, toch?' Zijn hand blijft op mijn arm liggen.

'Heel vervelend voor je.' Voorzichtig maak ik me los uit zijn greep. 'Laat me meteen zeggen dat de baan die ik voor je in gedachten heb ongebruikelijk en saai is. Bovendien is het een volledige dagtaak, en voordat ik meer zeg moet je me beloven dat je er met niemand over praat.'

'Wat mysterieus! Vanzelfsprekend heb je mijn woord. Waar gaat het om?'

Voordat ik verder praat gaan we op een vrij bankje zitten, ver van het zondagmiddagpubliek.

'Ik wil dat je morgen dit appartement gaat huren.' Ik geef hem de advertentie uit de krant. 'Je biedt de makelaar drie maanden huur vooruit. Als ze om referenties vragen, gebruik je de Comminges – dat regel ik met Aimery. Zeg dat je er meteen in wilt trekken: diezelfde middag nog, als dat kan. De dag nadat je er bent gaan wonen, zal er een man bij je langskomen. Hij zal zich voorstellen als Robert Houdin. Hij werkt voor mij en vertelt je wat je moet doen. Het komt erop neer dat je de hele dag het gebouw aan de overkant van de straat in de gaten moet houden. 's Avonds ben je vrij.'

Ducasse bekijkt de advertentie. 'Ik moet zeggen dat het erg spannend klinkt. Word ik een spion?'

'Hier heb je zeshonderd frank, dat is de waarborg voor het appartement,' vervolg ik terwijl ik de bankbiljetten tel die ik de avond ervoor uit de speciale voorraad in mijn kluis heb gehaald, 'en hier is nog vierhonderd voor jou. Dat is twee weken salaris vooruitbetaald. En ja, je wordt spion, maar dat mag je tegen niemand zeggen. Vanaf nu mogen we niet meer samen gezien worden. En koop in godsnaam, mijn beste Germain, voordat je naar de makelaar gaat een paar fatsoenlijke schoenen: je moet eruitzien als een man die het zich kan veroorloven in de rue de Lille te wonen.'

Ik open een nieuwe map en besluit deze operatie de Weldoener te dopen; 'de Weldoener' is onze van de meisjes van Pigalle geleende codenaam voor Esterhazy. Ducasse huurt het appartement zonder problemen, neemt een paar persoonlijke bezittingen mee en trekt erin; de volgende middag gaat Desvernine, die zich voordoet als Houdin, bij hem op bezoek om hem de aard van zijn werkzaamheden uit te leggen. Een bestelwagen brengt verzegelde kisten met optische instrumenten en fototoestellen en chemicaliën die je in een donkere kamer nodig hebt; de mannen met leren schorten die alles naar boven dragen, komen van de technische afdeling van de Sûreté. Een paar dagen later ga ik de boel zelf inspecteren.

Het is laat in de middag van een milde voorjaarsdag in april, de bomen staan in bloei en de vogels in de tuin van de minister fluiten: ik heb het gevoel dat de natuur de spot drijft met mijn werk. Ik draag burgerkleding en heb de rand van mijn hoed schuin naar voren gezet, om het bovenste deel van mijn gezicht te bedekken. De Duitse ambassade staat nog geen tweehonderd meter van onze voordeur – ik hoef ons pand maar uit te lopen, links af te slaan en de eerste straat rechts te nemen; dan loop ik al over de smalle rue de Lille: ik zie het hôtel de Beauharnais meteen links voor me, op nummer 78. Het wordt door een hoge muur van de weg gescheiden, maar de grote houten poort staat wijd open, en geeft toegang tot een geplaveide binnenhof met een paar geparkeerde automobielen. Aan de overkant van de binnenhof staat een imposant, vijf verdiepingen tellend herenhuis met een door pilaren ondersteund portiek. Een trap met een rode loper leidt naar de ingang; aan de vlaggenmast hangt de Duitse keizerlijke adelaar.

Ons appartement ligt ertegenover, op nummer 101. Ik laat mezelf binnen en loop naar de trap. Vanachter de gesloten deur op de begane grond hoor ik gutturale, mannelijke Duitse stemmen – iemand vertelt iets op een toon waaruit blijkt dat de hilariteit stijgt, tot iedereen in lachen uitbarst. Het masculiene gebrul achtervolgt me de trap op naar de eerste verdieping. Ik klop vier keer; Ducasse opent de deur op een kier, ziet dat ik het ben en zet de deur wijder open, zodat ik binnen kan komen.

In het appartement is de lucht bedompt. De luiken voor de ramen zitten dicht, de elektrische verlichting brandt. Het geluid van de Duitsers één verdieping lager is nog steeds hoorbaar, maar gedempter.

Ducasse, die op kousenvoeten loopt, legt zijn vinger op zijn lippen en wenkt me naar de zitkamer te komen. Het tapijt is opgerold en tegen de wand gelegd. Desvernine ligt plat op zijn buik op de kale houten vloer, zonder schoenen, met zijn hoofd in de open haard. Ik wil iets zeggen, maar hij steekt zijn hand op ten teken dat ik moet zwijgen. Dan trekt hij zijn hoofd uit de open haard en krabbelt overeind.

'Ik geloof dat ze klaar zijn,' fluistert hij. 'Het is godsgruwelijk frustrerend, kolonel! Ze zitten vlak bij de haard en ik kan bijna letterlijk verstaan wat ze zeggen – maar niet helemaal. Vindt u het erg om uw schoenen uit te doen?'

Ik ga op het puntje van een stoel zitten om mijn laarzen uit te trekken en kijk om me heen, vol bewondering voor de grondigheid waarmee hij zijn schuilhut heeft vormgegeven. Er zijn drie paar gesloten luiken waar kijkgaten in zijn geboord, zodat je daardoor naar de ambassade aan de overkant van de straat kunt kijken. Voor een van die gaten staat, op een driepoot, het laatste model fotocamera, een aangepaste Kodak die voor achttien pond in Londen is gekocht, met een busje voor het filmrolletje en verschillende lenzen; voor de andere opening staat een telescoop en naast de derde staat het bureau waaraan Ducasse opschrijft hoe laat welke bezoeker de ambassade in of uit gaat. Aan de muren hangen studiofoto's van verschillende personen die belangrijk voor ons zijn, onder wie Esterhazy, Von Schwartzkoppen, graaf Münster, de bejaarde Duitse ambassadeur en de Italiaanse militaire attaché, majoor Panizzardi.

Desvernine, die voor het derde kijkgat zit, gebaart me bij hem te komen, en gaat dan staan om mij te laten kijken. Vier mannen in elegante overjassen steken de straat over. Ze lopen met hun rug naar ons toe van ons weg. Bij de ambassadepoort blijven ze staan; twee van hen geven de derde een hand en lopen de binnenhof op: Duitse diplomaten, waarschijnlijk. De twee die op stoep zijn blijven staan, kijken hen na, draaien zich om en praten verder.

Ducasse, die de telescoop scherp stelt, zegt: 'Die linker is Von Schwartzkoppen, Georges, die rechter is de Italiaan, Panizzardi.'

'Gebruik u de telescoop, kolonel,' zegt Desvernine.

Door de lens gezien doemen de twee mannen schrikwekkend dichtbij op – het is bijna alsof ik naast hen sta. Von Schwartzkoppen is slank, heeft fijne gelaatstrekken, gedraagt zich op een aantrekkelijke manier levendig en gaat uitstekend gekleed: een dandy. Als hij lacht, gooit hij zijn hoofd in zijn nek en laat hij een rij perfecte witte tanden onder zijn snor zien. Panizzardi heeft zijn hand op zijn schouder gelegd en lijkt hem iets grappigs te vertellen. Ook de Italiaan is knap, maar op een andere manier – hij heeft een ronder gezicht, met donkere, achterover gestreken krullen, en een breed voorhoofd – maar zijn gelaatstrekken worden door hetzelfde levendige plezier getekend. Weer barsten ze in lachen uit. Panizzardi's hand ligt nog steeds op de schouder van de Duitser. Ze kijken elkaar diep in de ogen, zich van niets en niemand bewust.

'God nog aan toe,' roep ik uit, 'ze zijn verliefd!'

Ducasse grijnslacht. 'Je had hen gistermiddag moeten horen tekeergaan, in die slaapkamer beneden.'

'Vuile flikkers!' mompelt Desvernine.

Ik vraag me af of madame de Weede van de voorkeuren van haar minnaar op de hoogte is – het is niet ondenkbaar, lijkt me; ik sta hoe dan ook nergens meer van te kijken.

Ten slotte slinkt de stralende lach van de mannen op de stoep tot een glimlach. Panizzardi's gezicht drukt een schouderophalen uit en de twee mannen buigen zich naar voren en omhelzen elkaar, eerst naar de ene kant en daarna naar de andere. Links van me klikt de camera als Desvernine een foto neemt; dan draait hij de film door. Bezien door een toevallige passant zou de omhelzing er hebben kunnen uitzien als een sociaal gebaar tussen goede vrienden, maar de uitvergroting van de telescoop legt genadeloos bloot hoe beide mannen elkaar iets in het oor fluisteren. De omarming wordt verbroken. Ze staan los van elkaar. Panizzardi steekt zijn hand op ten groet; dan draait hij zich om en beweegt uit beeld. Von Schwartzkoppen blijft hem nog even staan nakijken, een halve glimlach op zijn lippen, dan draait hij zich op zijn hakken om en loopt de binnenhof van de ambassade op. Als hij loopt, slaat hij de slippen van zijn geklede jas achter zich aan – een schitterend gebaar, pompeus, mannelijk – en steekt dan zijn handen diep in zijn broekzak.

Ik haal mijn ogen weg van de lens en doe stomverbaasd een pas naar achteren. De Duitse en Italiaanse militaire attachés! 'En jullie zeggen dat ze het appartement hierbeneden gebruiken om samen te komen?'

'"Samen te komen", zeg dat wel!' Desvernine heeft een zwarte doek over de achterkant van de camera gedrapeerd en vervangt het blik met de onbeschermde film.

'Hoe vallen de foto's uit?'

‘Goed, zolang het onderwerp maar niet opeens beweegt. Die laatste zal helaas een vage vlek zijn.’

‘Waar ontwikkelt u ze?’

‘We hebben in de tweede slaapkamer een donkere kamer ingericht.’

‘Is de indeling van het appartement op de begane grond hetzelfde als hierboven?’

Ducasse zegt: ‘Voor zover ik weet wel.’

Desvernine vraagt: ‘Waar denkt u aan, kolonel?’

‘Dat het wel heel mooi zou zijn als we echt konden horen wat ze zeggen.’ Ik loop naar de haard en haal mijn handen over het stucwerk boven de schoorsteenmantel. ‘Als de indeling hetzelfde is, dan zal het rookkanaal van hun open haard waarschijnlijk wel naast dat van ons lopen, toch?’

Desvernine bevestigt: ‘Inderdaad.’

‘Kunnen we er dan niet een paar bakstenen uit halen en er een spreekbuis in laten zakken?’

Ducasse lacht nerveus. ‘Godallemachtig, Georges, wat een idee!’

‘Vind je het geen goed plan?’

‘Ze zullen het zeker ontdekken.’

‘Waarom?’

‘Nou...’ Hij zoekt koortsachtig naar een reden. ‘Stel dat ze de haard aansteken...’

‘Het wordt al warmer. Ze gebruiken de haard pas weer in de herfst.’

‘Het zou kunnen,’ stemt Desvernine langzaam knikkend in, ‘hoewel je de kwaliteit van het geluid niet zult kunnen vergelijken met wanneer ze er daadwerkelijk in zouden praten.’

‘Misschien niet, maar vergeleken met wat we nu oppikken zal het een enorme verbetering zijn.’

Ducasse houdt vol: ‘Maar hoe installeer je die spreekbuis? Je zou op z’n minst toegang tot hun appartement moeten hebben. Daarmee zou je de wet overtreden en...’

Ik kijk naar Desvernine, de politieman onder ons. ‘Dat moet wel geregeld kunnen worden,’ zegt hij.

Hoewel ik er niet op zit te wachten de generale staf bij de operatie te betrekken, moet zelfs ik erkennen dat we Gonses toestemming nodig hebben om ons in zo’n precaire, riskante onderneming te kunnen wagen, dus ga ik de volgende ochtend bij hem langs in zijn werkkamer, met een memorandum waarin de grote lijnen van mijn plan staan. Ik zit tegenover hem terwijl hij het met de hem typerende, gekmakende nauwkeurigheid leest, waarbij hij zonder zijn blik van het papier te halen de ene sigaret met de andere aansteekt. De naam Esterhazy komt niet in mijn memo voor: ik wil de Weldoener, zolang het nog kan, voor mezelf houden.

'U komt hier voor mijn goedkeuring,' zegt Gonse geïrriteerd opkijkend als hij klaar is met lezen, 'maar u heeft het appartement al gehuurd en uitgerust.'

'Ik moest meteen handelen, voordat het aan iemand anders werd verhuurd. Het was een buitenkans.'

Gonse gromt. 'En wat levert het ons op, denkt u?'

'Het helpt ons te achterhalen of Von Schwartzkoppen nog meer spionnen heeft. En het zou het extra bewijs tegen Dreyfus, waar generaal De Boisdeffre om heeft gevraagd, kunnen opleveren.'

'Ik geloof niet dat we ons om Dreyfus nog druk hoeven te maken.' Gonse begint weer te lezen. Zijn besluiteloosheid is legendarisch. Ik vraag me af hoe lang ik hier nog zal moeten zitten voordat hij een beslissing heeft genomen. Zijn toon wordt zachter. 'Maar is dit het risico echt waard, mijn beste Picquart? Dat vraag ik me wel af. Het is nogal een provocatie, om op hun eigen terrein een zaak tegen de Duitsers op te zetten. Als ze erachter komen, veroorzaakt het een hoop ophef.'

'Integendeel: als ze erachter komen, zwijgen ze in alle talen. Ze zouden zichzelf enorm te kijk zetten. Bovendien zal Von Schwartzkoppen als de dood zijn dat we hem als een nicht ontmaskeren, wat we eenvoudig kunnen – wist u dat daar in Duitsland vijf jaar gevangenisstraf op staat? Dat zal hem betaald zetten dat hij Dreyfus op zijn loonlijst had staan.'

'Lieve hemel, dat zou ik nooit toestaan! Von Schwartzkoppen is een heer. Het zou tegen al onze tradities in gaan.'

Ik heb deze tegenwerpingen verwacht en ben erop voorbereid. 'Herinnert u zich wat u tegen me zei toen u me deze baan aanbood, generaal?'

'Wat dan?'

'U zei dat spionage de nieuwe frontlinie in de oorlog tegen de vijand was.' Ik buig me naar voren en tik met mijn vinger op mijn rapport.

'Hier ligt de kans om die frontlinie naar het hart van het Duitse territorium te verleggen. Naar mijn mening ligt een vermetele onderneming als deze in de lijn van de traditie van het Franse leger.'

'Mijn god, Picquart, u haat de Duitsers echt, nietwaar?'

'Ik haat hen niet. Ze bezetten alleen wel de geboortegrond van mijn familie.'

Gonse leunt achterover en kijkt me door zijn sigarettenrook heen aan – een lange, onderzoekende blik, alsof hij alles wat hij eerder heeft gedacht opnieuw in overweging neemt – en even vraag ik me af of ik te ver ben gegaan. Dan zegt hij: 'Ik herinner me het moment dat ik u heb aangesteld inderdaad, kolonel, ik herinner het me zelfs heel goed. Ik was bang dat u de baan niet zou accepteren. Ik vreesde dat u te gewetensvol voor dit soort werk zou zijn. Zo te zien heb ik me daarin vergist.' Hij stempelt mijn memorandum, tekent het en reikt het me aan. 'Ik hou u niet tegen. Maar als het verkeerd loopt, krijgt u de schuld.'

8

We besluiten dat we, als we toch een spreekbuis gaan installeren, net zo goed een tweede kunnen plaatsen, namelijk in de slaapkamer, waar Von Schwartzkoppen en Panizzardi waarschijnlijk hun intiemste aangelegenheden zullen bespreken. Desvernine moet de benodigde instrumenten naar binnen smokkelen: de buizen, een zaag, een tang, een hamer, een beitel en zakken, voor het puin. We kunnen alleen in de schoorsteenpijpen breken als het appartement op de begane grond leeg is, 's nachts dus. Ducasse maakt zich ook zorgen om het stel dat boven woont, want die hebben hem al argwanende vragen gesteld: over de geluiden die ze horen, en wat hij de hele dag uitvoert. Het werk vordert dan ook tenenkrommend traag: één galmende slag met de hamer, en dan een pauze; dan weer een klap met de hamer en dan weer een pauze. We doen een hele nacht over het loshalen van één baksteen. Daarnaast is er nog het voortdurende risico dat er roet in de open haard van de Duitsers valt. Het is bovendien vies werk. Het vergt het uiterste van onze zenuwen. Desvernine rapporteert dat Ducasse stevig begint te drinken: nog een beroepsrisico van de spionagebusiness.

Dan moeten we nog zien hoe we ons toegang tot de woning van de Duitsers kunnen verschaffen. Desvernine komt eerst met het voorstel dat we gewoonweg inbreken. Hij verschijnt op mijn kamer met een leren gereedschapsmapje, dat hij op mijn bureau openrolt. Er zit een setje stalen instrumenten om sloten open te maken in, speciaal voor de Sûreté ontworpen door een meesterslotenmaker. Ze zien eruit als de scalpels van een chirurg. Hij legt uit hoe het werkt: verschillende lopers voor verschillende soorten sloten – baardsloten, klaviersloten en cilindersloten; harkjes om de tuimelaar vast te zetten... De aanblik alleen, en de gedachte dat een agent van ons kan worden betrapt bij het inbreken in een woning die door de Duitsers wordt gehuurd, bezorgt me al een zeer ongemakkelijk gevoel.

'Maar het is heel eenvoudig, kolonel,' houdt hij vol. 'Kijk maar, geef me maar iets wat op slot zit.'

'Prima.' Ik wijs op de bovenste la rechts van mijn bureau.

Desvernine knielt, inspecteert het slot en selecteert een aantal instrumenten. 'Je hebt er twee nodig, ziet u? Je steekt een haak in het slot om spanning op de tuimelaar te zetten, zo... Dan steek je de pen in het slot en duw je de eerste pin omhoog, tot waar hij deblokkeert...' Hij is zo geconcentreerd aan het werk dat hij een grimas trekt. 'Dan doe je hetzelfde bij de andere pinnen... En dan...' Hij glimlacht en opent de lade. 'Klaar is Kees.'

'Laat ze maar hier,' zeg ik. 'Ik moet erover nadenken.'

Als hij weg is, berg ik de instrumenten op in mijn bureau. Van tijd tot tijd haal ik ze eruit en bekijk ik ze. Nee, besluit ik dan: het is te riskant, te crimineel. Ik verzin zelf een plan, een dat als voordeel heeft volledig legaal te zijn. Een paar dagen later leg ik het voor aan Desvernine.

'We hebben toch alleen toegang tot hun open haard nodig?'

'Dat is juist.'

'En dit is toch uitgerekend die tijd van het jaar waarin er geen vuur meer wordt gemaakt en de schoorstenen worden geveegd, is het niet?'

'Inderdaad.'

'Waarom vermomt u dan niet gewoon een aantal van uw mannen als schoorsteenvegers en bieden zij de Duitsers aan hun rookkanaal te vegen?'

Het is halverwege mei als Desvernine mijn kamer binnenloopt met een glimlach op zijn gezicht, wat uitzonderlijk is. Een vriend van de broer van zijn zwager blijkt een schoorsteenveger te kennen, een patriot die in het dragonderregiment heeft gediend waar Desvernine sergeant was. Het was deze man, wiens vader in 1870 is omgekomen, een groot genoegen iets te doen om de republiek te helpen, en hij stelde geen vragen. Desvernine vertelt dat de man tegen lunchtijd, toen de Duitsers een glaasje voor het eten dronken, op de deur van het appartement op de begane grond aanklopte en zei dat hij schoorsteenveger was; hij werd zonder dat er vragen werden gesteld binnengelaten. Onder het toeziend oog van die hooghartige Pruisen liep hij terug naar de eerste verdieping, liet de twee spreekbuizen zakken terwijl hij deed alsof hij het rookkanaal veegde en zette ze stevig vast. Toen hij klaar was en hij zijn kaartje had achtergelaten, gaf een van de Duitsers hem zelfs een fooi.

'En, hoor je wat?' vroeg ik.

'Genoeg, vooral als degene die spreekt in de buurt van de open haard zit of staat. Laat ik het zo zeggen, je kunt de strekking van het gesprek volgen.'

'Prima werk. Heel goed gedaan.'

'En dan is er nog iets, kolonel.'

Desvernine haalt een envelop en een vergrootglas uit zijn zak. In de envelop zit een foto, van tien bij dertien centimeter. Ik loop ermee naar het raam, voor meer licht.

Desvernine zegt: 'Hij is gistermiddag genomen, even na drieën.'

Zonder vergrootglas valt met enige moeite de figuur van een man die door de poort van de ambassade naar buiten loopt te onderscheiden, en zelfs mét moet je je best doen: zijn beweging naar voren heeft het beeld vervaagd – de schaduw die de felle meizon achter hem werpt, staat er een stuk scherper op. Maar als je beter kijkt, blijft er weinig ruimte voor twijfel. De karakteristieke uitpuilende ogen en de extravagante krulsnor verraden de verrader: het is Esterhazy.

Diezelfde week komt Bachir op vrijdag hijgend en piepend de trap naar mijn kamer op, in zijn hand een aan mij geadresseerd, persoonlijk telegram van het ministerie. Het telegram heeft er even over gedaan om mij te bereiken, en nog voordat hij het aan mij geeft voorvoel ik dat het over mijn moeder gaat, wat alleen slecht nieuws kan inhouden. Wachten wij niet allen, vanaf het moment dat we ons van het begrip 'sterfelijkheid' bewust zijn geworden, in een stil uithoekje van onze gedachten, op de dood van onze ouders? Of is deze niet-aflatende angst typisch voor hen die in hun jeugd al een keer van een ouder zijn beroofd? Hoe dan ook, het telegram komt van Anna, mijn zus, en deelt mee dat onze moeder is gevallen en haar heup heeft gebroken. De artsen hebben besloten dat de breuk gezet moet worden, en willen haar onder narcose brengen om haar de pijn te besparen en haar nood te lenigen. 'Ze is in paniek en hysterisch. Kom zo mogelijk meteen.'

Ik loop de gang door en vertel het Henry. Hij leeft op een vriendschappelijke manier met me mee: 'Ik weet precies wat u doorstaat, kolonel. Maakt u zich geen zorgen. Ik zie erop toe dat alles hier op rolletjes loopt.' Zijn warmte is duidelijk oprecht, en ik voel een onverwachte genegenheid voor de oude vos. Ik zeg hem dat ik hem nog laat weten hoe lang ik wegblijf. Hij wenst me succes.

Tegen de tijd dat ik in het ziekenhuis in Versailles arriveer, is de operatie al achter de rug. Anna zit samen met haar man Jules Gay aan mijn moeders bed. Zij zijn ruim tien jaar ouder dan ik: het zijn goede familiemensen, capabel, met vier kinderen, van wie er twee al volwassen en twee tiener zijn. Jules is leraar op een lyceum in Parijs, een rondborstige man met een rood gezicht, geboren in Lyon, een conservatieve, toegewijde katholiek, die ik volgens de regels der logica absoluut niet zou moeten mogen, maar van wie ik door een of andere vreemde chemie al langer dan een kwarteeuw veel hou. Nog voordat ze overeind komen om me te begroeten, zie ik aan hun gezicht dat het niet goed gaat.

'Hoe is het met haar?'

Als antwoord maakt Anna ruimte, zodat ik het bed kan zien. Mijn moeder lijkt wel gekrompen, zo klein en grijs is ze. Haar gezicht is van me weggedraaid. Haar onderlichaam zit in het gips, waardoor dat op een griezelige manier groter lijkt te zijn dan het in werkelijkheid is. Ze ziet eruit als een ziek jong vogeltje dat half uit zijn ei is gekropen.

'Wanneer komt ze bij van de chloroform?'

'Ze is al bijgekomen, Georges.'

'Wat?' In eerste instantie begrijp ik niet wat ze bedoelt. Ik leg mijn hand op haar wang en draai haar hoofd zacht naar me toe. 'Mama?' Haar ogen zijn inderdaad geopend, maar waterig en leeg; ze staren zonder een spoor van herkenning in die van mij. Het is niet ongebruikelijk, vertellen de artsen me, dat patiënten in haar conditie, als ze onder narcose worden gebracht, een deel van hun brein in hun slaap achterlaten. Ik begin tegen hen te schreeuwen – 'Waarom hebben jullie dat niet van tevoren gezegd?' – maar Anna brengt me tot bedaren: wat hadden we anders moeten doen?

De volgende dag nemen we haar mee naar huis. Op zondagochtend luiden de klokken van de Saint-Louis, maar ze weet niet dat dat de oproep voor de mis is. Ze lijkt zelfs te zijn vergeten hoe ze moet eten.

We huren een verpleegster die overdag voor haar zorgt, en vanaf nu ga ik in de namiddag weg van mijn werk en keer terug naar Versailles, waar ik in de logeerkamer slaap. Ik ben natuurlijk niet alleen in deze wake. Anna en Jules komen bijna alle dagen uit Parijs. Mijn neef Edmond Gast en zijn vrouw Jeanne komen over vanuit Ville-d'Avray. En als ik op een avond later dan normaal terug ben, zit Pauline aan haar bed een roman voor te lezen – waarop ze niet reageert. Pauline legt het boek neer en staat op om me te omhelzen, en ik hou haar stevig vast.

Ik zeg: 'Deze keer laat ik je geloof ik niet meer gaan.'

'Georges,' fluistert ze preuts, 'je moeder...'

We kijken naar haar. Ze ligt met gesloten ogen op bed. Haar gezichtsspieren zijn ontspannen; haar gezicht is uitdrukkingsloos, bijna koninklijk in zijn onverschilligheid; ze is iedere conventie nu voorbij, denk ik, al die idiote kleinburgerlijkheid...

Ik zeg: 'Ze kan ons niet zien, en als ze ons wel zag, zou ze dolblij zijn. Je weet dat ze nooit heeft begrepen waarom wij niet zijn getrouwd.'

'Ze is niet de enige...'

Ze zegt het laconiek. Ze heeft me nooit iets verweten. We zijn samen in de Elzas opgegroeid. We hebben de belegering samen overleefd. We klampten ons aan elkaar vast toen we in ballingschap leefden, toen alle anderen weg waren. Ik was haar eerste minnaar. Ik had haar ten huwelijk moeten vragen voordat ik vertrok om me bij mijn regiment in Algerije te voegen. Maar ik dacht altijd dat daarvoor later nog meer dan genoeg tijd zou zijn. Maar toen ik mijn soldatentijd in het buitenland had afgerond en na Indochina thuiskwam, bleek ze de hoop op mij te hebben opgegeven; ze had al een dochter gekregen en was zwanger van een tweede. En het maakte me niet eens zoveel uit, vooral niet toen we onze liefdesrelatie hervatten waar we haar hadden beëindigd. 'Wij hebben iets mooiers dan een toekomst samen,' zei ik altijd tegen haar. 'Wij hebben een verleden samen.' Ik weet niet of ik dat nu nog steeds geloof.

'Besef je wel,' zeg ik terwijl ik haar hand pak, 'dat wij, alles bij elkaar, al meer dan twintig jaar samen zijn? We zijn praktisch getrouwd.'

'O, Georges,' zegt ze vermoeid, 'geloof mij, daar lijkt het in de verste verte niet op.'

De voordeur gaat open en we horen de stem van mijn zus; onmiddellijk trekt ze haar hand weg.

Mijn moeder ligt nog een maand in deze omstandigheden te zieltogen. Het is verbazingwekkend hoe lang het lichaam zonder voeding kan. Soms, in de volle trein van en naar Versailles, denk ik terug aan die opmerking van Henry: 'Er zijn niet veel vredige manieren om het aardse voor het eeuwige te verwisselen...' Maar de weg die zij volgt heeft nog het meest weg van een vloeiende, rustige afdaling naar vergetelheid.

Henry leeft in alle opzichten mee. Op een dag vraagt hij me of ik een moment heb om naar de wachtkamer te komen en zijn vrouw te ontmoeten – ze heeft iets voor me. Ik heb me nooit eerder afgevraagd met wat voor vrouw Henry getrouwd zou kunnen zijn; ik neem eigenlijk gewoon aan dat zij de vrouwelijke versie van hem zal zijn – luidruchtig, platvloers, groot, een rood gezicht... Maar nee, het is een lange, slanke jonge vrouw, hooguit half zo oud als hij, met dik, zwart haar, een gave huid en levendige, bruine ogen. Hij stelt haar voor als Berthe. Ze praat net als Henry met het accent uit de Marne. In haar ene hand heeft ze een bos bloemen, voor mijn moeder; in de andere heeft ze de hand van een jongetje van een jaar of twee, drie, in een matrozenpakje. Het is vreemd om in dit sombere gebouw een kind te zien. Henry zegt: 'Dit is mijn zoontje, Joseph.'

'Hallo, Joseph.' Ik til hem op en zwaai hem een paar keer rond, zijn ouders kijken glimlachend toe (wij vrijgezellen leren goed met kinderen te zijn). Dan zet ik hem weer neer en bedank madame Henry voor de bloemen. Ze slaat haar ogen flirterig neer. Op de trap, als ik terugloop naar mijn kamer, bedenk ik dat Henry misschien wel iets gecompliceerder in elkaar steekt dan ik had gedacht. Het is begrijpelijk dat hij trots is op zijn knappe, jonge vrouw, en ik snap dat hij met haar pronkt, maar ik bespeur ambitie in madame Henry, en ik vraag me af wat dat met hem doet.

In de namiddag van vrijdag 12 juni 1896 ontvangt mijn moeder de laatste sacramenten. Buiten, vanwaar lawaaierige straatgeluiden binnendringen, is het warm; de zon, die achter de gesloten gordijnen fel schijnt, trekt zich nergens iets van aan en beukt op de ramen alsof hij eist binnengelaten te worden. Ik kijk toe hoe de priester haar ogen, neusvleugels, lippen, handen en voeten zalft terwijl hij zijn Latijn prevelt. Hij drukt me ten afscheid een weerzinwekkend vochtige hand. Ze sterft die nacht in mijn armen, en als ik haar vaarwel kus, proef ik de restanten van zijn oliesel.

We hebben het allemaal ruim van tevoren zien aankomen en alle maatregelen getroffen, maar de schok is toch net zo groot als wanneer ze volkomen onverwacht dood was neergevallen. Na het requiem in de Saint-Louis en de teraardebestelling in een hoek van de begraafplaats lopen we terug naar haar woning. Het is een ongemakkelijke gelegenheid. Het is te warm, en er zijn te veel mensen en te veel spanningen in de kleine kamertjes. Mijn schoonzus, Hélène, de weduwe van mijn broer Paul, is ook komen opdagen: om de een of andere reden heeft ze mij nooit gemogen, en we doen veel moeite om elkaar te vermijden, wat in die nauwe ruimte een hele toer is en wat er uiteindelijk zelfs toe leidt dat ik in de slaapkamer met mijn moeders kale matras uitgerekend met Paulines man sta te praten.

Monnier is geen onfatsoenlijke kerel, en op zijn manier dol op zijn vrouw en dochters. Als hij een bruut was, zou ons bedrog gemakkelijker zijn. Hij daarentegen is alleen maar saai. Beroepsmatig is zijn rol in het ministerie van Buitenlandse Zaken, voor zover ik dat kan opmaken, er een van de oudere bureaucraat die gaten schiet in al te bijdehante ideeen van jongere collega's. Sociaal gezien is hij nogal een droogpruim: het type dat iemand over een bepaald onderwerp naar zijn mening vraagt – in dit geval informeert hij naar mijn standpunt inzake het ophanden zijnde bezoek van de Russische tsaar – om vervolgens met nauwelijks verholen ongeduld naar het antwoord te luisteren en zijn gesprekspartner zo snel mogelijk te onderbreken om zijn eigen ingestudeerde monoloog te kunnen afsteken. Hij vertelt dat hij in de Frans-Russische commissie zit die het bezoek heeft voorbereid en dat de officiële trein van Zijne Keizerlijke Hoogheid vierhonderdvijftig ton weegt – tweehonderd ton meer dan onze spoorwegen aankunnen, dus hij heeft daar een pittig gesprek met de ambassadeur over gevoerd...

Over zijn schouder zie ik Pauline met Louis Leblois praten. Haar blik ontmoet de mijne. Monnier kijkt achterom, geïrriteerd omdat hij niet mijn volledige aandacht heeft, en hervat zijn alleenspraak.

'Zoals ik zei, het is niet zozeer een kwestie van protocol als wel van goede manieren...'

Ik doe mijn best om mijn aandacht bij zijn diplomatieke platitudes te houden; dat lijkt me het minste wat ik kan doen.

In de tussentijd is operatie de Weldoener door blijven draaien, als een vergeten machine die grote hoeveelheden vrijwel altijd nutteloze inlichtingen uitspuugt: stapels wazige foto's, lijsten met bezoekers van de rue de Lille (*niet nader geïdentificeerde man, halverwege de vijftig, loopt een klein beetje mank, ex-militair?*) en fragmentarische kopieën van gesprekken (*ik zag hem bij de oefeningen in Karlsruhe en hij bood aan te [niet te verstaan] maar ik zei tegen hem dat we dat al van onze bron in Parijs hadden [niet te verstaan]*). Eind juni heb ik er duizenden franken van het geheime fonds dat Sandherr me heeft nagelaten doorheen gejaagd, bijna een ernstige diplomatieke crisis veroorzaakt en voor mijn superieuren stilgehouden dat er mogelijk nog een verrader is, en het enige tastbare bewijs dat ik heb, is de foto van Esterhazy die de ambassade verlaat.

En dan, nogal onverwacht, verandert dit, en daarmee mijn leven en mijn carrière en al het andere.

Het is een snikhete zomeravond. Ik ben eens een keer niet in Parijs; ik vergezel generaal De Boisdeffre op een inspectiereis in de Bourgogne. Onze verkenners hebben een goed restaurant aan een kanaal in Venarey-les-Laumes voor ons gevonden, en we dineren buiten, bij het geluid van kikkers en cicaden, in een geur van citronellakaarsen die de muggen op afstand moeten houden. Ik zit een paar stoelen van De Boisdeffre vandaan, naast zijn ordonnans, majoor Gabriel Pauffin de Saint Morel. Motten dartelen in de gloed van de lantaarns, en boven de met wijngaarden begroeide heuvels in het oosten verschijnen de eerste sterren. Aangenamer wordt het niet, toch? Pauffin is een buitengewoon knappe, enigszins domme aristocraat, die op een paar weken na precies zo oud is als ik en die ik al sinds onze cadettentijd in Saint-Cyr ken. Zijn door de kaarsen verlichte profiel gloeit van de wijn en de warmte, en hij staat op het punt wat zachte, pikante Époisses de Bourgogne op zijn bord te scheppen als hij nogal onverwacht tegen me zegt: 'O ja, dat is waar ook, sorry, Picquart, ik was het helemaal vergeten – de baas wil dat u, als we terug in Parijs zijn, bij kolonel Foucault langsgaat.'

'Ja, natuurlijk, dat is prima. Weet u waar het over gaat?' Foucault is onze militaire attaché in Berlijn.

Met zijn aandacht nog volledig bij de kaas en zonder zijn stem te dempen of mij zelfs maar aan te kijken, antwoordt Pauffin: 'O, ik geloof dat hij in Berlijn heeft opgevangen dat de Duitsers nóg een spion in ons leger zouden hebben. Hij stuurt de baas een brief over de zaak.'

'Wat?' Ik zet mijn glas zo wild neer dat er wat wijn uit klotst. 'Mijn god, wanneer was dat precies?'

De toon waarop ik het zeg maakt dat hij mijn kant op kijkt. 'Een paar dagen geleden. Sorry, Georges. Het was me ontschoten.'

Ik kan die avond niets doen, maar de volgende dag bij het ontbijt in het kasteel waar we verblijven zoek ik De Boisdeffre op en vraag toestemming om onmiddellijk naar Parijs terug te keren om kolonel Foucault te spreken.

De Boisdeffre veegt met de punt van zijn servet wat ei uit zijn snor. 'Vanwaar die haast? Zou het waar kunnen zijn?'

'Misschien. Ik wil het graag controleren.'

De Boisdeffre lijkt zich erover te verbazen dat ik onmiddellijk wil vertrekken; misschien is hij zelfs een beetje beledigd: een uitnodiging voor een ontspannen inspectietoer in een van onze gastronomisch gezien aantrekkelijkste gebieden wordt als een gunst gezien. 'Zo je wilt,' zegt hij, en hij laat me met een zwierig gebaar van zijn servet inrukken. 'Hou me op de hoogte.'

Diezelfde middag ben ik terug in het ministerie van Oorlog en luister ik in de kamer van Foucault naar zijn verslag. Onze militaire attaché in Berlijn is een kundige, oprechte professional, gehard door jaren van omgang met leugenaars en fantasten. Hij heeft dik, kortgeknipt, staalgrijs haar; het past hem als een helm. Hij zegt: 'Ik begon me al af te vragen wanneer generaal De Boisdeffre de tijd zou vinden om op mijn brief te reageren.' Met een vermoeid gebaar haalt hij een map uit zijn la en slaat hem open. 'Herinnert u zich onze spion in Tiergarten, Richard Cuers?'

Tiergarten is het district in Berlijn waar de inlichtingendienst van het Duitse leger zijn hoofdkwartier heeft.

'Ja, natuurlijk. Hij werkte voor de Duitse inlichtingendienst in Parijs, tot we hem naar Duitsland hebben gestuurd. Sandherr heeft me, toen ik het van hem overnam, over hem verteld.'

'Hij is ontslagen.'

'Dat is jammer. Wanneer is dit gebeurd?'

'Drie weken geleden. Heeft u Cuers ontmoet?'

Ik schud mijn hoofd.

'Hij is op zijn best al nerveus, maar toen hij me kwam vertellen wat er was gebeurd, bevond hij zich in een ronduit deplorabele staat. Hij is als de dood dat de Duitse generale staf hem voor verraad gaat arresteren. En hij denkt dat zijn vriend Lajoux in Brussel hem heeft verlinkt voor geld, wat weleens waar zou kunnen zijn. Hoe dan ook, hij wil zeker weten dat we hem beschermen. Anders heeft hij, zegt hij, geen andere keuze dan naar Hauptmann Dame te gaan – dat is zijn afdelingshoofd – en alles aan hem op te biechten.'

'Weet hij veel?'

'Wel wat.'

'Dus hij probeert ons te chanteren?'

'Nee, dat geloof ik niet. Niet echt. Hij wil gewoon gerustgesteld worden.'

'Dan doen we dat. Geruststellen kost geen geld – hij kan zo veel geruststelling krijgen als hij wil. Zeg maar tegen hem dat hij er zeker van kan zijn dat wij niet over hem zullen lekken.'

'Ik heb hem al verzekerd dat hij van ons niets heeft te vrezen. Maar zo gemakkelijk is het niet.' Foucault zucht en wrijft over zijn voorhoofd: ik besef dat hij onder spanning staat. 'Hij wil het van man tot man horen – hij wil een persoonlijke ontmoeting met iemand van de afdeling zelf.'

'Maar dan lopen we allebei onnodig risico. Stel dat hij wordt gevolgd?'

'Dat is precies wat ik ook zei. Maar hij was erg vasthoudend. Daarom begon ik te beseffen dat er meer aan de hand was dan hij me vertelde. Dus ik opende een fles absint – daar is hij dol op, hij zegt dat het hem herinnert aan een Française op wie hij ooit verliefd was – en zo heb ik stukje bij beetje het hele verhaal te horen gekregen.'

'En dat was?'

'Hij is bang en wil met iemand van de afdeling afspreken omdat er, zegt hij, een Duitse spion in het Franse leger zit van wie wij niets af weten.'

Daar heb je hem. Ik probeer nonchalant over te komen. 'Heeft deze spion ook een naam?'

'Nee. Meer dan een paar details die hij links en rechts heeft opgepikt, heeft hij niet.' Foucault kijkt in het dossier. 'De spion zou de rang hebben van een commandant. Hij is tussen de veertig en vijftig jaar oud. Hij speelt sinds een jaar of twee informatie door aan Von Schwartzkoppen, vooral over artillerie, en meestal niet van grote kwaliteit – hij kwam onlangs bijvoorbeeld met details van een artillerieopleiding in Châlons aanzetten. De informatie is dwars door de bevelstructuur naar Von Schlieffen* zelf gegaan, maar hem schijnt het allemaal niet te bevallen – hij denkt dat de bron een oplichter is, of zelfs een provocateur – en hij heeft tegen Von Schwartzkoppen gezegd dat hij niets meer met hem te maken wil hebben.' Hij kijkt op uit zijn dossier. 'Dit staat allemaal in

* Veldmaarschalk graaf Alfred von Schlieffen (1833-1913), hoofd van de Duitse keizerlijke generale staf.

mijn brief aan generaal De Boisdeffre. Komt het u bekend voor?'

Ik doe alsof ik nadenk. 'Niet direct.' De werkelijkheid is dat ik me moet beheersen om niet van mijn stoel op te springen. 'Was er verder nog iets?'

Foucault lacht. 'U bedoelt: kwam er een tweede fles op tafel?' Hij slaat de map dicht en legt hem terug in zijn la. 'Jazeker. Sterker nog, het eindigde ermee dat ik hem in bed heb moeten leggen. Ziet u wat ik allemaal voor mijn land overheb!'

Ik lach met hem mee. 'Ik regel een medaille.'

Foucaults glimlach besterft op zijn lippen. 'De waarheid, kolonel Picquart, is dat onze vriend Cuers een neuroot is, en zoals de meeste neuroten een fantast. Dus voor alle duidelijkheid: ik geef aan u door wat hij tegen mij heeft gezegd, maar ik bevestig het niet, begrijpt u? Er zijn agenten voor wie ik insta, en daar zit Cuers niet bij. Daarom heb ik de rest van zijn verhaal ook niet opgeschreven.'

'Ik begrijp precies wat u bedoelt.' Ik vraag me af wat er nog meer komt. 'Ik behandel alles wat u me heeft verteld met een gepaste dosis scepsis.'

'Mooi.' Foucault zwijgt even. Hij kijkt met gefronste wenkbrauwen naar zijn bureau en dan naar mij – het is een eerlijke, doordringende blik, van soldaat tot soldaat. 'Ik zeg het maar zoals het is: volgens Cuers is de Duitse inlichtingendienst nog steeds pisnijdig over de Dreyfus-affaire.'

'U bedoelt omdat we hem gepakt hebben?'

'Nee. Omdat ze nooit van hem hadden gehoord. Althans, dat zegt Cuers.'

Ik beantwoord de blik van de kolonel. Zijn donkere ogen kijken me recht aan. 'Waarschijnlijk,' antwoord ik voorzichtig, 'dekken ze hem dan nog steeds.'

'Zelfs onder elkaar?' Foucault knippert met zijn ogen en schudt zijn hoofd. 'Nee. Ik kan best geloven dat je dit soort dingen in het openbaar blijft ontkennen – zo zit het diplomatieke spel in elkaar. Maar waarom zouden ze dat, jaar in, jaar uit, ook onderling en achter gesloten deuren blijven doen?'

'Misschien omdat niemand in Berlijn wil toegeven dat hij voor Dreyfus verantwoordelijk was – gegeven het beroerde einde?'

'We weten allebei dat het niet zo werkt, nietwaar? Volgens Cuers heeft de keizer er in eigen persoon bij Von Schlieffen naar geïnformeerd: "Heeft het keizerlijke leger deze Jood in dienst gehad of niet?" Von Schlieffen heeft de vraag op zijn beurt aan Dame voorgelegd, die bezwoer dat hij niets van een Joodse spion af wist. Dame heeft vervolgens in opdracht van Von Schlieffen Von Schwartzkoppen naar Berlijn teruggeroepen – Cuers heeft hem zelf in Tiergarten gezien – en Von Schwartzkoppen heeft bezworen dat hij de naam Dreyfus voor het eerst tegenkwam toen hij de krant opensloeg en las dat er een spion was gearresteerd. Cuers vertelde me dat Dame sindsdien bij elke bevriende Europese inlichtingendienst navraag heeft gedaan, om te zien of zij Dreyfus misschien voor zich lieten werken. Maar ook hier: niets.'

'En daar zijn ze kwaad over?'

'Ja, natuurlijk – u weet hoe onze zwaarwichtige Pruisische buren reageren als ze vinden dat ze voor gek worden gezet. Ze zien het als één grote Franse list om hen voor het oog van de wereld zwart te maken.'

'Maar dat is absurd!'

'Ongetwijfeld. Maar zo zien ze het wel – althans, dat zegt Cuers.'

Zonder het zelf te beseffen heb ik mijn armleuningen vastgegrepen, alsof ik in de stoel van de tandarts zit. Ik probeer een beetje te ontspannen. Ik sla mijn benen over elkaar, schik de vouw in mijn broek en veins, kortom, een kalmte die ik absoluut niet voel, en die, daar ben ik eigenlijk wel zeker van, Foucault geen moment overtuigt – hij is tenslotte professioneel connaisseur van huichelarij.

'Het lijkt mij het beste,' zeg ik na een lange stilte, 'om deze zaak stap voor stap te benaderen, en ermee te beginnen Cuers aan zijn voorstel voor een ontmoeting te houden, zodat we hem grondig kunnen ondervragen.'

'Daar ben ik het mee eens.'

'En in de tussentijd lijkt het me verstandig om dit onder ons te houden.'

'Daar ben ik het nog meer mee eens.'

'Wanneer kunt u op z'n vroegst terug zijn in Berlijn?'

'Morgenochtend.'

'Mag ik voorstellen dat u contact met Cuers opneemt en hem laat weten dat we hem zo spoedig mogelijk willen spreken?'

'Dat zal ik doen zodra ik er ben.'

'De vraag is: waar kunnen we hem ontmoeten? Het kan niet op Duits grondgebied.'

'Inderdaad, dat is veel te riskant.' Foucault denkt erover na. 'Wat dacht u van Zwitserland?'

'Dat zou prima zijn. Bazel misschien? Daar zijn in deze tijd van het jaar veel toeristen. Hij kan doen alsof hij een wandelvakantie gaat houden; dan ontmoeten we hem daar.'

'Ik zal het hem voorleggen en u zijn antwoord laten weten. Betaalt u voor zijn uitgaven? Neemt u mij niet kwalijk dat ik erover begin, maar ik weet zeker dat dat het eerste is wat hij wil weten.'

Ik glimlach. 'Tjonge, de mensen met wie wij moeten werken! Maar dat doen we, vanzelfsprekend.'

Ik sta op en salueer. Foucault doet hetzelfde. Daarna schudden we elkaar de hand. Verder zeggen we niets – dat is niet nodig, we begrijpen allebei maar al te goed dat datgene wat we net hebben besproken heel belangrijk kan zijn.

Dus één spion heb ik in ieder geval gevonden. Daar ben ik nu wel van overtuigd. Majoor Charles Ferdinand Walsin Esterhazy – 'Graaf Esterhazy', zoals hij zichzelf graag noemt – schuimt de straten van Rouen en Parijs af, gokt en drinkt champagne in nachtclubs en neukt Viervingerige Marguerite in een appartement in de buurt van Montmartre en financiert zijn verwerpelijke levensstijl door 's lands geheimen als een straatventer aan een buitenlandse mogendheid te verpatsen.

Ja, het geval-Esterhazy is zonneklaar: het is een uitgemaakte zaak, zowel feitelijk als juridisch. Maar Dreyfus? Mijn god, dat is nog maar de vraag – dat is een nachtmerrie, welbeschouwd – en als ik van het ministerie naar de afdeling Statistiek loop, schieten de implicaties door mijn hoofd, en dat zijn er zoveel dat ik mijn best moet doen om kalm te blijven. Ik beveel mijzelf: stap voor stap, Picquart! Benader de zaak emotieloos, Picquart! Niet onbezonnen oordelen! Vertrouw niemand tot er harde bewijzen zijn!

Maar evengoed kijk ik, als ik bij de voordeur kom, verlangend naar de rue de l'Université, in de richting van het appartement van Louis Leblois – ik zou er heel wat voor overhebben om er met hem over te kunnen praten...

Als ik boven op mijn kamer kom, wacht me daar een briefje van Desvernine, die vraagt of hij me vanavond kan zien: dezelfde tijd, dezelfde plek. Door mijn reis met Boisdeffre heb ik hem tien dagen niet gezien, en tegen de tijd dat ik, een kwartier te laat, in de restauratie van de gare Saint-Lazare ben, zit hij al op me te wachten, en er staan tot mijn verrassing twee glazen bier klaar.

'Dit is een primeur,' zeg ik als we de glazen tegen elkaar stoten. 'Hebben we iets te vieren?'

'Misschien.' Desvernine veegt het schuim van zijn snor, steekt zijn hand in zijn zak, legt een foto ondersteboven op tafel en schuift hem naar me toe. Ik pak hem op en draai hem om. Deze keer heb ik geen vergrootglas nodig. De foto is scherp als een studioportret: Esterhazy, op zijn hoofd een grijze bolhoed, komt de Duitse ambassade uit. Ik onderscheid zelfs de halve glimlach op zijn gezicht. Misschien is hij even blijven stilstaan om van de warmte van de zon te genieten.

'Dus hij is er nog een keer geweest,' zeg ik. 'Opmerkelijk.'

'Nee, kolonel, wat opmerkelijk is, heeft hij in zijn hand.'

Ik kijk opnieuw naar de foto. 'Zijn hand is leeg.'

Desvernine schuift nog een omgekeerde foto naar me toe en leunt achterover om van zijn bier te genieten terwijl hij kijkt hoe ik reageer. Op deze foto loopt een figuur, voor driekwart en profil, in een wazige vlek, vanaf de straat de ambassade in. In zijn rechterhand heeft hij iets wits: een envelop misschien, of een pakketje. Ik leg de foto's naast elkaar. Het is de grijze bolhoed die hem verraadt: die, en zijn lengte en lichaamsbouw.

'Hoeveel tijd zit er tussen die twee foto's in?'

'Twaalf minuten.'

'Hij is wel onvoorzichtig, zeg.'

'Onvoorzichtig? Schaamteloos, dat is hij. Past u op met deze figuur, kolonel. Ik ken zijn soort.' Hij tikt met een vettige duimnagel op het gezicht. 'Hij is overal toe in staat.'

Twee avonden later ontvang ik een versleuteld telegram uit Berlijn, van kolonel Foucault: Cuers is bereid ons op donderdag zes augustus in Bazel te ontmoeten.

Mijn eerste instinct is zelf te gaan. Ik raadpleeg de dienstregeling van de trein zelfs. Maar dan weeg ik de risico's. Bazel grenst aan Zwitserland, Frankrijk en Duitsland, maar het is het meest een stad uit *das Reich*: ik ben er, op weg naar het Wagner-festival in Bayreuth, een paar keer geweest. De huizen zijn er gotisch en half van vakwerk, en de luiken zitten dicht. De bevolking spreekt Duits, ik zal zijn omgeven door onvriendelijke gezichten. Ik moet aannemen dat de kans bestaat dat Berlijn, nu ik langer dan een jaar op mijn post zit, mijn identiteit als Sandherrs opvolger heeft achterhaald. Voor mijn persoonlijke veiligheid ben ik niet bang, maar ik kan het me niet veroorloven mijn eigen plezier na te jagen: er staat te veel op het spel. Als ik word gezien, zal dat desastreuze consequenties hebben.

Daarom nodig ik op maandag 3 augustus, drie dagen voor de geplande ontmoeting, majoor Henry en kapitein Lauth uit op mijn kamer. Zoals gebruikelijk arriveren ze samen. Ik zit aan het hoofd van de vergadertafel, en Henry gaat links en Lauth rechts van me zitten. Het dossier van de Weldoener ligt voor me. Henry kijkt er argwanend naar.

'Heren,' begin ik terwijl ik de map opensla, 'naar mijn mening is het moment gekomen om jullie op de hoogte te stellen van een undercoveroperatie die nu een paar maanden loopt en eindelijk vruchten begint af te werpen.'

Ik neem hen stapsgewijs mee, te beginnen met een korte opsomming van wat ze al weten. Ik toon de petit bleu die aan Esterhazy is gericht en het kladbriefje van Von Schwartzkoppen, waarin hij zich beklaagt dat 'het huis van R' geen waar voor zijn geld levert. Ik herinner hen aan mijn bezoek aan Rouen en aan mijn gesprek met mijn vriend majoor Curé. 'Daarna,' zeg ik, 'heb ik besloten een diepgaand onderzoek in te stellen.' Ik lees voor uit Desvernines rapporten over Esterhazy: zijn schulden, zijn goklust, zijn viervingerige minnares en de rest. Ze luisteren zo zwijgzaam dat de spanning oploopt. Als ik beschrijf hoe we het appartement tegenover de Duitse ambassade hebben betrokken, zie ik hoe ze elkaar verbaasd aankijken. Dan haal ik, met de zwier van een goochelaar, de foto's van Esterhazy's twee bezoeken tevoorschijn.

Henry zet zijn bril op en bestudeert de foto's nauwgezet. 'Weet generaal Gonse hiervan?'

'Hij weet dat we de ambassade onder surveillance hebben geplaatst, ja.'

'Maar niet dat het om Esterhazy gaat?'

'Nog niet. Ik wilde wachten tot we voldoende bewijs hadden om hem op te pakken.'

'Dat begrijp ik.' Henry geeft de foto's door aan Lauth en zet zijn bril af. Hij kauwt op een van de pootjes, als een wetenschapper die het onderzoek van een collega beoordeelt. 'Dit is heel interessant, kolonel, hoewel we er natuurlijk nog niet zijn. Het indirecte bewijs is indrukwekkend, daar niet van. Maar als je dit aan Esterhazy laat zien, zal hij doodleuk zeggen dat hij de aanvraag voor een visum kwam indienen. En dan kunnen wij het tegendeel niet bewijzen.'

'Dat ben ik met u eens. Maar in de afgelopen dagen heeft zich een significante andere ontwikkeling voorgedaan, en die heeft me ertoe gebracht de draagwijdte van deze operatie te vergroten.' Ik pauzeer. Dit is het doorslaggevende moment. Een paar woorden en alles zal anders zijn. Henry tikt afwachtend met zijn bril tegen zijn tanden. 'We hebben een bron in de Duitse militaire inlichtingendienst. Hij zegt dat er al een aantal jaar een informant in Frankrijk actief is. Deze informant heeft de rang van majoor. Hij is tussen de veertig en vijftig. En hij is op de artillerieopleiding in Châlons geweest.'

Lauth zegt: 'Dat moet Esterhazy zijn!'

'Ik geloof niet dat dat nog in twijfel kan worden getrokken. Onze bron heeft aangeboden ons donderdag in Bazel te ontmoeten en alles te vertellen wat hij weet.'

Henry fluit verrast, en voor het eerst zie ik een spoor van respect op zijn gezicht. Dat versterkt mijn behoefte alles aan hen toe te vertrouwen ('En wisten jullie dat Dreyfus helemaal geen Duitse spion is geweest!'), maar zo ver wil ik nog niet gaan. Stap voor stap, Picquart!

Henry vraagt: 'Wie is deze bron?'

'Richard Cuers, herinnert u zich hem? De Duitsers hebben hem een paar jaar geleden in Parijs gebruikt. In Berlijn heeft hij voor Hauptmann Dame gewerkt. Nu heeft Dame hem laten gaan, waarschijnlijk omdat hij verdenkingen tegen hem koestert – daarom is hij naar ons overgelopen.'

'Vertrouwen we hem?'

'Vertrouwen we wie dan ook? Maar ik zou niet weten waarom hij liegt, u wel? Hoe dan ook, we moeten hem ontmoeten, om te horen wat hij heeft te zeggen.' Ik richt me tot Lauth. 'Kapitein, ik wil dat u de leiding neemt in zijn ondervraging.'

'Natuurlijk, kolonel.' Lauth buigt snel, op die Duitse manier van hem. Ik denk: als hij nu opstond, zou hij zijn hakken tegen elkaar klikken.

Henry zegt: 'Waarom mijn goede vriend Lauth, als ik vragen mag?'

'Ook omdat hij al van deze zaak op de hoogte is sinds we de petit bleu hebben ontvangen, maar vooral omdat hij Duits spreekt.'

Henry werpt tegen: 'Als Cuers hier heeft gewerkt, moet hij redelijk Frans spreken. Waarom ga ik niet? Ik heb meer ervaring met dit soort schurken.'

'Ja, maar ik denk dat hij zich vrijer voelt als hij in zijn moedertaal kan spreken. Gaat dat lukken, Lauth?' Lauths Duits is perfect, bijna accentloos.

'Ja.' Hij kijkt naar Henry, voor goedkeuring. 'Ja, ik weet zeker dat ik dat kan.'

'Mooi zo. U zult ten minste één man ter ondersteuning nodig hebben, mogelijk twee, om er zeker van te zijn dat Cuers in zijn eentje komt en het geen valstrik is. Ik stel voor dat u Louis Tomps meeneemt. Hij kent Cuers uit zijn tijd in Parijs.' Tomps is net als Guénée en Desvernine van de Sûreté en werkt voor de afdeling: een competente, betrouwbare kerel, die bovendien ook goed Duits spreekt – ik heb hem eerder gebruikt. 'De details van de operatie bespreken we later. Dank u, heren.'

Lauth springt overeind. 'Dank u, kolonel!'

Henry blijft even met zijn blik op de tafel gericht zitten, schuift zijn stoel dan achteruit en komt zwaar overeind. Hij trekt zijn uniformjasje strak over zijn ronde buik. 'Ja, dank u, kolonel.' Hij ziet er teleurgesteld uit: hij heeft zich er nog niet mee verzoend dat hij van de ontmoeting in Bazel is uitgesloten, maar kan geen argument verzinnen waarmee hij me alsnog zou kunnen overreden. 'Interessant,' zegt hij, 'heel interessant. Maar ik moet wel zeggen dat ik, als ik u was – als u me toestaat u van advies te dienen – generaal Gonse zou vertellen wat er speelt. Het is een buitengewoon ernstige kwestie – een Franse officier die op vreemd grondgebied met een Duitse spion over een verrader in onze gelederen praat. U wilt niet dat hij het van iemand anders hoort.'

Hij vertrekt, en ik vraag me af of dat een dreigement was. Mocht dat het geval zijn, dan heb ik, in het schaakspel dat militaire bureaucratie heet, de perfecte tegenzet. Ik loop naar het ministerie, loop de trap naar de kamer van het hoofd van de generale staf op en vraag om een afspraak met generaal De Boisdeffre.

Dame slaat loper!

Helaas vertelt zijn ordonnans me dat de generaal vanuit de Bourgogne meteen naar Vichy is doorgereisd.

Ik stuur De Boisdeffre een telegram met de vraag of ik hem zo spoedig mogelijk kan spreken.

De volgende ochtend – het is dan dinsdag – ontvang ik zijn antwoord: *Mijn beste kolonel Picquart, heeft het werkelijk zo veel haast? Ik ben met vakantie en neem baden, daarna ga ik naar Normandië voor mijn jaarlijkse verlof. Waar gaat het over?*

Ik antwoord in bedekte termen dat het om een zaak gaat die gelijkenissen vertoont met die uit 1894 – doelend op de zaak-Dreyfus.

Binnen een uur heb ik antwoord: *Goed dan, als u erop staat. Mijn trein komt morgen, woensdag 5 augustus, om 18.15 uur aan op gare de Lyon. We zien elkaar daar. De Boisdeffre.*

Maar Henry geeft niet zomaar op.

Dezelfde dag dat De Boisdeffre me sommeert naar gare de Lyon te komen, beleg ik een laatste vergadering met Lauth en Tomps op mijn kamer om het gesprek in Bazel door te nemen. Het plan is simpel. De twee mannen – plus inspecteur Vuillecard, een politiecommissaris uit Vassy die Tomps als zijn assistent heeft uitgekozen – nemen de nachttrein vanuit gare de l'Est en zullen dinsdagochtend om zes uur in Bazel aankomen. Ze zullen alle drie gewapend zijn. In Bazel gaan ze uit elkaar. Lauth neemt meteen zijn intrek in Hotel Schweizerhof, dat direct naast het station ligt, en wacht daar. Tomps gaat naar het andere station van Bazel, de Badischer Bahnhof, aan de andere kant van de Rijn, waar de treinen uit Duitsland aankomen. Ondertussen neemt Vuillecard zijn positie in op de Münsterplatz, tegenover de kathedraal, waar om negen uur de eigenlijke ontmoeting zal plaatsvinden. Tomps, die Cuers van gezicht kent, kijkt bij de paspoortcontrole van de reizigers van de trein uit Berlijn toe, om zich ervan te verzekeren dat Cuers niet wordt gevolgd, en schaduwt hem daarna de hele weg naar de Münsterplatz, waar Vuillecard met een witte zakdoek in zijn hand staat te wachten. Cuers zal naar inspecteur Vuillecard toe lopen en hem, in het Frans, vragen: 'Bent u monsieur Lescure?' (Lescure is de naam van de man die jarenlang portier in de rue Saint-Dominique was), waarop Vuillecard zal antwoorden: 'Nee, maar ik moet u wel naar hem toe brengen.' En dan begeleidt Vuillecard de Duitse spion naar Hotel Schweizerhof, waar Lauth wacht.

'Zorg ervoor dat jullie alle informatie tot op de laatste druppel uit hem persen,' beveel ik Lauth, 'hoe lang het ook duurt. Ga zo nodig de volgende dag verder.'

'Goed, kolonel.'

'U concentreert zich natuurlijk op Esterhazy, maar beperkt u zich niet tot hem alleen.'

'Nee, kolonel.'

'Volg elk spoor, hoe bizar het ook is.'

'Natuurlijk, kolonel.'

Als de vergadering is afgelopen schudden we elkaar de hand en wens ik hun geluk. Tomps vertrekt, maar Lauth talmt. Hij vraagt: 'Mag ik u iets verzoeken, kolonel?'

'Ga uw gang.'

'Ik denk toch dat het goed zou zijn om majoor Henry mee te nemen, als back-up.'

In eerste instantie denk ik dat hij plankenkoorts heeft. 'Kom op, kapitein Lauth! U heeft helemaal geen back-up nodig! U kunt Cuers prima in uw eentje afhandelen.'

Maar Lauth houdt voet bij stuk. 'Ik denk echt dat de missie bij de ervaring van majoor Henry gebaat is, kolonel. Er zijn zaken waar hij wel vanaf weet en ik niet. En hij is goed met mensen. Bij hem laten ze hun schild zakken, terwijl ik de neiging heb nogal... formeel te zijn.'

'Heeft majoor Henry u gevraagd dit tegen mij te zeggen? Want ik moet niets hebben van officieren die achter mijn rug om mijn autoriteit ter discussie stellen!'

'Nee, kolonel. Beslist niet!' Lauth bloost, zijn bleke nek wordt roze. 'Het is niet aan mij me met aangelegenheden te bemoeien die mijn rang te boven gaan. Maar ik merk weleens dat majoor Henry het nodig heeft om... het gevoel te krijgen dat hij op waarde wordt geschat – als ik het zo mag zeggen.'

'En door hem niet naar Bazel te sturen, heb ik hem gekwetst – bedoelt u dát te zeggen?'

Lauth antwoordt niet. Hij laat zijn hoofd hangen. En dat is maar goed ook, want Henry's verlangen om zich als een bemoeizieke conciërge met ieder aspect van de afdeling te willen bemoeien, is bespottelijk. Aan de andere kant zie ik, als ik mijn irritatie opzij zet – benader de zaak emotieloos, Picquart! – ook wel in welke voordelen eraan kleven als Henry het gevoel heeft dat hij in het onderzoek naar Esterhazy een gelijke is. De eerste regel die je moet naleven om in een bureaucratie te kunnen overleven, is ervoor zorgen dat alle katjes even grauw zijn, en ik heb geen enkele behoefte om alleen te komen staan – zeker niet in deze kwestie. Mocht het zover komen dat we, God verhoede, de zaak-Dreyfus opnieuw onder de loep moeten nemen, dan heb ik Henry nog hard nodig.

Ik tik van irritatie met mijn voet. 'Goed dan,' zeg ik ten slotte. 'Als jullie daar allebei de voorkeur aan geven, mag majoor Henry mee.'

'Ja, kolonel. Dank u, kolonel.' Lauths dankbaarheid is bijna pathetisch.

'Maar de ondervraging van Cuers geschiedt in het Duits, begrepen?' vraag ik terwijl ik, om mijn punt te benadrukken, mijn vinger hef.

Deze keer slaat Lauth echt zijn hakken tegen elkaar. 'Daar kunt u van op aan.'

9

De volgende middag verzamelen de deelnemers aan de Zwitserse expeditie zich om vijf uur in de lobby, met stevige wandelschoenen, kousen en sportieve jasjes aan en een rugzak om de schouder. Hun dekmantel is dat ze vier vrienden zijn die een trektocht in het gebied rondom Bazel gaan maken. Henry's jasje heeft een afschuwelijk ruitpatroon, en uit zijn vilten hoed steekt een veer. Het is warm – hij heeft een rood gezicht en hij moppert. Je vraagt je af waarom hij zo heeft gekonkeld om mee te mogen.

'Mijn beste majoor Henry,' lach ik, 'u voert uw vermomming wel erg ver door – u ziet eruit als een Tiroler herbergier!' Tomps, Vuillecard en zelfs Lauth kunnen er ook om lachen, maar Henry blijft nukkig. Hij houdt ervan een ander te plagen, maar verdraagt het niet zelf het slachtoffer te zijn. Ik zeg tegen Lauth: 'Stuur me een telegram uit Bazel om me te laten weten hoe de ontmoeting is verlopen en hoe laat jullie terug zijn – in versleutelde termen, natuurlijk. Succes, heren. Ik moet zeggen dat ík jullie in die kleren mijn land niet in zou laten, maar goed, ik ben dan ook geen Zwitser!'

Ik laat hen uit en loop mee naar hun huurrijtuig. Pas als de landauer uit het zicht is verdwenen, wandel ik naar mijn eigen rendez-vous. Ik heb alle tijd, genoeg in ieder geval om optimaal van deze perfecte zomernamiddag te profiteren, dus wandel ik langs de kade, langs de enorme bouwput aan de quai d'Orsay, waar aan de rivier een nieuw treinstation en een grand hotel verrijzen. De eerste grote internationale gebeurtenis van de twintigste eeuw zal over minder dan vier jaar hier in Parijs plaatsvinden – de wereldtentoonstelling van 1900 – en het enorme skelet van het gebouw is vergeven van de werklui. De energie is voelbaar; ik durf zelfs te beweren dat er een tastbaar optimisme heerst – bepaald geen kenmerk dat de afgelopen decennia op Frankrijk van toepassing is geweest. Ik kuier langs de linkeroever naar de pont de Sully, waar ik blijf staan en leunend tegen de balustrade in westelijke richting over de Seine naar de Notre-Dame kijk. Ik denk nog steeds na over de vraag hoe ik mijn op handen zijnde afspraak het best kan aanpakken.

De grillen van een leven in de openbaarheid zijn zodanig dat generaal De Boisdeffre, die nog maar anderhalf jaar geleden volledig in Merciers schaduw stond, nu een van de populairste mannen van het land is. Je kon de afgelopen maanden geen krant openslaan zonder een artikel over hem te lezen: dan was hij het hoofd van de Franse delegatie bij de kroning van de tsaar in Moskou, dan weer bezocht hij namens de president de tsarina tijdens haar vakantie aan de Côte d'Azur of was hij in gezelschap van de Russische ambassadeur op de Grand Prix de Paris in Longchamps. Rusland, Rusland, Rusland – iets anders lees je niet, en De Boisdeffres strategische verbond wordt beschouwd als de diplomatieke overwinning van de eeuw, hoewel ik persoonlijk mijn bedenkingen heb als het erom gaat met een leger van horigen tegen de Duitsers te gaan vechten.

Maar goed, De Boisdeffres roem is groot. Zijn reistijden staan in de kranten, en als ik bij gare de Lyon aankom, stuit ik op een menigte bewonderaars, die een glimp van hun idool hopen op te vangen op het moment dat hij uit de trein uit Vichy stapt. Als die trein ten slotte het station binnenrolt, rennen tientallen mensen over het perron, in een poging hem te zien. Uiteindelijk verschijnt hij in de deuropening, waar hij even blijft staan om de fotografen in de gelegenheid te stellen hun werk te doen. Hij draagt zijn burgerkleding, maar is het evengoed onmiskenbaar, zijn grote, rechte lichaam nog verhevener door een prachtige zijden hoge hoed. Hij licht hem beleefd voor de applaudisserende menigte en daalt de treden af naar het perron, met in zijn kielzog Pauffin de Saint Morel en een paar andere ordonnansen. Langzaam maar zeker, als een statig slagschip bij een vlootschouw, baant hij zich een weg naar het kaartjeshek, waarbij hij onder toejuichingen als *'Vive De Boisdeffre!'* en *'Vive l'armée!'* zijn hoed licht en glimlacht, tot hij mij ziet. Zijn gezicht betrekt even, en ik zie dat hij zich probeert te herinneren waarom ik ook weer hier ben; dan beantwoordt hij mijn saluut met een vriendelijk knikje. 'Rij maar mee in mijn auto, Picquart,' zegt hij, 'hoewel ik vrees dat ik alleen maar naar hôtel de Sens hoef, dus je zult bondig moeten zijn.'

De auto, een Panhard Levassor, heeft geen dak. We gaan achter de chauffeur op de beklede achterbank zitten, de generaal en ik, en rollen heen en weer schuddend over de kasseien naar de rue de Lyon, aangegaapt door een groepje mensen die in de rij staan voor een huurrijtuig en die, als ze de chef van de generale staf herkennen, beginnen te juichen.

De Boisdeffre zegt: 'Zo is het wel genoeg voor hen, toch?' Hij neemt zijn hoed af, zet hem op zijn schoot en gaat met zijn hand door zijn dunne, witte haar. 'Vertel, wat is dat allemaal over 1894?'

Dit lijkt niet bepaald op het gesprek waarop ik me heb voorbereid, maar er is in ieder geval geen risico dat we worden afgeluisterd: hij moet zich naar me toe draaien en zijn vraag in mijn oor schreeuwen, en ik antwoord op soortgelijke wijze. 'We denken dat we een verrader in het leger hebben ontdekt, generaal, hij speelt informatie door aan de Duitsers!'

'Niet weer! Wat voor informatie?'

'Tot nog toe lijkt het vooral over onze artillerie te gaan.'

'Belangrijke informatie?'

'Niet echt, maar misschien beschikt hij ook over informatie waarvan wij niet op de hoogte zijn.'

'Wie is het?'

'Ene "graaf Walsin Esterhazy", een majoor uit het Vierenzeventigste.'

De Boisdeffre doet zichtbaar moeite zich de naam voor de geest te halen en schudt dan zijn hoofd. 'Geen naam die ik zou zijn vergeten als ik hem had ontmoet. Hoe hebben we hem ontdekt?'

'Op dezelfde manier als in het geval van Dreyfus, via onze spion in de Duitse ambassade.'

'Mijn god, ik wou dat mijn vrouw een schoonmaakster vond die half zo grondig was als die dame!' Hij lacht om zijn eigen grapje. Hij maakt een opvallend ontspannen indruk; misschien is dat het gevolg van zijn hydrotherapie. 'Wat zegt generaal Gonse ervan?'

'Hem heb ik het nog niet verteld.'

'Waarom niet?'

'Het leek me beter eerst met u te praten. Als u instemt, zou ik hierna de minister willen inlichten. Ik hoop over een dag of twee meer over Esterhazy te weten. Tot die tijd vertel ik generaal Gonse liever niets.'

'Zoals u wilt.'

Hij beklopt zijn zakken tot hij zijn snuifdoos heeft gevonden en biedt hem mij aan. Ik sla af. Hij neemt een paar snuifjes. We rijden de place de la Bastille over. Nog even en we hebben zijn bestemming bereikt – ik heb een beslissing nodig.

‘Dus ik heb uw toestemming,’ vraag ik, ‘om de minister in te lichten?’

‘Ja, ik geloof dat u dat maar moest doen, nietwaar? Maar ik zou het werkelijk heel fijn vinden,’ zegt hij, waarbij hij, om zijn woorden te benadrukken, op mijn knie tikt, ‘als we een nieuw schandaal kunnen vermijden! Eén Dreyfus per generatie is genoeg. Laten we deze zaak discreter aanpakken.’

Een antwoord hoef ik hier gelukkig niet op te geven, want we zijn bij hôtel de Sens aangekomen. Bij wijze van uitzondering is deze doodse middeleeuwse blokkendoos het decor van veel activiteiten. Er is een of andere officiële receptie aan de gang. Mensen arriveren in avondkleding. En dan zie ik niemand minder dan Gonse op de stoep staan wachten, een sigaret in zijn hand. Onze auto stopt een paar meter van hem vandaan. Als de chauffeur uitstapt en het trappetje voor De Boisdeffre uitklapt, gooit Gonse zijn sigaret op de grond en komt op ons af. Hij blijft staan en salueert – ‘Welkom terug in Parijs, generaal!’ – en kijkt dan met onverholen argwaan naar mij. ‘En, kolonel Picquart?’ De opmerking wordt als vraag verpakt.

Ik zeg snel: ‘Generaal De Boisdeffre was zo aardig me vanaf het station een lift te geven.’ Het mag dan niet de hele waarheid zijn, het is ook geen schaamteloze leugen, en ik hoop dat het volstaat om mijn aftocht te dekken. Ik salueer en wens hun een prettige avond. Als ik bij de hoek van de straat ben, waag ik het om te kijken, maar de mannen zijn al naar binnen gegaan.

Er zijn drie redenen dat ik Gonse nog niet van Esterhazy op de hoogte wil stellen. Ten eerste weet ik dat die doortrapte oude bureaucraat, zodra hij lucht van de zaak heeft gekregen, de controle wil hebben en er dan informatie zal beginnen te lekken; ten tweede weet ik hoe het leger werkt, en het zou me niet verbazen als hij achter mijn rug om naar Henry zou gaan; en ten derde kan Gonse, als ik me door het hoofd van de generale staf en de minister van Oorlog weet gesteund, zich er niet mee bemoeien en heb ik de vrijheid ieder spoor te volgen in iedere richting waarheen het me maar leidt. Enige geslepenheid is ook mij niet vreemd – hoe had ik anders ook de jongste kolonel in het Franse leger kunnen worden?

Dus pak ik die donderdagochtend, als het team in Bazel zijn eerste contact met dubbelspion Cuers legt, het dossier-de Weldoener en mijn privésleutel – hét bewijs van mijn bevoorrechte positie – en verschaf mezelf via de houten deur toegang tot de tuin van hôtel de Brienne. Zo sprookjesachtig als die er op de dag van Dreyfus' degradatie in de sneeuw uitzag, is die in augustus niet; nu heeft hij een heel andere charme. Het gebladerte van de enorme bomen is zó dik dat het ministerie onzichtbaar is, en de geluiden van Parijs, in de verte, zijn soezerig als het gezoem van bijen; de enige andere persoon die ik zie is een al wat oudere tuinman die een bloembed water geeft. Als ik over het geschroeide, gele gazon loop, beloof ik mezelf dat ik, als ik ooit minister word, 's zomers mijn bureau hier buiten zet en het leger van onder een boom leidt, zoals Caesar dat in Gallië deed.

Ik bereik de rand van het grasveld, steek het kiezelpad over en loop de bleke, stenen treden op die naar de glazen tuindeur van de residentie van de minister leiden. Ik laat mezelf binnen, ga de marmeren trap uit het begin van mijn verhaal op en loop langs de harnassen en het bombastische schilderij van Napoleon. Ik steek mijn hoofd om de hoek van de privékamer van de minister en vraag een van zijn ordonnansen, kapitein Robert Calmon-Maison, of ik de minister zou kunnen spreken. Calmon-Maison begrijpt dat hij niet hoeft te vragen waar het om gaat, want ik ben de man die de geheimen van zijn baas beheert. Hij verdwijnt om het te vragen en komt terug met de mededeling dat ik onmiddellijk word ontvangen.

Wat went macht toch snel! Nog maar een paar maanden geleden was ik enorm onder de indruk als ik me in het heilige der heiligen van de minister bevond; nu is dit gewoon een plek waar mijn werk me brengt, en de minister zelf niet meer dan een militaire bureaucraat die door de draaideur van het gezag binnen is gekomen en er op een dag ook weer door naar buiten zal vliegen. De huidige bewindsman, Jean-Baptiste Billot, loopt tegen de zeventig; hij leidt het ministerie voor de tweede keer en zit al veertien jaar in het centrum van de macht. Hij is met een steenrijke vrouw getrouwd en komt uit de links-radicale hoek; deze kleerkast, met een grote witte snor en verontwaardigde, uitpuilende ogen, ziet eruit als een generaal in een opera buffa – het spreekt voor zich dat de cartoonisten dol op hem zijn. Er is nog iets belangrijks wat ik van hem weet: hij heeft, sinds een grote legeroefening in 1893, een hekel aan zijn voorganger generaal Mercier, omdat die, de jongere van de twee mannen, toen leiding gaf aan het vijandige legerkorps dat het zijne versloeg – een vernedering die hij hem nooit heeft vergeven.

Als ik binnenkom, staat hij bij het raam, met zijn brede rug naar de kamer. Hij zegt, zonder zich om te draaien: 'Toen ik u net het gazon zag oversteken, Picquart, dacht ik bij mezelf: nou, daar komt hij, hoor, die slimme, jonge kolonel, daar heb je het volgende verdomde rotprobleem! En toen vroeg ik me af: wat moet ik op mijn leeftijd nog met al die ellende? Ik zou op een dag als deze op mijn landgoed met mijn kleinkinderen moeten spelen, in plaats van hem te laten verpesten door een gesprek met u!'

'We weten allebei, minister, dat u zich binnen vijf minuten dood zou vervelen en zou klagen dat we het land in uw afwezigheid naar de filistijnen helpen.'

Hij haalt zijn enorme schouders op. 'Ik vrees dat u daar gelijk in heeft. Er moet toch iemand met een beetje gezond verstand toezicht houden op dit gekkenhuis.' Hij draait zich op zijn hakken om en komt over het vloerkleed op me af: een aanblik die je, als je er niet aan gewend bent, schrik aanjaagt, alsof je door een walrus wordt aangevallen. 'Goed, waar komt u voor? U ziet er gespannen uit. Gaat u toch zitten, mijn beste. Wilt u iets drinken?'

'Nee, dank u.' Ik neem plaats in de stoel waar ik ook zat toen ik de degradatieceremonie voor Mercier en De Boisdeffre beschreef. Billot gaat tegenover me zitten en neemt me met een doordringende blik op. De houding van een ouwe gek is een act: hij is niet minder scherp en ambitieus dan iemand die half zo jong is als hij. Ik open het dossier-de Weldoener. 'Ik vrees dat we een Duitse spion in ons leger hebben ontdekt...'

'O mijn god!'

Eens te meer schets ik Esterhazy's activiteiten en de operatie die we hebben opgezet om hem te observeren. Ik vertel Billot iets meer dan De Boisdeffre; ik licht hem in over de missie in Bazel en laat hem de petit bleu en de surveillancefoto's zien. Maar Dreyfus laat ik erbuiten: ik weet dat de zaak-Esterhazy er volledig door weggevaagd zou worden.

Billot onderbreekt me af en toe met scherpzinnige vragen. Hoe waardevol is dit materiaal? Waarom is de officier die het bevel over Esterhazy voer nooit iets aan hem opgevallen? Weten we zeker dat hij in zijn eentje opereert? En hij keert steeds weer terug naar de foto van Esterhazy die met lege handen uit de ambassade komt. Uiteindelijk zegt hij: 'Misschien moesten we een slimmigheidje met dat tuig uithalen. Want in plaats van hem gewoon op te sluiten, kunnen we hem ook gebruiken om valse informatie naar Berlijn door te spelen.'

'Daar heb ik ook aan gedacht. Het probleem is alleen dat de Duitsers hem nu al argwanen. Het is niet erg waarschijnlijk dat ze alles wat hij vertelt voor zoete koek slikken en het niet zelf controleren. En daar komt natuurlijk nog bij...'

Billot maakt mijn betoog voor me af. '...dat we hem, om hem met ons mee te laten doen, immuniteit tegen vervolging moeten geven, terwijl types als Esterhazy maar op één plek thuishoren, en dat is achter de tralies. Nee, u heeft het uitstekend aangepakt, kolonel.' Hij slaat de map dicht en geeft hem terug. 'Ga net zo lang door met het onderzoek tot we hem voor eens en voor altijd te pakken kunnen nemen.'

'U wilt hem voor de krijgsraad brengen?'

'Absoluut! Wat voor alternatief hebben we? Hem op wachtgeld met pensioen laten gaan?'

'Generaal De Boisdeffre wil een schandaal bij voorkeur vermijden...'

'Dat geloof ik direct. Ik geniet er zelf ook niet van. Maar als we toestaan dat hij hiermee wegkomt... Dát zou pas een schandaal zijn!'

Ik keer volkomen tevreden terug naar mijn werkkamer. De twee machtigste mannen van het leger hebben me toestemming gegeven om mijn onderzoek voort te zetten. Gonse is op efficiënte wijze uit de bevelstructuur weggewerkt. Nu hoef ik alleen nog maar op nieuws uit Bazel te wachten.

De dag sleept zich voort met routineklussen. De riolen stinken meer dan bij deze warmte normaal is. Het kost me moeite me te concentreren. Om halfvijf vraag ik kapitein Junck om voor zeven uur die avond een telefoongesprek met Hotel Schweizerhof aan te vragen. Op dat tijdstip sta ik boven op de gang bij de telefoon een sigaret te roken: als de telefoon rinkelt, gris ik de hoorn van de haak. Ik ken Hotel Schweizerhof: het is een groot, modern gebouw, met uitzicht op een groot stadsplein, waar tramlijnen overheen lopen. Ik geef de receptie Lauths schuilnaam en vraag of ik hem kan spreken. De ondermanager gaat naar hem op zoek; ik moet lang wachten. Als hij aan de telefoon terugkeert, meldt hij dat de gentleman zijn rekening al heeft betaald en is vertrokken, zonder een adres achter te laten. Ik hang op en vraag me af wat ik hiervan moet denken. Misschien hebben ze besloten Cuers een dag langer te ondervragen en hebben ze, als voorzorgsmaatregel, een ander hotel genomen, of de bijeenkomst is afgerond en haasten ze zich om de nachttrein naar Parijs te halen. Ik draal nog een halfuur, in de hoop een telegram te ontvangen, en besluit het dan voor die avond voor gezien te houden.

Ter afleiding zou ik wel wat gezelschap kunnen gebruiken, maar het is augustus en iedereen lijkt de stad te hebben verlaten. De Comminges hebben hun huis gesloten en zijn naar hun zomerverblijf verkast. Pauline viert met Philippe en haar dochters vakantie in Biarritz. Louis Leblois is naar zijn ouderlijk huis in de Elzas om bij zijn ernstig zieke vader te zijn. Ik lijd aan wat de heren in de rue de Lille weltschmerz zouden noemen: ik ben de wereld moe. Het eind van het liedje is dat ik in mijn eentje in een restaurant in de buurt van het ministerie eet en daarna naar mijn appartement ga om de nieuwe roman van Zola te lezen. Maar het onderwerp, de rooms-katholieke kerk, verveelt me, en dat terwijl het boek zevenhonderdvijftig pagina's telt. Een dergelijke breedsprakigheid kan ik van Tolstoj wel velen, maar niet van Zola. Ik leg het boek ver voor het einde weg.

De volgende ochtend zit ik al vroeg achter mijn bureau, maar er zijn die avond geen telegrammen bezorgd en pas die middag hoor ik Henry en Lauth de trap op komen. Ik sta op en been mijn kamer uit. Als ik mijn deur openzwaai, zie ik tot mijn verbazing dat ze allebei in uniform zijn. 'Heren,' zeg ik met sarcasme, 'jullie zijn toch wel in Zwitserland geweest, neem ik aan?'

De twee officieren salueren, Lauth naar het me voorkomt enigszins nerveus, maar Henry met een nonchalance die aan het onbeschaamde grenst. Hij zegt: 'Het spijt me, kolonel. We hebben ons eerst thuis verkleed.'

'En, hoe was jullie reis?'

'Ik moet zeggen dat het zonde van het geld en de tijd was. Nietwaar, Lauth?'

'Het was teleurstellend, vrees ik, ja.'

Ik kijk van de een naar de ander. 'Dit nieuws is onvoorzien ontmoedigend. 'Kom binnen en vertel wat er is gebeurd.'

Ik ga met mijn armen over elkaar achter mijn bureau zitten en luister naar hun verhaal. Henry voert het woord. Naar zijn zeggen zijn hij en Lauth vanuit het station direct naar het hotel gegaan om te ontbijten, en daarna naar hun kamer, waar ze tot halftien hebben gewacht; toen bracht inspecteur Vuillecard Cuers binnen. 'Hij maakte van het begin af aan een onbetrouwbare indruk – hij was nerveus, zat geen moment stil en liep voortdurend naar het raam om een blik op het grote plein voor het station te werpen. Hij praatte vooral over zichzelf – konden we garanderen dat de Duitsers niet zouden achterhalen wat hij voor ons had gedaan?'

'En wat kon hij jullie over de spion van de Duitsers vertellen?'

'Alleen wat losse beetjes. Hij zei dat hij zelf vier documenten had gezien die via Von Schwartzkoppen binnen waren gekomen – één over een geweer, een ander over een kanon. Dan was er nog iets over de plattegrond van een legerplaats in Toul, en de versterkingen van Nancy.'

Ik vraag: 'Wat waren dat? Geschreven documenten?'

'Ja.'

'In het Frans?'

'Inderdaad.'

'Maar hij wist niet hoe de spion heette, en hij had geen andere aanwijzingen voor zijn identiteit?'

'Nee, hij wist alleen dat de Duitse generale staf had besloten dat ze hem niet moesten vertrouwen en Von Schwartzkoppen had bevolen zijn relatie met hem te verbreken. Wie hij ook zijn mag, hij is nooit belangrijk geweest en inmiddels is hij niet meer actief.'

Ik richt me tot Lauth. 'Hebben jullie Frans of Duits gesproken?'

Hij bloost. 'Eerst, 's ochtends, Frans. 's Middags zijn we op Duits overgegaan.'

'Ik heb tegen je gezegd dat je Cuers moest aanmoedigen Duits te spreken.'

'Met alle respect, kolonel,' mengt Henry zich erin, 'maar het had niet veel zin dat ik er was als ik niet de kans had gehad zelf met hem te praten. Dat is mijn verantwoordelijkheid. Ik ben er gedurende een uur of drie ter ondersteuning bij geweest en heb het daarna aan kapitein Lauth overgelaten.'

'En hoe lang heeft u Duits met hem gesproken, Lauth?'

'Gedurende nog eens zes uur, kolonel.'

'En heeft hij in die tijd nog iets van belang gezegd?'

Lauth richt zijn blik op de mijne en blijft me aankijken. 'Nee. We hebben het steeds weer over dezelfde dingen gehad. Om zes uur is hij vertrokken om de trein naar Berlijn te halen.'

'Hij is om zes uur vertrokken?' Ik kan mijn ergernis niet langer verbergen. 'Luister eens, heren, ik snap er niets van. Waarom zou een man een reis van zevenhonderd kilometer naar een stad in het buitenland maken en daar officieren van een buitenlandse inlichtingendienst ontmoeten, om vervolgens niets te vertellen? Om ons, sterker nog, zelfs minder te vertellen dan hij in Berlijn had gedaan?'

Henry zegt: 'Dat ligt toch voor de hand? Hij moet van gedachten zijn veranderd. Of hij heeft in eerste instantie gelogen. Iemand zegt thuis in een dronken bui tegen iemand die hij goed kent andere dingen dan bij daglicht tegen vreemden.'

'Goed dan, waarom hebben jullie hem dan niet mee het hotel uit genomen om hem dronken te voeren?' Ik sla met mijn vuist op het bureau. 'Waarom hebben jullie niet je best gedaan om hem beter te leren kennen?' Geen van beide mannen antwoordt. Lauth kijkt naar de vloer, Henry staart recht voor zich uit. 'Ik heb het gevoel dat jullie niet konden wachten om weer in de trein naar Parijs te stappen.' Ze beginnen te protesteren, maar ik onderbreek hen. 'Bewaar jullie uitvluchten maar voor jullie rapport. Dat was alles, heren. Dank jullie. Jullie kunnen vertrekken.'

Henry blijft bij de deur staan en zegt, bevend van gekrenkte waardigheid: 'Mijn professionele deskundigheid is nooit eerder in twijfel getrokken.'

'Dat verbaast mij dan ten zeerste.'

Nadat ze zijn vertrokken, leg ik mijn hoofd in mijn handen. Ik besef dat ik zojuist een beslissend moment heb bereikt, zowel in mijn relatie met Henry als in mijn bevel over de afdeling. Hebben ze me de waarheid verteld? Misschien. Misschien sloeg Cuers in de hotelkamer echt dicht. Maar één ding weet ik zeker, en dat is dat Henry naar Zwitserland is gegaan met de bedoeling de ontmoeting te doen mislukken en daarin geslaagd is ook, en dat het aan Henry is te wijten als Cuers hun niets heeft verteld.

Tussen de dossiers die die dag mijn aandacht vragen ligt het recentste stapeltje gecensureerde brieven van Alfred Dreyfus, die mij zoals gebruikelijk door het ministerie van Overzees Frankrijk zijn toegestuurd. De minister wil weten of ik er 'vanuit het standpunt van de inlichtingendienst' iets aan heb toe te voegen. Ik maak het lint los, sla de omslag om en begin te lezen:

Een sombere dag met onafgebroken regen. De duisternis is tastbaar. De hemel inktzwart. Op zo'n dag ben je hier echt dood en begraven. Hoe vaak denk ik hier niet aan Schopenhauer, die bij de gedachte aan de onrechtvaardigheid van het bestaan op aarde verzuchtte: 'Als deze wereld door een god is gemaakt, dan zou ik die god niet willen zijn.' De post uit Frans-Guyana is, naar het schijnt, wel gearriveerd, maar heeft mij niet mijn brieven gebracht! Niets te lezen, niets om mij van mijn gedachten af te leiden. Mij bereiken boeken noch tijdschriften. Overdag loop ik, tot mijn krachten het begeven, rondjes om mijn hersens te kalmeren en mijn zenuwen tot bedaren te brengen...

Het citaat van Schopenhauer springt eruit. Ik ken het; ik heb het zelf vaak gebruikt. Het is nooit bij me opgekomen dat Dreyfus filosofie leest, laat staan blasfemische gedachten koestert. Schopenhauer! Het is net alsof iemand die al een hele tijd probeert mijn aandacht te trekken, daar eindelijk in is geslaagd. Ook andere passages vallen me nu op:

Dag en nacht zijn hetzelfde. Ik doe mijn mond niet open. Ik vraag nergens meer om. Mijn conversatie was tot nog toe beperkt tot de vraag of er post was gekomen. Maar het is me nu zelfs verboden dát te vragen, althans, en dat komt op hetzelfde neer, het is de bewakers verboden zelfs op zulke alledaagse vragen antwoord te geven. Ik hoop de dag mee te maken waarop de waarheid wordt ontdekt, waarop ik luidkeels kond mag doen van de kwellingen die mij worden aangedaan...

En dan weer:

Dat zij iedere voorzorgsmaatregel nemen om te voorkomen dat ik kan ontsnappen, dat begrijp ik; het is hun goed recht, zo niet hun plicht. Maar dat ze mij levend in een graftombe begraven en iedere vorm van communicatie met mijn familie, zelfs via open brieven, onmogelijk maken – dat is in strijd met iedere rechtvaardigheid. Je zou denken dat ik eeuwen ben teruggeworpen...

En op de achterkant van een onderschepte, achtergehouden brief staat verschillende keren, alsof hij probeert het uit zijn hoofd te leren, een citaat uit Shakespeares *Othello*:

Wie mijn beurs gapt, gapt rommel. Het is wel iets, maar 't is niets:
Het was mijn, nu is het dijn – het is slaaf van duizenden geweest.
Maar hij die mij van mijn goede naam berooft
Steelt iets wat hem weliswaar niet verrijkt
Maar mij wel werkelijk arm maakt.

Terwijl ik de pagina's omsla, heb ik het gevoel dat ik in een roman van Dostojewski ben beland. De muren van mijn kamer brokkelen af: ik hoor het onophoudelijk op de rotsen beuken van de zee onder zijn gevangenishut, het unheimische krijsen van de vogels en de intense stilte van de tropische nacht, alleen verbroken door het klossen van de laarzen van de bewakers op de rotsbodem en het geritsel van de giftige spinnenkrabben in de dakspanten; ik voel de klamme, kleren doordrenkende hitte en de rauwe jeuk van de muggen- en mierenbeten, de gekmakende maagkrampen en de verblindende hoofdpijnen; ik ruik de schimmel in zijn kleren en zijn boeken die uit elkaar vallen van het vocht en de insecten, de stank van zijn latrine en de grijze rook van het met nat, groen hout gestookte vuurtje waarop hij zijn eten kookt en waar zijn ogen van branden en zijn kleren van stinken; maar boven alles word ik aangegrepen door zijn eenzaamheid. Duivelseiland is twaalfhonderd meter lang en vierhonderd meter breed, de oppervlakte bedraagt maar een halve vierkante kilometer. Het zou weinig tijd kosten om het in kaart te brengen. Ik vraag me af of hij zich herinnert wat ik hem heb geleerd.

Nadat ik alle brieven heb gelezen, pak ik mijn pen en schrijf in een briefje aan de minister van Overzees Frankrijk dat ik geen commentaar heb.

Ik leg het in mijn brievenbakje met uitgaande post, leun achterover in mijn stoel en denk aan Dreyfus.

Op mijn vijfendertigste begon ik aan de École Supérieure de Guerre in Parijs topografie te onderwijzen. Sommigen van mijn vrienden verklaarden me voor gek – ik was al gevechtscommandant in Besançon – maar ik zag de mogelijkheden: Parijs is tenslotte toch Parijs, en topografie is de basiswetenschap van oorlog. *Kan een geschut op punt A punt N bereiken? Zou de begraafplaats in dorp Z onder vuur komen te liggen van het geschut in G? Kun je onmiddellijk ten oosten van N een piket in het veld slaan zonder dat de vijandelijke ruiterwacht bij* G *het ziet?* Ik leerde mijn studenten hoe ze afstanden konden meten door stappen te tellen (hoe sneller, hoe accurater); hoe ze met een meettafeltje of een prismakompas een terrein konden opmeten; hoe ze met behulp van Watkins hellingmeter of monsieur Fortins kwikhoudende barometer met een rood potlood de contouren van een heuvel konden schetsen; hoe ze die schets tot leven konden wekken door met groen of blauw van een potlood geschraapt krijt waterverf te imiteren; hoe de zaksextant, de theodoliet en de gradenboog te gebruiken; hoe te paard een deugdelijke voorstelling te maken als je onder vuur ligt. Dreyfus was een van de studenten aan wie ik dit leerde.

Maar hoezeer ik ook mijn best doe, ik kan me onze eerste ontmoeting niet herinneren. Ik heb week in week uit vanaf mijn podium op dezelfde tachtig gezichten neergekeken, en het heeft enige tijd geduurd voordat ik dat van hem van de anderen kon onderscheiden: smal, bleek, ernstig en, ondanks zijn pince-nez, bijziend. Hij was amper dertig, maar zijn levensstijl en voorkomen wekten de indruk dat hij veel ouder was dan zijn jaargenoten. Hij was een echtgenoot tussen vrijgezellen, een man met middelen tussen mannen die altijd blut waren. 's Avonds, als zijn kameraden de stad in gingen, keerde hij terug naar zijn fraaie appartement en rijke echtgenote. Hij was precies wat mijn moeder 'een echte Jood' zou hebben genoemd; en daarmee dacht ze dan aan een vrijpostige persoon met nieuw geld, die tot de hogere kringen opklimt en het graag breed laat hangen.

Dreyfus heeft me twee keer voor een sociale gelegenheid uitgenodigd: in het eerste geval voor een diner in zijn appartement aan de avenue du Trocadéro, en in het tweede geval om deel te nemen aan een jacht op wat hij 'een eersteklas jachtterrein' noemde, en dat hij ergens in de buurt van Fontainebleau had gepacht; in beide gevallen weigerde ik beleefd. Hij interesseerde me niet, en nog minder toen ik erachter kwam dat de rest van zijn familie ervoor had gekozen om in de bezette Elzas te blijven wonen en dat zijn geld uit Duitsland kwam: dat was, naar mijn smaak, bloedgeld. Aan het einde van een semester kwam hij me om tekst en uitleg vragen toen ik hem voor cartografie niet het hoge cijfer had gegeven dat hij verdiend meende te hebben.

'Heb ik iets gedaan waarmee ik u heb beledigd?' Zijn stem was misschien wel het minst aantrekkelijke aspect van zijn persoonlijkheid:

nasaal en mechanisch, met het Mulhouser Duitse accent dat me op de zenuwen werkte.

'Helemaal niet,' antwoordde ik. 'Ik kan u precies laten zien waar uw cijfers op gebaseerd zijn, als u dat wilt.'

'U bent de enige docent die me een laag cijfer heeft gegeven.'

'Misschien,' zei ik, 'schat u uw mogelijkheden zelf hoger in dan ik.'

'Dus het is niet omdat ik een Jood ben?'

De botheid van zijn beschuldiging overviel me. 'Ik span mij tot het uiterste in om me bij mijn beoordelingen niet door mijn persoonlijke mening te laten beïnvloeden.'

'Het feit dat u zich tot het uiterste moet inspannen, suggereert dat het een rol speelt.' Hij was taaier dan hij eruitzag. Hij hield voet bij stuk.

'Als u wilt weten of ik in het algemeen sympathie koester voor Joden, kapitein, dan is het antwoord: nee,' antwoordde ik kil. 'Maar als u impliceert dat ik u om die reden bij een professionele aangelegenheid zou discrimineren, dan verzeker ik u: nooit!'

Daarmee was het gesprek ten einde. En hij heeft me sindsdien niet meer persoonlijk benaderd; geen uitnodigingen voor etentjes en jachtpartijen, eersteklas of anderszins.

Na drie jaar les te hebben gegeven, betaalde mijn gok zich uit en werd ik van de École naar de generale staf overgeheveld. Toen kwam ook al ter sprake dat ik naar de afdeling Statistiek gestuurd zou worden: topografie is een nuttige basisvorming voor de inlichtingendienst. Maar ik verzette me met hand en tand tegen een toekomst als spion, en met succes: ik werd plaatsvervangend hoofd van het Derde Departement (Opleidingen en Oefeningen). En hier liep ik Dreyfus opnieuw tegen het lijf.

De leerlingen die met de hoogste cijfers van de École Supérieure afstuderen, worden beloond met een tweejarig contract bij de generale staf, waarbij je op ieder departement een halfjaar werkt. Het behoorde tot mijn werkzaamheden toe te zien op de plaatsing van deze stagiairs, zoals ze werden gezien. Dreyfus was de negende van zijn jaar. Om die reden had hij er alle recht op naar het ministerie van Oorlog te komen. Het was aan mij te bepalen waar hij naartoe zou gaan. Hij zou de enige Jood bij de generale staf zijn.

Er was in die tijd in het leger sprake van een toenemend antisemitisme, dat werd opgezweept door dat afschuwelijke snertblad *La Libre Pa-*

role, waarin werd beweerd dat Joodse officieren een voorkeursbehandeling kregen. Ondanks het gebrek aan sympathie voor hem, deed ik mijn best om Dreyfus tegen de ergste uitwassen in bescherming te nemen. Ik had een oude vriend, Armand Mercier-Milon, majoor in het Vierde Departement (Troepenbewegingen en Spoorwegen), die absoluut niet vooringenomen was. Ik besprak het met hem, wat erin resulteerde dat Dreyfus aan het begin van 1893 naar het Vierde Departement ging. In de zomer schoof hij door naar het Eerste (Administratie); begin 1894 kwam hij in het Tweede (Inlichtingen); en ten slotte, in juli kwam hij naar mijn departement, het Derde, om zijn ronde door de generale staf te voltooien.

Dreyfus was vaak buiten Parijs, die zomer en herfst van 1894, en we zagen elkaar niet veel – maar als we elkaar op de gang tegenkwamen, knikten we elkaar beleefd toe. Uit de verslagen van de commandanten van de onderdelen waarin hij had gediend, wist ik dat hij hard werkte en intelligent was, maar buiten de groep viel – een einzelgänger. Sommigen omschreven hem ook als kil en arrogant tegen zijn gelijken en kruiperig tegen zijn meerderen. Tijdens een bezoek van de generale staf aan Charmes eiste hij, tot ergernis van de daar aanwezige hogere officieren, bij het avondeten alle aandacht op van generaal De Boisdeffre en nam hij hem een uur lang apart om sigaren te roken en verbeteringen aan de artillerie te bespreken. Hij deed evenmin moeite om zijn rijkdom te verhullen. Hij had een wijnkelder in zijn appartement laten bouwen, beschikte over drie of vier bediendes, hield paarden in een stalhouderij, verzamelde schilderijen en boeken, jaagde regelmatig en kocht op de avenue de l'Opéra een Hammerless-jachtgeweer van Guinard & Cie van vijfhonderdvijftig frank – in het leger het equivalent van twee maandsalarissen.

Zijn weigering de rol van de dankbare buitenstaander te spelen was bijna heldhaftig. Maar achteraf gezien kan men wel zien dat het toch vooral dom was, zeker in dat klimaat.

Een echte Jood...

Operatie de Weldoener lijdt in de augustushitte een kwijnend bestaan. Esterhazy wordt niet meer waargenomen in de rue de Lille. Von Schwartzkoppen lijkt op zomerverlof te zijn. Het appartement van de Duitsers is voor de zomer afgesloten. Ik schrijf De Boisdeffre op zijn landgoed in Normandië en vraag hem toestemming Esterhazy's handschrift te verwerven, voor het geval dat overeenkomt met een bewijsstuk waar agent Auguste aan weet te komen. Mijn verzoek wordt afgewezen op grond van het feit dat dat als een 'provocatie' zou kunnen worden opgevat. Als Esterhazy uit het leger gezet moet worden, herhaalt De Boisdeffre, dan wil hij dat dat geruisloos wordt gedaan, zonder een schandaal te veroorzaken. Ik neem het op met de minister van Oorlog. Die ontvangt mij vriendelijk, maar weigert een beslissing van het hoofd van de generale staf te herroepen.

Ondertussen is de sfeer op de afdeling Statistiek net zo bedorven als de riolering. Het overkomt me verschillende keren dat ik, als ik mijn kamer uit kom, hoor dat deuren in de gang worden gesloten. Er wordt weer gefluisterd. Op de vijftiende is er een feestje in de wachtruimte, ter ere van het afscheid van Bachir, die met pensioen gaat, en om zijn opvolger, Capiaux, te verwelkomen. Als ik het woord neem om Bachir te bedanken en zeg: 'Het gebouw zal zonder onze oude kameraad Bachir niet hetzelfde zijn,' mompelt Henry in zijn glas, maar wel zo luid dat iedereen het kan verstaan: 'O nee? En waarom wordt hij er dan uit gewerkt?' Na de bijeenkomst gaat iedereen naar de Taverne Royale, een populaire bar in de buurt. Ik word niet meegevraagd. Als ik in mijn eentje met een fles cognac achter mijn bureau zit, herinner ik me wat Henry zei toen hij uit Bazel terugkwam: 'Wie hij ook zijn mag, hij is nooit belangrijk geweest en inmiddels is hij niet meer actief.' Heb ik deze verziekte sfeer veroorzaakt terwijl ik jacht maakte op een spion die nooit meer dan een opportunist en een fantast is geweest?

Op de twintigste gaat Henry een maand met verlof bij zijn familie in de Marne. Normaal gesproken zou hij, voordat hij vertrok, zijn hoofd om de hoek van de deur hebben gestoken om gedag te zeggen. Nu glipt hij zonder een woord te zeggen weg. Tijdens zijn afwezigheid zakt het gebouw nog dieper weg in de apathie van augustus.

En dan, in de middag van donderdag de zevenentwintigste, krijg ik bericht van Billots ordonnans, kapitein Calmon-Maison, die vraagt of hij me zo spoedig mogelijk kan spreken. Ik heb mijn vakje voor inkomende post leeg gewerkt, dus besluit meteen naar hem toe te wandelen: ik loop de tuin door en de trap op en ga het secretariaat van de minister binnen. De ramen staan open. Het is licht en fris in de kamer. Vier jonge officieren zitten eensgezind te werken. Ik voel een steek van jaloezie:

hoeveel beter is het hier dan in die bedompte, rancuneuze blokkendoos aan de andere kant van de tuin! Calmon-Maison zegt: 'Ik heb hier iets waarvan generaal Billot vindt dat u het moet zien.' Hij loopt naar een dossierkast en haalt er een brief uit. 'Hij is gisteren binnengekomen. Hij is van majoor Esterhazy.'

De brief is twee dagen eerder in Parijs met de hand geschreven en aan Calmon-Maison gericht. Het is een verzoek om naar de generale staf te worden overgeplaatst. De implicaties treffen me met een kracht die ik fysiek voel. Hij probeert het ministerie binnen te komen. Hij probeert zich toegang te verschaffen tot geheimen die hij kan verkopen...

Calmon-Maison zegt: 'Mijn collega kapitein Thévenet heeft een gelijksoortig verzoek ontvangen.'

'Mag ik hem zien?'

Hij geeft me de tweede brief. De formulering is bijna identiek aan de eerste: *Ik schrijf u met het verzoek om per direct overgeplaatst te worden van het hoofdkwartier van het Vierenzeventigste Regiment der Infanterie in Rouen... Ik meen te hebben bewezen over de voor het werk bij de generale staf noodzakelijke kwaliteiten te beschikken... Ik heb in het Vreemdelingenlegioen gediend en ben als vertaler Duits aan de Inlichtingendienst verbonden geweest... Ik zou zeer dankbaar zijn als u dit verzoek onder de aandacht van de aangewezen autoriteit zou kunnen brengen...*

'Hebben jullie geantwoord?'

'We hebben hem een brief gestuurd – "uw verzoek wordt door de minister in overweging genomen".'

'Mag ik deze lenen?'

Calmon-Maison antwoordt alsof hij een wettelijke formulering oplepelt: 'De minister heeft me gevraagd u mee te delen dat hij er geen bezwaar tegen heeft als u, ten behoeve van uw onderzoek, van deze brieven gebruikmaakt.'

Terug in mijn werkkamer zit ik met de brieven voor me aan mijn bureau. Het handschrift is netjes en regelmatig, en goed gespatieerd. Ik weet vrijwel zeker dat ik het eerder heb gezien. In eerste instantie denk ik dat dat komt doordat het gelijkenissen vertoont met het handschrift van Dreyfus, aan wiens correspondentie ik de laatste tijd zo veel uren heb besteed.

Maar dan herinner ik me het bordereau – het met de hand geschreven brieftelegram uit Von Schwartzkoppens prullenbak dat tot Dreyfus' veroordeling voor verraad heeft geleid.

Ik kijk opnieuw naar de brieven.

Nee, het zal toch niet waar zijn...

Ik kom als in een droom van mijn stoel en doe de paar passen over het tapijt naar de kluis. Als ik de sleutel erin steek, beeft mijn hand. De envelop met de foto van het bordereau ligt precies daar waar Sandherr hem heeft achtergelaten: ik ben al maanden van plan hem mee naar boven te nemen, zodat Gribelin hem in zijn archief kan stoppen.

Het bordereau, in facsimile, beslaat één kolom van dertig smalle, met de hand beschreven regels – ongedateerd, niet geadresseerd, niet ondertekend:

Geachte heer, ik stuur u verschillende stukken die interessante informatie bevatten...

1. *Een aantekening bij de hydraulische rem van de 120 en hoe dat deel presteerde*
2. *Een aantekening bij de mobilisatie van troepen (in een nieuw plan worden verschillende veranderingen geïntroduceerd)*
3. *Een aantekening bij nieuwe artillerieformaties*
4. *Een aantekening met betrekking tot Madagaskar*
5. *Het ontwerp van* Het handboek schietinstructies *voor de veldartillerie (van 14 maart 1894)*

De laatste paragraaf legt uit dat het ministerie van Oorlog het individuele officieren niet toestaat *Het handboek schietinstructies* lang in bezit te hebben, bijgevolg: *als u eruit neemt wat u interesseert en het daarna mij weer ter beschikking stelt, zal ik het afhalen. Of ik kopieer het woord voor woord en stuur u de kopie. Ik vertrek voor oefeningen.*

De belangrijkste handschriftdeskundige in Parijs bezwoer dat dit door Dreyfus was geschreven. Ik loop met de foto naar mijn bureau en leg hem tussen de twee brieven van Esterhazy. Ik buig me voorover om het nog beter te kunnen zien.

De handschriften zijn identiek.

10

Een aantal minuten zit ik roerloos met de foto in mijn hand. Ik zou van marmer kunnen zijn, een standbeeld van Rodin: De Lezer. Wat me, meer nog dan de overeenkomst in het handschrift, het bloed in de aderen doet stollen, is de inhoud – de obsessie voor de artillerie, het aanbod om een handboek woord voor woord te kopiëren, de kruiperige toon van de handelsreiziger: het is Esterhazy ten voeten uit. Even overweeg ik, net als toen de petit bleu binnenkwam, naar de minister te lopen en de bewijsstukken voor hem neer te leggen. Maar ook nu besef ik dat ik daarmee een dwaasheid zou begaan. Mijn vier gouden principes zijn nu belangrijker dan ooit: opereer stap voor stap, benader de zaak emotieloos, trek geen overhaaste conclusies en neem niemand in vertrouwen zo lang het bewijs niet onomstotelijk is.

Ik pak de twee brieven, trek mijn uniformjasje recht en loop naar de kamer van Lauth. Als ik voor zijn deur sta, aarzel ik even; dan klop ik en loop naar binnen.

De kapitein van de dragonders zit achterover in zijn stoel, de lange benen gestrekt, de ogen gesloten. Zijn blonde hoofd in ruste heeft iets engelachtigs. Hij heeft ongetwijfeld succes bij de dames, hoewel hij, geloof ik, met een jonge vrouw is getrouwd – ik vraag me af of hij er buitenechtelijke verhoudingen op nahoudt. Ik wil alweer vertrekken als hij zijn blauwe ogen plotseling opent en me recht aankijkt. En in dat onbewaakte ogenblik zie ik een schittering in zijn ogen die verder gaat dan verrassing: het is schrik.

'Neem me niet kwalijk,' zeg ik. 'Ik wilde u niet storen. Ik kom wel terug als het u schikt.'

'Nee, nee.' Lauth krabbelt gegeneerd overeind. 'Neemt u míj niet kwalijk, kolonel, het is zo duivels heet, en ik zit al de hele dag binnen...'

'Maakt u zich geen zorgen, mijn beste Lauth, ik weet precies hoe u zich voelt. Het is toch werkelijk geen doen voor een soldaat, dag in dag uit in een werkkamer te zijn opgesloten? Gaat u zitten, alstublieft. Ik sta erop. Heeft u er bezwaar tegen als ik er even bij kom zitten?' En zonder zijn antwoord af te wachten neem ik plaats op een stoel aan de andere kant van zijn bureau. 'Ik vroeg me af of u iets voor me kunt doen.' Ik schuif de twee brieven naar hem toe. 'Ik wil hier graag foto's van, maar zo dat de handtekening en het adres er niet op staan.'

Als Lauth de brieven heeft bekeken, staart hij me in shock aan. 'Esterhazy!'

'Ja, het ziet ernaar uit dat onze onbeduidende spion de ambitie heeft belangrijk te worden. Maar godzijdank,' kan ik niet nalaten toe te voegen, 'hielden we hem al in de gaten; wie weet hoeveel schade hij anders had kunnen aanrichten.'

'Inderdaad.' Lauth knikt schoorvoetend en schuift ongemakkelijk heen en weer in zijn stoel. 'Mag ik u vragen, kolonel, waar u die foto's van de brieven voor nodig heeft?'

'Fotografeert u ze nou maar gewoon, als u het niet erg vindt, kapitein.' Ik ga staan en glimlach. 'Zullen we afspreken dat u morgenochtend vroeg van iedere brief vier kopieën heeft? En zullen we dit voor deze ene keer écht strikt onder ons houden?'

Gribelin, op de bovenste verdieping, is net terug van zijn jaarlijkse verlof, maar dat is hem niet aan te zien. Hij is bleek, en onder zijn groene, celluloid oogkap heeft hij donkere wallen van vermoeidheid. De enige concessie die hij aan de zomerse hitte doet, is zijn hemdsmouwen tot aan zijn knokige ellebogen oprollen, zodat zijn armen, dun en wit als van een tuberculoselijder, aan het daglicht zijn blootgesteld. Als ik binnenkom, zit hij over een dossier gebogen, dat hij snel dichtslaat. Hij zet zijn oogkap af.

'Ik hoorde u niet de trap op komen, kolonel.'

Ik reik hem de foto van het bordereau aan. 'Ik wil graag dat u deze opbergt.'

Hij knippert verbaasd met zijn ogen. 'Waar heeft u die gevonden?'

'Kolonel Sandherr bewaarde hem in zijn kluis.'

'Ach ja, hij was er erg trots op.' Gribelin houdt de foto op armlengte om hem goed te kunnen bewonderen. Zijn tong bevochtigt zijn bovenlip, alsof hij een pornografische foto voor zich heeft. 'Hij heeft ooit tegen me gezegd dat hij het bordereau, als de reglementen het hadden toegestaan, ingelijst en wel aan de muur zou hebben gehangen.'

'Als jachttrofee?'

‘Precies.’

Gribelin doet de onderste linker bureaula van het slot en vist er zijn immense sleutelbos uit op. Hij brengt het bordereau naar een zware, oude, brandvrije dossierkast, die hij opent. Ik kijk om me heen. Ik waag me zelden hierboven. In het midden van de kamer staan twee grote, tegen elkaar geschoven tafels. Op de versleten bruinleren oppervlakken liggen zes stapels dossiers, een vloeiblad, een sterke elektrische lamp, een rekje met rubberen stempels, een koperen inktpothouder, een perforator en een rij pennen – alles keurig in het gelid. Langs de muren staan afgesloten kasten en kluizen met de geheimen van de afdeling. Er hangt een kaart van Frankrijk, met de departementen erop. De drie ramen met tralies ervoor zijn smal en stoffig; de vensterbanken zitten onder een dikke laag poep van de duiven die ik op het dak kan horen koeren.

‘Heeft u het originele bordereau hier ook?’ vraag ik terloops.

Gribelin draait zich niet om. ‘Inderdaad.’

‘Ik zou het graag willen zien.’

Hij kijkt me over zijn schouder heen aan. ‘Waarom?’

Ik haal mijn schouders op. ‘Gewoon, uit belangstelling.’

Hij kan niet anders. Hij opent een andere la in de kast en haalt er een van zijn alomtegenwoordige manilla mappen uit; hij slaat hem open en haalt het bordereau er met een zekere eerbied uit. Het is volstrekt niet wat ik had verwacht. Het weegt bijna niets. Het dunne, licht doorschijnende papier is aan beide zijden beschreven, zodat de inkt van de ene kant erdoorheen heeft gebloed en aan de andere kant zichtbaar is. Het opvallendst eraan is dat het in zes stukken gescheurd is geweest en met plakband aan elkaar is geplakt.

Ik zeg: ‘Als je de foto ziet, zou je nooit denken dat het origineel er zo uitziet.’

‘Nee, maar daar zijn dan ook heel wat handelingen aan voorafgegaan.’ Gribelins normaal gesproken strenge stem is door een zweem van beroepsmatige trots zachter geworden. ‘We hebben eerst beide zijden gefotografeerd, die geretoucheerd en onder elkaar geplakt en dat ten slotte weer gefotografeerd. Daardoor zag het eruit als één doorlopend vel beschreven papier.’

‘Hoeveel afdrukken heeft u gemaakt?’

‘Twaalf. Doordat we hadden weten te verhullen hoe het er oorspronkelijk uitzag, konden we het door het hele ministerie laten circuleren.'

'Ja, natuurlijk. Ik herinner het me.' Ik draai het bordereau om en ben onder de indruk van Lauths vakkundigheid. 'Het staat me nog helder voor de geest.'

Het was de eerste week van oktober 1894, toen zich het gerucht verspreidde dat er een verrader op het ministerie zat. De vier departementshoofden moesten het handschrift van iedere officier op hun afdeling controleren, om te zien of het op dat op de foto leek. Ze moesten geheimhouding zweren, alleen hun plaatsvervangers mochten ervan op de hoogte zijn. Kolonel Boucher wees mij de klus toe.

Ondanks de beperkte kring van mensen die op de hoogte waren, was het onvermijdelijk dat er gelekt werd, en al snel raakte de sfeer aan de rue Saint-Dominique verpest. Het probleem zat 'm in de lijst met vijf punten, want daardoor schoot iedereen met hagel. De 'aantekening bij de hydraulische rem van de 120' en het 'ontwerp van *Het handboek schietinstructies*' deden vermoeden dat de spion in de artillerie zat. Maar de tekst voor het 'nieuwe plan' uit punt twee kwam letterlijk uit het vernieuwde mobilisatieschema van het Derde Departement. Daarnaast werd dat 'nieuwe plan' natuurlijk ook bestudeerd door de experts op het Vierde Departement, die voor de dienstregelingen van treinen verantwoordelijk zijn, dus daar kon de spion ook werken. Maar de 'aantekening bij nieuwe artillerieformaties' moest haast wel van het Eerste Departement afkomstig zijn. Terwijl het plan om Madagaskar te bezetten door officieren van de geheime dienst in het Tweede was uitgewerkt...

Iedereen verdacht iedereen. Vergeten incidenten werden uit de kast gehaald en opnieuw tegen het licht gehouden, oude geruchten en vetes kwamen weer tot leven. Het had een verlammende uitwerking op het ministerie. Ik bestudeerde het handschrift van iedere officier op onze lijst, zelfs dat van Boucher – en zelfs dat van mijzelf! Ik vond er geen dat ermee overeenkwam.

En toen had iemand – om precies te zijn kolonel d'Aboville, plaatsvervangend hoofd van het Vierde – een flits van inspiratie: als de verrader over recente kennis uit alle vier de departementen beschikte, lag het dan niet voor de hand dat hij recentelijk op alle vier departementen had gewerkt? En hoe onwaarschijnlijk dat ook mocht klinken, er was inderdaad een groep officieren bij de generale staf voor wie dat gold: de stagiairs van de École Supérieure de Guerre – en deze mannen stonden relatief vreemd tegenover hun collega's, die er al hun hele leven dienden. Plotseling lag het voor de hand: de verrader was een stagiair met een achtergrond in de artillerie.

Acht kapiteins van de artillerie die aan het stagiairprogramma hadden deelgenomen, voldeden aan alle voorwaarden, maar slechts één van hen was Jood: sterker nog, hij was een Jood die Frans met een Duits accent sprak, die familie in des Kaisers Reich had en die altijd met geld smeet.

Gribelin kijkt me aan en zegt: 'Ik ben ervan overtuigd dat u zich het bordereau herinnert, kolonel.' Er verschijnt een van zijn zeldzame glimlachjes op zijn gezicht. 'Net zoals ik me herinner dat u ons het voorbeeld van Dreyfus' handschrift gaf, dat ermee overeenkwam.'

Kolonel Boucher bracht het verzoek van de afdeling Statistiek aan mij over. Normaal gesproken was hij luidruchtig en had hij een opgewekt, rood gezicht, maar bij deze gelegenheid was hij somber en zag hij grijs. Het was een zaterdagochtend, twee dagen nadat de jacht op de verrader was geopend. Hij deed de deur achter zich dicht en zei: 'Het ziet ernaar uit dat we de rotzak op de hielen zitten.'

'Echt waar? Dat is snel!'

'Generaal Gonse wil een handschrift van kapitein Dreyfus zien.'

'Dreyfus?' herhaalde ik verbaasd.

Boucher legde me uit wat d'Aboville voor theorie had. 'En zo,' besloot hij, 'zijn ze tot de conclusie gekomen dat de verrader een van jouw stagiairs moet zijn.'

'Een van mijn stagiairs?' Dat beviel me niets!

Ik had Dreyfus' bestand de dag ervoor doorgebladerd en hem als verdachte uitgesloten. Maar nu haalde ik zijn map weer tevoorschijn en vergeleek het handschrift van het bordereau met een paar brieven van hem. En in tweede instantie, toen ik er beter naar keek, zag ik wel overeenkomsten: dezelfde kleine letters; dezelfde helling naar rechts; dezelfde afstand tussen de woorden en tussen de regels... Ik werd bekropen door een vreselijk gevoel van zekerheid. 'Ik weet het niet, kolonel,' zei ik. 'Wat denkt u?' Ik liet de brieven aan Boucher zien.

'Hm, ook ik ben geen expert, maar ik vind dat ze erg op elkaar lijken. Ik zou ze maar meenemen.'

De kracht van de suggestie is groot en werkt geniepig. Terwijl de kolonel en ik door de gangen van het ministerie liepen, vulde mijn verbeelding zich met gedachten over Dreyfus – dat zijn familie nog in Duitsland woonde, dat hij een uiterst slimme, arrogante eenling was, dat hij de ambitie had gehad tot de generale staf toe te treden en dat hij had geprobeerd de hogere officieren daar voor zich in te nemen – en wel in zo'n mate dat ik er, tegen de tijd dat we de werkkamer van generaal Gonse hadden bereikt, volkomen van overtuigd was: natuurlijk verraadt hij ons, hij haat ons, hij heeft ons al die tijd gehaat, omdat hij niet net als ons is en dat ook nooit zal worden, hoeveel geld hij ook heeft, hij is gewoon...

Een echte Jood!

Afgezien van Gonse zelf werden we opgewacht door kolonel d'Aboville, kolonel Fabre (het hoofd van het Vierde Departement), kolonel Lefort (het hoofd van het Eerste Departement) en kolonel Sandherr. Ik legde Dreyfus' brieven op het bureau van Gonse en deed een stap naar achteren, terwijl mijn meerderen eromheen kwamen staan om ze te bekijken. En uit die kluwen geüniformeerde ruggen stegen steeds meer uitroepen van afgrijzen en overtuiging op: 'Moet je zijn hoofdletters "S" daar zien, en de "J"... en de kleine letters "m" en de "r", zien jullie dat? En de ruimte tussen de woorden is precies even groot... Ik ben geen expert, maar... Nee, ik ben ook geen expert, maar... Ik zou zeggen dat ze hetzelfde zijn...'

Sandherr rechtte zijn rug en sloeg met de muis van zijn hand tegen zijn voorhoofd. 'Ik had het moeten weten! Hoe vaak heb ik hem niet zien rondhangen terwijl hij inlichtingen inwon?'

Fabre zei: 'Dit is precies wat ik in mijn rapport over hem heb voorspeld, weet u nog, majoor Picquart?' Hij wees naar mij. '"Een incomplete officier, zonder de eigenschappen die nodig zijn om bij de generale staf te werken..." Waren dat niet exact mijn woorden?'

'Inderdaad, kolonel,' stemde ik in.

Gonse vroeg aan mij: 'En waar is Dreyfus op dit moment precies?'

'Hij zit tot eind volgende week in een infanteriekamp buiten Parijs.'

'Mooi zo.' Sandherr knikte. 'Uitstekend. Dat geeft ons tijd. We moeten dit naar een handschriftexpert brengen.'

Gonse vroeg: 'Dus u denkt echt dat hij het is?'

'Als hij het niet is, wie dan wel?'

Niemand gaf antwoord. Dat deed het 'm. Als Dreyfus de verrader niet was, wie dan wel? Jij? Ik? Jouw kameraad? Die van mij? Terwijl deze uitputtende jacht op de vijand binnen onze eigen gelederen ten einde was als het Dreyfus bleek te zijn. Zonder het met zoveel woorden te zeggen of zelfs maar te denken, wilden we het allemaal.

Gonse zuchtte en zei: 'Dan kan ik maar beter naar generaal Mercier gaan. Hij zal het misschien aan de minister-president moeten voorleggen.' Hij keek naar mij, alsof ik voor dit virus op het ministerie verantwoordelijk was, en zei tegen Boucher: 'Ik geloof niet dat we majoor Picquart nog langer op hoeven te houden, toch, kolonel?'

Boucher zei: 'Nee, dat geloof ik ook niet. Dank u, Picquart.'

'Dank u, generaal.'

Ik salueerde en vertrok.

Ik heb een tijdje gezwegen. Plotseling word ik me bewust van Gribelin, die me nog steeds staat aan te staren.

'Vreemd,' zeg ik, terwijl ik met het bordereau heen en weer wapper. 'Merkwaardig hoe het alles weer naar boven brengt.'

'Ja, dat kan ik me voorstellen.'

En daarbij had het, waar het míjn betrokkenheid betrof, bij kunnen blijven. Maar een week later ontving ik tot mijn verbazing thuis in mijn appartement een telegram waarin ik werd gesommeerd zondagmiddag 14 oktober om zes uur op het ministerie van Oorlog te zijn.

Op het aangewezen tijdstip meldde ik me in hôtel de Brienne. Terwijl ik de trap opklom, hoorde ik stemmen, en toen ik op de eerste verdieping kwam, bleek daar al een groepje op de gang te staan wachten: generaal De Boisdeffre, generaal Gonse, kolonel Sandherr en een paar mannen die ik niet kende – een corpulente majoor met een paarsrood gezicht die, net als ik, het rode lint van het Legioen van Eer droeg, en een hoofdinspecteur van de Sûreté. Iets verderop in de gang, bij het raam, stond nog een andere officier nogal gewichtig met een monocle op in een dossier te bladeren, en opeens besefte ik wie dat was: kolonel Du Paty de Clam, Blanches ex-minnaar. Hij zag dat ik naar hem keek, sloeg het dossier dicht, nam zijn monocle af en beende op me af.

'Picquart,' zei hij nadat hij mijn saluut had begroet. 'Wat een afgrijselijke toestand is dit.'

'Ik wist niet dat u hierbij bent betrokken, kolonel.'

'Betrokken!' Du Paty lachte en schudde zijn hoofd. 'Mijn beste majoor, ik heb de leiding over het hele onderzoek! Ik ben er de oorzaak van dat u hier nu aanwezig bent!'

Ik heb altijd gevonden dat Du Paty iets verontrustends had. Het leek net alsof hij de hoofdrol had in een toneelstuk waarvan hij als enige het manuscript kende. Soms barstte hij onverwacht in lachen uit, of tikte hij tegen zijn neus en mat zich een mysterieus air aan, of liep hij midden in een gesprek zonder nadere verklaring de kamer uit. Hij zag zichzelf graag als een detective in de moderne, wetenschappelijke zin van het woord en bestudeerde de grafologie, de antropometrie, de cryptografie en geheime inkten. Ik vroeg me al af welke rol hij mij in dit drama had toegedicht.

'En, hoe verloopt het onderzoek?'

'Dat hoort u zo.' Hij tikte op het dossier en knikte naar de deur van de kamer van de minister, die op dat moment door een van zijn stafofficieren werd geopend.

Binnen zat Mercier aan zijn bureau een stapel brieven te ondertekenen. 'Alstublieft, heren,' zei hij zonder op te kijken met die zachte stem van hem, 'gaat u vast zitten. Ik ben zo klaar.'

We gingen aan de vergadertafel zitten, op volgorde van rang: het hoofd van de tafel bleef vrij voor Mercier, De Boisdeffre kwam rechts en Gonse links van hem, dan Sandherr en Du Paty tegenover elkaar en ten slotte wij, de drie lagere officieren, het verst van Mercier af.

'Henry,' zei de potige officier terwijl hij over de tafel leunde en me de hand reikte.

'Picquart,' antwoordde ik.

Ook de inspecteur van de Sûreté stelde zich voor: 'Armand Cochefort.'

We zaten enige tijd in een ongemakkelijke stilte bij elkaar terwijl de minister zijn laatste papieren ondertekende, daarna gaf hij ze aan zijn assistent, die salueerde en vertrok.

'Zo,' zei Mercier, terwijl hij op zijn stoel aan het hoofd van de tafel ging zitten en een vel papier voor zich legde. 'Ik heb de president en de minister-president verteld hoe de zaken ervoor staan, en dit is het bevel tot Dreyfus' arrestatie; het enige wat eraan ontbreekt, is mijn handtekening. Hebben we de resultaten van de handschriftdeskundigen? Ik krijg de indruk dat de eerste man, die van de Banque de France, tot de conclusie kwam dat het toch niet het handschrift van Dreyfus was.'

Du Paty opende zijn dossier. 'Die hebben we, minister. Ik heb de handschriften voorgelegd aan Alphonse Bertillon, het hoofd van de afdeling Identificatie van de prefectuur van de politie. Hij zegt dat het handschrift van het bordereau sterke overeenkomsten met Dreyfus' handschrift bevat, en dat de verschillen er doelbewust in zijn aangebracht. Als ik u de technische details mag besparen, lees ik u alleen zijn conclusie voor: "Het is voor ons evident dat de verschillende voorgelegde teksten en het incriminerende document door één en dezelfde persoon zijn geschreven."'

'Dus de een zegt ja en de ander nee? En dat noemt u deskundigen!' Mercier richtte zich tot Sandherr. 'Is Dreyfus al terug in Parijs?'

Sandherr zei: 'Hij dineert met de ouders van zijn vrouw, de heer en mevrouw Hadamard: zijn schoonvader is diamanthandelaar – u weet dat ze zich hebben gespecialiseerd in draagbare eigendommen. We houden het gebouw in de gaten.'

De Boisdeffre onderbrak hem: 'Is het niet verleidelijk, kolonel, om hem, als we toch weten waar hij is, gewoon vanavond te arresteren?'

'Nee, generaal,' antwoordde Sandherr terwijl hij krachtig met zijn hoofd schudde. 'Met alle respect, absoluut niet. U kent deze mensen niet zo goed als ik. U weet niet hoe ze opereren. Zodra ze weten dat we Dreyfus gearresteerd hebben, komt de hele bovenlaag van het Jodendom in actie om voor zijn vrijlating actie te voeren. Het is essentieel dat hij zonder ophef verdwijnt en dat we hem ten minste een week voor onszelf hebben. Ik denk dat het plan van kolonel Du Paty goed is.'

Mercier draaide zijn bewegingsloze, maskerachtige gezicht naar Du Paty. 'Ga door.'

'Ik ben tot de conclusie gekomen dat de veiligste locatie om Dreyfus te arresteren hier in het ministerie zelf is. Generaal Gonse heeft hem al een telegram gestuurd met het bevel morgenochtend om negen uur op de kamer van generaal De Boisdeffre te verschijnen...'

'In burgerkleding,' voegde Gonse toe. 'Zodat niemand die hem bij zijn aankomst in de gevangenis ziet, beseft dat hij een officier uit het leger is.'

'...dus we arresteren hem hier in de rue Saint-Dominique, in de kamer van het hoofd van de generale staf.'

Mercier zei: 'En als hij nou vermoedt dat het een valstrik is?'

'Dan komt majoor Picquart in actie,' zei Du Paty.

Ik voelde dat alle ogen mijn kant op draaiden. Ik deed mijn uiterste best om de indruk te wekken dat ik wist wat er nu zou komen.

'Majoor Picquart,' legde Gonse uit aan Mercier, 'was een van Dreyfus' docenten aan de École Supérieure. En nu leidt hij het stagiairprogramma.'

'Dat weet ik.' Mercier bekeek me met samengeknepen ogen; het was onmogelijk te weten wat hij dacht.

Du Paty vervolgde: 'Ik stel voor dat majoor Picquart Dreyfus bij de hoofdingang opwacht en hem in eigen persoon naar generaal De Boisdeffre leidt. Dreyfus kent hem en vertrouwt hem. Dat zou genoeg moeten zijn om iedere verdenking weg te nemen.'

De minister dacht hierover na.

Mercier zei: 'En wat denkt u van dit plan, majoor Picquart?'

'Ik weet niet zeker of kapitein Dreyfus mij nou zozeer als een geruststellende factor ziet,' antwoordde ik voorzichtig, 'maar als kolonel Du Paty denkt dat mijn aanwezigheid nuttig zal zijn, dan lever ik natuurlijk graag een bijdrage.'

Mercier richtte zijn samengeknepen ogen weer op Du Paty. 'Dus we brengen hem naar de kamer van generaal De Boisdeffre. En dan?'

'Generaal De Boisdeffre is er zelf niet...'

'Nee, dat lijkt mij ook!' onderbrak De Boisdeffre.

'...en voor hem in de plaats zal ik Dreyfus ontvangen en hem uitleggen dat het hoofd van de generale staf is verlaat, en hem vragen op een stoel plaats te nemen. Mijn rechterhand zal in het verband zitten – ik zal zeggen dat ik geblesseerd ben – en ik vraag Dreyfus een brief voor me te schrijven, die ik vervolgens dicteer. Omdat hij niet op zijn hoede is, zal hij niet proberen zijn handschrift te bewerken. Als ik eenmaal genoeg bewijs heb, geef ik een teken en confronteren we hem.'

'Wie zijn "we"?' vroeg Mercier.

'Hoofdinspecteur Cochefort van de Sûreté – die hier ook is – zal met een van zijn mannen bij mij in de kamer zijn, net als monsieur Gribelin, de archivaris van de afdeling Statistiek, die voor een woordelijke weergave zorgt. Majoor Henry van de afdeling Statistiek zal zich achter een scherm verstopt houden.'

'Dus het wordt vijf tegen één?'

'Precies, minister. Ik denk dat er, met zo'n overmacht en het verrassingselement, een zeer goede kans bestaat dat hij knakt en meteen bekent. Voor welk geval ik graag nog een suggestie doe.'

'Ga door.'

'Dat we hem een eervolle uitweg bieden – ik geef hem een dienstrevolver met maar één kogel, en hij mag er daar ter plekke meteen een eind aan maken.'

Er viel een stilte terwijl Mercier hierover nadacht; toen boog hij nauwelijks zichtbaar zijn hoofd. 'Goed.'

De Boisdeffre zei: 'Lieve hemel! Ik zou hem wel dankbaar zijn als hij het niet op mijn tapijt deed – het is een Aubusson.'

Dankbaar gelach verbrak de spanning. Alleen Mercier lachte niet. 'En als hij de traditionele weg niet volgt, wat dan?'

'Dan brengt majoor Henry hem naar de gevangenis Cherche-Midi,' zei Du Paty. 'En ondertussen gaan Cochefort en ik naar Dreyfus' appartement en doorzoeken het naar meer bewijs. Dan zal ik zijn vrouw waarschuwen haar mond te houden over hoe het er met haar man voorstaat, omdat ze het anders nog veel erger voor hem maakt. De directeur van de Cherche-Midi heeft ermee ingestemd Dreyfus vierentwintig uur per dag in eenzame opsluiting te houden – geen brieven, geen bezoek, geen advocaten. Niemand weet waar hij is, zelfs de commandant van het garnizoen van Parijs niet. De wereld zal niet beter weten of kapitein Alfred Dreyfus is van de aardbodem weggevaagd.'

Nu hij zijn meesterwerk uiteen had gezet, sloeg Du Paty het dossier dicht en leunde achterover in zijn stoel.

Ik keek de tafel rond. Mercier en De Boisdeffre waren koel en onverstoorbaar, Gonse stak een sigaret op, Sandherr kneep in zijn armleuningen en trilde een beetje, en Henry keek bezorgd naar hem. Cochefort staarde met zijn armen over elkaar gevouwen naar de vloer.

Mercier vroeg: 'Heeft iemand nog een vraag?'

Ik weifelde en stak toen aarzelend mijn hand op. Een gelegenheid Du Paty te irriteren kon ik nu eenmaal niet onbenut voorbij laten gaan.

'Ja, majoor... Picquart, is het niet?'

'Inderdaad. Dank u, minister,' zei ik terwijl ik me tot Du Paty wendde. 'Ik vroeg me af wat er gebeurt als Dreyfus niet bekent.'

Du Paty keek me ijzig aan. 'Hij bekent wel. Hij heeft geen keus.'

'Maar als hij het niet doet...?'

'Als hij niet bekent,' interrumpeerde Sandherr, die me over de tafel heen kwaad aankeek en naar het zich liet aanzien trilde van emotie, 'beschikken we, naast zijn handschrift, over genoeg ander bewijs dat zijn schuld aantoont.'

Ik besloot niet verder aan te dringen. Dus ik knikte en zei: 'Dank u.'

Er volgde een lange stilte.

'Verder nog iemand?' vroeg Mercier, die iedereen met zijn samengeknepen ogen een voor een aankeek. 'Nee? Commandant? Nee? In dat geval, heren, hebben jullie mijn toestemming om het plan, zoals dat door kolonel Du Paty is uiteengezet, morgenochtend om negen uur ten uitvoer te brengen.'

En met die woorden ondertekende hij het arrestatiebevel en gooide het voor Du Paty op tafel.

De volgende dag was het het mooiste, kristalheldere herfstweer dat je je maar kon wensen – de hemel was strakblauw en het was nog koel, maar er hing een belofte van warmte in de lucht en de vroege ochtendzon begon de mistflarden boven de Seine al weg te branden.

Ik arriveerde iets na achten op het ministerie en trof Du Paty in de lobby in een toestand van uiterst nerveuze opwinding bezig met het installeren van zijn manschappen. Drie van hen droegen burgerkleren – Cochefort en zijn assistent, en een bleke klerk van wie ik, al werden we niet aan elkaar voorgesteld, begreep dat het Gribelin was. Henry en ik waren in uniform. Henry zag er geamuseerd uit, en toen Du Paty op een gegeven moment voor de derde keer uiteenzette wat hij van ons verwachtte, ving hij mijn blik op en gaf me een knipoog.

'Dus u, Picquart, zorgt ervoor dat u klokslag negen uur met Dreyfus in de kamer van het hoofd van de generale staf binnenkomt,' herhaalde Du Paty ten afscheid. 'Geen minuut vroeger of later, begrepen? Ik wil dat dit op rolletjes loopt!'

Du Paty en de anderen vertrokken naar boven, en ik ging op een van de groene leren banken zitten wachten. Het uitzicht op de binnenplaats en de poort naar de rue Saint-Dominique was indrukwekkend. Ik deed alsof ik een krant las. De minuten kropen voorbij. Het complete leger leek langs te trekken – oude, onzeker bewegende generaals met witte bakkebaarden, galante kolonels van de dragonders die met rode wangen van de kou terugkwamen van een galop door het Bois de Boulogne, jonge kapiteins met intelligente gezichten die stapels dossiers van hun baas bij zich hadden, en dan, opeens, te midden van deze parade, Dreyfus; detonerend, aarzelend, met gefronste wenkbrauwen – hij zag er, zonder zijn uniform, met zijn prachtige zwarte overjas, een gestreepte broek en een bolhoed nu al als een buitenstaander uit. Hij had een beurshandelaar kunnen zijn. Ik keek op mijn horloge en vloekte. Hij was een kwartier te vroeg.

Ik vouwde mijn krant op en kwam overeind op het moment dat hij door de deur binnenliep. Zichtbaar verrast mij daar te zien tikte hij, bij wijze van militaire groet, zijn bolhoed aan.

'Majoor Picquart, goedemorgen!' En daarna voegde hij er, terwijl hij de drukke lobby rondkeek, aan toe: 'Ik vrees dat de mannen me een poets bakken. Ik ontving zaterdag een telegram, van generaal De Boisdeffre zogenaamd, waarin stond dat ik me voor een inspectie in burgerkleding moet melden, maar het lijkt erop dat ik de enige ben die het ontvangen heeft.'

'Dat klinkt vreemd,' zei ik. 'Mag ik het zien?'

Dreyfus haalde het telegram uit zijn notitieboekje en gaf het aan mij: *Oproep. De divisiegeneraal, het hoofd van de generale staf, leidt maandag 15 oktober een inspectie van alle officieren die in de staf dienen. Kapitein Dreyfus, op dit moment ingedeeld bij het Negenendertigste Regiment van de Infanterie van Parijs, wordt op die datum om negen uur 's ochtends in de kamer van de opperbevelhebber van het leger verwacht. Burgerkleding...*

Om tijd te rekken deed ik alsof ik het heel zorgvuldig las. 'Ik begrijp het niet,' zei ik. 'Kom mee naar mijn kamer. Dan zoeken we dit tot op de bodem uit.'

'Nee, majoor, maakt u zich er alstublieft niet druk over...'

'Onzin, ik sta erop.'

'Ik wil u niet tot last zijn...'

'Echt, ik heb tijd genoeg.'

De wandeling naar het Derde Departement leek eindeloos te duren, en ik kwam niet verder dan wat banaliteiten over het weer en zijn familie. 'En hoe gaat het met uw vrouw?'

'Heel goed, dank u, majoor.'

'En heeft u kinderen? Het spijt me, ik herinner het me niet.'

'Ja, majoor, twee.'

'Wat zijn het?'

'Een jongen en een meisje.'

'En hoe oud zijn ze?'

'Pierre is drie en Jeanne is anderhalf...'

Enzovoorts, enzovoorts. Ik was opgelucht toen we bij de deur van mijn werkkamer aankwamen. 'Wacht u hier binnen even,' zei ik, 'dan kijk ik wat er aan de hand is.'

'Dank u, majoor.'

Hij ging naar binnen, en ik deed de deur dicht. Ik keek weer op mijn horloge. Tien voor negen. Terwijl ik mijn deur angstvallig in de gaten hield, liep ik een tijdje heen en weer over de gang, als iemand die de wacht houdt, en ik wilde dat de tijd sneller ging en vroeg me ondertussen af of hij misschien uit het raam was geklommen en langs de regenpijp omlaag was gegleden, of mijn bureau, op zoek naar geheimen, overhoophaalde. Ten slotte liep ik, om twee voor heel, naar binnen om hem te halen. Hij zat met zijn bolhoed op zijn knieën op het puntje van zijn stoel. De papieren op mijn bureau lagen keurig op hun plek; het zag er niet uit alsof ze ook maar een centimeter waren verschoven.

'Uw telegram is helemaal correct,' zei ik opgewekt. 'Er is een inspectie.'

'Wat een opluchting!' antwoordde Dreyfus terwijl hij opstond. 'Ik dacht echt dat een van de jongens me een poets bakte – dat gebeurt wel vaker, weet u.'

'Ik moet de generaal zelf ook spreken,' zei ik. 'Ik loop met u mee.'

En daar gingen we weer.

Dreyfus zei: 'Ik hoop dat ik in de gelegenheid kom generaal De Boisdeffre te spreken. We hadden afgelopen zomer een heel goed gesprek over artillerieformaties. Sindsdien zijn er nog een paar dingen bij me opgekomen.' Ik antwoordde niet. Toen vroeg hij: 'U weet zeker niet toevallig hoeveel tijd die inspectie in beslag zal nemen, of wel, majoor?'

'Ik ben bang van niet.'

'Ik heb namelijk tegen mijn vrouw gezegd dat ik thuis zou lunchen. Nou ja, dat doet er ook niet toe.'

We liepen inmiddels door de brede, hoge gang naar de kamer van het hoofd van de generale staf.

Dreyfus zei: 'Wat is het vreselijk stil, vandaag, vindt u niet? Waar is iedereen?'

We waren vlak bij de dubbele deur. Hij vertraagde zijn pas.

Ik antwoordde: ‘Ik denk dat iedereen binnen op u wacht.’ En ik legde mijn hand onder in zijn rug en duwde hem zacht naar voren.

Ik opende de deur. Hij draaide zich onzeker naar me om. ‘Gaat u niet mee naar binnen, majoor?’

‘Het spijt me, ik herinner me net iets wat ik nog moet doen. Tot ziens.’

Daarop draaide ik me op mijn hakken om en liep weg. Achter me hoorde ik de deur dichtgaan; ik keek om en zag dat Dreyfus was verdwenen.

‘Vertel eens,’ zeg ik tegen Gribelin, ‘wat is er die morgen waarop ik Dreyfus bij u en kolonel Du Paty afleverde eigenlijk precies gebeurd?’

‘Ik begrijp niet wat u bedoelt, kolonel.’

‘U was er toch bij om als getuige op te kunnen treden?’

‘Ja.’

‘Nou, waar was u dan getuige van?’ De archivaris staart me aan zonder iets te zeggen.

‘Vergeef me mijn vragen, monsieur Gribelin. Ik probeer alleen de gaten in mijn kennis op te vullen. De zaak is tenslotte nog niet gesloten.’ Ik wijs op de stoel tegenover me. ‘Komt u even bij me zitten.’

‘Zo u wilt, kolonel.’ Gribelin gaat op de stoel zitten zonder zijn blik van me af te nemen, alsof hij bang is dat ik ieder moment naar hem kan uithalen. ‘Wat wilt u weten?’

Ik steek een sigaret op en haal met veel vertoon de asbak naar me toe. ‘We spelen tenslotte met vuur!’ Ik zeg het met een glimlach, schud de lucifer uit en leg hem zorgvuldig in de asbak. ‘Dus Dreyfus kwam binnen – wat gebeurde er toen?’

Het is alsof ik een kies trek, maar langzaam maar zeker weet ik het verhaal uit hem te krijgen: hoe Dreyfus naar binnen liep, om zich heen keek en vroeg waar generaal De Boisdeffre was; hoe Du Paty antwoordde dat hij was vertraagd, Dreyfus uitnodigde te gaan zitten, op zijn verbonden onderarm wees en vroeg of hij een brief voor hem zou willen schrijven omdat hij zijn pols had verstuikt; hoe Dreyfus, onder toeziende blik van Cochefort, diens assistent en Gribelin, die tegenover hem zat, aan dat verzoek tegemoet was gekomen.

‘Hij zal wel nerveus zijn geworden,’ zeg ik. ‘Hij moet zich toch hebben afgevraagd wat er aan de hand was.’

‘Zeker. Dat blijkt ook uit zijn handschrift. Ik kan het u wel laten zien.’

Gribelin loopt weer naar de dossierkast en komt met een uitpuilende, centimeters dikke map terug. Hij slaat hem open. 'Op het bovenste vel staat de oorspronkelijke tekst die kolonel Du Paty aan Dreyfus dicteerde.' Hij schuift de map naar me toe. 'Je ziet hoe zijn handschrift begint te veranderen als hij beseft dat we hem in de val hebben gelokt en hij probeert het nog te maskeren.'

Het begint als een gewone brief: *Parijs, 15 oktober 1894. Geachte heer, gezien de uiterst zwaarwegende redenen voor het tijdelijk terugnemen van de documenten die ik u heb doen toekomen voordat ik op oefening ging...*

Ik zeg: 'Ik zie geen verandering, halverwege...'

'Jawel, hier, het is duidelijk zichtbaar. Kijk maar.' Gribelin buigt zich voorover en tikt op de brief. Hij klinkt geïrriteerd. 'Precies hier, als de kolonel hem over de hydraulische rem van het 120-millimeterkanon laat schrijven – toen begreep hij wat er aan de hand was. Je ziet dat zijn handschrift opeens groter en minder regelmatig wordt.'

Ik kijk opnieuw. Ik zie het nog steeds niet. 'Misschien – als u het zegt...'

'Gelooft u mij, kolonel, niemand ontging de verandering in zijn houding. Zijn voet begon te trillen. Kolonel Du Paty beschuldigde hem ervan dat hij zijn stijl veranderde. Dreyfus ontkende het. Toen de kolonel klaar was met dicteren, vertelde hij hem dat hij onder arrest stond wegens hoogverraad.'

'En toen?'

'Hoofdinspecteur Cochefort en zijn assistent namen hem vast en fouilleerden hem. Dreyfus bleef ontkennen. Kolonel Du Paty liet hem de revolver zien en bood hem de eervolle uitweg aan.'

'En wat had Dreyfus daarop te zeggen?'

'Hij zei: "Jullie mogen me doodschieten, maar ik ben onschuldig!" Het was net alsof hij in een toneelstuk speelde. Kolonel Du Paty riep majoor Henry, die zich achter een scherm had verstopt, en majoor Henry voerde hem naar de gevangenis af.'

Ik blader door het dossier. Tot mijn verbazing is ieder vel een kopie van het bordereau. Ik sla het halverwege open. Ik blader door naar het einde. 'Mijn god,' mompel ik, 'hoe vaak hebben jullie het hem laten overschrijven?'

'O, minstens honderd keer. Maar dat was in de loop van meerdere weken. Ziet u dat ze van een aanduiding zijn voorzien? "Linkerhand", "rechterhand", "staand", "zittend", "liggend"...'

'En dat hebben jullie hem, neem ik aan, in zijn cel laten doen?'

'Inderdaad. Monsieur Bertillon, de handschriftdeskundige van de prefectuur van de politie, wilde zo veel mogelijk materiaal, zodat hij kon laten zien hoe hij erin was geslaagd het handschrift te ontmaskeren. Kolonel Du Paty en ik bezochten Dreyfus in de Cherche-Midi, rond middernacht meestal, en ondervroegen hem tot in de kleine uurtjes. Dat we hem in zijn slaap verrasten, was een idee van de kolonel – dan sprongen we naar binnen en schenen met een felle lantaarn in zijn gezicht.'

'En hoe hield hij zich onder dit alles?'

Gribelin kijkt sluw. 'Eerlijk gezegd, kolonel, was hij erg breekbaar. Hij zat in eenzame opsluiting. Brieven en bezoek waren hem niet toegestaan. Hij was vaak in tranen, hij vroeg naar zijn familie enzovoorts. Ik herinner me ook dat hij ontvelde plekken op zijn gezicht had.' Gribelin toucheert zijn slaap. 'Hier. De cipiers vertelden ons dat hij met zijn hoofd tegen de muur bonkte.'

'En hij ontkende iedere betrokkenheid bij spionage?'

'Absoluut. Het was me de vertoning wel, kolonel. Wie hem heeft opgeleid weet ik niet, maar hij heeft prima werk geleverd.'

Ik blader verder door het dossier. *Ik stuur u, geachte heer, verschillende interessante documenten met informatie... Ik stuur u, geachte heer, verschillende interessante documenten met informatie... Ik stuur u, geachte heer, verschillende interessante documenten met informatie...* Met het verstrijken van de dagen wordt het handschrift steeds slechter. Het is alsof ik een brief van iemand in een gekkenhuis lees. Het begint me te duizelen. Ik sla de map dicht en schuif hem over de tafel terug.

'Fascinerend, Gribelin. Bedankt voor uw tijd.'

'Kan ik u nog met iets anders van dienst zijn, kolonel?'

'Dat geloof ik niet, nee. Op het moment niet.'

Hij neemt het dossier liefdevol in zijn armen en brengt het naar de archiefkast. Bij de deur blijf ik staan en kijk naar hem om. 'Heeft u kinderen, monsieur Gribelin?'

'Nee, kolonel.'

'Bent u wel getrouwd?'

'Nee, kolonel. Ik heb het nooit met mijn werk kunnen combineren.'

'Ik begrijp het. Met mij is het net zo. Goedenavond dan maar.'

'Goedenavond, kolonel.'

Ik ga de trap af naar de eerste verdieping, versnel mijn pas, laat de gang waaraan mijn eigen kamer ligt links liggen, draaf de trap naar de begane grond af, steek de lobby door en ben buiten, in het zonlicht, en ik vul mijn longen met volle teugen schone, verfrissende lucht, waardoor ik weer een beetje tot leven kom.

11

Die nacht slaap ik slecht. Ik zweet, lig in mijn smalle bed te draaien en te woelen en vorm zo veel plooien in de lakens dat ik het gevoel heb dat ik op stenen lig. Om de lucht nog enigszins in beweging te krijgen staan de ramen wijd open, maar het enige wat binnenkomt, zijn de geluiden van de stad. In mijn slapeloosheid tel ik tussen middernacht en zes uur 's ochtends alle slagen van kerkklokken in de buurt. Ten slotte doezel ik in, om nog geen halfuur later door de hese hoornstoten van de eerste trams te worden gewekt. Ik kleed me aan, ga naar beneden en loop naar de bar op de hoek van de rue Copernic. Trek in iets substantieels heb ik niet, dus ik hou het bij zwarte koffie en een sigaret. Ik lees *Le Figaro*. Een hogedrukgebied trekt via de zuidwestkust van Ierland over de Britse Eilanden naar Nederland en Duitsland. De details van het komende bezoek van de tsaar aan Parijs moeten nog bekendgemaakt worden. Generaal Billot, de minister van Oorlog, woont de cavalerieoefeningen in Gâtinais bij. Met andere woorden: er is in de komkommerdagen van augustus geen nieuws.

Tegen de tijd dat ik op de afdeling Statistiek ben, zit Lauth al op zijn kamer. Hij heeft een leren schort voor. Hij heeft van iedere brief van Esterhazy vier afdrukken gemaakt: ze zijn nog vochtig, glinsteren en ruiken naar het chemische fixeer. Zoals gebruikelijk heeft hij uitstekend werk geleverd. De adressen en handtekeningen zijn weggewerkt, maar de regels met zijn handschrift zijn helder en duidelijk leesbaar.

'Goed werk,' zeg ik. 'Ik neem ze mee. De originele brieven ook, als u het niet erg vindt.'

Hij stopt ze in een envelop en geeft ze aan me. 'Alstublieft, kolonel. Ik hoop dat ze u iets interessants opleveren.' Zijn bleke blauwe ogen hebben iets van die van een smekende hond. Maar hij heeft me al een keer gevraagd wat ik ermee wil doen, en toen weigerde ik hem te antwoorden. Hij durft het niet nog een keer te vragen.

Ik geniet ervan de impliciete vraag te negeren en hem monter 'Goedendag, Lauth!' te wensen, en loop terug naar mijn kamer. Daar pak ik van iedere brief een afdruk en stop die in mijn aktetas, de rest leg ik in mijn kluis. Vervolgens ga ik mijn kamer uit en doe de deur achter me op slot. In de lobby zeg ik de nieuwe conciërge, Capiaux, dat ik nog niet weet hoe laat ik terug ben. Hij heeft in de cavalerie gediend en is achter in de veertig. Henry is met hem komen aanzetten, en ik weet niet of ik hem helemaal kan vertrouwen: hij heeft de glazige blik en bloeddoorlopen ogen van Henry's drinkebroers.

Ik loop in twintig minuten naar het Île de la Cité, waar het hoofdkwartier van de prefectuur van de politie zit – een somber bolwerk dat aan de kade bij de pont Saint-Michel verrijst. Het gebouw zit in de oude gemeentelijke kazerne, en is vanbinnen net zo oud en lelijk als vanbuiten. Ik geef de portier mijn visitekaartje – *Luitenant-kolonel Georges Picquart, ministerie van Oorlog* – en zeg hem dat ik monsieur Alphonse Bertillon wil zien. Meteen is de man een en al respect. Hij vraagt me met hem mee te lopen, opent een deur, laat me voorgaan en doet hem achter ons op slot. We gaan een smalle, stenen wenteltrap op, de ene verdieping na de andere; de treden zijn zo steil dat ik voorovergebogen loop. Op een gegeven moment moeten we stilhouden en ons tegen de muur drukken om een stuk of tien gevangenen, die achter elkaar aan naar beneden komen, langs te laten. Ze laten een stank van zweet en wanhoop in hun kielzog achter. 'Monsieur Bertillon heeft hen opgemeten,' verklaart mijn gids, alsof ze bij de kleermaker zijn geweest. We zetten onze beklimming voort. Uiteindelijk doet hij weer een deur van het slot en komen we op een hete, zonnige gang met een kale houten vloer. 'Als u hier wilt wachten, kolonel,' zegt hij, 'dan zoek ik hem even.'

We bevinden ons helemaal boven in het gebouw, met uitzicht op het westen. De warmte zit er gevangen: het is er bloedheet, als in een broeikas. Achter de ramen van Bertillons laboratorium, voorbij de schoorstenen van de prefectuur, verrijst het enorme dak van het paleis van justitie, een zee van blauw lei, doorboord door de zwart-gouden torenspits van de Sainte-Chapelle. De wanden van het lab zijn behangen met honderden foto's van gezichten van criminelen, allen en profil. Volgens de antropometrie- of 'de Bertillonage', zoals haar voornaamste beoefenaar deze wetenschap bescheiden noemt – kan iedereen op basis van een combinatie van tien verschillende metingen onfeilbaar worden geïdentificeerd. In één hoek staat een bank met een metalen liniaal erin en een verstelbaar meetinstrument voor het opmeten van de lengte van de onderarmen en vingers; in een andere hoek een houten frame dat op een grote schildersezel lijkt en dat dient voor het opmeten van de lengte, zowel zittend (lengte van de torso) als staand; met een derde apparaat, voorzien van bronzen beugels, kan de schedelomvang worden opgemeten. Verder staan er nog een enorme camera, een werkbank met een microscoop en een vergrootglas op een standaard, en een aantal dossierkasten.

Ik wandel rond en bekijk de foto's. Ze hebben nog het meest weg van een natuurwetenschappelijke verzameling vastgeprikte en uitgestalde vlinders, of torren misschien. De uitdrukkingen op de gezichten van de gevangenen variëren van bang en beschaamd tot vijandig en ongeïnteresseerd; sommige zien eruit alsof ze in elkaar geslagen, uitgehongerd of gestoord zijn; niemand glimlacht. Te midden van deze deerniswekkende collectie menselijke wanhoop stuit ik plotseling op het gezicht van Alfred Dreyfus. Zijn nietszeggende boekhoudersgezicht kijkt me van boven zijn verscheurde uniform aan. Zonder zijn bril of pince-nez ziet zijn gezicht er naakt uit. Zijn blik boort zich in mijn ogen. Het onderschrift luidt Dreyfus 5.1.95.

Een stem vraagt: 'Kolonel Picquart?' Ik draai me om en zie Bertillon, met in zijn hand mijn kaartje. Hij zal voor in de veertig zijn, is gedrongen en heeft een bleek gezicht en een dikke bos zwart haar. Zijn stijve baardje is recht afgeknipt, als het blad van een bijl: ik heb het gevoel dat mijn vinger zou bloeden als ik hem erlangs zou halen.

'Goedendag, monsieur Bertillon. Ik zie net dat ook kapitein Dreyfus tussen uw exemplaren hangt.'

'Ja, inderdaad, die foto heb ik zelf genomen,' antwoordt Bertillon. Hij komt naast me staan. 'Ik heb hem meteen nadat hij in La Santé was aangekomen gefotografeerd, direct na zijn degradatie.'

'Hij ziet er anders uit dan ik me hem herinner.'

'Die man was in trance – als een slaapwandelaar.'

'Dat is waarschijnlijk ook de enige manier om door zo'n ervaring heen te komen, denkt u niet?' Ik open mijn aktetas. 'Dreyfus is de reden dat ik hier ben. Ik ben kolonel Sandherr opgevolgd als hoofd van de afdeling Statistiek.'

'Ja, kolonel, ik herinner me u van de krijgsraad. Wat valt er verder nog aan de zaak-Dreyfus toe te voegen?'

'Zou u zo goed willen zijn hier een blik op te werpen?' Ik geef hem de foto's van de twee brieven van Esterhazy. 'En me dan vertellen wat u denkt.'

'U weet dat ik nooit onmiddellijk een oordeel vel?'

'Misschien dat u dat in dit geval wel wilt doen.'

Hij ziet eruit alsof hij het gaat weigeren, maar dan krijgt zijn nieuwsgierigheid de overhand. Hij loopt naar het raam, houdt de brieven, een in iedere hand, bij het licht en inspecteert ze. Hij fronst zijn wenkbrauwen en kijkt me verbaasd aan. Dan richt hij zijn aandacht weer op de foto's. 'Tjonge,' zegt hij. En dan weer: 'Tjonge, tjonge...!'

Hij loopt naar een dossierkast, trekt een la open en haalt er een dikke, groene map met een zwart lint erom uit. Die neemt hij mee naar zijn werktafel. Hij maakt het lint los en haalt er een foto van het bordereau en een paar vellen papier en kaarten uit. Hij legt het bordereau en de brieven op een rij. Dan pakt hij drie identieke vellen transparant papier en legt er op ieder document één. Hij zet een lamp aan, trekt het vergrootglas naar de juiste plek en begint ze te onderzoeken. 'Aha,' mompelt hij. 'Aha, ja, ja, aha...' Hij maakt snel achter elkaar een aantal aantekeningen. 'Aha, aha... Ja, ja...'

Ik kijk een tijdje toe. Ten slotte kan ik me niet langer beheersen: 'En? Zijn ze identiek?'

'Ze zijn identiek,' zegt hij. Hij schudt verbaasd zijn hoofd en draait zich naar mij om. 'Absoluut identiek!'

Ik kan bijna niet geloven dat hij zo snel zo zeker is. Bij dezen is de belangrijkste pijler onder de veroordeling van Dreyfus verdwenen: doormidden getrapt door uitgerekend die expert die hem er in eerste instantie onder heeft gezet. 'Zou u bereid zijn een affidavit met die strekking te ondertekenen?'

'Absoluut.'

Absoluut? De wanden met foto's van criminelen draaien om me heen. 'En als ik u nu eens vertel dat deze brieven helemaal niet door Dreyfus zijn geschreven, maar hier in Frankrijk, deze zomer?'

Bertillon haalt zijn schouders op. 'Dan zou ík zeggen dat het zonneklaar is dat de Joden erin zijn geslaagd iemand anders te leren precies net als Dreyfus te schrijven.'

Ik loop van de Île de la Cité terug naar de linkeroever, naar het ministerie van Oorlog; ik ben op zoek naar Armand du Paty, maar krijg te horen dat hij die dag niet wordt verwacht en dat ik hem misschien thuis zal kunnen vinden. Een lagere stafofficier geeft me zijn adres: avenue Bosquet 17.

Ik loop weer naar buiten. Voor mijn gevoel ben ik ergens in de afgelopen tijd opgehouden een legerofficier te zijn en detective geworden. Ik loop de hele stad af. Ik ondervraag getuigen. Ik verzamel bewijs. Als dit ooit voorbij is, moest ik maar bij de Sûreté gaan solliciteren.

De avenue Bosquet is een aangename, welvarende straat, dicht bij de Seine, vol lichtvlekken van de plekken waar de zon door de bomen schijnt. Het appartement van Du Paty ligt op de tweede verdieping. Ik klop een paar keer aan zonder dat er een reactie komt en wil alweer vertrekken als ik een schaduw over de spleet onder de deur zie gaan. Ik klop opnieuw. 'Kolonel Du Paty? Ik ben het, Georges Picquart.'

Het is even stil, dan klinkt er gedempt: 'Eén moment, alstublieft!' Deurgrendels worden weggeschoven en een slot wordt omgedraaid, dan gaat de deur op een kier. Een verwrongen oog kijkt me door een monocle aan. 'Picquart? Bent u alleen?'

'Ja, natuurlijk. Waarom zou ik niet alleen zijn?'

'Dat is waar.' De deur zwaait open en ik zie Du Paty in een lange, rode zijden kamerjas vol Chinese draken. Aan zijn voeten draagt hij lichtblauwe Marokkaanse muiltjes en op zijn hoofd zit een felrode Turkse fez. Hij is ongeschoren. 'Ik zat aan mijn roman te werken,' legt hij uit. 'Kom binnen.'

Het appartement ruikt naar wierook en sigarenrook. Naast een chaise longue liggen op elkaar gestapelde vuile borden. Op een secretaire en verspreid op het tapijt liggen stapeltjes bladzijden van zijn manuscript. Boven de open haard hangt een schilderij van een naakte slavin in een harem; op de tafel staat een foto van Du Paty en zijn nieuwe, aristocratische vrouw, Marie de Champlouis. Hij is kort voor het begin van de Dreyfus-affaire met haar getrouwd. Op de foto houdt ze een baby in doopgewaad in haar armen.

'Dus u bent weer vader geworden? Gefeliciteerd.'

'Dank u. Ja, de jongen is nu één jaar oud.* Hij brengt de zomer met zijn moeder op het landgoed van haar familie door. Ik ben in Parijs achtergebleven om te schrijven.'

* Charles du Paty de Clam (1895-1948), later hoofd van het Bureau voor Joodse aangelegenheden in Vichy-Frankrijk.

'Wat schrijft u?'

'Het is spannend.'

Of hij aan het genre van zijn tekst of aan de voortgang van zijn werk refereert, weet ik niet. Hij wekt de indruk zo snel mogelijk verder te willen werken: hij nodigt me in ieder geval niet uit om te gaan zitten. Ik zeg: 'Nou, hier heb ik nog iets wat spannend is.' Ik open mijn aktetas en geef hem een van de brieven van Esterhazy. 'Misschien herkent u het handschrift.'

Hij herkent het inderdaad, en wel onmiddellijk – hij krimpt ineen en slaagt er dan in zijn verwarring te verbergen. 'Ik weet het niet,' mompelt hij. 'Het zou kunnen. Wie is de auteur?'

'Dat kan ik helaas niet zeggen. Maar ik kan u wel vertellen dat het niet onze vriend op Duivelseiland is geweest, want dit is afgelopen maand geschreven.'

Hij drukt mij de brief weer in de handen: het is wel duidelijk dat hij hier eigenlijk niets meer mee te maken wil hebben. 'Je zou hem aan Bertillon moeten laten zien. Hij is de grafoloog.'

'Dat heb ik al gedaan. Hij zegt dat het identiek is aan dat van het bordereau – "identiek", dat woord gebruikte hij.'

Er volgt een ongemakkelijke stilte, die Du Paty probeert door te komen door met de mouw van zijn kamerjas beide zijden van zijn monocle op te poetsen. Dan zet hij hem terug in zijn oog en staart me aan. 'Wat kom je hier precies doen, Georges?'

'Mijn plicht, Armand, meer niet. Het is mijn verantwoordelijkheid potentiële spionnen op te sporen, en het ziet ernaar uit dat ik er weer een gevonden heb – een verrader die op de een of andere manier aan de waarneming is ontsnapt toen jij, twee jaar geleden, aan het onderzoek naar Dreyfus begon.'

Du Paty stopt zijn armen in een defensief gebaar in de wijde mouwen van zijn kamerjas. Hij ziet er absurd uit, als een tovenaar in een cabaret in Le Chat Noir. 'Ik ben niet onfeilbaar,' zegt hij. 'Ik heb nooit anders beweerd. Het is mogelijk dat er anderen bij betrokken waren. Sandherr is er altijd van uitgegaan dat Dreyfus ten minste één handlanger had.'

'Hadden jullie namen?'

'Persoonlijk verdacht ik die broer van hem, Mathieu. Sandherr ook, om de waarheid te zeggen.'

'Maar Mathieu zat in die tijd niet in het leger. Hij zat niet eens in Parijs.'

‘Nee,’ antwoordt Du Paty betekenisvol, ‘hij zat in Duitsland. En hij is een Jood.’

Van Du Paty’s gestoorde theorieën ben ik niet gediend; die zijn als een net waaruit je niet meer kunt ontsnappen. Ik zeg: ‘Ik zal je weer aan het werk laten.’ Ik zet mijn aktetas op de secretaire, zodat ik de foto er weer in kan stoppen. Op dat moment valt mijn blik onvermijdelijk op een bladzijde uit Du Paty’s roman. *‘U zult me ondanks uw schoonheid geen tweede keer misleiden, mademoiselle,’ riep de duc d’Argentin, zwaaiend met zijn vergiftigde dolk...*

Du Paty kijkt me aan. Hij zegt: ‘Het bordereau was niet het enige bewijs tegen Dreyfus, dat weet je toch? Hij is veroordeeld op grond van informatie uit een geheim dossier. Dat herinner je je vast nog wel.’ Er zit beslist iets dreigends in die laatste opmerking.

‘Ik herinner het me.’

‘Mooi.’

‘Suggereer je iets?’

‘Nee. Althans, niet meer dan dat ik hoop dat je, als je je onderzoek voortzet, niet bent vergeten dat jij zelf ook deel van de gerechtelijke vervolging uitmaakte. Ik laat je uit.’

Bij de deur zeg ik: ‘Eigenlijk klopt dat niet helemaal, als ik zo vrij mag zijn je te corrigeren. Jij, Sandherr, Henry en Gribelin vertegenwoordigden de autoriteiten die verantwoordelijk waren voor de gerechtelijke vervolging. Ik ben nooit meer dan een toeschouwer geweest.’

Du Paty stoot een hinnikende lach uit. Zijn gezicht is zo dichtbij dat ik zijn adem ruik: het bevat een zweem van bederf die van diep vanbinnen in hem lijkt te komen en me aan de riolering onder de afdeling Statistiek doet denken. ‘O, dacht je dat? Een toeschouwer? Kom nou toch, mijn beste Georges. Je bent er de hele krijgsraad bij geweest! Jij bent al die tijd de loopjongen van Mercier geweest! Je adviseerde hem wat hij moest doen! Je kunt nu niet opeens zeggen dat je er niets mee te maken had! Waarom denk je dat je hoofd van de afdeling Statistiek bent geworden?’ Hij doet de deur open. ‘Trouwens, groet je Blanche van me?’ En hij roept me nog snel na: ‘Ze is nog altijd niet getrouwd, toch? Zeg maar tegen haar dat ik best nog eens bij haar langs zou willen gaan. Maar je weet hoe dat gaat: mijn vrouw zou het niet goedvinden.’

Ik ben te kwaad om een antwoord te verzinnen, dus laat ik hem tevreden achter – hij heeft het laatste woord gehad en zal zichzelf heel gevat vinden. De gedachte dat hij daar in de deuropening in zijn kamerjas, muiltjes en fez staat te glimlachen, is onverdraaglijk.

Ik loop langzaam terug naar mijn werk en denk na over wat ik net heb gehoord.

Wordt dat over mij gezegd – dat ik Merciers loopjongen was? Dat ik mijn huidige baan heb te danken aan het feit dat ik hem vertelde wat hij wilde horen?

Ik heb het gevoel dat ik een kamer vol spiegels binnen ben gelopen en mezelf voor het eerst vanuit een mij onbekende hoek heb gezien. Zie ik er echt zo uit? Ben ik dit?

Twee maanden na de arrestatie van Dreyfus, halverwege december 1894, werd ik door generaal Mercier ontboden. Van tevoren kreeg ik niet te horen waar het over zou gaan, en ik nam aan dat het met de Dreyfus-affaire had te maken en dat er ook anderen aanwezig zouden zijn. Op dat eerste punt had ik gelijk, op het tweede niet: deze keer ontving Mercier mij alleen.

Hij zat achter zijn bureau. In de haard brandde een zwak houtskoolvuurtje. Zes weken eerder, begin november, waren de kale feiten rondom Dreyfus' arrestatie naar de pers gelekt – *Hoogverraad. Arrestatie Joodse officier A. Dreyfus* – en de mensen wilden weten wat hij had gedaan en wat de regering met hem van plan was; ook ik was nieuwsgierig. Mercier vroeg me te gaan zitten en leverde me zijn favoriete streek: hij liet me wachten terwijl hij aantekeningen maakte bij het document waar hij overheen gebogen zat, zodat ik in de gelegenheid werd gesteld zijn smalle, kortgeknipte, kalende schedel te bestuderen en te speculeren over wat daar voor plannen en geheimen in bewaard werden. Uiteindelijk legde hij zijn pen neer en zei: 'Voordat ik verderga, wil ik me ergens van verzekeren – u heeft, sinds zijn arrestatie, toch geen enkele rol gespeeld in het onderzoek naar kapitein Dreyfus?'

'Nee, minister.'

'En u heeft niet met kolonel Du Paty, kolonel Sandherr of majoor Henry over de zaak gesproken?'

'Nee.'

Mercier nam me zonder iets te zeggen en met samengeknepen ogen vorsend op. 'U heeft belangstelling voor literatuur, meen ik?'

Ik aarzelde. Dit was zo'n bekentenis die een promotie om zeep kon helpen. 'In zekere zin, generaal; privé wel, ja, ik ben in alle kunstvormen geïnteresseerd.'

'Daar hoeft u zich niet voor te generen, majoor. Ik heb gewoon iemand nodig die een rapport kan schrijven waarin meer dan alleen de kale feiten staan. Denkt u dat u dat kunt?'

'Ik hoop het wel. Het zou er natuurlijk ook van afhangen waar het over gaat.'

'Herinnert u zich wat u de avond voor de arrestatie van Dreyfus in deze kamer heeft gezegd?'

'Ik weet niet precies waar u op doelt, generaal.'

'U vroeg kolonel Du Paty wat er zou gebeuren als kapitein Dreyfus niet bekende. Daar heb ik toen een aantekening van gemaakt. Het was een goede vraag. Wat gebeurt er als hij niet bekent? Kolonel Du Paty verzekerde ons dat hij dat wél zou doen. Maar nu blijkt hij helemaal niets te bekennen, terwijl hij al twee maanden gevangenzit. Onder ons gezegd en gezwegen, majoor, daarin ben ik teleurgesteld.'

'Dat kan ik me voorstellen.' Arme Du Paty, dacht ik. Het kostte me moeite mijn gezicht in de plooi te houden.

'Nu verschijnt kapitein Dreyfus volgende week voor de krijgsraad, en precies dezelfde mensen die me toen verzekerden dat hij zou bekennen, beloven me nu dat hij schuldig bevonden zal worden. Maar ik heb inmiddels geleerd voorzichtig te zijn, begrijpt u?'

'Absoluut.'

'Als dit proces verkeerd afloopt, wordt de regering op de pijnbank gelegd. Het heeft al in de kranten gestaan: "Aangezien de officier een Jood is, zal de zaak wel in de doofpot gaan..." Daarom heb ik het volgende bedacht.' Hij zette zijn ellebogen op zijn bureau en praatte zacht en bedachtzaam. 'Ik wil dat u elke zitting van de krijgsraad bijwoont, majoor Picquart, en me iedere avond op de hoogte stelt van wat u heeft gezien en gehoord. Ik wil geen "Hij zei dit, en toen zei hij dat..." – dat kan iedere secretaris die steno beheerst. Ik wil de kern van de zaak.' Hij wreef zijn duim en wijsvinger tegen elkaar. 'Beschrijf het als een schrijver. Vertel me hoe de aanklacht klinkt. Kijk naar de rechters, bestudeer de getuigen. Ik kan de zittingen niet zelf bijwonen. Dan zou het net zijn alsof het een politiek proces is. Dus u zult mijn oren en ogen zijn. Kunt u dat voor me doen?'

'Ja, generaal,' zei ik. 'Het zou een eer zijn.'

Ik verliet Merciers kamer zonder de gepaste plechtstatige uitdrukking op mijn gezicht te verliezen. Maar op de overloop, voor het schilderij van Napoleon, tikte ik mijn kepie aan. Een persoonlijke opdracht van de minister van Oorlog! En dat niet alleen – ik moest zijn 'ogen en oren' zijn! Met een brede grijns op mijn gezicht danste ik de marmeren trap af.

De behandeling van Dreyfus' zaak voor de krijgsraad in het militaire gerechtsgebouw, een macaber oud gebouw tegenover de gevangenis Cherche-Midi, stond voor woensdag 19 december op de rol en zou drie tot vier dagen duren. Ik hoopte van ganser harte dat het zaterdagavond voorbij zou zijn: ik had kaartjes voor de Salle d'Harcourt, voor de eerste openbare uitvoering van monsieur Debussy's *Prélude à l'après-midi d'un faune.*

Ik zorgde ervoor vroeg in het gerechtsgebouw aanwezig te zijn. Toen ik de vestibule in liep, was het er al druk. De eerste persoon die ik tegenkwam, was majoor Henry, die zo verbaasd was mij te zien dat hij zijn kin in de lucht stak.

'Majoor Picquart! Wat doet u hier?'

'De minister heeft me gevraagd de zitting voor hem te verslaan.'

'God nog aan toe, werkelijk?' Henry trok een gezicht. 'Wat zijn we belangrijk tegenwoordig. Dus u bent zijn verklikker? Dan zullen we op onze woorden moeten passen, als u in de buurt bent!' Hij probeerde het als een grapje te laten klinken, maar ik merkte dat hij in zijn eer gekrenkt was, en vanaf dat moment zou hij altijd voor mij op zijn hoede zijn. Ik wenste hem succes en liep via de stenen trap naar de rechtszaal op de eerste verdieping.

Het gebouw was een voormalig klooster, met dikke, laag gewelfde deuren en grof gestuukte witte muren met kleine nissen erin, voor iconen. De kamer die voor de hoorzitting was gereserveerd, was nauwelijks groter dan een klaslokaal en zat al vol verslaggevers, politieagenten, soldaten en het vreemde slag mensen dat als tijdverdrijf rechtszaken bijwoont. Achterin, op een podium onder een muurschildering van de kruisiging, stond een lange tafel met een groen laken erover, voor de rechters. Voor de ramen waren tapijten opgehangen – of die nou nieuwsgierige blikken of de decemberkou buiten moesten houden heb ik nooit ontdekt, maar het had een claustrofobisch en merkwaardig sinister effect. Tegenover de tafel voor de rechters stond een kale houten stoel voor de aangeklaagde, met een klein bureau erachter voor zijn advocaat, en daar vlakbij nog een, voor de openbaar aanklager. Een stoel schuin achter de rechters was voor mij gereserveerd. De toeschouwers konden niet zitten; er was alleen plaats voor hen langs de muren. Ik haalde mijn opschrijfboekje en pen tevoorschijn en ging zitten wachten. Op een gegeven moment baande Du Paty zich een weg naar voren, gevolgd door generaal Gonse. Ze overzagen de arena en verdwenen weer.

Niet lang daarna verschenen de hoofdrolspelers. Maître Edgar Demange, Dreyfus' advocaat, zag er in zijn zwarte toga en cilindervormige zwarte baret excentriek uit, maar was met zijn brede, gladgeschoren gezicht en woeste, piekerige bakkebaarden de belichaming van een saaie boer van middelbare leeftijd. De aanklager, die zo dun was als een sabel, heette Brisset en droeg het uniform van majoor. En ten slotte kwamen de zeven militaire rechters binnen, ook zij in uniform – één kolonel, drie majoors en twee kapiteins, geleid door de voorzitter van de krijgsraad, kolonel Émilien Maurel, een verschrompelde oudere man die er ongezond uitzag: ik kwam er later achter dat hij aambeien had. Hij nam zijn plaats in het midden van de lange tafel in en sprak met chagrijnige stem: 'Breng de verdachte binnen!'

Alle ogen richtten zich op de deur achter in de rechtszaal: die ging open, en Dreyfus kwam binnen. Door een gebrek aan lichaamsbeweging liep hij een beetje gebogen, hij zag grijs van de uitputting en de duisternis van zijn cel en was door het strenge regime flink vermagerd: hij leek in tien weken tijd tien jaar ouder geworden. En toch hield hij, terwijl hij geëscorteerd door een luitenant van de Republikeinse Garde de zaal binnenkwam, zijn kin uitdagend omhoog. Ik bespeurde in zijn manier van lopen zelfs een zweem van verwachting. Misschien maakte Mercier zich terecht zorgen. Helemaal de grand seigneur, zag ik, en erop gebrand te beginnen. Hij bleef voor kolonel Maurel staan en salueerde.

Maurel schraapte zijn keel en zei: 'Noem uw naam.'

'Alfred Dreyfus.'

'Geboorteplaats?'

'Mulhouse.'

'Leeftijd?'

'Vijfendertig.'

'U mag gaan zitten.'

Dreyfus nam plaats. Hij nam zijn kepie af en legde die onder zijn stoel. Hij zette zijn pince-nez goed en keek om zich heen. Ik zat in zijn gezichtsveld. Vrijwel direct viel zijn blik op mij. We keken elkaar misschien wel een halve minuut aan. Wat drukten zijn ogen uit? Ik wist het niet. Maar ik voelde wel dat ik, als ik wegkeek, zou toegeven dat ik hem een lage streek had geleverd, en dus bleef ik strak terugkijken.

Uiteindelijk zorgde de aanklager, Brisset, ervoor dat we onze krachtmeting moesten staken en tegelijkertijd wegkeken. Hij verrees en zei: 'Monsieur president, met het oog op de gevoelige aard van deze zaak dien ik het verzoek in deze hoorzitting achter gesloten deuren te houden.'

Demange kwam meteen overeind. 'Monsieur president, wij tekenen bezwaar aan. Mijn cliënt heeft er recht op als iedere andere verdachte te worden behandeld.'

'Monsieur president, onder normale omstandigheden zou niemand dat ter discussie stellen. Maar het bewijs tegen kapitein Dreyfus bevat logischerwijs zaken die van belang zijn voor de nationale veiligheid.'

'Met alle respect, het enige concrete bewijs tegen mijn cliënt bestaat uit één vel papier met daarop een omstreden tekst...'

Er steeg een verbaasd gemompel op in de zaal. Maurel hamerde het weg. 'Maître Demange! Zwijgt u, alstublieft! Dergelijke streken zie ik van een ervaren advocaat als u niet door de vingers! Het hof schorst de zitting; wij trekken ons terug om hierover te beslissen. Breng de beklaagde terug naar zijn cel.'

Dreyfus werd weggevoerd. De rechters liepen in een rijtje achter hem aan. Demange was zichtbaar tevreden met deze eerste woordenwisseling. Hij had, zoals ik later aan Mercier zou rapporteren, ongeacht de afloop, het publiek de boodschap toegespeeld dat het bewijs van de aanklager flinterdun was.

Een kwartier later keerden de rechters terug. Maurel beval dat Dreyfus uit zijn cel gehaald zou worden. Hij werd weer naar zijn stoel geleid, zoals altijd ogenschijnlijk onverstoorbaar. Maurel zei: 'We hebben zorgvuldig over het verzoek nagedacht. Deze zaak is zeer ongewoon, omdat hij aan de belangrijkste en gevoeligste kwesties van de nationale veiligheid raakt. In zaken als deze kan men eenvoudigweg niet voorzichtig genoeg zijn. Wij hebben daarom bepaald dat alle toehoorders met onmiddellijke ingang worden uitgesloten en dat deze zaak verder achter gesloten deuren wordt vervolgd.' Er rees een luid afkeurend en teleurgesteld gegrom op. Demange probeerde er nog tegenin te gaan, maar Maurel sloeg met zijn hamer. 'Nee, nee! Ik heb besloten, maître Demange! Daarover debatteer ik niet met u! Griffier, ontruim de rechtszaal!'

Demange liet zich op zijn stoel zakken. Hij keek grimmig. Binnen twee minuten hadden de gendarmes de pers en het publiek naar buiten gewerkt. Toen de griffier de deur sloot, was de sfeer compleet omgeslagen. Het was doodstil in de zaal. De tapijten voor de ramen leken ons van de buitenwereld af te sluiten. We waren met maar dertien man over: Dreyfus en zijn advocaat, de openbaar aanklager, de zeven rechters, de griffier, Vallecalle, een politiebeambte en ik.

'Mooi,' zei Maurel. 'Nu kunnen we verder. Kan de verdachte opstaan? Monsieur Vallecalle, leest u de tenlastelegging voor...'

De volgende drie middagen, aan het einde van de sessie van die dag, haastte ik me de trap af, langs de wachtende journalisten wier vragen ik negeerde, het winterse schemerdonker in; dan liep ik exact zevenhonderdtwintig meter – ik telde de passen iedere keer weer – over het bevroren trottoir van de rue du Cherche-Midi naar hôtel de Brienne.

'Majoor Picquart voor de minister van Oorlog...'

Mijn verslag aan de minister verliep steeds volgens hetzelfde patroon. Mercier luisterde aandachtig. Hij stelde enkele zakelijke, relevante vragen. En als ik klaar was, stuurde hij me naar De Boisdeffre, om te herhalen wat ik hem zojuist had verteld. De Boisdeffre, die net van de begrafenis van tsaar Alexander III in Moskou terug was en wiens edele hoofd ongetwijfeld omliep van de Russische aangelegenheden, luisterde zonder commentaar te geven beleefd tot ik klaar was. Na De Boisdeffre werd ik in een rijtuig van het ministerie van Oorlog naar het Élysée-paleis gereden. Daar informeerde ik de president van de republiek zelf, de naargeestige Jean Casimir-Perier – een onprettige taak, omdat de president zijn minister van Oorlog er lang van had verdacht iets achter zijn rug om te beramen. Sterker nog, Casimir-Perier was in die tijd zelf een soort gevangene – hij leefde geïsoleerd in zijn overdadige appartement, genegeerd door zijn ministers, zijn functie teruggebracht tot een louter ceremoniële. Hij toonde zijn minachting voor het leger door me niet één keer uit te nodigen om te gaan zitten. Hij reageerde op mijn beschrijvingen door ze te voorzien van sarcastische opmerkingen en ongelovig gesnuif: 'Het lijkt meer op het plot van een komische opera!'

Persoonlijk deelde ik zijn wantrouwen, en dat gevoel werd sterker naarmate de week vorderde. Op de eerste dag getuigden de zes sleutelpersonen die de zaak tegen Dreyfus in elkaar hadden gezet: Gonse, Fabre en d'Aboville, Henry, Gribelin en Du Paty. Gonse verklaarde hoe eenvoudig Dreyfus toegang had tot de documenten die bij het bordereau waren ingesloten. Fabre en d'Aboville beschreven zijn verdachte gedrag in de tijd dat hij op het Vierde Departement diende. Henry getuigde dat het bordereau daadwerkelijk uit de Duitse ambassade kwam. Gribelin schilderde – daartoe verleid door Guénées politieverslagen – Dreyfus af als een rokkenjager en gokker, wat ik eerlijk gezegd volstrekt ongeloofwaardig vond. Maar Du Paty hield vol dat Dreyfus door 'dierlijke driften' werd gedreven en ondanks zijn keurige voorkomen canaille was, gespuis! (Hierop schudde Dreyfus alleen maar met zijn hoofd.) Du Paty beweerde verder nog dat de beschuldigde, toen hem werd gevraagd een tekst te schrijven, willens en wetens had geprobeerd zijn handschrift aan te passen – die beschuldiging werd ernstig ondermijnd toen Demange hem voorbeelden van de door Dreyfus' geschreven tekst liet zien en hem vroeg aan te wijzen waar deze aanpassingen hadden plaatsgevonden, en Du Paty daar niet toe in staat was.

Het was alles bij elkaar niet erg indrukwekkend.

Aan het einde van mijn eerste verslag vroeg Mercier me hoe het er met het proces voorstond, en ik wist niet goed wat ik moest antwoorden. 'Vooruit, majoor,' zei hij zacht, 'uw eerlijke mening, alstublieft. Daarvoor heb ik u gevraagd daar te zitten.'

'Goed, minister, naar mijn eerlijke mening is het bewijs allemaal erg indirect. We hebben wel onomstotelijk aangetoond dat Dreyfus de verrader zou kúnnen zijn, maar we hebben niet onomstotelijk bewezen dat hij het ook daadwerkelijk ís.'

Mercier kreunde en gaf verder geen commentaar. Maar de volgende dag, toen ik aan het begin van de tweede procesdag weer in het gerechtsgebouw aankwam, stond Henry me op te wachten.

Hij zei op beschuldigende toon: 'Ik hoor dat je tegen de minister hebt gezegd dat ons bewijsmateriaal er magertjes uitziet.'

'Nou, is dat dan niet zo?'

'Nee, ik vind van niet.'

'Kom, majoor Henry, kijkt u niet zo gekwetst. Rookt u met me mee?' Ik bood hem een sigaret aan, die hij met tegenzin aannam. Ik streek een lucifer af en hield hem eerst bij zijn sigaret. 'Ik heb niet echt gezegd dat het magertjes was, maar dat het niet specifiek genoeg is.'

'Mijn god,' antwoordde Henry terwijl hij met een zucht van frustratie een straal rook uitblies, 'dat zegt u wel erg gemakkelijk. U moest eens weten hoe specifiek het bewijs is dat we tegen dat zwijn hebben. We hebben zelfs een brief van een officier van een buitenlandse inlichtingendienst, waarin hij als de verrader wordt ontmaskerd – niet te geloven, toch?'

'Gebruik die dan.'

'Dat is toch ondenkbaar? Daarmee zouden we onze geheimste bronnen openbaar maken. Op die manier zou Dreyfus nog meer schade aanrichten dan hij al gedaan heeft.'

'Zelfs nu het proces achter gesloten deuren plaatsvindt?'

'Wat bent u naïef, Picquart! Ieder woord dat in die zaal wordt uitgesproken, lekt op een dag uit.'

'In dat geval weet ik het ook niet.'

Henry zoog krachtig aan zijn sigaret. 'Wat zou u ervan denken,' vroeg hij terwijl hij om zich heen keek om zich ervan te verzekeren dat niemand meeluisterde, 'als ik, in de rechtszaal, een deel van het bewijs voorleg dat wij nog in ons dossier hebben?'

'Maar u heeft uw bewijs al aangevoerd.'

'Kan ik niet opnieuw als getuige worden opgeroepen?'

'Op welke grond?'

'Kunt u het niet aan kolonel Maurel voorleggen?'

'En welke reden zou ik hem dan moeten geven?'

'Dat weet ik niet, maar we kunnen vast wel iets verzinnen.'

'Mijn beste Henry, ik ben hier om de zitting van deze krijgsraad te verslaan, niet om erin in te grijpen.'

'Prima,' zei Henry bitter. Hij nam een laatste trek van zijn sigaret, liet hem op de tegelvloer vallen en drukte hem met de punt van zijn laars uit. 'Dan doe ik het zelf wel.'

Die tweede ochtend werd aan een parade van officieren van de generale staf besteed. En ze stonden in de rij om hun voormalige kameraad zwart te maken, recht in zijn gezicht. Ze beschreven een man die bij hun bureaus rondsnuffelde, die iedere vorm van verbroedering uit de weg ging en die zich altijd gedroeg alsof hij intellectueel hun meerdere was. Een van hen beweerde dat Dreyfus hem had verteld dat het hem niet kon schelen dat de Elzas door de Duitsers was bezet, omdat hij een Jood is, en Joden onverschillig tegenover landsgrenzen staan omdat ze nu eenmaal geen eigen land hebben. Tijdens dit alles verried Dreyfus' gezicht geen enkele emotie – je zou bijna denken dat hij stokdoof was, of in staat moedwillig niet te luisteren. Maar nu en dan stak hij zijn hand op, om aan te geven dat hij iets wilde zeggen. Dan corrigeerde hij een punt, met kleurloze stem, heel rustig: deze getuigenis klopte niet omdat hij op die dag niet op dat moment in het departement was geweest; die verklaring was onjuist omdat hij de heer in kwestie nooit had ontmoet. Hij leek geen woede te voelen. Hij was een automaat. Een paar officieren namen het voor hem op. Mijn oude vriend Mercier-Milon noemde hem 'een loyale en gewetensvolle soldaat'. Volgens kapitein Tocanne, die mijn topografielessen tegelijkertijd met Dreyfus had gevolgd, was hij 'niet tot een misdaad in staat'.

En toen, bij aanvang van de middagsessie, kondigde een van de rechters, majoor Gallet, aan dat hij een belangrijke kwestie onder de aandacht van het hof wilde brengen. Hem was ter ore gekomen, zei hij ernstig, dat er eerder, nog voordat in oktober het onderzoek naar Dreyfus was begonnen, al een keer een onderzoek naar een vermoedelijke verrader in de generale staf was gedaan. Als dat waar was, betreurde hij het dat dit feit het hof was onthouden. Hij stelde voor de kwestie meteen op te helderen. Kolonel Maurel stemde daarmee in en gaf de griffier opdracht majoor Henry nog een keer in het getuigenbankje te roepen. Even later verscheen Henry, ogenschijnlijk gegeneerd; hij knoopte zijn uniformjasje nog dicht, alsof hij zo uit een of andere bar was gesleept. Ik maakte een aantekening van het tijdstip: het was vijf over halfdrie.

Demange had er bezwaar tegen kunnen aantekenen dat Henry nog een keer als getuige werd opgeroepen. Maar Henry vertolkte zijn rol van getuige tegen wil en dank zo virtuoos – hij stond blootshoofds voor de rechter nerveus aan zijn kepie te friemelen – dat hij erop gegokt moet hebben dat wat er ook komen mocht, in het voordeel van Dreyfus zou zijn.

'Majoor Henry,' zei Maurel streng, 'het hof is ter ore gekomen dat uw getuigenis gisteren minder dan openhartig was, en dat u heeft nagelaten ons in te lichten over een eerder onderzoek dat u naar een spion in de generale staf heeft ingesteld. Is dat correct?'

Henry mompelde: 'Dat is waar, monsieur president.'

'Praat harder, majoor! We kunnen u niet horen!'

'Ja, dat is waar,' antwoordde Henry, luid en duidelijk. Zijn blik, die tegelijkertijd uitdagend en verontschuldigend was, gleed vluchtig langs de rij rechters. 'Ik wilde voorkomen dat ik meer geheime informatie moest onthullen dan nodig was.'

'Vertelt u ons nu dan de waarheid, alstublieft.'

Henry zuchtte en haalde zijn hand door zijn haar. 'Goed dan,' zei hij. 'Als het hof erop staat. Het was maart van dit jaar. Een respectabel persoon – een zéér respectabel persoon – informeerde ons dat er een verrader in de generale staf was die geheime informatie aan een buitenlandse mogendheid doorspeelde. In juni herhaalde hij zijn waarschuwing tegen mij persoonlijk, en deze keer was hij specifieker.' Henry liet een stilte vallen.

'Gaat u verder, majoor.'

'Hij zei dat de verrader op het Tweede Departement werkte.' Henry keek naar Dreyfus en wees hem aan. 'Die man is de verrader!'

De beschuldiging explodeerde in die kleine zaal als een granaat. Dreyfus, tot dusver zo kalm dat hij nauwelijks menselijk leek, sprong overeind om tegen deze verrassingsaanval te protesteren. Zijn bleke gezicht was verwrongen van woede. 'Monsieur president, ik eis de naam van deze informant!'

Maurel sloeg met zijn hamer. 'De verdachte gaat zitten!'

Demange greep zijn cliënt van achter bij zijn jasje en probeerde hem op zijn stoel te trekken. 'Laat het aan mij over, kapitein,' hoorde ik hem fluisteren. 'Daar betaalt u me voor.' Dreyfus ging onwillig zitten. Demange ging staan en zei: 'Monsieur president, dit is informatie uit de tweede hand – een schande voor de gerechtigheid. De verdediging eist dat deze informant in de getuigenbank wordt geroepen, zodat hij aan een kruisverhoor kan worden onderworpen. Zo niet, dan is wat zonet is gezegd juridisch van geen enkel belang. Majoor Henry, u zult ten minste moeten zeggen hoe die persoon heet.'

Henry keek hem minachtend aan. 'U weet duidelijk niets van inlichtingenwerk, mâitre Demange!' Hij zwaaide met zijn kepie naar hem. 'Soms draagt een officier geheimen in zijn hoofd die zelfs zijn kepie niet ter ore mogen komen!'

Dat deed Dreyfus weer opspringen – 'Dit is schandalig!' – en eens te meer hamerde Maurel om orde.

'Majoor Henry,' zei Maurel, 'we zullen u niet om zijn naam vragen, maar geeft u uw woord van eer dat die verraderlijke officier, over wie werd gesproken, kapitein Dreyfus was?'

Henry stak zijn korte, dikke wijsvinger langzaam naar voren en wees op het schilderij van Christus dat boven het hoofd van de rechters hing. En hij verklaarde met een stem die zo vurig was als die van een priester: 'Ik zweer het!'

Die avond beschreef ik de woordenwisseling voor Mercier.

Hij zei: 'Zoals u het nu vertelt, klinkt het wel erg dramatisch.'

'Gaat u er maar van uit dat de Comédie-Française majoor Henry, als hij het leger ooit verlaat, onmiddellijk een baan aanbiedt.'

'Maar zal zijn verklaring het gewenste effect sorteren?'

'Vanuit theatraal oogpunt was het vakwerk. Of het juridisch gesproken gewicht in de schaal legt, valt te bezien.'

De minister leunde achterover in zijn stoel en zette zijn vingers zo tegen elkaar dat ze een torentje vormden. Hij broedde op iets. 'Wie zijn morgen de getuigen?'

''s Ochtends handschriftdeskundige Bertillon; 's middags voert de verdediging getuigen op die Dreyfus' goede karakter zullen benoemen.'

'En wie zijn dat?'

'Familievrienden – een zakenman, een arts, de opperrabbijn van Parijs...'

'Mijn god!' riep Mercier uit. Het was de eerste keer dat ik meemaakte dat hij zijn emoties uitte. 'Dat is toch absurd? Denkt u dat de Duitsers zo'n poppenkast zouden toestaan? De Kaiser zou een verrader in zijn leger gewoon tegen de muur zetten!' Hij kwam uit zijn stoel en liep naar de open haard. 'Dit is nou precies een van de redenen dat we in 1870 hebben verloren – wij missen hun meedogenloosheid.' Hij pakte de pook en begon agressief in het brandende hout te porren, waardoor een wolk van oranje vonken door de schoorsteen omhoogsteeg. Ik wist niet goed hoe ik moest reageren, dus zweeg ik. Ik moet bekennen dat ik met hem meeleefde. Hij vocht een gevecht op leven en dood zonder zijn beste troepen in te kunnen zetten. Na een tijdje zei hij gekalmeerd, terwijl hij in de vlammen staarde: 'Kolonel Sandherr heeft een dossier voor de krijgsraad samengesteld. Ik heb het ingezien. De Boisdeffre ook. Het bewijst de omvang van Dreyfus' misdaden onomstotelijk. Wat vindt u? Wat moet ik ermee doen?'

Ik antwoordde zonder te aarzelen: 'Laat het aan het hof zien.'

'Dat gaat niet – dat zou betekenen dat Dreyfus het ziet. We kunnen het misschien onder voorwaarde van strikte geheimhouding aan de rechters laten zien, zodat zij kunnen beoordelen met wie we van doen hebben.'

'Dan zou ik dat doen.'

Hij keek me over zijn schouder aan. 'Ook al gaat het tegen alle regels van een eerlijke procesvoering in?'

'Ik kan alleen zeggen dat er, als u het níét doet, een kans bestaat dat hij wordt vrijgesproken. Onder deze omstandigheden zou je kunnen zeggen dat het uw plicht is.'

Ik vertelde hem wat hij wilde horen. Niet dat het enig verschil zou hebben gemaakt. Hij had het toch wel gedaan. Ik vertrok, terwijl hij nog in het vuur stond te poken.

De volgende ochtend werd Bertillon in de getuigenbank geroepen. Hij kwam binnen met grafieken en handschriftvoorbeelden, die hij aan de rechters, de verdediging en het openbaar ministerie uitdeelde. Daarna zette hij een standaard neer en plaatste daar een ingewikkeld diagram met allerlei pijlen op. 'Twee handschriftdeskundigen,' zei hij, 'stellen dat Dreyfus het bordereau wél heeft geschreven, twee andere hebben discrepanties aangetoond en komen tot de slotsom dat hij het níét heeft gedaan. Ik, monsieur president, zal deze tegengestelde meningen met elkaar tot overeenstemming brengen.'

Hij liep in de beperkte ruimte op en neer, donker en behaard, als een aap in een kooi. Hij praatte heel snel. Nu en dan wees hij naar de grafiek.

'Heren, u ziet dat ik verticale en horizontale lijnen met een tussenruimte van vijf millimeter over het bordereau heb getrokken. En wat blijkt dan? De woorden die twee keer voorkomen – *oefeningen, veranderingen, plaatsing, kopie* – beginnen allemaal tot op de millimeter nauwkeurig in hetzelfde deel van de ruit. De kans dat dit gebeurt, is per geval één op vijf – de kans dat het in alle gevallen gebeurt, is zestien op tienduizend. En de kans dat het met alle andere woorden die ik heb geanalyseerd gebeurt, is één op honderd miljoen! Conclusie: dat is bij een spontaan geschreven document onmogelijk. Conclusie: het bordereau is vervalst.

Vraag: wie heeft het vervalst, en waarom? Antwoord: kijk opnieuw naar de meerlettergrepige woorden die meer dan één keer in het bordereau voorkomen – *oefeningen, veranderingen.* Als je het ene op het andere legt, zie je dat het steeds op dezelfde plek in de ruit begint, maar niet op dezelfde plek eindigt. Maar als je het woord dat het eerst komt 1,25 millimeter naar rechts schuift, dan eindigt het woord ook op dezelfde plek. Heren, de tekst van Alfred Dreyfus die het ministerie van Oorlog mij heeft doen toekomen, laat precies datzelfde kenmerk zien! En dan de verschillen tussen het handschrift van de beklaagde en dat van het bordereau; de "o" en de dubbele "s" vooral – stelt u zich mijn verbazing voor toen ik juist die lettervormen in de correspondentie met de vrouw en de broer van de verdachte terugvond! Een ruitje van 5 millimeter, een patroon van 12,5 centimeter en een overlapping van 1,25 millimeter! Die vind je iedere keer – iedere keer, iedere keer! Slotconclusie: om te voorkomen dat hij ontmaskerd zou worden, heeft Dreyfus zijn eigen handschrift vervalst, door het te veranderen met lettervormen die hij uit zijn eigen familie heeft!'

Dreyfus viel hem in de rede: 'Dus het bordereau moet wel door mij zijn geschreven, omdat het tegelijkertijd wél en níét op mijn handschrift lijkt?'

'Precies!'

'Maar met zo'n redenering heeft u altijd gelijk!'

Een goed punt. Ik moest een glimlach onderdrukken. Maar hoewel Bertillon in de ogen van Dreyfus en ook van mij een bedrieger was, zag ik dat hij op de rechters indruk had gemaakt. Zij waren soldaten. Zij hielden van feiten en diagrammen en lijnen en ruitjes en woorden als 'patroon'. Honderd miljoen tegen één! Hier was een statistisch gegeven waar ze greep op hadden.

Op de gang, tijdens het lunchreces, kwam Du Paty naar me toe. Hij wreef zich in de handen. 'Ik hoor van verschillende rechters dat Bertillon het vanmorgen goed heeft gedaan. Ik geloof dat we die schoft hebben waar we hem hebben willen. Wat gaat u tegen de minister zeggen?'

'Dat Bertillon de kluts kwijt lijkt te zijn en dat ik me nog steeds afvraag of de kans op een veroordeling groter is dan vijftig procent.'

'De minister zei al dat u een pessimist bent. Vanzelfsprekend is het altijd gemakkelijk om vanaf de zijlijn commentaar te leveren.' Hij hield een grote manilla envelop onder zijn arm geklemd. Die gaf hij aan mij. 'Deze is van generaal Mercier, voor u.'

Hij was niet zwaar. Zo te voelen zaten er misschien een stuk of tien vellen papier in. Rechts bovenin was, met blauwe inkt, een hoofdletter 'D' geschreven.

Ik vroeg: 'Wat moet ik hiermee?'

'U moet hem voor het einde van de dag zo onopvallend mogelijk aan de president van de krijgsraad geven.'

'Wat zit erin?'

'Dat hoeft u niet te weten, Picquart. Geeft u hem gewoon, dat is alles. En probeert u wat minder defaitistisch te zijn.'

Ik nam de envelop mee naar de middagzitting. Maar ik wist niet waar ik hem moest laten. Onder mijn stoel? Ernaast? Uiteindelijk zat ik er onhandig mee op schoot, terwijl de verdediging haar getuigen opriep – een handvol officieren, een industrieel, een arts, de opperrabbijn van Parijs in zijn Hebreeuwse kledij. Kolonel Maurel, die zichtbaar door zijn aambeien werd gekweld, was kortaf tegen hen, vooral tegen de rabbijn.

'Uw naam?'

'Dreyfuss...'

'Dreyfus? Bent u familie?'

'Nee, wij zijn een andere familie. Wij zijn Dreyfuss met twee s'en. Ik ben de opperrabbijn van Parijs.'

'Interessant. Wat kunt u over deze zaak zeggen?'

'Niets. Maar ik ken de familie van de beklaagde al heel lang en beschouw hen als volkomen eerlijk...'

Maurel bewoog tijdens de getuigenis onrustig heen en weer. 'Dank u. De getuige mag het getuigenbankje verlaten. Daarmee komt de bewijsvoering in deze zaak ten einde. Morgen horen we het slotpleidooi. Het hof wordt geschorst. Breng de gevangene terug naar zijn cel.'

Dreyfus pakte zijn kepie, ging staan, salueerde en werd de zaal uit geleid. Ik wachtte tot de rechters achter elkaar van het podium af liepen en benaderde op dat moment Maurel. 'Neemt u mij niet kwalijk, kolonel,' zei ik zacht. 'Ik heb iets voor u, van de minister van Oorlog.'

Maurel keek me geïrriteerd aan. Hij was klein en krom en had een groengrijze huid. Hij zei: 'Inderdaad, majoor, ik verwachtte het al.' Daarop schoof hij de envelop tussen zijn andere papieren en liep zonder nog een woord te zeggen verder. Toen ik me omdraaide en hem nakeek, zag ik dat Dreyfus' advocaat me vorsend opnam. Demange fronste en tuitte zijn lippen, en even dacht ik dat hij me wilde aanschieten. Ik stopte mijn notitieboekje in mijn zak, knikte naar hem en liep hem voorbij.

Toen ik deze episode aan Mercier vertelde, zei hij: 'Ik geloof dat we juist hebben gehandeld.'

'Uiteindelijk is het oordeel aan de rechters,' antwoordde ik. 'Het enige wat je kunt doen, is hun alle feiten voorleggen.'

'Ik neem aan dat ik u er niet aan hoef te herinneren dat buiten ons groepje niemand hiervan hoeft af te weten.' Eigenlijk verwachtte ik dat hij me zou vertellen wat er in de envelop zat, maar dat deed hij niet; hij pakte zijn pen en richtte zijn aandacht weer op zijn papieren. Ten afscheid zei hij: 'Zegt u tegen generaal De Boisdeffre dat ik heb gedaan wat we overeen waren gekomen.'

Toen ik de volgende ochtend in de rue du Cherche-Midi kwam, had zich daar al een kleine menigte verzameld. Extra gendarmes bewaakten de toegangspoort, voor het geval zich problemen zouden voordoen. In het gerechtsgebouw liepen twee keer zoveel verslaggevers als gebruikelijk rond: een van hen vertelde me dat hun was beloofd dat ze de rechtszaal in mochten om het vonnis te horen. Ik perste me door de menigte en liep naar boven.

Om negen uur werd de zitting van de laatste dag geopend. Elk van de zeven rechters kreeg een vergrootglas, een kopie van het bordereau en een voorbeeld van Dreyfus' handschrift. Namens het openbaar ministerie hield Brisset een eindeloos pleidooi. 'Pak uw vergrootglas,' instrueerde hij de rechters, 'en u zult zich ervan kunnen verzekeren dat Dreyfus de schrijver is.' Ten slotte trokken de rechters zich terug voor de lunch. 's Middags stak een suppoost de gaslampen aan, en in de oprukkende schemering begon Demange aan het slotpleidooi van de verdediging. 'Waar is het bewijs?' vroeg hij. 'Niets komt zelfs maar in de buurt van een direct bewijs dat mijn cliënt aan deze misdaad verbindt.' Maurel nodigde Dreyfus uit een korte verklaring af te leggen. Dat deed hij terwijl hij strak voor zich uit keek: 'Ik ben een Fransman en boven alles een man van de Elzas: ik ben geen verrader.' En daarmee was het voorbij, en Dreyfus werd afgevoerd om het vonnis in een ander deel van het gebouw af te wachten.

Toen de rechters zich hadden teruggetrokken, liep ik de binnenhof op om aan de benauwende ambiance te ontsnappen. Het was even voor zessen en nu al verschrikkelijk koud. Een compagnie soldaten van het Parijse garnizoen stond donker bijeen in het doffe gaslicht. Inmiddels was de poort naar de straat door de autoriteiten gesloten. Het was alsof we ons in een belegerde vesting bevonden. Ik hoorde de menigte in de duisternis achter de hoge muur praten en bewegen. Ik rookte een sigaret. Een verslaggever vroeg: 'Hebben jullie gezien dat Dreyfus, toen ze hem naar beneden brachten, om de zoveel stappen struikelde? Hij is helemaal de weg kwijt, de arme ziel.' Een andere zei: 'Ik hoop dat ze voordat de eerste editie ter perse gaat tot een vonnis zijn gekomen.' 'O, dat lukt hen wel, maak je geen zorgen – ze willen hun avondeten.'

Om halfzeven kondigde een bode aan dat de deuren van de rechtszaal weer open waren. Er volgde een stormloop op de plaatsen. Ik liep achter de verslaggevers aan terug naar boven. Gonse, Henry, Du Paty en Gribelin stonden op een rij naast de deur. Hun gezichten waren zo bleek van de spanning dat het wit van de muur er bijna bij in het niet viel. We knikten elkaar toe, maar zeiden niets. Ik nam mijn plaats weer in en haalde mijn notitieboekje voor de laatste keer uit mijn zak. Er moeten bijna honderd mensen in die besloten ruimte opeengepakt zijn geweest, maar ze brachten nauwelijks geluid voort. De stilte leek op die onder water – alsof ze fysiek op de longen en het trommelvlies drukte. Ik wilde maar één ding: dat het voorbij zou zijn. Om zeven uur klonken er vanaf de gang kreten – 'Schouder geweer! Presenteer – geweer!' – die werden gevolgd door gestamp van laarzen. De rechters, met Maurel voorop, keerden achter elkaar aan terug.

'Het hof!'

De griffier, Vallecalle, las het vonnis voor. 'In naam van het Franse volk,' zei hij, waarbij alle zeven rechters als saluut hun hand naar hun kepie brachten, 'is het eerste permanente hof van het militair gezag van Parijs na een zitting *in camera* tot het volgende vonnis gekomen...' Toen hij het woord 'Schuldig!' uitsprak, werd er van achter uit de zaal *'Vive la patrie!'* geroepen. Verslaggevers renden de zaal uit.

Maurel zei: 'Maître Demange, u mag de veroordeelde man nu op de hoogte brengen.'

De advocaat verroerde zich niet. Hij hield zijn hoofd in zijn handen. Hij huilde.

Er klonk een vreemd geluid, dat van buiten uit naar binnen leek te waaien – het was een merkwaardig gerammel en geloei. Eerst dacht ik nog dat het regen of wind was. Toen besefte ik dat het de menige in de straat was, die met applaus en gejuich op het vonnis reageerde. 'Dood aan de Joden!' 'Dood aan de Joodse verrader!'

'Majoor Picquart voor de minister van Oorlog...'

Langs de wacht. De binnenhof over. De lobby door. De trap op.

Mercier stond midden in zijn kamer, in vol ornaat. Zijn borstkas was gepantserd met medailles en onderscheidingen. Zijn Engelse vrouw stond naast hem in een blauwe avondjurk met diamanten bij haar hals. Ze zagen er allebei klein en delicaat uit, als twee mannequins in een historisch tableau.

Ik had gerend en was buiten adem, en ondanks de kou zweette ik. 'Schuldig!' wist ik uit te brengen. 'Levenslange verbanning naar een versterkte vesting.' Madame Merciers hand vloog naar haar borst. 'De arme man,' zei ze.

De minister knipperde met zijn ogen en zei alleen: 'Dank u dat u het me meteen heeft laten weten.'

Ik trof De Boisdeffre op zijn kamer; ook hij stond, in vol ornaat, op het punt naar het staatsbanket in het Élysée-paleis te vertrekken, net als de Merciers. Zijn enige opmerking was: 'Dan zal ik tenminste rustig kunnen eten.'

Nu mijn verplichtingen erop zaten, rende ik de rue Saint-Dominique op en wist nog net een huurrijtuig aan te houden. Om halfnegen plofte ik op mijn stoel naast Blanche de Comminges in de Salle d'Harcourt. Ik keek om me heen of ik Debussy zag, maar vond hem niet. De dirigent tikte met zijn baton, de fluitist bracht zijn instrument naar zijn lippen en de eerste, prachtige, luid opklinkende noten – waarvan sommige mensen zeggen dat ze de geboorte van de moderne muziek inluidden – spoelden Dreyfus volkomen uit mijn gedachten.

12

Ik wacht tot het einde van de dag voordat ik naar Gribelin ga. Als hij me voor de tweede keer in twee dagen in zijn deuropening ziet staan, kijkt hij verrast. Hij komt krakend overeind. 'Kolonel?'

'Goedemiddag, Gribelin. Ik wil het geheime Dreyfus-document inzien. Pakt u het even, alstublieft?'

Verbeeld ik het me, of bespeur ik, net als bij Lauth, een speldenpunt paniek in zijn ogen? Hij zegt: 'Dat document is niet in mijn bezit, vrees ik, kolonel.'

'In dat geval zal majoor Henry het hebben.'

'Waarom denkt u dat?'

'Omdat kolonel Sandherr, toen ik deze afdeling van hem overnam, tegen me zei dat ik bij Henry moest zijn als ik ooit vragen over de zaak-Dreyfus had. Ik ging ervan uit dat Henry degene was die het in bewaring had genomen.'

'Nou, als kolonel Sandherr het heeft gezegd...' Gribelins stem sterft weg. Dan voegt hij er hoopvol aan toe: 'Ik vraag me af, kolonel, of het – nu Henry met verlof is – niet beter zou zijn ermee te wachten tot hij terugkomt.'

'Beslist niet. Hij is pas over een paar weken terug, en ik heb het nu meteen nodig.' Ik zwijg even, ik ga ervan uit dat hij in beweging komt. 'Vooruit, monsieur Gribelin.' Ik steek mijn arm naar hem uit. 'U heeft de sleutels van zijn kamer toch zeker?'

Ik voel aan mijn water dat hij het liefst zou liegen. Maar dat zou inhouden dat hij een rechtstreeks bevel van een meerdere negeert, en dat is een daad van ongehoorzaamheid waartoe ik Gribelin, anders dan Henry, niet in staat acht. Hij zegt: 'Nou ja, we kunnen natuurlijk wel even kijken...' Hij doet de onderste rechterla van zijn bureau van het slot en haalt er een sleutelbos uit. Samen lopen we naar beneden.

Henry's kamer kijkt uit op de rue de l'Université. De geur van de riolen lijkt in deze kamer, die niet is gelucht, nog sterker. Een dikke vlieg stort zich dol op de vuile ruit. De standaardspullen van het ministerie van Oorlog ontbreken ook hier niet: het bureau, de stoel, de kluis, de dossierkast en het vierkante vlak bruin tapijt. De enige persoonlijke objecten zijn een uit hout gesneden tabakspot in de vorm van een hondenkop op zijn bureau, een gedetailleerd versierde, afschuwelijk lelijke Duitse stenen regimentsbierkroes op de vensterbank en een foto van Henry met een aantal kameraden in het uniform van het Tweede Zouaven in Hanoi: hij zat daar in dezelfde tijd als ik, maar als ik hem er ooit ben tegengekomen, dan ben ik dat vergeten. Gribelin knielt neer om de kluis te openen. Hij zoekt tussen de dossiers, vindt wat hij zoekt en doet de kluis weer op slot. Als hij overeind komt, maken zijn knieën een geluid als van brekende twijgen. 'Alstublieft, kolonel.'

Het blijkt de manilla envelop met de hoofdletter 'D' boven in de hoek die ik twintig maanden geleden aan de president van de krijgsraad heb gegeven – alleen is het zegel nu verbroken. Ik weeg hem in mijn hand. Ik herinner me dat ik me erover verbaasde hoe weinig hij woog, toen Du Paty hem aan mij gaf; hij is nog net zo licht. 'Is dit alles?'

'Dit is alles. Als u me laat weten wanneer u ermee klaar bent, kan ik hem weer opbergen.'

'Maakt u zich geen zorgen. Vanaf nu hou ik hem onder mijn hoede.'

Als ik weer in mijn werkkamer ben, leg ik de envelop op mijn bureau en verzink even in gedachten; vreemd dat een voorwerp dat er zo alledaags uitziet, zo veel belang kan hebben. Wil ik dit wel echt doen? Als men iets eenmaal heeft gelezen, kan dat niet meer ongedaan gemaakt worden. Het kan – juridisch en ethisch gezien – consequenties hebben die ik niet voorzie.

Ik sla de voorflap om en haal de inhoud eruit. Het zijn vijf documenten.

Ik begin met een met de hand geschreven getuigenverklaring van Henry, waarmee hij zich op zijn theatrale getuigenis voor de krijgsraad heeft voorbereid:

Heren,

In juni 1893 is de afdeling Statistiek in het bezit gekomen van een brief die door de Duitse militaire attaché kolonel Von Schwartzkoppen is geschreven. Uit deze brief blijkt dat hij, via een onbekende informant,

plattegronden van de versterkingen van Toul, Reims, Langres en Neufchâteau in bezit heeft gekregen.
In januari 1894 bleek uit een ander onderschept schrijven dat hij deze informant een voorschot van zeshonderd frank heeft betaald voor schetsen van Albertville, Briançon, Mézières en nieuwe kades aan weerszijden van de Moezel en de Meurthe.
Twee maanden later, in maart 1894, ontmoette een agent van de Sûreté, François Guénée, die voor ons werkte, de Spaanse militaire attaché, markies de Val Carlos, die een vaste informant van de afdeling Statistiek is. De markies waarschuwde monsieur Guénée onder andere voor een Duitse spion, die voor de generale staf zou werken. Zijn exacte woorden waren: 'Zorg ervoor dat u majoor Henry namens mij (en hij mag dat letterlijk tegen de kolonel herhalen) laat weten dat er reden is het toezicht op het ministerie van Oorlog te verscherpen, omdat mij uit mijn laatste gesprek met de Duitse attaché is gebleken dat er een officier in de generale staf zit die hen wonderlijk goed informeert. Vind hem, Guénée: als ik wist hoe hij heette, zou ik het u vertellen!'
Naar aanleiding hiervan heb ik de markies de Val Carlos in juni 1894 zelf ontmoet. Hij vertelde me dat er op het Tweede Departement van de generale staf een Franse officier werkte – of daar in ieder geval in maart en april had gewerkt – die informatie aan de Duitse en Italiaanse militaire attachés had geleverd. Ik vroeg hem naar de naam van deze officier, maar die kon hij me niet geven. Hij zei: 'Ik weet zeker dat ik de waarheid spreek, maar ik heb geen naam van de officier.' Nadat ik dit gesprek aan kolonel Sandherr had gerapporteerd, kwamen er nieuwe dienstorders voor een veel sterker toezicht. In deze periode, om precies te zijn op 25 september, kwam het bordereau dat de basis voor de zaak-Dreyfus vormt in ons bezit.
(Is getekend)
Henry, Hubert-Joseph (majoor)

De volgende drie documenten zijn originele, aan elkaar geplakte papieren die uit Von Schwartzkoppens prullenbak zijn ontvreemd: ongepolijste informatie die er waarschijnlijk aan is toegevoegd om Henry's bewering te staven. Het eerste is in het Duits geschreven, in het handschrift van Von Schwartzkoppen zelf, en lijkt een kladmemorandum; ofwel voor eigen gebruik, of voor zijn superieuren in Berlijn, neergekrabbeld nadat hij voor het eerst door de zogenaamde verrader was benaderd. Hij had het in extra kleine snippers gescheurd, er zijn tantaliserende lacunes:

Twijfel... bewijs... dienstbrief... een gevaarlijke situatie voor mijzelf, met een Franse officier... moet zelf geen onderhandelingen doen... meeneemt wat hij heeft... beslist... inlichtingendienst... geen relatie... Regiment... enige belang... toen hij het ministerie verl... al ergens...

Het tweede opnieuw in elkaar gezette document is een brief van de Italiaanse militaire attaché, majoor Alessandro Panizzardi, aan Von Schwartzkoppen. Het is in het Frans geschreven, gedateerd op januari 1894 en begint met *Lieve ouwe rukker,*

Ik heb kolonel Davignon weer geschreven, en daarom vraag ik je, als je kans ziet deze kwestie aan je vriend voor te leggen, dat op zo'n manier te doen dat Davignon er niet achter komt... want het moet geheim blijven dat ze elkaar kennen.
Tot snel, mijn brave hondje,
Je A.

Davignon is het waarnemend hoofd van het Tweede Departement – en in die functie verantwoordelijk voor de verschillende buitenlandse militaire attachés en het hen uitnodigen voor oefeningen, recepties, voordrachten enzovoort. Ik ken hem goed. Zijn integriteit is, zoals dat heet, boven iedere twijfel verheven.

De derde gereconstrueerde brief is een bericht van Von Schwartzkoppen aan Panizzardi:

6 april 1894

Lieve vriend,

Ik betreur het zeer dat ik je voor mijn vertrek niet meer heb gezien. Maar goed, ik ben over acht dagen terug. Ik sluit twaalf plattegronden van Nice in, die dat schorem van een D *me voor je heeft meegegeven. Ik heb tegen hem gezegd dat je niet van plan was de relatie te hervatten. Hij be-*

weert dat alles op een misverstand berust en dat hij zal doen wat hij kan om je tevreden te stellen. Hij zegt dat hij erop heeft aangedrongen dat je het hem niet kwalijk zou nemen. Ik heb geantwoord dat hij gek was en dat ik me niet kon voorstellen dat je de relatie zou voortzetten. Doe wat je goeddunkt! Ik heb haast.

Alexandrine
Niet te veel rukken!!!

Het laatste document, dat ook met de hand is geschreven, is een door Du Paty ondertekend commentaar op Dreyfus' vermeende carrière als spion. Het is een poging om alle flarden bewijs tot één coherent verhaal te smeden:

Kapitein Dreyfus begon zijn spionageactiviteiten voor de Duitse generale staf in 1890, op dertigjarige leeftijd, in de tijd dat hij les had op de École Centrale de Pyrotechnie Militaire in Bourges; daar stal hij een document met een beschrijving van het proces waarmee hulzen met meliniet worden gevuld.
In de tweede helft van 1893 werd kapitein Dreyfus, als onderdeel van het stagiairsysteem, op het Eerste Departement van de generale staf tewerkgesteld. In die periode had hij toegang tot de kluis met de blauwdrukken van verschillende vestingwerken, waaronder die van Nice. Zijn gedrag tijdens zijn detachering was verdacht. Uit navraag is gebleken dat het niet moeilijk voor hem is geweest om de plattegronden op momenten dat niemand in de betreffende kamer was mee te nemen. De plattegronden zijn vervolgens aan de Duitse ambassade doorgespeeld, en later naar de Italiaanse militaire attaché (zie het bijgevoegde document: 'dat schorem van een D').
In het begin van 1894 ging Dreyfus naar het Tweede Departement. De aanwezigheid van een Duitse spion aldaar trok in maart de aandacht van monsieur Guénée (zie het bijgevoegde rapport van majoor Henry)...

En dat is alles. Ik pak de envelop en schud hem uit, voor de zekerheid. Is dit echt alles? Wat een anticlimax! Ik ben woedend. Ik voel me bij de neus genomen. In dit zogenaamde 'geheime dossier' staan alleen maar wat indirecte bewijzen en insinuaties. Niet één document of getuige wijst Dreyfus direct als verrader aan. Het dichtst bij een bezwarende verklaring komt de beginletter in 'dat schorem van een D'.

Ik herlees Du Paty's compilatie van hooghartige non sequiturs. Waar slaat dit op? Ik ken de indeling en de procedures van het Eerste Departement. Het moet voor Dreyfus zo goed als onmogelijk geweest zijn om iets ter grootte van bouwplannen en plattegronden ongemerkt naar buiten te smokkelen. En zelfs als hij daarin was geslaagd, dan zou het onmiddellijk zijn opgevallen. Maar er is voor zover ik weet nooit over verdwenen documenten geklaagd. Waarschijnlijk zou Dreyfus ze dan gekopieerd en teruggelegd moeten hebben – is dat de suggestie? Maar hoe kan hij in zo weinig tijd zo veel kopieën gemaakt hebben? En hoe zou hij de originele stukken ongezien in de kluis teruggesmokkeld moeten hebben? En de data kloppen al evenmin. Dreyfus kwam pas in juli 1893 op het Eerste Departement, maar volgens Henry had Von Schwartzkoppen in juni al gestolen plattegronden in zijn bezit. En de Duitse attaché beschrijft 'D' als een 'gek'– is dat, om nog maar te zwijgen van 'proleet', een woord dat op de uiterst accurate Dreyfus van toepassing is?

Ik leg het dossier in mijn kluis en doe hem op slot.

Voordat ik naar huis ga, bel ik het ministerie om een afspraak met De Boisdeffre te maken. Pauffin de Saint Morel is officier van dienst. Hij vertelt me dat de chef er pas dinsdag weer is. 'Kan ik hem vertellen waar het over gaat?'

'Liever niet.'

'Is het geheim?'

'Het is geheim.'

'Dan weet ik genoeg.' Hij schrijft mijn naam voor tien uur in de agenda. Hij vraagt: 'Trouwens, heb je die zaak van die goede oude Foucault nog uitgezocht, dat verhaal over die Duitse spion?'

'Ja, dat heb ik gedaan, dank je.'

'Was het niets?'

'Nee, het was niets.'

Ik zit de hele zaterdag in mijn kamer aan een rapport voor De Boisdeffre te werken: 'Bericht van de Inlichtingendienst over majoor Esterhazy, van het Vierenzeventigste Regiment der Infanterie'. Het is belangrijk het goed te formuleren, en ik schrijf meerdere kladversies, want een paar keer maak ik een valse start. Ik beschrijf in bedekte termen dat er een petit bleu is onderschept, dat Esterhazy's verdachte karakter is onderzocht, dat we over informatie van Cuers beschikken waarin staat dat de Duitsers (voor wie ik de onoriginele codenaam 'x' gebruik) nog steeds over een spion in het Franse leger beschikken en dat er grote overeenkomsten zijn tussen het handschrift van het bordereau en dat van Esterhazy (*zodanig dat het zelfs de minst ervaren persoon meteen in het oog springt*). Het rapport telt vier dicht beschreven pagina's. Ik concludeer:

> *De genoemde feiten lijken mij zo zwaarwegend dat ze een gedetailleerder onderzoek rechtvaardigen. Daarin zullen we vooral een verklaring zoeken voor de relatie van majoor Esterhazy met ambassade x en voor het door hem kopiëren van de documenten. Het is van groot belang dat we hem ermee overvallen en we zowel resoluut als voorzichtig te werk gaan, want de majoor staat bekend als een man wiens brutaliteit en bedriegerij ongeëvenaard zijn.*

Ik verbrand mijn aantekeningen en kladbrieven in de open haard en leg het voltooide rapport bij het geheime dossier in mijn kluis. Het is veel te explosief om het aan de interne post toe te vertrouwen. Ik zal het De Boisdeffre zelf overhandigen.

De volgende ochtend neem ik de trein naar Ville-d'Avray om met mijn neven en nichten van de Gast-tak te lunchen. La Ronce, het huis met het rode dak, staat mooi op eigen grond aan de hoofdweg naar Versailles. Het is een prachtige dag. Jeanne heeft een picknick bereid die onze jeugd in de Elzas liefdevol tot leven wekt – *rillettes de canard*, *Flammeküche* en *Sauerkraut* met munster. Alles zou goed moeten zijn. Maar toch kan ik de schaduw die de rue de l'Université over me heen legt niet van me afwerpen. Vergeleken met mijn ontspannen, zongebruinde vrienden ben ik prikkelbaar en bleek, al doe ik mijn best dat niet te laten merken. Edmond haalt een oude kinderwagen uit de stal, laadt er een rieten mand, dekens en wijn op en rijdt hem over het landweggetje, met ons in een stoet erachteraan.

Ik kijk uit naar Pauline en vraag mijn zus tussen neus en lippen door of ze toevallig weet of zij ook komt, maar Anna vertelt me dat ze heeft besloten nog een week met Philippe en de meisjes in Biarritz te blijven. Ze kijkt met een kritische blik naar mijn gelaatskleur en zegt: 'Zo te zien zou jij ook wel een vakantie kunnen gebruiken.'

'Met mij gaat het prima. Trouwens, het is op dit moment onmogelijk.'

'Maar Georges, je moet het mogelijk máken!'

'Ja, dat weet ik. Ik zal het doen, dat beloof ik.'

'Je zou niet half zo hard werken als je een vrouw en kinderen had voor wie je thuis zou willen komen.'

'O, mijn god,' lach ik, 'begin nou niet weer!' Om het gesprek te beëindigen steek ik een sigaret op.

We verlaten het zandpad en lopen het bos in. Plotseling zegt Anna: 'Het is echt triest. Je weet toch wel dat Pauline Philippe nooit zal verlaten? Vanwege de meisjes?'

Ik kijk haar verbaasd aan. 'Waar heb je het over?' Ze beantwoordt mijn blik, en op dat moment besef ik dat het geen enkele zin heeft de schijn hoog te houden: ze doorziet me altijd. 'Ik had geen idee dat je het wist.'

'Ach, Georges, iedereen weet het! Iedereen weet het al jaren!'

Iedereen! Al jaren! Er gaat een siddering van irritatie door me heen.

'Hoe dan ook,' mompel ik, 'hoe kom je erbij dat ik wil dat ze hem verlaat?'

'Nee,' zegt ze. 'Dat is waar, dat wil je niet. En dat is precies wat ik er zo triest aan vind.'

En ze loopt voor me uit.

Aan de rand van een helling die naar een beekje vol rotsblokken afloopt, is een open plek waar we de dekens neerleggen. Het is me opgevallen dat wij bannelingen dol zijn op de bossen. Bomen zijn tenslotte bomen: daar is het gemakkelijker je in te beelden dat je op je geboortegrond bent, dat je in de bossen bij Neudorf paddenstoelen en insecten zoekt. De kinderen glijden de helling af met flessen wijn en limonade, om ze in het water te koelen. Ze spetteren rond in de modder. Het is warm. Ik zet mijn hoed af en trek mijn jasje uit. Iemand zegt: 'Kijk, de kolonel bereidt zich voor op de strijd!' Ik glimlach en salueer. Ik doe mijn werk al langer dan een jaar, en nog altijd weet niemand wat ik doe.

Tijdens de lunch begint Edmond over het op handen zijnde bezoek van de tsaar. Zijn standpunt is radicaal: 'Ik vind het volkomen misplaatst,' zegt hij, 'dat onze democratische republiek de rode loper uitrolt voor een absoluut monarch die mensen opsluit omdat ze het niet met hem eens zijn. Dat is niet waar Frankrijk voor bestaat.'

'Zonder bondgenoot die ons tegen de Duitsers helpt, bestaat Frankrijk misschien überhaupt niet lang meer,' zeg ik.

'Ja, maar stel dat de Russen de Duitsers de oorlog verklaren en wij erin meegesleept worden?'

'Dat scenario is moeilijk voor te stellen.'

'Misschien wel, en ik vind het vervelend om het een soldaat te moeten vertellen, maar dingen hebben de gewoonte niet altijd volgens plan te verlopen.'

Jeanne zegt: 'O, hou je mond toch, Ed! Georges is hier om op zijn vrije dag te ontspannen, niet om door jou de les gelezen te krijgen.'

'Goed dan,' bromt Edmond, 'maar zeg maar namens mij tegen generaal De Boisdeffre dat bondgenootschappen twee kanten op werken.'

'Ik ben ervan overtuigd dat het hoofd van de generale staf gefascineerd toeluistert, als de burgemeester van Ville-d'Avray hem een lesje in strategie geeft.'

Iedereen lacht, inclusief Edmond. 'Touché, kolonel,' zegt hij, en hij schenkt me nog een glas wijn in.

Na de lunch spelen we verstoppertje met de kinderen. Als het mijn beurt is, loop ik honderd passen tussen de bomen door en zoek tot ik de perfecte plek heb gevonden: ik ga in een kleine kuil achter een omgevallen boom liggen en bedek mezelf met dode bladeren en twijgen, precies zoals ik het mijn topografiestudenten op de École Supérieure de Guerre leerde te doen. Het is verbazingwekkend hoe een menselijk wezen, als het zijn best doet, compleet kan verdwijnen. In de zomer na de dood van mijn vader lag ik vaak uren achtereen op deze manier in het bos. Ik luister naar de kinderen die mijn naam roepen. Na een tijdje verliezen ze hun belangstelling en verdwijnen; niet veel later kan ik hen al niet meer horen – er is alleen het koeren van houtduiven en de geur van de rijke, droge aarde en de zachtheid van het mos tegen mijn nek. Ik geniet tien minuten van het alleen-zijn, dan veeg ik mezelf schoon en loop glimlachend terug naar de anderen. Ze hebben de picknickspullen al ingepakt en wachten op mij om te kunnen vertrekken.

Ik zeg: 'Zien jullie hoe een soldaat heeft geleerd zich te verstoppen! Zal ik het jullie ook leren?'

Ze kijken me aan alsof ik gek ben geworden.
Anna zegt geïrriteerd: 'Wat heb jij in godsnaam uitgespookt?'
Een van de kinderen begint te huilen.

13

Dinsdag 1 september meld ik me om precies tien uur 's ochtends met mijn aktetas onder mijn arm in de antichambre van generaal De Boisdeffre.

Pauffin de Saint Morel zegt: 'U kunt meteen doorlopen, kolonel. Hij verwacht u.'

'Dank u. Kunt u ervoor zorgen dat we niet worden gestoord?'

Ik ga naar binnen. De Boisdeffre staat over zijn vergadertafel gebogen; hij bestudeert een kaart van Parijs en maakt aantekeningen. Hij beantwoordt mijn saluut met een glimlach en een gebaar en keert terug naar de kaart. 'Excuseert u mij, Picquart, het duurt niet lang.'

Ik doe de deur achter me dicht. De Boisdeffre zet de route van de ceremoniële parade van de tsaar uit en markeert hem met rood krijt op de kaart. Uit veiligheidsoverwegingen volgt de keizer een route door wijde, open ruimtes – de Jardins du Ranelagh, het Bois de Boulogne, de Champs-Élysées en de place de la Concorde – waar de huizen ver van de weg af staan en er door bomen van zijn afgeschermd. Toch zijn van iedere bewoner langs de route de antecedenten nagetrokken: de afdeling Statistiek is er voor advies bij gehaald; Gribelin was druk in de weer met onze lijst met buitenlanders en mogelijke verraders. Als je ervan uitgaat dat een alliantie met de Russen voor ons van levensbelang is, zou het een nationale ramp zijn als de tsaar werd vermoord op Frans grondgebied. En die dreiging is reëel: vijftien jaar geleden werd zijn grootvader bij een aanslag door socialisten ondersteboven geblazen, en nog maar twee jaar geleden werd onze eigen president door een anarchist overhoopgestoken.

De Boisdeffre tikt op de kaart en zegt: 'Het is het beginstuk, hier, tussen station Ranelagh en de Porte Dauphine, dat me het meest zorgen baart. Het Eerste Departement zegt dat we alleen al tweeëndertigduizend man, onder wie cavalerie, nodig hebben om de menigte op veilige afstand te houden.'

'Laten we hopen dat de Duitsers die dag niet gebruiken om ons in het oosten aan te vallen.'

'Inderdaad.' De Boisdeffre maakt een laatste aantekening en kijkt me voor de eerste keer écht belangstellend aan. 'En, kolonel, waar wilde u me over spreken? Alstublieft...' Hij gaat zitten en gebaart me dat ik in de stoel tegenover hem plaats moet nemen. 'Gaat het over het bezoek van de Russen?'

'Nee, generaal. Het gaat over die aangelegenheid die we in de auto hebben besproken nadat u uit Vichy kwam – over de vermeende verrader, Esterhazy.'

Hij moet zijn geheugen even afzoeken. 'O ja, ik herinner het me weer. Hoe staat het daarmee?'

'Als ik even wat ruimte zou mogen maken...'

'Alleszins.'

Ik rol de kaart op. De Boisdeffre haalt zijn zilveren snuifdoos tevoorschijn. Hij legt een klein hoopje op de rug van zijn hand en snuift twee keer, in ieder neusgat één. Hij kijkt toe hoe ik mijn aktetas openmaak en er de documenten uit haal die ik voor mijn presentatie nodig heb: de petit bleu, een foto van het bordereau, Esterhazy's brieven met het verzoek tot overplaatsing naar de generale staf, de surveillancefoto's van Esterhazy voor de Duitse ambassade, het geheime Dreyfus-dossier en mijn vier pagina's tellende rapport over het onderzoek tot op heden. Zijn gezicht ziet er steeds verbaasder uit. 'Hemeltjelief, mijn beste Picquart,' zegt hij, half geamuseerd, 'wat heeft u allemaal uitgespookt?'

'Het probleem waarvoor we ons gesteld zien, is echt tamelijk ernstig, generaal. Ik beschouw het als mijn plicht dit nu direct onder uw aandacht te brengen.'

De Boisdeffre knipoogt en werpt een weemoedige blik op de opgerolde kaart: het is duidelijk dat hij hier liever niet mee bezig zou hoeven zijn. 'Goed dan,' zucht hij. 'Als u dat wenst. Gaat u door.'

Ik neem hem stap voor stap mee: de onderschepping van de petit bleu, mijn eerste onderzoek naar Esterhazy, Operatie de Weldoener. Ik laat hem de foto's zien die we vanuit het appartement in de rue de Lille hebben gemaakt. 'Hier ziet u dat hij met een envelop in zijn hand de ambassade in gaat; hier vertrekt hij zónder de envelop.'

De Boisdeffre tuurt bijziend naar de foto's. 'Mijn god, wat jullie tegenwoordig niet allemaal kunnen!'

'Gelukkig heeft Esterhazy geen toegang tot belangrijk geheim materiaal gehad: wat hij hun aanbiedt is zo triviaal dat de Duitsers hun relatie met hem willen verbreken. Maar nu,' zeg ik terwijl ik de twee brieven naar De Boisdeffre toe schuif, 'probeert Esterhazy als agent waardevoller te worden door naar een baan op het ministerie te solliciteren – waar hij vanzelfsprekend toegang tot geheimen zou hebben.'

'Hoe heb je deze in je bezit gekregen?'

'Generaal Billot heeft zijn staf opgedragen ze aan mij te geven.'

'Wanneer?'

'Afgelopen donderdag.' Ik schraap mijn keel en denk: daar gaat-ie dan. 'Het viel mij meteen op dat er een grote gelijkenis is tussen de twee brieven van Esterhazy en het handschrift van het bordereau. Kijkt u zelf maar. Omdat ik natuurlijk geen handschriftdeskundige ben, heb ik ze de volgende dag meegenomen naar monsieur Bertillon. U herinnert zich...'

'Ja, ja.' De Boisdeffres stem klinkt opeens zwak, versuft. 'Ja, natuurlijk herinner ik me hem.'

'Hij bevestigde dat het handschrift identiek is. Ik vond toen dat ik, in dit licht, de rest van het bewijs tegen Dreyfus aan een nieuw onderzoek moest onderwerpen. Daarom heb ik het geheime dossier dat tijdens de krijgsraad aan de rechters is voorgelegd bekeken...'

'Eén moment, kolonel.' De Boisdeffre steekt zijn hand op. 'Wacht even. U zegt dat u dat geheime dossier heeft bekeken – wil dat zeggen dat het nog steeds bestaat?'

'Absoluut. Hier heb ik het.' Ik laat hem de envelop met de 'D' erop zien. Ik schud de inhoud uit.

De Boisdeffre kijkt me aan alsof ik op zijn tafel heb gekotst. 'Mijn god, wat heeft u daar?!'

'Het geheime dossier van de krijgsraad.'

'Ja, ja – dat zie ik zelf ook wel. Maar wat doet het hier?'

'Pardon, generaal? Ik begrijp niet...'

'Het had verdwenen moeten zijn.'

'Dat wist ik niet.'

'Ja! Natuurlijk! Die hele episode was hoogst abnormaal.' Hij port met een lange, slanke wijsvinger voorzichtig tegen de geplakte brieven. 'Meteen nadat Dreyfus was veroordeeld, werd er in de kamer van de minister een vergadering belegd. Ik was daar aanwezig, net als kolonel Sandherr. Generaal Mercier gaf hem uitdrukkelijk opdracht het dossier te vernietigen. De onderschepte brieven moesten terug naar het archief, de commentaren versnipperd – daar was hij heel duidelijk over.'

'Ik weet niet wat ik moet zeggen, generaal.' Ik ben van mijn stuk gebracht. 'Zoals u ziet, heeft kolonel Sandherr het niet vernietigd. Sterker nog, hij heeft me verteld waar ik het, mocht dat nodig zijn, kon vinden. Maar als u me toestaat, misschien is het feit dat het dossier er nog is niet het punt waarover we ons de grootste zorgen moeten maken.'

'Wat wilt u zeggen?'

'Nou, het bordereau... het handschrift... het feit dat Dreyfus onschuldig is...' Mijn stem sterft weg.

De Boisdeffre kijkt me een tijdje met half toegeknepen ogen aan. Dan begint hij alle papieren en foto's die op de tafel liggen bij elkaar te rapen. 'Ik denk, kolonel, dat u naar generaal Gonse moet gaan. We mogen tenslotte niet uit het oog verliezen dat de inlichtingendienst onder zijn verantwoordelijkheid valt. U had werkelijk beter naar hem dan naar mij kunnen gaan. Vraag aan hem wat er gedaan moet worden.'

'Dat zal ik doen, generaal, zeker. Maar ik denk dat we in belang van het leger snel, en resoluut, moeten optreden...'

'Ik weet heel goed wat in het belang van het leger is, kolonel,' zegt hij afgemeten. 'Daar hoeft u zich geen zorgen over te maken.' Hij houdt de bewijsstukken voor zich uit. 'Ga met generaal Gonse praten. Hij is op het moment met verlof, maar hij is niet ver buiten Parijs.'

Ik pak de papieren en open mijn aktetas. 'Mag ik dan tenminste wel mijn rapport bij u achterlaten?' Ik doorzoek het stapeltje. 'Het vat kort samen wat de stand van zaken is.'

De Boisdeffre kijkt ernaar alsof het een slang is. 'Goed,' zegt hij met tegenzin. 'Geef me vierentwintig uur om erover na te denken.' Ik ga staan en salueer. Als ik bij de deur ben, roept hij tegen me: 'Herinnert u zich wat ik in de auto tegen u zei, kolonel Picquart? Ik zei tegen u dat ik geen nieuwe Dreyfus-affaire wilde.'

'Dit is geen nieuwe Dreyfus-affaire, generaal,' antwoord ik. 'Het is dezelfde.'

De volgende ochtend zie ik De Boisdeffre opnieuw, als ik mijn rapport kom ophalen. Hij geeft het me zonder een woord te zeggen terug. Hij heeft donkere kringen onder zijn ogen; hij ziet eruit als een man die een pak slaag heeft gekregen.

'Het spijt me,' zeg ik, 'dat ik u een potentieel probleem voorleg op een moment dat u kwesties van zulk immens belang aan uw hoofd heeft. Ik hoop dat het u niet te veel afleidt.'

'Wat zegt u?' Het hoofd van de generale staf zucht vol geërgerd ongeloof. 'Denkt u nou werkelijk dat ik vannacht, na wat u me gisteren heeft verteld, een oog heb dichtgedaan? En gaat u nu met Gonse praten.'

Het huis van de familie Gonse ligt net buiten de noordwestgrens van Parijs, in Cormeilles-en-Parisis. Ik stuur de generaal een telegram met de mededeling dat De Boisdeffre wil dat ik hem van een gewichtige zaak op de hoogte stel. Gonse nodigt me uit om donderdag op de thee te komen.

Donderdagmiddag pak ik de trein vanuit gare Saint-Lazare. Een halfuur later stap ik uit in een dorpje waar het zo landelijk is dat je eerder zou verwachten dat het tweehonderd dan twintig kilometer van het centrum van Parijs af ligt. De trein rijdt verder het spoor af en wordt steeds kleiner in de verte, en ik blijf alleen achter op het verlaten perron. Afgezien van wat vogelgezang en het klikklak van een boerenpaard voor een wagen met een piepend wiel is er niets wat de stilte verbreekt. Ik loop naar de kruier en vraag hoe ik in de rue de Franconville kom. 'Aha,' zegt hij terwijl hij mijn uniform en aktetas monstert, 'u komt voor de generaal.'

Ik volg zijn aanwijzingen en wandel over een landweggetje het dorp uit, een heuvel over en een stuk bos door en loop dan over een oprit naar een grote, achttiende-eeuwse boerenhoeve. Gonse staat in hemdsmouwen en met een gehavende strooien hoed op zijn hoofd in de tuin te werken. Een oude retriever komt met grote sprongen over het grasveld naar me toe gerend. De generaal komt overeind en leunt op zijn hark. Met zijn dikke buik en korte benen is hij geloofwaardiger als tuinman dan als generaal.

'Mijn beste Picquart,' zegt hij. 'Welkom in de rimboe.'

'Generaal.' Ik salueer. 'Mijn excuses voor het onderbreken van uw vakantie.'

'Maak je daar geen zorgen over, beste man. Kom, laten we thee gaan drinken.' Hij neemt me bij de arm en leidt me het huis in. Binnen staat het vol zeer exclusieve Japanse kunstvoorwerpen – antieke zijden kamerschermen, maskers, schalen en vazen. Gonse ziet mijn verbazing. 'Mijn broer is verzamelaar,' legt hij uit. 'Hij woont hier sinds een jaar.'

De thee wordt geserveerd in een tuinkamer met rotanmeubels: op een laag tafeltje liggen petitsfours, op een bijzettafeltje staat een samowar. Gonse schenkt een kop lapsang souchong voor me in. Als hij gaat zitten, kraakt de rieten stoel. Hij steekt een sigaret op. 'Goed, ga uw gang.'

Alsof ik een handelsreiziger ben, open ik mijn aktetas en leg mijn waar tussen het porselein. Het is een gedenkwaardig moment voor me: dit is de eerste keer dat Gonse, de hoogste baas van de Inlichtingendienst, over het onderzoek naar Esterhazy hoort. Ik laat hem de petit bleu zien, en in een poging hem minder te beledigen, doe ik alsof we die pas eind april, en niet al begin maart hebben ontvangen. Dan herhaal ik de presentatie die ik al voor De Boisdeffre heb gehouden. Als ik Gonse de documenten overhandig, bestudeert hij ze een voor een, op zijn gebruikelijke, zorgvuldige manier. Hij knoeit sigarettenas op de surveillancefoto's, grapt – 'de misdaad wordt toegedekt!' – en blaast hem kalmpjes weg. Zelfs als ik het geheime dossier laat zien, blijft hij doodgemoedereerd.

Ik vermoed dat hij van tevoren door De Boisdeffre is ingelicht.

'Samenvattend,' zeg ik, 'ik had gehoopt iets in het dossier te vinden dat Dreyfus' schuld onomstotelijk zou bewijzen. Maar ik vrees dat er niets in staat. Een advocaat die zijn vak ook maar enigszins verstaat, maakt er in tien minuten gehakt van.'

Ik leg de laatste documenten neer en nip van mijn thee, die inmiddels koud is. Gonse steekt weer een sigaret op. Na een korte stilte vraagt hij: 'Dus we hebben de verkeerde man te pakken?'

Hij zegt het heel nuchter, zoals iemand zou kunnen vragen: 'Dus we hebben de verkeerde afslag genomen?' of 'Dus ik draag de verkeerde hoed?'

'Ik ben bang dat het daar wel naar uitziet.'

Terwijl Gonse hierover nadenkt, speelt hij met een lucifer: hij laat hem heel behendig tussen zijn vingers heen en weer schieten, en breekt hem dan doormidden. 'En hoe verklaart u de inhoud van het bordereau dan? Dit alles verandert niets aan onze oorspronkelijke hypothese, of wel? Het moet zijn geschreven door een artillerieofficier die met alle vier de departementen van de generale staf te maken heeft gehad. En dat is niet Esterhazy. Dat is Dreyfus.'

'Integendeel: daar zijn we, meteen in het begin, in de fout gegaan.

Als u nog een keer naar het bordereau kijkt, zult u zien dat het steeds om aantekeningen gaat: *een aantekening bij de hydraulische rem... een aantekening bij de mobilisatie van troepen... een aantekening bij nieuwe artillerieformaties... een aantekening met betrekking tot Madagaskar...*' Ik wijs naar de foto. 'Met andere woorden, dit zijn geen originele documenten. Van het enige document dat daadwerkelijk is overhandigd – *Het handboek schietinstructies* – weten we dat Esterhazy het heeft bemachtigd door een cursus artillerie te doen. Ik ben dan ook bang dat het bordereau precies het tegenovergestelde bewijst van wat wij dachten. De verrader werkte niet bij de generale staf. Hij had geen toegang tot geheimen. Hij was een buitenstaander, een flessentrekker zo u wilt, die roddels oppikte, aantekeningen verzamelde en die probeerde te verkopen. Het was Esterhazy.'

Gonse leunt achterover in zijn stoel. 'Mag ik u een suggestie doen, mijn beste Picquart?'

'Ja, graag, generaal.'

'Zet het bordereau uit uw hoofd.'

'Pardon?'

'Zet het bordereau uit uw hoofd. Stel een onderzoek in naar Esterhazy, als u dat wilt, maar laat het bordereau erbuiten.'

Ik neem mijn tijd voordat ik antwoord. Ik weet dat hij dom is, maar dit is absurd. 'Met respect, generaal, maar het bordereau – het feit dat het in het handschrift van Esterhazy is geschreven en het feit dat we weten dat hij in artillerie was geïnteresseerd – het bordereau is het belangrijkste bewijsstuk tegen Esterhazy.'

'In dat geval zult u iets anders moeten vinden.'

'Maar het bordereau...' Ik slik de woorden in. 'Mag ik vragen waarom?'

'Dat lijkt me evident. De krijgsraad heeft vastgesteld wie het bordereau heeft geschreven. Die zaak is gesloten. Ik meen dat juristen dat een res judicata noemen: "een zaak die al voor de rechter is geweest".' Door zijn sigarettenrook heen glimlacht hij naar me, ingenomen met het feit dat hij zich dit schoollatijn herinnert.

'Maar als we nu ontdekken dat Esterhazy de verrader was, en niet Dreyfus...?'

'Nou, dat ontdekken we dus niet, begrijpt u? Dat is namelijk het hele punt. Want zoals ik net aan u heb uitgelegd, is de zaak-Dreyfus voorbij.

Het hof heeft zijn vonnis gewezen, en dat is einde verhaal.'

Ik staar hem aan. Ik slik. Ik moet hem op de een of andere manier duidelijk zien te maken, in woorden die cynisch genoeg klinken, dat wat hij voorstelt erger is dan een misdaad: het is een blunder. 'Juist,' begin ik voorzichtig. 'We zouden misschien willen dat het voorbij is, generaal, en onze juristen zullen ons misschien wijsmaken dat het voorbij is. Maar de familie Dreyfus denkt daar toch echt anders over. En afgezien van de andere overwegingen, maak ik me bovendien ernstig zorgen over de schade die de reputatie van het leger loopt als op een dag uitlekt dat we wisten dat de gronden voor zijn veroordeling dubieus waren en we daar niets aan hebben gedaan.'

'Dan kan het maar beter niet uitlekken, nietwaar?' zegt hij opgewekt. Hij glimlacht erbij, maar zijn ogen staan dreigend. 'Zo, en daarmee is alles gezegd wat er over deze zaak te zeggen valt.' Als hij zichzelf overeind duwt, protesteren de armleuningen van de rotanstoel krakend. 'Laat Dreyfus hierbuiten, kolonel. Dat is een bevel.'

In de trein terug naar Parijs hou ik mijn aktetas stevig op mijn schoot gedrukt. Ik staar gedeprimeerd naar de achterbalkons en waslijnen van de noordelijke buitenwijken en de onder een roetlaag bedolven stations – Colombes, Asnières, Clichy. Ik kan nauwelijks bevatten wat er net is gebeurd. In gedachten herhaal ik het gesprek steeds opnieuw. Heb ik iets fout gedaan in mijn presentatie? Had ik duidelijker moeten zijn – had ik hem in niet mis te verstane bewoordingen moeten vertellen dat het 'bewijs' uit het geheime dossier, vergeleken bij wat we van Esterhazy weten, niets dan giswerk is? Maar hoe langer ik erover nadenk, hoe zekerder ik weet dat ik met zo veel eerlijkheid een enorme inschattingsfout gemaakt zou hebben. Gonse is een volstrekt onbuigzaam persoon: niets wat ik zeg zal hem van mening doen veranderen; het is, wat hem betreft, uitgesloten dat Dreyfus terug wordt gebracht voor een nieuw onderzoek. Als ik verder had aangedrongen, zou ik alleen hebben bereikt dat onze relatie volledig verstoord was.

Ik ga niet terug naar mijn werk, dat kan ik nu niet aan; ik ga naar huis, ga op mijn bed liggen en rook de ene sigaret na de andere, met een gestaagheid waarvan Gonse onder de indruk zou zijn – en dat is dan ook meteen het enige waarmee ik hem zou kunnen imponeren.

Het punt is, ik heb geen enkele behoefte om mijn carrière om zeep te helpen. Het heeft me vierentwintig jaar gekost om zo ver te komen. En tegelijkertijd zal mijn carrière zinloos zijn – en ieder element van eer en trots dat hem alle moeite waard maakt, verliezen – als de prijs om hem te behouden is een van de Gonses van deze wereld te worden.

Res judicata!

Als het donker wordt en ik opsta om de lampen aan te doen, ben ik tot de conclusie gekomen dat er voor mij maar één weg open ligt. Ik zal De Boisdeffre en Gonse passeren en gebruikmaken van mijn privilege van ongelimiteerde toegang tot hôtel de Brienne: ik moet de kwestie aan de minister van Oorlog in eigen persoon voorleggen.

Er komen dingen in beweging, er ontstaan scheuren in de gletsjer, het rommelt onder het aardoppervlak – het zijn zwakke signalen dat grote krachten zich beginnen te roeren.

Maandenlang is er in de pers niets over Dreyfus gepubliceerd. Maar op de dag van mijn bezoek aan Gonse ziet het ministerie van Overzees Frankrijk zich genoodzaakt het wilde gerucht in de Londense pers dat hij van Duivelseiland is ontsnapt, te ontkennen. Op dat moment denk ik er verder niets van: het is journalistiek; Engelse journalistiek bovendien.

Maar dan verschijnt, op de dinsdag erna, *Le Figaro* met als hoofdartikel: 'DE GEVANGENSCHAP VAN DREYFUS', verdeeld over de eerste tweeënhalve kolom van de voorpagina. Het is een accuraat, goed geïnformeerd en meelevend relaas van wat Dreyfus op Duivelseiland te verduren heeft (*'veertig- tot vijftigduizend frank per jaar voor het in leven houden van een Franse officier die, sinds de dag van zijn openbare degradatie, een dood erger dan de dood ondergaat'*). Ik ga ervan uit dat de informatie van de familie Dreyfus komt.

Tegen deze achtergrond ga ik de volgende dag naar de minister.

Ik maak het hek in de tuin open en loop, onzichtbaar voor eventuele nieuwsgierige blikken uit het ministerie, over het gazon naar de achteringang van zijn ambtswoning.

De ouwe reus is een week met verlof geweest. Dit is zijn eerste dag terug. Zo te zien is hij goedgehumeurd. Zijn stompe neus en de bovenkant van zijn kale kop schilferen nadat ze aan een overvloed aan zon blootgesteld zijn geweest. Hij zit rechtop in zijn stoel, streelt zijn enorme witte snor en kijkt geamuseerd toe hoe ik eens te meer alle paperassen die met de zaak te maken hebben uit mijn aktetas haal. 'Goeie genade! Ik ben al op leeftijd, Picquart. Mijn tijd is kostbaar. Hoe lang gaat dit allemaal duren?'

'Ik vrees dat u het toch ook een beetje aan uzelf heeft te danken, minister.'

'O, moet je dat nou toch horen! De brutaliteit van de jeugd! Mijn fout? En mag ik u vragen waarom?'

'U was zo goed uw staf toestemming te geven mij deze brieven van de vermeende verrader, Esterhazy, in te laten kijken', zeg ik terwijl ik ze hem aanreik, 'en toen viel me, vrees ik, de gelijkenis op met deze hier.' Ik geef hem de foto van het bordereau.

Zijn snelheid van begrip is eens te meer verbazingwekkend. Hij mag dan niet de jongste zijn (hij was al kapitein bij de infanterie toen ik nog geboren moest worden), hij hoeft maar van de brieven naar het bordereau te kijken of hij beseft de mogelijke gevolgen. 'Toe maar, moge God mij bijstaan!' Hij klikt met zijn tong. 'Ik neem aan dat u het handschrift heeft laten controleren?'

'Door de oorspronkelijke deskundige van de politie, Bertillon, ja. Hij zegt dat het identiek is. Vanzelfsprekend zou ik nog meer meningen willen horen.'

'Heeft u dit aan generaal De Boisdeffre laten zien?'

'Ja.'

'Wat is zijn mening?'

'Hij verwees me naar generaal Gonse.'

'En wat zei Gonse?'

'Hij wil dat ik mijn onderzoek staak.'

'Werkelijk? En waarom dan wel?'

'Omdat hij, net als ik, denkt dat het vrijwel zeker een proces in gang zal zetten dat tot een officiële herziening van de Dreyfus-affaire zal leiden.'

'Hemel! Dat zou een aardverschuiving betekenen!'

'Inderdaad, minister, en niet in de laatste plaats omdat we zouden moeten onthullen dat we hem op dit...'

Ik overhandig hem het geheime dossier. Hij kijkt er met samengeknepen ogen naar. '"D"? Wat is dit in godsnaam?' Hij heeft er zelfs nooit van gehoord. Ik moet het hem uitleggen. Ik laat hem de inhoud zien, puntsgewijs. Ook nu dringt hij weer onmiddellijk tot de kern van de zaak door. Hij pakt de brief waarin aan 'dat schorem van een D' wordt gerefereerd en brengt hem tot vlak voor zijn gezicht. Terwijl hij leest, bewegen zijn lippen. De rug van zijn handen schilfert al net zo als zijn hoofdhuid, en zit onder de levervlekken: een oude hagedis die al heel wat meer zomers heeft overleefd dan menigeen voor mogelijk had gehouden.

Als hij onder aan de brief is gekomen, vraagt hij: 'Wie is "Alexandrine"?'

'Dat is Von Schwartzkoppen. Hij en de Italiaanse militaire attaché hebben elkaar vrouwelijke namen gegeven.'

'Waar is dat goed voor?'

'Het zijn flikkers, minister.'

'Goede genade!' Billot trekt een gezicht. Hij houdt de brief voorzichtig tussen duim en wijsvinger en geeft hem terug aan mij. 'U heeft een smakeloze baan, Picquart.'

'Ik weet het, generaal. Ik heb er dan ook niet zelf om gevraagd. Maar ik vind dat ik het, nu het toch mijn werk is, naar behoren moet uitvoeren.'

'Daar ben ik het mee eens.'

'En naar mijn mening betekent dat dat er een diepgravend onderzoek moet worden ingesteld naar Esterhazy en de misdaden die hij heeft gepleegd. En als blijkt dat we Dreyfus van Duivelseiland moeten terughalen... Naar mijn mening is het voor ons, het leger, beter onze eigen fout zelf te herzien dan dat we er later onder druk van buitenaf toe worden gedwongen.'

Billot staart in de verte, zijn rechterduim en wijsvinger strijken over zijn snor. Terwijl hij nadenkt, gromt hij. 'Dit geheime dossier...' zegt hij na een tijdje. 'Is het niet tegen de wet om bewijsmateriaal aan de rechters te verstrekken zonder de verdediging de kans te geven het aan te vechten?'

'Inderdaad. Ik betreur het dan ook zeer dat ik daar deelgenoot van ben geweest.'

'En wie heeft daar dan toe besloten?'

'Het viel uiteindelijk onder de verantwoordelijkheid van generaal Mercier; hij was minister van Oorlog.'

'Ha! Mercier? Werkelijk? Ik had natuurlijk kunnen vermoeden dat hij ermee te maken had!' Het staren en snor strijken worden hervat. Ten slotte slaakt hij een diepe zucht. 'Ik weet het niet, Picquart. Het is een duivels dilemma. U zult me er een nachtje over moeten laten slapen. Het is duidelijk dat het, als blijkt dat we al die tijd de verkeerde man hebben opgesloten, consequenties heeft, vooral ook omdat we er zo'n publiek schouwspel van hebben gemaakt – verstrekkende consequenties, voor zowel het leger als het land. Ik zal er met de minister-president over moeten praten. En dat kan pas over een week – maandag beginnen de jaarlijkse oefeningen in Rouillac.'

'Dat begrijp ik, generaal. Maar heb ik uw toestemming om in de tussentijd verder te gaan met mijn onderzoek naar Esterhazy?'

Het grote hoofd knikt langzaam. 'Dat lijkt me wel, beste jongen, ja.'

'Waartoe dat onderzoek ook mag leiden?'

Nog een zware knik: 'Ja.'

Die avond heb ik, vervuld van nieuwe energie, een afspraak met Desvernine op onze gebruikelijke plek, de gare Saint-Lazare. Het is voor het eerst sinds halverwege augustus dat ik hem weerzie. Ik ben aan de late kant. Hij zit al op me te wachten, in een hoekzitje, en leest *Le Vélo*. Hij drinkt geen bier meer, zie ik, hij is naar zijn mineraalwater teruggekeerd. Als ik op de stoel tegenover hem schuif, knik ik naar zijn krantje. 'Ik wist niet dat u een fietser bent.'

'Er is wel meer wat u niet over mij weet, kolonel. Ik fiets al tien jaar.' Hij vouwt de krant op tot een klein pakketje en stopt hem in zijn zak. Zo te zien heeft hij een slecht humeur.

Ik vraag: 'Geen notitieboekje, vandaag?'

Hij haalt zijn schouders op. 'Er valt niets te rapporteren. De Weldoener is nog steeds met verlof bij zijn vrouw in de Ardennen. Op de ambassade is het stil, die is vanwege de zomer zo goed als gesloten – er is al wekenlang geen spoor van een van onze mannen. En uw vriend monsieur Ducasse heeft er genoeg van gekregen, hij is met vakantie in Bretagne. Ik heb geprobeerd hem tegen te houden, maar hij zei dat hij gek zou worden als hij nog langer in de rue de Lille bleef. Ik kan niet zeggen dat ik hem dat verwijt.'

'U klinkt geïrriteerd.'

'Weet u, kolonel, we doen nu al vijf maanden onderzoek naar deze rotzak – neemt u mij niet kwalijk – en ik weet niet wat we verder nog moeten doen. Of we pakken hem op en laten hem een beetje zweten om te zien of we hem iets kunnen laten bekennen, of we beëindigen de onderneming: dat zou ik voorstellen. Hoe dan ook, het wordt kouder, we moeten die spreekbuizen binnen een paar dagen verwijderen. Als de Duitsers besluiten de open haard aan te steken, hebben we een probleem.'

'Om te beginnen zal ik u iets laten zien,' zeg ik, en ik schuif de foto's van Esterhazy's brieven ondersteboven over de tafel naar hem toe. 'De Weldoener probeert een betrekking bij de generale staf te bemachtigen.'

Desvernine bekijkt de brieven, en onmiddellijk klaart zijn gezicht op. 'De rotzak!' herhaalt hij binnensmonds blij. 'Hij moet toch meer op zijn geweten hebben dan we dachten.'

Ik zou hem graag meer vertellen, over het bordereau en over Dreyfus en het geheime dossier, maar dat durf ik niet – nog niet, niet zo lang Billot me nog geen officiële toestemming heeft gegeven de reikwijdte van mijn onderzoek te vergroten.

Desvernine vraagt: 'Hoe wilt u hem aanpakken, kolonel?'

'Ik denk dat we ons actiever moeten opstellen. Ik ga de minister voorstellen aan het verzoek van de Weldoener tegemoet te komen en hem een betrekking bij de generale staf te verschaffen, in een departement waar we hem vierentwintig uur per dag in de gaten kunnen houden. Hij moet in de veronderstelling verkeren dat hij toegang heeft tot geheime informatie – waardevolle geheime informatie, die door ons is geproduceerd – vervolgens volgen we hem om te zien wat hij ermee doet.'

'Goed idee. En ik zal u vertellen wat we nog meer kunnen doen, als we de boel toch een beetje manipuleren. Waarom sturen we hem geen nepboodschap van de Duitsers met een uitnodiging om de toekomst te bespreken? Als de Weldoener komt opdagen, incrimineert hij zichzelf. En als hij komt opdagen en geheim materiaal bij zich heeft, betrappen we hem op heterdaad.'

Ik denk erover na. 'Is er een vervalser die we daarvoor kunnen gebruiken?'

'Ik denk aan Lemercier-Picard.'

'Is hij te vertrouwen?'

'Hij is een vervalser, kolonel. Hij is betrouwbaar als een slang. Zijn echte naam is Moisés Lehmann. Maar hij heeft in de tijd van kolonel Sandherr veel voor de afdeling gedaan, en hij beseft dat we hem weten te vinden als hij ons een loer draait. Ik zal contact met hem opnemen.'

Als Desvernine vertrekt, ziet hij er een stuk vrolijker uit dan toen ik aankwam. Ik blijf zitten, drink mijn drankje en ga met een huurrijtuig naar huis.

De volgende dag is het plotseling net herfst – de lucht is dreigend donkergrijs en er staat een stevige bries, waardoor de eerste bladeren van de bomen waaien en over de boulevards rollen. Desvernine heeft gelijk: we moeten de spreekbuizen zo snel mogelijk uit het appartement in de rue de Lille weghalen.

Ik arriveer op de voor mij gebruikelijke tijd op het bureau en blader snel door de kranten die Capiaux op mijn tafel heeft uitgespreid. Het artikel in *Le Figaro* over de omstandigheden waaronder Dreyfus op Duivelseiland zit, houdt de gemoederen flink bezig, Dreyfus wordt overal gehekeld: 'Laat hem nog maar wat meer lijden,' lijkt de *opinio communis*. Maar een stukje in *L'Éclair* beneemt me de adem pas echt – in een anoniem artikel met de kop 'De Verrader' wordt beweerd dat Dreyfus' schuld onomstotelijk blijkt uit een 'geheim dossier met bewijzen' dat bij zijn berechting door de krijgsraad aan zijn rechters is voorgelegd. De auteur roept het leger op de inhoud te publiceren, opdat er een einde komt aan 'het onverklaarbare medelijden' waardoor de spion wordt omgeven.

Dit is de eerste keer dat er in de pers van het geheime dossier gewag wordt gemaakt. Het is zo toevallig dat dit gebeurt nu ík het net in mijn bezit heb gekregen, dat het me een erg ongemakkelijk gevoel geeft. Ik marcheer door de gang naar Lauths kamer en gooi de krant op zijn bureau. 'Dit al gezien?'

Lauth leest het en kijkt verschrikt naar me op. 'Iemand heeft zijn mond voorbijgepraat.'

'Zoek Guénée,' beveel ik hem. 'Hij wordt geacht de familie Dreyfus in de gaten te houden. Zeg hem meteen te komen.'

Ik loop terug naar mijn kamer, doe mijn kluis open, haal het geheime dossier eruit en ga aan mijn bureau zitten, waar ik een lijst maak van iedereen die van het bestaan van het dossier op de hoogte is: Mercier, De Boisdeffre, Gonse, Sandherr, Du Paty, Henry, Lauth, Gribelin en Guénée; aan dit negental kan, dankzij mijn briefing van gisteren, Billot worden toegevoegd, dat maakt tien; dan zijn er nog de zeven rechters, te beginnen met kolonel Maurel, dat maakt zeventien, en president Fauré, plus de arts van de president, Gibert, nummer negentien, die Mathieu Dreyfus, nummer twintig, ervan op de hoogte heeft gesteld; en vervolgens – wie weet aan wie Mathieu het allemaal heeft verteld?

Er is helemaal geen geheim. Niet echt, niet in de moderne wereld van fotografie, telegrafie, spoorwegen en krantenpersen. De oude tijd van een besloten kring van gelijkgestemde zielen die met perkament en ganzenveer communiceerden, ligt achter ons. Alles zal vroeg of laat onthuld worden. Dat probeerde ik Gonse eerder al duidelijk te maken.

Ik masseer mijn slapen en probeer alles goed te overdenken. Het lek versterkt mijn positie. Maar ik vermoed dat het eerder ten doel heeft Gonse en De Boisdeffre schrik aan te jagen en hen te sterken in hun overtuiging dat ze het onderzoek moeten tegenhouden.

Guénée meldt zich tegen het einde van de ochtend op mijn kamer, met zijn gebruikelijke geelzuchtig vale huid en omgeven door een geur die nog het meest weg heeft van de binnenkant van een oude tabakspijp. Hij heeft het dossier met de surveillance van de familie Dreyfus bij zich. Hij kijkt nerveus om zich heen. 'Is majoor Henry er niet?'

'Henry is nog met verlof. U zult het met mij moeten doen.'

Guénée gaat zitten en slaat het dossier open. 'De familie van Dreyfus zit erachter, kolonel, dat is vrijwel zeker.'

'Ook al blijkt uit de toon van het artikel in *L'Éclair* dat de schrijver Dreyfus vijandig is gezind?'

'Dat lijkt maar zo, om een rookgordijn op te trekken. De hoofdredacteur, Sabatier, is door hen omgekocht – we hebben gezien dat hij zowel Mathieu als Lucie heeft ontmoet. Dit maakt onderdeel uit van een patroon van toegenomen activiteiten van de familie; dat heeft u misschien ook wel gemerkt. Ze hebben detectivebureau Cook uit Londen ingehuurd om meer informatie boven water te halen.'

'En, heeft dat iets opgeleverd?'

'Niet dat wij weten, kolonel. Dat is misschien ook de reden dat ze hun tactiek hebben bijgesteld en hebben besloten in de openbaarheid te treden. Dat verzonnen verhaal over Dreyfus' ontsnapping is door een journalist die voor dat detectivebureau werkt de wereld in gebracht.'

'Waarom zouden ze dat gedaan hebben?'

'Ik denk dat ze ervoor willen zorgen dat er over hem wordt gepraat.'

'Daar zijn ze dan wel in geslaagd, vindt u niet?'

Guénée steekt een sigaret op. Zijn handen trillen. Hij zegt: 'Herinnert u zich dat ik u een jaar geleden vertelde dat de familie met een Joodse journalist praatte – ene Bernard Lazare? Een anarchist, socialist en Joodse activist?'

'Wat is er met hem?'

'Hij schijnt een pamflet te schrijven waarin hij Dreyfus verdedigt.'

Hij zoekt in zijn map en reikt me een foto aan van een zwaargebouwde jonge man met een pince-nez, een enorm, kalend voorhoofd en een zware baard. Er zit een aantal krantenknipsels aan vast, waar de naam Lazare onder staat: 'Het nieuwe getto', 'Het antisemitisme en de antisemieten', een serie recente artikelen in *Le Voltaire* waarin hij de aanval opent op Drumont van *La Libre Parole* (*...bent niet onaantastbaar, en uw vrienden ook niet...*).

'Hij is me de polemicus wel,' zeg ik, terwijl ik erdoorheen blader. 'En nu zou hij met Mathieu Dreyfus samenwerken?'

'Dat staat buiten kijf.'

'Dus ook hij zal van het geheime dossier op de hoogte zijn?'

Guénée aarzelt. 'Ja, waarschijnlijk wel.'

Ik voeg Lazares naam toe aan de lijst; daarmee zijn het er eenentwintig. Dit begint hopeloos te worden. 'Weten we ook wanneer dit pamflet zou moeten verschijnen?'

'We hebben nog niets gehoord van onze bronnen in de Franse drukkerijwereld. Misschien zijn ze van plan het in het buitenland te laten drukken. We weten het niet. Ze zijn veel professioneler geworden.'

'Wat een zootje!' Ik schuif de foto van Lazare over mijn bureau terug naar Guénée. 'Dat geheime dossier begint een serieus probleem te worden. U was betrokken bij het opstellen ervan, nietwaar?'

Ik stel de vraag niet op een ondervragende toon, maar heel terloops. Tot mijn verrassing fronst Guénée zijn wenkbrauwen en schudt zijn hoofd, alsof hij zijn best doet zich het goed te herinneren. 'O, nee, kolonel, daar was ik niet bij.'

Door die domme leugen ben ik meteen op mijn hoede. 'Nee? Maar u heeft majoor Henry toch van de verklaring van de Spaanse militaire attaché voorzien? En die was toch van doorslaggevend belang voor de bewijsvoering tegen Dreyfus?'

'Heb ik daarvoor gezorgd?' Hij lijkt opeens een stuk minder zeker van zichzelf.

'Nou, wat is het, ja of nee? Majoor Henry zegt van wel.'

'Dan zal het wel zo zijn.'

'Ik heb hier trouwens wat Val Carlos volgens u tegen u gezegd zou hebben.' Ik haal het geheime dossier uit mijn bureaula, sla het open en haal Henry's verklaring eruit. Als Guénée die ziet, worden zijn ogen groot van verbazing. '*Zorg ervoor dat u majoor Henry namens mij (en hij mag dat op zijn beurt tegen de kolonel herhalen) laat weten dat er reden is het toezicht op het ministerie van Oorlog te verscherpen, omdat mij uit mijn laatste gesprek met de Duitse attaché is gebleken dat er een officier in de generale staf zit die hen wonderlijk goed informeert. Vind hem, Guénée: als ik wist hoe hij heette, zou ik het u vertellen!*'

'Ja, dat klinkt wel zoals het gegaan moet zijn.'

'En hij zei dit ongeveer een halfjaar voordat Dreyfus werd gearresteerd?'

'Ja, kolonel, in maart.'

Iets in zijn gedrag geeft me de indruk dat hij nog steeds liegt. Ik kijk weer naar de verklaring. Die klinkt niet alsof het de woorden van een Spaanse markies zijn, vind ik; die heeft meer weg van een politieman die bewijsmateriaal fabriceert.

'Wacht even,' zeg ik. 'Laat me dit heel duidelijk stellen. Als ik naar de markies de Val Carlos ga en tegen hem zeg: "Mijn beste markies, even onder ons gezegd en gezwegen, is het waar dat u dit met deze woorden, die ertoe hebben bijgedragen dat kapitein Dreyfus naar Duivelseiland is verbannen, tegen monsieur Guénée heeft gezegd?", zal hij dan antwoorden: "Mijn beste kolonel Picquart, dat is correct"?'

De paniek neemt bezit van Guénées gezicht. 'Nou, dat weet ik niet precies, kolonel. Vergeet niet dat hij dat in vertrouwen tegen me heeft gezegd. Hoe kan ik, met al die berichten over Dreyfus in de pers de laatste tijd, zweren wat hij vandaag zal zeggen?'

Ik staar hem aan. Mijn god, denk ik. Waar waren zij in hemelsnaam mee bezig? Als Val Carlos dat helemaal niet tegen Guénée heeft gezegd, mag je ervan uitgaan dat hij het ook niet tegen Henry heeft gezegd. Want de Spanjaard zou niet alleen Guénée over een Duitse spion bij de generale staf hebben gewaarschuwd, maar ook Henry. En hun vermeende gesprek vormde de basis voor Henry's theatrale getuigenverklaring voor de krijgsraad: die man is de verrader!

Een lange stilte wordt verbroken door kloppen op de deur. Lauth steekt zijn blonde hoofd om de hoek. Ik vraag me af hoe lang hij heeft staan luisteren. 'Generaal De Boisdeffre wil graag dat u nu meteen naar hem toe gaat, kolonel.'

'Dank u. Laat zijn secretaris maar weten dat ik eraan kom.' Lauth trekt zich terug. Ik zeg tegen Guénée: 'We praten hier later nog wel over door.'

'Ja, kolonel.' Als hij vertrekt, ziet hij er – althans, in mijn ogen – uit alsof hij erg opgelucht is dat hij kan ontsnappen zonder verder ondervraagd te worden.

De Boisdeffre zit achter zijn grote bureau, met de palmen van zijn sierlijke handen plat op het bureaublad; voor hem ligt *L'Éclair*. Hij zegt: 'Ik begrijp dat u gisteren de minister heeft gezien.' Hij klinkt alsof hij alleen met de grootst mogelijke moeite zijn kalmte kan bewaren.

'Inderdaad, ik zie hem bijna elke dag, generaal.'

De Boisdeffre laat me in de houding op zijn vloerkleed staan – het is voor het eerst dat dat gebeurt.

'En u heeft hem het geheime dossier over Dreyfus laten zien?'

'Ik vond dat hij op de hoogte moest zijn van de feiten...'

'Dat accepteer ik niet!' Hij tilt zijn hand op en laat hem hard op zijn bureau neerkomen. 'Ik heb u gezegd dat dossier alleen aan generaal Gonse voor te leggen, en aan niemand anders! Waarom denkt u tegen een bevel van mij te kunnen ingaan?'

'Het spijt mij, generaal, ik was me er niet van bewust dat uw bevel ook de minister betrof. Zoals u zich zult herinneren, heeft u mij afgelopen maand toestemming gegeven generaal Billot over het onderzoek naar Esterhazy in te lichten.'

'Over het onderzoek naar Esterhazy wel, ja! Maar niet over dat naar Dreyfus! Ik dacht dat generaal Gonse u in niet mis te verstane bewoordingen duidelijk had gemaakt dat die twee zaken van elkaar gescheiden dienen te blijven?'

Ik blijf recht voor me uit kijken, naar een bijzonder lelijk schilderij van Delacroix dat net boven het dunne witte haar van de chef-staf hangt. Slechts af en toe riskeer ik een korte blik op de generaal zelf. Ik heb de indruk dat hij uitzonderlijk gespannen is. Het wingerdachtige vlekkenpatroon op zijn kaken is gerijpt, van knalrood naar bijna paars.

'Eerlijk gezegd geloof ik niet dat het mogelijk is de twee zaken gescheiden te houden, generaal.'

'Dat mag uw mening zijn, kolonel, maar u heeft het recht niet in de hoogste bevelstructuur onenigheid te stichten.' Hij pakt de krant en zwaait hem heen en weer. 'En waar komt dit vandaan?'

'De Sûreté denkt dat het verhaal van de familie van Dreyfus komt.'

'En is dat ook zo?'

'Dat is onmogelijk te zeggen. Een aanzienlijk aantal mensen is van het dossier op de hoogte.' Ik haal mijn lijst tevoorschijn. 'Ik tel er tot nog toe eenentwintig.'

'Laat zien.' De Boisdeffre steekt zijn hand uit. Zijn blik glijdt over de lijst namen. 'Dus u zegt dat een van deze heren achter het lek zit?'

'Ik zou niet weten waar het anders zou moeten zitten.'

'Ik zie uw eigen naam niet op de lijst staan.'

'Ik weet dat ik niet verdacht ben.'

'U weet dat misschien, maar ik niet. Een buitenstaander kan het wel erg toevallig vinden dat er, juist op het moment dat u ervoor pleit dat de zaak-Dreyfus wordt heropend, in de pers dingen over naar buiten komen.'

Buiten klinkt een luide knal. Het lijkt alsof er een boom om gaat. Regen slaat tegen de ramen. De Boisdeffre, die me nog steeds strak aankijkt, lijkt het niet te merken.

'Ik ontken die insinuatie ten stelligste, generaal. Deze verhalen helpen me, zoals u zelf net heeft aangegeven, absoluut niet bij mijn onderzoek. Ze maken het me alleen maar moeilijker.'

'Dat is één manier om ertegenaan te kijken. Een andere is dat u alle middelen aanwendt om de zaak-Dreyfus heropend te krijgen, of dat nu is door achter mijn rug naar de minister te gaan, of door ervoor te zorgen dat de zaak in de pers wordt besproken. Wist u al dat een lid van het Huis van Afgevaardigden heeft aangekondigd dat hij de regering over de affaire aan de tand wil voelen?'

'Ik geef u mijn woord dat ik daar niets mee te maken heb.'

De generaal bekijkt me met een blik vol wantrouwen. 'Laten we hopen dat het nu met al die onthullingen is afgelopen. Het is al niet zo fraai dat er in de pers van het bestaan van het dossier melding wordt gemaakt. Als ze over de inhoud zelf zouden gaan schrijven, werd het nog veel ernstiger. Ik hou deze lijst, als dat mag.'

'Natuurlijk.' Ik buig mijn hoofd op een manier die, hoop ik, berouw uitdrukt, al voel ik dat niet.

'Goed, kolonel.' Hij knipt met zijn vingers, alsof hij een kelner in de Jockey Club wegstuurt. 'U kunt gaan.'

Als ik de rue Saint-Dominique in loop, beland ik in een orkaan: tussen twaalf en drie uur trekt een uitzonderlijk weersysteem over Parijs heen. Ik moet me aan de reling vasthouden om niet te worden weggeblazen; tegen de tijd dat ik bij ons gebouw ben aangekomen, ben ik door- en doornat. De wind blaast het dak van de Opéra-Comique en de prefectuur van de politie. Hij blaast de ramen uit de gevel van het paleis van justitie. Boten worden van hun meerpalen losgerukt en beuken tegen de kaden. Een paar wasvrouwen op de oevers van de Seine waaien het water in en moeten gered worden. De stalletjes op de bloemenmarkt van de place Saint-Sulpice vliegen de lucht in. Die avond loop ik naar huis door straten waarin de afgerukte takken en bladeren en gebroken dakpannen tot mijn enkels komen. De ravage is enorm, maar heimelijk ben ik opgelucht: de kranten zullen het de komende dagen over andere zaken dan kapitein Dreyfus hebben.

14

Maar het respijt is van korte duur. Op maandag publiceert *L'Éclair* een tweede, langer artikel. De kop kan, vanuit mijn positie bezien, niet slechter: 'De verrader: dossier bewijst schuld Dreyfus'.

Ik voel me misselijk worden en neem de krant mee naar mijn kamer. Het verhaal staat vol flagrante onjuistheden, maar bevat ook opvallende details: dat de rechters het geheime dossier in hun bezit kregen in de kamer waar zij beraadslaagden, dat het dossier vertrouwelijke brieven van de Duitse en de Italiaanse militaire attachés bevat en dat een van deze brieven specifiek aan 'dat beest van een Dreyfus' refereert – niet echt hetzelfde als 'dat schorem van een D', maar het komt in de buurt. 'Het vonnis van de rechters,' concludeert de schrijver van het artikel, 'werd vooral door dit onweerlegbare bewijs bepaald.'

Ik trommel met mijn vingers op het bureaublad. Wie heeft die details naar buiten gebracht? Guénée zegt dat de familie van Dreyfus erachter zit. Maar dat weet ik nog niet zo net. Wie winnen er bij het lekken? Vanuit mij bezien zijn dat vooral degenen die het ministerie van Oorlog van binnenuit mentaal willen belegeren en die mijn onderzoek naar Esterhazy willen frustreren. De zinsnede 'dat beest van een Dreyfus' doet me ergens aan denken. Beweerde Du Paty niet altijd over Dreyfus dat hij 'dierlijke driften' had?

Ik pak de schaar van mijn bureau en knip het artikel netjes uit. Dan schrijf ik een brief aan Gonse, die nog altijd met verlof is: *Onlangs veroorloofde ik me de vrijheid u te zeggen dat we, naar ik vreesde, een groot probleem zouden krijgen als we geen initiatief namen. Het bijgevoegde artikel uit* L'Éclair *sterkt mij helaas in die opvatting. Ik voel het als mijn plicht te herhalen dat het naar mijn mening noodzakelijk is onverwijld handelend op te treden. Wachten we nog langer, dan worden we onder de voet gelopen en komen we in een onhoudbare positie; en dan zijn we niet meer in staat ons te verdedigen of de échte waarheid te achterhalen.*

Ik aarzel even voordat ik hem post. Hiermee maak ik mijn standpunt officieel bekend. Gonse munt als soldaat uit in de archiefkast, maar niet op het slagveld. Hij zal dit herkennen voor wat het is: een escalatie van de vijandigheden.

Ik verstuur hem evengoed.

De volgende dag sommeert hij me bij hem langs te komen. Hij heeft zijn vakantie ingekort. Hij is terug. Zijn paniek is op kilometers afstand voelbaar.

Op de gangen van het ministerie is het rustiger dan normaal. Billot en De Boisdeffre zitten in het zuidwesten van Frankrijk, waar ze president Fauré vergezellen op zijn inspectie van de herfstoefeningen. Vrijwel iedere officier bij de generale staf die ambitieus is – en dat zijn ze bijna allemaal – heeft ervoor gezorgd dat hij op campagne is. Als ik door de lege, echoënde gangen loop, denk ik terug aan de sfeer tijdens de jacht op de verrader, twee jaar geleden.

'Ik heb uw brief ontvangen,' zegt Gonse terwijl hij ermee naar mij zwaait, als ik op een stoel tegenover zijn bureau ga zitten, 'en denk niet dat ik niet achter uw standpunt sta. Als ik de klok naar het begin van deze vermaledijde episode kon terugdraaien, zou ik het doen, neem dat maar van mij aan. Sigaret?' Hij schuift een kistje naar me toe. Ik steek mijn hand op ten teken dat ik het aanbod afsla. Hij neemt er wel een en steekt op. Zijn toon kan niet vriendelijker. 'Laten we wel wezen, mijn beste Picquart, het onderzoek naar Dreyfus is niet erg professioneel uitgevoerd. Sandherr was een zieke man, en Du Paty – tja, we kennen Armand, wat verder natuurlijk niets aan zijn kwaliteiten afdoet. Maar we moeten verder, en we kunnen echt niet van voren af aan beginnen. Dat zou te veel oude wonden openrijten. U heeft de pers gelezen, de afgelopen dagen, u weet dat er met betrekking tot Dreyfus hysterie op de loer ligt. Het zou het land uiteenrukken. We hebben geen andere keuze dan de zaak definitief te sluiten. Dat begrijpt u wel, toch?'

Zijn blik is zo smekend – zo vol verlangen naar mijn instemming – dat ik bijna in de verleiding kom toe te geven. Hij is niet slecht, alleen maar zwak. Hij wil rustig leven, hij hoopt een beetje heen en weer te kunnen pendelen tussen zijn ministerie en zijn tuin.

'Zeker, generaal. Maar deze lekken naar de pers waarschuwen ons voor iets anders. We moeten onder ogen zien dat er al een onderzoek naar de zaak-Dreyfus gaande is. Dat is, helaas, door Dreyfus' familie en haar medestanders in gang gezet. Het proces glipt ons uit de handen. Het punt dat ik in mijn brief probeerde te maken, gaat uit van een militair basisprincipe: we moeten ervoor zorgen dat het initiatief bij ons ligt. Nu het nog kan.'

'En hoe dacht u dat dan te bereiken? Door te capituleren? Door hun te geven wat ze willen hebben?'

'Nee, door een positie die eerlijk gezegd onhoudbaar is te verlaten en een nieuwe, hoger gelegen linie op te trekken.'

'Ja: door hen, zoals ik al zei, te geven wat ze willen hebben! Hoe dan ook, ik ben het niet met u eens. Zolang we onze krachten bundelen, is onze huidige positie uitstekend te verdedigen. We worden beschermd door een ijzeren muur – de wet. We zeggen gewoon: "Zeven rechters hebben zich over het bewijs gebogen. Hun vonnis was unaniem. De zaak is gesloten."'

Ik schud mijn hoofd. 'Nee, generaal, het spijt me, maar die linie is onhoudbaar. De rechters kwamen tot een unaniem vonnis op grond van het geheime dossier. En het bewijs in het geheime dossier is...' Ik aarzel hoe ik verder moet gaan. Ik herinner me de uitdrukking op Guénées gezicht toen ik hem naar zijn vermeende gesprek met Val Carlos vroeg.

Gonse vraagt zacht: 'Het bewijs is wat, kolonel?'

Ik spreid mijn handen. 'Het bewijs in het dossier is zwak. Als de bewijzen ijzersterk waren geweest, zouden we een excuus hebben gehad voor het feit dat de verdediging het dossier niet te zien heeft gekregen. Maar zoals het nu is...'

'Ik begrijp heel goed wat u zegt, mijn beste Picquart – geloof me, dat is echt waar!' Hij buigt zich smekend naar voren. 'Maar het is tegelijkertijd precies de reden dat het geheime dossier koste wat het kost geheim moet blijven. Stelt u zich voor dat we voor uw route naar die zogenaamde hoger gelegen positie kiezen, en we zeggen tegen het Franse volk: "O, kijk nou, Esterhazy blijkt het bordereau geschreven te hebben, we halen Dreyfus terug en beginnen het proces van voren af aan" – weet u wat er dan gebeurt? Dan zullen de mensen willen weten hoe het mogelijk is dat de oorspronkelijke rechters – alle zeven, vergeet dat niet – zich zó vergist hebben. Dat leidt regelrecht naar het geheime dossier. Een aantal zeer hoge officieren zal in grote verlegenheid gebracht worden. Is dat wat u wilt? Kunt u zich indenken hoeveel schade de reputatie van het leger daarmee wordt berokkend?'

'Er zal schade zijn, generaal. Maar uiteindelijk winnen we aan geloofwaardigheid, omdat we onze eigen stal uitmesten. Terwijl die schade, denk ik, alleen maar groter wordt als we nieuwe leugens op de oude stapelen...'

'Niemand heeft het over leugens, kolonel! Ik vraag u niet te liegen! Dat zou ik nooit doen, ik weet dat u een man van eer bent. Ik vraag u eigenlijk helemaal niet om iets te doen. Ik vraag u juist om iets níét te doen – ik vraag u zich niet met de zaak-Dreyfus te bemoeien. Zo vreemd is dat toch niet, Georges?' Hij waagt een glimlachje. 'Ik weet tenslotte ook wel hoe u over het uitverkoren volk denkt... Wat kan het u eigenlijk schelen dat die Jood op Duivelseiland zit?'

Het is net alsof hij over zijn bureau leunt om me heimelijk de hand te schudden. Ik zeg, op mijn hoede: 'Het kan me schelen dat hij onschuldig is.'

Gonse lacht; het heeft iets hysterisch. 'Zozo! Wat sentimenteel!' Hij klapt in zijn handen. 'Een prachtige gedachte! Pasgeboren lammetjes, jonge poesjes en Alfred Dreyfus – allemaal onschuldig!'

'Met respect, generaal, u wekt de indruk dat ik een of andere emotionele band met de man heb. Ik verzeker u dat ik helemaal niets van hem vind – niet in positieve en niet in negatieve zin. Eerlijk gezegd had ik liever gewild dat hij schuldig was, dat zou mijn leven een stuk eenvoudiger maken. En tot voor kort was ik daar ook van overtuigd. Maar nu zie ik de bewijzen en is me duidelijk dat hij het niet kan zijn. Esterhazy is de verrader.'

'Misschien is het Esterhazy, en misschien ook niet. Je weet het niet. Waar het om gaat, is dat niemand het ooit komt te weten als u uw mond houdt.'

Dus we zijn dan ten slotte in de duistere kern van de zaak aanbeland. Het lijkt plotseling nog stiller in de kamer dan daarvoor. Gonse kijkt me tamelijk openhartig aan. Ik wacht even voordat ik antwoord.

'Dat is een verschrikkelijk voorstel, generaal. U kunt niet van me verwachten dat ik dit geheim meeneem in mijn graf.'

'Nou, ík kan dat wel, en ik doe het ook! Dat we geheimen mee het graf in nemen, is de kern van ons beroep.'

Er valt opnieuw een stilte; dan probeer ik het nog een keer. 'Het enige waar ik om vraag, is dat de zaak nog eens grondig wordt onderzocht...'

'Het enige?' Nu ontploft Gonse. 'Het enige! Die is goed! Ik begrijp u niet, Picquart! Weet u eigenlijk wel wat u zegt? Dat het hele leger – het hele land, wat dat aangaat – om uw gevoelige geweten draait! U heeft nogal een hoge dunk van uzelf, moet ik zeggen!' Zijn nek is dik en loopt roze aan, als een zwakke rubberen slang die met lucht wordt gevuld – hij stulpt over het boord van zijn uniformjasje. Ik besef dat hij doodsbang is. Plotseling wordt hij heel zakelijk. 'Waar is het geheime dossier nu?'

'In mijn kluis.'

'En u heeft de inhoud verder met niemand besproken?'

'Natuurlijk niet.'

'U heeft geen kopieën gemaakt?'

'Nee.'

'En u bent niet degene die naar de kranten heeft gelekt?'

'Als ik dat had gedaan, zou ik dat toch niet bekennen?' Ik kan de minachting niet uit mijn stem weghouden. 'Maar voor wat het waard is, het antwoord is nee.'

'Niet zo brutaal!' Gonse gaat staan. Ik volg zijn voorbeeld. 'Dit is een leger, kolonel, geen genootschap waar over ethiek wordt gedebatteerd. De minister van Oorlog beveelt het hoofd van de generale staf, het hoofd van de generale staf beveelt mij, en ik beveel u. Ik beveel u nu officieel, en voor de laatste keer, niets te onderzoeken wat aan de zaak-Dreyfus is gelieerd, en er niets over te onthullen aan iemand die niet bevoegd is dergelijke informatie te ontvangen. Moge God u bijstaan als u niet gehoorzaamt. Is dat duidelijk?'

Ik breng het niet op hem te antwoorden. Ik salueer, draai me op mijn hakken om en loop de kamer uit.

Terug op kantoor laat Capiaux me weten dat Desvernine en de vervalser, Lemercier-Picard, in de wachtkamer zitten. Na mijn botsing met Gonse is een onderhoud met zo'n creatuur wel het laatste waar ik op zit te wachten, maar ik wil hem niet wegsturen.

Op het moment dat ik binnenkom, herken ik hem als een van de mannen die op mijn eerste ochtend, in gezelschap van Guénée, zaten te kaarten en te roken. De naam Moisés Lehmann past beter bij hem dan Lemercier-Picard. Hij is een charmant Joods mannetje, blakend van het zelfvertrouwen, met een wolk eau de cologne om zich heen, erop gebrand me met zijn vaardigheid te imponeren. Hij haalt me over om in mijn eigen handschrift drie of vier zinnen op te schrijven – 'Toe, kolonel, het kan toch geen kwaad?' – en maakt na een paar keer oefenen een vrij goede kopie. 'De truc zit 'm in de snelheid,' legt hij uit. 'Je moet de essentie uit de lijn halen, die tot je nemen en er dan op een ontspannen manier mee schrijven. U heeft een artistieke hand, kolonel: heel gesloten, heel introspectief als ik het mag zeggen.'

'Genoeg, Moisés,' zegt Desvernine, die doet alsof hij hem een draai om zijn oor wil geven. 'De kolonel heeft geen tijd voor je nonsens. Verlaat de kamer. Wacht in de lobby op me.'

De vervalser grijnst naar me. 'Het was me een genoegen, kolonel.'

'Dat is wederzijds. En ik wil het papier met mijn handschrift erop graag terug.'

'O, ja,' zegt hij en haalt het uit zijn zak. 'Dat was ik bijna vergeten.'

Als hij de kamer uit is, zegt Desvernine: 'Het leek me dat u moet weten dat Esterhazy de benen lijkt te hebben genomen. Hij en zijn vrouw hebben het appartement in de rue de la Bienfaisance verlaten – overhaast, naar het schijnt.'

'Hoe weet u dat?'

'Ik ben er binnen geweest. Maakt u zich geen zorgen, ik heb er niets illegaals voor hoeven doen. Het staat te huur. Ik deed alsof ik een woning zocht. Ze hebben een groot deel van hun meubels meegenomen, er is alleen wat rommel achtergebleven. Hij heeft een hoop papieren verbrand, in de open haard. Dit heb ik gevonden.'

Het is een visitekaartje, met verschroeide randen:

Édouard Drumont
Hoofdredacteur
La Libre Parole

Ik draai het om en weer terug. 'Dus Esterhazy heeft voor dat antisemitische krantje geschreven?'

'Daar lijkt het wel op. Of hij heeft ze alleen informatie gegeven – dat doen er wel meer in het leger. Het punt is alleen, kolonel, hij is verdwenen. Hij is niet in Parijs. Hij zit ook niet in Rouen. Hij is naar de Ardennen vertrokken.'

'Denkt u dat hij doorheeft dat we hem op het spoor zijn?'

'Ik weet het niet. Maar het zint me niet. Als we hem nog in de val willen laten lopen, zullen we snel moeten zijn.'

'Hebben we al iets aan die spreekbuizen gedaan?'

'Die zijn gisteren verwijderd.'

‘Mooi zo. En hoe snel kunnen de schoorsteenpijpen weer worden dichtgemetseld?’

‘Er gaat vanavond een mannetje naar binnen.’

‘Prima. Laat het maar aan mij over.’

Billot is nu mijn laatste hoop. Billot, die oude hagedis, die niet kapot te krijgen is, is voor de tweede keer minister van Oorlog – hij zal toch wel beseffen dat het beleid van de generale staf immoreel en politiek gezien krankzinnig is?

Naar verwachting komt hij vrijdag terug van de oefeningen in het zuidwesten. Die ochtend publiceert *Le Figaro* op de voorpagina de tekst van een petitie die Lucie Dreyfus naar het Huis van Afgevaardigden heeft gestuurd en waarin ze stelt dat de regering de verhalen over het geheime dossier niet ontkent:

Het moet dus wel waar zijn dat een Franse krijgsraad een Franse officier heeft veroordeeld voor een feit waarvan de beschuldigde zelf niet op de hoogte is gesteld, en dat hij noch zijn advocaat ter discussie heeft kunnen stellen.
Dat druist tegen iedere norm van gerechtigheid in.
Ik bevind mij al bijna twee jaar lang op de wreedst denkbare lijdensweg – net als de man in wiens onschuld ik volledig geloof. Ondanks de afschuwelijke en absurde laster die zich onder het publiek en in de pers hebben verspreid, heb ik gezwegen.
Vandaag is het mijn plicht dat zwijgen te verbreken, en zonder kritiek te leveren of een tegenbeschuldiging te doen, richt ik me tot u, heren – tot de enige macht waartoe ik mijn toevlucht nog kan nemen – en vraag om gerechtigheid.

Het is stil in de smalle, sombere gangen en trappenhuizen van de afdeling Statistiek. Mijn officieren hebben zich in hun kamers opgesloten. Ik verwacht ieder uur naar Gonse te worden geroepen om een verklaring te geven voor deze laatste donderslag, maar de telefoon gaat niet. Vanuit mijn kamer hou ik de achtergevel van hôtel de Brienne in de gaten. Ten slotte zie ik, iets na drieën, ordonnansen met dozen vol verslagen van de krijgsverrichtingen langs de grote ramen lopen. De minister moet terug zijn. De topografie is in mijn voordeel: Gonse, die in de rue Saint-Dominique zit, weet waarschijnlijk nog niet dat hij er al is. Ik loop de rue de l'Université in, steek de straat over en haal mijn sleutel uit mijn zak om mezelf de tuin van de minister binnen te laten.

En dan gebeurt er iets vreemds. Mijn sleutel past niet. Ik probeer het drie of vier keer; ik kan me domweg niet voorstellen dat hij het niet doet. Maar de vorm van het slot is volkomen anders dan hiervoor. Ten slotte geef ik het op en neem de lange omweg, via de place du Palais Bourbon, als iedere andere gewone sterveling.

'Kolonel Picquart voor de minister van Oorlog...'

De wacht laat me door, maar de kapitein van de Republikeinse Garde in de hal beneden vraagt me te wachten. Na een tijdje komt kapitein Calmon-Maison naar beneden.

Ik steek mijn sleutel in de lucht. 'Hij werkt niet meer.' Ik probeer er een grapje van te maken. 'Het ziet ernaar uit dat mij de toegang tot de tuin is ontzegd wegens een overmaat aan nieuwsgierigheid, net als bij Adam.'

Calmon-Maison vertrekt geen spier. 'Het spijt me, kolonel. We veranderen de sloten af en toe – voor de veiligheid, begrijpt u?'

'U hoeft het niet uit te leggen, kapitein. Maar ik zal toch met de minister moeten spreken.'

'Helaas, hij is pas net uit Châteauneuf teruggekeerd. Hij heeft veel te doen, en hij is werkelijk doodmoe. Zou u maandag kunnen terugkomen?' Hij heeft nog wel het fatsoen er beschaamd bij te kijken.

'Het zal niet veel tijd in beslag nemen.'

'Desalniettemin...'

'Dan wacht ik wel.' Ik ga weer op de rode leren bank langs de muur zitten.

Hij kijkt me vertwijfeld aan. 'Misschien kan ik het beter nog een keer bij de minister proberen.'

'Misschien wel, ja.'

Hij loopt met kletterende laarzen de marmeren trap op en roept niet lang daarna, met een stem die tegen de stenen muren weerkaatst. 'Kolonel Picquart!'

Billot zit achter zijn bureau. 'Picquart.' Hij steekt vermoeid zijn hand op. 'Ik vrees dat ik het nogal druk heb.' Maar er is geen spoor van activiteit in zijn werkkamer te zien, en ik verdenk hem ervan dat hij alleen maar uit het raam zat te staren.

'Vergeef me, minister. Ik zal u niet te lang ophouden. Maar in het licht van de artikelen die deze week in de krant zijn verschenen, zie ik mij genoodzaakt er bij u op aan te dringen een beslissing inzake het onderzoek naar Esterhazy te nemen.'

Billot tuurt me van onder zijn borstelige witte wenkbrauwen alert aan. 'Een beslissing over welk aspect ervan, precies?'

Ik zet het plan dat ik met Desvernine heb beraamd uiteen – Esterhazy tot een ontmoeting verleiden door hem een bericht toe te spelen dat ogenschijnlijk van Von Schwartzkoppen komt – maar hij onderbreekt me al snel. 'Nee, nee, dat bevalt me helemaal niet. Veel te grof. Sterker nog, weet u, ik begin te denken dat we dit zwijn, als we zo snel mogelijk met hem willen afrekenen, niet moeten vervolgen, maar met pensioen moeten laten gaan. Dat, of hem flink ver weg te sturen. Naar Indochina, of Afrika, ik weet niet, als het maar een plek is waar hij snel een of andere nare lokale ziekte oploopt, of een kogel in de rug krijgt zonder dat er al te veel vragen gesteld worden.'

Ik heb geen idee wat ik van dit voorstel moet vinden, dus negeer ik het. 'En wat doen we met Dreyfus?'

'Die zal moeten blijven waar hij is. Het recht heeft gesproken, en daarmee is de kous af.'

'Dus daar blijft u bij?'

'Daar blijf ik bij. Ik was, vóór de parade in Châteauneuf, in de gelegenheid om de zaak onder vier ogen met generaal Mercier te bespreken. Hij is speciaal uit Le Mans overgekomen om erover te praten.'

'Dat geloof ik onmiddellijk!'

'Pas op, kolonel...!' Billot steekt een waarschuwende vinger naar me uit. Tot op dit moment heeft hij me altijd aangemoedigd de grenzen van insubordinatie op te zoeken: hij vond het leuk om de coulante pater familias uit te hangen. Dat privilege is me dus, net als de toegang tot zijn tuin, ontzegd. Toch kan ik me niet inhouden. 'Dat geheime dossier, u weet dat het niets tegen Dreyfus bewijst? Dat er misschien zelfs regelrechte leugens in staan?'

Billot houdt zijn handen op zijn oren. 'Er zijn dingen die ik niet zou moeten horen, kolonel.'

Hij ziet er absurd uit, op de manier waarop oude, koppige mannetjes er soms absurd uitzien: als een pruilerig kind in een babykamer.

'Ik kan hard roepen,' waarschuw ik hem.

'Ik meen het, Picquart! Ik wil het niet horen!' Zijn stem is scherp. Pas als hij zeker weet dat ik zijn oren niet verder zal besmeuren, laat hij zijn handen zakken. 'En hou nu op de arrogante jonge idioot uit te hangen en luister naar me.' Zijn stem klinkt verzoenlijk, redelijk. 'Generaal De Boisdeffre staat op het punt de tsaar in Parijs te verwelkomen, een diplomatieke meesterzet die de wereld zal veranderen. De onderhandelingen met het Financiële Comité, over een geschat budget van zeshonderd miljoen frank, staan voor de deur. We kunnen het ons eenvoudigweg niet veroorloven ons van deze belangrijke zaken te laten afleiden door zoiets onbeduidends als een Jood op een rots. Het zou het leger aan stukken rijten. Ik zou dit bureau uit gejaagd worden – en terecht. U moet de kwestie in proportie blijven zien. Begrijpt u wat ik zeg, kolonel?'

Ik knik.

Hij komt verrassend gracieus vanachter zijn bureau vandaan, loopt eromheen en gaat voor me staan. 'Calmon-Maison liet me weten dat de sloten van de tuin vervangen moesten worden. Heel irritant. Ik zal erop toezien dat je een nieuwe sleutel krijgt. Ik stel je intelligentie enorm op prijs, mijn beste jongen.' Hij biedt me zijn hand. Zijn greep is stevig, droog, vereelt. Hij slaat zijn andere hand om die van mij, neemt hem gevangen. 'Macht is geen eenvoudige aangelegenheid, Georges. Je moet in staat zijn harde besluiten te nemen. Maar ik heb het allemaal eerder meegemaakt. Vandaag is het alles Dreyfus, Dreyfus, Dreyfus wat in de pers de klok slaat, maar als er morgen geen nieuwe onthullingen worden gedaan, is iedereen hem weer vergeten, dat zul je zien.'

Billots voorspelling over Dreyfus en de pers komt uit. Zo onverwacht als hij weer in de aandacht is komen te staan, zo snel verliezen de kranten iedere belangstelling voor de gevangene op Duivelseiland. Zijn plek op de voorpagina's wordt vervangen door artikelen over het aanstaande Russische staatsbezoek, en dan vooral door speculaties over wat de tsarina zal dragen. Maar ik vergeet hem niet.

Al moet ik Desvernine vertellen dat we geen gebruik zullen maken van de diensten van monsieur Lemercier-Picard, en dat ons verzoek een valstrik te mogen leggen is afgewezen, ik zet mijn onderzoek naar Esterhazy zo goed en zo kwaad als dat gaat voort. Ik heb een gesprek met een gepensioneerde onderofficier, Mulot, die zich herinnert delen van *Het handboek schietinstructies* voor de majoor gekopieerd te hebben; ik ontmoet Esterhazy's docent op de academie voor artillerie, kapitein Le

Rond, die zijn voormalige pupil een schurk noemt: 'Als ik hem op straat tegenkwam, zou ik weigeren hem de hand te schudden.' Al die informatie verdwijnt in het dossier-de Weldoener, en af en toe, als ik aan het einde van de dag door het bewijs dat we tot dan toe hebben verzameld blader (de petit bleu, de surveillancefoto's, de getuigenverklaringen), dan hou ik mezelf voor dat ik hem nog wel een keer in de gevangenis zie belanden.

Maar ik krijg geen nieuwe sleutel voor de tuin van hôtel de Brienne: als ik de minister wil spreken, moet ik een afspraak maken. En hoewel hij me altijd hartelijk ontvangt, bespeur ik ook onmiskenbare terughoudendheid. Hetzelfde geldt voor De Boisdeffre en Gonse. Ze vertrouwen me niet meer helemaal, en daar hebben ze gelijk in.

Op een dag aan het eind van september zie ik, als ik aan het begin van de ochtend de trap naar mijn werkkamer op loop, majoor Henry verderop in de gang staan, diep in gesprek met Lauth en Gribelin. Hij staat met zijn rug naar me toe, maar zijn brede, vlezige schouders en dikke nek zijn net zo gemakkelijk te herkennen als zijn gezicht. Lauth kijkt langs hem, ziet mij en werpt hem een waarschuwende blik toe. Henry houdt zijn mond en draait zich om. Alle drie de officieren salueren.

'Heren,' zeg ik. 'Majoor Henry, welkom terug. Hoe was uw verlof?'

Hij ziet er anders uit. Hij heeft niet alleen in de zon gezeten – net als ieder ander, behalve ik – maar bovendien zijn haar in een korte pony laten knippen, zodat hij er minder als een sluwe boer en meer als een doortrapte monnik uitziet. En er is nog iets: hij heeft een nieuwe energie, alsof alle negatieve krachten in onze kleine eenheid – de argwaan, de ontrouw, de hele angstcultuur – in zijn omvangrijke torso zijn samengevoegd en hem hebben opgeladen met een soort elektriciteit. Hij is hun leider. Wat voor mij een risicofactor is, is voor hem een kans. Hij kan gevaarlijk voor mij zijn. Dit alles flitst door mijn hoofd in de paar seconden waarin hij salueert, grijnst en zegt: 'Mijn verlof was goed, kolonel, dank u.'

'Ik moet u op de hoogte stellen van wat hier is gebeurd.'

'Wanneer u maar wilt, kolonel.'

Ik wil hem al in mijn kamer uitnodigen, maar verander op het laatste moment van gedachten. 'Weet u wat, laten we aan het eind van de dag iets gaan drinken.'

‘Iets gaan drinken?’

‘U lijkt verrast te zijn.’

‘Alleen omdat we nooit eerder iets zijn gaan drinken.’

‘Nou, dat is dan toch te gek voor woorden? Laten we daar verandering in aanbrengen. Zullen we samen oplopen? Om een uur of vijf, bijvoorbeeld?’

Om precies vijf uur klopt hij bij me op de deur. Ik pak mijn kepie, en we lopen de straat op. Hij vraagt: ‘Waar wilt u naartoe gaan?’

‘Zegt u het maar. Ik kom niet vaak in de bars hier in de buurt.’

‘De Royale dan maar. Dan hoeven we er ook niet verder over na te denken.’

De Taverne Royale is de favoriete bar van de generale staf. Ik ben er in geen jaren geweest. Op dit tijdstip is het er rustig: bij de deur zitten een paar kapiteins iets te drinken, de barman leest een krant, een kelner veegt de tafels schoon. Aan de muren hangen foto’s van verschillende regimenten; op de kale houten vloer ligt zaagsel, de kleuren zijn bruin, koper en sepia. Henry is hier helemaal op zijn plaats. We nemen een tafeltje in de hoek, en hij bestelt een cognac. Bij gebrek aan een beter idee bestel ik hetzelfde. ‘Laat de fles maar staan,’ zegt Henry tegen de kelner. Hij biedt me een sigaret aan. Ik sla af. Hij steekt er zelf een op, en plotseling besef ik dat ik die oude duivel ergens een beetje heb gemist, zoals je je nu eenmaal hecht aan iets wat vertrouwd is, ook al is het lelijk. Henry is het leger, op een manier waarop ik, Lauth en De Boisdeffre het nooit zullen zijn. Als soldaten de linies verbreken en van het slagveld weg willen rennen, zijn het de Henry’s van deze wereld die hen ervan kunnen overtuigen dat ze terug moeten komen en door moeten vechten.

‘Goed,’ zegt hij terwijl hij zijn glas heft. ‘Waar drinken we op?’

‘Wat dacht u van iets waarop we allebei gesteld zijn? Het leger.’

‘Uitstekend,’ stemt hij in. We tikken onze glazen tegen elkaar: ‘Op het leger!’

Hij slaat zijn glas in één keer achterover, schenkt dat van mij bij en vult dat van zichzelf. Hij nipt ervan en kijkt me over de rand heen aan. Zijn kleine oogjes hebben de kleur van modder, en zijn opaak: ik lees er niets in. ‘Zo... Het lijkt nogal een rommeltje op het bureau te zijn, kolonel, als u het niet erg vindt dat ik het zeg.’

‘Laat ik die sigaret toch maar wel nemen, als u het goedvindt.’ Hij schuift zijn sigarettendoosje over de tafel naar me toe. 'En wiens schuld is dat, denkt u?'

'Ik ga niet met een beschuldigende vinger wijzen. Ik zeg het alleen, meer niet.'

Ik steek mijn sigaret aan en speel met mijn glas; ik schuif het over de tafel alsof het een schaakstuk is. Ik merk tot mijn eigen verbazing dat ik behoefte heb mijn hart uit te storten. 'Nu we hier toch als mannen onder elkaar zijn, ik heb nooit hoofd van de eenheid willen worden, wist u dat? Ik had een afschuw van spionnen. Ik kreeg de baan per toeval. Als ik Dreyfus niet had gekend, zou ik niet bij zijn arrestatie, de rechtszaak voor de krijgsraad en zijn degradatie aanwezig zijn geweest. Tot mijn spijt denk ik dat onze bazen een volkomen verkeerd beeld van mij hebben.'

'En wat zou het juiste beeld dan inhouden?'

Henry's sigaretten zijn erg zwaar, Turks. Ik heb het gevoel dat mijn neus in brand staat. 'Ik heb nog eens naar Dreyfus gekeken.'

'Ja, Gribelin vertelde me al dat u het dossier heeft opgehaald. Het schijnt dat u nogal wat stof heeft doen opwaaien.'

'Generaal De Boisdeffre verkeerde in de veronderstelling dat het dossier niet meer bestond. Hij zei dat generaal Mercier kolonel Sandherr opdracht had gegeven het te vernietigen.'

'Dat wist ik niet. De kolonel heeft tegen mij alleen gezegd dat ik het goed moest opbergen.'

'Waarom gehoorzaamde Sandherr niet, denkt u?'

'Dat zou u hem moeten vragen.'

'Misschien doe ik dat wel.'

'U kunt hem vragen wat u wilt, kolonel, maar veel zal hij niet antwoorden.' Henry tikt tegen de zijkant van zijn hoofd. 'Hij zit achter slot en grendel, in Montauban. Ik ben ernaartoe gereisd om hem op te zoeken. Het was verschrikkelijk.' Hij ziet er bedroefd uit. Dan heft hij plotseling zijn glas. 'Op kolonel Sandherr: een van de beste!'

'Op Sandherr,' antwoord ik, en ik doe alsof ik op zijn gezondheid drink. 'Maar waarom hield hij het dossier, volgens u?'

'Ik denk dat hij ervan uitging dat het nog van pas zou komen – het was tenslotte wel het dossier dat ertoe heeft geleid dat Dreyfus werd veroordeeld.'

'Behalve dan dat u en ik weten dat Dreyfus onschuldig is.'

Henry spert zijn ogen verschrikt open. Hij zegt waarschuwend: 'Dat zou ik maar niet zo luid zeggen, kolonel, vooral hier niet. Dat zal sommige kerels bepaald niet aanstaan.'

Ik kijk om me heen. De bar begint vol te lopen. Ik buig me naar voren en praat zachter. Ik weet niet zeker of ik hem een bekentenis wil ontlokken of dat ik er zelf een wil doen; ik weet alleen dat er een vorm van absolutie nodig is. 'Dreyfus heeft het bordereau niet geschreven,' zeg ik zacht. 'Dat heeft Esterhazy gedaan. Zelfs Bertillon zegt dat het zijn handschrift is. En daar dreef de hele zaak tegen Dreyfus op! En uw geheime dossier met het bewijs...'

Ik word onderbroken door de mensen aan de tafel naast ons, die in lachen uitbarsten. Ik kijk geïrriteerd om.

Henry vraagt, nu volkomen serieus en met een intense, bestuderende blik: 'Wat wilde u over het geheime dossier zeggen?'

'Met de beste wil van de wereld, mijn beste Henry, is het enige wat in de richting van Dreyfus wijst het feit dat de Duitsers en de Italianen plattegronden van versterkingen ontvingen van iemand met het initiaal "D". Ik neem u overigens niets kwalijk: toen Dreyfus eenmaal was gearresteerd, moest u ervoor zorgen dat de zaak zo overtuigend mogelijk werd. Maar nu we de feiten over Esterhazy kennen, verandert alles. We weten nu dat de verkeerde man is veroordeeld. Dus zegt u het maar, wat moeten we met die kennis doen? Gewoonweg negeren?'

Ik leun achterover. Na een lange stilte, waarin hij mijn gezicht nauwlettend blijft bestuderen, vraagt Henry: 'Vraagt u mij om advies?'

Ik haal mijn schouders op. 'Gaat uw gang, als u er een heeft.'

'Heeft u Gonse op de hoogte gesteld?'

'Jazeker.'

'En De Boisdeffre, en Billot?'

'Ook.'

'En wat zeiden ze?'

'Ze zeiden dat ik het moest laten rusten.'

'In godsnaam, kolonel,' sist hij, 'laat het dan ook rusten!'

'Dat kan ik niet.'

'Waarom niet?'

'Zo zit ik gewoon niet in elkaar. Daar ben ik niet voor in het leger gegaan.'

'Dan heeft u het verkeerde beroep gekozen.' Henry schudt vol ongeloof zijn hoofd. 'U moet hun geven wat ze willen, kolonel. Zij zijn de baas.'

'Ook al is Dreyfus onschuldig?'

'Daar gaat u weer, nu zegt u het opnieuw!' Hij kijkt om zich heen. Nu is het zijn beurt om zich over de tafel te buigen en zachtjes te praten. 'Luister, kolonel, ik weet niet of hij schuldig is of niet, en eerlijk gezegd kan het me ook geen reet schelen, excusez le mot, en u zou er net zo over moeten denken. Ik heb gedaan wat me is bevolen. Als u me beveelt een man dood te schieten, dan schiet ik hem dood. Als u me achteraf vertelt dat het de verkeerde was en dat ik iemand anders moet doodschieten, dan spijt dat me zeer, maar is het niet mijn fout.' Hij schenkt ons nog een cognac in. 'Wilt u mijn advies? Ik zal u een verhaal vertellen. Toen mijn regiment in Hanoi zat, werd er veel uit de kazerne gestolen. Dus op een dag leggen mijn majoor en ik een valstrik, en we betrappen de dader op heterdaad. Hij bleek de zoon van de kolonel te zijn – God weet waarom hij het nodig vond om mensen als wij te bestelen, maar hij deed het. Mijn majoor leek een beetje op u: hij was het idealistische type, zullen we maar zeggen, en hij wilde dat de dief vervolgd zou worden. Daar waren de hoge omes het niet mee eens, maar hij liet het er niet bij zitten en de zaak kwam toch voor. Maar voor de krijgsraad werd mijn majoor gebroken, en de dief ging vrijuit. En dit is een waargebeurd verhaal.' Henry heft zijn glas naar me. 'Zo gaat dat in het leger waar wij zo op gesteld zijn.'

15

Als ik de volgende ochtend op mijn kamer kom, ligt het dossier-Dreyfus op mijn bureau – niet het geheime dossier, maar het verslag van het ministerie van Overzees Frankrijk; die worden me nog steeds met regelmaat toegestuurd, opdat ik ze becommentarieer.

In de afgelopen weken is er twee keer paniek gezaaid over de beveiliging van Dreyfus. De eerste keer door een Engelse krant, die bekendmaakte dat de gevangene was ontsnapt. Dan was er nog een aan hem gerichte, in de rue Cambon geposte brief, die was ondertekend met een naam die op Weiler leek en die naar alle waarschijnlijkheid een in onzichtbare inkt geschreven boodschap bevatte. *Kon het laatste bericht niet ontcijferen. Keer in je antwoord terug naar de oorspronkelijke procedure. Geef aan waar de documenten zich bevinden en hoe de kast opengemaakt kan worden. Medespeler staat klaar om in actie te komen.* Dreyfus' bewakers kregen, nadat hij deze brief had ontvangen, opdracht hem nog nauwlettender in de gaten te houden. Maar hij had zijn wenkbrauwen gefronst en de brief opzij geschoven. Hij had duidelijk nog nooit van 'Weiler' gehoord. De Sûreté en wij waren het met elkaar eens dat dit een slechte grap moest zijn.

Maar als ik de pagina van het dossier omsla, zie ik dat het ministerie van Overzees Frankrijk het voorval heeft gebruikt als een voorwendsel om Dreyfus' opsluiting nog veel wreder te maken. Sinds drie weken wordt hij iedere nacht in de ijzers geslagen. Er is zelfs een afbeelding ingesloten van het vanuit de strafkolonie in Frans-Guyana verscheepte ding waarmee hij wordt vastgezet. Er zijn twee U-vormige ijzers aan zijn bed vastgemaakt. Als de zon ondergaat wordt hij daar met zijn enkels in gelegd. Vervolgens wordt er een staaf door de ijzers gestoken, en daar gaat een hangslot omheen. En in die positie mag hij de zonsopgang afwachten. Verder zijn er rondom zijn hut twee dikke houten, tweeënhalve meter hoge hekken opgetrokken. Het binnenste hek staat anderhalve meter van zijn raam af, waardoor zijn uitzicht op zee is verdwenen. Overdag moet hij binnen het tweede hek blijven. Zijn hele wereld bestaat dan uit de kale, smalle gang met rotsen en kreupelhout tussen die twee muren, zonder bomen of schaduw.

Zoals gewoonlijk bevat de map een appendix met schrijfsels die van Dreyfus zijn geconfisqueerd.

Gisteravond ben ik in de ijzers geslagen. Waarom, dat weet ik niet. Sinds ik hier ben, heb ik de bevelen die me worden gegeven altijd nauwgezet opgevolgd. Hoe het mogelijk is dat ik tijdens de lange, vreselijke nacht mijn verstand niet heb verloren, is me een raadsel. (7 september 1896)

Die nachten in de ijzers! En dan heb ik het nog niet eens over de fysieke kwelling – maar de morele infamie, en dat zonder enige uitleg, zonder wat er de aanleiding toe is geweest! In wat voor afschuwelijke nachtmerrie ben ik nu bijna twee jaar geleden terechtgekomen! (8 september)

In de ijzers te worden geslagen terwijl ik al dag en nacht als een wild beest door een bewaker met een geweer en een revolver in de gaten word gehouden! Nee, de waarheid moet verteld worden. Dit is geen veiligheidsmaatregel. Dit is een haat- en martelcampagne, afkomstig uit Parijs, op touw gezet door diegenen die, daar ze de familie niet kunnen treffen, zich aan een onschuldige man vergrijpen omdat hij noch zijn familie zich neerlegt bij de verschrikkelijkste gerechtelijke dwaling ooit. (9 september)

Ik krijg het niet voor elkaar om verder te lezen. Ik heb weleens gezien hoe enkelijzers het vlees van een gevangene tot op het bot kapotschuren. In de van insecten vergeven tropenhitte moet die kwelling onverdraaglijk zijn. Even blijft mijn pen boven de map hangen, maar uiteindelijk schrijf ik er toch alleen 'Terugsturen naar het ministerie van Overzees Frankrijk' op en teken ik de circulaire zonder commentaar.

Later die dag woon ik in Gonses kamer een vergadering bij waar de laatste bijzonderheden van de beveiliging van het bezoek van de tsaar worden doorgenomen. Ernstig blikkende mannen van de ministeries van Binnenlandse en Buitenlandse Zaken, de Sûreté en het Élysée, vol eigendunk die blijkbaar hoort bij mensen die over dit soort kwesties gaan, zitten rondom de tafel en bespreken de details van de imperiale reisroute.

De Russische flottielje wordt maandag om één uur door twaalf pantserschepen de haven van Cherbourg binnengeloodst. Daar ontmoet de president van de republiek de tsaar en tsarina. Om halfzeven is er in het Arsenal een diner voor zeventig personen, waarbij generaal De Boisdeffre bij de tsaar aan tafel zit. Dinsdagochtend om tien voor negen arriveert de Russische imperiale trein in Versailles. Het gezelschap stapt over op de presidentiële trein, die om tien uur op station Ranelagh aankomt. De stoet zal er anderhalf uur over doen om het tien kilometer lange parcours door Parijs af te leggen: voor de beveiliging zullen tachtigduizend soldaten in slagorde geschaard staan. Vermeende terroristen zijn ofwel vastgenomen of Parijs uitgezet. Na de lunch op de Russische ambassade bezoeken de tsaar en tsarina de Russisch-orthodoxe kerk in de rue Daru. Om halfzeven is er een staatsbanket voor tweehonderdzeventig personen in het Élysée-paleis, en om halfnegen is er vuurwerk in de Jardins du Trocadéro, gevolgd door een galavoorstelling in de Opéra. Woensdag...

Mijn gedachten drijven af naar de geketende man dertienduizend kilometer verderop, op Duivelseiland.

Als de vergadering is afgelopen en iedereen naar buiten loopt, vraagt Gonse me te blijven. Vriendelijker kan hij niet zijn. 'Ik heb eens even nagedacht, mijn beste Picquart. Ik wil dat u, als dat gedoe met de Russen voorbij is, een speciale missie naar de garnizoenssteden in het oosten onderneemt.'

'Met welk doel, generaal?'

'Inspectie en rapport uitbrengen over de veiligheidsprocedures. Verbeteringen aanbevelen. Belangrijk werk.'

'Hoe lang zal ik Parijs uit zijn?'

'O, niet zo lang. Misschien een week of twee.'

'Maar wie leidt de afdeling dan?'

'Ikzelf.' Hij lacht en slaat me op mijn schouder. 'Als u me die verantwoordelijkheid tenminste wilt toevertrouwen!'

Die zondag zie ik Pauline bij de familie Gast: het is voor het eerst in weken. Ze draagt weer een jurk waarvan ze weet dat ik vind dat hij haar goed staat, effen geel met manchetten en een kraag van wit kant. Philippe en hun twee dochters, Germaine en Marianne, zijn er ook. Normaal gesproken heb ik er helemaal geen moeite mee hun gezin bij elkaar te zien, maar vandaag is het een kwelling voor me. Het is koud en nat, waardoor we gedwongen zijn binnen te blijven. Er is dus geen ontsnappen aan de aanblik van haar andere leven – haar echte leven.

Na een paar uur hou ik het niet meer vol de schijn hoog te houden. Ik loop de veranda achter het huis op en rook een sigaar. De regen valt met bakken uit de hemel, vermengd met hagel, als een Noord-Europese moesson, en ontdoet de bomen van de laatste bladeren. De hagelstenen stuiteren op het doordrenkte gazon. Ik denk aan Dreyfus' beschrijvingen van de gestage tropische slagregens.

Achter me is een zacht geritsel van zijden en de geur van parfum, en opeens staat Pauline naast me. Ze kijkt me niet aan, maar houdt haar blik op de mistroostige tuin gericht. Ik hou mijn sigaar in mijn rechterhand, mijn linker hangt losjes langs mijn zij. De rug van haar rechterhand streelt er zacht tegenaan. Het voelt alsof alleen de haartjes elkaar aanraken. Iedereen die achter ons staat ziet twee oude vrienden die samen naar het noodweer kijken. Maar haar nabijheid is bijna overweldigend. We spreken geen van beiden. Dan slaat de deur naar de gang open en dreunt de stem van Monnier: 'Laten we voor de imperiale majesteiten hopen dat het volgende week beter weer is!'

Pauline brengt haar hand onopvallend naar haar voorhoofd om een plukje haar weg te strijken. 'Ben jij daar ook bij betrokken, Georges?'

'Nee, niet echt.'

'Hij is gewoon bescheiden, zoals gewoonlijk,' komt Monnier ertussen. 'Ik weet precies welke rol u in de beveiliging van de hele onderneming heeft gespeeld.'

Pauline vraagt: 'Kom je ook in de gelegenheid om de tsaar zelf te ontmoeten?'

'Ik vrees dat je daar op z'n minst generaal voor moet zijn.'

Monnier vraagt: 'Maar de parade zult u toch wel kunnen zien, Picquart?'

Ik zuig hard op mijn sigaar en wil dat hij weggaat. 'Als ik dat zou willen wel, ja. De minister van Oorlog heeft voor mijn officieren en hun vrouw plaatsen in het Palais Bourbon geregeld.'

'En dan ga je niet!' roept Pauline terwijl ze doet alsof ze me op mijn arm slaat. 'Wat zijn jullie republikeinen toch een stelletje ellendelingen!'

'Ik heb geen vrouw.'

'Dat is geen probleem,' zegt Monnier. 'Je kunt die van mij lenen.'

En zo lopen Pauline en ik dinsdagochtend over het bordes van het Palais Bourbon naar de ons toegewezen plaatsen, waar ik ontdek dat iedere officier van de afdeling Statistiek de uitnodiging van de minister heeft geaccepteerd en zijn vrouw heeft meegenomen – of, in Gribelins geval, zijn moeder. Ze doen, als wij bij onze plaatsen komen, geen moeite hun nieuwsgierigheid te verbergen, en nu het te laat is, besef ik hoe we er in hun ogen uit moeten zien: de baas die vrijgezel is met zijn getrouwde minnares aan zijn arm. Ik stel Pauline heel formeel voor en benadruk haar sociale positie als vrouw van mijn goede vriend monsieur Monnier, die op de quai d'Orsay werkt. Maar dat maakt het alleen maar verdachter. Henry buigt kort en Lauth knikt en klikt zijn hakken tegen elkaar, maar ik zie dat Berthe Henry, dochter van een herbergier, met haar parvenuachtige snobisme weigert Pauline zelfs maar de hand te schudden en dat madame Lauth ons zelfs met een van afkeur samengeknepen mond de rug toekeert.

Niet dat het Pauline iets lijkt te interesseren. We hebben een uitstekend uitzicht en kijken recht op de brug over de Seine en de halve kilometer naar de obelisk op de place de la Concorde. Het is zonnig, maar er staat wel een windje. De enorme driekleuren die aan het gebouw hangen – de verticale rood-wit-blauwe strepen voor Frankrijk, de horizontale voor Rusland – klapperen en bollen. De menigte op de brug staat al sinds het aanbreken van de dag tien, twaalf rijen dik te wachten. Er is gerapporteerd dat het overal in de stad zo druk is. Volgens de prefectuur van de politie staan er een half miljoen toeschouwers langs de route.

Vanaf de place de la Concorde komt een zwak gebrul van duizenden juichende mensen, en dan, eerst nog flauw maar langzaam aanzwellend als in een symfonie, een onderliggend slagwerk van paardenhoeven op de kasseien. Over de volle breedte van de weg verschijnt een glinsterende rij, en daarna worden de nieuwe rijen daarachter zichtbaar, die op de brug langzaam maar zeker transformeren in helmen en borstplaten die glinsteren in het felle zonlicht – de ene na de andere golf lansiers en kurassiers, die op hun paarden op en neer dansen, met wapperende banieren, twaalf naast elkaar. Zo komt de ene na de andere rij in een straf drafje op ons af gerold, tot ze zo dichtbij zijn dat het net lijkt alsof ze de trap op zullen rijden en ons zullen aanvallen. Maar op het laatste moment razen ze vlak voor ons rechtsaf de bocht om, de boulevard Saint-Germain in. Achter hen komt de inheemse cavalerie – de Chasseurs d'Afrique, de Algerijnse Saphi's, de Arabische caids en stamhoofden, hun paarden schichtig door het lawaai van de menigte, en daarna de processie van open staatskoetsen – de president, de Russische ambassadeur, de voorzitters van de Senaat en van het Huis van Afgevaardigden en alle andere prominente personen van de republiek, onder wie generaal Billot. Er wordt extra luid gejuicht voor De Boisdeffre, met zijn gepluimde helm, die hij naar links en naar rechts afneemt: het gerucht gaat dat hij weleens de nieuwe minister van Buitenlandse Zaken zou kunnen worden.

Er valt een gat, en dan verschijnt de Russische staatskoets, omgeven door een bereden lijfwacht. Paulines adem stokt en ze pakt me bij de arm.

Na alle berichten over allianties en legers ben ik nog het meest onder de indruk van het feit dat het keizerlijk echtpaar zo klein is. De blonde tsaar Nicholas II ziet er vooral uit als een angstig jongetje met een nepbaardje in het uniform van zijn vader. Hij salueert om de haverklap mechanisch, waarbij hij met snelle gebaartjes de rand van zijn astrakanbonten kepie aantikt – eerder een nerveuze tic dan een in ontvangstname van applaus. Naast hem zit tsarina Alexandra, die er nóg jonger uitziet; een meisje dat de verkleedkist heeft geplunderd. Ze draagt een boa van zwanendons en houdt in de ene hand een witte parasol en in de andere een immense bos bloemen. Ze maakt snelle buiginkjes naar rechts en naar links. Ik sta zo dichtbij dat ik haar bevroren glimlach zie. Ze zien er schrander uit. Dan maakt hun koets een scherpe zwaai naar rechts; ze hellen licht mee, om vervolgens te verdwijnen – om door een tunnel van lawaai uit het zicht te worden gezogen.

Pauline, die zich nog steeds aan mijn arm vastklampt, richt zich tot mij en zegt iets, maar haar stem komt niet boven het tumult uit. 'Wat?' Ze buigt zich nog verder naar me toe, haar lippen zijn zo dichtbij dat ik haar adem in mijn oor voel, en als ik mijn best doe te horen wat ze zegt, zie ik dat Henry, Lauth en Gribelin ons alle drie aanstaren.

Als het is afgelopen, wandel ik achter het trio aan over de rue de l'Université naar ons bureau. Ze lopen misschien vijftig meter voor me. De straat is leeg. De meeste mensen, inclusief onze vrouwen, hebben besloten op hun plek te blijven staan en zo nog een glimp van het tsaristische echtpaar op te vangen als ze na de lunch over de brug naar de

Russisch-orthodoxe kerk rijden. Iets aan de manier waarop Henry met zijn hand gebaart en de andere twee knikken, zegt me dat ze het over mij hebben. Ik kan niet nalaten mijn pas te versnellen tot ik vlak achter hen loop. 'Heren!' zeg ik luid. 'Ik ben blij te zien dat jullie jullie plicht niet verzuimen!'

Ik had een schuldig lachje verwacht, gêne zelfs misschien. Maar de drie gezichten die zich naar mij omdraaien staan nors en uitdagend. Ik heb hen harder in hun kleinburgerlijke gevoeligheid gekwetst dan ik had beseft. We voltooien de wandeling naar de afdeling Statistiek in stilzwijgen en ik blijf de rest van de dag op mijn kamer.

Iets na zevenen gaat de zon boven Parijs onder, en om acht uur is het te donker om nog te kunnen lezen, maar ik laat mijn lamp uit.

Nu de avond valt en het afkoelt, krimpen en kraken de stutten van het oude gebouw. De vogels in de tuin van de minister worden stil. De schaduwen vormen effen geometrische vormen. Ik zit aan mijn bureau en wacht. Als de geesten van Voltaire en Montesquieu ooit een moment moeten kiezen om zich te materialiseren, dan is het nu. Om halfnegen open ik mijn deur, en ik verwacht half een pruik en fluwelen jas door de gang te zien zweven, maar het oude huis is verlaten. Iedereen is vertrokken om naar het vuurwerk in het Trocadéro te gaan kijken, zelfs Capiaux. De voordeur zit op slot. Ik heb het rijk alleen.

Ik open mijn la en pak de leren lap met instrumenten om sloten open te maken die Desvernine maanden geleden bij me heeft achtergelaten. Als ik de trap opklim, ben ik me er maar al te goed van bewust hoe belachelijk mijn situatie is: het hoofd van de geheime inlichtingendienst moet in de archieven van zijn eigen departement inbreken. Maar ik heb het probleem van alle kanten rationeel bekeken en zie geen betere oplossing. Het is in ieder geval het proberen waard.

Ik kniel in de gang voor Gribelins deur. Mijn eerste ontdekking is dat het veel gemakkelijker is een slot te openen dan je zou denken. Als ik eenmaal doorheb welk instrument ik moet gebruiken, duurt het niet lang voordat ik de inkeping aan de onderkant van de vergrendeling heb gevonden. Daarna hoef ik alleen maar een beetje druk uit te oefenen; dan is het zaak die druk er met je linkerhand op te houden terwijl je er met je rechterhand de pen in steekt en die zo manipuleert dat hij de vergrendelingen optilt. Eerst komt de eerste pen omhoog, dan de tweede, en ten slotte de derde; het grendeltje glijdt naar voren, er klinkt een goed geoliede klik en de deur gaat open.

Ik doe het elektrische licht aan. Het zou me uren kosten om alle sloten van Gribelins archief open te maken, maar ik herinner me dat hij zijn sleutels in de onderste la aan de linkerkant van zijn bureau bewaart. Na tien minuten van geduldig proberen, falen en weer opnieuw proberen, bezwijkt hij voor mijn pen. Ik open de la. De sleutels liggen er.

Plotseling klinkt er een knal, en ik schrik me rot. Ik kijk uit het raam en zie de zoeklampen op de Eiffeltoren een kilometer verderop over de Seine en de place de la Concorde schijnen. De lichtbundels worden omgeven door uit elkaar spattende sterren die geluidloos pulseren en flitsen om even later zo hard te exploderen dat de ruiten in hun oude sponningen trillen. Ik kijk op mijn horloge. Het is negen uur. Ze lopen een halfuur achter. En het vuurwerk moet een halfuur duren.

Ik pak Gribelins sleutelbos en probeer de dichtstbijzijnde archiefkast te openen.

Als ik eenmaal weet welke sleutel bij welk slot hoort, open ik alle lades. Mijn eerste prioriteit is zo veel mogelijk informatie over agent Auguste te vinden.

De aan elkaar gelijmde documenten beginnen al te vergelen. Ik maak verschillende stapeltjes: brieven en telegrammen van Hauptmann Dame in Berlijn, getekend met zijn oorlogsnaam, 'Dufour'; brieven van de Duitse ambassadeur, graaf Münster, aan Von Schwartzkoppen; en brieven van de Italiaanse ambassadeur, signore Ressmann, aan Panizzardi en aan de militaire attaché van het Habsburgse rijk, kolonel Schneider. Er is een envelop met as, uit november 1890. Er zijn brieven aan Von Schwartzkoppen van de Italiaanse marineattaché, Rosselini, en de Britse militaire attaché, kolonel Talbot. Dan heb je een stuk of veertig, vijftig liefdesbrieven van Hermance de Weede – *Mijn lieve, beminde vriend... Mijn Maxi...* – en misschien half zo veel van Panizzardi – *Mijn lief kleintje... Mijn grote kater... Lekkere ouwe rukker van me...*

Er is een tijd geweest dat ik me er ongemakkelijk bij zou voelen – ranzig, zelfs – dat ik in zulke persoonlijke spullen rondsnuffel, maar die ligt achter me.

Tussen dit alles vind ik ook nog een versleuteld telegram van Panizzardi aan de generale staf in Rome, die vrijdag 2 november 1894 om drie uur 's ochtends is verzonden:

Commando Stato Maggiore Roma
913 44 7836 527 3 88 706 6458 71 18 0288 5715 3716 7567 7943 2107 0018 7606 4891 6165
Panizzardi

De gecodeerde tekst zit er met een paperclip aan vast en is uitgeschreven door generaal Gonse: *Kapitein Dreyfus is gearresteerd. Het ministerie van Oorlog heeft bewijs van zijn contacten met Duitsland. We hebben alle noodzakelijke maatregelen getroffen.*

Ik kopieer het in mijn notitieboekje. Ik kijk uit het raam en zie dat de Eiffeltoren een waterval van omlaag tuimelend licht is geworden. Er volgt nog één laatste donderende explosie en dan wordt het langzaam weer donker. Het losbarstende applaus kan ik zwak horen. De voorstelling is afgelopen. Ik schat dat je er ongeveer een halfuur over doet om vanuit de mensenmassa in de Jardins du Trocadéro in het departement terug te komen.

Ik concentreer me weer op de aan elkaar gelijmde documenten.

Veel materiaal is onvolledig of voor mij waardeloos omdat de betekenis op een tantaliserende manier buiten mijn bereik ligt. Plotseling bedenk ik dat het gekkenwerk is om in zulk afval zo veel betekenis te willen lezen: we zijn niet veel beter dan de wichelaars uit de oude wereld die hun politieke beslissingen op grondig bestudeerde dierenlevers baseerden. Mijn ogen branden. Ik zit al sinds het middaguur in mijn werkkamer opgesloten. Misschien verklaart dat ook waarom ik niet meteen doorheb dat ik bij het cruciale document ben aangekomen, en het volgende al in mijn handen heb. Maar er knaagt iets en ik pak het vorige nog een keer op en bekijk het opnieuw.

Het is een kort bericht, in dunne, zwarte inkt op wit ruitpapier geschreven en in twintig stukjes gescheurd, waarvan er een aantal ontbreken. De schrijver biedt Von Schwartzkoppen 'Het geheim van het buskruit waar geen rook af komt' te koop aan. Het is getekend met 'geheel de uwe, Dubois' en gedateerd 27 oktober 1894 – twee weken na de arrestatie van Dreyfus.

Ik kijk verder in het dossier. Twee dagen later schrijft Dubois nog een bericht aan de Duitse attaché: *Ik kan een patroon van het Lebel-geweer voor u regelen, zodat u het geheim van het buskruit waar geen rook af komt kunt ontrafelen.* Von Schwartzkoppen lijkt er niets mee gedaan te hebben. Waarom zou hij ook? De brief ziet er zonderling uit en hij kan in willekeurig welke garnizoensstad in Frankrijk in willekeurig welke bar voor de prijs van een glas bier een Lebel-patroon kopen.

Nee, het is de naam van de ondertekenaar die me interesseert. Dubois? Ik weet zeker dat ik die naam niet eerder heb gelezen. Ik keer terug naar het stapeltje met brieven die Panizzardi aan Von Schwartzkoppen heeft geschreven. *Heerlijke meid van me... Mijn kleine onschuldige hondje... Mijn bovenste beste rukker... Je toegewijde rukker tweede klas...* En daar is het: een bericht uit 1893, van de Italiaan aan Von Schwartzkoppen: *Ik heb monsieur Dubois ontmoet.*

Er zit een verwijzing naar een dossier aan de brief vast. Het duurt even voordat ik Gribelins systeem snap en het weet te vinden. In een map vind ik een kort verslag uit april 1894 dat majoor Henry voor kolonel Sandherr heeft geschreven; het gaat over de mogelijke identiteit van de agent aan wie als 'D' is gerefereerd en die de Duitsers en Italianen 'twaalf plattegronden van Nice' heeft geleverd. Henry's conclusie is dat hij ene Jacques Dubois is, een drukker die voor een fabriek werkt waar het ministerie van Oorlog contact mee heeft. Waarschijnlijk heeft hij ook de grootschalige tekeningen van de versterkingen in Toul, Reims, Langres, Neufchâteau en de rest aan de Duitsers geleverd. Als hij de drukpers aanzet, is het een kleine moeite om een paar extra kopieën voor eigen gebruik te maken. *Ik heb hem gisteren ondervraagd,* rapporteert Henry. *Hij bleek een miserabele kerel te zijn, een criminele fantast met een beperkte intelligentie die geen toegang heeft tot geheimen. De plattegronden die hij heeft geleverd, kunnen door iedereen ingezien worden. Aanbeveling: geen verder ingrijpen noodzakelijk.*

Daar staat het dan. 'D' is niet Dreyfus. Hij is Dubois.

Als u me beveelt een man dood te schieten, dan schiet ik hem dood...

Ik heb nauwkeurig bijgehouden waar alle documenten en mappen oorspronkelijk lagen en doe er zeker tien minuten over om alles op de juiste plek terug te leggen, de dossierkasten op slot te doen en de tafel schoon te vegen. Tegen de tijd dat ik klaar ben, is het iets na tienen. Ik leg Gribelins sleutelbos terug in zijn bureaula en kniel om die weer op slot te doen. Terwijl ik met de twee dunne metalen instrumentjes in de weer ben, besef ik maar al te goed dat de minuten verstrijken. Ik ben doodmoe, en mijn handen zijn glad van het zweet, wat het er niet eenvoudiger op maakt. Om de een of andere reden lijkt het veel moeilijker een slot dicht te doen dan om het te openen, maar ten slotte lukt het me. Ik doe de lichten uit.

Mijn laatste klus is de deur naar het archief weer op slot te doen. Ik zit nog steeds op mijn knieën in de gang te klungelen als ik meen de voordeur beneden dicht te horen slaan. Ik stop en spits mijn oren, maar hoor niets verdachts. Waarschijnlijk begin ik me dingen in te beelden. Ik ga verder met mijn frustrerende werk. Maar dan hoor ik toch echt een voetstap op de overloop op de eerste verdieping kraken. Iemand loopt de trap naar het archief op. Ik ben er bijna in geslaagd de laatste tuimelaar op zijn plaats te krijgen en wil de klus klaren. Pas als ik een veel luidere kraak hoor, besef ik dat ik te laat ben. Ik schiet door de gang naar de volgende deur, die op slot zit, en daarna de volgende. Die is open. Ik glip naar binnen.

Ik luister hoe de trage, bedachtzame passen door de gang dichterbij komen. De deur staat op een kier en ik zie Gribelin in beeld verschijnen. Mijn god, doet die arme man dan niets anders dan werken? Voor de deur naar het archief blijft hij staan, en hij haalt zijn sleutel tevoorschijn, steekt hem in het slot en probeert hem om te draaien. Zijn gezicht kan ik niet zien, maar zijn schouders zie ik verstijven. Wat is dit? Hij probeert de deurhendel en opent de deur voorzichtig. Hij gaat niet naar binnen, maar blijft op de drempel staan luisteren. Dan gooit hij de deur wijd open, doet het licht aan en gaat naar binnen. Ik hoor dat hij de lades van zijn bureau controleert. Even later verschijnt hij weer op de gang en kijkt hij naar links en naar rechts. Hij zou een absurd klein mannetje moeten zijn – een trol in een donker pak. Maar om de een of andere reden is hij dat niet. Hij staat daar boosaardig, waakzaam en argwanend – deze man vormt een gevaar voor me.

Dan stelt hij zich zo te zien toch tevreden met de gedachte dat hij nalatig is geweest en de deur niet op slot heeft gedaan – hij gaat het archief weer in en doet de deur achter zich dicht. Ik blijf nog zeker tien minuten staan wachten. Daarna trek ik mijn schoenen uit en sluip op kousenvoeten langs zijn hol.

Op mijn wandeling naar mijn appartement stop ik midden op de brug over de Seine en gooi de rol met loperinstrumenten in het donkere water.

De volgende dagen krijgt de tsaar een rondleiding door de Notre-Dame, doopt hij een nieuwe brug met de naam van zijn vader en zit hij aan bij een banket in Versailles.

Hij handelt zíjn zaken af, en ik de mijne.

Ik steek de straat over naar kolonel Foucault, die uit onze ambassade in Berlijn is overgekomen om het bezoek van de tsaar bij te wonen. We wisselen eerst wat beleefdheden uit, dan vraag ik hem: 'Heeft u nadat we die ontmoeting in Bazel hadden georganiseerd ooit nog iets van Richard Cuers gehoord?'

'Jazeker, hij is bij me geweest en beklaagde zich er bitter over. Ik begreep dat uw mannen hadden besloten hem hard aan te pakken. Wie heeft u in godsnaam op hem afgestuurd?'

'Mijn plaatsvervanger, majoor Henry, een andere officier die voor me werkt, kapitein Lauth, en een paar politiemannen. Hoezo? Wat zei Cuers dan?'

'Hij zei dat hij in goed vertrouwen was afgereisd om te vertellen wat hij over die Duitse spion in Frankrijk wist, maar in Zwitserland kreeg hij het gevoel dat hij als de eerste de beste leugenaar en fantast werd neergezet. Vooral één officier – een dikke Fransman met een rood gezicht – deed niets anders dan hem koeioneren: hij viel hem voortdurend in de rede en liet er geen misverstand over bestaan dat hij geen woord van hem geloofde. Dat deed hij met voorbedachten rade, neem ik aan?'

'Niet dat ik weet, helemaal niet.'

Foucault kijkt me ontzet aan. 'Nou, of het zo bedoeld was of niet, Cuers zal niets meer van zich laten horen.'

Daarna ga ik bij Tomps langs, op het hoofdkwartier van de Sûreté. Ik zeg tegen hem: 'Ik wilde het even over jullie reisje naar Bazel hebben.' Hij schrikt, hij wil niemand in de problemen brengen. Maar het is zonneklaar dat die episode door zijn hoofd is blijven spoken.

'Ik zal niet zeggen dat ik het van u heb,' beloof ik hem. 'Vertel gewoon wat er is gebeurd.'

Aandringen is niet nodig, hij is blij dat hij zijn hart kan uitstorten.

'Goed, kolonel,' zegt hij. 'U herinnert zich wat oorspronkelijk het plan was? In eerste instantie liep het nog gesmeerd. Ik volgde Cuers vanaf het station in Duitsland naar de kathedraal, zag dat hij contact met mijn collega Vuillecard legde en volgde hen naar Hotel Schweizerhof, waar majoor Henry en kapitein Lauth klaarzaten. Daarna ben ik naar de stationsrestauratie teruggegaan om te wachten. Maar ik denk dat er pas een uur of drie voorbij waren toen Henry plotseling binnenviel en een drankje bestelde. Ik vroeg hem hoe het ging, en hij antwoordde: "Ik heb het gehad met die klootzak!" – u weet hoe hij is – "Hij kan ons helemaal niets nieuws vertellen, daar verwed ik een maandsalaris om." Ik vroeg: "Maar wat doet u hier zo snel?" en hij antwoordde: "O, ik heb gedaan alsof ik de grote baas was, deed alsof ik kwaad werd en ben toen weggelopen. Ik heb hem bij Lauth achtergelaten: laat die jongeman maar een poging wagen!" Het spreekt voor zich dat ik teleurgesteld was toen ik dit hoorde, dus ik vroeg: "Wist u dat ik Cuers nog van vroeger ken? En wist u dat hij erg van absint houdt? Hij is er echt dol op. Misschien dat dat een betere benadering is. Zal ik het, als kapitein Lauth ook niet verder komt, eens proberen?"'

'En wat antwoordde majoor Henry daarop?'

Tomps vervolgt zijn niet slechte Henry-imitatie. '"Nee," zegt hij, "dat is de moeite niet waard. Vergeet het." Om zes uur verscheen kapitein Lauth op het station, en ik vroeg het Henry opnieuw: "Luister, ik ken Cuers redelijk goed. Waarom laat u mij hem niet meenemen om een borrel te gaan drinken?" Maar hij herhaalde wat hij daarvoor had gezegd: "Nee, het heeft geen zin. We verdoen onze tijd." Dus toen hebben we de laatste trein naar Parijs genomen, en dat was het einde van het verhaal.'

Terug op kantoor open ik een dossier over Henry. Ik twijfel er niet aan of Henry heeft Dreyfus erin geluisd.

Het ontcijferen van codes is niet de verantwoordelijkheid van de afdeling Statistiek of zelfs maar van het ministerie van Oorlog. Dat wordt op het ministerie van Buitenlandse Zaken gedaan, door een team van zeven man, van wie majoor Étienne Bazeries het leidinggevende genie is. De majoor is beroemd omdat hij de boodschap in het Grote Geheimschrift van Lodewijk XIV heeft gekraakt en de identiteit van de Man in het IJzeren Masker heeft ontdekt. Hij voldoet aan ieder cliché van het excentrieke wonderkind – hij kamt zijn haar niet, is kortaangebonden en vergeetachtig en het is moeilijk om een afspraak met hem te krijgen. Ik probeer hem twee keer met een smoesje op de quai d'Orsay te vinden, maar zijn staf vertelt me beide keren dat niemand weet waar hij uithangt. Pas aan het einde van de maand tref ik hem op zijn werkkamer. Hij zit in hemdsmouwen over zijn bureau gebogen met een schroevendraaier in zijn hand en een uit elkaar gehaald cilindrisch coderingsapparaat voor zich uitgespreid. Theoretisch ben ik zijn meerdere, maar Bazeries salueert niet – hij staat niet eens op. Hij gelooft niet in hiërarchie, en ook niet in het laten knippen van zijn haar, zich scheren of, naar de lucht op zijn kamer te oordelen, zich wassen.

'De Dreyfus-affaire,' zeg ik tegen hem. 'Het telegram dat de Italiaanse militaire attaché, majoor Panizzardi, op 2 november 1894 naar de generale staf in Rome heeft gestuurd.'

Hij kijkt me door een vettige bril met samengeknepen ogen aan. 'Wat is daarmee?'

'Heeft u de code gebroken?'

'Jazeker. Ik ben er negen dagen mee bezig geweest.' Hij vervolgt zijn gepruts met de machine.

Ik pak mijn notitieboekje en sla het op een dubbele pagina open. Aan de ene kant staat de gecodeerde tekst die ik uit het dossier in het archief heb overgeschreven, op de andere de oplossing zoals die door Gonse is uitgeschreven: *Kapitein Dreyfus is gearresteerd. Het ministerie van Oorlog heeft bewijs van zijn contacten met Duitsland. We hebben alle noodzakelijke maatregelen getroffen.* Ik laat hem aan Bazeries zien. 'Is dit uw oplossing?'

Hij werpt er een blik op. Onmiddellijk spannen zijn kaakspieren zich. 'Mijn god, geven jullie het dan nooit op?' vraagt hij kwaad. Hij duwt zijn stoel naar achteren, beent zijn kamer door, gooit zijn deur open en schreeuwt: 'Billecocq! Breng me het Panizzardi-telegram!' Hij draait zich naar mij om. 'Ik zeg het u voor de laatste keer, kolonel, dat is niet wat er staat, en al wilt u het nog zo graag, het zal er nooit staan ook.'

'Wacht,' zeg ik, en ik steek mijn hand op om hem te bedaren. 'Hier is blijkbaar iets aan voorafgegaan waarvan ik niet op de hoogte ben. Even voor alle duidelijkheid: u zegt dus dat dit geen accurate transcriptie van het gecodeerde telegram is?'

'De enige reden dat we er negen dagen over deden om het te ontcijferen was dat uw ministerie weigerde de uitkomst te geloven!'

Een nerveuze jongeman, Billecocq waarschijnlijk, komt binnen met een map. Bazeries grist hem uit zijn hand en slaat hem open. 'Hier is het, ziet u – het originele telegram.' Hij houdt het voor me op. Ik herken het handschrift van de Italiaanse attaché. 'Panizzardi bracht het om drie uur 's ochtends naar het telegramkantoor op de avenue Montaigne. Om tien uur lag het, dankzij onze regeling met de telegramdienst, bij ons op het departement. Om elf uur was kolonel Sandherr op precies dezelfde plek als u nu en vroeg of we het met de grootst mogelijke haast konden ontcijferen. Ik antwoordde dat het wel even zou duren – de gebruikte code is zeer complex, en we waren er nog niet eerder in geslaagd hem te breken. Hij zei: "En als ik u nou eens garandeerde dat één woord er zeker in voorkwam?" Ik antwoordde hem dat het in dat geval anders lag. Hij zei dat het woord "Dreyfus" was.'

'En hoe wist hij dat Panizzardi Dreyfus zou noemen?'

'Welnu, dat was zeer slim, dat moet ik toegeven. Sandherr vertelde dat hij de dag ervoor had geregeld dat die naam naar de kranten zou uitlekken als zijnde de man die was gearresteerd op verdenking van spionage. Hij ging ervan uit dat Dreyfus' opdrachtgever dan in paniek zou raken en contact zou zoeken met zijn meerderen. Toen Panizzardi midden in de nacht naar het telegramkantoor werd gevolgd, wist kolonel Sandherr dat zijn tactiek vruchten afwierp. Helaas bleek de tekst, toen ik erin was geslaagd de code te ontcijferen, niet wat hij zich had gewenst. U kunt het zelf lezen.'

Bazeries laat me het telegram zien. De oplossing is keurig onder de cijfers van de gecodeerde tekst gezet: *Als kapitein Dreyfus geen contact met u heeft gehad, dient u de ambassadeur opdracht te geven een officiële ontkenning te laten publiceren om te voorkomen dat dit in de pers komt.*

Ik lees het twee keer om me ervan te verzekeren dat ik goed begrijp wat dit betekent. 'Dus dit suggereert dat Panizzardi niets van Dreyfus af wist – precies het tegenovergestelde van wat kolonel Sandherr had verwacht?'

'Precies! Maar dat accepteerde Sandherr niet. Hij was ervan overtuigd dat we ons vergisten. Hij speelde het tot op het hoogste niveau. Hij regelde zelfs dat een van zijn agenten Panizzardi nieuwe informatie zou leveren, over een zaak die hier niet mee in verband stond, zodat hij een tweede gecodeerde tekst naar Rome zou sturen waar bepaalde technische termen in zouden voorkomen. Toen we ook die hadden gekraakt, hadden we onomstotelijk bewezen dat onze decodering juist was. Negen dagen heeft die hele toestand ons van het begin tot aan het eind gekost. Dus alstublieft, kolonel, laat ons niet weer van voren af aan beginnen.'

Ik reken het uit mijn hoofd uit. Negen dagen na 2 november brengt ons op 11 november. Het proces voor de krijgsraad begon op 19 december. Dat betekent dat de afdeling Statistiek een maand voordat Dreyfus werd berecht al wist dat de zinsnede 'dat schorem van een D' niet op Dreyfus van toepassing kon zijn, omdat ze wisten dat Panizzardi nog nooit van hem gehoord had – tenzij hij tegen zijn meerderen loog, en waarom zou hij dat doen?

'En het staat buiten kijf,' vraag ik, 'dat jullie het ministerie van Oorlog aan het eind van die negen dagen de juiste versie hebben doen toekomen?'

'Absoluut. Ik heb haar aan Billecocq gegeven en die heeft haar persoonlijk afgeleverd.'

'Weet u nog aan wie u het heeft gegeven?' vraag ik aan Billecocq.

'Ja, kolonel, dat weet ik nog heel goed, want ik heb het aan de minister zelf gegeven. Aan generaal Mercier.'

Terug op de afdeling Statistiek ruik ik dat er sigarettenrook uit mijn kamer komt, en als ik de deur opendoe, zie ik dat generaal Gonse aan mijn bureau zit. Henry zit met zijn omvangrijke achterwerk op mijn tafel.

Gonse zegt opgewekt: 'U bent lang weg geweest.'

'Ik wist niet dat we een afspraak hadden.'

'Die hebben we ook niet. Ik dacht gewoon even aan te wippen.'

'Dat heeft u nooit eerder gedaan.'

'O nee? Misschien had ik dat dan wel moeten doen. U doet hier een beetje te veel op eigen houtje.' Hij steekt zijn hand uit. 'Ik neem het geheime dossier over Dreyfus mee, als u dat goedvindt.'

'Natuurlijk. Mag ik ook vragen waarom?'

'Niet echt.'

Eigenlijk wil ik het toch doen. Ik kijk naar Henry. Die trekt zijn wenkbrauwen een stukje op.

Geef hun wat ze willen, kolonel – zij zijn de baas.

Terwijl mijn hersens koortsachtig op zoek zijn naar een smoesje om dit niet te hoeven doen, buig ik me langzaam voorover naar mijn kluis. Ik pak de map met de 'D' erop en overhandig hem onwillig aan Gonse. Hij slaat de voorflap om en bladert snel door de inhoud.

Ik vraag venijnig: 'Zit alles erin?'

'Ik mag hopen van wel!' Gonse glimlacht naar me – een puur mechanische aanpassing van de onderste helft van zijn gezicht, gespeend van iedere vrolijkheid. 'Goed dan, we zullen een paar administratieve veranderingen moeten doorvoeren, met het oog op uw naderende vertrek wegens uw inspectieronde. Majoor Henry brengt al het materiaal van agent Auguste rechtstreeks naar mij.'

'Maar dat is onze belangrijkste bron!'

'Inderdaad, en het is dan ook niet minder dan logisch dat het naar mij gaat, ik ben tenslotte hoofd van het departement waar de inlichtingendienst onder valt. Is dat in orde, Henry?'

'Zoals u wenst, generaal.'

'Word ik ontslagen?'

'Natuurlijk niet, mijn beste Picquart! We herschikken de verantwoordelijkheden alleen om efficiënter te kunnen werken. Verder blijft alles voor u bij het oude. Dus dat is dan geregeld.' Gonse gaat staan en drukt zijn sigaret uit. 'We spreken elkaar snel, kolonel.' Hij slaat de Dreyfus-map tegen zijn borst en vouwt zijn armen ervoor. 'Jullie hoeven je geen zorgen te maken, ik zal goed voor onze baby zorgen.'

Als hij is vertrokken, kijkt Henry me aan en haalt verontschuldigend zijn schouders op. 'U had mijn advies moeten opvolgen,' zegt hij.

Ik heb gehoord dat mensen die de openbare executies in de rue de la Roquette hebben bijgewoond vertelden dat de hoofden van de veroordeelde mannen nadat ze door de guillotine van het lichaam waren afgehakt nog sporen van leven vertoonden. Hun kaken bewegen krampachtig. Hun ogen knipperen. Hun lippen bewegen.

Ik vraag me af of die afgescheiden hoofden zelf ook in de illusie verkeren dat ze nog leven. Zien ze de mensen naar hen kijken en denken ze, in het korte moment voordat de duisternis intreedt, dat ze nog steeds kunnen communiceren?

Want zo voel ik me na het bezoek van Gonse. Ik ga nog steeds op het gebruikelijke tijdstip naar mijn werk, alsof ik nog leef. Ik lees rapporten. Ik correspondeer met agenten. Ik zit aan bij vergaderingen. Ik schrijf wekelijks een blanc voor het hoofd van de generale staf: de Duitsers gaan een militaire oefening in de Elzas en de Moezel houden, ze gebruiken steeds meer honden, ze leggen een telefoonlijn aan bij Bussang, aan de grens. Maar ik ben een dode man die praat. De echte leiding van de afdeling Statistiek is overgegaan naar de overkant van de straat, naar het ministerie, waar nu regelmatig overleg plaatsvindt tussen Gonse en mijn officieren Henry, Lauth en Gribelin. Ik hoor hen vertrekken. Ik hoor hen terugkomen. Ze voeren iets in hun schild, maar ik kom er niet achter wat.

Opties lijk ik niet te hebben. Mijn meerderen inlichten heeft natuurlijk niet veel zin – ik ga ervan uit dat ze alles al weten. Gedurende een paar dagen overweeg ik me rechtstreeks tot de president te richten, maar dan lees ik zijn recentste toespraak, die hij in aanwezigheid van generaal Billot heeft uitgesproken – *het leger vormt het hart en de ziel van het land, de spiegel waarin Frankrijk zijn idealen van zelfopoffering en patriottisme ziet; het leger komt in de gedachten van de regering en de trots van ons land op de eerste plaats* – en ik besef dat hij de wapens nooit zal opnemen om een verachtelijke Jood tegen 'het hart en de ziel van het land' te beschermen. Evenmin kan ik mijn ontdekkingen met iemand van buiten de regering (een senator, rechter of journalist) delen zonder de geheimste bronnen van de inlichtingendienst te verraden. Voor de familie van Dreyfus geldt hetzelfde. Trouwens, de Sûreté houdt hen dag en nacht in de gaten.

Maar daar komt nog bij dat ik het leger – mijn hart en ziel, mijn spiegel, mijn ideaal – helemaal niet wíl verraden.

Ik wacht als verlamd op de dingen die gaan komen.

Ik zie het in de kiosk op de hoek van de avenue Kléber, vroeg op een ochtend in november, als ik naar mijn werk wandel; ik wil net de stoep af stappen en blijf als aan de grond genageld staan. Midden op de voorpagina van *le Matin* staat een reproductie van het bordereau.

Overal om me heen staan mensen het te lezen. In eerste instantie fluistert mijn instinct mij in de kranten uit hun handen te trekken: zien jullie soms niet dat dit een staatsgeheim is? Maar ik koop een krant en trek me terug in een portiek. Het is duidelijk dat de illustratie op een van Lauths foto's is gebaseerd. De kop van het artikel is 'Het bewijs'; de toon is Dreyfus onverminderd vijandig gezind. Terwijl ik lees, herken ik de hand van een van de handschriftdeskundigen van het openbaar ministerie. De timing ligt voor de hand: drie dagen geleden is Lazares pamflet *Een gerechtelijke dwaling: de waarheid over de Dreyfus-affaire* verschenen, waarin een frontale aanval op de grafologen wordt gedaan. Zij hebben uit hoofde van hun beroep een motief om ervoor te willen zorgen dat iedereen blijft denken dat Dreyfus de auteur van het bordereau is; preciezer gezegd, ze houden zich allemaal aan hun eigen reproducties vast.

Ik neem een huurrijtuig om zo snel mogelijk op mijn werk te zijn. Daar heerst een grafstemming. Al toont het artikel het vermeende gelijk van Dreyfus' veroordeling aan, voor onze afdeling is het een ramp. Von Schwartzkoppen zal net als de rest van Parijs aan zijn ontbijttafel het bordereau kunnen lezen; als hij beseft dat zijn privécorrespondentie in handen van de Franse regering is, zal hij zijn eetlust snel verliezen en onmiddellijk proberen te achterhalen hoe het daar terecht is gekomen. Met de lange carrière van agent Auguste is het gedaan. En Esterhazy? De gedachte aan zijn reactie als hij ziet dat zijn handschrift de kiosken siert, doet me nog enig plezier, vooral als Desvernine laat in de ochtend op mijn kamer komt om te melden dat hij net heeft gezien hoe onze verrader halsoverkop en blootshoofds in een plensbui uit het appartement van Viervingerige Marguerite stormde, 'alsof de duivel achter hem aan zat'.

Ik word bij generaal Billot geroepen. Hij stuurt een kapitein met de boodschap dat ik onmiddellijk bij hem langs moet komen. Ik zou me graag even op deze verzoeking voorbereiden, dus ik zeg tegen de kapitein: 'Ik kom eraan. Zeg maar tegen hem dat ik onderweg ben.'

'Het spijt me, kolonel. Ik heb orders u nu meteen naar hem toe te brengen.'

Ik neem mijn kepie van de kapstok. Als ik de gang op loop, zie ik Henry met Lauth voor zijn kamer staan. Iets in hun houding – een combinatie van stiekemheid, nieuwsgierigheid en triomf – zegt me dat ze op voorhand wisten dat ik bij Billot ontboden zou worden en dat ze me willen zien vertrekken. We knikken elkaar beleefd toe.

De kapitein en ik steken de straat over naar de ingang van het hôtel de Brienne.

Ik heb hier kolonel Picquart voor de minister van Oorlog...

Als we de marmeren trap op lopen, herinner ik me hoe geestdriftig ik naar boven rende na Dreyfus' degradatie – de stille tuin in de sneeuw, Mercier en De Boisdeffre die hun benen warmden aan het oplaaiende vuur in de open haard, de sierlijke vingers waarmee de wereldbol werd rondgedraaid en Duivelseiland werd uitgekozen...

Ook nu wacht De Boisdeffre me op in de ministerskamer. Deze keer zit hij met Billot en Gonse aan de vergadertafel. Voor Billot ligt een gesloten map. De drie generaals naast elkaar vormen een onheilspellend tribunaal – het zijn mannen die over leven en dood beschikken.

De minister strijkt over zijn hangsnor en zegt: 'Ga zitten, kolonel.'

Ik verwacht de schuld te krijgen voor het lekken van het bordereau, maar Billot verrast me. De inleiding slaat hij over: 'Er is ons een anonieme brief toegespeeld. Er staat in dat majoor Esterhazy er binnenkort in het Huis van Afgevaardigden van zal worden beschuldigd een handlanger van Dreyfus te zijn. Heeft u enig idee hoe de auteur van deze brief aan de informatie komt dat Esterhazy onder verdenking staat?'

'Beslist niet.'

'Ik neem aan dat ik u niet hoef te vertellen dat dit een grove schending van de geheimhoudingsplicht van uw onderzoek is?'

'Natuurlijk niet. Dit bericht komt als een donderslag bij heldere hemel.'

'Het is volstrekt onacceptabel, kolonel!' Zijn wangen worden rood, zijn ogen puilen uit. Plotseling is hij de opvliegende generaal waar de cartoonisten dol op zijn. 'Eerst wordt het bestaan van het dossier onthuld! Daarna verschijnt een kopie van het bordereau op de voorpagina van een krant! En nu dit weer! Wij komen tot de onvermijdelijke conclusie dat u een obsessie – zo niet een gevaarlijke fixatie – heeft ontwikkeld waarin u majoor Esterhazy voor Dreyfus verwisselt, en dat u er alles voor overheeft dat te bewijzen, waaronder het naar de pers laten uitlekken van geheime informatie!'

De Boisdeffre zegt: 'Het is werkelijk diep triest, Picquart. Diep triest. Ik ben enorm in u teleurgesteld.'

'Generaal, ik verzeker u dat ik het bestaan van mijn onderzoek aan niemand heb onthuld, en al helemaal niet aan Esterhazy. En ik heb nooit informatie naar de pers gelekt. Mijn onderzoek is geen obsessie voor me. Ik heb alleen een logisch spoor van bewijzen gevolgd. En dat spoor leidt naar Esterhazy.'

'Nee, nee, nee!' Billot schudt zijn hoofd. 'U heeft het uitdrukkelijke bevel om u niet met Dreyfus te bemoeien naast u neergelegd. U heeft zich als een spion in uw eigen departement gedragen. Ik zou nu een ordonnans kunnen roepen en u op beschuldiging van insubordinatie naar de Cherche-Midi kunnen laten afvoeren.'

Er volgt een stilte, en dan zegt Gonse: 'Als het werkelijk een kwestie van logica is, kolonel, wat zou u dan doen als we u een onomstotelijk bewijs leveren waaruit blijkt dat Dreyfus wel een spion was?'

'Als het daadwerkelijk onomstotelijk is, zou ik het natuurlijk accepteren. Maar ik geloof niet dat een dergelijk bewijs gevonden kan worden.'

'Daar vergist u zich in.'

Gonse kijkt naar Billot, die de map openslaat. Er blijkt één vel papier in te zitten.

Billot zegt: 'We hebben onlangs via agent Auguste een brief van majoor Panizzardi aan kolonel Von Schwartzkoppen onderschept. Dit is de relevante passage: *Ik heb gelezen dat een afgevaardigde vragen gaat stellen over Dreyfus. Als iemand in Rome om een nieuwe uitleg vraagt, zeg ik dat ik nooit iets met deze Jood te maken heb gehad. Als iemand jou ernaar vraagt, zeg dan hetzelfde, want niemand mag ooit weten wat hem is overkomen.* Is getekend "Alexandrine". Zo,' zegt Billot terwijl hij de map intens tevreden dichtslaat. 'Wat zegt u daarvan?'

Dit is natuurlijk een vervalsing. Dat kan niet anders. Ik bewaar mijn zelfbeheersing. 'Wanneer heeft dit u bereikt, als ik vragen mag?'

Billot kijkt naar Gonse. Die zegt: 'Majoor Henry heeft het twee weken geleden op de gebruikelijke manier verkregen. Het was in het Frans, dus heeft hij het in elkaar gezet.'

'Mag ik het origineel zien?'

'Waar is dat goed voor?' vraagt Gonse verontwaardigd.

'Ik zou graag willen zien hoe het eruitziet.'

De Boisdeffre zegt ijzig: 'Ik hoop uit de grond van mijn hart, kolonel Picquart, dat u de integriteit van majoor Henry niet in twijfel trekt. Het bericht is binnengekomen en gereconstrueerd – einde verhaal. We delen deze informatie met u in de verwachting dat het bestaan ervan niet naar de pers uitlekt en dat u de pernicieuze hardnekkigheid waarmee u volhoudt dat Dreyfus onschuldig is, laat varen. Anders zullen de consequenties voor u zeer ernstig zijn.'

Ik kijk de generaals een voor een aan. Dus zo diep is het leger van Frankrijk gezonken. Of het zijn de grootste sukkels van Europa, of de grootste schurken: ik weet niet wat voor het welzijn van mijn land erger is. Maar mijn instinct tot zelfbehoud waarschuwt me hen nu niet tegen te spreken; ik moet me dood houden.

Ik buig mijn hoofd licht. 'Als u er zeker van bent dat het authentiek is, dan accepteer ik dat natuurlijk.'

Billot zegt: 'Dus u accepteert dat Dreyfus schuldig is?'

'Als het document authentiek is, moet het wel.'

Daar. Het is gedaan. Ik weet niet wat ik op dit moment nog had kunnen zeggen om iets aan Dreyfus' benarde situatie te veranderen.

Billot zegt: 'In verband met uw staat van dienst, kolonel, zijn we bereid af te zien van juridische stappen tegen u – althans, vooralsnog. We verwachten echter dat u alle documenten met betrekking tot het onderzoek naar majoor Esterhazy, inclusief de petit bleu, aan majoor Henry overdraagt. En u vertrekt onmiddellijk naar het depot in Châlons om een begin te maken met uw inspectie van het Zesde en Zevende Legerkorps.'

Gonse glimlacht weer. 'En dan kunt u mij nu, als u dat goedvindt, alle sleutels van het bureau geven, mijn beste Picquart. Het is niet nodig dat u nog naar uw eenheid teruggaat. Majoor Henry neemt de dagelijkse leiding over. U kunt direct naar huis gaan om uw koffer te pakken.'

Ik stop genoeg kleren voor drie of vier dagen in een koffer. Ik vraag de conciërge mijn post naar het ministerie van Oorlog door te sturen. Dan blijft er, voordat om zeven uur mijn trein vertrekt, nog net genoeg tijd over om een paar mensen gedag te zeggen.

Pauline is in het appartement van de familie op de rue de la Pompe, voor de thee met haar dochters. Als ze me ziet, lijkt ze te schrikken. 'Philippe kan ieder moment van zijn werk komen,' fluistert ze terwijl ze de deur half achter zich sluit.

'Maak je geen zorgen, ik kom niet binnen.' Ik sta met mijn koffer naast me in het trappenhuis en vertel haar dat ik vertrek.

'Voor hoe lang?'

'Het zou niet langer dan een week moeten duren, maar als dat toch het geval blijkt te zijn en je contact met me wilt opnemen, stuur je post dan per adres van het ministerie – pas alleen wel op met wat je schrijft.'

'Waarom? Is er iets?'

'Nee, maar het is altijd verstandig om voorzichtig te zijn.' Ik kus haar hand en druk hem tegen mijn wang.

'Mama!' gilt een stem achter haar.

'Je kunt maar beter gaan,' zeg ik.

Vervolgens neem ik een huurrijtuig naar de boulevard Saint-Germain en vraag de voerman te wachten. Het is inmiddels donker, en in de novemberduisternis lichten de lampen van het grote huis fel op; er heerst een sfeer van activiteiten. Waarschijnlijk houdt Blanche later die avond een van haar muzikale soirees. 'Vreemdeling!' groet ze me. 'Je bent veel te vroeg.'

'Ik kom niet binnen,' antwoord ik. 'Ik vrees dat ik een paar dagen uit Parijs weg moet.' Ik herhaal wat ik net tegen Pauline heb gezegd: als ze met me in contact wil komen, kan dat via het ministerie, maar dan wel discreet. 'Liefs aan Aimery en Mathilde.'

'O, Georges!' roept ze verrukt uit terwijl ze me in mijn wang knijpt en me op het puntje van mijn neus kust. 'Je bent een raadsel!'

Als ik weer in het huurrijtuig kruip, zie ik achter het raam op de begane grond dat ze de musici vertelt waar ze hun spullen moeten opstellen. Ik neem een laatste indruk in me op van de kroonluchters, van de overvloed aan kamerplanten, van de met bleekroze zijde gestoffeerde Lodewijk XIV-stoelen en van het licht dat op het gepoetste sparren- en esdoornhout van de instrumenten weerkaatst. Blanche glimlacht naar een van de violisten en wijst hem waar hij moet zitten. Dan geeft de voerman een tikje met zijn zweep en verdwijnt deze blik op beschaving met een ruk uit mijn beeld.

Als laatste bezoek ik Louis Leblois. Opnieuw brengt de voerman zijn koets met een ruk tot stilstand; opnieuw ga ik niet naar binnen maar neem ik afscheid in het trappenhuis. Louis komt net uit de rechtbank. Maar hij heeft meteen door dat iets mij kwelt.

'Je mag er niet over praten, neem ik aan?'

'Ik ben bang van niet.'

'Mocht je me nodig hebben, ik ben er altijd voor je.'

Als ik weer in het rijtuig zit, kijk ik de rue de l'Université in naar de afdeling Statistiek. In de duisternis is het gebouw niet meer dan een sombere vlek. Zo'n twintig passen achter ons is een huurrijtuig met het gele licht van het Poissonnière Montmartre-depot gestopt. Het komt weer in beweging als we wegrijden, en als we bij het gare de l'Est aankomen, blijft het op een discrete afstand van ons stilstaan. Waarschijnlijk word ik al gevolgd sinds ik mijn appartement heb verlaten. Ze nemen geen enkel risico.

Op een reclamezuil voor het station, tussen alle advertenties en veelkleurige affiches van de Opéra-Comique en de Comédie-Française, hangt een poster met de reproductie van het bordereau uit *Le Matin* naast een voorbeeld van het handschrift van Dreyfus: zo naast elkaar bezien, zijn de verschillen groot. Mathieu heeft de posters nu al overal in Parijs op laten plakken. Dat is nog eens snel werk! *Waar is het bewijs?* vraagt de kop. *Wie het origineel herkent, krijgt een beloning.*

Hij geeft niet op, denk ik – niet voordat zijn broer óf dood, óf vrij is. Dat is de enige gedachte waaruit ik, als ik in de overvolle trein die oostwaarts zal gaan mijn koffer op het rek boven mijn zitplaats schuif, nog een beetje hoop put.

DEEL II

16

Vanuit de militaire sociëteit van Sousse kijk je tussen een rij stoffige palmbomen door uit over een ongeplaveid plein met een moderne barak van de douane en daarachter de zee. De Golf van Hammamet schittert deze middag nog feller dan gebruikelijk, als tin in de zon: ik moet mijn hand boven mijn ogen houden. Er loopt een jongen in een lang bruin gewaad langs, met een geit aan een stuk touw achter zich. In het helle licht smelten beide figuren samen tot teerachtig zwarte silhouetten.

Het decor achter de dikke stenen muren van de militaire sociëteit doet geen enkele concessie aan Noord-Afrika. De houten panelen, gecapitonneerde leunstoelen en met kwastjes versierde lampen kom je in elke garnizoensstad in Frankrijk tegen. Zoals het mijn gewoonte is, zit ik na de lunch in mijn eentje aan het raam terwijl de andere officieren van de Vierde Tunesische Karabiniers, mijn wapenbroeders, kaarten, dutten of een vier dagen oude Franse krant lezen. Er is niemand die me benadert. Hoewel ze me altijd behandelen met het respect dat ze mijn rang zijn verschuldigd, houden ze afstand – en wie kan hun dat kwalijk nemen? Er moet tenslotte iets aan me mankeren – de een of andere onzegbare schande moet mijn carrière kapot hebben gemaakt. Waarom zou de jongste kolonel in het leger anders naar zo'n desolate uithoek zijn overgeplaatst? Mijn rode band van het Legioen van Eer steekt af tegen de hemelsblauwe uniformen van mijn nieuwe regiment en trekt gefascineerde blikken, als ware het een kogelwond.

Zoals altijd komt een jonge ordonnans rond een uur of drie met de post door de deur met de hoge glazen panelen binnen. Hij is op een straatschoffieachtige manier knap, deze muzikant uit de regimentsfanfare die naar de naam Flavian-Uband Savignaud luistert. Hij is een paar dagen na mij in Sousse aangekomen: overgeplaatst, naar mijn stellige overtuiging, door de afdeling Statistiek, met het bevel van Henry of Gonse mij te bespioneren. Het is niet zozeer het bespioneren waaraan ik me stoor als wel de onkunde waarmee hij zich van zijn taak kwijt. 'Luister eens,' zou ik tegen hem willen zeggen, 'als je mijn spullen doorzoekt, moet je ze wel precies zo terugleggen als je ze hebt aangetroffen: probeer er, voordat je eraan begint, in je hoofd een plaatje van te maken. En als het je werk is ervoor te zorgen dat mijn post wordt onderschept, neem dan in ieder geval de moeite te doen alsof je het eerst gewoon in mijn vakje legt in plaats van het meteen aan de beambte van het postkantoor te geven – ik ben je nu twee keer gevolgd, en heb in beide gevallen gezien hoe onzorgvuldig je te werk gaat.'

Hij blijft naast mijn stoel staan en salueert. 'Uw post, kolonel. Heeft u iets wat verzonden moet worden?'

'Dank u, niets.'

'Is er verder nog iets wat ik voor u kan doen, kolonel?' De opmerking heeft iets suggestiefs.

'Nee. U kunt gaan.'

Hij wiegt een beetje met zijn heupen als hij wegloopt. Een van de jongere kapiteins laat zijn krant zakken om hem te zien langslopen. Dat is nog iets wat ik storend vind: niet eens zozeer dat Henry en Gonse denken dat ik ertoe kan worden verleid met een man naar bed te gaan, maar dat ik naar bed zou gaan met een man als Savignaud.

Ik inspecteer mijn post: een brief van mijn zus en een brief van mijn neef Edmond; beide zijn door de afdeling Statistiek geopend en met een hoeveelheid lijm waarmee ze zich verraden opnieuw dichtgeplakt. Net als bij mijn medebanneling Dreyfus wordt bij mij mijn privacy geschonden doordat er met mijn correspondentie wordt meegekeken – hoewel die niet, zoals bij hem, daadwerkelijk wordt gecensureerd. Er zitten een paar rapporten van informanten bij, van de soort die naar mij doorgestuurd blijven worden om het fabeltje dat ik slechts tijdelijk ben overgeplaatst in leven te houden; ook die zijn geopend. En dan is er een brief van Henry: zijn schoolhandschrift is vertrouwd – we hebben sinds ik Parijs meer dan een halfjaar geleden heb verlaten vaker berichten uitgewisseld.

Tot voor kort was de toon van onze correspondentie vriendelijk (*Hier is de hemel strakblauw en wordt de hitte 's middags me soms bijna te veel; het lijkt echt in niets op Parijs*). Maar in mei kreeg ik van het oppercommando in Tunis het bevel om mijn regiment naar Sidi El Hani te laten vertrekken om daar drie weken lang schietoefeningen te gaan doen. Dit hield in dat we een dag in zuidwestelijke richting moesten marcheren en midden in de woestijn kamp moesten maken. De moeilijk te onderrichten inheemse troepen vormden samen met de hitte en de verveling van het saaie, rotsachtige landschap dat zich naar alle richtingen uitstrekt, en vooral ook met de voortdurende aanwezigheid van Savignaud, een combinatie die een laatste protestkreet uit me perste: *Mijn beste Henry, laat voor eens en altijd openbaar worden toegegeven dat ik uit mijn functie ben ontheven. Ik heb geen enkele reden me daarvoor te schamen; ik schaam me alleen voor alle leugens en raadsels die in de loop van het afgelopen halfjaar over me zijn verspreid.*

Ik vermoed dat Savignaud me Henry's antwoord heeft gebracht. Ik open het nonchalant, met de verwachting dat het de gebruikelijke geruststellende verzekering bevat dat ik binnenkort naar Parijs terugkeer. Maar daarvan is geen sprake: de toon kan niet killer. Hij heeft de eer me te informeren dat uit 'onderzoek' van de afdeling Statistiek naar voren is gekomen dat de enige 'raadsels' waaraan ik in mijn brief refereer, de drie zijn waaraan ik me ook daadwerkelijk schuldig heb gemaakt, te weten: (1) het uitvoeren van een ongeoorloofde operatie 'die niet aan de inlichtingendienst is verbonden'; (2) het verkrijgen van valse getuigenissen van officieren in dienst 'dat er op het postkantoor een geheim document van een bekend individu in beslag zou zijn genomen'; en (3) 'het openen van een geheim dossier en het bestuderen van de inhoud ervan, wat heeft geleid tot zekere indiscreties'. Henry besluit sarcastisch: *En wat het woord 'leugens' betreft, uit het onderzoek is niet gebleken op wat, op wie en hoe dit woord van toepassing zou moeten zijn. Met eerbiedige hoogachting, J. Henry.*

En deze man zou mijn ondergeschikte zijn! De brief dateert van een week geleden, maandag 31 mei. Ik bekijk het poststempel op de envelop: donderdag 3 juni. Het wordt me meteen duidelijk wat er gebeurd moet zijn: Henry heeft de brief geschreven en hem daarna naar de overkant van de straat laten brengen om Gonses goedkeuring te krijgen voordat hij naar mij kon worden verstuurd. Zijn onhandige dreigement wordt door de generale staf gedekt.

Ondanks de Afrikaanse hitte strijkt er een kilte langs mijn huid. Ik lees de brief opnieuw. Maar dan ebt mijn bezorgdheid weg en maakt zij plaats voor een verschrikkelijke woede (*Met eerbiedige hoogachting?*), die zo intens wordt dat ik me moet beheersen om het niet uit te schreeuwen en tegen de meubels aan te schoppen. Ik prop mijn post in mijn broekzak, druk met een woest gebaar mijn kepie op mijn hoofd en been zo driftig naar de deur dat het plotseling doodstil wordt en iedereen zijn hoofd draait om mij te volgen.

Ik stamp over de houten veranda, loop bijna twee majoors die een sigaar staan te roken van de sokken en dender de trap af, langs de lusteloze driekleur, over de brede boulevard naar het parkje aan zee, waar de regimentsfanfare elke zondagmiddag in een niet erg welluidende parodie op het vaderland bekende melodieën voor de Franse gemeenschap in den vreemde speelt. Hier blijf ik staan om tot mezelf te komen. De twee majoors staren me vanaf de veranda met onverholen verbijstering na. Ik draai me om en loop door het parkje richting de zee, langs de muziektent en de kapotte fontein, naar de kade van de haven.

Ik lunch nu al maanden in de militaire sociëteit, waar ik, in de hoop op nieuwe onthullingen in de Dreyfus-affaire, oude kranten doorblader. Ik heb er al die tijd op gerekend dat het vroeg of laat iemand opvalt dat het handschrift op het bordereau van Esterhazy is, en dat die de familie van Dreyfus direct benadert. Maar niets van dat alles: er wordt zelfs in het geheel niet meer aan de zaak gerefereerd. Als ik met gebogen hoofd en mijn handen achter mijn rug langs de vissersboten loop, maak ik mijzelf furieuze verwijten om mijn lafheid. Ik heb het aan anderen overgelaten mijn plicht te doen. En nu denken Henry en Gonse dat ik door mijn verbanning zo ben gebroken, door hun wreedheid zo ben geknakt, dat ze me met intimidatie tot volledige onderwerping kunnen brengen.

Aan de zuidkant van de havenkade, onder de muren van de oude Arabische stad, is een vismarkt, en ik blijf even staan toekijken hoe een vangst bestaande uit mul, zeebaars, heek en makreel wordt binnengehaald en over de wulf wordt gekieperd. In een kooi zitten een stuk of zes schildpadden, de kaken dichtgebonden met een stuk touw, nog levend, maar blind gemaakt zodat ze niet kunnen ontsnappen. Ze zijn wanhopig op zoek naar het water dat ze niet langer kunnen zien en kruipen over elkaar heen, wat een geluid maakt als van keien die tegen elkaar aan slaan.

Mijn kwartier bevindt zich in het militaire kamp aan de andere kant van de medina – het is een bakstenen hut aan de rand van het exercitieterrein, met twee kamers, waarvan de ramen met muskietengaas zijn afgeschermd, en een veranda met twee stoelen, een tafel en een petroleumlamp. In de apathische hitte van de namiddag ligt het exercitieterrein er verlaten bij. Ik ben blij dat er niemand is die me ziet en trek de tafel naar de rand van de veranda, klim erop en duw een loszittende dakspant opzij. In de gaten gehouden worden door een incompetente spion heeft zo zijn voordelen, en de reden dat ik niet om Savignauds overplaatsing heb gevraagd, is dat hij dingen over het hoofd ziet, zoals dit. Ik steek mijn vingers zo ver mogelijk in de lege ruimte, tot ik metaal voel – het is een oud sigarettenblikje.

Ik haal het blikje tevoorschijn, schuif de spant terug, sleep de tafel terug naar zijn oorspronkelijke plek en ga mijn kwartier in. De grootste kamer dient als zit- annex werkkamer; de gordijnen zijn dicht, tegen de zon. Ik loop erdoorheen naar mijn slaapkamer, ga op de rand van mijn smalle ijzeren brits zitten en open het blikje. Er zitten een vijf jaar oude foto en een bundeltje brieven van Pauline in: *Liefste Georges... Mijn liefste Georges... Ik verlang naar je... Ik mis je...* Ik vraag me af door hoeveel handen ze zijn gegaan; het zijn er misschien niet zoveel als bij de correspondentie van de familie Dreyfus, maar ongetwijfeld wel een hoop.

Ik ben een paar keer in je appartement geweest. Alles is daar goed. Madame Guerault heeft me verteld dat je op een geheime missie bent! Soms ga ik op je bed liggen, je kussen ruikt nog steeds naar je; dan stel ik me voor waar je bent en wat je doet. Op die momenten verlang ik het hevigst naar je. Ik zou het dan, in het namiddaglicht, kunnen uitschreeuwen. De pijn is fysiek...

Ik hoef ze niet helemaal te lezen; ik ken ze uit mijn hoofd.

Verder bevat het blikje een foto van mijn moeder, zevenhonderd frank in bankbiljetten en een envelop waarop ik heb geschreven: *In geval van het overlijden van ondergetekende deze brief afleveren bij de president van de republiek; de inhoud ervan is alleen voor hem bedoeld.* G. PICQUART. In de envelop zit een zestien pagina's tellend verslag van mijn onderzoek naar Esterhazy, dat ik in april heb geschreven. Het is een gedetailleerde opsomming van alle bewijzen en van de pogingen van De Boisdeffre, Gonse en Billot om mijn onderzoek tegen te houden. Tot slot trek ik drie conclusies:

1. Esterhazy spioneert voor Duitsland.
2. De enige tastbare feiten die Dreyfus als schuldige aanwijzen, moeten aan Esterhazy worden toegeschreven.
3. De rechtszaak tegen Dreyfus is afgehandeld op een oppervlakkige manier die zijn weerga niet kent, met het vooropgezette idee dat Dreyfus schuldig was, en met minachting van de reguliere rechtsgang.

Uit de minaretten van de Arabische stad klink de weeklacht van de muezzin die de gelovigen oproept om te gaan bidden. Het is Asr, de tijd waarop je schaduw twee keer je lengte is. Ik stop de brief in de zak van mijn uniformjasje en loop terug door de hitte.

De volgende ochtend brengt Savignaud me zoals gewoonlijk al vroeg warm water in mijn slaapkamer, zodat ik me kan scheren. Ik buig me, tot aan mijn middel naakt, voorover naar de spiegel en schuim mijn gezicht in. Hij vertrekt niet, maar talmt en bekijkt me van achteren.

Ik kijk hem via de spiegel aan. 'Ja, soldaat? Wat is er?'

'Ik begrijp dat u een afspraak met generaal Leclerc in Tunis heeft gemaakt, kolonel.'

'Heb ik daar uw toestemming voor nodig?'

'Ik vroeg me af of u wilt dat ik u vergezel.'

'Dat is niet nodig.'

'Bent u terug voor het avondeten?'

'Ga weg, Savignaud.'

Hij aarzelt, salueert en loopt schuchter de kamer uit. Ik ga verder met scheren, maar gehaaster: ik twijfel er niet aan of hij telegrafeert Parijs het nieuws dat ik naar Tunis afreis.

Een uur later sta ik met mijn koffer in mijn hand naast de spoorweg op het plein midden in het stadje. De lijn van Sousse naar Tunis is nog maar kort geleden aangelegd, door een mijnbouwbedrijf. Er is geen station: de locomotief rijdt gewoon door de straten. Het eerste teken van zijn komst is de zwarte rookkolom die zich in de verte tegen de stralend blauwe hemel boven de platte daken aftekent. Een stoomfluit gilt, en een menigte van opgewonden gillende kinderen rent de hoek om en stuift uit elkaar. De stoomlocomotief die twee diepladers en drie rijtuigen trekt vertraagt, tot hij voortkruipt en zijn momentum met een luide zucht van stoom definitief de geest geeft. Ik schuif mijn koffer in het rijtuig en klim erachteraan, terwijl ik een blik over mijn schouder werp om te zien of ik word gevolgd. Maar er is geen spoor van mannen in uniform, er zijn alleen Arabieren en Joden en dieren – kippen in kratten, een schaap en een kleine geit met aan elkaar gebonden poten die door zijn eigenaar onder zijn zitting wordt gepropt.

We rijden weg en winnen snelheid tot we onze escorte van uitgelaten kinderen achter ons hebben gelaten. Als we het monotone landschap – links van ons bosjes olijfbomen en heiige grijze bergen, rechts de gladde gloed van de Middellandse Zee – in rijden, waait het stof door de open zijkanten van het rijtuig naar binnen. Zo om het kwartier pikken we iemand op, altijd vergezeld van dieren, die plotseling uit het niets naast het spoor verrijst. Ik steek mijn hand in mijn uniformjasje en voel de scherpe randen van mijn postume brief aan de president.

Als we ten slotte rond het middaguur in Tunis aankomen, baan ik mij een weg door de menigte op het perron naar de standplaats voor rijtuigen. De hitte in de stad is bijna tastbaar. De lucht zit vol roet en de geuren van kruiden – komijn, koriander, paprika – en tabak en paardenmest, in een klamme suspensie. Bij de huurrijtuigen verkoopt een jongen *La Dépêche tunisienne*, die voor vijf centimes een compilatie van één dag oud, vanuit Parijs getelegrafeerd nieuws aanbiedt. Op het ritje naar het hoofdkwartier van het leger lees ik de koppen. Nog altijd geen nieuws over Dreyfus. Maar het ligt binnen mijn macht daar verandering in aan te brengen. Voor de zoveelste keer voel ik de brief, als een anarchist die zijn dynamiet controleert.

Leclerc heeft het druk, hij laat me een halfuur in zijn antichambre zweten. Dan komt er een adjudant naar me toe: 'De generaal wil weten waar het over gaat.'

'Het is een privéaangelegenheid.'

Hij gaat weg en komt een paar minuten later terug. 'De generaal stelt voor dat u uw persoonlijke aangelegenheden met generaal de Chizelle opneemt.' De Chizelle is de hoogste officier van de Vierde Tunesische Karabiniers, mijn directe meerdere.

'Het spijt me, maar dit is een persoonlijke aangelegenheid, die ik alleen aan de opperbevelhebber kan voorleggen.'

Opnieuw trekt hij zich terug, maar deze keer heel kort. 'De generaal kan u nu ontvangen.'

Ik laat mijn koffer staan en loop mee met de adjudant.

Jérôme Leclerc zit in hemdsmouwen op de veranda van zijn werkkamer achter een draagbare kaarttafel een stapel brieven weg te werken. Boven zijn hoofd draait een elektrische ventilator, waardoor de hoeken van de vellen papier, die hij met zijn revolver heeft verzwaard, worden opgetild. Hij is halverwege de zestig en heeft vierkante kaken en vierkante schouders; hij is al zo lang in Afrika dat zijn huid bijna net zo lichtbruin is als die van de autochtonen.

'Aha,' zegt hij. 'De wonderlijke kolonel Picquart: onze eigenste *mystery man*, ons toegezonden onder dekking van de duisternis!' Het sarcasme is niet helemaal onvriendelijk. 'Vertel eens, kolonel, wat is uw nieuwste geheim dat niet kan worden toevertrouwd aan de officier die uw eerste meerdere is?'

'Ik verzoek u om verlof om naar Parijs te mogen vertrekken.'

'En waarom kunt u dat verzoek niet bij generaal de Chizelle indienen?'

'Omdat hij het zou weigeren.'

'En hoe weet u dat?'

'Ik heb reden om aan te nemen dat het ministerie van Oorlog heeft bevolen dat mij niet mag worden toegestaan Tunesië te verlaten.'

'Waarom komt u dan naar mij, als dat waar is – wat ik overigens niet bevestig?'

'Omdat ik denk dat u eerder dan generaal de Chizelle geneigd bent een bevel van de generale staf naast u neer te leggen.'

Leclerc kijkt me even met half toegeknepen ogen aan, en ik vraag me al af of hij me eruit zal laten gooien, maar dan begint hij plotseling te lachen. 'Ja, die is goed, dat is waarschijnlijk waar. Mij kan het toch niets meer schelen. Maar pas op, er moet wel een verdomd goede reden voor zijn. Als u alleen maar naar Parijs wilt om de een of andere vrouw te zien, is dat niet genoeg.'

'Er loopt daar een kwestie die niet is afgerond.'

'Is dat zo, god nog aan toe!' Hij vouwt zijn armen voor zijn borst, leunt achterover in zijn stoel en neemt me een paar keer van top tot teen op. 'U bent een vreemde vogel, kolonel Picquart. Ik weet niet wat ik van u moet denken. Ik heb nog niet zo lang geleden gehoord dat u het volgende hoofd van de generale staf zult zijn, en nu zit u opeens hier in deze godvergeten uithoek bij ons. Vertelt u eens, wat heeft u gedaan? Geld verduisterd?'

'Nee, generaal.'

'De vrouw van de minister genaaid?'

'Dat zeker niet.'

'Wat dan wel?'

'Dat kan ik u niet vertellen.'

'Dan kan ik u niet helpen.'

Hij leunt weer achterover en pakt een stapeltje papier.

Plotseling ben ik wanhopig. 'Ik ben hier een soort gevangene, generaal. Mijn post wordt gelezen. Ik word gevolgd. Ik mag niet vertrekken. Het regime is echt erg alomvattend. Als ik protesteer, wordt mij duidelijk gemaakt dat er beschuldigingen tegen me zullen worden verzonnen om maatregelen te kunnen nemen. Als ik niet deserteer, weet ik niet hoe ik hieraan kan ontsnappen. En als ik wel deserteer, is het natuurlijk pas echt met me gedaan.'

'O nee, niet deserteren! Als u deserteert, moet ik u doodschieten.' Hij staat op om zijn benen te strekken. Hij is groot en, ondanks zijn leeftijd, lenig. Een vechtjas, denk ik – geen bureauman. Hij ijsbeert met gefronste wenkbrauwen over de veranda, blijft staan en kijkt de tuin in. Ik weet niet hoe alle bloemen heten, maar ik herken de jasmijn, de cyclamen en de anjers. Hij ziet dat ik ernaar kijk. 'Bevalt de tuin u?'

'Hij is prachtig.'

'Ik heb hem zelf aangelegd. Inmiddels prefereer ik vreemd genoeg dit land boven Frankrijk. Ik geloof niet dat ik, als ik met pensioen ga, terugkeer.' Hij zwijgt even en zegt dan fel: 'Weet u wat ik niet kan uitstaan, kolonel? Dat de generale staf zijn rommel hier dumpt. Ik wil u niet beledigen, maar elke ontevreden, afwijkende, welopgevoede idioot in het leger wordt mijn kant op gestuurd, en ik kan u wel vertellen dat ik daar doodziek van word!' Hij wipt met zijn voet op de houten planken terwijl hij er nog eens goed over nadenkt. 'Geeft u mij uw erewoord dat u niets misdadigs of immoreels heeft gedaan – dat u gewoon bij dat stelletje bureaugeneraals uit de rue Saint-Dominique in ongenade bent gevallen?'

'Op mijn erewoord.'

Hij gaat aan zijn bureau zitten en begint te schrijven. 'Is een week voldoende?'

'Een week is alles wat ik nodig heb.'

'Ik wil niet weten wat u van plan bent,' zegt hij terwijl hij doorschrijft, 'dus laten we het daar ook maar niet over hebben. Ik zal het ministerie niet inlichten dat u Tunesië heeft verlaten. Als ze erachter komen, mag u hun vertellen dat ik een soldaat ben, geen cipier. Maar ik lieg niet, begrepen?' Hij is klaar met schrijven, blaast over de inkt en overhandigt me de brief. Het is een officiële toestemming voor luitenant-kolonel Picquart van de Vierde Tunesische Karabiniers om het land te verlaten voor buitengewoon verlof, getekend door de opperbevelhebber van Tunesië. Het is voor het eerst dat ik van officiële zijde word geholpen. De tranen staan me in de ogen, maar Leclerc wendt voor het niet te zien.

De veerboot naar Marseille vertrekt de volgende dag om twaalf uur uit Tunis. Een klerk van de rederij vertelt me ('tot mijn grote spijt, mijn kolonel') dat de boot al vol zit; ik moet hem twee keer omkopen – eerst om een piepkleine hut met twee kooien voor mij alleen toegewezen te krijgen, en dan nog een keer om mijn naam van de passagierslijst af te houden. Ik breng de nacht door in een pension in de buurt van de haven en ga vroeg aan boord, in burgerkleding. De Afrikaanse zomerhitte is verzengend, maar ik kan het me niet veroorloven me aan dek te begeven en te riskeren dat ik word herkend. Dus ga ik naar het benedendek, sluit mijn deur, trek mijn kleren uit en ga druipend van het zweet op de onderste slaapplaats liggen. Ik denk aan Dreyfus' beschrijving van het oorlogsschip dat voor Duivelseiland voor anker ging: *Ik wachtte bijna vier dagen opgesloten in mijn cel in de tropische hitte, zonder ook maar één keer aan dek te mogen gaan.* Tegen de tijd dat de motoren worden gestart is het in mijn eigen metalen cel zo heet als in een Turks stoombad, en als we wegvaren, trilt de lucht boven de kade. Door de patrijspoort zie ik de kust van Afrika langzaam verdwijnen. Pas als we op volle zee zijn en ik niets anders zie dan de blauwe Middellandse Zee sla ik een handdoek om mijn middel, roep de steward en bestel iets te eten en te drinken.

Ik heb een Russisch-Frans woordenboek en Dostojewski's *Aantekeningen uit het ondergrondse* en zet me op mijn kleine slaapplaats aan het vertalen, met de twee boeken balancerend op mijn knieën en mijn potlood en papier naast me. Het werk verslindt de tijd, en zelfs de hitte. *Om je alleen maar om welzijn te bekommeren lijkt me helemaal geen bewijs van goede manieren. Of het nou goed of slecht is, het is soms gewoon heel fijn om iets kapot te gooien...*

Tegen middernacht, als het schip tot rust lijkt te zijn gekomen, waag ik me de ijzeren trap op en stap voorzichtig aan dek. De beweging van de boot zorgt voor een warme bries uit het noorden van dertien knopen. Ik loop naar de voorsteven, hef mijn gezicht en drink de lucht in. Voor me en aan weerszijden is er niets dan duisternis. Het enige licht komt van boven: een laag sterren en een maan die in en uit wolken scheert en een racewedstrijd met ons lijkt te houden. Vlak bij me staat een man, die over de reling hangt en zacht met een bemanningslid praat. Achter me hoor ik voetstappen, en als ik me omdraai zie ik de gloeiende punt van een sigaar op me afkomen. Ik loop snel door, naar het achterschip, waar ik een tijdje naar het kielzog kijk, dat flikkert als de staart van een komeet. Maar als ik de sigaar opnieuw zonder lichaam in het donker zie, ga ik weer benedendeks en loop door de gangen naar mijn hut, waar ik de rest van de reis niet meer uit kom.

We meren de volgende dag aan in Marseille, in de namiddag, tijdens een zomerse stortbui. Het lijkt een veelzeggend welkom. Ik haast me meteen naar gare Saint-Charles en koop een kaartje voor de eerste beschikbare trein naar Parijs, me ervan bewust dat dit het moment is waarop ik het kwetsbaarst ben. Ik ga ervan uit dat Savignaud heeft gerapporteerd dat ik naar Tunis ben vertrokken, en inmiddels waarschijnlijk ook dat ik niet in Sousse ben teruggekeerd. Het is bijgevolg mogelijk dat Gonse en Henry de conclusie hebben getrokken dat ik onderweg ben naar Parijs. Ze hoeven het alleen maar aan Leclerc te vragen. Als ik Henry was, zou ik de préfecture van de politie in Marseille getelegrafeerd hebben om te vragen of ze het station in de gaten willen houden, voor het geval dat.

Ik blijf tot iets voor zevenen met mijn hoofd achter een krant verstopt onder de stationsklok hangen, dan hoor ik de trein naar Parijs fluiten en zie dat hij in beweging komt. Ik grijp mijn koffer, ren door de kaartjescontrole, slalom langs een conducteur die me probeert tegen te houden en sprint het perron op. Ik ruk de achterste deur van de trein open en voel het trekken aan mijn armgewricht als de locomotief snelheid wint. Ik gooi mijn koffer naar binnen, versnel nog een keer, weet me aan boord te hijsen en sla de deur achter me dicht. Eenmaal veilig leun ik uit het raampje en kijk achterom. Vijftig meter verderop staat een man, een zwaargebouwde kerel in een bruin pak zonder hoofddeksel, die de trein net heeft gemist en met zijn handen op zijn knieën voorovergebogen op adem staat te komen en door de conducteur wordt vermaand. Maar het valt niet te zeggen of hij gewoon een passagier is die de trein heeft gemist of een agent van de Sûreté die mij schaduwde.

De wagons zitten vol. Ik moet bijna de hele trein door lopen voordat ik een compartiment vind waar ik me in een hoekje kan persen. Mijn medereizigers zijn hoofdzakelijk kooplui, en een priester en een majoor die mijn kant op blijft kijken, alsof hij, al draag ik mijn uniform niet, een collega-soldaat herkent. Ik leg mijn koffer niet in het rek boven ons hoofd maar hou hem op mijn schoot, voor het geval dat ik in slaap val. En inderdaad dommel ik, gewiegd door de beweging van de trein, ondanks mijn nervositeit in als de dag verstrijkt, en ik word nu en dan met een schok wakker als we tijdens de nacht op een met gaslampen verlicht station stoppen of als iemand ons compartiment binnenkomt of uit gaat. Uiteindelijk word ik gewekt door de vroege junidageraad. Het licht is vaalgrijs, alsof er een laagje as over de zuidzijde van de stad ligt.

Ik loop naar de voorkant van de trein, zodat ik, als we om vijf uur 's ochtends het gare de Lyon binnenrijden, als eerste van boord ga. Ik spoed me de verlaten stationshal door, terwijl mijn blik alle kanten op schiet, maar ik zie alleen een paar mannen in oude lompen, *les ramasseur de mégots* die sigarettenpeuken verzamelen om de tabak te kunnen verkopen. Ik zeg tegen de voerman van het huurrijtuig dat hij me naar rue Cassette 16 moet brengen en zak onderuit op mijn zitting. Een kwartier later rijden we langs het Jardin du Luxembourg en draaien het smalle straatje in. Als ik voor de rit betaal, kijk ik weer goed om me heen. Er is niemand te zien.

Op de tweede verdieping klop ik op de deur van het appartement: luid genoeg om de bewoners te wekken, maar niet zo hard, hoop ik, dat ik hen laat schrikken. Maar het is onmogelijk om iemand om halfzes 's ochtends uit zijn bed te lichten zonder hem doodschrik aan te jagen. Ik zie het in de ogen van mijn zus op het moment dat ze met haar hand bij het boord van haar japon de deur opendoet en mij doodmoe en bezoedeld door het stof en de geuren van Afrika voor haar deur aantreft.

Jules Gay, mijn zwager, zet water op voor koffie, terwijl Anna in de oude slaapkamer van de kinderen rommelt om die voor mij in gereedheid te brengen, zodat ik er kan slapen. Ze zijn nu weer een echtpaar alleen, ze lopen tegen de zestig; ik zie dat ze het fijn vinden om me onderdak te verlenen en weer voor iemand te kunnen zorgen.

Als we koffiedrinken, zeg ik: 'Ik hoop dat jullie het niet erg vinden, maar ik wil graag dat niemand weet dat ik hier ben...'

Ze kijken elkaar aan. Jules antwoordt: 'Natuurlijk. We zullen discreet zijn.'

'Zouden jullie, als er iemand aan de deur komt en naar mij vraagt, kunnen zeggen dat jullie niet weten waar ik ben?'

Anna zegt, half schertsend: 'Goede hemel! Je bent toch niet gedeserteerd, Georges?'

'De enige persoon die ik moet zien, is Louis Leblois. Zouden jullie zo goed willen zijn hem een bericht over te brengen, hem willen vragen of hij zo snel mogelijk langs zou willen komen? Maar zeg tegen hem dat hij niemand mag zeggen dat ik hier ben.'

'Dus je wilt alleen je advocaat spreken?' lacht Jules. 'Dat is geen goed teken.' Verder dan dat geeft hij geen uitdrukking aan zijn nieuwsgierigheid.

Na het ontbijt vertrekt hij naar zijn werk, en even later gaat Anna op zoek naar Louis. Ik snuffel rond in het appartement en bekijk de spullen die er staan – het kruisbeeld boven het echtelijk bed, de familiebijbel en de Meissen-porseleinen poppetjes die nog van mijn grootmoeder in Straatsburg zijn geweest en die de belegering op de een of andere manier overleefd hebben. Ik kijk uit de ramen aan de voorkant van het appartement, die op de rue Cassette uitkijken, en daarna aan de achterkant, waar een parkje is: daar zou ik een mannetje neerzetten, als ik wilde dat het huis in de gaten werd gehouden – met een kleine zaktelescoop zou hij iedere beweging kunnen zien. Ik kan geen moment stilzitten. Ieder geluid uit het Parijse leven van alledag – kinderen die in het park spelen, het klikklakken van het verkeer, de roep van een straatventer – lijkt de drager van een boodschap.

Anna komt terug en vertelt dat Louis langskomt zodra hij uit de rechtbank weg kan. Voor de lunch bakt ze een omelet, en ik vertel haar over het leven in Sousse alsof ik op een exotische rondreis ben geweest – de smalle stenen stegen van de oude Arabische stad die sinds de dagen van de Feniciërs onveranderd zijn gebleven, de scherpe stank van vastgebonden schapen die op de hoek van straten hun slacht afwachten, de beperkingen van de kleine Franse gemeenschap, slechts achthonderd zielen groot in een stadje met achttienduizend inwoners. 'Geen cultuur,' klaag ik. 'Niemand om mee te praten. Nergens een Elzasser gerecht. Mijn god, wat haat ik het daar!'

Ze lacht. 'En dan ga je me nu zeker ook nog vertellen dat ze nooit van Wagner hebben gehoord!' Maar ze vraagt niet hoe ik daar ben beland.

Om vier uur komt Louis. Hij steekt op zijn elegante schoenen het tapijt over en we vallen elkaar in de armen. Alleen al het weerzien met hem geeft me nieuwe moed. Zijn slanke figuur en strakke baard, zijn keurige verschijning, zijn milde stem, zijn afgemeten gebaren – alles drukt soevereine competentie uit. 'Laat mij maar,' lijkt zijn persoon te zeggen. 'Ik heb alles wat in deze wereld ingewikkeld is bestudeerd en het me eigen gemaakt, en ik ben bereid je mijn meesterschap tegen een passend honorarium ter beschikking te stellen.' Maar evengoed voel ik me genoodzaakt hem te waarschuwen dat hij zijn neus in een wespennest steekt. Dus als ik met mijn koffer, die ik uit de slaapkamer van de kinderen heb gehaald, op mijn schoot in de woonkamer zit en Anna zich, nadat ze thee voor ons heeft gezet, discreet uit de woonkamer heeft teruggetrokken, zeg ik, met mijn duimen op de sloten: 'Luister, Louis, voordat ik verderga, wil ik dat je weet dat alleen al het voeren van dit gesprek je in gevaar zou kunnen brengen.'

'Fysiek?'

'Nee, dat niet – daar ben ik niet bang voor. Maar beroepsmatig wel – en politiek. Het zou je volledig kunnen opslokken.' Louis kijkt me met opgetrokken wenkbrauwen aan. 'Ik denk dat ik eigenlijk bedoel te zeggen dat ik je, als je hier eenmaal in betrokken bent geraakt, niet kan beloven waar het eindigt. En daar moet je je nu al van bewust zijn.'

'O, hou toch op, Georges, en vertel gewoon waar het over gaat.'

'Goed, als je het zeker weet.' Ik druk met mijn duimen de sloten in en open de koffer. 'Ik weet niet precies waar ik moet beginnen. Je herinnert je nog wel dat ik in november bij je langskwam om je te vertellen dat ik wegging?'

'Ja, voor een paar dagen of zo, zei je toen.'

'Dat was een valstrik.' Ik maak een dubbele bodem los en haal er een stapeltje papieren uit. 'In eerste instantie werd ik door de generale staf naar Châlons gestuurd om de informatieverwerking van het Zesde Legerkorps te controleren. Daar kreeg ik te horen dat ik meteen door moest reizen naar Nancy om een rapport over het Zevende te schrijven. Ik vroeg natuurlijk toestemming om eerst naar Parijs terug te keren, al was het maar voor een paar uur, om schone kleren te halen. Daar werd per telegram negatief op gereageerd – zie je?' Ik geef hem het telegram. 'Al deze brieven komen van mijn directe baas, generaal Charles-Arthur Gonse, die me iedere keer bevel gaf naar een volgend garnizoen te gaan – het zijn er in totaal veertien. Vanuit Nancy werd ik naar Besançon gestuurd. Daarna naar Marseille. Toen naar Lyon. Toen naar Briançon. Daarna weer terug naar Lyon, waar ik ziek werd. Dit is de brief die Gonse me stuurde toen ik daar was: *Het spijt me dat u er zo slecht aan toe bent, maar ik hoop dat u in Lyon weer op krachten komt. Bereidt u zich ondertussen voor op een vertrek naar Marseille en daarna Nice...*'

'En al die tijd kreeg je geen toestemming om naar Parijs te gaan, al was het maar voor een dag?'

'Kijk zelf maar.'

Louis neemt de handvol brieven en bekijkt ze met gefronste wenkbrauwen. 'Maar dit is belachelijk...'

'Ik kreeg te horen dat ik rondom kerst in Marseille de minister van Oorlog zou ontmoeten, maar hij kwam niet opdagen. Vervolgens kreeg ik bevel onmiddellijk een boot naar Algerije te nemen – dat was eind vorig jaar – om de inlichtingendienst daar te reorganiseren. En een maand nadat ik in Algerije was aangekomen, kreeg ik bevel naar Tunesië te vertrekken. Eenmaal in Tunesië werd ik van mijn oude regiment naar een inheemse compagnie overgeplaatst. Plotseling was ik niet meer op inspectiereis: ik zat op een permanente post in de koloniën.'

'Ik neem aan dat je je hebt beklaagd?'

'Natuurlijk. Gonse schreef gewoon terug dat ik moest ophouden hem al die brieven te sturen: laat de dingen op hun beloop en haal voldoening uit het dienen van een regiment in Afrika. In de praktijk komt het erop neer dat ik ben verbannen.'

'Hebben ze je een reden gegeven?'

'Dat was niet nodig. Die kende ik al. Ik ben gestraft.'

'Waarvoor?'

Ik adem diep in. Dit hardop zeggen voelt nog altijd als heiligschennis. 'Voor mijn ontdekking dat kapitein Dreyfus onschuldig is.'

'Aha.' Louis kijkt me aan, en even verschijnen er kleine barsten in zijn masker van professionele afstandelijkheid. 'Aha, ja, ik begrijp dat dat het hem wel doet.'

Ik geef Louis de envelop die in geval van mijn dood aan de president moet worden overhandigd. Als hij leest wat erop staat, trek hij een gezicht; ik denk dat hij het melodramatisch vindt, van het niveau dat je eerder verwacht in het motto van een thriller die zich op een trein afspeelt. Een jaar geleden had ik er net zo over gedacht. Nu heb ik aan den lijve ondervonden dat thrillers soms meer waarheden bevatten dan het hele sociaal realisme van monsieur Zola.

Ik zeg: 'Toe maar.' Ik steek een sigaret op en let op zijn gelaatsuitdrukking als hij de brief uit de envelop haalt. Hij leest de eerste alinea hardop: '*Ik, ondergetekende Marie-Georges Picquart, luitenant-kolonel van de Vierde Koloniale Infanterie, voormalig hoofd van de inlichtingendienst van het ministerie van Oorlog, garandeer hier op mijn woord van eer de accuratesse van de hieronder volgende informatie, die in naam van de waarheid en gerechtigheid onmogelijk in de doofpot mag blijven, wat wordt geprobeerd...*' Zijn stem valt stil. Hij kijkt me met een gefronst voorhoofd aan.

Ik zeg: 'Je kunt nog terug, als je hier niet bij betrokken wilt raken. Dat zou ik je absoluut niet kwalijk nemen. Ik waarschuw je: als je nu verder leest, zit je in hetzelfde schuitje als ik.'

'Nu maak je het wel heel erg onweerstaanbaar.' Hij leest verder, maar nu stil, zijn ogen bewegen snel langs de regels. Als hij klaar is, blaast hij met bolle wangen een zucht uit, leunt achterover in zijn stoel en sluit zijn ogen. 'Hoeveel exemplaren zijn er van deze brief?'

'Alleen deze.'

'Mijn god! Alleen deze? En die heb je de hele weg van Tunesië naar hier bij je gedragen?' Hij schudt vol ongeloof zijn hoofd. 'Het eerste wat je moet doen is hier ten minste twee kopieën van maken. We hebben hier echt minimaal drie exemplaren van nodig. Wat heb je verder nog in die oude koffer van je?'

'Dit,' zeg ik terwijl ik hem mijn oorspronkelijke rapport voor De Boisdeffre geef: '"Rapport van de inlichtingendienst over Esterhazy, majoor in het Vierenzeventigste Regiment der Infanterie." En dit hier...' – mijn eerste correspondentie met Gonse nadat ik bij hem langs ben gegaan toen hij op het platteland zat, en waarin hij er bij me op aandringt mijn onderzoek naar Esterhazy niet op Dreyfus te betrekken. 'En dit...' – de brief van Henry, waarin hij onthult dat er een onderzoek wordt gedaan naar mijn gedragingen als hoofd van de afdeling Statistiek.

Louis leest ze snel en gaat er volledig in op. Als hij erdoorheen is, legt hij ze weg en kijkt me doodernstig aan. 'De vraag die ik al mijn cliënten bij aanvang stel, Georges – en dat is overigens wat je van nu af aan bent, al mag Joost weten hoe je me ooit moet betalen –, de vraag die ik bij aanvang altijd aan mijn cliënten stel is: wat wil je hiermee bereiken?'

'Ik wil vooral dat het recht zijn beloop krijgt. Ik wil dolgraag dat het leger met zo weinig mogelijk schade uit dit schandaal komt: ik hou nog steeds van het leger. En wat mijzelf betreft, ik wil dat ze me mijn vroegere functie teruggeven.'

'Ha! Nou, het is denkbaar dat je een van die doelstellingen haalt, en als zich een wonder voordoet misschien zelfs twee, maar drie is zo goed als onmogelijk! Ik neem aan dat niemand in de militaire top aan jouw zijde zal willen meevechten.'

'Zo werkt dat inderdaad niet in het leger. Helaas hebben we met vier van de hoogste officieren in het land van doen: de minister van Oorlog; het hoofd van de generale staf; het hoofd van de militaire Inlichtingendienst en de commandant van het Vierde Legerkorps – dat is Merciers legeronderdeel tegenwoordig – en alle vier zijn ze in meerdere of mindere mate bij de affaire betrokken, om van de hele inlichtingendienst zelf nog maar te zwijgen. Begrijp me goed, Louis, het is echt niet zo dat het hele leger verrot is. Er zijn meer dan genoeg goede, eerzame mannen in het opperbevel. Maar als puntje bij paaltje komt, stellen ze het belang van het leger allemaal voorop. Geen van hen wil verantwoordelijkheid dragen als het hele zaakje instort, en dat alleen maar omwille van een...' Ik aarzel.

'Een Jood?' suggereert Louis. Ik antwoord niet. 'Goed,' vervolgt hij, 'als we de bewijzen niet aan iemand binnen het leger kunnen overleggen, wat kunnen we dan wel doen?'

Ik wil net antwoorden als er hard op de deur wordt geklopt. De kracht waarmee dit gebeurt, de onderliggende boodschap van ertoe gelegitimeerd zijn, waarschuwt me dat dit de politie is. Louis wil iets zeggen, maar ik steek mijn hand op om hem tot stilte te manen. Zonder geluid te maken loop ik naar de zitkamerdeur met de glazen panelen en kanten gordijnen en tuur erdoorheen, juist op het moment dat Anna haar rok strak trekt en vanuit de keuken door de gang naar de voordeur loopt. Haar blik kruist die van mij, en ze knikt dat ze weet wat ze moet doen en opent de voordeur.

Ik kan niet zien wie ervoor staat, maar ik hoor hem wel: een zware, mannelijke stem vraagt: 'Neemt u mij niet kwalijk, madame, is kolonel Picquart hier?'

'Nee. Waarom zou hij hier zijn? Dit is niet zijn appartement.'

'Weet u toevallig waar hij wel is?'

'De laatste brief die ik kreeg was in Tunesië gepost. En wie bent u, als ik het vragen mag?'

'Vergeeft u mij, madame... Gewoon een oude vriend uit het leger.'

'Heeft u ook een naam?'

'Laten we het daar maar bij laten, goed? Zegt u maar tegen hem dat "een oude vriend uit het leger" hem zocht. Tot ziens.'

Anna doet de deur dicht en draait hem in het slot. Ze kijkt naar me. Ik glimlach. Ze heeft het goed gedaan. Ik draai me om naar Louis. 'Ze weten dat ik in Parijs ben.'

Louis vertrekt niet veel later en neemt al mijn papieren mee, met uitzondering van de brief aan de president, die ik twee keer moet overschrijven. Nadat Jules en Anna naar bed zijn gegaan, blijf ik nog lang met inkt en papier aan de keukentafel zitten – als de anarchist die zijn bom in elkaar zet. *De rechtszaak tegen Dreyfus is afgehandeld op een oppervlakkige manier die zijn weerga niet kent, met het vooropgezette idee dat Dreyfus schuldig was, en met minachting van de reguliere rechtsgang.*

Louis komt de volgende dag terug op dezelfde tijd, aan het einde van de middag. Anna gaat hem voor naar de woonkamer. Ik omhels hem, loop naar het raam en gluur naar de straat. 'Denk je dat je bent gevolgd?'

'Ik heb geen flauw idee.'

Ik strek mijn nek om de rue Cassette in te kunnen kijken. 'Ik zie niemand die het huis in de gaten houdt. Maar deze mensen zijn goed, helaas. Ik denk dat het verstandig is om ervan uit te gaan dat je gevolgd bent.'

'Daar ben ik het mee eens. Goed, beste vriend, heb je je brief gekopieerd? Uitstekend.' Hij neemt de kopieën van me aan en stopt ze in zijn aktetas. 'Ik bewaar één kopie in mijn kluis, de andere gaat naar een veilig deposito in Genève.' Hij glimlacht naar me. 'Vrolijk een beetje op, beste Georges! Nu zullen ze, als ze eerst jou en dan mij hebben vermoord, ook Zwitserland binnen moeten vallen!'

Maar na voor de tweede dag in het appartement van mijn zus opgesloten te hebben gezeten ben ik niet in de stemming voor grapjes. 'Ik weet het niet, Louis. Ik vraag me af of het niet veiliger is alles aan de kranten te geven en er verder niets meer mee te maken te hebben.'

'O nee, nee, nee!' roept Louis verschrikt uit. 'Dat zou fataal zijn – voor jou én voor Dreyfus. Ik heb eens goed over de hele zaak nagedacht. Die brief van majoor Henry,' zegt hij terwijl hij hem tevoorschijn haalt, 'is werkelijk erg interessant, weet je – heel sluw, in feite. Het is duidelijk dat ze voorzorgsmaatregelen hebben genomen voor het geval jij openbaar maakt wat je weet, maar dat is niet het enige. Ze willen dat je heel goed weet wat die voorzorgsmaatregelen inhouden.'

'Om mij angst aan te jagen?'

'Ja, en daar hebben ze alle reden voor, als je er goed over nadenkt. Hun belangrijkste doel is dat jij niets doet. Daarom willen ze je laten weten hoe onaangenaam ze je leven zullen maken als je iets probeert te doen.' Hij bestudeert de brief. 'Als ik het goed begrijp, beweert majoor Henry hier dat jij samenzweert om Esterhazy in de val te laten lopen: in eerste instantie door een ongeoorloofde operatie tegen hem op te zetten, in tweede instantie door te proberen je collega's over te halen een valse getuigenis over belastend bewijs af te leggen, en in derde instantie door geheime informatie te laten uitlekken om de zaak tegen Dreyfus te ondermijnen. Het is duidelijk dat dat de strekking van hun verdediging zal zijn, als jij naar de kranten gaat: dat je al die tijd voor de Joden hebt gewerkt.'

'Absurd!'

'Absurd, mee eens. Maar er zijn een heleboel mensen die het maar al te graag zullen geloven.'

Daar zie ik de waarheid wel van in. 'Goed dan,' zeg ik, 'als ik dan niet open en bloot naar de krant kan gaan, moet ik misschien heimelijk contact met de familie van Dreyfus opnemen, zodat ik hun in ieder geval de naam van Esterhazy kan geven.'

'Daar heb ik ook aan gedacht. Het is duidelijk dat de familie bewonderenswaardig trouw is aan hun ongelukkige kapitein. Maar ik, in mijn hoedanigheid van jouw advocaat, moet me wel afvragen of zij eenzelfde loyaliteit naar jou aan den dag zullen leggen. De naam van Esterhazy zal hen natuurlijk enorm helpen. Maar het helpt hen nog veel meer dat ze die naam van jou hebben – van het hoofd van de inlichtingendienst in eigen persoon.'

'Denk je dat ze bekend zullen maken dat ik hun bron ben?'

'Als zij als doelstelling hebben hun broer vrij te krijgen, moeten ze haast wel. En als ze het deden, zou ik het hen niet kwalijk nemen, jij wel? Hoe dan ook, zelfs als zij jouw naam niet vrijgaven, zou die binnen een dag of twee uitlekken. Jij wordt in de gaten gehouden, en zij ook. En als eenmaal bekend is dat jij erachter zit, geeft het de generale staf al het bewijs in handen dat ze nodig hebben om het grootse deel van de mensen ervan te overtuigen dat jij samenzweert om Dreyfus vrij te krijgen. Daarom is de brief van Henry ook zo sluw.'

'Dus ik kan geen kant op?'

'Jawel hoor. We moeten tactisch denken. Hoe noemen jullie, soldaten, het als je de vijand niet frontaal maar in de flank of achterkant aanvalt?'

'Een omtrekkende beweging maken?'

'Een omtrekkende beweging – precies, we moeten een omtrekkende beweging maken. Jij praat met niemand: dat speelt hen alleen maar in de kaart. Laat dat allemaal maar aan mij over. Ik geef jouw informatie niet aan de kranten of aan het Dreyfus-kamp, maar aan een publieke figuur met een onberispelijke integriteit.'

'En wie mag dit toonbeeld zijn?'

'Daar heb ik een groot deel van de afgelopen nacht over na liggen denken, en vanmorgen, toen ik me stond te scheren, wist ik het opeens. Als je het goedvindt, ga ik naar de vicevoorzitter van de Senaat, Auguste Scheurer-Kestner.'

'Waarom hij?'

'Om te beginnen is hij een oude huisvriend – mijn vader heeft hem nog wiskunde onderwezen – dus ik ken hem. Hij is een man van de Elzas, wat altijd vertrouwen geeft. Hij is rijk, wat hem onafhankelijk maakt. Maar boven alles is hij een patriot. Hij heeft nog nooit van zijn leven iets oneerlijks of zelfzuchtigs gedaan. Laat je vriend majoor Henry maar eens proberen de oude Auguste als een verrader verdacht te maken!'

Ik leun achterover in mijn stoel en denk na. Een ander voordeel van Scheurer-Kestner is dat hij tot de gematigde linkerflank wordt gerekend, maar veel vrienden op de rechterflank heeft. Hij heeft een zacht, maar vasthoudend karakter. 'En wat gaat de senator met de informatie doen?'

'Dat moet hij zelf weten. Zijn neiging tot het sluiten van compromissen kennende, denk ik dat hij eerst de regering zal benaderen, om te proberen op die manier tot een oplossing te komen. Hij zal pas naar de pers gaan als de autoriteiten niet willen luisteren. Maar er is één ding dat ik op voorhand zeker wil stellen, en dat is dat jouw naam niet als de bron naar buiten komt. De generale staf zal natuurlijk wel kunnen raden dat jij erachter zit, maar dat kunnen ze dan nog niet één, twee, drie bewijzen.'

'En ik? Wat doe ik in de tussentijd?'

'Niets. Jij keert terug naar Tunesië en leidt een onschuldig leven – laat hen je maar volgen zoveel ze willen: ze ontdekken niets wat niet mag. Dat alleen zal al gekmakend voor hen zijn. Kort en goed, beste Georges, ga jij maar gewoon in de woestijn zitten wachten op wat er gaat gebeuren.'

Op de laatste dag van mijn verlof wordt er, nadat Jules naar zijn werk is vertrokken en ik mijn koffer al heb klaarstaan voor de trein van die avond, weer op de deur geklopt – maar deze keer zachter, en onzeker. Ik leg mijn boek neer en luister als Anna de bezoeker binnenlaat. Even later gaat de woonkamerdeur open, en daar staat Pauline. Ze kijkt me zonder iets te zeggen aan. Achter haar zet Anna haar hoed op. 'Ik ben een uurtje weg,' zegt ze kortaf, om er met een mengeling van genegenheid en afkeuring aan toe te voegen: 'En niet langer, denk erom.'

We bedrijven de liefde in de kamer van de kinderen, oplettend gadegeslagen door de rij speelgoedsoldaatjes van mijn neef. Daarna zegt ze, in mijn armen: 'Wilde je nou echt naar Afrika teruggaan zonder te proberen mij te zien?'

'Niet uit vrije wil, liefste.'

'Zonder me zelfs maar een berichtje te sturen?'

'Ik ben bang dat ik je in het ongeluk stort als we zo doorgaan.'

'Dat kan me niets schelen.'

'Geloof mij, het kan je wel schelen, want het zou niet alleen jou schade berokkenen, maar de meisjes ook.'

Plotseling zit ze rechtop in bed. Ze is zo kwaad dat ze niet de moeite neemt zich met het laken te bedekken, zoals ze normaal gesproken doet. Haar haar zit in de war en hangt los, en voor het eerst zie ik een paar grijze plukken tussen het blond. Ze heeft zo'n kleur gekregen dat haar huid roze is. Tussen haar borsten parelt zweet. Ze ziet er fantastisch uit. 'Na al die jaren heb je het recht niet,' zegt ze, 'om beslissingen te nemen die ons allebei raken zonder me zelfs maar te vertellen wat er in jouw hoofd speelt! En waag het niet mijn dochters als excuus te gebruiken!'

'Liefste, wacht...'

'Nee! Genoeg!'

Ze wil uit bed stappen, maar ik pak haar bij haar schouders. Ze probeert zich los te rukken. Ik trek haar omlaag en hou haar vast. Ze hijgt en probeert zich onder me vandaan te worstelen. Maar al is ze nog zo kwaad, ze is minder sterk dan ze eruitziet, en ik ben haar gemakkelijk de baas. 'Luister, Pauline,' zeg ik zacht, 'ik heb het niet over een paar roddels – we zijn al jaren onderwerp van gesprek bij onze vrienden. Het zou me niet eens verbazen als Philippe het van ons weet – zelfs iemand die zo hard op het ministerie van Buitenlandse Zaken werkt, kan hier niet blind voor blijven.'

'Praat niet over hem! Je weet niets van hem!' Ze kan zich niet bewegen en slaat gefrustreerd en hulpeloos met haar hoofd in het kussen.

Ik ga door. 'Roddels zijn één ding – roddels kunnen genegeerd worden. Ik heb het over onthullingen en vernederingen. Ik heb het erover dat de staat zijn macht aanwendt om ons te verpletteren, om ons in de kranten en rechtbanken op te voeren en leugens over ons te verspreiden en die voor de waarheid door te laten gaan. Daar is niets tegen bestand. Denk je dat ik de afgelopen zeven maanden uit vrije wil zo ver van huis was? En dat was nog maar een klein voorproefje van wat ze ons kunnen aandoen.'

Ik laat haar los en ga met mijn rug naar haar toe op de rand van het bed zitten. Ze verroert zich niet. Na een tijdje zegt ze: 'Het is zeker zinloos om te vragen waar we dit onrecht in ons leven aan te danken hebben?'

'Ik mag er, afgezien van Louis, met niemand over praten. En hij weet er alleen van omdat hij mijn advocaat is. Als er iets gebeurt, moet je naar hem gaan. Hij is wijs.'

'En hoe lang blijft dit zo? De rest van ons leven?'

'Nee, nog een paar weken... Een paar maanden, misschien. Dan breekt de storm los, en zul je eindelijk weten wat hier de oorzaak van is.'

Ze zwijgt een tijdje, en dan zegt ze: 'Kunnen we elkaar wel blijven schrijven?'

'Ja, maar we moeten voorzorgsmaatregelen nemen.' Ik sta op en loop naakt naar de zitkamer om een pen en papier te pakken. Het lucht op om iets praktisch te kunnen doen. Als ik terug ben, zit ze met haar armen om haar knieën geslagen op bed. 'Ik heb met Louis een poste restante bij een vriend in de avenue de la Motte-Picquet afgesproken – hier is het adres. Daar stuur ik mijn brieven aan jou naartoe: laat iemand anders ze voor je ophalen. Ik zet jouw naam niet op de envelop en gebruik die ook niet in de brief zelf, en ik onderteken hem niet. Jij moet jouw brieven aan mij evenmin ondertekenen of op een andere manier aanwijzingen geven van wie je bent.'

'Zijn er echt mensen in de regering die onze brieven lezen?'

'Ja, daar heeft het wel alle schijn van: een heleboel mensen zelfs – ministers, officieren, politiemannen. Je kunt alleen voorzorgsmaatregelen nemen, al kan dat wel weer betekenen dat de brief er niet doorheen komt. Gebruik een dubbele envelop, de binnenste smeer je helemaal in met lijm en als je die dan in de andere envelop schuift, plakt hij eraan vast. Op die manier kunnen ze hem niet openen en weer dichtlijmen. Dus als ze ermee knoeien, zullen ze hem moeten houden, en zo schaamteloos willen ze misschien niet zijn. Zeker weet ik het niet – het is het proberen waard.'

Ze houdt haar hoofd schuin en kijkt me een beetje verbaasd aan, alsof ze me voor de eerste keer echt ziet. 'Hoe weet jij dat allemaal?'

Ik sla mijn armen om haar heen. 'Het spijt me,' zeg ik. 'Dat was mijn werk.'

17

Er verstrijken vier maanden.

Vanuit de militaire sociëteit van Sousse kijk je nog steeds tussen een rij stoffige palmbomen door uit over een ongeplaveid plein met een moderne barak van de douane en daarachter de zee. De schittering van de Middellandse Zee blijft metaalachtig fel. Dezelfde jongen in zijn lange bruine gewaad passeert altijd op dezelfde tijd halverwege de middag met een geit aan een stuk touw. Het enige verschil dezer dagen is dat de jongen naar me zwaait en dat ik terugzwaai, want ik ben een vertrouwde aanblik geworden. Zoals gebruikelijk zit ik na de lunch in mijn eentje bij het raam terwijl mijn collega-officieren kaarten of zitten te soezen of de vier dagen oude Franse kranten lezen. Niemand praat met me.

Het is vrijdag 29 oktober 1897, en ik heb sinds ik uit Parijs ben teruggekeerd de oude kranten elke dag gelezen zonder het woord 'Dreyfus' ook maar één keer te zijn tegengekomen. Ik begin bang te worden dat Louis iets is overkomen.

Geheel volgens de traditie verschijnt om een uur of drie een jonge ordonnans met de middagpost door de hoge deur met de glazen panelen. Het is niet Savignaud, die is weg – gearresteerd wegens immoreel gedrag met een olijfoliehandelaar uit de buurt en veroordeeld tot negen dagen detentie, waarna hij naar God weet welk oord is verscheept. Zijn vervanger is een Arabier, Jemel, en als hij een spion is, wat ik aanneem, dan is hij te goed voor me, want ik kan hem nergens op betrappen; bijgevolg mis ik Savignaud en zijn vertrouwde onhandigheid.

Jemel zweeft de kamer binnen, blijft naast mijn stoel staan en salueert. 'Er is een telegram voor u, kolonel.'

Het komt van het militaire hoofdkwartier in Tunis: *Het ministerie van Oorlog beveelt kolonel Picquart onmiddellijk naar El Ouatia te gaan om te onderzoeken wat er waar is van berichten dat zich in de buurt van Tripoli vijandige bedoeïenenruiters groeperen. Gelieve voor vertrek contact op te nemen om de implicaties van uw missie te bespreken. Hartelijke groet, Leclerc.*

Jemel vraagt: 'Wilt u antwoorden, kolonel?'

Even ben ik zo verbaasd dat ik geen woord kan uitbrengen. Ik lees het telegram nog een keer, alleen om me ervan te vergewissen dat ik niet hallucineer.

'Ja,' zeg ik ten slotte. 'Wilt u generaal Leclerc alstublieft telegraferen dat ik morgen bij hem ben?'

'Natuurlijk, kolonel.'

Nadat Jemel in de middaghitte is weggegleden, bestudeer ik het telegram opnieuw. El Ouatia?

De volgende ochtend pak ik de trein naar Tunis. In mijn aktetas zit een map: 'Rapport van de Inlichtingendienst over de moord op de Marquis de Morès'. Ik ken het goed: ik heb het zelf geschreven – een van mijn weinige wapenfeiten in Afrika.

De Marquis de Morès, een fanatieke antisemiet en de meest gevierde duellist van zijn tijd, kwam twee jaar geleden naar Tunesië met het dwaze plan een Arabische opstand tegen het Britse Rijk te ontketenen, te beginnen met een trektocht door het Tunesische deel van de Sahara – een barbaars en wetteloos gebied, waar nog bedoeïenenkaravanen met colonnes aan de nek geketende negerslaven voorkomen. Desondanks sloeg hij alle waarschuwingen in de wind en vertrok met dertig man, eerst een stuk langs de kust en daarna, ten zuiden van Gabès, de woestijn in.

Op acht juni van het afgelopen jaar brak de markies zijn kamp op en vertrok op zijn kameel, geëscorteerd door zes Toearegs die hij als de kern van zijn privéleger zag. Hij reed anderhalve kilometer voor de rest van zijn volgelingen uit toen er van alle kanten bedoeïenenstrijders op hem afkwamen. Op dat moment stortte zijn escorte zich op hem en probeerde hem zijn Winchester en revolver af te pakken. De markies schoot twee van zijn aanvallers dood met zijn revolver, verwondde een derde dodelijk, rende veertig meter naar een boom waarachter hij zich kon verschuilen en haalde nog twee achtervolgende Toearegs neer. Hij liet zich op zijn knieën zakken, herlaadde en wachtte zijn redding door de rest van zijn expeditie af. Maar die had, uit angst of uit meer verraderlijke beweegredenen, op een kilometer van hem vandaan halt gehouden. De dag vorderde, en de hitte werd steeds ondraaglijker. Een van de Toearegs kwam naar voren en veinsde met de markies te willen onderhandelen; in werkelijkheid probeerde hij alleen maar te achterhalen hoeveel kogels hij nog had. De wanhopige markies greep hem bij zijn strot en gebruikte hem als gijzelaar. Niet lang daarna wist de man te ontsnappen, waarop de markies hem doodschoot. Maar door de afleiding waren zijn belagers erin geslaagd dichterbij te komen, de markies kreeg een kogel in zijn nek. Zijn geldbuidel werd opengesneden, zijn honderdtachtig goudstukken werden gestolen en zijn lichaam werd uitgekleed en verminkt.

Het Tweede Departement wilde weten of de Britse geheime dienst de moord had georganiseerd. Ik heb hun kunnen verzekeren dat dat niet het geval was. Maar er kon wel een les uit de episode getrokken worden: het is zelfmoord om zo ver naar het zuiden aan zo'n gevaarlijke onderneming te beginnen als je niet ten minste een voltallige infanteriebrigade plus cavalerie en artillerie meeneemt. En de naam van de plek waar de Marquis de Morès stierf was... El Ouatia.

De trein stopt halverwege de middag in Tunis. Zoals gebruikelijk moet ik me een weg door de menigte op het perron banen om de standplaats voor huurrijtuigen te bereiken; en zoals gebruikelijk staat daar een jongen *La Dépêche tunisienne* te verkopen. Ik geef hem vijf centimes en maak het me gemakkelijk in het rijtuig, en plotseling stokt mijn adem, want daar staat, midden op de voorpagina, de verklaring voor mijn zelfmoordmissie. Ik had het kunnen weten:

> DE ZAAK-DREYFUS. *Parijs, 8.35 uur. De vicevoorzitter van de Senaat, monsieur Scheurer-Kestner, veroorzaakte gisteravond een sensatie met het volgende bericht in* L'Agence Nationale*: 'Ik ben volkomen overtuigd van de onschuld van kapitein Dreyfus en zal alles doen om dat te bewijzen, niet alleen door bij de revisie van zijn rechtszaak vrijspraak te verkrijgen, maar door hem volledig recht te doen en hem geheel te rehabiliteren.' 10.15 uur.* Le Matin *meldt een nieuwe reactie van monsieur Scheurer-Kestner: 'Welke methoden ik ga gebruiken om de waarheid te onthullen? En op welk moment ik die zal inzetten? Vooralsnog is dat mijn geheim. Ik heb het dossier dat in mijn bezit is nog aan niemand laten zien, zelfs niet, zoals al is gesuggereerd, aan de president van de republiek.'*

Eén alinea, dat is alles. Afgelopen nacht is er een sensatie gecreëerd... Het is alsof ik de zwakke schokgolf van een immense explosie ver weg voel. Als het huurrijtuig over de avenue de France kleppert, staar ik naar de façades van de rijksgebouwen en appartementenblokken die wit en okerkleurig in de namiddagzon staan, en ik snap niet dat ze er zo normaal uitzien. Ik bevat niet wat er is gebeurd. Ik voel me vervreemd van mijn omgeving, als in een droom.

Op het militaire hoofdkwartier word ik opgehaald door Leclercs adjudant te velde. Ik volg hem door een brede gang langs een kamer waar een sergeant over een typemachine zit gebogen en met een ondraaglijke traagheid brieven zit uit te tikken. Leclerc verschijnt in hoogsteigen persoon, zich evenmin bewust van de omvang van de gebeurtenissen in Parijs. Het is duidelijk dat hij *La Dépêche* niet leest – of hij heeft hem wel gelezen maar associeert mij er niet mee. Waarom zou hij ook?

Hij begroet me opgewekt. Ik geef hem mijn rapport van de moord op de Marquis de Morès. Hij kijkt er even in, de wenkbrauwen opgetrokken. 'Maakt u zich geen zorgen, Picquart,' zegt hij terwijl hij het teruggeeft. 'Ik zorg ervoor dat u een keurige begrafenis krijgt. U kunt voor uw vertrek de hymnes uitzoeken.'

'Dank u, generaal. Dat stel ik op prijs.'

Hij loopt naar de kaart van het Franse protectoraat aan de muur van zijn kamer. 'Het is een verschrikkelijke tocht, dat moet gezegd. Kunnen ze tegenwoordig niet meer op een kaart kijken, in Parijs?' Hij wijst de route aan die van Tunis in het noorden naar Sousse, Sfax en Gabès loopt, en dan helemaal naar het zuiden tot diep in het enorme woestijngebied in de richting van Tripoli, waar geen enkele weg of nederzetting meer op de kaart staat. 'Dat moet zeker achthonderd kilometer zijn. En aan het eind van die achthonderd kilometer bevindt zich een gebied waar het wemelt van de vijandige bedoeïenen.'

'Het is een enigszins afschrikwekkend vooruitzicht. Mag ik vragen van wie het bevel afkomstig is?'

'Ja, ik durf te zeggen dat dat mag: het komt van generaal Billot in eigen persoon.' Leclerc ziet mijn sombere blik, waardoor hij het nog vermakelijker vindt. 'Ik begin te denken dat u misschien toch met zijn vrouw heeft geslapen!' Maar als ik nog steeds niet glimlach, wordt hij serieus. 'Kijk eens, u hoeft zich geen zorgen te maken, beste kerel. Dit is natuurlijk een vergissing. Ik heb hem al een telegram gestuurd om hem eraan te herinneren dat het de plek is waar de Marquis de Morès bijna een jaar geleden in een hinderlaag werd gelokt.'

'En, heeft hij al gereageerd?'

'Nog niet, nee.'

'Generaal, ik denk niet dat het een vergissing is.' Hij kijkt me scheef aan, verbaasd. Ik vervolg: 'In Parijs was ik het hoofd van de geheime inlichtingendienst van de generale staf. In die hoedanigheid deed ik een aantal ontdekkingen waaruit bleek dat er een verrader in het leger rondliep, en dat hij de misdaden had begaan waarvoor kapitein Dreyfus is veroordeeld.'

'Mijn god, is dat zo?'

'Ik bracht dit onder de aandacht van mijn meerderen, onder wie generaal Billot, en raadde hen aan de echte spion te arresteren. Dat weigerden ze.'

'Ondanks uw bewijzen?'

'Het zou hebben betekend dat ze Dreyfus' onschuld hadden moeten toegeven. En dat had aan het licht gebracht... Laat ik het zo zeggen, dat er in de wijze waarop hij was berecht onregelmatigheden voorkwamen.'

Leclerc steekt zijn vinger op. 'Wacht even. Ik ben langzaam van begrip – dat krijg je als je zo lang in de zon rondloopt. Laat me dit duidelijk stellen. Beweert u dat de minister u op deze hachelijke missie stuurt in de hoop zo van u af te komen?'

Als antwoord overhandig ik hem *La Dépêche tunisienne.* Leclerc staart er een hele tijd naar. Ten slotte zegt hij: 'Ik neem aan dat u degene bent die monsieur Scheurer-Kestner van zijn informatie heeft voorzien?'

Ik antwoord overeenkomstig de formule die ik met Louis overeen ben gekomen. 'Ik heb hem zelf geen feiten aangereikt, generaal.'

'En daarom moest u in de zomer met alle geweld naar Parijs?'

Opnieuw neem ik mijn toevlucht tot een ontwijkend antwoord. 'Het spijt me heel erg als ik u in verlegenheid heb gebracht. Ze hebben gedreigd disciplinaire maatregelen tegen me te nemen als ik het zou wagen te protesteren tegen de manier waarop ik word behandeld. Ik zag mij genoodzaakt naar Parijs terug te gaan en met mijn advocaat te praten.'

'Dat is volstrekt onaanvaardbaar, kolonel.'

'Dat begrijp ik, generaal, en ik bied u mijn excuses aan. Ik wist niet wat ik anders moest doen.'

'Nee, nee, niet uw gedrag is onaanvaardbaar, dat van Billot! En dat soort mensen heeft nog het lef zich superieur aan de Afrikanen te wanen ook!' Hij geeft me mijn krant terug. 'Helaas kan ik een direct bevel van de legertop niet ongedaan maken, maar ik kan het wel tegenhouden. Ga terug naar Sousse en doe alsof u zich voorbereidt om naar het zuiden te gaan. In de tussentijd zie ik wat ik kan doen. In ieder geval zal Billot, als wat u over hem zegt waar is, niet lang meer minister zijn.'

De volgende dag, een zondag, brengt de ordonnans die de leiding over de militaire sociëteit van Sousse heeft iets na elven de kranten. De rest van het garnizoen is naar de kerk. Ik heb de sociëteit voor mezelf. Ik bestel een cognac, pak een van de twee exemplaren van *La Dépêche tunisienne*'s die de sociëteit rijk is en neem het mee naar mijn vaste plek aan het raam.

> DE ZAAK-DREYFUS. *Parijs, 8.35 uur. Kranten blijven erbij dat monsieur Scheurer-Kestner door de familie van voormalig kapitein Dreyfus om de tuin is geleid, maar ze vragen nu om een groot en diepgravend onderzoek. In een vraaggesprek met* Le Figaro *herhaalt monsieur Scheurer-Kestner dat Dreyfus onschuldig is. Maar hij heeft gezegd dat hij verder niets openbaar maakt zolang hij de zaak nog niet aan de bevoegde ministers heeft voorgelegd. Volgens* Le Figaro *zal monsieur Scheurer-Kestner de president en de ministers van Oorlog en van Justitie spreken.*

Het is verschrikkelijk om hier te zitten en niets te kunnen doen zonder te weten wat er precies gebeurt. Ik besluit Louis een telegram te sturen. Ik drink mijn cognac op en loop naar het nieuwe postkantoor bij de haven. Daar aangekomen laten mijn zenuwen het afweten en draal ik tien minuten in de Bar de la Poste, terwijl ik een sigaret rook en toekijk hoe een tiental landgenoten op het stoffige plein jeu de boules speelt. Het staat als een paal boven water dat iedere boodschap die ik stuur zal worden onderschept, en dat geen enkele code die ik verzin de experts meer dan een paar minuten zal bezighouden.

Op dinsdag komen de Parijse kranten die de vrijdag ervoor zijn gedrukt eindelijk in Sousse aan. De eerste commentaren op de bemoeienis van Scheurer-Kestner met de Dreyfus-affaire staan erin. *Le Figaro, Le Matin, La Libre Parole, Le Petit Parisien* en de andere kranten worden in de sociëteit uitgedeeld en veroorzaken grote woede onder mijn collega-officieren. Vanuit mijn stoel bij het raam hoor ik hen praten. 'Denken jullie dat die Scheurer-Kestner ook een Jood is?' 'Nou, met zo'n naam ben je óf een Jood, óf een Duitser...' 'Het is een smerige verdachtmaking tegen het leger; laten we hopen dat iemand de eer herstelt...' 'Ja, van de Marquis de Morès kun je zeggen wat je wilt, maar hij had wel geweten hoe hij zo'n stuk tuig had moeten aanpakken...' 'Wat denkt u ervan, kolonel, als u het niet erg vindt dat we het vragen?'

Ik ben er zo aan gewend in de sociëteit niet te worden aangesproken dat het even duurt voordat ik besef dat ze het tegen mij hebben. Ik leg mijn roman weg en draai me om in mijn stoel. Een stuk of zes gebruinde, besnorde gezichten kijkt me aan. 'Pardon,' zeg ik. 'Wat denk ik van wat...?'

'Dat idiote krantenbericht dat Dreyfus misschien onschuldig is?'

'O, dat? Een slechte zaak, vindt u niet? Erg slecht.' Deze aforistische uitspraak lijkt hen tevreden te stellen en ik keer terug naar mijn boek.

Woensdag is het rustig. Dan, op donderdag, doet *La Dépêche* verslag van nieuwe ontwikkelingen:

> DE ZAAK-DREYFUS. *Parijs, 8.25 uur. De Dreyfus-affaire lijkt in een nieuwe, beslissende fase gekomen te zijn. Monsieur Scheurer-Kestner was gisteren in het ministerie van Oorlog om generaal Billot de informatie aan te bieden waarover hij met betrekking tot kapitein Dreyfus beschikte. De afspraak duurde lang en er werd geen enkele mededeling over gedaan... 9.10 uur.* Le Figaro *meldt dat monsieur Scheurer-Kestner gisteren in verband met de Dreyfus-affaire een ontmoeting heeft gehad met de minister-president, monsieur Méline.*

Ik lig die nacht wakker met mijn deur op slot en mijn revolver onder mijn kussen, en luister bij het krieken van de dag naar de oproep voor het gebed uit een nabijgelegen minaret. Ik vermaak mezelf door me de crisisvergaderingen op Billots kamer voor te stellen: de minister die tekeergaat, de nerveuze Gonse die sigarettenas op zijn uniformjasje morst, De Boisdeffre ijzig, Henry dronken; ik denk eraan hoe Gribelin in een poging nieuw bewijs tegen Dreyfus te vinden tussen zijn dossiers heen en weer rent en Lauth mijn brieven openstoomt en een verborgen code probeert te ontcijferen die ik op de een of andere manier gebruik om controle op de gebeurtenissen uit te oefenen. Ik vermaak me uitstekend met deze ingebeelde verwarring onder mijn vijanden.

Maar dan wordt er teruggeschoten.

Het openingsschot is een telegram. Jemel geeft het me 's ochtends vroeg op mijn werkkamer. Het is een dag eerder verstuurd vanuit het postkantoor bij de Bourse in Parijs: *We hebben bewijs dat de bleu door Georges is vervalst. Blanche.*

Blanche?

Het is alsof een vreemdeling in een menigte je een bedreiging toefluistert en weer in de mensenmassa is opgegaan voordat je je hebt kunnen omdraaien. Ik ben me ervan bewust dat Jemel toekijkt hoe ik reageer. Het telegram is aan de ene kant betekenisloos en aan de andere kant onheilspellend, vooral door het gebruik van Blanches naam. 'Hier begrijp ik niets van,' zeg ik tegen Jemel. 'Misschien is het bericht bij het verzenden verdraaid. Zou je naar het post- en telegraafkantoor willen gaan en daar willen vragen of ze het bericht kunnen herhalen?'

Hij komt later die ochtend terug. 'Er is geen twijfel mogelijk, kolonel,' zegt hij. 'Ze hebben het in Parijs nagekeken: de tekst klopt. Verder is dit voor u aangekomen, het is doorgestuurd vanuit Tunis.' Hij overhandigt me een brief. Op de envelop, waar 'spoed' op staat, is mijn naam verkeerd gespeld: er staat *Piquart*. Het handschrift herken ik vaag. Hier komt het tweede schot.

'Dank je, Jemel.'

Ik wacht met openen tot hij is vertrokken.

Kolonel,

Ik heb een anonieme brief ontvangen waarin staat dat u een afschuwelijk complot heeft gesmeed met als doel Dreyfus door mij te vervangen. In de brief wordt, onder meer, beweerd dat u jongere officieren heeft omgekocht om proeven van mijn handschrift in uw bezit te krijgen; ik weet dat dit waar is. Er wordt ook in beweerd dat u aan u toevertrouwde documenten uit het ministerie van Oorlog heeft ontvreemd om een geheim dossier te kunnen samenstellen dat u vervolgens aan vrienden van de verrader heeft toegespeeld. Ook hiervan weet ik dat het waar is, want vandaag heb ik een document uit dit dossier ontvangen.

Ondanks dit bewijs kan ik nauwelijks geloven dat een hoge officier uit het Franse leger deel kan nemen aan zo'n monsterlijke samenzwering tegen een van zijn kameraden.
Het is ondenkbaar dat u me geen openhartige, heldere verklaring zult willen doen toekomen.

Esterhazy

Een klachtenbrief van de verrader, geschreven met de hand waarmee hij ook het bordereau schreef – je zou de schaamteloosheid van die kerel bijna gaan bewonderen! En dan beginnen de vragen me te bestoken. Hoe komt hij aan mijn naam? En hoe weet hij dat ik in Tunesië zit? Of dat ik proeven van zijn handschrift in mijn bezit heb gekregen? Waarschijnlijk dankzij de auteur van die zogenaamde anonieme brief. En wie zou de auteur van die brief moeten zijn? Henry? Is dit waar de logica van de generale staf toe leidt – dat ze de schuldige man helpen aan zijn gerechtigde straf te ontkomen omdat dat de enige manier is om de onschuldige man gevangen te houden? Ik haal het telegram weer tevoorschijn. *We hebben bewijs dat de bleu door Georges is vervalst. Blanche.* Wat zijn ze van plan?

De volgende dag brengt Jemel me een nieuw telegram, met weer een dreigende inhoud: *Stop de Demigod. Alles is ontdekt. Zeer ernstig. Speranza.* Dit bericht is vanuit het postkantoor in de rue la Fayette in Parijs verstuurd, op dezelfde dag als het Blanche-telegram, maar het heeft er vierentwintig uur langer over gedaan om me te bereiken doordat het, net als de brief van Esterhazy, abusievelijk naar Tunis was gestuurd.

Ik heb nooit iemand ontmoet die Speranza heet – ik ken het alleen als het Italiaanse woord voor 'hoop' – maar 'de Demigod' is Blanches bijnaam voor onze wederzijdse vriend en mede-wagneriaan kapitein William Lallemand. En de enige persoon met een connectie met de afdeling Statistiek die dat onbeduidende feit uit onze vriendenkring zou kunnen kennen, is Blanches ex-minnaar, Du Paty.

Du Paty. Ja, natuurlijk, meteen als die naam me te binnen schiet, is het zonneklaar: Du Paty is opgetrommeld om te helpen deze sinistere productie te beramen; zijn bouwvallige gotische schrijfstijl, deels Dumas, deels *Les Fleurs du Mal*, is onmiskenbaar. Maar waar ik een paar jaar geleden nog hartelijk om een dreigement van zo'n potsierlijke figuur had gelachen, weet ik nu wel beter. Inmiddels heb ik gezien waartoe hij in staat is. En op dat moment besef ik dat ze me hetzelfde gevangenispak als Dreyfus aanmeten.

De volgende ontploffing, op woensdag 17 november, is zo hard dat de slaperige palmbomen van de militaire sociëteit ervan heen en weer schudden:

> BROER DREYFUS NOEMT 'DE ECHTE DADER'. *Parijs, 14.00 uur. Hieronder volgt de tekst van de brief die de broer van Dreyfus aan de minister van Oorlog heeft gestuurd: 'Monsieur le ministre, de enige grond voor de beschuldiging tegen mijn broer is een brief zonder datum en zonder handtekening waarin wordt gesteld dat er vertrouwelijke documenten aan een spion van een buitenlandse mogendheid zijn geleverd. Ik heb de eer u de naam van de auteur van dat document bekend te maken: het is monsieur le comte Walsin Esterhazy, een majoor van de infanterie die afgelopen voorjaar om gezondheidsredenen uit de actieve dienst is ontslagen. Het handschrift van majoor Esterhazy is identiek aan dat van dit document. Ik twijfel er niet aan, minister, dat u, nu u de dader van het landverraad waarvoor mijn broer is veroordeeld kent, snel zult handelen en het recht zult laten zegevieren. Met het diepste respect, Mathieu Dreyfus.'*

Ik lees het na de lunch en trek me dan terug aan het raam, waar ik veins in mijn roman op te gaan. Achter me gaat de *Dépêche* van hand tot hand. 'Nou,' zegt een officier, 'daar heb je het: zo zijn de Joden. Ze steunen elkaar en geven nooit op.' Een andere zegt: 'Ik moet zeggen, ik heb wel met die Esterhazy te doen.' Een derde, de kapitein die zich aan Savignaud verlustigde, valt hen bij: 'Zien jullie dat hier staat wat Esterhazy aan generaal Billot heeft geschreven? "Ik heb vanmorgen in de krant kennisgenomen van de schandelijke beschuldiging aan mijn adres. Ik vraag u een onderzoek in te stellen en ben bereid alle beschuldigingen te weerleggen."' 'Goed van hem,' antwoordt de eerste, 'maar wat kan hij tegen al dat Joodse goud inbrengen?' De kapitein: 'Daar heb je gelijk in – misschien moeten we geld inzamelen voor die goeie ouwe Esterhazy. Noteer mij maar voor twintig frank.'

De volgende dag maak ik een lange rit langs de kust om mijn hoofd leeg te maken. Ver op zee jagen immense wolken noordwaarts, met in hun kielzog een gordijn van regen. Het is het begin van het natste seizoen. Ik geef mijn rijdier de sporen en galoppeer naar de duizend jaar oude wachttoren van de Ribat in Monastir, een afstand van misschien vijftien kilometer. Als ik dichterbij kom, steekt de toren bleek tegen de donkere zee af. Ik overweeg de kleine vissershaven in te rijden, maar de hemel is nu inktzwart, en inderdaad, als ik ben omgedraaid barst de wolk als een opengesneden waterzak boven mijn hoofd in tweeën en ben ik in een mum van tijd doordrenkt.

Terug op de basis rijd ik meteen door naar mijn vertrek, om me om te kleden. De deur, die ik zorgvuldig achter me dicht had gedaan, staat open, en ik zie Jemel schuldbewust in mijn zitkamer staan. Was ik iets eerder geweest, dan zou ik hem op heterdaad bij zijn doorzoekingen betrapt hebben, maar nu ligt alles weer op zijn plek.

Ik zeg kortaf: 'Zet water voor me klaar; ik heb een bad nodig.'

'Ja, kolonel.'

Tegen de tijd dat ik in de sociëteit ben, is het te laat voor de lunch, en zodra ik de zaal binnenkom, weet ik dat er iets van zeer groot belang is gebeurd. Terwijl ik naar mijn vaste plek loop, vallen alle gesprekken stil. Verschillende oudere officieren drinken hun glas leeg en verlaten de zaal. De *Dépêche* van vandaag is zorgvuldig op mijn leunstoel klaargelegd en zo gevouwen dat mijn oog onmiddellijk op een artikel op de voorpagina valt.

KOLONEL PICQUART. *Parijs, 10.35 uur. In een interview met* Le Matin *zegt Esterhazy: 'Kolonel Picquart is voor de hele gang van zaken verantwoordelijk. Hij is een vriend van de familie Dreyfus. Hij is vijftien maanden geleden, toen hij op het ministerie van Oorlog werkte, een onderzoek naar me begonnen. Hij probeert me kapot te maken. Monsieur Scheurer-Kestner heeft alle informatie waarover hij beschikt van Picquarts advocaat, maître Leblois, die op de werkkamer van de kolonel is geweest en daar geheime dossiers te zien kreeg. Het gedrag van de kolonel stond zijn meerderen zo tegen dat hij uit de gratie is geraakt en naar Tunesië is verbannen.'*

Ik heb mijn naam nooit eerder in de krant zien staan. Ik stel me voor hoe iedereen die ik ken, mijn vrienden en familie in Frankrijk, er onverwacht op stuit. Wat zullen zij denken? Ik zou een spion moeten zijn, een man die in de schaduw leeft. En nu ben ik in een zoeklicht gevangen.

Maar er is nog meer:

> BIJ MAÎTRE LEBLOIS. *Uit* Le Matin*: 'Om middernacht, na ons gesprek met majoor Esterhazy, bellen we aan bij maître Leblois, aanklager aan het hof van cassatie – rue de l'Université 96 – maar de deur blijft dicht. We bellen opnieuw. De deur gaat niet open. Maar er klinkt wel een stem van binnen: "Wie is daar? Wat wilt u?" We leggen uit wat de reden voor ons bezoek is: dat majoor Esterhazy beweert dat hij, maître Leblois, monsieur Scheurer-Kestner het dossier heeft gegeven dat is gebaseerd op documenten die kolonel Picquart heeft aangeleverd. De stem wordt dreigend: "Wat kan ik u zeggen? Ik ben aan mijn beroepsgeheim gebonden. Ik heb niets te zeggen, helemaal niets! Maar ik raad u aan de naam van kolonel Picquart niet te noemen. Voor nu goede nacht! En niet terugkomen!"'*

Tegen de tijd dat ik het artikel heb gelezen en om me heen kijk, is de sociëteit verlaten.

Die avond ontvang ik nog een telegram: het is onder mijn deur door geschoven. Dit laat niets te raden over: *Ontruim onmiddellijk uw kwartier in Sousse alsof u er niet meer terugkomt en meldt u zich op het algemeen hoofdkwartier. Is getekend, Leclerc.*

In Tunis krijg ik een kleine kamer op de tweede verdieping van de hoofdkazerne. Ik lig op bed en luister naar de symfonie van het institutionele mannetjesleven – het geschreeuw, iemand die begint te fluiten, deuren die slaan, zware voetstappen. Ik denk aan Pauline. De afgelopen weken heb ik geen bericht meer van haar ontvangen. Ik vraag me af wat ze denkt van de manier waarop ik in de pers word afgeschilderd – dat ik word betaald door de Joden; dat ik 'uit de gratie' ben geraakt en naar Tunesië ben verbannen. Ik schrijf haar een brief.

Tunis, 20 november 1897

Ma chérie,
Met mijn heen en weer gereis tussen Sousse en hier ontvang ik de post heel onregelmatig. Misschien zijn er andere reden voor, maar het is vervelend en verdrietig dat ik niets van je hoor. Wees niet bang me te schrijven, al zijn het maar een paar woorden. Met mij gaat het goed, maar ik moet weten dat jij niet in opspraak bent gebracht. Mijn arme meisje – hier wordt dan voor het eerst mijn leven in de kranten uitgemeten! Ik heb het nadeel dat ik word aangevallen zonder het recht of de wil te hebben me in datzelfde medium te verdedigen. Ooit zal aan dit alles een einde komen. Ik kan nu niet meer schrijven, maar je bent in mijn hart, vol liefde.

Ik leg mijn pen neer en lees de brief door; hij is erg stijf. Maar reken er maar op dat het je remt als je weet dat mannen in een kantoor je liefdesbrieven openstomen, lezen, kopiëren en in een map stoppen.

PS *Ik ben heel kalm en niet gekwetst. Je ziet dat zelfs de zwaarste omstandigheden me geen angst inboezemen. Er is maar één ding wat mij bezighoudt, en dat is wat jij denkt terwijl je dit leest.*

Ik onderteken hem niet en schrijf haar naam niet op de envelop, en ik betaal een soldaat een frank om hem voor me op de post te doen.

Leclerc ontvangt me aan het eind van die dag op zijn kamer. Zijn tuin gaat in duisternis gehuld. Hij ziet er moe uit. Op één kant van zijn bureau ligt een stapeltje telegrammen, op de andere kant een stapel kranten. Hij nodigt me uit te gaan zitten. 'Ik heb hier een lijst met vragen van de minister van Oorlog die ik u moet stellen, kolonel. Vragen als: heeft u ooit geheime informatie aan een of meerdere personen buiten het leger gegeven?'

'Nee, generaal.'

Hij maakt een aantekening.

'Heeft u ooit vertrouwelijke documenten vervalst of anderszins veranderd?'

'Nee, generaal.'

'Heeft u ooit een ondergeschikte of ondergeschikten gevraagd vertrouwelijke documenten te vervalsen of anderszins te veranderen?'

'Nee, generaal.'

'Heeft u ooit een vrouw toegang tot geheime documenten verschaft?'

'Een vrouw?'

'Ja. Blijkbaar beweert die majoor Esterhazy dat hij geheime informatie ontving van een onbekende vrouw met een sluier.'

Een vrouw met een sluier! Weer herken ik de hand van Du Paty...

'Nee, generaal, ik heb geen documenten aan een vrouw laten zien, met of zonder sluier.'

'Goed. Ik zal Parijs dienovereenkomstig inlichten. In de tussentijd moet ik u ervan op de hoogte stellen dat de minister van Oorlog een intern onderzoek naar deze affaire heeft bevolen, en dat dit onderzoek zal plaatsvinden onder leiding van generaal De Pellieux, commandant van het departement van de Seine. U heeft opdracht naar Frankrijk terug te keren en te getuigen. U wordt geëscorteerd door een beambte van het ministerie van Overzees Frankrijk.' Hij slaat de map dicht. 'En daarmee komt, vermoed ik, aan onze samenwerking een einde, kolonel.'

Hij gaat staan. Ik volg zijn voorbeeld.

Hij zegt: 'Ik kan niet zeggen dat het nou echt een genoegen was om u onder mijn bevel te hebben, maar het was zeker interessant.'

We geven elkaar een hand. Hij slaat zijn arm om mijn schouders en begeleidt me naar de deur. Hij ruikt sterk naar eau de cologne. 'Ik sprak kolonel Dubuch gisteravond. Die zei dat die Esterhazy een door en door rotte vent is. Hij was hier in 1882, toen werd hij er in Sfax van beschuldigd geld te hebben verduisterd. Er is een onderzoek naar hem ingesteld, maar op de een of andere manier wist hij de dans te ontspringen.'

'Dat verbaast me niets, generaal.'

'U staat tegenover mannen die wanhopig zijn, Picquart, anders zouden ze zich niet met zo'n figuur inlaten. Mag ik u een advies geven?'

'Graag.'

'Ga op de boot terug naar Frankrijk niet te dicht bij de reling staan.'

18

De tocht over de Middellandse Zee is in november veel ruiger dan in juni. Het ene moment kijk ik door de patrijspoort naar de grijze lucht, het andere naar de grijze golven. Mijn Russische boeken zijn van mijn tafeltje gegleden en liggen her en der op de vloer. Net als de vorige keer blijf ik het grootste deel van de tijd in mijn hut. Af en toe komt mijn begeleider, monsieur Périer van het ministerie van Overzees Frankrijk, bij me langs, maar hij ziet groen en blijft liever in zijn eigen hut. Op mijn zeldzame uitstapjes bovendeks volg ik het advies van Leclerc en blijf op veilige afstand van de reling. Ik geniet van het opspattende zeewater dat mijn gezicht striemt en van de geur van de met zoutsproeiers vermengde steenkoolrook. Soms merk ik dat andere passagiers naar me staan te kijken, maar ik weet niet of het politieagenten zijn of dat ze hebben gehoord dat er iemand aan boord is wiens naam in het nieuws is.

We verlaten Afrika op dinsdag, en op donderdagmiddag komt de kust van Frankrijk in zicht – een waterige lijn in de mist. Ik ben net klaar met het inpakken van mijn koffer als er op mijn deur wordt geklopt. Ik pak mijn revolver en roep: 'Wie is daar?'

Een stem antwoordt: 'De kapitein, kolonel Picquart.'

'Eén moment.' Ik steek de revolver in mijn zak en open de deur.

Hij is een man van begin vijftig met een chagrijnige kop; een drinker, te zien aan het filigrein van bloedvaten in zijn ogen: drie keer per week heen en weer pendelen tussen Tunis en Marseille zal na een tijdje wel gaan vervelen. We salueren. Hij zegt: 'Er zijn maatregelen genomen om u en monsieur Périer van het schip af te laten gaan voordat we aanmeren.'

'Is dat werkelijk nodig?'

'Er schijnt een menigte verslaggevers op de kade te staan, en een aantal demonstranten. Het lijkt het ministerie van Oorlog veiliger u op zee in een sleepboot over te zetten en u voor ons uit in een ander deel van de haven aan land te laten gaan.'

'Wat een absurd idee.'

'Misschien,' antwoordt de kapitein schouderophalend, 'maar zo is het mij bevolen.'

Een halfuur later stopt het ronken van de motoren en de boot gaat met de boeg in de wind liggen. Ik ga met mijn koffer in de hand aan dek. We zijn op ongeveer één kilometer van de ingang van de haven tot stilstand gekomen. Naast ons ligt een sleepboot. Het is koud en regenachtig, maar dat weerhoudt tientallen passagiers er niet van om somber zwijgend aan de reling naar mijn vertrek te kijken. Het is mijn eerste ervaring met mijn nieuwe roem, en het is bijzonder onaangenaam. Er staat een sterke deining en de twee boten slaan tegen elkaar aan, hun dek rijst en daalt in tegengestelde richtingen. Mijn koffer wordt me afgenomen, naar de sleepboot in de diepte gegooid en gevangen, en dan laten ze mij erachteraan zakken. Sterke armen strekken zich om me aan boord te tillen. Achter me hoor ik iemand een belediging schreeuwen; het woord 'Jood' wordt door de wind weggeslagen. Ze laten monsieur Périer en zijn bagage zakken. Hij slingert naar de andere kant van de sleepboot en geeft over. De trossen worden losgegooid en we varen weg.

We passeren de havenmuur, schommelen de haven in en varen tussen de torenhoge rompen van twee pantserschepen die voor anker liggen door naar het meest westelijke deel van de haven. Als ik over de achtersteven van de sleepboot kijk, zie ik op de plek waar de veerboten aanleggen een menigte van zeker tweehonderd man. En op dat ogenblik realiseer ik hoezeer de Dreyfus-affaire de verbeelding van mijn landgenoten in haar greep begint te krijgen. De sleepboot manoeuvreert langs een militair dok waar een huurrijtuig wacht. Naast het rijtuig staat een jonge officier. Als de bemanning van de boot af springt om deze vast te leggen, komt hij naar voren en neemt mijn koffer aan. Hij geeft hem aan de voerman van het huurrijtuig en biedt mij dan zijn hand om me aan wal te helpen.

Hij salueert. Zijn gedrag is kil, maar onberispelijk. In het rijtuig, tegenover Périer en mij, zegt hij: 'Misschien mag ik u voorstellen, kolonel, dat u zich bukt, ten minste tot we een eindje van de haven weg zijn.'

Ik doe wat hij vraagt. En zo keer ik als een opgejaagde crimineel terug in Frankrijk.

Op het station staat, helemaal aan het einde van de trein, een eersteklas coupé die exclusief voor ons is. Périer laat de blinden voor de deuren en ramen zakken en weigert mij uit te laten stappen om een krant te kopen. Zelfs als ik naar de wc ga wil hij met me mee, en blijft hij voor de deur staan tot ik klaar ben. Ik vraag me af wat hij doet als ik niet luister naar zijn bevelen, die hij onveranderlijk op een nerveuze, gegeneerde, bijna smekende toon geeft. Er maakt zich een merkwaardig fatalisme van mij meester. Ik leg me neer bij de gang van zaken en geef me over aan de schommelende cocon van onze reis, die om vijf uur 's middags in de duisternis van Marseille begint en om vijf uur 's ochtends in de duisternis van Parijs eindigt.

Bij aankomst op het gare de Lyon lig ik nog te slapen. Ik word wakker van het schokken van de coupé, en als ik mijn ogen open zie ik dat Périer langs de jaloezieën voor het raam kijkt. Hij zegt: 'Als u het niet erg vindt, kolonel, dan wachten we hier tot de andere passagiers zijn uitgestapt.' Tien minuten later stappen wij uit op een verlaten perron. Een kruier rijdt met onze koffers voor ons uit, en wij lopen langs de trein naar de plek waar de kaartjes worden gecontroleerd en een tiental mannen met notitieboekjes in de hand staat te wachten. Périer waarschuwt me: 'Niets zeggen', en we houden onze hoed vast en buigen ons bovenlichaam een beetje naar voren, alsof we tegenwind krijgen. Ze vuren hun vragen allemaal tegelijk op me af, zodat ik onmogelijk meer dan een paar woorden kan onderscheiden: 'Esterhazy...? Dreyfus...? Gesluierde dame...? Zoekt...?' Er is een felle lichtflits en de plof van ontstoken magnesiumpoeder, maar we lopen zo snel dat ik wel zeker weet dat de foto onbruikbaar is. Een aantal spoorwegbeambten vóór ons leidt ons met gespreide armen naar een lege wachtkamer en sluit de deur achter ons. Binnen salueert mijn oude vriend Armand Mercier-Milon, nu kolonel, heel formeel.

'Armand,' zeg ik, 'je hebt geen idee hoe blij ik ben jou hier te zien,' en ik steek mijn hand uit. Maar in plaats van mij de zijne aan te bieden, gebaart hij naar de deur.

'Er staat een auto te wachten,' zegt hij. 'We moeten vertrekken voordat ze naar de voorkant van het station zijn gelopen.'

Buiten, in de stalhouderij van de Compagnie Paris-Lyon Méditerranée, staat een grote, moderne auto; ik word tussen Périer en Mercier-Milon in op de achterbank geklemd. De bagage gaat in de achterbak, en net voordat de verslaggevers het station uitstormen en op ons afkomen, rijdt de wagen weg. Mercier-Milon zegt: 'Ik heb hier een brief voor u van het hoofd van de generale staf.'

Het is enigszins ongemakkelijk om de envelop in die volgepakte ruimte open te maken. *Kolonel Picquart, ik beveel u strikt met niemand te praten tot u uw getuigenis voor het onderzoek van generaal De Pellieux heeft afgelegd. De Boisdeffre.*

We rijden snel en zonder iets te zeggen door de donkere, regenachtige straten. Er is nog geen verkeer op dit uur, er is bijna niemand op straat. We gaan in westelijke richting over de boulevard Saint-Martin, en ik vraag me al af of ze me naar mijn appartement brengen, maar dan slaan we af in noordelijke richting en stoppen we op de rue Saint-Lazare voor het enorme hôtel Terminus. Een bediende opent het portier. Périer gaat als eerste naar buiten. Hij zegt: 'Ik ga wel vast naar binnen, dan schrijf ik ons in.'

'Logeer ik hier?'

'Voorlopig wel, ja.'

Hij loopt naar binnen. Ik klim uit de auto en bekijk de enorme voorgevel. Die neemt een heel blok in beslag – vijfhonderd slaapkamers, een tempel van moderniteit. De elektrische verlichting glinstert in de regen. Mercier-Milon komt naast me staan. Nu we buiten gehoorsafstand van derden zijn, zegt hij: 'Je bent verdomme gek geworden, Georges. Wat heb jij je in je hoofd gehaald?' Hij praat zacht maar fel, en ik weet dat hij dit al heeft willen zeggen sinds we het station hebben verlaten. 'Ik bedoel, ik heb zelf ook met Dreyfus te doen – ik was een van de weinigen die bereid waren hem bij die schertsvertoning van een krijgsraad te verdedigen. Maar jij? Geheime informatie aan een buitenstaander doorspelen, zodat hij die tegen je eigen bevelhebbers kan gebruiken? In mijn boekje is dat een misdaad. Ik betwijfel of je in heel Frankrijk ook maar één soldaat kunt vinden die zal willen verdedigen wat jij hebt gedaan.'

Zijn verbetenheid schokt me, maar maakt me ook kwaad. Ik vraag ijzig: 'En wat gebeurt er nu?'

'Je gaat naar je kamer en trekt je uniform aan. Je praat met niemand. Je schrijft niemand. Je opent geen brieven. Ik wacht in de lobby. Om negen uur kom ik je halen, dan breng ik je naar de place Vendôme.'

Périer verschijnt in de deuropening. 'Kolonel Picquart? Onze kamer is klaar.'

'Onze kamer? Bedoelt u dat we een kamer delen?'
'Ik ben bang van wel.'
Ik probeer deze vernederende regeling te verluchtigen – 'De toewijding waarmee u uw werk doet, is echt voorbeeldig, monsieur Périer' – maar op dat moment besef ik dat hij natuurlijk helemaal niet voor het ministerie van Overzees Frankrijk werkt; hij is een geheim agent van de Sûreté.

Het enige moment waarop hij me niet in het oog houdt, is als ik een bad neem. Terwijl ik in de badkuip lig, hoor ik hem in de slaapkamer rondlopen.
Er wordt op de deur van de kamer geklopt en hij laat de mensen binnen. Ik hoor mannen zacht praten en bedenk hoe kwetsbaar ik ben als er nu twee mannen binnen zouden komen en me bij mijn enkels zouden grijpen. Een simpel geval van verdrinking in bad: het zou in een paar minuten voorbij zijn en je zou er bijna niets van zien.
Périer – als hij tenminste echt zo heet – roept door de deur: 'Uw ontbijt staat klaar, kolonel.'
Ik kom uit bad, droog me af en trek het uniform van de Vierde Tunesische Karabiniers aan, met het hemelsblauwe uniformjasje en de rode broek met de grijze streep. In de spiegel zie ik een man die uit de toon valt – de kleuren van Noord-Afrika in de winter van Noord-Europa. Ze laten me zelfs gekleed gaan als een bonte gek. *Ik betwijfel of je in heel Frankrijk ook maar één soldaat kunt vinden die zal willen verdedigen wat jij hebt gedaan...* Goed. Dat moet dan maar.
Ik drink zwarte koffie en eet een *tartine*. Ik vertaal nog een pagina Dostojewski. *Wat maakt de held? Moed? Kracht? Moraal? Het overwinnen van tegenslagen? Zijn dit de eigenschappen waarmee de held zich onderscheidt, die er een maken?* Om negen uur komt Mercier-Milon me halen en gaan we zonder een woord te wisselen met de lift naar de lobby. Buiten, op de stoep, dringt een horde journalisten zich aan ons op. 'Verdomme,' zegt Mercier-Milon, 'ze moeten ons vanaf het station gevolgd zijn.'
'Waren onze soldaten maar zo vindingrijk.'
'Dit is geen grap, Georges.'
Hetzelfde koor aan vragen: 'Dreyfus...? Esterhazy...? Zoekt...? Gesluierde dame...?'

Mercier-Milon duwt hen aan de kant en opent het portier van ons rijtuig. 'Stelletje jakhalzen!' mompelt hij.

Als ik over mijn schouder kijk, zie ik nog net dat verslaggevers in huurrijtuigen springen en achter ons aan komen. We hoeven geen grote afstand af te leggen, hooguit vijfhonderd meter. Bij aankomst worden we op de hoek van de place Vendôme door nog meer verslaggevers opgewacht. Ze blokkeren de enorme, door houtwormen aangevreten oude voordeur van het hoofdkwartier van de militaire gouverneur van Parijs. Pas als Mercier-Milon zijn sabel trekt en ze het schrapende geluid van het staal horen, wijken ze achteruit en laten ons passeren. We komen in een koude, gewelfde kamer, net het middenschip van een verlaten kerk, en lopen de trap met aan weerszijden gipsen beelden op. In dit quasireligieuze huis besef ik dat mijn meerderen me niet meer als alleen maar een gevaarlijke lastpost zien: ik ben wat de ketter is voor het geloof. We zitten een kwartier lang zwijgend in de wachtkamer, tot De Pellieuxs adjudant me komt halen. Als ik ga staan, drukt het gezicht van Mercier-Milon tegelijkertijd angst en medelijden uit. Hij zegt zacht: 'Succes, Georges.'

De Pellieux heeft de reputatie een overtuigd monarchist en streng katholiek te zijn. Ik geloof dat hij me vanaf het eerste moment niet mag. Mijn saluut wordt beantwoord met een handgebaar naar een stoel waar ik mag gaan zitten. Hij is halverwege de vijftig, knap en ijdel: hij heeft zijn donkere haar, dat net zo zwart is als zijn uniformjasje, zorgvuldig achterovergekamd, met een v-vormige haarlok in het midden van zijn voorhoofd, en hij heeft een mooie, volle snor. Hij zit achter een tafel, geflankeerd door een majoor en een kapitein die hij niet aan me voorstelt; een secretaris in uniform zit aan een apart bureau om aantekeningen te maken.

De Pellieux zegt: 'Het doel van dit vraaggesprek, kolonel, is de feiten met betrekking tot uw onderzoek naar majoor Esterhazy op een rijtje te zetten. Hiertoe hebben wij al gesproken met majoor Esterhazy zelf, met monsieur Mathieu Dreyfus, met senator Auguste Scheurer-Kestner en met maître Louis Leblois. Als ik mijn onderzoek heb afgerond, adviseer ik de minister over eventueel te nemen disciplinaire maatregelen. Begrijpt u dat?'

'Ja, generaal.' Nu weet ik tenminste waarom ze zo veel moeite hebben gedaan om te voorkomen dat ik met iemand zou kunnen praten:

ze hebben Louis al gesproken en willen niet dat ik weet wat hij precies tegen hen heeft gezegd.

'Goed, laten we bij het begin beginnen.' De stem van De Pellieux is kil en afgemeten. 'Wanneer trok majoor Esterhazy voor het eerst uw aandacht?'

'Toen de afdeling Statistiek een aan hem gerichte petit bleu van de Duitse ambassade onderschepte.'

'En wanneer was dat?'

'In de lente van vorig jaar.'

'Nauwkeuriger, graag.'

'Ik herinner me de datum niet precies.'

'U vertelde generaal Gonse dat het "eind april" was.'

'Dan moet het eind april zijn geweest.'

'Nee, het was begin maart.'

Ik aarzel. 'Is dat zo?'

'Kom, kolonel. U weet heel goed dat het maart was. Majoor Henry was met verlof, hij zat aan het sterfbed van zijn moeder. Hij herinnert zich de datum. Hij keerde voor een bliksembezoek terug naar Parijs, had een afspraak met agent Auguste en ontving een partij documenten, die hij vervolgens aan u heeft gegeven. Dus waarom heeft u in uw rapport over die gegevens gelogen?'

Zijn agressie en de nauwkeurigheid van zijn onderzoek overvallen me. Ik herinner me alleen dat ik, tegen de tijd dat ik mijn rapport indiende, al bijna zes maanden achter Esterhazy aan zat zonder dat Gonse daarvan op de hoogte was: een insubordinatie die ik iets verteerbaarder dacht te kunnen maken door te doen alsof het maar vier maanden waren. Toentertijd leek dat leugentje onbelangrijk – en dat ís het ook – maar nu, in deze kamer, in de vijandige blik van deze grootinquisiteur, lijkt het onverklaarbaar verdacht.

De Pellieux zegt sarcastisch: 'Neemt u alle tijd die u nodig heeft, kolonel.'

Na een lange stilte antwoord ik: 'Ik moet me in de data hebben vergist.'

'In de data vergist?' De Pellieux kijkt spottend naar zijn secondanten. 'Maar ik dacht dat u een soldaat van wetenschappelijke precisie was, kolonel – een man van de modern denkende generatie die reactionaire oude fossielen zoals ik zou vervangen!'

'Ik vrees dat zelfs wetenschappers weleens een fout maken, generaal. Maar de datum is uiteindelijk niet van belang.'

'Integendeel, data zijn altijd van belang. Sterker nog, of iets verraad is of niet is vaak voor het grootste deel een kwestie van data, wordt weleens gezegd. Eerst beweert u dat majoor Esterhazy in april uw aandacht trok. Nu hebben we vastgesteld dat dat al in maart was. Maar in uw dossier over Esterhazy vinden we zelfs aanwijzingen dat het nog eerder geweest moet zijn.'

Hij overhandigt de kapitein een krantenknipsel. De kapitein loopt plichtsgetrouw vanachter de tafel naar me toe en geeft het aan mij. Het is de bekendmaking van de dood van de markies de Nettancourt, Esterhazy's schoonvader, gedateerd op 6 januari 1896.

'Ik heb dit nooit eerder gezien.'

De Pellieux veinst verbazing. 'O, en waar komt dit dan vandaan?'

'Ik neem aan dat het na mijn vertrek aan het dossier is toegevoegd.'

'Maar u bent het met me eens dat dit op het eerste gezicht suggereert dat u al twee maanden voordat u de petit bleu ontving belang stelde in Esterhazy?'

'Op het eerste gezicht wel, ja. Ik denk dat dat ook de reden is dat iemand het erin heeft gestopt.'

De Pellieux maakt een aantekening. 'Keert u terug naar de petit bleu. Beschrijf hoe u die ontving.'

'Majoor Henry bracht hem in de namiddag als een levering.'

'Hoe ziet zo'n levering eruit?'

'Het materiaal arriveert altijd in bruine papieren zakken. Deze keer was de zak voller dan gebruikelijk, omdat Henry door de ziekte van zijn moeder een afspraak met onze agent had gemist.'

'Heeft u de inhoud samen met hem bekeken?'

'Nee, zoals ik al zei moest hij een trein halen. Ik heb de zak in mijn kluis gelegd en hem de volgende ochtend aan kapitein Lauth gegeven.'

'Kan iemand er tussen het moment waarop u de papieren zak van Henry ontving en u die aan Lauth gaf iets bij hebben gedaan?'

'Nee, hij zat achter slot en grendel.'

'Maar uzelf kon er wel bij. Sterker nog, het zou kunnen dat u er de snippers van de petit bleu zelf in heeft gestopt.'

Ik voel dat ik rood word. 'Dat is een ongehoorde beschuldiging.'

'Wat u ongehoord vindt, is irrelevant. Beantwoord de vraag.'

'Prima. Het antwoord is ja. Ja, ik zou, in theorie, de petit bleu zelf aan de levering hebben kunnen toevoegen. Maar dat heb ik niet gedaan.'

'Is dit de petit bleu?' De Pellieux houdt hem op. 'Herkent u hem?'

Het licht in de kamer is slecht. Ik moet me vooroverbuigen en half uit mijn stoel komen om de petit bleu goed te kunnen bekijken. Hij moet in het afgelopen jaar van hand tot hand zijn gegaan – hij is wat shabby geworden. 'Ja, ik geloof van wel.'

'Beseft u dat je onder een microscoop kunt zien dat het oorspronkelijke adres is weggekrabd en dat het adres van majoor Esterhazy eroverheen is geschreven? En dat uit een chemische analyse is gebleken dat de inkt op de achterkant van het telegram verschilt van die op de voorkant? De ene is ijzergallusinkt, terwijl de andere een ingrediënt uit de bomen van Campeche bevat.'

Ik til mijn hoofd verbaasd achterover. 'Dan is ermee gerommeld.'

'Dat klopt. Het is een vervalsing.'

'Nee, generaal – er is mee gerommeld nadat ik uit Parijs ben weggegaan. Ik zweer dat het een authentiek document was toen ik nog op de eenheid werkte – ik heb het ontelbare keren in mijn handen gehad. Mag ik het van dichterbij zien? Misschien ziet het er anders uit...'

'Nee, u heeft het al geïdentificeerd. Ik wil niet dat het nog verder beschadigd raakt. De petit bleu is een vervalsing. En het ligt het meest voor de hand dat u die vervalsing heeft gefabriceerd.'

'Met alle respect, generaal, maar dat is een belachelijke aantijging.'

'Is dat zo? Waarom heeft u dan aan kapitein Lauth gevraagd of hij ervoor kon zorgen dat de petit bleu er authentieker uitzag?'

'Dat heb ik niet gedaan.'

'Dat heeft u wel gedaan. U heeft hem opgedragen hem door de post te laten stempelen, zodat hij eruit zou zien alsof hij net was geleverd – ontken het als u durft!'

De leugens en beschuldigingen volgen elkaar nu zo snel op dat het me moeite kost het spoor niet bijster te raken. Ik klem mijn handen om de armleuningen van mijn stoel en antwoord zo kalm als ik maar kan: 'Ik heb Lauth gevraagd of hij de petit bleu zo kon fotograferen dat het op een heel document en niet op een verscheurd document zou lijken – dat is precies dezelfde techniek die hij ook bij het bordereau heeft gebruikt. En mijn motief was hetzelfde: ik wilde een versie hebben die we binnen het ministerie konden laten circuleren zonder onze bron in gevaar te brengen. Lauth wees me er, terecht, op dat de adreszijde niet was gefrankeerd en afgestempeld, waardoor iedereen die hem onder ogen zou krijgen, kon begrijpen dat hij was onderschept voordat hij op de post was gegaan. Daarom mijmerde ik hardop over de mogelijkheid hem alsnog te frankeren en af te stempelen. Maar we lieten het idee varen.'

'Kapitein Lauth vertelt een ander verhaal.'

'Dat kan best. Maar waarom zou ik zo veel moeite doen om een man die ik nog nooit heb ontmoet valselijk te beschuldigen?'

'Dat mag u ons vertellen.'

'Het idee alleen is al absurd. Ik had geen enkele reden om de petit bleu te vervalsen. Het bordereau volstaat om te bewijzen dat Esterhazy schuldig is – en niemand kan beweren dat ik daar iets aan heb veranderd!'

'O ja, het bordereau,' zegt De Pellieux terwijl hij tussen zijn papieren zoekt. 'Dank u dat u daarover begint. Heeft u, ofwel in eigen persoon ofwel via een derde, in november van het afgelopen jaar een kopie van het bordereau aan *Le Matin* doen toekomen?'

'Nee, generaal.'

'Heeft u, ofwel in eigen persoon ofwel via een derde, in september van dat jaar details uit het zogenaamd geheime dossier aan *L'Éclair* toegespeeld?'

'Nee.'

'Heeft u, ofwel in eigen persoon ofwel via een derde, informatie aan senator Scheurer-Kestner toegespeeld?'

De vraag is onvermijdelijk, mijn antwoord ook. 'Ja, dat heb ik gedaan, via een derde, ja.'

'En de tussenpersoon was uw advocaat, maître Leblois?'

'Ja.'

'En u wist op het moment dat u uw informatie aan Leblois gaf dat hij het aan de senator zou geven?'

'Ik wilde de feiten in handen van een verantwoordelijk persoon leggen die de kwestie in goed vertrouwen bij de regering aan de kaak kon stellen. Het is nooit mijn bedoeling geweest dat de details in de pers zouden belanden.'

'Uw bedoelingen doen er niet toe, kolonel. Feit is dat u achter de rug van uw meerderen om heeft gehandeld.'

'Pas toen duidelijk werd dat ik geen andere keuze had – dat mijn meerderen de affaire niet verder wilden laten onderzoeken.'

'U heeft maître Leblois brieven die generaal Gonse aan u heeft geschreven laten zien?'

'Ja.'

'Zoals u maître Leblois een jaar geleden het geheime dossier heeft laten zien, waarop hij het bestaan ervan naar *L'Éclair* liet uitlekken?'

'Nee.'

'Maar er is een getuige die heeft gezien dat u het geheime dossier aan Leblois heeft laten zien.'

'Ik heb hem maar één dossier laten zien, en dat was niet geheim. Het betrof nota bene postduiven. Daar was majoor Henry getuige van.'

'Kolonel Henry,' corrigeert De Pellieux me. 'Hij is onlangs gepromoveerd. En ik ben niet in duiven, maar in het geheime dossier over Dreyfus geïnteresseerd. Dat heeft u afgelopen september aan uw advocaat laten zien, en hij heeft het óf naar de familie van Dreyfus, óf naar *L'Éclair* doorgespeeld, met als doel het leger in verlegenheid te brengen. Dat is uw modus operandi.'

'Dat ontken ik ten stelligste.'

'Wie is Blanche?'

Opnieuw overvalt hij me door me plotseling vanuit een andere hoek te belagen. Ik zeg langzaam: 'De enige Blanche die ik ken is mademoiselle Blanche de Comminges, de zus van de comte De Comminges.'

'Is zij een vriendin van u?'

'Ja.'

'Een intieme vriendin?'

'Ik ken haar al heel lang, als u dat bedoelt. Ze organiseert muzikale soirees waar ook officieren komen.'

'Toen u in Tunesië was, heeft ze u dit telegram gestuurd: *We hebben bewijs dat de bleu door Georges is vervalst. Blanche.* Wat moeten wij daaruit opmaken?'

'Ik heb een telegram met die woorden ontvangen. Maar ik weet zeker dat zij het niet heeft verstuurd.'

'Waarom?'

'Omdat ze niet van geheime details in de zaak-Dreyfus of van mijn betrokkenheid daarbij op de hoogte is.'

'Ook al bazuint ze, naar ik heb begrepen, sinds een aantal jaar overal in Parijs rond dat Dreyfus volgens haar onschuldig is?'

'Ze heeft haar mening. Die staat los van mij.'

'Die soirees – komen daar veel Joden?'

'Een paar misschien – vooral musici.'

De Pellieux maakt nog een aantekening, alsof ik net een bekentenis van groot belang heb gedaan. Hij zoekt in zijn dossier. 'Hier is nog een gecodeerd telegram dat u in Tunesië is toegestuurd: *Stop de Demigod. Alles is ontdekt. Zeer ernstig. Speranza.* Wie is Speranza?'

'Ik heb geen idee.'

'En toch schreef deze persoon u een jaar geleden ook al, kort nadat u de afdeling Statistiek verliet.'

'Dat is niet waar.'

'Dat is wel waar. Hier heb ik de brief.' De Pellieux geeft hem aan de kapitein, die weer om de tafel heen loopt om hem aan mij te geven.

Ik verlaat het huis. Onze vrienden zijn wanhopig. Uw onzalige vertrek heeft alles in de war gegooid. Keer zo spoedig mogelijk terug! Als de vakantietijd onze zaak ten goede komt, rekenen we erop dat u er de twintigste bent. Ze is zover, maar kan en zal pas in actie komen als ze met u heeft gesproken. Zodra de Demigod heeft gesproken, komen wij in actie.

Speranza

De Pellieux staart me aan. 'Wat heeft u daarop te zeggen?'

'Ik zou niet weten wat ik moet zeggen. Ik heb hem nooit eerder gezien.'

'Nee, natuurlijk niet. Hij is afgelopen december onderschept door de afdeling Statistiek, en toen is besloten hem vanwege de uitermate verdachte taal niet naar u door te sturen. Maar u blijft erbij dat u er niets mee te maken heeft?'

'Ja.'

'En wat denkt u dan van dit bericht? Er werd toestemming verleend om het naar u door te sturen in de periode dat u Parijs had verlaten, maar nog niet naar Tunesië was vertrokken.'

Hooggeëerde heer,
Ik zou het nooit hebben geloofd als ik het niet met eigen ogen had gezien. Vandaag is het meesterstuk voltooid: we noemen het Cagliostro Robert Houdin. De comtesse heeft het voortdurend over u en zegt elke dag tegen me dat de Demigod vraagt wanneer hij de Goede God kan zien.
Haar toegewijde dienaar, die uw hand kust.
J

De kopie is door Lauth gemaakt en er staat 'Geheim' op gestempeld, met een serienummer dat er door Gribelin aan toe is gevoegd. Ik herinner me dat ik het origineel afgelopen winter heb gelezen toen ik in een van god verlaten garnizoensstadje zat opgesloten: het was alsof ik daar in dat ranzige kwartier een bos bloemen van de boulevard Saint-Germain ontving. Ik zeg: 'Het komt van een spion van me, Germain Ducasse. Hij rapporteert over het beëindigen van een operatie met betrekking tot de Duitse ambassade. Als hij schrijft "Vandaag is het meesterstuk voltooid" doelt hij erop dat het appartement dat we huurden met succes is leeggehaald. "Robert Houdin" is de schuilnaam van een politieagent, Jean-Alfred Desvernine, die voor mij werkte in het onderzoek naar Esterhazy.'

'Aha,' zegt De Pellieux alsof hij me heeft betrapt. 'Dus "J" is een man?'

'Ja.'

'En hij kust uw hand?'

Ik bedenk hoe geamuseerd Ducasse zou zijn als hij de uitdrukking van walgend ongeloof op het gezicht van de generaal had kunnen zien.

De Pellieux zegt: 'Glimlacht u niet zo zelfgenoegzaam, kolonel!'

'Het spijt me, generaal. Hij is een geaffecteerde jongeman, dat geef ik toe, en in sommige opzichten nogal dwaas. Maar hij deed zijn werk goed en is honderd procent te vertrouwen. Het is maar een grapje.'

'En "Cagliostro"?'

'Ook een grapje.'

'Neemt u mij niet kwalijk, kolonel, ik ben een eenvoudige familieman. Ik begrijp niets van deze "grapjes".'

'Cagliostro is een Italiaanse occultist – Strauss heeft een operette over hem geschreven, *Cagliostro in Wien* – en het zal niet meevallen een man te vinden die minder ontvankelijk is voor het occulte dan Desvernine; daarin ligt de ironie. Heel onschuldig, generaal, dat verzeker ik u. Maar blijkbaar zijn er op de afdeling Statistiek achterdochtige zielen die dit hebben gebruikt om een zaak tegen me te bouwen. Ik hoop dat u die vervalsingen, die overduidelijk zijn bedoeld om mij zwart te maken, onder de loep zult nemen.'

'Ik denk dat u zichzelf heeft zwartgemaakt, kolonel, om te beginnen door u met dit kliekje neurotische homoseksuelen en tafeldansers in te laten! Ik neem aan dat de "comtesse" mademoiselle Blanche de Comminges is?'

'Ja. Ze is geen echte comtesse, maar gedraagt zich soms wel zo.'

'En de "Demigod" en de "Goede God"?'

'Dat zijn bijnamen die uit de koker van mademoiselle De Comminges komen. Een wederzijdse vriend van ons, kapitein Lallemand, is de Demigod; ik vrees dat ik de Goede God ben.'

De Pellieux bekijkt me vol minachting: aan mijn lange lijst zondes kan nu blasfemie worden toegevoegd. 'En waarom is kapitein Lallemand de Demigod?'

'Vanwege zijn liefde voor Wagner.'

'En maakt hij ook deel uit van een Joodse kring?'

'Wagner? Dat lijkt me niet.'

Dit is natuurlijk een faux pas. Onder omstandigheden als deze is het niet slim om gevat te doen. Ik besef het op het moment dat ik het zeg. De majoor, de kapitein en zelfs de secretaris glimlachen. Maar De Pellieuxs gezicht staat strak. 'Er is beslist niets grappig aan de situatie waarin u zich bevindt, kolonel. Deze brieven en telegrammen zijn zeer bezwarend.' Hij bladert terug naar het begin van zijn dossier. 'Laten we nog eens naar de discrepanties in uw verklaring kijken. Waarom heeft u valselijk beweerd dat u de petit bleu eind april van vorig jaar ontving terwijl hij in werkelijkheid begin maart in elkaar werd gezet...?'

Het verhoor duurt de hele dag – steeds opnieuw dezelfde vragen, met de bedoeling me op een leugen te betrappen. Die techniek is mij bekend; De Pellieux voert haar meedogenloos uit. Aan het eind van de middagsessie kijkt hij op zijn antieke zilveren zakhorloge en zegt: 'We gaan morgenochtend verder. In de tussentijd wordt u, kolonel, niet geacht met wie dan ook te communiceren, en zich geen moment aan het toezicht van de officieren die door deze commissie zijn aangesteld te onttrekken.'

Ik sta op en salueer.

Buiten valt de avond. In de wachtkamer schuift Mercier-Milon het gordijn opzij en kijkt omlaag naar de meute verslaggevers op de place Vendôme. Hij zegt: 'We kunnen maar beter proberen via een andere uitgang weg te komen.' We gaan naar de kelder en lopen door een verlaten keuken naar een achterdeur die op een binnenplaats uitkomt. Het is gaan regenen. In het halfduister lijken de afvalhopen te bewegen en ritselen alsof het levende wezens zijn, en als we erlangs lopen zie ik de natte bruine ruggen van ratten over het rottende voedsel glinsteren. Mercier-Milon vindt een poort in de muur die toegang geeft tot de tuin achter het ministerie van Justitie.

We lopen over een modderig gazon en komen uit op de rue Cambon. Een paar journalisten die op de uitkijk staan zien ons in het licht van een straatlantaarn uit de muur komen; we sprinten de tweehonderd meter naar de huurrijtuigenstandplaats in de rue Saint-Honoré en weten het laatste rijtuig te bemachtigen. We rijden net weg als onze achtervolgers ons hebben bijgehaald.

De ruk waarmee de paarden wegrennen, werpt ons, bezweet en buiten adem, achterover op onze bank, en Mercier-Milon lacht. 'Goeie genade, Georges, we zijn niet meer de jongste!' Hij haalt een grote witte zakdoek uit zijn zak, veegt zijn gezicht af en grijnst naar me. Even lijkt hij te zijn vergeten dat hij me in hechtenis heeft. Dan opent hij het raam, roept: 'Hôtel Terminus!' tegen de voerman en slaat het weer dicht.

Het grootste deel van de korte rit kijkt hij met zijn armen over elkaar naar buiten. Maar als we de rue Saint-Lazare in rijden, zegt hij plotseling, zonder zich naar mij toe te draaien: 'Weet je, het is gek, maar generaal De Pellieux vroeg me gisteren of ik voor de verdediging van Dreyfus heb getuigd.'

'En wat heb je geantwoord?'

'Ik heb gezegd dat je alleen kunt spreken naar wat je mening is – dat hij altijd een goede soldaat was, en voor zover ik weet loyaal.'

'En wat zei hij daarop?'

'Hij zei dat hij had geprobeerd onbevooroordeeld te blijven, maar dat generaal Gonse hem, toen hem afgelopen week werd gevraagd dit onderzoek te leiden, op het ministerie bewijsmateriaal heeft laten zien waaruit onomstotelijk blijkt dat Dreyfus een verrader is. En vanaf dat moment twijfelde hij er niet aan dat jouw aantijgingen aan het adres van Esterhazy valselijk waren – wat hem betreft is het alleen nog de vraag of je het slachtoffer bent van een syndicaat van Joden of dat je je door hen hebt laten betalen.' Dan draait hij zich toch nog naar me om. 'Ik vond dat je dat moest weten.'

Op dat moment stopt het huurrijtuig, en nog voordat het portier opengaat zijn we omgeven door verslaggevers. Mercier-Milon klautert naar buiten en stort zich in het gewoel, waarbij hij zijn ellebogen gebruikt om de weg vrij te maken. Ik volg hem op de voet, en zodra ik de lobby heb bereikt, spreidt de conciërge zijn armen voor de ingang om te voorkomen dat ze ons naar binnen volgen. Op de marmeren vloer, onder de fel glinsterende kroonluchter, staat Périer klaar; hij sleept me meteen mee naar boven. Ik draai me nog om om Mercier-Milon te bedanken voor zijn waarschuwing, maar hij is al verdwenen.

Het wordt mij niet toegestaan beneden, in het openbaar, te eten. Ik protesteer niet: ik heb hoe dan ook geen trek. Het avondeten wordt op mijn kamer geserveerd, maar ik schuif het stuk kalfsvlees net zo lang over mijn bord heen en weer tot ik er zo van walg dat ik het opgeef. Iets na negenen brengt een piccolo een brief die voor mij bij de receptie is achtergelaten. Ik herken Louis' handschrift op de envelop. Ik zou graag willen weten wat hij schrijft: waarschijnlijk wil hij me waarschuwen voor de hoorzitting van morgen. Maar ik wil De Pellieux geen reden geven voor nieuwe beschuldigingen. Dus verbrand ik de envelop voor de ogen van Périer ongeopend in de open haard.

Die nacht luister ik naar Périers gesnurk in het andere bed en probeer in te schatten hoe zwak mijn positie is. Die is, van welke kant ik het ook bekijk, precair. Ik ben aan mijn vijanden overgeleverd en mijn handen en voeten zijn gebonden door een fijnmazig web van talloze leugens en toespelingen dat gedurende het afgelopen jaar zorgvuldig om mij heen is gesponnen. De meeste mensen zullen maar al te graag willen geloven dat ik voor een Joods syndicaat werk. En zolang het leger zijn eigen misstanden mag onderzoeken hoef ik geen hoop op ontsnapping te hebben. Henry en Gonse fabriceren gewoon elk 'waterdicht' bewijs dat ze nodig hebben en geven dat dan aan de besloten kring van De Pellieux in de wetenschap dat loyale stafofficieren als zij altijd zullen doen wat er van hen wordt verwacht.

Buiten, in de rue Saint-Lazare, zijn er zelfs om middernacht nog meer auto's dan ik ooit eerder heb gehoord. Het geluid van de luchtbanden op het natte asfalt, dat klinkt alsof er papier wordt verscheurd, is nieuw voor me en wiegt me uiteindelijk in slaap.

De volgende morgen is Mercier-Milon, als hij me komt halen, weer in zijn eerdere, norse stilzwijgen teruggevallen. Het enige wat hij zegt, is dat ik mijn koffer mee moet nemen: ik zal dus niet naar het hotel terugkeren.

In de kamer aan de place Vendôme die voor de hoorzitting is gereserveerd, zitten De Pellieux en de anderen op precies dezelfde plek als waar ik ze heb achtergelaten, alsof ze er de nacht onder stoflakens hebben doorgebracht, en de generaal gaat verder waar hij was gebleven, alsof er nooit een onderbreking is geweest. 'Vertelt u ons alstublieft nog eens onder welke omstandigheden u de petit bleu in uw bezit kreeg...'

Zo gaat het weer een uur lang door, tot hij, zonder dat zijn stem ook maar iets verraadt, vraagt: 'Madame Monnier – wat heeft u haar verteld?'

Mijn keel wordt meteen een klein beetje dichtgeknepen. 'Madame Monnier?'

'Ja, de vrouw van monsieur Philippe Monnier, van het ministerie van Buitenlandse Zaken. Wat heeft u haar verteld?'

Ik zeg met geforceerde stem: 'Generaal, alstublieft, begrijpt u mij goed, zij heeft hier niets mee te maken.'

'Het is niet aan u om dat te bepalen.' Hij wendt zich tot de secretaris. 'Kolonel Picquarts documenten, alstublieft.' En terwijl de secretaris zijn doos met dossiers opent, richt De Pellieux zijn aandacht weer op mij. 'Wat u, omdat u op zee was, waarschijnlijk nog niet weet, kolonel, is dat er afgelopen dinsdag een huiszoeking in uw appartement is gedaan, op grond van de beschuldiging van majoor Esterhazy dat u daar officiële papieren bewaarde.'

Het duurt even voordat ik iets kan antwoorden. 'Nee, dat wist ik inderdaad niet, generaal. En als ik het wel had geweten, had ik er fel tegen geprotesteerd. Wie heeft toestemming gegeven voor deze inval?'

'Ik, op verzoek van kolonel Henry. Majoor Esterhazy beweert informatie te hebben ontvangen van een vrouw van wie hij de naam niet kent, maar die zweert dat ze een kennis van u is. Deze vrouw, die hij alleen met een zware voile voor haar gezicht heeft gezien, beweerde dat u op uw privéadres geheime documenten over zijn zaak bewaart.'

Het is zo'n absurd idee, Pauline en Esterhazy samen, dat mij een lachje ontsnapt. Maar dan legt de secretaris een paar stapeltjes brieven die ik als mijn privécorrespondentie herken voor De Pellieux neer: oude brieven van mijn moeder en mijn overleden broer, brieven van mijn familie en vrienden; zakenbrieven en liefdesbrieven; uitnodigingen en telegrammen die ik vanwege hun emotionele waarde heb bewaard. 'Dit is schandalig!'

'Kom, kom, kolonel – waarom zo gevoelig? Ik geloof niet dat wij u ook maar iets hebben aangedaan wat u majoor Esterhazy niet heeft aangedaan.' Hij pakt een stapeltje brieven van Pauline met een blauw zijden lint eromheen: 'Uit de aard van haar brieven aan u blijkt dat u een intieme relatie met madame Monnier onderhoudt – ik neem aan dat haar man daar niet van op de hoogte is?'

Mijn gezicht gloeit. 'Ik weiger op die vraag te antwoorden.'

'Om welke reden?'

'Om de reden dat mijn relatie met madame Monnier op geen enkel denkbare manier met dit onderzoek in verband staat.'

'Maar dat zou toch wel het geval zijn als u geheime informatie met haar deelde, of als zij de zogenaamde "gesluierde dame" in het contact met majoor Esterhazy is? En toch wel als u zichzelf daardoor in een positie heeft gebracht waarin u kwetsbaar bent voor chantage?'

'Maar hier is niets van waar!' Nu weet ik waarvoor Louis me in zijn brief van de avond ervoor probeerde te waarschuwen. 'Vertelt u eens, generaal, bent u van plan me nog vragen te stellen over de centrale feiten van deze aangelegenheid?'

'Het is niet nodig impertinent te worden, kolonel.'

'Bijvoorbeeld over het feit dat het zonneklaar is dat Esterhazy het bordereau heeft geschreven – dat zelfs de belangrijkste handschriftdeskundige van de regering erkent dat het zijn handschrift is?'

'Dat valt buiten het terrein van dit onderzoek.'

'Of over het gebruik van vervalst materiaal in het dossier dat aan de veroordeling van Dreyfus ten grondslag lag?'

'De zaak-Dreyfus is res judicata.'

'Of over de samenzwering van de generale staf om mij in Noord-Afrika te houden – en mij zelfs mijn zekere dood tegemoet te sturen – om te voorkomen dat ik de ware toedracht zou kunnen onthullen?'

'Ook dat valt buiten het terrein van dit onderzoek.'

'Ik hoop dat u het mij vergeeft, generaal, maar in dat geval ben ik van mening dat dit onderzoek één grote schertsvertoning is en dat de conclusies ervan al waren geschreven voordat ik mijn getuigenis begon, en daarom trek ik bij dezen mijn medewerking aan dit proces in.'

En dat gezegd hebbende sta ik op, salueer, draai mij op mijn hakken om en loop de kamer uit. Ik verwacht De Pellieux te horen bulderen dat ik moet blijven zitten. Maar hij zegt niets; of hij te verbaasd is om te reageren of dat hij het gevoel heeft dat hij zijn punt heeft gemaakt en blij is me te zien vertrekken, weet ik op dat moment niet, en kan me dan ook niet schelen. Ik pak mijn koffer uit de lege wachtkamer en ga de trap af. Ik loop langs een aantal officieren, die me zijdelings aankijken. Niemand probeert me tegen te houden. Ik loop door de kathedraalachtige deur naar buiten, de place Vendôme op. Mijn vertrek is zo onverwacht dat de meeste journalisten niet doorhebben dat ik me langs hen spoed, en ik ben al bij de hoek als een van hen 'Daar gaat hij!' roept en ik achter me het geluid van hun voeten op de kasseien hoor. Ik buig mijn hoofd, versnel mijn pas en negeer hun vragen. Een paar dringen voor me uit en proberen mij de doorgang te beletten, maar ik duw hen opzij. Op de rue de Rivoli zie ik een huurrijtuig en roep het. De verslaggevers verspreiden zich over de straat, op zoek naar een rijtuig om me te achtervolgen; een atletisch gebouwde kerel probeert me zelfs te voet bij te houden. Maar de voerman laat zijn zweep knallen, en als ik achteromkijk heeft hij de achtervolging gestaakt.

De rue Yvon-Villarceau loopt van noord naar zuid tussen de rue Copernic en de rue Boissière. Recht tegenover mijn appartement, aan de noordzijde, worden de funderingen voor een nieuw huizenblok geslagen. Als we langs de ingang rijden, speur ik de straat af op zoek naar verslaggevers en politie, maar ik zie alleen werklui. Ik draag de voerman op om om de hoek te stoppen, betaal voor de rit en loop terug.

De dubbele voordeuren van mijn appartementencomplex hebben glazen panelen met tralies ervoor. Ik vorm een kommetje van mijn handen en tuur door de stoffige ruit in de verlaten vestibule. De kasseien onder mijn voeten zijn door modder en puin in een landweggetje veranderd; de geur van vers opgegraven aarde kruidt de koude regen. Ik voel me als iemand die na een lange afwezigheid terugkeert op de plek waar zich eerder zijn leven heeft afgespeeld. Ik open de deur en ben halverwege als ik de zachte, vertrouwde klik van een klink hoor. Maar waar de conciërge voorheen onmiddellijk uit haar schuilplaats tevoorschijn schoot om een praatje met me aan te knopen, bewaart ze nu afstand en houdt ze me door een kiertje in haar deuropening in de gaten. Ik doe alsof ik het niet doorheb en loop met mijn koffer de trap op naar de vierde verdieping. Op de overloop zie ik niets wat erop wijst dat ze zich met geweld toegang hebben verschaft: ze moet de autoriteiten haar sleutel hebben gegeven.

Als ik de deur open, schrik ik van de grondigheid waarmee mijn woning is doorzocht. Het tapijt is weggerold. Al mijn boeken zijn van hun planken af gehaald, ondersteboven gehouden en in willekeurige volgorde teruggezet – de vloer ligt vol boekenleggers. Het kistje waarin ik mijn oude brieven bewaarde is opengebroken en leeggehaald; ook de lades van de secretaire zijn opengebroken; mijn bladmuziek is uit de muziekstandaard van de piano gehaald en doorzocht; de klep is van de piano af genomen en tegen de muur gezet. Ik doe de bureaulamp aan en raap een op de grond gevallen foto van mijn moeder van de vloer; het glas is gebroken. Plotseling zie ik voor me dat Henry op deze plek staat – kolonel Henry, moet ik hem nu leren te noemen – en aan zijn onhandige worstenvingers likt voordat hij de bladzijden van mijn brieven omslaat en ter vermaak van de mannen van de Sûreté een intieme passage voorleest.

Het beeld is ondraaglijk.

Uit de andere kamer komt een zacht geluid – geknerp, een ademhaling, gekreun. Behoedzaam trek ik mijn revolver. Ik doe een paar passen over de kale houten planken en duw de deur voorzichtig open. Daar ligt Pauline, tot een balletje opgerold op bed, en ze kijkt me met rode, gezwollen ogen aan, met haar jas aan, haar haar in de war, haar gezicht bleek, alsof ze is flauwgevallen of een ongeluk heeft gehad.

'Ze hebben het Philippe verteld,' zegt ze.

Ze is de hele nacht hier geweest. Ze heeft in de krant gelezen dat ik naar Parijs ben teruggebracht en is om middernacht hier gekomen in de veronderstelling dat ik er ook zou zijn. Ze is gebleven, ze heeft gewacht. Ze wist niet waar ze anders heen moest.

Ik kniel bij het bed en pak haar hand. 'Wat is er precies gebeurd?'

'Philippe heeft me het huis uit gegooid. Hij laat me de meisjes niet zien...'

Ik druk haar hand. 'Heb je geslapen?'

'Nee.'

'Doe ten minste je jas uit, mijn liefste.'

Ik sta op en loop voorzichtig door de ravage in mijn woonkamer. In de keuken verwarm ik een sauspan op de gaspit en maak een drankje van cognac, warm water en honing voor haar, terwijl ik mijn best doe te bevatten wat er gebeurt. Hun methoden verbijsteren me – zowel de meedogenloosheid als de snelheid ervan. Als ik haar het glas breng, heeft ze zich tot op haar hemd uitgekleed en is ze in bed gaan liggen; ze ligt half overeind op de kussens, met het laken tot haar hals opgetrokken. Ze kijkt me bedachtzaam aan.

'Hier. Drink maar.'

'God, wat smerig. Wat is dit?'

'Cognac. In het leger de remedie voor alles. Drink het.'

Ik zit aan het voeteneinde van het bed, rook een sigaret en wacht tot ze voldoende op krachten is gekomen om me te kunnen vertellen wat er is voorgevallen. Op vrijdagmiddag ging ze bij een vriendin op de thee: tot op dat moment was alles nog normaal. Toen ze weer thuiskwam, was Philippe al van zijn werk terug, veel vroeger dan gebruikelijk. Van de meisjes ontbrak ieder spoor. 'Hij keek me met een vreemde blik aan, alsof hij krankzinnig was geworden... Op dat moment begreep ik wat er was gebeurd. Ik werd gek van angst.' Ze vroeg hem kalm waar ze waren. Hij zei dat hij ze had weggebracht. 'Hij zei dat ik moreel ongeschikt was om de moeder van zijn kinderen te zijn – dat hij me niet zou vertellen waar ze waren als ik hem niet de waarheid over mijn affaire met jou vertelde. Ik had geen keus. Het spijt me.'

'Zijn ze veilig?'

Ze knikt en warmt haar handen om het glas. 'Ze zijn bij zijn zus. Maar hij wil niet dat ik hen zie.' Ze begint weer te huilen. 'Hij zegt dat hij me na de scheiding geen voogdij zal geven.'

'Dat is onzin. Maak je maar geen zorgen. Dat kan hij niet zomaar doen. Hij heeft net ontdekt dat je al die tijd een affaire hebt gehad, hij is kwaad en in shock. Hij kalmeert nog wel.'

'O, maar hij wist het allang,' zegt ze verbitterd. 'Hij heeft het altijd al vermoed. Hij zei dat hij het kon dulden zolang niemand het wist. Dat hij er nu door zijn meerderen over is gebeld en het uit hun mond heeft gehoord kan hij niet verdragen.'

‘En wie heeft het ministerie van Buitenlandse Zaken volgens hem ingelicht?’

‘Het leger.’

‘Maar dat is toch niet te geloven!’

‘Hij zei dat het leger overtuigd is dat ik die “gesluierde dame” ben waar de kranten het steeds over hebben. Hij zegt dat het feit dat hij met een vrouw is getrouwd die bij dit schandaal is betrokken het einde van zijn carrière betekent. Hij zegt dat de meisjes...’ En ze begint weer te huilen.

‘Mijn god, wat een puinhoop!’ Ik laat mijn hoofd in mijn handen zakken. ‘Ik vind het zo erg dat ik je hierin heb meegesleept.’

Een tijdlang zwijgen we beiden, tot ik, zoals altijd wanneer ik met emotionele moeilijkheden word geconfronteerd, mijn toevlucht in praktische zaken zoek. ‘Om te beginnen moeten we een goede advocaat nemen. Ik weet zeker dat Louis het op zich zal nemen, en anders zal hij ons iemand kunnen aanraden. Jij hebt een advocaat nodig die jouw zaken met het leger regelt, en die probeert jouw naam uit de kranten te houden. En de scheiding afhandelt – weet je zeker dat Philippe van je zal scheiden?’

‘O ja, als het om zijn carrière gaat, twijfel ik daar niet aan.’

Zelfs dit probeer ik in een positief daglicht te stellen. ‘Dan is het in ieder geval ook in zijn belang om het stil te houden. En misschien kun je dat gebruiken om over de voogdij over de kinderen te onderhandelen...’ Mijn stem sterft weg. Ik weet niet wat ik verder nog moet zeggen, dus herhaal ik nog maar eens: ‘Ik vind het zo erg...’

Ze strekt haar armen naar me uit, en we klampen ons op mijn smalle bed aan elkaar vast als schipbreukelingen, en ik zweer aan mezelf dat ik me zal wreken.

19

Een paar dagen later wordt er, even voor middernacht, een briefje onder mijn deur door geschoven. Tegen de tijd dat ik ben opgestaan en op de overloop kijk, is degene die het heeft gebracht, al verdwenen. De tekst luidt: *Rue de Grenelle 11 – als je het zeker weet.*

Ik hou het in het vuur, wacht tot het vlam vat en laat het in de haard vallen. Later pak ik de pook en vermaal de gloeiende houtskool tot poeder. Het zou te gek voor woorden zijn als mijn dienstmeisje, dat, vermoed ik, informant is, mijn versnipperde papieren naar de afdeling Statistiek brengt en zij ze weer aan elkaar kunnen plakken. Ik heb geprobeerd Louis ervan te overtuigen dat voorzorgsmaatregelen noodzakelijk zijn. 'Maak zo veel mogelijk gebruik van tussenpersonen,' hou ik hem voor. 'Betaal iemand die je niet kent om je berichten af te laten geven. Vertrouw niets aan de post toe. Vermijd vaste gedragspatronen. Zet als het even kan valse sporen uit – ga langs bij kennissen die er opvattingen op na houden die verdacht gevonden worden, om de mensen die jou in de gaten houden op een dwaalspoor te zetten. Maak omwegen. Verwissel van huurrijtuigen. Hun middelen zijn veelomvattend, maar niet onuitputtelijk: als we ons best doen, kunnen we het hun behoorlijk lastig maken...'

Als ik naar bed ga, hou ik mijn pistool bij me.

De volgende ochtend brengt de conciërge me de kranten; ze laat ze voor de deur achter. Ik pak ze pas als ze is verdwenen en lees ze in bed, in mijn kamerjas. Iets anders heb ik niet te doen. Zoals inmiddels gebruikelijk is de Dreyfus-affaire alom aanwezig. Die ontvouwt zich de ene dag na de andere, als een feuilleton, met een exotische bezetting van personages die ik nauwelijks herken, onder wie ikzelf (*De drieënveertigjarige, ambitieuze, ongetrouwde meesterspion die verraad heeft gepleegd tegenover zijn voormalige superieuren*). Onder de nieuwste wendingen in het verhaal vallen de brieven die Esterhazy dertien jaar geleden naar zijn toenmalige minnares madame de Boulancy stuurde en die nu in *Le Figaro* zijn beland (*Als ik vanavond te horen kreeg dat ik morgen als een ulanenkapitein zou sterven terwijl mijn sabel Fransen doorboort, zou ik absoluut volkomen gelukkig zijn. Ik doe nog geen klein hondje kwaad, maar zou met plezier honderdduizend Fransen over de kling jagen*). Esterhazy heeft de brieven als een Joodse vervalsing afgedaan en bij monde van zijn advocaat geëist dat zijn naam voor een voltallige krijgsraad wordt gezuiverd – een verzoek waarmee het leger heeft ingestemd. Émile Zola heeft Dreyfus' benarde situatie in vurige bewoordingen beschreven: *van alles en iedereen afgesneden, niet alleen door de oceaan, maar bovendien door elf bewakers die hem dag en nacht als een menselijke muur omgeven...* Ondertussen is er in het Huis van Afgevaardigden een kamerbreed debat over de affaire, geopend door de minister-president, die zich achter het res judicata verschuilt: *'Laat ik van meet af aan helder zijn: er is geen zaak-Dreyfus! [Applaus] Er is geen zaak-Dreyfus en er kan geen zaak-Dreyfus zijn! [Langdurig applaus]'* En om aan de laatste twijfel in de kwestie een einde te maken, formuleert generaal Billot vanuit het ministerie van Oorlog het standpunt van de regering nog duidelijker: *'Dreyfus is rechtvaardig berecht en unaniem veroordeeld. Ik beweer uit de grond van mijn hart, als soldaat en als opperbevelhebber van het leger, dat het vonnis juist is gewezen en dat Dreyfus schuldig is.'*

Ik leg de kranten weg. Dit is erger dan hypocrisie, dit is erger dan een leugen: het is een psychose geworden.

Mijn uniform hangt in mijn kast, als de afgelegde huid uit een vorig leven. Ik ben niet officieel uit het leger ontslagen. Technisch gesproken ben ik, hangende het resultaat van De Pellieuxs onderzoek en het antwoord van de minister, voor onbepaalde duur met verlof. Maar ik trek liever geen aandacht en kleed me in burgerkleren. Even voor twaalven trek ik een stevige overjas aan, zet een bolhoed op, pak mijn paraplu van de kapstok en loop naar buiten.

Aan de buitenkant draag ik, hoop ik, mijn gebruikelijke masker van afstandelijkheid, of zelfs ironie, want er is geen situatie, hoe afschrikwekkend ook – zelfs niet die waarin ik verkeer – of ze bevat wel een element van de menselijke komedie. Maar dan denk ik aan Pauline, aan hoe ik haar op mijn bed aantrof en hoe zij alleen maar steeds opnieuw diezelfde zin kon herhalen: 'Hij laat me de meisjes niet zien...' Ze heeft een verklaring afgelegd aan De Pellieux en is voor de pers gevlucht en bij haar broer, een marineofficier, en haar schoonzus ingetrokken; zij wonen in de buurt van Toulon. Louis heeft ermee ingestemd haar juridisch te vertegenwoordigen. Hij heeft ons geadviseerd geen contact met elkaar te hebben zolang de echtscheiding niet is uitgesproken. We hebben in het Bois de Boulogne afscheid van elkaar genomen, in een stortbui, onder het toeziend oog van een agent van de Sûreté. En het is om wat ze háár aandoen, meer nog dan om wat ze Dreyfus hebben aangedaan, dat ik de generale staf niet kan vergeven. Voor de eerste keer van mijn leven draag ik haat in mij mee. Het is bijna fysiek, als een onzichtbaar mes. Soms, als ik alleen ben, wil ik hem eruit trekken om mijn duim langs het koude, scherpe blad te halen.

Zoals gebruikelijk word ik in de gaten gehouden: de man leunt aan de overkant van de straat tegen de houten schutting rondom het bouwterrein en rookt een sigaret. Ongetwijfeld staat er ook nog ergens een partner van hem. Deze specifieke kerel heb ik eerder gezien – hij is broodmager, heeft een rode baard en draagt een dik bruin jack en een platte pet. Hij heeft het opgegeven zich als iemand anders dan een politieagent voor te doen. Hij schiet zijn sigaret weg en loopt op zo'n twintig passen afstand met zijn handen in zijn zakken en met hangende schouders achter me aan. Ik besluit, als ware ik een slechtgehumeurde compagniecommandant, dat deze slome duikelaar eens flink gedrild moet worden, en ik versnel mijn pas tot we bijna rennen – over de avenue Montaigne, langs de place de la Concorde, over de rivier, naar de boulevard Saint-Germain. Ik kijk over mijn schouder. Ondanks de decemberkou zweet ik, maar te oordelen naar hoe mijn schaduwmannetje eruitziet, lijd ik niet half zoveel als hij: zijn gezicht is inmiddels net zo rood als zijn haar.

Ik heb een ordehandhaver nodig, en ik weet precies waar ik er een kan vinden: vlak bij het politiebureau van Saint-Thomas-d'Aquin patrouilleert er een op de hoek van de boulevard Raspail. 'Monsieur!' roep ik terwijl ik nader, 'ik ben kolonel in het Franse leger, en deze man achtervolgt me. Ik eis dat u hem arresteert en naar uw meerdere brengt, zodat ik een officiële klacht kan indienen.'

Hij treedt op met een bereidwilligheid die weldadig aandoet. 'U bedoelt dit heerschap, kolonel?' Hij pakt de ademloze agent bij zijn arm.

De man met de rode baard hijgt: 'Laat... me... los... idioot!'

Een tweede Sûreté-agent, gekleed als een handelsreiziger met een kartonnen aktetas, ziet wat er gebeurt, laat zijn dekmantel vallen en steekt de straat over om het voor zijn partner op te nemen. Ook hij is bezweet en geïrriteerd en ook hij maakt een beledigende opmerking over de intelligentie van geüniformeerde politieagenten in het algemeen; nu wordt de ordehandhaver kwaad, en niet veel later is het tweetal in hechtenis genomen.

Na tien minuten heb ik mijn naam en adres aan de dienstdoende brigadier op het bureau gegeven en knijp ik er zonder escorte tussenuit.

De rue de Grenelle is om de hoek. Nummer 11 is een indrukwekkend, oud gebouw. Ik kijk de straat af om me ervan te verzekeren dat ik niet word geobserveerd en bel dan aan. Bijna direct gaat de voordeur open, en een dienstmeisje laat me binnen. Achter haar staat Louis bezorgd in de gang. Hij werpt een blik over mijn schouder. 'Ben je gevolgd?'

'Inmiddels niet meer.' Ik geef mijn paraplu aan het dienstmeisje. Vanachter een gesloten deur komt het gebrom van mannenstemmen.

Louis helpt me uit mijn jas. 'Weet je zeker dat je dit wilt?'

'Waar zijn ze? Hierachter?'

Ik doe de deur zelf open. Zes mannen van middelbare leeftijd in jacquet die bij een laaiend haardvuur staan, staken hun gesprek en draaien zich naar mij om; ik moet aan een groepsportret van Fantin-Latour denken, *Eerbetoon aan Delacroix*, misschien. Louis zegt: 'Heren, dit is kolonel Picquart.'

Het blijft even stil; dan begint een van de mannen – een kale man met een enorme hangsnor, in wie ik Georges Clemenceau herken, de linkse politicus en hoofdredacteur van de radicale krant *L'Aurore* – te applaudisseren, en iedereen valt in. Als Louis me zachtjes de kamer in duwt, roept een andere, verzorgde knappe man vrolijk: '*Bravo Picquart! Vive Picquart!*' en ik herken hem ook, van de surveillancefoto's die op mijn bureau langskwamen, als Mathieu Dreyfus. Als ik een rondje maak en iedereen een hand geef, merk ik dat ik ze allemaal ken, is het niet van gezicht dan is het wel van naam: de uitgever Georges Charpentier, wiens huis dit is; de senator van de Seine, Arthur Ranc, een man met een dikke baard, en de oudste in de kamer; Joseph Reinach, een links, Joods Kamerlid; en natuurlijk de gedrongen figuur met een pince-nez die als laatste aan me wordt voorgesteld: Émile Zola.

In de eetkamer wordt een heerlijke lunch opgediend, maar ik praat zo veel dat ik nauwelijks aan eten toekom. Ik vertel mijn medegasten dat ik zo snel mogelijk moet zeggen wat ik te zeggen heb, omdat elke minuut die we langer samen doorbrengen de kans op ontdekking van onze bijeenkomst vergroot. 'Monsieur Charpentier denkt misschien dat zijn bedienden niet als informanten voor de Sûreté werken, maar helaas heeft mijn ervaring mij anders geleerd.'

'Anders mij wel,' voegt Mathieu Dreyfus eraan toe.

Ik buig naar hem. 'Mijn excuses daarvoor.'

Tegenover de plek waar ik zit, hangt een groot portret van Renoir, van Charpentiers vrouw en kinderen, en af en toe dwaalt mijn blik, terwijl ik mijn verhaal vertel, ernaar af en word ik me bewust van die vreemde sensatie van vervreemding die me soms overvalt als ik een groep mensen toespreek. Ik vertel hun dat ze zich moeten concentreren op kolonel Armand du Paty de Clam, de officier die Dreyfus als eerste ondervroeg en wiens huiveringwekkende verbeeldingsvermogen bepalend voor de affaire is geworden. Ik beschrijf zijn verhoormethoden, die bijna op marteling neerkomen. Ik beschrijf ook mijn voorganger, kolonel Sandherr, een zieke man die er ten onrechte van overtuigd raakte dat de spion voor de generale staf werkte. Ik vertel dat het een grote publieke misvatting is dat de informatie die de Duitsers in handen is gevallen van cruciaal militair belang zou zijn, terwijl het in werkelijkheid louter trivia betrof. Ik vertel dat Dreyfus met opzet zo extreem hard is behandeld – de berechting achter gesloten deuren, de publieke degradatie, de gevangenschap op Duivelseiland – opdat de wereld er wel van overtuigd móést raken dat het voortbestaan van de staat Frankrijk zelf op het spel stond. 'De mensen zeggen tegen elkaar: "Daar moet meer aan de hand zijn!" terwijl het in werkelijkheid juist minder is. Hoe langer dit schandaal duurt, hoe kolossaler en absurder de discrepantie tussen de oorspronkelijke misdaad en de monumentale inspanningen om die gerechtelijke dwaling toe te dekken.'

Ik zie Zola, die aan de andere kant van de tafel zit, aantekeningen maken. Ik pauzeer om een slok wijn te nemen. Een van de kinderen op de Renoir zit op een grote hond. Het patroon in de vacht van de hond komt precies overeen met de kleuren in de jurk van madame Charpentier – wat natuurlijk lijkt, blijkt gekunsteld.

Ik ga verder. Zonder geheime informatie te onthullen vertel ik hoe ik er inmiddels meer dan twintig maanden geleden achter ben gekomen dat Esterhazy de echte verrader is, en hoe De Boisdeffre en vooral Billot mijn onderzoek in eerste instantie steunden, maar hun standpunt volkomen wijzigden toen ze beseften dat de zaak-Dreyfus opnieuw moest worden geopend. Ik doe verslag van mijn verbanning naar Tunesië, van de poging van de generale staf om me op een zelfmoordmissie te sturen en van de manier waarop ze me er in generaal De Pellieuxs onderzoek met vervalsingen en onware getuigenissen op dezelfde manier als Dreyfus in proberen te luizen. 'We bevinden ons inmiddels in een absurde situatie, heren, waarin het leger zo vastberaden is een onschuldige man gevangen te houden, dat het er actief aan bijdraagt dat de schuldige zijn bestraffing ontloopt en en passant volkomen bereid is ook mij uit de weg te ruimen – zo nodig voorgoed.'

Zola zegt: 'Het is waanzinnig! Zo'n verbazingwekkend verhaal heb ik nog nooit gehoord.'

Ranc zegt: 'Je schaamt je ervoor Frans te zijn.'

Clemenceau, die net als Zola aantekeningen maakt, vraagt zonder op te kijken: 'Wie van de leden van de militaire top zijn naar uw mening het meest schuldig, kolonel Picquart?'

'Van de militaire top zou ik de vijf generaals kiezen: Mercier, De Boisdeffre, Gonse, Billot en nu De Pellieux, die leiding geeft aan een als onderzoek vermomde doofpotaffaire.'

Mathieu Dreyfus vraagt: 'En wat zal er nu met u gebeuren, kolonel?'

Ik steek een sigaret op. 'Ik ga ervan uit,' zeg ik terwijl ik de lucifer zo nonchalant mogelijk ronddraai en doof, 'dat ze Esterhazy formeel van alle tenlasteleggingen zullen vrijspreken en mij uit het leger zullen ontslaan en in de gevangenis zullen zetten.'

Iedereen aan tafel mompelt woorden van ongeloof. Clemenceau zegt: 'Maar zo dom zal toch zelfs de generale staf niet zijn?'

'Ik vrees dat zij zichzelf in een positie hebben gebracht waarin hun eigen logica hun geen andere keuze laat. Als Esterhazy onschuldig is – en zij zijn vastbesloten hem onschuldig te kunnen verklaren, omdat ze alleen op die manier kunnen voorkomen dat ze de zaak-Dreyfus moeten heropenen – dan volgt daaruit dat de campagne tegen hem uit een duivelse samenzwering is voortgekomen; en aangezien ik voor die campagne verantwoordelijk ben, moet ik gestraft worden.'

Reinach zegt: 'En wat wilt u dat wij doen, kolonel?'

'Het is niet echt aan mij om dat te zeggen. Ik heb jullie alles verteld wat ik kan zonder de nationale veiligheid in het geding te brengen. Ik kan zelf geen artikel schrijven of boek publiceren – ik ben nog steeds aan de krijgstucht onderworpen. Naar mijn mening moet deze affaire uit de jurisdictie van de militairen worden gehaald en naar een hoger niveau worden getild: de details moeten tot een coherent verhaal worden gesmeed, zodat alles in de juiste proporties kan worden gezien.' Ik knik naar de Renoir en kijk dan naar Zola. 'Wat echt is, moet, zo u wilt, in kunst worden gevangen.'

'Kunst is het al, kolonel,' antwoordt hij. 'Het enige wat we nodig hebben, is een aanvalsplan.'

Voordat het uur voorbij is, druk ik mijn sigaret uit en sta op. 'Excuseert u mij, heren, maar het is beter als ik als eerste wegga. Het is het beste als daarna iedereen om de beurt vertrekt, om de tien minuten bijvoorbeeld. Alstublieft, blijft u zitten.' Ik richt me tot Charpentier. 'Is er een achteruitgang?'

'Jazeker,' zegt hij, 'er is een tuinhek. U komt er via de keuken. Ik breng u er zelf even heen.'

'Ik pak je spullen,' zegt Louis.

Ik maak mijn ronde door de eetkamer en schud elke man de hand. Mathieu neemt de mijne in twee handen. 'Mijn familie en ik kunnen niet genoeg uitdrukken hoe dankbaar we u zijn, kolonel.'

Zijn warmte heeft iets bezitterigs dat me een onprettig, zelfs kil gevoel geeft.

'U hoeft me niet te bedanken,' antwoord ik. 'Ik gehoorzaam slechts mijn geweten.'

Op straat staat er niemand op de uitkijk; ik maak gebruik van het feit dat ik mijn schaduwmannetje van de politie heb afgeschud en loop snel over de boulevard Saint-Germain naar het huis van de familie De Comminges. Daar aangekomen geef ik de livreiknecht mijn kaartje en word ik de bibliotheek binnengelaten terwijl hij naar boven gaat om me aan te kondigen. Even later zwaait de bibliotheekdeur open. Blanche rent naar me toe en slaat haar armen om me heen.

'Liefste Georges!' roept ze uit. 'Weet je wel dat je nu de beroemdste persoon bent die ik ken? We zitten in de salon thee te drinken. Kom onmiddellijk mee – ik wil met je pronken!'

Ze probeert me met zich mee te trekken, maar ik weiger. 'Is Aimery binnen?'

'Ja, en hij zal dolblij zijn dat je er bent. Kom mee naar boven. Ik sta erop.' Ze trekt weer aan mijn arm. 'We willen alles horen!'

'Blanche,' zeg ik zacht terwijl ik haar hand van mijn arm haal, 'ik wil je graag privé spreken, en ik denk dat het goed is als Aimery daarbij is. Zou je hem willen halen?'

Nu pas ziet ze dat ik serieus ben. Ze lacht nerveus. 'O, Georges,' zegt ze, 'wat klinkt dat onheilspellend!' Maar ze gaat haar broer halen.

Aimery komt op zijn dooie akkertje binnenlopen; hij ziet er zoals altijd heel jong uit, draagt een goed gesneden grijs pak en heeft twee koppen thee in zijn handen. 'Hallo, Georges. Ik dacht: als jij niet naar de samowar komt, dan moet de thee maar naar jou komen.'

En zo gaan we met zijn drieën bij het vuur zitten, en terwijl Aimery van zijn thee nipt en Blanche een van haar felgekleurde Turkse sigaartjes rookt, beschrijf ik hoe haar naam is misbruikt in een bijna zeker door Paty in elkaar geflanst telegram, dat mij in Tunesië is toegestuurd. Haar ogen glanzen. Ze lijkt het één groot avontuur te vinden. Aimery echter ruikt het gevaar meteen.

'Waarom zou Paty Blanches naam gebruiken?'

'Omdat zij Germain Ducasse kent, en Ducasse voor mij heeft gewerkt in een op Esterhazy gerichte operatie van de inlichtingendienst. En zo ontstaat de indruk dat wij allemaal deel uitmaken van de denkbeeldige "Joodse samenzwering" om Dreyfus vrij te krijgen.'

'Het is volkomen belachelijk,' zegt Blanche door een wolk van rook. 'Geen mens zal dat ook maar één seconde geloven.'

Aimery vraagt: 'Maar waarom Blanche? Ík ken Ducasse ook. Waarom hebben ze mijn naam niet gebruikt?' Hij lijkt zich daar echt over te verbazen. Hij kijkt eerst naar mij, en dan naar zijn zus. Geen van ons beiden durft hem recht in de ogen te kijken. Er volgt een ongemakkelijk moment. Aimery is niet op zijn achterhoofd gevallen. 'Aha,' zegt hij zacht, terwijl hij langzaam knikt. 'Ik begrijp het.'

'O, god nog aan toe,' roept Blanche geïrriteerd uit, 'je bent nog erger dan vader! Wat doet dat er nou toe?'

Aimery, die nu gespannen zwijgt, vouwt zijn armen over elkaar en staart stug naar het tapijt: hij laat de uitleg aan mij over. 'Ik vrees dat het er wel degelijk toe doet, Blanche, want ze zullen je vragen stellen over de telegrammen, en dat zal in de kranten verschijnen, en dan is er een schandaal.'

'Laat er...'

Aimery onderbreekt haar woedend: 'Hou toch eindelijk eens je mond, Blanche! Dit gaat niet alleen om jou. De hele familie raakt bij deze janboel betrokken! Denk aan je moeder. En vergeet niet dat ik een officier in dienst ben!' Hij wendt zich tot mij. 'We zullen met onze advocaten moeten overleggen.'

'Natuurlijk.'

'Ik denk dat het beter is als je in de tussentijd niet naar dit huis komt of probeert contact op te nemen met mijn zus.'

Blanche smeekt hem: 'Aimery...'

Ik sta op om te vertrekken. 'Ik begrijp het.'

'Het spijt me, Georges,' zegt Aimery. 'Het kan helaas niet anders.'

Kerstmis en oud en nieuw gaan voorbij; de eerste breng ik in Ville-d'Avray bij Edmond en Jeanne Gast door, de tweede bij Anna en Jules, in de rue Cassette; Pauline blijft in het zuiden. Ik verkoop mijn Erard-piano voor vijfduizend frank aan een koopman en stuur het geld naar haar.

De behandeling van Esterhazy's zaak voor de krijgsraad staat voor maandag 10 januari 1898 op de rol. Ik ben als getuige opgeroepen, net als Louis. Maar de vrijdag voor de zitting bezwijkt zijn vader ten langen leste in Straatsburg aan zijn longziekte; Louis krijgt toestemming naar zijn familie te gaan.

'Ik weet niet wat ik moet doen,' zegt hij.

'Mijn lieve vriend,' antwoord ik, 'dat staat buiten kijf. Ga naar je familie.'

'Maar de rechtszaak... Dan sta je er helemaal alleen voor...'

'Eerlijk gezegd denk ik niet dat het voor de uitkomst veel verschil maakt of jij er wel of niet bent. Ga.'

Op maandag sta ik voor zonsopkomst in de duisternis op, trek mijn hemelsblauwe uniform van de Vierde Tunesische Karabiniers aan, speld het lint van het Legioen van Eer op en leg, gevolgd door een paar politieagenten in burger, de vertrouwde weg door Parijs naar de militaire rechtbank in de rue Cherche-Midi af.

De dag is me van het begin af vijandig gezind: het is koud en grijs en het regent zacht. In de straat tussen de gevangenis en de rechtbank staat een tiental gendarmes druipend van de regen in hun kepie en cape, maar de menigte die ze moeten bedwingen is niet komen opdagen. Ik loop over de gladde geplaveide binnenplaats naar het sombere voormalige nonnenklooster waar Dreyfus meer dan drie jaar geleden terechtstond. Een kapitein van de Republikeinse Garde gaat me voor naar de wachtkamer voor de getuigen. Ik ben de eerste. Het is een klein, witgeverfd vertrek met, boven hoofdhoogte, één raam met tralies ervoor, een natuurstenen vloer en langs de wanden harde houten stoelen. Een kolenbrander in de hoek volstaat ternauwernood om de scherpe randjes van de kou te halen. Er hangt een schilderij van Jezus, zijn wijsvinger, die een gloed verspreidt, zegenend geheven.

Een paar minuten later gaat de deur open en steekt Lauth zijn blonde hoofd om de hoek. Ik zie aan zijn uniform dat hij tot majoor is gepromoveerd. Zodra hij mij opmerkt, trekt hij zich schielijk terug. Vijf minuten later komt hij terug met Gribelin; ze gaan zo ver mogelijk van me vandaan in de hoek zitten en kijken niet één keer mijn kant op. Ik vraag me af waarom zij hier zijn. Dan komen er nog twee voormalige officieren van me binnen. Het patroon is hetzelfde: ze lopen zonder mij een blik waardig te gunnen langs me en kruipen bijeen in de verst van mij afgelegen hoek. Du Paty marcheert binnen alsof hij verwacht dat er een fanfare zal beginnen te spelen, terwijl Gonse zich schuchter beweegt, zijn onvermijdelijke sigaret in de hand. Ze gaan allemaal met hun rug naar me toe zitten, behalve Henry. Die komt luidruchtig binnen, slaat de deur achter zich dicht en knikt me toe als hij langsloopt.

'U heeft een gezonde kleur, kolonel!' zegt hij opgewekt. 'Die moet van al die Afrikaanse zon komen!'

'En die van u van alle cognac.'

Hij barst in lachen uit en gaat bij de anderen zitten.

Langzaam maar zeker vult de kamer zich met getuigen. Mijn oude vriend majoor Curé, van het Vierenzeventigste Regiment der Infanterie, negeert me. Ik herken de vicevoorzitter van de senaat, Auguste Scheurer-Kestner, die me een hand geeft en zachtjes mompelt: 'Goed gedaan.' Mathieu Dreyfus komt binnen met een slanke, rustige jonge vrouw met donker haar aan zijn arm, die geheel in rouwkleren gehuld gaat. Ze ziet er zo jong uit dat ik ervan uitga dat ze zijn dochter is, maar dan stelt hij haar aan me voor: 'Dit is madame Lucie Dreyfus, Alfreds vrouw. Lucie, dit is kolonel Picquart.' Ze glimlacht zwakjes als blijk van herkenning, maar zegt niets, en ik evenmin. Ik voel me ongemakkelijk, want ik herinner me haar intieme, gepassioneerde brieven – *Leef voor mij, smeek ik je...* Aan de andere kant van de kamer bekijkt Du Paty haar begerig door zijn monocle en fluistert iets tegen Lauth. Het gerucht gaat dat hij haar, toen hij na de arrestatie van Dreyfus voor een huiszoeking in haar appartement was, avances heeft gemaakt; ik geloof het direct.

En zo zitten we daar, de militairen aan de ene kant en ik met de burgers aan de andere kant van het vertrek, naar de geluiden van het proces boven ons te luisteren: het gestamp van voeten op de trap, de kreet 'Presenteer – geweer!' als de rechters binnenkomen, en dan een lange interval van stilte waarin wij op nieuws wachten. Uiteindelijk verschijnt de griffier, die meedeelt dat de civiele zaak die de familie Dreyfus heeft aangespannen, is afgewezen en dat het oorspronkelijke vonnis van de krijgsraad niet zal worden herzien en dus definitief is. Bovendien hebben de rechters in meerderheid besloten dat al het bewijs dat door militairen wordt geleverd achter gesloten deuren zal worden opgevoerd. We hebben het gevecht dus al verloren voordat het is begonnen. Lucie, uitdrukkingsloos, staat met geoefend stoïcisme op, omhelst Mathieu en vertrekt.

Er gaat weer een uur voorbij, waarin Esterhazy waarschijnlijk wordt gehoord; dan keert de griffier terug en roept: 'Monsieur Mathieu Dreyfus!' Omdat hij in de zaak tegen Esterhazy in eerste aanleg eisende partij jegens de minister van Oorlog is, heeft hij het privilege als eerste te getuigen. Hij komt niet terug. Vijfenveertig minuten later wordt Scheurer-Kestner geroepen. Hij keert evenmin terug. Op deze manier verdwijnen de handschriftexperts en officieren langzaam maar zeker uit het vertrek tot ten slotte, halverwege de middag, Gonse en de mannen van de afdeling Statistiek en bloc worden geroepen. Ze lopen achter elkaar aan naar buiten, waarbij ze op één na allemaal oogcontact met mij vermijden; Gonse blijft op het laatste moment op de drempel staan, draait zich om en kijkt me aan. Ik doorgrond zijn gelaatsuitdrukking niet. Is het haat, medelijden, verbijstering, spijt of een mengelmoes hiervan? Of neemt hij mijn beeltenis nog één keer in zich op voordat ik voorgoed verdwijn? Hij staart me even aan, draait zich op zijn hakken om, sluit de deur achter zich en laat mij alleen achter.

Weer wacht ik een aantal uur, waarin ik af en toe opsta en ijsbeer om warm te blijven. Ik mis Louis meer dan ooit. Mocht ik er ooit aan getwijfeld hebben of Esterhazy of ik hier door de krijgsraad wordt berecht, dan is die twijfel nu verdwenen.

Tegen de tijd dat de griffier mij komt halen, is het donker. Afgezien van een aantal juristen zijn alle burgers uit de rechtszaal verdwenen. Er zijn geen buitenstaanders. Het is er, door alle opeengepakte mannenlijven en in tegenstelling tot de ijskoude wachtkamer, warm, bijna gezellig; er drijft een benauwende wolk tabaksrook. Gonse, Henry, Lauth en de andere officieren van de afdeling Statistiek kijken hoe ik naar de rechterstoel loop. Achter generaal Luxer, de president van de rechtbank, zit nota bene De Pellieux; links van mij Esterhazy, die ontspannen achteroverleunt, min of meer zoals ik me hem van de enige andere gelegenheid dat ik hem zag herinner, zijn benen languit voor zich en zijn armen losjes langs zijn zij, alsof hij nog steeds in die nachtclub in Rouen zit. Ik heb alleen tijd voor een korte blik, maar word opnieuw getroffen door zijn uitzonderlijke verschijning. Het kale, merkwaardige ronde hoofd strekt zich naar me uit; een glinsterend oog, als van een roofvogel, focust even op mij en flikkert weg. Hij wekt de indruk zich te vervelen.

Luxer vraagt: 'Wat is uw naam?'

'Marie-Georges Picquart.'

'Geboorteplaats?'

'Straatsburg.'

'Leeftijd?'

'Drieënveertig.'

'Wanneer trok de gedaagde voor het eerst uw aandacht?'

'Zo'n negen maanden nadat ik hoofd van de inlichtingendienst van de generale staf was geworden...'

Alles bij elkaar getuig ik een uur of vier – ongeveer een uur in de duisternis van die namiddag in januari, en nog drie uur op de volgende ochtend. Het heeft geen enkele zin daarvan verslag te doen: het is De Pellieux *redux*. Sterker nog, De Pellieux lijkt in weerwil van alle regels zelf de leiding over de krijgsraad in handen te hebben. Hij leunt naar voren om de president van de rechtbank adviezen in te fluisteren. Hij stelt me intimiderende vragen. Als ik de namen van Mercier, De Boisdeffre en Billot noem, onderbreekt hij me en beveelt me te zwijgen: 'Deze eminente officieren houden op geen enkele manier verband met majoor Esterhazy!' Zijn methoden zijn zo grof dat een van de rechters de president van de rechtbank halverwege de dinsdagochtendsessie vraagt te interveniëren: 'Het is duidelijk dat in werkelijkheid kolonel Picquart hier verdachte is. Ik verzoek bij dezen dat hem wordt toegestaan alle toelichtingen te geven die voor zijn verdediging noodzakelijk zijn.'

De Pellieux werpt hem een afkeurende blik toe en valt even stil, maar de louche, jonge advocaat van Esterhazy, Maurice Tézenas, neemt de aanval meteen over: 'Kolonel Picquart, u heeft vanaf het begin af aan geprobeerd Dreyfus door mijn cliënt te vervangen.'

'Dat is niet waar.'

'U heeft de petit bleu vervalst.'

'Nee.'

'U heeft met uw advocaat, maître Leblois, samengespannen om mijn cliënt zwart te maken.'

'Nee.'

'U heeft uw advocaat, als onderdeel van een complot om het vertrouwen van het publiek in het oorspronkelijke vonnis te ondermijnen, het geheime dossier met betrekking tot de veroordeling van Dreyfus laten zien.'

'Dat is niet waar.'

'Kom nou toch, kolonel – verschillende getuigen hebben gisteren voor deze rechtbank verklaard dat ze dat hebben gezien!'

'Dat is onmogelijk. Welke getuigen?'

'Kolonel Henry, majoor Lauth en monsieur Gribelin.'

Ik kijk naar de plek waar zij zitten, roerloos. 'Zij vergissen zich.'

Tézenas zegt: 'Ik eis dat genoemde officieren naar voren komen en voor deze getuige komen staan.'

'Heren, alstublieft.' Luxer gebaart dat ze naar de rechterstoel moeten komen. Esterhazy kijkt ogenschijnlijk volkomen onverschillig toe, alsof hij een buitengewoon saai toneelstuk bijwoont waarvan hij het einde al kent. Luxer zegt: 'Kolonel Henry, twijfelt u er ook maar in de geringste mate aan dat u heeft gezien dat kolonel Picquart de documenten uit het zogenaamde geheime dossier aan maître Leblois heeft laten zien?'

'Nee, generaal. Ik liep laat in de middag zijn kamer binnen om een departementale kwestie te bespreken en het dossier lag op zijn bureau. Ik herkende het onmiddellijk, omdat er de beginletter "D" op staat – die heb ik er zelf op geschreven. De kolonel had het dossier opengeslagen en toonde een bepaald document, waarin "dat schorem van een D" voorkwam, aan zijn vriend monsieur Leblois. Ik heb het heel goed gezien, zo goed als ik u nu zie, generaal.'

Ik kijk hem stomverbaasd aan: hoe kan hij zo schaamteloos liegen? Hij kijkt volstrekt onaangedaan terug.

Als u me beveelt een man dood te schieten, dan schiet ik hem dood...

Luxer vervolgt: 'U heeft verder getuigd, kolonel Henry, dat u vervolgens bent vertrokken en onmiddellijk aan majoor Lauth en monsieur Gribelin heeft verteld wat u had gezien.'

'Inderdaad. Ik was er volkomen ondersteboven van.'

'En jullie zweren dat dit gesprek heeft plaatsgevonden?'

Lauth zegt gloedvol: 'Ja, generaal.'

'Absoluut, generaal,' bevestigt Gribelin. Hij werpt mij een blik toe. 'Ik zou daar nog aan toe kunnen voegen dat ik zelf ook heb gezien dat kolonel Picquart het dossier aan zijn vriend liet zien.'

Ze zijn me gaan haten, besef ik, veel meer dan ze Dreyfus ooit gehaat hebben. Ik bewaar mijn zelfbeheersing. 'Mag ik vragen, monsieur president, of maître Leblois zelf zijn mening over deze kwestie mag komen geven?'

Tézenas zegt: 'Ik vrees, monsieur president, dat maître Leblois in Straatsburg is.'

'Nee,' zeg ik. 'Hij is gisteravond laat met het lichaam van zijn vader teruggekeerd. Hij wacht beneden.'

Tézenas haalt zijn schouders op. 'Is dat zo? Mijn excuses, dat wist ik niet.'

Louis wordt gehaald. Voor een man in de rouw is hij opvallend kalm. Gevraagd naar de bijeenkomst en het dossier bevestigt hij dat er geen bijeenkomst is geweest, en geen dossier, 'behalve dan iets onzinnigs over duiven'. Hij richt zich tot de rechters. 'Kan de krijgsraad kolonel Henry vragen wanneer dit incident zou hebben plaatsgehad?'

Luxer gebaart naar Henry, die zegt: 'Ja, het was in september 1896.'

'Wel, dat is volstrekt onmogelijk,' antwoordt Louis, 'want mijn vader werd in 1896 voor het eerst ziek en ik ben de hele periode van augustus tot november van dat jaar in Straatsburg gebleven. Dat weet ik zeker – sterker nog, dat kan ik bewijzen, want voor mijn visum was het een voorwaarde dat ik mij gedurende mijn verblijf dagelijks bij de Duitse autoriteiten meldde.'

Luxer vraagt: 'Kunt u zich in de data vergist hebben, kolonel Henry?'

Henry doet alsof hij hierover nadenkt, waarbij hij zijn hoofd van de ene naar de andere kant laat zakken. 'Ja, ik geloof dat dat zou kunnen. Misschien was het eerder. Of later.'

'Of het is nooit gebeurd,' zeg ik. 'Want ik kreeg het geheime dossier pas in augustus in mijn bezit, zoals monsieur Gribelin kan getuigen: hij heeft het voor mij uit Henry's bureau gepakt. En in oktober heeft generaal Gonse daar' – ik wijs hem aan – 'het dossier weer van mij afgepakt. Dus dit hele voorval heeft eenvoudigweg nooit kúnnen plaatsvinden.'

Voor de eerste keer begint Henry te stamelen; hij lijkt nerveus te worden. 'Nou, dan weet ik niet precies... Ik kan alleen herhalen wat ik heb gezien...'

De Pellieux schiet hem te hulp. 'Als ik een opmerking mag maken, monsieur president, na meer dan een jaar is het moeilijk je exacte data te herinneren...'

Luxer is het daarmee eens. De zitting wordt voortgezet. Als het lunchtijd is, mag ik de getuigenbank verlaten.

Esterhazy's advocaat gebruikt vijf uur voor zijn slotpleidooi. De hoorzitting gaat tot acht uur 's avonds door. Halverwege de monoloog van zijn advocaat knikkebolt Esterhazy, de kale schedel zakt achterover. Als de rechters ten slotte opstaan om tot hun vonnis te komen en hij langs mij wordt weggevoerd, brengt hij me spottend een stijf saluut. Mathieu Dreyfus, die is teruggekeerd om het vonnis te horen en naast me zit, mompelt: 'De schoft!' Louis en ik staan op om de benen te strekken. Ik neem aan dat we nog wel een paar uur zullen moeten wachten. Maar nog geen vijf minuten later klinkt het 'Presenteer – geweer!' en de deur gaat weer open. De rechters marcheren binnen en de griffier leest het vonnis op. 'In naam van het volk van Frankrijk... verklaart de raad unaniem... dat de aangeklaagde onschuldig is... hij verlaat deze rechtbank zonder een smet op zijn blazoen...'

De rest van zijn woorden gaat verloren in een daverend applaus dat langs de stenen muren kanonneert. Mijn collega-officieren stampen met hun voeten. Ze applaudisseren. Ze juichen: '*Vive l'armée!*' en '*Vive la France!*' en zelfs 'Dood aan de Joden!' De uitkomst stond van te voren vast. Ik zou niet verrast moeten zijn. Maar er zijn grenzen aan hoe goed je verbeelding zich op een ramp kan voorbereiden. Als Mathieu en ik, achtervolgd door hatelijke opmerkingen en beledigingen – 'Dood aan de samenzwering!' 'Dood aan Picquart!' – de rechtszaal verlaten, voel ik me alsof ik in een mijnschacht ben gevallen waar ik nooit meer uit zal kunnen klimmen. Alles is duisternis – erger nog, Dreyfus is slechter af dan een halfjaar geleden, want nu is hij dubbel veroordeeld. Het is volstrekt uitgesloten dat het leger een derde hoorzitting zal houden.

Buiten, voor de slecht verlichte binnenplaats, heeft zich ondanks de kou een meer dan duizendkoppige menigte verzameld. Ze klappen ritmisch en scanderen de naam van hun held: 'Es-ter-hazy! Es-ter-hazy!' Ik wil maar één ding, en dat is van die plek weg zijn. Ik loop naar het hek, maar Louis en Mathieu houden me tegen. Louis zegt: 'Je mag daar niet heen gaan, Georges. Je foto heeft in de kranten gestaan. Je zult gelyncht worden.'

Op dat moment komt Esterhazy het gerechtsgebouw uit, vergezeld van zijn advocaat en Henry en Du Paty, gevolgd door een applaudisserend gevolg van soldaten in zwart uniform. Esterhazy heeft een gedaantewisseling ondergaan, hij straalt van de overwinning. Hij draagt een cape die hij met een gebaar van keizerlijk machtsvertoon om zijn schouders slaat en stapt de straat op. Er barst een enorm gejuich los. Handen worden gestrekt om hem op de rug te slaan. Iemand roept: 'Gelukwensen voor de martelaar van de Joden!'

Mathieu tikt mijn arm aan. 'Nu moeten we gaan!' Hij trekt zijn overjas uit en slaat die over mijn opvallende uniformjasje. Met gebogen hoofd en met mij tussen hem en Louis in banen we ons een weg door de menigte in de rue Cherche-Midi en slaan de tegenovergestelde richting van Esterhazy in, en we haasten ons over het natte trottoir naar het verkeer in de verte.

De volgende dag wordt Louis' vader, Georges-Louis Leblois, begraven. Hij was een lutherse dominee, een man die in de wetenschap geloofde, een radicaal denker die de goddelijkheid van Christus ontkende, en de oude man wilde gecremeerd worden. Maar omdat daartoe in Straatsburg de faciliteiten ontbreken, moet de ceremonie in het nieuwe crematorium van Père-Lachaise in Parijs plaatsvinden. De stilte op de immense begraafplaats, met zijn schaduwrijke laantjes, en de grijze stad op de vlakte met daarachter de blauwe heuvels aan de horizon maken diepe indruk op me. De rouwenden komen naar me toe om hun medeleven te betonen met het vonnis van de vorige dag, mijn hand te schudden en op zachte toon met me te praten, zodat ik bijna het gevoel krijg dat ík ben gestorven en mijn eigen begrafenisplechtigheid bijwoon.

Op hetzelfde moment, zo ontdek ik later, zet generaal Billot zijn handtekening onder mijn arrestatiebevel, en als ik in mijn appartement terugkom, ligt daar het bericht dat ik de volgende dag in hechtenis zal worden genomen.

Ze komen me nog voor het ochtendgloren halen. Ik heb mijn burgerkleren al aan, en mijn koffer staat klaar. Een wat oudere kolonel klopt, vergezeld door een gewone soldaat, op mijn deur en laat me een kopie van het arrestatiebevel van generaal Billot zien: *Er is een onderzoek ingesteld naar kolonel Picquart omdat hij ernstig tekort is geschoten in zijn professionele verplichtingen. Hij heeft in diensttijd grove fouten gemaakt die tegen de militaire discipline ingaan. Om die reden heb ik besloten hem in arrest te nemen en tot nader order in fort Mont-Valérien te houden.*

De kolonel zegt: 'Het spijt me dat we zo vroeg zijn, maar het leek ons beter te proberen die vreselijke krantenmensen voor te zijn. Mag ik uw dienstrevolver, alstublieft?'

De beheerder van het gebouw, monsieur Reigneau, die een paar deuren verderop in de straat woont, komt kijken wat er aan de hand is. Mijn begeleiders en ik passeren hem op de trap. Later zal hij *Le Figaro* vertellen wat mijn afscheidswoorden waren: 'U ziet wat er met mij gebeurt. Maar ik ben kalm. U zult wel in de kranten hebben gelezen wat er over mij wordt beweerd. Blijft u geloven dat ik een eerlijk mens ben.'

Buiten staat een grote militaire koets met twee witte paarden ervoor. Het heeft die nacht hard gevroren. Het is nog donker. Een rode lamp bij de bouwplaats aan de overkant werpt een zwakke gloed op de bevroren plassen. De soldaat neemt mijn koffer en klimt naast de voerman, terwijl de kolonel beleefd het portier voor me opent en mij eerst laat instappen. Afgezien van Reigneau is er niemand op straat om getuige te zijn van mijn eerverlies. We slaan links af de rue Copernic in en rijden naar de place Victor Hugo. Een paar vroege vogels staan op de hoek van dit kruispunt in de rij om een krant te kopen; voor de kiosk op de place de l'Étoile staan er nog meer. Als we erlangs rijden, vang ik een glimp op van een vette krantenkop over de hele voorpagina: '*J'Accuse...!*' en ik vraag de kolonel: 'Als een veroordeelde een laatste verzoek wordt toegestaan, denkt u dat we dan voor een krant zouden kunnen stoppen?'

'Een krant?' De kolonel kijkt me aan alsof ik gek ben. 'Hm, dat denk ik wel, als u dat per se wilt.'

Hij roept tegen de voerman dat hij moet stoppen. Ik stap uit en loop terug naar de verkoper. De soldaat loopt op een discrete afstand achter me aan; voor ons, boven de avenue du Bois de Boulogne, wordt de hemel licht, de kale toppen van de bomen steken er tegen af. De krant die iedereen koopt is Clemenceaus *L'Aurore*, en de kop, die zich over alle zes kolommen uitspreidt, is:

J'ACCUSE...!
BRIEF AAN DE PRESIDENT VAN DE REPUBLIEK
Door Émile Zola

Ik ga achter in de rij staan, koop een exemplaar en loop langzaam terug naar ons rijtuig. De straatlampen geven net voldoende licht om te kunnen lezen. Het stuk beslaat de hele voorpagina, duizenden polemische woorden, in de vorm van een brief aan president Fauré (*Omdat ik uw integriteit ken, ben ik ervan overtuigd dat u de waarheid niet kent...*). Ik lees het vlug en met stijgende verbazing door.

> *Kunt u zich voorstellen dat generaal Billot en de generaals Gonse en De Boisdeffre al een jaar weten dat Dreyfus onschuldig is, maar die verschrikkelijke wetenschap voor zichzelf hebben gehouden? En die lieden kunnen 's nachts slapen, en ze hebben vrouwen en kinderen die ze liefhebben!!*
> *Kolonel Picquart daarentegen heeft zich als een eerlijk man van zijn plicht gekweten. Hij drong bij zijn superieuren aan, in naam van de gerechtigheid. Hij smeekte ze zelfs, hij vertelde hun hoe onverstandig het was om te proberen tijd te winnen, omdat donkere wolken samenpakten en er, als de waarheid bekend wordt, een enorm noodweer zal losbarsten. Maar, nee! Het misdrijf was begaan, het was voor de generale staf te laat om te bekennen. En dus werd kolonel Picquart steeds verder weg gestuurd, tot hij uiteindelijk in Tunesië aankwam, waar men hem voor zijn moed probeerde te bedanken door hem op een missie te sturen waarop hij zeker afgemaakt zou worden.*

Ik blijf midden op de stoep staan.

En de verbazingwekkende uitkomst van deze weerzinwekkende situatie was dat kolonel Picquart, de enige fatsoenlijke man die hierbij was betrokken, de man die alleen zijn plicht deed, het slachtoffer werd, werd gehoond en gestraft. O, gerechtigheid, welk een gruwelijke wanhoop vermorzelt ons hart? Er werd zelfs beweerd dat hij de oplichter was, dat hij het bordereau zelf had gefabriceerd om Esterhazy te vernietigen. Ja, in dit laaghartige spektakel worden mannen die in schulden en misdaden wegzinken als onschuldig verwelkomt, terwijl de eer van een man met een onberispelijke levenswandel op een verachtelijke manier wordt aangevallen. Een samenleving die zo diep zinkt, is in verval.

Achter me zegt de soldaat: 'We moeten echt doorlopen, kolonel, als u het niet erg vindt.'

'Ja, natuurlijk. Laat het me alleen even uitlezen.'

Ik lees snel nog het slot.

Ik beschuldig kolonel Du Paty de Clam ervan de duivelse schepper van deze juridische dwaling te zijn...
Ik beschuldig generaal Mercier ervan medeplichtig te zijn, al was het maar door zwakheid, aan een van de grootste schanddaden van deze eeuw.
Ik beschuldig generaal Billot ervan in het bezit te zijn geweest van de zekere bewijzen van de onschuld van Dreyfus en die verborgen te hebben gehouden, waarmee hij zich schuldig heeft gemaakt aan een misdrijf tegen de menselijkheid en de gerechtigheid...
Ik beschuldig generaal De Boisdeffre en generaal Gonse ervan zich medeplichtig te hebben gemaakt aan hetzelfde misdrijf...
Ik beschuldig generaal De Pellieux ervan leiding te hebben gegeven aan een misdadig onderzoek...
Ik beschuldig de drie handschriftdeskundigen...
Ik beschuldig het ministerie van Oorlog...
Ik beschuldig de eerste krijgsraad ervan de wet te hebben geschonden door de verdachte te veroordelen op basis van bewijs dat geheim werd gehouden, en ik beschuldig de tweede krijgsraad ervan willens en wetens te hebben gehoorzaamd aan het bevel een schuldige man vrij te spreken...
Ik ben mij bewust van het feit dat ik mij met deze beschuldigingen

schuldig maak aan het strafbare feit van smaad...
Laat hen de moed hebben mij voor een rechtbank te dagen en de zaak bij vol daglicht te onderzoeken!
Ik wacht.
Met hoge achting, monsieur president,
Émile Zola

Ik vouw de krant op en klim terug in de koets.

De wat oudere kolonel vraagt: 'En, stond er nog iets interessants in?' en voegt er, zonder mijn antwoord af te wachten, aan toe: 'Nee, dat dacht ik al.' Hij bonst tegen het plafond van de koets. 'Doorrijden!'

20

Mont-Valérien is een enorm fort met een vierkante façade in het westen van de stad, en maakt deel uit van de ring van verdedigingsgarnizoenen rondom Parijs. Ze leiden me via een wenteltrap naar de derde verdieping van een vleugel die voor officieren is gereserveerd. Ik ben de enige gevangene. 's Winters is er, of het nou dag of nacht is, niet veel meer te horen dan de wind die om de kantelen loeit. Mijn deur zit te allen tijden op slot; een schildwacht bewaakt de voet van de trap. Ik heb een kleine zitkamer, een slaapkamer en een toilet. De ramen met tralies ervoor bieden een panoramisch uitzicht op de Seine en het Bois de Boulogne, tot aan de Eiffeltoren, acht kilometer naar het oosten.

Als mijn vijanden binnen de generale staf denken dat dit een ontbering voor mij is, dan zitten ze ernaast. Ik heb een bed en een stoel, pen en papier en meer dan genoeg boeken – Goethe, Heine, Ibsen. Proust is zo vriendelijk me zijn verzamelde werken, *Les Plaisirs et les Jours*, toe te sturen; mijn zus een nieuwe Frans-Russisch woordenboek. Wat kan een man zich nog meer wensen? Ik ben gevangen en bevrijd. De eenzame last van geheimhouding die ik al die maanden heb meegedragen, is mij van mijn schouders genomen.

Twee dagen na mijn aankomst in de gevangenis ziet de regering zich gedwongen de uitdaging waar Zola haar voor heeft gesteld aan te nemen en dient zij een aanklacht wegens smaad tegen hem in. Deze keer zal het proces niet achter gesloten deuren in een benauwd, door het leger gecontroleerd zaaltje plaatsvinden, maar in de volle openbaarheid van het Court d'Assize in het hof van justitie. De zaak is boven aan de wachtlijst gezet, zodat het proces zo snel mogelijk kan beginnen. De commandant van het fort weigert toe te staan dat ik bezoek van anderen dan officieren in actieve dienst ontvang, maar zelfs hij kan niet tegenhouden dat ik mijn advocaat zie. Louis brengt me de dagvaarding. Ik ben opgeroepen om op vrijdag 11 februari een getuigenis af te leggen.

Ik bestudeer de dagvaarding. 'En wat gebeurt er als Zola schuldig wordt bevonden?'

We zitten in de bezoekersruimte: tralies voor de ramen, twee eenvoudige houten stoelen en een houten tafel; buiten, voor de deur, staat een bewaker, die doet alsof hij niet meeluistert.

Louis zegt: 'Dan gaat hij een jaar naar de gevangenis.'

'Het was heel dapper van hem.'

'Het was verdomde dapper van hem,' stemt Louis in. 'Ik had alleen liever gezien dat hij zijn moed met een beetje voorzichtigheid had getemperd. Hij heeft zich laten meeslepen en kon niet nalaten die zin aan het eind, over het proces tegen Esterhazy voor de krijgsraad, in te voegen – "Ik beschuldig de tweede krijgsraad ervan willens en wetens te hebben gehoorzaamd aan het bevel een schuldige man vrij te spreken..." – dat is precies waar de regering hem op probeert te pakken.'

'Niet op zijn beschuldigingen tegen De Boisdeffre en de anderen?'

'Nee, die laten ze voor wat ze zijn. Ze willen het hele proces tot deze ene kwestie terugbrengen, zodat ze zeker weten dat ze winnen. Daardoor zal bovendien alles wat aan Dreyfus refereert ontoelaatbaar worden verklaard, tenzij het direct aan het Esterhazy-proces voor de krijgsraad is gerelateerd.'

'Dus we gaan weer verliezen?'

'Er zijn situaties waarin verliezen winnen is, zolang er maar een gevecht is.'

In het ministerie van Oorlog zijn ze zichtbaar nerveus over wat ik zal gaan zeggen. Een paar dagen voor het proces komt een oude kameraad van me, kolonel Bailloud, naar Mont-Valérien om te proberen mij 'tot rede te brengen'. Hij wacht tot we op de binnenplaats zijn, waar ik twee uur per dag lichaamsoefeningen mag doen, voordat hij de boodschap overbrengt.

'Ik heb van de hoogste autoriteiten bevoegdheid gekregen om je te vertellen,' zegt hij gewichtig, 'dat je carrière geen schade zal oplopen als je discretie betracht.'

'Je bedoelt: als ik mijn mond houd?'

'"Discretie" was het woord.'

Ik barst in lachen uit. 'Dit komt van Gonse, neem ik aan?'

'Ik verkies daar niets over te zeggen.'

'Goed, dan kun je hun namens mij vertellen dat ik niet ben vergeten dat ik een soldaat ben, en dat ik mijn best zal doen mijn verplichtingen als getuige te verzoenen met mijn geheimhoudingsplicht. Is dat voldoende? En wees nu een brave kerel en keer terug naar Parijs, en laat mij in vrede mijn rondjes lopen.'

Op de aangewezen dag word ik, gekleed in mijn uniform van Tunesische karabinier, in een militair rijtuig naar het paleis van justitie op het Île de la Cité gereden. Ik heb mijn woord gegeven dat ik in de buurt van het paleis zal blijven en aan het eind van de sessie van de dag met mijn cipiers naar Mont-Valérien zal terugkeren. Als een quid pro quo is het mij toegestaan me vrijelijk en zonder escorte door het gebouw te bewegen. Op de boulevard du Palais wordt een antisemitische demonstratie gehouden. 'Dood aan de Joden!' 'Dood aan de verraders!' 'Alle jidden het water in!' Mijn gezicht wordt herkend, misschien van een van die verachtelijke karikaturen die in *La Libre Parole* en soortgelijke schandaalbladen zijn verschenen, en een paar schurken maken zich van de rest los en achtervolgen me tot op de trappen van de rechtbank, waar ze door gendarmes worden tegengehouden. Ik begrijp nu waarom Mathieu Dreyfus heeft aangegeven dat hij niet bij het proces aanwezig zal zijn.

In de hoge, gewelfde hal van het paleis, die op deze grijze februaridag hel is verlicht met elektrische lampen, heerst een lawaaierige drukte als in een aan de fantasie ontsproten stationshal: griffiers en bodes lopen gehaast rond met processtukken; advocaten in hun zwarte gewaden wisselen nieuwtjes uit en overleggen met cliënten, aanklagers en bezorgde gedagvaarden; getuigen; gendarmes; verslaggevers; legerofficieren; armelui op zoek naar beschutting tegen de winterkou; dames en heren uit de beau monde die erin zijn geslaagd een kaartje voor de Zola-sensatie te bemachtigen – de hele maatschappij komt samen in de Salle des Pas-Perdus en de eindeloze Galerie des Prisonniers. Er rinkelen bellen. Kreten en voetstappen weerkaatsen tegen het marmer. Afgezien van een incidentele starende blik en wat geduw loop ik min of meer onopgemerkt rond. Ik vind de getuigenkamer en noem de zaalwachter mijn naam. Een halfuur later word ik geroepen.

Mijn eerste indrukken van het hof van assisen: de omvang en de grandeur, de ruimte, de zware houten panelen en het glanzende koperwerk, de opeengepakte menigte, hun geroezemoes, de stilte die neerdaalt op het moment dat ik door het gangpad loop, mijn laarzen op de parketvloer, door het houten hekje in de balustrade die de rechter en de jury van het publiek scheidt, naar de halfronde balie van het getuigenbankje.

'Wat is uw naam?'

'Marie-Georges Picquart.'

'Woonplaats?'

'Mont-Valérien.'

Er wordt gelachen, en ik zie mijn kans schoon om me te oriënteren: aan mijn ene kant de ruimte voor de twaalf juryleden, allemaal eenvoudige ambachtslieden; hoog op zijn rechterstoel Delegorgue, de grote rechter met zijn ronde gezicht, in scharlaken gewaad; onder hem, in hun priesterachtige zwarte gewaden, een tiental juristen, onder wie de advocaat-generaal, Van Cassel, die de overheid vertegenwoordigt; Zola, gezeten achter een tafel, die me, net als de uitgever van *L'Aurore*, zijn medegedaagde Perrenx, bemoedigend toeknikt; naast hen hun advocaten – Fernand Labori voor Zola, Albert Clemenceau voor Perrenx; Georges Clemenceau, die er, hoewel hij geen jurist is, op de een of andere manier in is geslaagd toestemming te krijgen bij zijn broer te zitten; en achter me, als de schare in een kerk, de toeschouwers, van wie een behoorlijk blok officieren in zwart uniform, onder wie Gonse, De Pellieux, Henry, Lauth en Gribelin.

Labori komt overeind. Hij is een jonge reus, lang en breed, met blonde haren en een blonde baard – een piraatachtige figuur die de bijnaam 'De Viking' draagt en bekendstaat om zijn strijdlust. Hij zegt: 'Kan kolonel Picquart ons vertellen wat hij weet van de zaak-Esterhazy, van het onderzoek dat hij heeft gedaan, en van de omstandigheden tijdens en na zijn vertrek uit het ministerie van Oorlog?'

Hij gaat weer zitten.

Ik grijp de houten balustrade van het getuigenbankje om het trillen van mijn handen tegen te gaan en adem diep in. 'In het voorjaar van 1896, kreeg ik de snippers van een brieftelegram in handen...'

Ik spreek langer dan een uur zonder ook maar één keer onderbroken te worden en pauzeer alleen een paar keer om een slok water te nemen. Ik schets een beeld van de trainingen die ik als docent op de militaire academie heb gegeven. Ik doe mijn best te vertellen alsof ik een bijzonder ingewikkelde topografieles doceer. Aantekeningen gebruik ik niet. Bovendien ben ik vastberaden mijn zelfbeheersing te bewaren – beleefd, nauwkeurig en ongeëmotioneerd te blijven – en geen geheimen te verraden of me aan aanvallen op individuen te buiten te gaan. Ik beperk me tot de overweldigende zaak tegen Esterhazy: het bewijs van de petit bleu, zijn immorele karakter, zijn behoefte aan geld, zijn verdachte belangstelling voor aangelegenheden die de artillerie betreffen en het feit dat zijn handschrift overeenkomt met dat van het bordereau. Ik vertel dat ik met mijn vermoedens naar mijn meerderen ging en uiteindelijk naar Noord-Afrika werd gestuurd, en ik beschrijf de machinaties die vanaf dat moment tegen mij zijn opgezet. De volgepakte rechtszaal luistert ademloos. Ik voel dat mijn woorden grote indruk maken. De gezichten van de officieren van de generale staf staan, iedere keer dat ik me omdraai en hen aankijk, steeds grimmiger.

Als ik ben uitgesproken, ondervraagt Labori me. 'Denkt de getuige dat deze machinaties het werk van alleen majoor Esterhazy waren, of denkt hij dat majoor Esterhazy medeplichtigen had?'

Ik neem mijn tijd om over mijn antwoord na te denken. 'Ik denk dat hij medeplichtigen had.'

'Medeplichtigen binnen het ministerie van Oorlog?'

'Er moet ten minste één medeplichtige zijn geweest die wist wat er op het ministerie van Oorlog speelde.'

'Wat was naar uw mening een bezwarender bewijs tegen majoor Esterhazy – het bordereau of de petit bleu?'

'Het bordereau.'

'Heeft u dat met woorden van die strekking tegen generaal Gonse gezegd?'

'Jazeker.'

'Hoe heeft generaal Gonse u dan kunnen opdragen de zaak-Dreyfus van de zaak-Esterhazy te scheiden?'

'Ik kan u alleen vertellen wat hij tegen mij heeft gezegd.'

'En als majoor Esterhazy de auteur van het bordereau is, vervalt daarmee dan de grond voor de veroordeling van Dreyfus?'

'Ja, daarom heb ik ook nooit begrepen waarom ik die twee zaken zou moeten scheiden.'

De rechter interrumpeert. 'Herinnert u zich dat u maître Leblois op uw werkkamer heeft laten komen?'

'Ja.'

'Herinnert u zich de datum?'

'Het was het voorjaar van 1896. Ik wilde zijn advies in de kwestie van de postduiven.'

'Monsieur Gribelin,' zegt de rechter, 'wilt u naar voren komen? U herinnert zich dat anders, als ik me niet vergis?'

Ik draai me om en zie dat Gribelin van zijn plek tussen de leden van de generale staf opstaat. Hij komt voor in de rechtszaal bij me staan. Hij kijkt niet mijn kant op.

'Inderdaad, monsieur president. Op een avond in oktober 1896 liep ik naar de kamer van kolonel Picquart om hem om verlof te vragen. Hij zat aan zijn bureau met het postduivendossier rechts en het geheime dossier links van hem.'

De rechter kijkt mij aan. Ik zeg beleefd: 'Monsieur Gribelin vergist zich. Of zijn geheugen laat hem in de steek, óf hij haalt dossiers door elkaar.'

Gribelin verstijft. 'Gelooft u wat ik zeg: ik heb het met mijn eigen ogen gezien.'

Ik glimlach naar hem, vastbesloten mijn kalmte te bewaren. 'Maar ik zeg dat u het niet heeft gezien.'

De rechter interrumpeert: 'Kolonel Picquart, heeft u monsieur Gribelin ooit gevraagd een brief af te stempelen?'

'Een brief af te stempelen?'

'Een brief af te stempelen – niet met de datum waarop hij is ontvangen, maar met een eerdere datum?'

'Nee.'

Gribelin zegt sarcastisch: 'Kolonel, laat me uw geheugen opfrissen. U kwam op een middag om twee uur terug in uw werkkamer. U liet mij komen, en terwijl u uw jas uittrok, vroeg u: "Gribelin, kunt u deze brief op het postkantoor laten afstempelen?"'

'Daar weet ik niets van.'

De rechter vraag: 'Maar u heeft majoor Lauth toch zeker wel een dergelijk verzoek gedaan?'

'Nooit.' Ik schud mijn hoofd. 'Helemaal nooit.'

'Majoor Lauth, zou u naar voren willen komen?'

Lauth komt van zijn plaats naast Henry en voegt zich bij ons. Hij kijkt recht voor zich uit, als tijdens een parade, en zegt: 'Kolonel Picquart heeft me gevraagd alle sporen van het verscheuren van de petit bleu weg te werken. Hij vroeg: "Denkt u dat we dit op het postkantoor zouden kunnen laten stempelen?" Hij zei ook dat ik zou moeten getuigen dat ik het handschrift op de petit bleu herkende als dat van een zekere buitenlandse heer. Maar ik zei tegen hem: "Ik heb dit handschrift nooit eerder gezien."'

Ik bekijk de twee mannen: het is duidelijk dat het liegen hen na jaren op spionnen te hebben gejaagd geen moeite kost. Ik knarsetand. 'Maar het gaat hier om een document dat in zestig snippers was verscheurd,' zeg ik, 'en dat aan de zijde waarop het adres was geschreven met plakband aan elkaar was geplakt. Hoe zou je daar een postzegel op moeten plakken? Dat zou er belachelijk hebben uitgezien.'

Geen van beiden antwoordt.

Labori is weer gaan staan. Hij trekt zijn gewaad op en zegt tegen Lauth: 'U beweert in uw getuigenverklaring dat kolonel Picquart de petit bleu gemakkelijk aan de papieren zak met nog niet verwerkt inlichtingendienstmateriaal in uw kluis kan hebben toegevoegd – dat het, met andere woorden, een vervalsing zou kunnen zijn.'

'Dat klopt. Dat zou hij gedaan kunnen hebben.'

'Maar u heeft er geen enkel bewijs voor?'

'En toch denk ik dat hij het heeft gedaan.'

'Kolonel Picquart?'

'Majoor Lauth kan het wel denken, maar daarmee is het nog niet zo.'

De rechter zegt: 'Laten we het nog een keer over het incident met het geheime dossier hebben. Kolonel Henry, kunt u bij de getuige komen staan?'

Henry komt overeind en loopt naar voren. Van dichtbij zie ik hoe onrustig hij is: zijn gezicht is rood en hij zweet. Ze lijken alle drie onder grote druk te staan. Het is één ding om hun leugens voor een kleine, geheime krijgsraad te herhalen; dat hier doen is een ander verhaal. Hiermee zullen ze nooit rekening hebben gehouden. Hij zegt: 'Het was denk ik oktober; ik ben er nooit in geslaagd de exacte datum terug te halen. Ik weet alleen dat er een opengeslagen map in de kamer lag. De kolonel zat achter zijn bureau, en links van hem zat monsieur Leblois. Voor hen lag een aantal mappen, en één daarvan was het geheime dossier, dat ik met een blauw potlood had beschreven. De envelop was open, en het document in kwestie – dat met de woorden "dat schorem van een D" – lag eruit.'

De rechter vraagt: 'Kolonel Picquart, wat heeft u daarop te zeggen?'

'Ik herhaal dat die map nooit in de aanwezigheid van maître Leblois op mijn bureau heeft gelegen, open noch gesloten. Hoe dan ook, dit incident kan in ieder geval onmogelijk hebben plaatsgevonden zoals kolonel Henry het beschrijft, want maître Leblois kan bewijzen dat hij pas op 7 november in Parijs is teruggekeerd.'

Henry buldert: 'Nou, ik zeg dat het oktober was. Ik heb altijd gezegd dat het oktober was, en ik kan niet opeens iets anders gaan beweren.'

Ik vraag de rechter: 'Mag ik kolonel Henry een paar vragen stellen?' Hij gebaart me mijn gang te gaan, en ik vraag aan Henry: 'Vertel eens, kwam u mijn werkkamer binnen door de deur tegenover mijn bureau, of door de kleinere deur aan de zijkant?'

Na een lichte aarzeling zegt hij: 'Door de grote deur.'

'En hoe ver bent u mijn kamer in gelopen?'

'Niet zo ver. Ik kan niet precies zeggen of het een halve of een hele pas was.'

'Maar dan stond u aan de andere kant van mijn bureau – dat wil zeggen, tegenover de plek waar ik zat. Hoe heeft u dat document dan kunnen zien?'

'Ik heb het document heel goed kunnen zien.'

'Maar het handschrift op het document is zelfs als je het vlak onder je ogen houdt moeilijk leesbaar. Hoe kunt u het dan vanaf die afstand hebben herkend?'

Henry probeert zich er nog steeds uit te bluffen. 'Luister, kolonel,' antwoordt hij, 'ik ken dat document beter dan wie ook en ik zou het zelfs wel op tien passen afstand herkennen. Dat staat buiten kijf. Ik zal het één keer zonder omwegen zeggen. Wilt u het antwoord? Dan zal ik het u geven!' Hij wijst me aan en richt zich tot de jury. 'Kolonel Picquart liegt!'

Hij zegt het op precies dezelfde theatrale toon en met hetzelfde beschuldigende gebaar als waarmee hij tijdens de behandeling voor de krijgsraad van de Dreyfus-affaire 'Die man is de verrader!' zei. Er gaat een zucht door de rechtszaal, en op dat moment vergeet ik mijn voornemen om mijn hoofd erbij te houden. Henry heeft me zonet voor leugenaar uitgemaakt. Ik kijk hem recht aan en hef mijn hand om hem het zwijgen op te leggen. 'U heeft het recht niet dat te zeggen! Ik eis genoegdoening!'

Nu breekt er tumult uit – sommige mensen klappen, andere juichen, want iedereen beseft dat ik Henry voor een duel heb uitgedaagd. Henry kijkt me verbaasd aan. De rechter hamert om de orde te handhaven, maar ik luister niet meer. Ik heb mezelf niet meer in bedwang. Alle frustraties van de afgelopen anderhalve jaar komen naar buiten. 'Heren van de jury, u heeft gezien hoe mannen als kolonel Henry, majoor Lauth en de archivaris Gribelin mij van de onbehoorlijkste dingen beschuldigen. U heeft net gehoord dat kolonel Henry mij een leugenaar noemt. U heeft majoor Lauth gehoord, die zonder een snipper bewijs beweert dat ik de petit bleu zelf in elkaar heb geflanst. Wilt u weten waarom zij dat doen? Alle architecten van de Dreyfus-affaire...'

'Kolonel!' waarschuwt de rechter.

'...dat wil zeggen, kolonel Henry en monsieur Gribelin, hebben, geholpen door kolonel Du Paty de Clam en in opdracht van generaal Gonse, de fouten die zijn gemaakt onder mijn voorganger, kolonel Sandherr, in de doofpot gestopt. Hij was ziek, hij leed al aan de verlamming waaraan hij uiteindelijk ook is gestorven, en ze hebben er alles aan gedaan om het in de doofpot te houden – misschien uit misplaatste loyaliteit, misschien om het departement te beschermen, ik weet het niet. En zal ik u vertellen wat in hun ogen mijn echte misdaad is geweest? Dat ik geloofde dat er een betere manier was om onze eer te verdedigen dan door domweg te gehoorzamen. Daarom worden er nu al maandenlang kranten betaald om lasterpraat en leugens over mij te verspreiden!'

Zola roept: 'Dat is waar!' De rechter probeert me met zijn hamer het zwijgen op te leggen. Ik ga door.

'Ik verkeer nu al maanden in de verschrikkelijkste situatie die voor een officier denkbaar is – aangetast in mijn eer, en niet in de gelegenheid me te verdedigen. En morgen zetten ze me misschien uit ons leger, waarvan ik zoveel hou, en waaraan ik vijfentwintig jaar van mijn leven heb gegeven. Goed dan – het zij zo! Ik ben nog steeds van mening dat het mijn plicht was naar waarheid en gerechtigheid te streven. Ik ben van mening dat het voor elke soldaat de beste manier is om het leger te dienen, en ik geloof bovendien dat het mijn plicht is als eerlijk mens.' Ik richt me weer tot de jury en voeg er zacht aan toe: 'Dat is alles wat ik wil zeggen.'

Achter me wordt hier en daar geapplaudisseerd, maar er klinken vooral schimpscheuten. Een eenzame stem roept: '*Vive Picquart!*'

Die nacht moet ik, om de menigte te ontlopen, via een zijdeur naar de quai des Orfèvres worden gesmokkeld. De hemel boven het paleis is bloedrood, met spikkels van ronddwalende vonken, en als we de hoek omslaan zien we op de oever aan de overkant van de Seine een meute van een paar honderd mensen boeken verbranden – Zola's boeken, ontdek ik later, en iedere voorhanden zijnde krant die met Dreyfus sympathiseert. Het beeld van de om het vuur dansende figuurtjes boven de donkere rivier heeft iets heidens. De gendarmes moeten de weg vrijmaken voor ons rijtuig. De paarden springen schichtig op; de voerman krijgt ze met moeite onder controle. We steken de rivier over en rijden net honderd meter over de boulevard de Sébastopol als we het rinkelend geraas van een verbrijzelde ruit horen en een drom mensen rent midden op straat weg. Een man roept: 'Weg met de Joden!' Even later passeren we de winkel waarvan de ramen zijn ingegooid; de pui, waar Levy & Dreyfus op staat, is met verf besmeurd.

Als ik de volgende dag naar het paleis van justitie terugkeer, word ik niet naar het hof van assisen, maar naar een ander deel van het gebouw gebracht, waar een magistraat, Paul Bertulus, me ondervraagt over de vervalste telegrammen die ik in Tunesië ontving. Hij is een grote, knappe, charmante man van ergens halverwege de veertig, door generaal Billot voor deze taak aangesteld. Hij heeft een omhooggedraaide snor en een rode anjer in zijn knoopsgat; hij ziet eruit alsof hij meer op zijn plek zou zijn op de renbaan van Longchamps dan hier. Ik ken hem van reputatie; conservatief, royalist en bevriend met Henry, wat waarschijnlijk de reden is dat hij de opdracht heeft gekregen. Ik heb dan ook zeer lage verwachtingen van de ijver waarmee hij zijn onderzoek zal uitvoeren. Maar tot mijn verbazing raakt hij, naarmate ik meer vertel over wat mij in Noord-Afrika is overkomen, steeds verontwaardigder.

'Dus even voor alle duidelijkheid, kolonel. U weet zeker dat mademoiselle Blanche de Comminges deze telegrammen niet naar u toe heeft gestuurd?'

'Het lijdt geen twijfel dat kolonel Du Paty haar naam opzettelijk met deze affaire in verband heeft gebracht.'

'En waarom zou hij dat doen?'

Ik werp een blik op de stenograaf die mijn getuigenis registreert. 'Dat wil ik u wel vertellen, monsieur Bertulus, maar alleen in vertrouwen.'

‘Dat is zeer ongebruikelijk, kolonel.’

‘Het gaat ook om een zeer ongebruikelijke aangelegenheid.’

De magistraat denkt erover na. ‘Goed dan,’ zegt hij na een tijdje. ‘Maar u moet goed begrijpen dat wat u mij vertelt evengoed gevolgen kan hebben, of u dat nu wilt of niet.’

Mijn gevoel zegt me dat ik hem kan vertrouwen, dus ik stem in, en als de stenograaf de kamer heeft verlaten, vertel ik hem over de verhouding van Du Paty met Blanche, compleet met het verhaal over de gestolen brief die zogenaamd door een gesluierde vrouw zou zijn teruggebracht. ‘Daarom durf ik wel te beweren dat Du Paty erachter zit. Zijn verbeelding is even huiveringwekkend als bekrompen. Ik weet zeker dat hij Esterhazy de uit romantische fictie afkomstige list van de “gesluierde dame” heeft ingefluisterd.’

‘Het is bijna niet te geloven.’

‘Dat ben ik met u eens. Maar u begrijpt hoezeer de maatschappelijke positie van mademoiselle De Comminges in het geding komt als de details naar buiten komen.’

‘Dus u suggereert dat er een direct verband is tussen kolonel Du Paty, de beschuldigingen van majoor Esterhazy en een van hogerhand goedgekeurde samenzwering tegen u, inclusief vervalste berichten?’

‘Inderdaad.’

‘Behoort het vervalsen van berichten tot de vaste modus operandi van het departement van de inlichtingendienst?’

De vraag is zo naïef dat ik een glimlach moet onderdrukken. ‘Bij de Sûreté werkt een officier, Jean-Alfred Desvernine, die me een keer met de vervalser met het pseudoniem Lemercier-Picard in contact heeft gebracht. Ik stel voor dat u eens met Desvernine praat. Misschien kan hij helpen.’

Bertulus maakt een aantekening van de naam en roept de stenograaf terug.

Die middag, terwijl ik nog altijd word ondervraagd, wordt er op de deur geklopt en steekt Louis zijn hoofd de kamer in. Hij transpireert en is buiten adem. ‘Vergeef me dat ik zo binnenval,’ zegt hij tegen Bertulus, ‘maar kolonel Picquart is onmiddellijk nodig in de rechtszaal.’

‘Ik ben bang dat hij op dit moment voor mij getuigt.’

‘Dat begrijp ik, en maître Labori vraagt u om vergeving, maar hij heeft de kolonel echt nodig om op de tripliek van de aanklager te antwoorden.'

'Goed, als het moet, dan moet het.'

Terwijl wij ons door de gang haasten, zegt Louis: 'Generaal De Pellieux getuigt en probeert jouw verklaring kapot te maken. Hij beweert dat Esterhazy het bordereau onmogelijk geschreven kan hebben omdat hij geen toegang had tot dat inlichtingenniveau.'

'Maar dat is onzin,' zeg ik. 'Daar heb ik het gisteren al over gehad. En wat heeft De Pellieux daar trouwens mee te maken? Waarom neemt Gonse of Henry dat deel van hun zaak niet voor zijn rekening?'

'Is dat je nog niet opgevallen? Ze laten nu De Pellieux alles doen. Hij is de enige fatsoenlijke woordvoerder die ze hebben, en hij is niet zo besmet als de anderen.' We bereiken de deur van de rechtszaal, en hij draait zich naar mij om. 'Je begrijpt wel wat dat betekent, toch, Georges?'

'Nee?'

'Ze zijn op de vlucht. Ze zijn voor het eerst echt bang dat ze gaan verliezen.'

In de rechtszaal zit De Pellieux in de getuigenbank; hij is aan zijn slotrede begonnen, waarin hij zich net als een advocaat direct tot de jury richt. Louis en ik blijven achter in de zaal staan luisteren. 'Heren,' roept hij terwijl hij zich op zijn borst slaat, 'mijn soldatenhart komt in opstand tegen de schanddaden die zich voor ons opstapelen! Ik zeg dat het een misdaad is om te proberen het leger zijn vertrouwen in zijn bevelhebbers af te nemen. Wat moet er van dit leger worden als zich werkelijk gevaar aandient – en die dag is misschien dichterbij dan u denkt. Wat moet er van die arme soldaten worden als ze worden geleid door bevelhebbers over wie zulke dingen worden gezegd? Ze zouden uw zonen naar het slachthuis leiden, heren van de jury! En monsieur Zola zal een nieuwe slag hebben gewonnen, hij zal een nieuw *La Débâcle** schrijven; hij zal de Franse taal in het universum verspreiden, maar Frankrijk zal van de kaart van Europa zijn geveegd!'

In het deel van de rechtszaal waar de legerofficieren zitten, barst gejuich uit. De Pellieux steekt een vinger op om hen tot stilte te manen. 'Nog één ding, heren. We hadden blij kunnen zijn als Dreyfus drie jaar

* Zola's roman over de Frans-Duitse oorlog van 1870.

geleden was vrijgesproken. Het zou hebben bewezen dat er geen verrader in het Franse leger is. Maar de recente krijgsraad was niet bereid te accepteren dat een man die onschuldig is, de plek van Dreyfus inneemt, of Dreyfus nu schuldig is of niet.'

Hij verlaat de getuigenbank onder nieuwe toejuichingen van de generale staf. Ik loop naar voren, langs Gonse en Henry, die beiden zijn gaan staan en applaudisseren. De Pellieux schrijdt met hoge borst terug naar zijn zitplaats, als een prijsvechter die net een bokswedstrijd heeft gewonnen, en ik doe een stap opzij om hem langs te laten. Zijn ogen glanzen. Hij ziet me pas als we op gelijke hoogte zijn, en dan zegt hij in het voorbijgaan vanuit zijn mondhoek: 'Gaat uw gang.'

Als het eindelijk zover is, deelt de rechter tot Labori's grote ergernis mee dat het te laat is om mij nog als getuige te horen, en dat mijn verklaring tot de volgende zittingsdag moet wachten. Ik keer terug naar Mont-Valérien, waar ik in een slapeloze nacht naar de wind luister en tot in de kleine uurtjes naar het lichtje in de top van de Eiffeltoren kijk, een gloeiende rode planeet in de hemel boven Parijs.

De volgende ochtend zegt Labori, als ik eenmaal voor de rechtszaal sta: 'Gisteren heeft generaal De Pellieux verklaard dat majoor Esterhazy geen toegang had tot de documenten die in het bordereau worden genoemd. Wat heeft u daarover te zeggen?'

Ik begin voorzichtig: 'Sommige dingen die ik wil zeggen zullen misschien tegenspreken wat generaal De Pellieux heeft gezegd, maar ik ben van mening dat het mijn plicht is mijn gedachten te uiten. Het centrale punt is dat de documenten waaraan in het bordereau wordt gerefereerd, veel minder belangrijk zijn dan wat men heeft doen geloven.'

Ook nu ben ik erop beducht geen gerechtelijke taal uit te slaan. Ik leg uit dat er, met het bordereau, waarschijnlijk vijf eenheden informatie zijn overhandigd. Vier daarvan waren eigenlijk helemaal geen documenten, maar 'aantekeningen', waarvoor je helemaal geen vertrouwelijke informatie uit de generale staf nodig hebt: over de hydraulische rem van een 120-millimeterkanon, over de mobilisatie van troepen, over nieuwe artillerieformaties en over een invasie van Madagaskar. 'En waarom alleen maar wat aantekeningen? Iemand die serieuze documenten kon aanbieden, en niet alleen wat flarden van gesprekken, zou hebben gezegd: "Ik stuur jullie een kopíé van dat en dat document." Nu werd er maar één kopie overhandigd: het vijfde document, *Het handboek schietinstructies*, en het is natuurlijk geen toeval dat we weten dat majoor Esterhazy daartoe toegang had en het dus ook liet overschrijven. Maar de auteur van het bordereau meldt wel dat hij er maar gedurende een beperkte tijd toegang toe heeft, terwijl een officier van de generale staf, zoals Dreyfus, er onbeperkt over zou kunnen beschikken.'

Rechts van mij hangt een grote, barokke klok. Als ik tijdens mijn betoog af en toe even pauzeer, kan ik hem in de muisstille rechtszaal horen tikken, zo intens geconcentreerd luistert mijn publiek. Vanuit mijn ooghoeken zie ik hoe de twijfel langzaam bezit neemt van de gezichten van de juryleden, en zelfs van sommige officieren van de generale staf. De Pellieux, die nu minder zelfverzekerd overkomt, staat steeds vaker op om me te onderbreken; hij begeeft zich op glad ijs, en maakt uiteindelijk een belangrijke fout. Ik ben aan het uitleggen dat de slotzin van het bordereau – 'Ik ben op oefening' – duidelijk maakt dat de auteur niet op het ministerie van Oorlog werkt, want de generale staf oefent in de herfst en het bordereau zou in april zijn geschreven, als De Pellieux opnieuw naar voren komt.

'Maar het bordereau is niet in april geschreven.'

Nog voordat ik kan antwoorden, stort Labori zich op hem. 'Jawel, hoor, althans dat heeft het ministerie altijd beweerd.'

'Helemaal niet,' houdt De Pellieux vol, al verraadt een trilling in zijn stem onzekerheid. 'Ik beroep me op generaal Gonse.'

Gonse komt naar voren en zegt: 'Generaal De Pellieux is correct: het bordereau moet om en nabij de maand augustus zijn geschreven, want het refereert aan een aantekening over de invasie van Madagaskar.'

Nu stort Labori zich op Gonse. 'Wanneer heeft de generale staf de aantekening bij Madagaskar opgesteld?'

'In augustus.'

'Wacht even.' Labori zoekt in de stapel documenten en haalt er een vel papier uit. 'Maar in de oorspronkelijke aanklacht tegen kapitein Dreyfus, zoals die tijdens zijn proces is voorgelezen, wordt beweerd dat hij de aantekening bij de invasie van Madagaskar in februari heeft gekopieerd, toen hij op het relevante departement werkte. Ik citeer: "Kapitein Dreyfus kan het toen eenvoudig hebben verworven." Hoe brengt u die twee verschillende data met elkaar in overeenstemming?'

Gonses mond valt van ontzetting open. Hij kijkt naar De Pellieux. 'Hm, de aantekening is in augustus geschreven. Ik weet niet of er in februari ook een aantekening is gemaakt...'

'Aha, heren!' hoont Labori. 'Ziet u nu hoe belangrijk het is nauwkeurig te zijn?'

Al lijkt de discrepantie onbeduidend, je voelt de stemming in de rechtszaal omslaan als de stand op een barometer. Hier en daar wordt gelachen; De Pellieuxs gezicht verstijft, en hij bloost van woede. Hij is ijdel en trots, en hij is te kijk gezet. Erger nog, plotseling lijkt de zaak van de regering er nogal zwak voor te staan. Die is nooit eerder op behoorlijke wijze door een advocaat van Labori's kaliber onder vuur genomen; onder druk blijkt hij breekbaar als een luciferhoutje.

De Pellieux vraagt om een korte onderbreking. Hij beent terug naar zijn zitplaats. De officieren van de generale staf, Gonse en Henry inclus, kluwen onmiddellijk om hem heen. Ik zie hem druk gebaren. Ook Labori ziet het.

Hij kijkt me met opgetrokken wenkbrauwen aan en spreidt zijn handen, en zijn lippen vormen de woorden: 'Waar hebben ze het over?' Maar ik kan alleen mijn schouders ophalen: ik heb geen idee.

Vijf minuten later marcheert De Pellieux door de rechtszaal terug en geeft aan dat hij iets wil zeggen.

'Heren juryleden, ik wil een opmerking maken over datgene wat net plaatsvond. Wij hebben ons tot dit moment strikt aan de grenzen van de wet gehouden. We hebben niets over de zaak-Dreyfus gezegd, en daar wil ik het ook nu niet over hebben. Maar de verdediging heeft zojuist een passage uit de aanklacht voorgelezen die achter gesloten deuren had moeten blijven. En zoals kolonel Henry al zei, als ze het licht willen, kunnen ze het krijgen! In november 1896 bereikte het ministerie van Oorlog het absolute bewijs van Dreyfus' schuld. Dit bewijs heb ik zelf gezien. Het is een document waarvan de authenticiteit niet ter discussie gesteld kan worden, en de inhoud komt grofweg hier op neer: "Een Kamerlid gaat vragen stellen over de zaak-Dreyfus. Geef nooit toe dat we relaties met die Jood hebben onderhouden." Heren, ik leg deze verklaring af op mijn erewoord, en ik doe een beroep op generaal De Boisdeffre om mijn getuigenis te bevestigen.'

Alle aanwezigen in de rechtszaal hebben collectief hun adem ingehouden; nu begint iedereen met zijn buurman te fluisteren om over de betekenis van deze nieuwe bewering te discussiëren. Opnieuw staart Labori me door de zaal heen verbijsterd aan. Het duurt even voordat ik begrijp dat De Pellieux het over de brief heeft die van de Duits ambassade zou zijn teruggehaald – de brief die heel toevallig opdook vlak voordat ik uit Parijs werd weggestuurd, en die Billot me heeft voorgelezen maar me niet wilde laten zien. Ik knik enthousiast naar Labori en maak een graaiende beweging met mijn handen. Pellieux heeft opnieuw geblunderd. Labori moet van dit moment profiteren voordat het te laat is.

Gonse, die het gevaar onderkent, is al opgestaan en loopt zo snel mogelijk naar voren. Hij roept bezorgd naar de jury: 'Ik vraag het woord.' Maar Labori is hem te snel af.

'Excuseert u mij, maar ik heb het woord, generaal. Er is net een zaak van buitengewoon belang aan de orde gekomen. Na een dergelijke verklaring kan het niet zo zijn dat mij het recht wordt ontnomen het gezegde ter discussie te stellen. Ik wijs generaal De Pellieux erop dat een document waarover niet getwist mag worden geen juridische waarde kan hebben. Laat generaal De Pellieux zonder enige terughoudendheid uitleg geven en laat het document getoond worden.'

De rechter vraagt: 'Generaal Gonse, wat heeft u te zeggen?'

De stem van Gonse is hees en hoog. Hij klinkt alsof hij wordt gewurgd. 'Ik bevestig de getuigenis van generaal De Pellieux. Hij heeft het initiatief genomen, en dat heeft hij goed gedaan. Ik zou het in zijn plaats ook hebben gedaan.' Hij wrijft nerveus met zijn handen langs zijn broek. Hij ziet er erbarmelijk uit. 'Het leger vreest het licht niet. Om zijn eer te redden, vreest het niet de waarheid te vertellen. Maar voorzichtigheid is geboden, en ik geloof niet dat bewijzen van dit kaliber, al zijn ze inderdaad echt en onomstreden, hierheen gehaald en openbaar gemaakt kunnen worden.'

De Pellieux zegt botweg: 'Ik eis dat generaal De Boisdeffre wordt gehaald om mijn woorden te bevestigen', en zonder de reactie van de rechter en de ongelukkige Gonse af te wachten, roept hij tegen zijn adjudant, die in het gangpad staat: 'Majoor Delcassé, neem nu onmiddellijk een rijtuig en ga generaal De Boisdeffre halen.'

Tijdens de schorsing komt Labori naar me toe. Hij fluistert: 'Over wat voor document heeft hij het?'

‘Dat kan ik u niet vertellen – niet in detail. Dan zou ik mijn belofte van geheimhouding breken.’

‘U moet me íéts geven, kolonel – zo meteen loopt het hoofd van de generale staf hier binnen.’

Ik kijk naar de plek waar De Pellieux, Gonse en Henry zitten; ze gaan zo op in hun gesprek dat ze niet op mij letten. ‘Ik kan u wel vertellen dat ze een wanhopige tactiek toepassen. Ik denk dat Gonse en Henry niet blij zijn dat ze in deze situatie zijn gebracht.’

‘Welke aanpak stelt u voor bij de ondervraging van De Boisdeffre?’

‘Vraagt u hem het document integraal voor te lezen. Vraagt u hem of ze toestaan dat het forensisch wordt onderzocht. Vraagt u hem hoe het kan dat ze het “absolute bewijs” van zijn schuld pas twee jaar nadat ze Dreyfus naar Duivelseiland hebben gestuurd, hebben gevonden!’

Op de gang buiten de rechtszaal wordt De Boisdeffres aankomst met applaus en gejuich begroet. De deur slaat open. Verschillende ordonnansen snellen voor hem uit; dan begint de grote man zelf aan zijn trage voortgang van achter in de rechtszaal naar de balie. Hij loopt waardig en met stijve passen, en zijn zwarte uniform spant strak om zijn lichaam en contrasteert scherp met zijn witte haar en snor. Ik zie hem voor het eerst in vijftien maanden; hij lijkt jaren ouder te zijn geworden.

De rechter zegt: ‘Generaal, dank u voor uw komst. Er heeft zich een onverwachte gebeurtenis voorgedaan. Ik zal u de stenografische weergave van de door generaal De Pellieux afgelegde verklaring voorlezen.’

Als hij klaar is, knikt De Boisdeffre ernstig. ‘Ik zal het kort houden. Ik bevestig de getuigenverklaring van generaal De Pellieux op alle punten als zijnde nauwkeurig en authentiek. Ik heb daar geen woord aan toe te voegen, en mag dat ook niet.’ Hij richt zich tot de jury. ‘Heren, staat u me toe om tot slot iets tegen u te zeggen. U bent de jury; u bent de natie. Als de natie geen vertrouwen heeft in de leiding van zijn leger, in degenen die verantwoordelijk zijn voor de verdediging van het land, dan laten zij deze zware taak graag aan anderen over; u hoeft het maar te zeggen. Ik heb daar verder niets aan toe te voegen. Monsieur president, ik vraag u om toestemming de getuigenbank te verlaten.’

De rechter zegt: ‘U mag de getuigenbank verlaten, generaal. Breng de volgende getuige.’

De Boisdeffre draait zich om en loopt onder luid applaus vanuit de hele rechtszaal naar de uitgang. Als hij mij passeert, glijdt zijn blik even over mijn gezicht, en een spiertje in zijn kaak trekt kort samen. Achter hem roept Labori: 'Pardon, generaal, ik wil u nog een paar vragen stellen.'

De rechter zegt hem dat hij stil moet zijn. 'U krijgt het woord niet, maître Labori. Dit incident is afgesloten.'

De Boisdeffre heeft zijn missie volbracht en loopt met vaste tred verder weg van het getuigenbankje. Verschillende officieren van de generale staf staan op om hem te volgen, ze knopen hun cape al vast.

Labori probeert nog steeds hem terug te roepen. 'Neemt u mij niet kwalijk, generaal De Boisdeffre...'

'U heeft het woord niet.' De rechter hamert. 'Breng majoor Esterhazy binnen.'

'Maar ik wil deze getuige vragen stellen...'

'Dit was een incident dat buiten het oogmerk van dit proces valt. U krijgt het woord niet.'

'Ik eis het woord!'

Maar het is te laat. Van achter uit de rechtszaal komt het geluid van een deur die dichtgaat – hoffelijk, niet met een klap – en de interventie van De Boisdeffre is afgelopen.

Na het drama van de afgelopen minuten is de binnenkomst van Esterhazy een anticlimax. Labori en de gebroeders Clemenceau overleggen luid fluisterend of ze de terechtzitting moeten verlaten uit protest tegen De Boisdeffres buitengewone interventie. De jury – die verzameling stoffeerders, kooplui en groentetelers – is zichtbaar onder de indruk van het dreigement van het hoofd van de generale staf zelf dat het voltallige opperbevel het als een motie van wantrouwen zal uitleggen als de jury in het nadeel van het leger besluit, en zal opstappen. Ikzelf schuif onrustig op mijn stoel heen en weer, terwijl ik me in gewetensnood afvraag wat ik nu moet doen.

Esterhazy, die trilt, en wiens onnatuurlijk grote, uitpuilende ogen voortdurend onrustig heen en weer schieten, begint met een klaagzang bij de jury. 'Ik weet niet of u beseft in welke verschrikkelijke situatie ik ben gebracht. Een ellendeling, monsieur Mathieu Dreyfus, heeft het, zonder er ook maar een flard bewijs voor te hebben, in zijn hoofd gehaald om mij ervan te beschuldigen dat ik de auteur ben van de misdaad waarvoor zijn broer wordt gestraft. Dat ik hier vandaag voor u ben geroepen, niet als getuige, maar als verdachte, is een flagrante schending van alle regels van de gerechtigheid. Ik protesteer met mijn hele wezen tegen deze behandeling...'

Ik kan hem niet aanhoren. Ostentatief sta ik op en loop de rechtszaal uit.

Esterhazy roept me na: 'In het afgelopen anderhalve jaar is er een samenzwering tegen mij gespannen die afschuwelijker is dan welke samenzwering ook! In die tijd heb ik meer geleden dan wie van mijn tijdgenoten ook in zijn hele leven...!'

Ik doe de deur achter me dicht en zoek in de gangen naar Louis, tot ik hem op een bankje in de vestibule van Harlay naar de vloer zie zitten staren.

Hij kijkt grimmig op. 'Besef je wel dat we net een staatsgreep hebben bijgewoond? Hoe moet je het anders noemen wanneer de generale staf zich mag beroepen op een bewijsstuk dat de verdediging niet mag zien, en dan en masse dreigt te deserteren als een civiele rechtbank dat niet accepteert? Ze proberen de tactiek die ze voor Dreyfus hebben gebruikt nu op het hele land toe te passen!'

'Dat ben ik met je eens. Daarom wil ik nog een keer als getuige worden opgeroepen.'

'Weet je het zeker?'

'Zou jij het tegen Labori willen zeggen?'

'Pas op, Georges – ik spreek nu als je advocaat. Als je je belofte van geheimhouding breekt, zetten ze je voor tien jaar achter de tralies.'

Als we naar de rechtszaal teruglopen, zeg ik: 'Ik wil je nog een gunst vragen. Zou jij op discrete wijze contact met Sûreté-rechercheur Jean-Alfred Desvernine kunnen leggen en tegen hem willen zeggen dat ik hem onder strikte geheimhouding wil ontmoeten? Vraag hem de kranten in de gaten te houden; de dag nadat ik word vrijgelaten, zal ik om zeven uur op de gebruikelijke plaats zijn.'

'De gebruikelijke plaats...' Louis maakt een aantekening zonder er verder een woord aan vuil te maken.

Als ik weer in de rechtszaal ben, vraagt de rechter: 'Kolonel Picquart, wat heeft u toe te voegen?'

Ik loop naar het getuigenbankje en kijk naar Henry, die tussen Gonse en De Pellieux zit in geklemd. Hij heeft zo'n enorme borstomvang dat zijn ervoor gevouwen armen er als stompjes tegen afsteken, als gekortwiekte vleugels.

Mijn hand strijkt over het gladde hout van de reling. 'Ik wil iets zeggen over het document dat generaal De Pellieux "het absolute bewijs van Dreyfus' schuld" noemde. Als hij er niet over was begonnen, dan zou ik het er nooit over hebben gehad, maar nu, zo voel ik het, moet ik wel.' De klok tikt, en aan mijn voeten lijkt zich een luik te openen. Nu stap ik dan toch over de rand. 'Het is een vervalsing.'

De rest is snel verteld. Als de storm van gejoel en geschreeuw is gaan liggen, komt De Pellieux naar voren om een agressieve aanval op mijn karakter uit te voeren: 'Dit is hoe dan ook een bevreemdende zaak, maar het meest bevreemdend is ongetwijfeld de houding van een man die het Franse uniform draagt en hier in deze rechtbank drie generaals durft te beschuldigen van het plegen van meineed...'

Op de dag dat het vonnis zal worden gesproken, word ik voor de laatste keer met een rijtuig van Mont-Valérien naar de rechtbank gereden. De straten rondom het paleis van justitie worden bevolkt door woestelingen met zware stokken, en als de jury zich terugtrekt voor het vonnis, staat ons groepje 'Dreyfusards', zoals we inmiddels genoemd worden, bij elkaar in het midden van de rechtszaal, vooral om elkaar te beschermen: ik, Zola, Perrenx, de gebroeders Clemenceau, Louis en Labori, madame Zola en Labori's jonge, buitengewoon knappe Oostenrijkse vrouw, Marguerite, die haar twee zoontjes uit een eerder huwelijk heeft meegenomen. 'Op deze manier zijn we allemaal bij elkaar,' vertelt ze me met haar sterke accent. Door de hoge ramen horen we het lawaai van de meute buiten.

Clemenceau zegt: 'Als we winnen, komen we nooit levend weg uit dit gebouw.'

Na veertig minuten komt de jury terug. De voorzitter, een gespierde koopman, gaat staan. 'Naar eer en geweten is de jury tot de volgende uitspraak gekomen: Perrenx: schuldig, bij meerderheid van de stemmen; Zola: schuldig, bij meerderheid van de stemmen.'

Er ontstaat tumult. De officieren juichen. Iedereen gaat staan. De chique dames achter in de rechtszaal klimmen op hun stoelen om het beter te kunnen zien.

'Stelletje kannibalen,' zegt Zola.

De rechter veroordeelt Perrenx, de uitgever van *L'Aurore*, tot vier maanden gevangenisstraf en een boete van drieduizend frank. Zola krijgt de maximumstraf van een jaar en een boete van vijfduizend frank. De uitvoer van de vonnissen wordt in afwachting van het beroep uitgesteld.

Als we de rechtszaal verlaten, passeer ik Henry, die bij een groepje officieren van de generale staf staat. Hij is net bezig een mop te vertellen. Ik zeg op kille toon tegen hem: 'Mijn secondanten nemen de komende dagen contact op met uw secondanten om af te spreken wanneer we duelleren; bereidt u zich voor,' en ik ben erg tevreden dat dit tot gevolg heeft dat de grijns in ieder geval tijdelijk van zijn varkensachtige gezicht verdwijnt.

Drie dagen later, op zaterdag 26 februari, laat de commandant van Mont-Valérien me op zijn werkkamer komen en me in de houding staan terwijl hij me informeert dat ik door een comité van hoge officieren schuldig ben bevonden aan 'ernstig wangedrag' en op staande voet uit het leger ben ontslagen. Ik ontvang niet het volledige pensioen van een kolonel buiten dienst maar dat van een majoor: dertig frank per week. Verder wordt hij geacht mij mee te delen dat het leger de strengst denkbare maatregelen tegen me zal nemen als ik me in het openbaar op om het even welke wijze uitlaat over de periode die ik voor de generale staf heb gewerkt.

'Heeft u daar iets op te zeggen?'

'Nee, kolonel.'

'Ingerukt!'

Bij het vallen van de avond word ik, met mijn koffer in mijn hand, naar de poort begeleid en op de geplaveide binnenplaats gezet; de weg naar huis mag ik zelf afleggen. Sinds mijn achttiende heb ik geen ander leven gekend dan dat in het leger. Dat ligt nu allemaal achter me, en ik loop als een gewone monsieur Picquart de heuvel af naar het station, waar ik de trein terug naar Parijs neem.

21

De volgende avond ga ik aan de vertrouwde tafel in de hoek van het café van gare Saint-Lazare zitten. Het is zondag, en een rustig tijdstip; het is stil, er zit niet meer dan een handvol klanten. Ik heb op weg hiernaartoe voorzorgsmaatregelen genomen – ik ben kerken in geschoten, er door zijdeuren uit weggegaan, plotseling teruggekeerd, steegjes door gerend – met als resultaat dat ik zo goed als zeker weet dat ik door niemand ben gevolgd. Ik lees mijn krant, rook een sigaret en slaag erin tot kwart voor acht over mijn bier te doen – tegen die tijd is het duidelijk dat Desvernine niet komt opdagen. Ik ben teleurgesteld, maar niet verbaasd: gezien de veranderde omstandigheden sinds onze laatste ontmoeting, kun je het hem niet echt kwalijk nemen.

Ik loop naar buiten om de bus naar huis te nemen. Het benedendek is vol, en ik klim naar boven; de kou die door de open zijkanten binnenkomt, schrikt mijn medepassagiers af. Ik zit halverwege het bankje in het midden en kijk met mijn kin op mijn borst en mijn handen in mijn zakken naar de donkere verdiepingen boven de winkels. Na een paar minuten komt een man in een zware overjas en een das om bij me zitten. Hij laat wat ruimte tussen ons in.

Hij zegt: 'Goedenavond, kolonel.'

Ik draai me verrast om. 'Monsieur Desvernine!'

Hij blijft recht voor zich uit kijken. 'U bent vanuit uw appartement gevolgd.'

'Ik dacht dat ik ze had afgeschud.'

'U heeft er twee afgeschud. De derde zit beneden. Gelukkig werkt hij voor mij. Ik geloof niet dat er ook nog een vierde is, maar ik stel voor dat we ons gesprek voor alle zekerheid kort houden.'

'Ja, natuurlijk. Het is heel vriendelijk van u dat u überhaupt bent gekomen.'

'Wat wilt u van me?'

'Ik moet Lemercier-Picard spreken.'

'Waarom?'

‘Er spelen veel vervalste documenten in de zaak-Dreyfus: ik vermoed dat hij in minimaal een aantal van hen de hand heeft gehad.’

‘O.’ Desvernine klinkt gekweld. ‘O, dat zal niet eenvoudig zijn. Kunt u specifieker zijn?’

‘Ja, ik denk vooral aan het document dat een paar dagen geleden in het proces tegen Zola werd genoemd, het zogenaamde absolute bewijs waar generaal De Boisdeffre voor instond. Als het is wat ik denk dat het is, bestaat het uit vijf of zes regels. Dat is voor een amateurvervalser veel, en er is meer dan genoeg oorspronkelijk materiaal waar het mee kan worden vergeleken. Daarom vermoed ik dat ze een professional hebben gebruikt.’

‘En wie zouden “ze” zijn, kolonel, als u het niet erg vindt dat ik het vraag?’

‘De afdeling Statistiek. Kolonel Henry.’

‘Henry? Hij is waarnemend hoofd!’ Nu kijkt hij me aan.

‘Ik weet zeker dat ik over geld kan beschikken, als dat is wat uw man wil.’

‘Dat zal hij zeker willen, dat kan ik u nu al wel vertellen – en veel ook. Wanneer wilt u hem zien?’

‘Zo snel mogelijk.’

Desvernine kruipt weg in zijn jas en denkt erover na. Zijn gezicht kan ik niet zien. Na een tijdje zegt hij: ‘Laat u het maar aan mij over, kolonel.’ Hij staat op. ‘Ik stap hier uit.’

‘Ik ben geen kolonel meer, monsieur Desvernine. U hoeft me niet meer zo te noemen. En voelt u zich niet verplicht mij te helpen. U loopt risico.’

‘U vergeet hoeveel tijd ik in het onderzoek naar Esterhazy heb gestoken, kolonel, ik ken die rotzak als mijn broekzak. De gedachte dat hij vrij rondloopt, maakt me ziek. Ik help u, al was het maar vanwege hem.’

Voor mijn duel met Henry heb ik twee secondanten nodig: zij bereiden alles voor en staan ervoor in dat het er eerlijk aan toe zal gaan. Ik reis naar Ville-d’Avray om Edmond Gast te vragen. Na de lunch roken we met een deken over onze benen een sigaar op zijn terras. Hij zegt: ‘Tja, als je erop staat, dan ben ik natuurlijk vereerd. Maar ik smeek je erop terug te komen.’

‘Ik heb hem en plein public uitgedaagd, Ed. Ik kan me onmogelijk terugtrekken. Trouwens, dat wil ik ook helemaal niet.'

'Welk wapen kies je?'

'De sabel.'

'Kom op, Georges – je hebt in geen jaren meer geschermd!'

'Hij ook niet, aan zijn uiterlijk te zien. Hoe dan ook, ik ben koelbloedig en nog redelijk behendig.'

'Maar je bent toch een veel betere schutter dan schermer? En met pistolen is er nog de gezonde usance van het vrijwillig missen.'

'Ja, maar als we pistolen gebruiken en hij wint de loting en kiest ervoor als eerste te schieten, dan kiest hij er misschien voor níét te missen. Als hij mij een kogel door mijn hart jaagt, zou hij hen in ieder geval in één keer van al hun problemen afhelpen. Nee, dat risico is me te groot.'

'En wie wordt je andere secondant?'

'Ik vroeg me af of je je vriend senator Ranc zou willen vragen.'

'Waarom Ranc?'

Voordat ik antwoord geef, trek ik aan mijn sigaar. 'Toen ik in Tunesië was, heb ik de zaak van markies de Morès bestudeerd. Die duelleerde met een Joodse officier en doodde hem door een zwaardere sabel te gebruiken dan de regels toestonden – hij doorboorde zijn oksel en raakte hem in zijn ruggenmerg. Zie de aanwezigheid van een senator maar als een levensverzekering. Misschien dat hij Henry ervan weerhoudt soortgelijke trucjes uit te halen.'

Edmond kijkt me verschrikt aan. 'Georges, het spijt me, maar dit is echt waanzin. Nog even afgezien van jezelf – je bent het ook aan Dreyfus verplicht jezelf niet in gevaar te brengen.'

'Hij heeft me in een openbare rechtszaak een leugenaar genoemd. Mijn eer eist een duel.'

'Wreek je je voor jouw eigen eer of voor die van Pauline?'

Ik antwoord niet.

De volgende avond kloppen Edmond en Ranc uit mijn naam aan bij Henry's appartement in de avenue Duquesne recht tegenover de École Militaire, om hem formeel tot het duel uit te dagen. Later vertelt Edmond: 'Het was duidelijk dat hij thuis was: we zagen zijn laarzen in de gang staan, en ik hoorde eerst zijn zoontje "Papa!" huilen, en daarna de stem van een man die het zoontje probeerde te kalmeren. Maar hij liet zijn vrouw opendoen en met ons praten. Ze nam de brief in ontvangst en zei dat hij morgen zal antwoorden. Ik heb het gevoel dat hij zal proberen onder het duel uit te komen.'

Die woensdag ontvang ik geen antwoord van Henry. Om acht uur 's avonds wordt er aan de deur geklopt, en ik sta op om open te doen in de veronderstelling dat het zijn secondanten met het antwoord zullen zijn, maar Desvernine staat op de overloop. Hij komt kort binnen; hij doet zijn jas niet uit en houdt zijn hoed op.

'Alles is geregeld,' zegt hij. 'Onze man zit in een logement, het hôtel de la Manche, in de rue de Sèvres. Hij gebruikt een van zijn aliassen – Koberty Dutrieux. Heeft u een wapen, kolonel?'

Ik open mijn jasje en laat hem mijn schouderholster zien. Nadat mijn dienstrevolver is afgenomen, heb ik een Engels pistool gekocht, een Webley.

'Mooi,' zegt hij. 'Dan kunnen we gaan.'

'Nu meteen?'

'Hij blijft niet lang op één plek.'

'Worden we dan niet gevolgd?'

'Nee, ik heb de diensten omgeruild, ik heb de leiding over het toezicht op u. De Sûreté weet niet beter, kolonel, of u zit de hele avond in uw appartement.'

We nemen een huurrijtuig en rijden de rivier over; iets ten zuiden van de École Militaire betaal ik de voerman. Het restant van de reis leggen we te voet af. Het deel van de rue de Sèvres waarin het hotel staat, is nauw en slecht verlicht; als je niet oplet, loop je de Manche zo voorbij. Het bevindt zich in een smalle bouwval, die tussen een slagerij en een bar in zit geklemd: het is zo'n oord waar handelsreizigers de nacht doorbrengen en een rendez-vous per uur kan worden afgerekend. Desvernine gaat als eerste naar binnen, ik volg. De portier zit niet achter zijn bureau. Achter een kralengordijn zie ik een kleine eetkamer waar mensen een avondmaal gebruiken. Er is geen lift. Iedere trede van de smalle trap kraakt. Op de derde verdieping klopt Desvernine op een slaapkamerdeur. Er komt geen antwoord. Hij probeert de hendel: op slot. Hij legt zijn vinger op zijn lippen en we luisteren. Vanachter de deur van een kamer verderop klinkt een gedempt gesprek.

Desvernine steekt zijn hand in zijn zak en haalt er een setje met instrumenten om sloten te openen uit dat identiek is aan het setje dat hij mij heeft geleend. Hij knielt neer en gaat aan het werk. Ik doe de knopen van mijn overjas en mijn jasje los en voel de geruststellende druk van de Webley tegen mijn borst. Niet veel later klikt het slot open. Desvernine gaat staan, rolt zijn instrumentensetje rustig op en stopt het terug in zijn zak. Hij kijkt me even aan en opent de deur geruisloos. In de kamer is het donker. Hij tast naar de lichtschakelaar en draait hem om.

In eerste instantie denk ik dat het een grote zwarte pop is – een ledenpop van een kleermaker misschien, van zwart gips, die in een zithouding onder het raam staat. Desvernine steekt zonder zich om te draaien of iets te zeggen zijn linkerhand op, om me te waarschuwen dat ik niet moet bewegen; in zijn andere hand heeft hij een pistool. Hij is met drie, vier passen bij het raam, kijkt naar het object en fluistert: 'Doe de deur dicht.'

Als ik eenmaal binnen ben, zie ik dat het Lemercier-Picard is, of wat zijn naam ook was. Zijn gezicht is paarszwart en zijn kin is op zijn borst gezakt. Zijn ogen zijn open, zijn tong hangt naar buiten, de voorkant van zijn overhemd zit onder het slijm. Tussen de huidplooien in zijn nek zit een dun koord dat tot achter hem door loopt; het is zo strakgespannen als de snaar van een harp en zit vast aan het raamkozijn. Nu ik dichterbij ben, zie ik dat zijn voeten en onderbenen, die bloot en bont en blauw zijn, contact maken met de vloer, maar dat zijn heupen er net boven hangen. Zijn armen hangen naast zijn lichaam, de vuisten licht gebald.

Desvernine steekt zijn hand uit naar de opgezwollen nek en voelt of hij nog een hartslag heeft, hurkt dan neer en fouilleert het lijk.

Ik vraag: 'Wanneer heeft u hem voor het laatst gesproken?'

'Vanmorgen. Toen stond hij hier bij dit raam, zo levend als u nu.'

'Was hij depressief? Suïcidaal?'

'Nee, alleen bang.'

'Hoe lang is hij dood?'

'Hij is koud, maar nog niet stijf – twee uur, misschien drie.'

Hij staat weer op en loopt naar het bed. Daar ligt een geopende koffer op. Hij houdt hem ondersteboven, schudt hem leeg en doorzoekt het armzalige hoopje eigendommen: pennen, kroontjes, potloden en inktflesjes. Over de rugleuning van een stoel hangt een tweed jasje. Hij trekt een portefeuille uit de binnenzak en kijkt erin, daarna controleert hij de voorzakken: in de ene wat munten, in de andere de sleutel van de kamer.

Ik kijk toe. 'Geen briefje?'

'Er ligt überhaupt nergens papier. Vreemd, voor een vervalser, vindt u niet?' Hij stopt alles terug in de koffer. Dan tilt hij het matras op en tast eronder, opent de la van het nachtkastje, kijkt in de armoedige kast en rolt de kleden op de vloer weg. Uiteindelijk blijft hij verslagen met zijn handen op zijn heupen staan. 'Alles is grondig doorzocht. Ze hebben helemaal niets achtergelaten. U moet nu gaan, kolonel. Het laatste wat u moet overkomen is in een kamer met een lijk betrapt worden – en dan vooral niet dít lijk.'

'En u?'

'Ik laat alles achter zoals we het hebben aangetroffen en doe de deur weer op slot. Misschien blijf ik nog een paar uur buiten wachten, kijken wie er op komt dagen.' Hij werpt een blik op het lijk. 'Dit wordt onmiddellijk als een zelfmoord in de boeken gezet. Wacht maar af – en geen politieman of boef in Parijs zal dat tegenspreken – de arme donder.' Hij legt zijn hand teder op het verwrongen gezicht en sluit de starende ogen.

De volgende dag verschijnen er twee kolonels aan de deur van mijn appartement: Parès en Boissonnet, beiden bekende sportmannen en oude drinkmaten van Henry. Ze informeren me hooghartig dat kolonel Henry weigert met me te vechten op grond van het feit dat ik, als oneervol ontslagen officier, een 'niet-achtenswaardig persoon' ben, die geen eer te verliezen heeft: om die reden kan er van belediging geen sprake zijn.

Parès kijkt me met kille minachting aan. 'Hij stelt voor, monsieur Picquart, dat u uw genoegdoening bij majoor Esterhazy zoekt. Hij heeft begrepen dat majoor Esterhazy niets liever wil dan u voor een duel uitdagen.'

'Daar twijfel ik niet aan. Maar u mag kolonel Henry informeren – en majoor Esterhazy ook – dat ik geen enkele intentie heb om in de goot te stappen om met een verrader en verduisteraar te vechten. Kolonel Henry heeft me er in het openbaar van beschuldigd een leugenaar te zijn, op een moment dat ik nog altijd een officier in dienst was. Op dat moment daagde ik hem uit, en onder de omstandigheden van dat moment verplicht de eer hem mij genoegdoening te schenken. Als hij dat weigert te doen, zal de wereld daarvan kennisnemen en de voor de hand liggende conclusie trekken: dat hij niet alleen een lasteraar, maar ook een lafaard is. Goedendag, heren.'

Nadat ik de deur voor hun neus heb dichtgedaan, besef ik dat ik tril, maar ik kan niet zeggen of het van de zenuwen of van woede is.

Later die avond komt Edmond bij me langs met het nieuws dat Henry heeft besloten mijn uitdaging toch aan te gaan. Het duel zal overmorgen om halfelf in de ochtend plaatsvinden, in de manege van de École Militaire. De wapens zullen sabels zijn. Edmond zegt: 'Henry zorgt dat er een legerarts aanwezig is. Wij moeten zelf ook voor een arts zorgen. Is er iemand aan wie je de voorkeur geeft?'

'Nee.'

'Dan zoek ik er een. Ga nu een tas pakken.'

'Waarom?'

'Omdat mijn koets voor de deur staat en jij met mij mee naar huis gaat om met mij te oefenen. Ik wil geen secondant van jouw dood zijn.'

Ik overweeg hem over Lemercier-Picard te vertellen, maar besluit dat niet te doen: hij is zo al bezorgd genoeg.

Die vrijdag brengen we in Edmonds schuur door, waar hij me uren achter elkaar alle passen laat doen en de basisprincipes van de combinatieaanval, de parade, de riposte en de remise nog eens met me doorneemt. De volgende ochtend vertrekken we om negen uur uit Ville-d'Avray en rijden terug naar Parijs. Jeanne bedelft mijn gezicht onder vurige kussen, alsof ze me niet verwacht terug te zien. 'Dag, mijn beste Georges! Ik zal je nooit vergeten. Vaarwel!'

'Mijn lieve Jeanne, dit is slecht voor mijn moraal...'

Een uur later draaien we de avenue de Lowendal op, en zien dat er een menigte van een paar honderd man voor de ingang van de manege staat, onder wie veel cadetten van de École Militaire – jonge mannen aan wie ik vroeger lesgaf, maar die me nu, als ik in mijn burgerkleren uit de koets stap, uitjouwen. Een rij cavaleristen bewaakt de toegang. Edmond bonst op de deur, er wordt een grendel weggeschoven en we worden die vertrouwde, koude, grijze ruimte binnengelaten, waar het naar paardenmest, ammoniak en stro ruikt. Naar binnen gevlogen vogels slaan met hun vleugels tegen de dakramen. In het midden van de enorme manege is een schragentafel neergezet, waarop Arthur Ranc zijn volumineuze torso laat rusten. Hij komt met uitgestoken hand op me af. Al loopt hij tegen de zeventig, zijn baard is vol en zwart en zijn ogen achter zijn pince-nez stralen vol belangstelling. 'Ik heb in mijn tijd duellen bij de vleet uitgevochten, beste kerel,' zegt hij, 'en het enige waar je aan moet denken is dat je over twee uur zit te lunchen met een eetlust zoals je die maar zelden hebt. Alleen het genoegen van de maaltijd maakt het gevecht al alle moeite waard!'

Ik word aan de scheidsrechter, een gepensioneerde sergeant-majoor van de Republikeinse Garde, en mijn arts, een chirurg, voorgesteld. We wachten nog een kwartier, en onze conversatie begint steeds geforceerder te worden, tot een uitbarsting van gejuich op straat de aankomst van Henry aankondigt. Hij komt gevolgd door de twee kolonels binnen, negeert ons en loopt direct naar de tafel, waar hij zijn handschoenen uittrekt. Dan zet hij zijn kepie af, legt hem neer en begint zijn uniformjasje los te knopen, alsof hij een medische handeling moet ondergaan en die zo snel mogelijk achter de rug wil hebben. Ook ik trek mijn jasje en vest uit, en geef die aan Edmond. De scheidsrechter zet met krijt een dikke streep op de stenen vloer, markeert aan weerszijden op gelijke afstand een plek met een kruis en sommeert ons naar hem toe te komen. 'Heren,' zegt hij, 'maakt u alstublieft uw overhemd open,' en we ontbloten allebei even onze borst om te bewijzen dat we geen bescherming dragen; die van Henry is roze en onbehaard, als de buik van een varken. Gedurende deze procedure kijkt hij naar zijn handen, naar de vloer, naar de dakspanten – hij kijkt naar alles, behalve naar mij.

Onze wapens worden gewogen en gemeten. De sergeant-majoor geeft uitleg: 'Heren, als een van u gewond raakt, of een van uw secondanten neemt een wond waar, dan wordt de strijd gestaakt, tenzij de gewonde man aangeeft dat hij wil blijven vechten. Nadat de wond is bekeken kan de strijd, als de gewonde man dat wenst, worden voortgezet.' Hij geeft ons onze sabels. 'Maakt u zich klaar.'

Ik buig door mijn knieën, steek een paar keer naar voren en doe wat parades; dan draai ik me om naar Henry, die zo'n zes passen van me af staat, en nu hij me dan eindelijk aankijkt, zie ik haat in zijn ogen. Ik besef onmiddellijk dat hij me zal doden als hij daar de kans toe krijgt.

'En garde!' zegt de sergeant-majoor, en we nemen onze posities in. Hij kijkt op zijn horloge, steekt zijn wandelstok in de lucht en laat hem zakken. *'Allez!'*

Henry springt meteen op me af, en slaat zijn sabel met zo'n snelheid en kracht tegen de mijne dat hij bijna uit mijn hand vliegt. Ik kan onder de regen van slagen niet anders dan achteruitwijken, en ik pareer zo goed en kwaad als ik kan, eerder op instinct dan volgens een methode.

Mijn voeten raken verstrikt, ik struikel een beetje en Henry haalt uit naar mijn nek. Ranc en Edmond protesteren luidkeels tegen die verboden houw. Ik wankel achteruit en voel de muur achter mijn schouders. Henry heeft me dus al een pas of twintig van mijn kruis af gedreven en ik moet bukken en draaien om me onder zijn druk uit te werken; ik schiet opzij en kan een nieuwe verdedigende pose aannemen, maar hij blijft komen.

Ik hoor dat Ranc zich bij de scheidsrechter beklaagt: 'Maar dit is schandalig, monsieur!' en de scheidsrechter roept: 'Kolonel Henry, dit duel dient om een geschil tussen heren te beslechten!' maar ik zie in Henry's blik dat hij niets anders hoort dan het rondpompen van zijn eigen bloed. Hij haalt opnieuw naar me uit, en deze keer voel ik de kling op de pees in mijn nek; ik ben sinds de dag dat ik werd geboren niet zo dicht bij de dood geweest. Ranc roept: 'Stop!' op het moment dat de punt van mijn sabel Henry op zijn onderarm raakt. Hij kijkt ernaar en laat zijn wapen zakken, en ik doe hetzelfde, terwijl de secondanten en artsen naar ons toe rennen. De sergeant-majoor kijkt op zijn horloge. 'De eerste schermutseling heeft twee minuten geduurd.'

Mijn arts zet me onder een dakraam en draait mijn hoofd zodat hij mijn nek goed kan zien. Hij zegt: 'Er is niets aan de hand: hij moet u op een haar na geraakt hebben.'

Henry's onderarm, daarentegen, bloedt wel – het is geen diepe snee, eerder een schram, maar voor de scheidsrechter toch reden om tegen hem te zeggen: 'Kolonel, u mag weigeren het duel te vervolgen.'

Henry schudt zijn hoofd. 'We gaan door.'

Terwijl hij zijn mouw oprolt en het bloed wegveegt, fluistert Edmond tegen mij: 'Die vent is een moordzuchtige gek. Zo'n vertoning heb ik nog nooit meegemaakt.'

'Als hij het nog een keer doet,' voegt Ranc toe, 'laat ik de strijd staken.'

'Nee,' zeg ik, 'doe dat niet. Laat ons tot het eind aan toe doorvechten.'

De scheidsrechter roept: 'Heren, op uw plaatsen!'

'Allez!'

Henry probeert de strijd voort te zetten waar hij hem verlaten heeft en drijft me met dezelfde agressie als zonet naar de muur achter me. Maar het bloed op zijn onderarm druipt naar beneden en maakt zijn greep glibberig. Zijn woeste houwen hebben niet de overtuiging die ze eerst wel hadden – ze worden trager en zwakker. Hij zal me nu snel moeten doden, anders verliest hij. Hij zet alles op alles bij een laatste uitval naar mijn hart. Ik pareer de slag, draai zijn kling, val uit en raak zijn elleboog. Hij brult het uit van de pijn en laat zijn sabel vallen. Zijn secondant roept: 'Stop!'

'Nee!' schreeuwt hij ineengekrompen, zijn hand aan zijn elleboog. 'Ik kan verder!' Hij bukt, pakt zijn sabel met zijn linkerhand en probeert het gevest in zijn rechter te nemen, maar hij slaagt er niet in er zijn bebloede vingers omheen te slaan. Hij probeert het nog een paar keer, maar zodra hij de sabel probeert te heffen, valt die op de vloer. Ik kijk zonder medelijden toe. 'Geef me even,' mompelt hij, en hij draait me zijn rug toe opdat ik niet zie hoe zwak hij is.

Uiteindelijk overtuigen de twee kolonels en zijn arts hem ervan dat hij naar de tafel moet gaan en de wond moet laten onderzoeken. Vijf minuten later nadert kolonel Parès de plek waar ik met Edmond en Ranc zit te wachten, en deelt mee: 'De zenuw van de onderarm is beschadigd. Hij zal zijn vingers een aantal dagen niet kunnen gebruiken. Kolonel Henry moet zich terugtrekken.' Hij salueert en loopt weg.

Ik trek mijn vest en mijn jasje aan en werp een blik op Henry, die voorovergebogen op zijn stoel zit en naar de vloer staart. Kolonel Parès staat achter hem en helpt hem in het jasje van zijn uniform; daarna knielt kolonel Boissonnet voor hem neer om zijn knopen vast te maken.

'Moet je zien,' zegt Ranc vol minachting, 'hij is net een grote baby. Hij is volkomen uitgeschakeld.'

'Ja,' zeg ik. 'Dat geloof ik ook.'

We schudden elkaar niet, zoals gebruikelijk is na een duel, de hand; als het nieuws dat hun held gewond is geraakt zich over de avenue de Lowendal verspreidt, word ik snel via een achteruitgang weggeleid om de mij vijandige menigte te mijden. Volgens de krantenkoppen van de volgende dag is Henry onder luide toejuichingen van zijn aanhangers met zijn arm in een draagdoek in een open landauer naar zijn appartement om de hoek gereden, alwaar generaal De Boisdeffre hem in eigen persoon stond op te wachten om hem namens het leger beterschap te wensen. Ik ga met Edmond en Ranc uit lunchen, en ontdek dat de oude senator gelijk had: ik heb zelden meer eetlust gehad en zo van een maaltijd genoten.

Ik blijf in een goede stemming; in de drie maanden die volgen ontwaak ik iedere ochtend met een opvallend gevoel van optimisme. Op het eerste gezicht zou mijn situatie niet slechter kunnen zijn. Ik heb niets te doen, geen baan om me aan te wijden, een ontoereikend inkomen en bijna geen geld om op terug te vallen. Zolang de scheiding van Pauline niet is uitgesproken kan ik haar niet zien, omdat er een risico bestaat dat we door de pers of de politie in de gaten worden gehouden. Blanche is vertrokken: pas nadat haar broer al zijn invloed had aangewend en na verschillende voorwendsels (inclusief het voorwendsel dat ze een vijfenvijftig jaar oude vrijster met hartproblemen is) zijn ze erin geslaagd te vermijden dat ze in het proces tegen Zola als getuige zou worden opgeroepen. Als ik me in het openbaar begeef, wordt er naar me gesist, en verschillende kranten doen valse beschuldigingen, zoals die van Henry dat ik in Karlsruhe ben gezien waar ik een afspraak met kolonel Von Schwartzkoppen zou hebben gehad. Louis is afgezet als locoburgemeester van het zevende arrondissement en door de Orde van Advocaten bestraft wegens 'onbehoorlijk gedrag'. Reinach en andere prominente medestanders van Dreyfus raken bij de nationale verkiezingen hun zetel kwijt. En hoewel de dood van Lemercier-Picard voor veel opschudding zorgt, wordt de zaak gesloten nadat officieel is verklaard dat het zelfmoord was.

De kwade machten hebben alles onder controle.

Maar ik ben niet door iedereen dood verklaard. De Parijse samenleving is verdeeld, en voor iedere deur die in mijn gezicht wordt dichtgegooid, gaat een andere open. Op zondagen lunch ik regelmatig in het huis van madame Geneviève Straus, de weduwe van Bizet, op de rue de Miromesnil, waar ik in het gezelschap verkeer van mijn nieuwe wapenbroeders, zoals Zola, Clemenceau, Labori, Proust en Anatole France. Op woensdagavonden is er vaak een diner voor twintig personen in de salon van de minnares van monsieur France, madame Léontine Arman de Caillavet, 'Onze Vrouwe van Revisie', in de avenue Hoche. Léontine is een extravagante grande dame met karmozijnrood opgemaakte wangen en oranje geverfd haar met daarop een randloze hoed of opgezette goudvinken. En op donderdagen wandel ik een paar straten in westelijke richting, naar de porte Dauphine, voor de muzikale soirees van madame Aline Ménard-Dorian, in wier rode, met pauwenveren en Japanse prenten versierde ontvangstkamers ik bladmuziek omsla voor Cortot, Casals en de drie beeldschone, jonge zussen van het Chaigneau-trio.

'Ah! Je bent altijd zo opgewekt, mijn beste Georges,' zeggen al die geweldige gastvrouwen tegen mij. Ze wapperen in het kaarslicht met hun waaier, knipperen met hun ogen naar me en leggen een troostende hand op mijn arm, want een bajesklant is in de toonaangevende kringen een trofee, en ze vragen aan hun andere gasten of zij mijn sereniteit ook hebben opgemerkt. 'Je bent een mirakel, Picquart!' roepen hun echtgenoten uit. 'Of je bent gek. Ik weet zeker dat ík mijn goede humeur snel zou verliezen, als ik voor zo veel problemen werd gesteld.'

Ik glimlach. 'Ach, men draagt het masker van de sociale komedie nu eenmaal...'

Maar in werkelijkheid draag ik helemaal geen masker: ik heb vertrouwen in de toekomst. Ik ben er stellig van overtuigd dat het verdedigingswerk dat het leger rondom zich heeft opgetrokken – die vermolmende vesting van door wormen aangevreten hout – in elkaar zal storten. De leugens zijn zo talrijk en zo krakkemikkig dat ze niet tegen de druk van de tijd en nauwkeurig onderzoek bestand zullen zijn. Misschien dat die arme Dreyfus, die nu zijn vierde jaar op Duivelseiland ingaat, het niet meer zal meemaken, en ik wat dat aangaat ook niet, maar de rehabilitatie zal komen, daar steek ik mijn hand voor in het vuur.

En ik krijg gelijk, sneller zelfs dan ik had verwacht. Die zomer doen zich twee gebeurtenissen voor die alles veranderen.

Allereerst ontvang ik in mei een bericht van Labori, die me sommeert zo spoedig mogelijk naar zijn appartement in de rue de Bourgogne te komen, om de hoek van het ministerie van Oorlog. Ik ben er binnen een uur en tref daar een nerveuze, eenentwintigjarige jongeman, duidelijk uit de provincie, die in de ontvangstkamer zit te wachten. Labori stelt hem voor als Christian Esterhazy.

'Aha,' zeg ik terwijl ik behoedzaam zijn hand schud, 'een beruchte naam!'

'U doelt op mijn neef?' antwoordt hij. 'Ja, daar heeft hij inderdaad voor gezorgd; een duisterder schurk dan hij heeft er nooit op aarde rondgelopen!'

Hij klinkt zo giftig dat het me verrast. Labori zegt: 'U moet even gaan zitten, Picquart, dan kunt u horen wat monsieur Esterhazy ons te vertellen heeft. Het zal u niet teleurstellen.'

Marguerite brengt thee en laat ons alleen.

'Anderhalf jaar geleden is mijn vader geheel onverwachts overleden, bij ons thuis in Bordeaux,' vertelt Christian. 'Een week na zijn dood ontving ik een condoleancebrief van een man van wie ik nog nooit had gehoord: mijn vaders neef, majoor Walsin Esterhazy. Hij betuigde zijn medeleven en vroeg of hij mij praktisch van dienst kon zijn met financieel advies.'

Ik wissel een blik met Labori; Christian ziet het. 'Ja, monsieur Picquart, ik geloof dat u de bui al ziet hangen! Maar houdt u alstublieft in gedachten dat ik in dergelijke zaken geen enkele ervaring had en dat mijn moeder een zeer wereldvreemde, zeer religieuze vrouw is – twee van mijn zussen zijn zelfs non geworden. Om een lang verhaal kort te maken, ik schreef mijn edele familielid terug en legde uit dat ik een erfenis van vijfduizend frank had gekregen, dat mijn moeder uit de verkoop van bezittingen honderdzeventigduizend frank zou ontvangen, en dat we adviezen die ons zouden helpen om het op een betrouwbare manier te investeren, verwelkomden. De majoor schreef terug dat hij een goed woordje voor me kon doen bij zijn goede vriend Edmond de Rothschild, en vanzelfsprekend dachten wij: veiliger dan dat kan het toch niet?'

Hij nipt van zijn thee en ordent zijn gedachten voordat hij verdergaat. 'Een aantal maanden ging alles goed, en we ontvingen regelmatig brieven van de majoor, met cheques waarvan hij zei dat het dividend was van het geld dat de Rothschilds namens ons hadden belegd. Maar afgelopen november schreef hij dat ik zo snel mogelijk naar Parijs moest komen. Hij zei dat hij in de problemen zat en mijn hulp nodig had. Vanzelfsprekend kwam ik direct. Ik trof hem in een vreselijke gemoedstoestand aan. Hij zei dat hij er publiekelijk van werd beschuldigd een verrader te zijn, maar dat ik niets van die praatjes moest geloven: het was één grote samenzwering van de Joden om hem voor de wandaden van Dreyfus te laten opdraaien, en dat kon hij bewijzen ook, want de officieren van het ministerie van Oorlog stonden achter hem. Hij zei dat het voor hem te gevaarlijk was om zijn oorspronkelijke contactpersoon te ontmoeten, en daarom vroeg hij of ik dat namens hem wilde doen en berichten tussen hen wilde doorgeven.'

'En wie was deze contactpersoon?' vroeg ik.

'Zijn naam was kolonel Du Paty de Clam.'

'Heeft u Du Paty ontmoet?'

'Ja, heel vaak. Meestal 's avonds, op een openbare plek – parken, bruggen, openbare toiletten.'

'Openbare toiletten?'

'O, ja – al zorgde de kolonel er altijd voor zich te vermommen, met een donkere bril of een nepbaard.'

'En wat voor berichten bezorgde u tussen Du Paty en uw neef?'

'Allerlei verschillende. Waarschuwingen over wat er in de kranten zou verschijnen. Advies over hoe hij daarop moest reageren. Ik herinner me een envelop met een geheim document van het ministerie. En sommige berichten gingen over u.'

'Mij?'

'Ja, er waren bijvoorbeeld twee telegrammen. Ze zijn me bij gebleven omdat ik ze zo vreemd vond.'

'Weet u nog wat erin stond?'

'Ik herinner me dat één was ondertekend met "Blanche" – die had Du Paty geschreven. Het andere had een buitenlandse naam...'

'Speranza?'

'Speranza, dat was het! Mademoiselle Pays schreef dat, in opdracht van de kolonel, en bracht het naar het postkantoor in de rue La Fayette.'

'Vertelden ze waarom ze dit deden?'

'Om u te compromitteren.'

'En u hielp omdat u dacht dat uw neef onschuldig was?'

'Absoluut – toen in ieder geval wel.'

'En nu?'

Christian neemt de tijd voor zijn antwoord. Hij drinkt zijn thee op en zet de kop-en-schotel terug op tafel – zijn bewegingen zijn langzaam en bedachtzaam, maar dat kan niet verhullen dat hij trilt van emotie. 'Een paar weken geleden bleef de maandelijkse betaling van mijn neef aan mijn moeder uit, dus informeerde ik bij de Rothschilds. Er is geen bankrekening. Die is er ook nooit geweest. Ze is geruïneerd. Ik denk dat een man die zijn eigen familie op zo'n manier bedondert, ook in staat is zonder een spoor van gewetenswroeging zijn land te verraden. Daarom ben ik naar u toe gekomen. Hij moet tegengehouden worden.'

Het is duidelijk wat we met deze informatie, zodra zij is geverifieerd, moeten doen: ze moet naar Bertulus, de magistraat met het verzorgde uiterlijk en de rode anjer in zijn knoopsgat, wiens trage onderzoek naar de vervalste telegrammen nog steeds loopt. We zijn het erover eens dat ik hem zal schrijven om hem op de cruciale nieuwe getuige te wijzen, want ik heb de aanklacht in eerste instantie ingediend. Christian stemt ermee in te getuigen, verandert van mening als zijn neef ontdekt dat hij bij Labori is geweest en verandert dan weer terug als hij erop gewezen wordt dat hij hoe dan ook kan worden gedagvaard.

Esterhazy, die nu duidelijk beseft dat het net van de rampspoed steeds strakker om hem heen wordt getrokken, eist opnieuw dat ik met hem duelleer. Hij laat in de pers weten dat hij, gewapend met een felrood geschilderde, zware kersenhouten wandelstok waarmee hij voornemens is mijn hersenpan in te slaan, de straten in de buurt van mijn appartement afschuimt, in de hoop mij tegen het lijf te lopen. Hij beweert een expert in de kunst van *savate* oftewel Frans boksen te zijn. Ten slotte stuurt hij me een brief, die hij ook aan de kranten geeft:

> *Als gevolg van uw weigering te vechten, die u alleen wordt ingegeven door uw angst voor een serieuze confrontatie, ben ik zoals u weet al dagen tevergeefs naar u op zoek; u bent gevlucht, zoals het een lafaard betaamt. Vertelt u mij waar en wanneer u eindelijk de moed bijeen zult hebben geraapt om oog in oog met mij te komen en de afstraffing die ik u heb beloofd in ontvangst te nemen. Ik zal de komende drie dagen vanaf zeven uur 's avonds in de rue de Lisbonne en de rue de Naples rondlopen.*

Ik antwoord hem niet persoonlijk, want ik heb geen enkele behoefte om in een directe briefwisseling met zo'n creatuur te verzanden; daarom leg ook ik een verklaring af in de krant:

> *Het verbaast me dat monsieur Esterhazy me niet heeft gevonden, want ik verschijn onbekommerd in het openbaar. Wat de dreigementen in zijn brief betreft, ik zal niet aarzelen om gebruik te maken van mijn recht op zelfbescherming als ik in een hinderlaag loop. Maar ik zal niet vergeten dat ik verplicht ben het leven van Esterhazy te respecteren. Deze man dient zich te verantwoorden tegenover het rechtssysteem van dit land, en het zou zeer laakbaar zijn als ik het recht in eigen hand nam en hem zelf strafte.*

Er gaan een aantal weken voorbij, en ik ben niet meer voor hem op mijn hoede. Maar op een zondagmiddag, begin juli, één dag voordat ik Bertulus Christians bewijs zal overhandigen, loop ik na de lunch over de avenue Bugeaud als ik rennende voetstappen achter me hoor. Ik draai me om en zie Esterhazy's rode wandelstok op mijn hoofd afkomen. Ik duik weg en hef mijn arm om mijn gezicht te beschermen, waardoor de klap op mijn schouder terechtkomt. Esterhazy's gezicht is verwrongen en asgrauw, en zijn ogen puilen uit alsof het orgelregisters zijn. Hij slingert me van zo dichtbij beledigingen in het gezicht – 'Schoft! Lafaard! Verrader!' – dat ik de absint in zijn adem ruik. Gelukkig heb ik zelf ook een wandelstok. Mijn eerste slag naar zijn hoofd slaat zijn bolhoed in de goot. Met mijn tweede stoot ik hem in zijn maag, en hij gaat languit. Hij rolt op zijn zij, duwt zich op handen en knieën en zit naar adem happend ineengedoken op de kasseien. Dan krabbelt hij, steunend op zijn bespottelijke kersenrode wandelstok, overeind. Passanten blijven staan om te zien wat er aan de hand is. Ik neem hem in een hoofdgreep en roep dat iemand de politie moet halen. Maar, weinig verrassend, opeens hebben de *promeneurs* op zo'n prachtige zondagmiddag wel iets beters te doen; iedereen loopt meteen verder en laat mij achter met de verrader. Hij is sterk en taai, en hij kronkelt heen en weer; ik besef dat ik hem, om hem het zwijgen op te leggen, serieus geweld moet aandoen, of moet laten gaan. Ik laat hem los, en stap, op mijn hoede, achteruit.

'Schoft!' herhaalt hij. 'Lafaard! Verrader!' Hij probeert rondwankelend zijn hoed op te pakken. Hij is stomdronken.

'Jij gaat de gevangenis in,' zeg ik tegen hem. 'Is het niet wegens verraad, dan is het wel wegens vervalsing en verduistering. En waag het niet meer om bij me in de buurt te komen, want de volgende keer kom je er niet zo genadig van af.'

Mijn schouder steekt erg. Ik ben blij dat ik weg kan lopen. Hij probeert me niet te volgen, maar ik hoor hoe hij me na blijft roepen – 'Schoft! Lafaard! Verrader! Jood!' – tot ik uit het zicht ben verdwenen.

De tweede gebeurtenis die zomer is belangrijker en vindt vier dagen later plaats.

Het is nog vroeg op de avond van donderdag 7 juli, en zoals gebruikelijk ben ik op dat moment in het neogotische herenhuis van Aline Ménard-Dorian: ik sta, om precies te zijn, vóór het concert in de tuin champagne te drinken en praat met Zola, wiens beroep tegen zijn veroordeling door een rechtbank in Versailles wordt behandeld. Er is net een nieuwe regering geformeerd, en we discussiëren over de gevolgen die dit voor zijn zaak zal hebben, als Clemenceau, met Labori op zijn hielen, plotseling met de avondkrant de patio op stormt.

'Hebben jullie al gehoord wat er net is gebeurd?'

'Nee!'

'Mijn vrienden, het is een sensatie! Die verwaande kwast van een Cavaignac* heeft de Kamer voor het eerst als minister van Oorlog toegesproken, en beweert voor eens en voor altijd te hebben bewezen dat Dreyfus een verrader is!'

'Hoe heeft hij dat dan gedaan?'

Clemenceau duwt me de krant in mijn handen. 'Door drie door de inlichtingendienst onderschepte berichten woord voor woord voor te lezen.'

'Dat kan niet waar zijn...!'

Het kan niet waar zijn – en toch staat het daar, zwart op wit: de nieuwe minister van Oorlog, Godefroy Cavaignac, die nog geen week geleden voor Billot in de plaats is gekomen, beweert met een politieke coup de théâtre een einde aan de Dreyfus-affaire te hebben gemaakt. 'Ik zal de Kamer drie documenten laten zien. Hier is de eerste brief. Hij is in maart 1894 binnengekomen bij de inlichtingendienst van het ministerie van Oorlog...' Hij laat alleen de naam van de afzender en de geadresseerde weg en neemt ze verder een voor een helemaal door: het infame bericht uit het geheime dossier (*Ik sluit twaalf plattegronden van Nice in, die dat schorem van een D me voor je heeft meegegeven*), een tweede brief die ik niet herken (*D heeft me allerlei interessante dingen gebracht*), en het 'absolute bewijs' dat de zaak-Zola op zijn kop zette:

Ik heb gelezen dat een afgevaardigde vragen gaat stellen over Dreyfus. Als er in Rome iemand om een nieuwe uitleg vraagt, zeg ik dat ik nooit iets met deze Jood te maken heb gehad. Als iemand jou ernaar vraagt, zeg dan hetzelfde, want niemand mag ooit weten wat hem is overkomen.

* Godefroy Cavaignac (1853-1905), uitgesproken katholiek, benoemd tot minister van Oorlog op 28 juni 1898.

Ik geef de krant aan Zola. 'Heeft hij die onzin echt hardop voorgedragen? Hij is niet goed bij zijn hoofd.'

'Als je erbij was geweest, zou je dat niet gezegd hebben,' antwoordt Clemenceau. 'De hele Kamer barstte in juichen uit. Ze denken dat de kwestie-Dreyfus voor eens en altijd is beslecht. Ze hebben zelfs een motie aangenomen waarin de regering opdracht krijgt zesendertigduizend kopieën van het bewijs te drukken en die naar iedere gemeente in Frankrijk te versturen!'

Labori zegt: 'Dit is een ramp voor ons – tenzij we in de tegenaanval gaan.'

Zola vraagt: 'Kunnen we dan in de tegenaanval gaan?'

Ze kijken alle drie naar mij.

Die avond, na het concert, waarin onder meer twee schitterende pianosonates van Wagner worden gespeeld, excuseer ik me bij Aline en ga, in plaats van te blijven voor het diner en met de muziek nog in mijn hoofd, naar Pauline. Ik weet dat ze bij een oudere nicht woont, een oude vrijster met een appartement niet ver weg, in de buurt van het Bois de Boulogne. In eerste instantie weigert de nicht Pauline te roepen: 'Heeft u haar nog niet genoeg aangedaan, monsieur? Is het geen tijd om haar met rust te laten?'

'Alstublieft, madame, ik moet haar zien.'

'Het is erg laat.'

'Het is nog geen tien uur, en het is nog licht...'

'Goedenavond, monsieur.'

Ze gooit de deur voor mijn neus dicht. Ik druk weer op de bel. Ik hoor gefluister. Het blijft een hele tijd stil, en als de deur opnieuw opengaat staat niet de nicht, maar Pauline voor me. Ze gaat in haar witte blouse en donkere rok heel sober gekleed, haar haar zit in een paardenstaart en ze draagt geen make-up.

Ze zou bijna een lid van een religieuze orde kunnen zijn; ik vraag me af of ze nog biecht. Ze zegt: 'Ik dacht dat we elkaar niet meer zouden zien totdat er een regeling is getroffen.'

'Misschien is er geen tijd meer om daarop te wachten.'

Ze tuit haar lippen en knikt. 'Ik pak mijn hoed.' Als ze naar haar slaapkamer loopt, zie ik op een tafeltje in de kleine woonkamer een typemachine staan: praktisch als zij is, heeft ze het geld dat ik aan haar heb gegeven deels in het aanleren van een nieuwe vaardigheid geïnvesteerd – zo verdient ze voor het eerst van haar leven een eigen inkomen.

Buiten geeft Pauline me, zodra we de hoek om zijn en je ons vanuit het appartement niet meer kunt zien, een arm, en we lopen het Bois in. Het is een stille, heldere zomeravond, en de temperatuur is zo perfect dat er niet zoiets als een klimaat, een grens tussen je gedachten en de natuur, lijkt te zijn. Er zijn alleen maar sterren, de droge geur van het gras en de bomen, en af en toe een zwak geplons uit het meer, waar een verliefd stel in het maanlicht in een roeibootje ronddobbert. Hun stemmen dragen in de bewegingsloze lucht verder dan je zou verwachten, maar we hoeven maar een paar honderd meter te lopen, het vaste zandpad te verlaten en tussen de bomen verder te gaan, of zij en de stad houden op te bestaan.

We vinden een beschut plekje onder een immense, stokoude ceder. Ik trek mijn jacquet uit en spreidt het voor ons op de grond, maak mijn witte vlinderdas los, ga naast haar zitten en leg mijn arm om haar heen.

'Je ruïneert je jas,' zegt ze. 'Je moet hem laten stomen.'

'Dat maakt niet uit. Ik zal hem voorlopig niet nodig hebben.'

'Ga je weg?'

'Zo zou je het kunnen zeggen.'

Ik leg haar uit wat ik van plan ben. Ik heb er tijdens het concert toe besloten, terwijl ik naar Wagner luisterde om precies te zijn – hij heeft me altijd bedwelmd.

'Ik ga de versie die de regering publiek heeft gemaakt, aanvechten.'

Ik maak me geen enkele illusie over wat me bijgevolg te wachten staat – ik kan moeilijk beweren dat ik niet ben gewaarschuwd. 'Ik geloof dat ik mijn maand in Mont-Valérien als een proefabonnement zal moeten zien.' Ik kijk er, omwille van haar, onverschrokken bij. Maar vanbinnen ben ik minder zelfverzekerd. Wat is het ergste dat ik kan verwachten? Als de gevangenisdeuren eenmaal achter me zijn dichtgevallen, zal ik fysiek in gevaar zijn – daar moet ik rekening mee houden. Gevangenschap zal onaangenaam zijn en kan zich weken, zo niet maanden uitstrekken; het zou zelfs een jaar of langer kunnen duren, maar dat zeg ik niet tegen Pauline. Het zal in het belang van de regering zijn de rechtsgang zo lang mogelijk te rekken, al was het maar in de hoop dat Dreyfus in de tussentijd doodgaat.

Als ik het heb uitgelegd, zegt ze: 'Je klinkt alsof je je beslissing al hebt genomen.'

'Als ik me nu terugtrek, kom ik misschien nooit meer in de gelegenheid. Dan breng ik de rest van mijn leven door in de wetenschap dat ik, toen het moment daar was, mijn kans niet heb gegrepen. Dat zou me kapotmaken – dan zou ik nooit meer naar een schilderij kunnen kijken of een boek kunnen lezen of naar muziek kunnen luisteren zonder door een gevoel van schaamte te worden bekropen. Het spijt me alleen vreselijk dat ik jou hierbij heb betrokken.'

'Hou op je daarvoor te excuseren. Ik ben geen kind. Ik heb mezelf erbij betrokken toen ik verliefd op je werd.'

'En hoe is het om alleen te zijn?'

'Ik heb ontdekt dat ik weet te overleven. Dat is verbazingwekkend opbeurend.'

We liggen zonder iets te zeggen met onze handen ineengestrengeld en kijken door de bladeren heen naar de sterren. Ik lijk te kunnen voelen dat de aarde draait. In de tropen van Zuid-Amerika valt nu de avond. Ik denk aan Dreyfus en probeer me voor te stellen wat hij doet, of ze hem 's nachts nog steeds aan zijn bed kluisteren. Mijn lot en zijn lot zijn nu met elkaar verstrengeld. Het is net zo belangrijk voor mij dat hij overleeft als het voor hem belangrijk is dat ik overleef – als hij het volhoudt, hou ik het vol; als ik vrijkom, dan komt hij ook vrij.

Ik blijf daar nog een hele tijd met Pauline liggen, om van onze laatste momenten samen te genieten, tot de sterren verbleken in de dageraad, dan raap ik mijn jas op en leg die om haar schouders, en we lopen arm in arm terug, de slapende stad in.

22

De volgende dag schrijf ik, met de hulp van Labori, een open brief aan de regering. Op Labori's aanraden richt ik hem niet tot de devote, halsstarrige nieuwe minister van Oorlog, onze speelgoed-brutus, maar tot de antiklerikale nieuwe minister-president, Henri Brisson:

Monsieur minister-president,

Tot op heden ben ik niet in de positie geweest me vrijelijk uit te laten met betrekking tot de geheime documenten die, zo wordt beweerd, de schuld van Dreyfus aantonen. Nu de minister van Oorlog, vanaf het spreekgestoelte in het Huis van Afgevaardigden, drie van deze documenten heeft geciteerd, beschouw ik het als mijn plicht u te informeren dat ik in staat ben, voor iedere rechtbank die in dezen competent is, te bewijzen dat de twee documenten uit 1894 niet aan Dreyfus kunnen worden toegeschreven, en dat het document uit 1896 alle tekenen van een vervalsing vertoont. Het lijkt dan ook duidelijk dat er misbruik is gemaakt van het goede vertrouwen van de minister van Oorlog, en dat datzelfde geldt voor iedereen die in de relevantie van de eerste twee documenten en de authenticiteit van het laatste heeft geloofd.
Ik groet u oprecht, monsieur minister-president,

G. Picquart

De brief bereikt de minister-president op maandag. Op dinsdag stelt de regering mij in staat van beschuldiging, op basis van het onderzoek van De Pellieux; ik word ervan verdacht wederrechtelijk 'geschriften en documenten die van belang zijn voor de nationale verdediging en veiligheid' te hebben onthuld. Er wordt een onderzoeksrechter aangewezen. Diezelfde middag vindt er in mijn appartement een inval plaats, bijgewoond door enkele honderden toeschouwers die 'Verrader!' scanderen – hoewel ik er zelf niet bij ben, ik lees het de volgende dag in de kranten. Op woensdag word ik gesommeerd mij op de derde verdieping van het paleis van justitie te melden bij de door de regering aangewezen rechter, Albert Fabre. In zijn ontvangstkamer zitten twee rechercheurs te wachten, en ik word, samen met de arme Louis Leblois, gearresteerd.

'Zie je, ik heb niet voor niets van tevoren tegen je gezegd dat je je moest afvragen of je hier wel bij betrokken wilde raken,' zeg ik tegen hem. 'Ik heb al te veel levens geruïneerd.'

'Beste Georges, hoe kom je daar nou bij! Het is juist interessant het gerechtelijk systeem eens van de andere kant te kunnen beleven.'

Het strekt de rechter, Fabre, tot eer dat hij enigszins door de kwestie in verlegenheid is gebracht. Hij vertelt me dat ik voor de duur van het onderzoek in de La Santé-gevangenis wordt vastgezet, en dat Louis op borgtocht vrij blijft. Buiten, als ik op de binnenplaats ten overstaan van een tiental verslaggevers in de boevenwagen word gezet, heb ik nog de tegenwoordigheid van geest Louis mijn wandelstok te geven, dan word ik afgevoerd. Bij aankomst in de gevangenis moet ik mij inschrijven. Op de plek op het formulier voor 'religie' schrijf ik 'geen'.

La Santé, zo blijkt, is geen Mont-Valérien: hier geen aparte slaapkamer en wc, en geen uitzicht op de Eiffeltoren. Ik zit in een kleine cel, van vier bij tweeënhalve meter, met een klein raampje met tralies ervoor dat op een exercitieterrein uitziet. Er staan een bed en een pot: dat is alles. Het is midden in de zomer en de temperatuur loopt op tot vijfendertig graden Celsius, alleen een onweersbui brengt nu en dan verlichting. Het is er snikheet en er hangt, vergelijkbaar met een kazerne, een geur van duizenden mannenlijven – van ons voedsel, van onze uitwerpselen, van ons zweet. Ik krijg mijn eten in mijn cel en zit daar drieëntwintig uur per dag om te voorkomen dat ik met mijn medegevangenen communiceer. Maar ik hoor hen wel, vooral 's nachts, als de lichten uit zijn en je niets anders kunt doen dan liggen luisteren. Hun geschreeuw klinkt als de kreten van dieren in de jungle, onmenselijk, mysterieus en verontrustend. Vaak hoor ik zo'n gejank en geschreeuw, zo'n onsamenhangende smeekbede om genade, dat ik ervan uitga dat de cipiers me de volgende morgen over de vreselijkste misdaden die die nacht zijn gepleegd zullen vertellen. Maar de volgende dag lijkt het alsof er niets is gebeurd.

Zo probeert het leger me te breken.

Er is enige afwisseling in de dagelijkse gang van zaken. Een paar keer per week word ik door twee rechercheurs La Santé uit geleid en in de boevenwagen naar het paleis van justitie gebracht, waar rechter Fabre het bewijs waar ik al zo vaak over heb verteld heel uitvoerig met me doorneemt.

Wanneer is majoor Esterhazy voor het eerst onder uw aandacht gekomen...?

Als Fabre aan het eind van de dag met me klaar is, wordt het me vaak toegestaan in een nabijgelegen werkkamer Labori te ontmoeten. Deze 'Viking van de Parijse balie' is nu officieel mijn advocaat, en via hem blijf ik op de hoogte van de ontwikkelingen in onze verschillende strijdperken. Het nieuws is gemengd. Zola heeft zijn beroep verloren en is naar Londen gevlucht, waar hij in ballingschap leeft. Maar magistraat Bertulus heeft Esterhazy en Viervingerige Marguerite gearresteerd wegens valsheid in geschrifte. We dienen een officieel verzoek in bij de procureur-generaal om ook Du Paty voor dat misdrijf te arresteren. Maar de aanklager beslist dat dit 'buiten de doelstelling van het onderzoek van monsieur Bertulus' valt.

Vertelt u nog eens onder welke omstandigheden u de petit bleu in uw bezit kreeg...

Ongeveer een maand na mijn arrestatie begint Fabre, in zijn functie van onderzoeksrechter, aan die fase van de rechtsgang waar de gefrustreerde dramaturgen van het Franse rechtssysteem zo dol op zijn: het op touw zetten van de confrontaties van de getuigen. Het ritueel is altijd hetzelfde. Eerst wordt mij, voor de zoveelste keer, naar een specifiek aspect gevraagd – de reconstructie van de petit bleu, het aan Louis laten zien van het duivendossier, het lekken naar de kranten. Vervolgens drukt de rechter op een elektrische bel, waarop een van mijn vijanden binnenkomt om zijn versie van dezelfde gebeurtenis te geven. Tot slot word ik uitgenodigd daar weer op te reageren. Tijdens deze performances bestudeert de rechter ons oplettend, alsof hij röntgenstralen door onze ziel stuurt en kan zien wie liegt. Zo sta ik tegenover Gonse, Lauth, Gribelin, Valdant, Junck, en zelfs de conciërge Capiaux. Ik moet zeggen dat zij er, voor mannen die in vrijheid leven en geacht worden triomfantelijk te zijn, bleek en zelfs getormenteerd uitzien, vooral Gonse, die een tic onder zijn linkeroog lijkt te hebben ontwikkeld.

Maar de grootste schok wordt veroorzaakt door het weerzien met

Henry. Hij komt binnen zonder mij aan te kijken en vertelt monotoon dat hij Louis en mij met het geheime dossier heeft gezien. Zijn stem is zijn kracht kwijt, en ik zie dat hij zo veel gewicht heeft verloren dat hij, als hij begint te zweten, zijn hele hand tussen zijn nek en het boord van zijn uniformjasje kan steken. Hij heeft zijn verhaal net afgerond als er op de deur wordt geklopt en Fabres griffier binnenkomt om te zeggen dat er in de werkkamer van het personeel telefoon voor de rechter is. 'Het is dringend, het is de minister van Justitie.'

Fabre zegt: 'Heren, als u me even wilt excuseren...'

Henry kijkt hem, als hij vertrekt, angstig na. Dan gaat de deur dicht en zijn we alleen. Ik vermoed onmiddellijk dat dit een valstrik is en kijk om me heen om te zien waar afluisterapparatuur verstopt zou kunnen zijn. Maar ik zie geen voor de hand liggende verstopplaats, en na een tijdje krijgt mijn nieuwsgierigheid de overhand.

Ik vraag: 'En, kolonel, hoe gaat het met uw hand?'

'Wat, hiermee?' Hij kijkt naar zijn hand en balt hem, als om te zien of hij werkt. 'Hiermee gaat het goed.' Hij draait zijn hoofd en kijkt me aan. Met het vlees dat van zijn wangen en kin is verdwenen, lijkt ook de vulling van zijn verdedigingsmechanisme te zijn weggevallen; wat overblijft is een man die door de jaren is getekend, zelfs zijn donkere haar is doorspekt met grijs. 'En u?'

'Goed genoeg.'

'Slaapt u?'

De vraag verrast me. 'Jazeker. U niet?'

Hij schraapt zijn keel. 'Niet zo goed, kolonel – monsieur, moet ik zeggen. Ik slaap niet veel. Ik ben deze hele rotsituatie spuugzat, dat mag u best weten.'

'Dan zijn we het over één ding tenminste eens!'

'Is het naar in de gevangenis?'

'Laten we het erop houden dat het er nog viezer ruikt dan op ons oude bureau.'

'Ha!' Hij buigt zich naar voren en zegt op vertrouwelijke toon: 'Eerlijk gezegd heb ik gevraagd om van mijn verplichtingen bij de inlichtingendienst te worden ontheven. Ik zou graag naar een gezonder leven bij mijn regiment terugkeren.'

'Ja, dat kan ik me voorstellen. En uw vrouw, en uw zoontje, hoe gaat het met hen?'

Hij opent zijn mond om te antwoorden, doet hem weer dicht en slikt, en tot mijn verbazing vullen zijn ogen zich met tranen. Hij wendt zijn gezicht af, en op dat moment komt Fabre terug in de kamer.

'Goed, heren,' zegt hij, 'het geheime dossier...'

De lichten zijn al uit, en het is een week of drie later. Ik lig op mijn dunne gevangenismatras en wacht, nu ik niet meer kan lezen, op de kakofonie van de nacht, als de vergrendeling wordt teruggeschoven en de sleutels worden omgedraaid. Er schijnt een sterk licht in mijn ogen.

'Gevangene, volg me.'

La Santé is, geheel volgens de laatste wetenschappelijke inzichten, in de vorm van een wiel gebouwd: de cellen van de gevangenen vormen de spaken, en de directeur en zijn staf de naaf. Ik volg de cipier door de lange gang naar het administratieve blok in het midden. Hij doet een deur open en leidt me door een gang met een bocht erin naar een kleine, raamloze bezoekerskamer met een in de muur verzonken stalen traliewerk. Daar laat hij mij achter, maar hij doet de deur niet achter zich dicht.

Vanachter de tralies vraagt een stem: 'Picquart?'

Het licht is zwak. Ik zie niet meteen dat hij het is. 'Labori? Wat is er aan de hand?'

'Henry is gearresteerd.'

'Mijn god! Waarvoor?'

'De regering heeft net een verklaring afgelegd. Luister: "Vandaag heeft kolonel Henry ten burele van de minister van Oorlog toegegeven de schrijver te zijn van het document uit 1896 waarin Dreyfus werd genoemd. De minister van Oorlog heeft onmiddellijk tot zijn arrestatie bevolen, waarop hij naar fort Mont-Valérien is overgebracht."' Hij pauzeert, hij wil mijn reactie horen. 'Picquart? Heb je dat gehoord?'

Het duurt even voordat het tot me doordringt. 'Wat heeft hem doen bekennen?'

'Dat weet niemand. Het is pas een paar uur geleden gebeurd. We hebben alleen deze verklaring.'

'En de rest? De Boisdeffre, Gonse – weten we iets van hen?'

'Nee, maar het is met hen gedaan. Ze hadden alles op die brief gegooid.' Labori buigt zich naar de tralies. Ik zie zijn blauwe ogen door het dikke traliewerk heen schitteren van opwinding. 'Henry kan het nooit op eigen initiatief vervalst hebben, toch?'

'Nee, dat is ondenkbaar. Als ze er al niet zelf opdracht toe hebben gegeven, dan hebben ze minimaal weet gehad van wat hij van plan was.'

'Precies! Besef je nu dat we hem als getuige zullen kunnen oproepen? Laat mij hem maar aanpakken als hij in het getuigenbankje zit! Wat een vooruitzicht! Ik zorg ervoor dat hij eerst alles over de vervalsing vertelt, en daarna over al het andere wat hij weet – helemaal tot aan de allereerste krijgsraad aan toe.'

'Ik zou heel graag willen weten wat hem na al die tijd heeft doen toegeven.'

'Dat zullen we morgenochtend ongetwijfeld te horen krijgen. Hoe dan ook, met dat geweldige nieuws zul je heerlijk slapen. Morgen kom ik terug. Goedenacht, Picquart.'

'Dank je. Goedenacht.'

Ik word naar mijn cel teruggebracht.

Niet de dierlijke geluiden – die die nacht nog luider zijn dan gebruikelijk – maar de gedachte aan Henry in Mont-Valérien houden mij uit mijn slaap.

De volgende dag is de zwaarste die ik in gevangenschap heb doorgebracht. Voor het eerst kan ik me niet op mijn boek concentreren. Ik ijsbeer gefrustreerd door mijn kleine cel en construeer in gedachten scenario's van wat er kan zijn gebeurd, wat er nu gebeurt en wat er nog staat te gebeuren, om die dan vervolgens weer te verwerpen.

De tijd kruipt voorbij. Het avondmaal wordt gebracht. Het daglicht wijkt. Rond een uur of negen doet de cipier mijn deur open en zegt dat ik hem moet volgen. Wat is die wandeling lang! En het merkwaardige is dat ik, als ik in de bezoekersruimte ben en Labori zijn gezicht naar de tralies draait, nog voor ik zijn gelaatsuitdrukking heb gezien precies weet wat hij gaat zeggen.

'Henry is dood.'

Ik kijk hem aan terwijl ik het nieuws tot me door laat dringen. 'Wat is er gebeurd?'

'Ze hebben hem vanmiddag met doorgesneden keel in zijn cel in Mont-Valérien gevonden. Ze zeggen natuurlijk dat hij zelfmoord heeft gepleegd. Vreemd dat dat zo vaak voorkomt.' Dan vraagt hij bezorgd: 'Gaat het, Picquart?'

Ik wend me van hem af. Ik weet niet precies waarom ik huil – van vermoeidheid, misschien, of van de spanning; of om Henry, die ik ondanks alles nooit echt heb kunnen haten, omdat ik hem te goed begreep.

Ik denk veel aan Henry. Iets anders heb ik ook niet te doen.

Ik zit in mijn cel en pieker over de details van zijn dood, die in de weken die volgen boven water komen. Als ik dit mysterie kan oplossen, zo redeneer ik, dan kan ik de rest misschien ook verklaren. Maar ik kan me alleen verlaten op wat in de kranten staat en de roddels die Labori in het juridische circuit opvangt, en uiteindelijk moet ik accepteren dat ik het fijne ervan waarschijnlijk nooit zal weten.

Wat ik wel weet is dat Henry tijdens een beschamende bijeenkomst in de kamer van de minister van Oorlog op 30 augustus is gedwongen te bekennen dat 'het absolute bewijs' een vervalst document was. Hij had geen keuze: het bewijs was onweerlegbaar. Het ziet ernaar uit dat Cavaignac, de nieuwe minister van Oorlog, vol vertrouwen in zijn eigen correctheid, naar aanleiding van mijn beschuldiging van valsheid in geschrifte, heeft bevolen dat het hele dossier-Dreyfus door een van zijn officieren op authenticiteit zou worden gecontroleerd. Dat kostte veel tijd – het dossier telt inmiddels driehonderdzestig onderdelen – en de laatste keer dat ik Henry ontmoette, in Fabres werkkamer, was dit proces in volle gang. Ik begrijp waarom hij zo'n gebroken indruk maakte: hij moet hebben geweten wat hem boven het hoofd hing. Cavaignacs medewerker heeft iets gedaan waaraan blijkbaar niemand anders in de generale staf in de afgelopen twee jaar heeft gedacht: hij heeft het 'absolute bewijs' onder een sterke elektrische lamp gehouden. Toen zag hij direct dat de aanhef van de brief, *Mijn goede vriend*, en de handtekening, *Alexandrine*, op geruit papier waren geschreven, met blauwgrijze lijnen, terwijl de kern van de brief – *Ik heb gelezen dat een afgevaardigde vragen gaat stellen over Dreyfus...* – op papier met mauve lijnen stond. Het was meteen duidelijk dat de tekst uit de echte brief – om precies te zijn een van juni 1894 – is gehaald en daarna weer in elkaar is gezet, maar dan met een vervalst stuk.

Henry werd geroepen zich in aanwezigheid van De Boisdeffre en Gonse nader te verklaren, en probeerde zich er eerst nog uit te redden, zoals te lezen is in de door de regering vrijgegeven transcriptie van zijn ondervraging door Cavaignac:

HENRY: *Ik heb de verschillende stukken samengevoegd zoals ik ze heb ontvangen.*
CAVAIGNAC: *Ik herinner u eraan dat niets zo nadelig voor u is als geheel geen verklaring geven. Vertelt u me wat u heeft gedaan.*
HENRY: *Wat wilt u horen?*
CAVAIGNAC: *Ik wil horen waarom één deel van het document zachtpaars gelijnd is, en het andere blauwgrijs.*
HENRY: *Dat weet ik niet.*
CAVAIGNAC: *Maar het is onomstotelijk waar. Bedenkt u zich wat de consequenties van mijn vraag zijn.*
HENRY: *Wat wilt u horen?*
CAVAIGNAC: *Wat u heeft gedaan.*
HENRY: *Ik heb geen papieren vervalst.*
CAVAIGNAC: *Kom, kom! U heeft fragmenten van de ene brief in de andere gezet.*
HENRY: *[Na enige aarzeling] Hm, ja, omdat het ene zo wonderlijk goed in het andere paste, ben ik ertoe gekomen dat te doen.*

Is de transcriptie accuraat? Labori denkt van niet, maar ik twijfel er niet aan. Omdat de regering over één zaak heeft gelogen, betekent dat nog niet dat ze over alles liegt. Henry's stem komt van het papier tot leven, beter dan welke toneelschrijver het zou kunnen – bombastisch, pruilerig, vleiend, geslepen, stompzinnig.

CAVAIGNAC: *Hoe kwam u op het idee?*
HENRY: *Mijn meerderen zaten ermee in hun maag. Ik wilde hen kalmeren. Ik wilde de rust herstellen. Ik zei bij mezelf: laten we er één zinnetje aan toevoegen. Stelt u zich voor dat er in de situatie waarin we nu verkeren, oorlog zou uitbreken.*
CAVAIGNAC: *Heeft u in uw eentje gehandeld?*
HENRY: *Ja, Gribelin wist er niets van.*
CAVAIGNAC: *Wist niemand er iets van? Niemand op de wereld?*
HENRY: *Ik heb de brief in het belang van mijn land veranderd. Daar heb ik geen goed aan gedaan.*
CAVAIGNAC: *En de enveloppen?*
HENRY: *Ik zweer dat ik de enveloppen niet heb vervalst. Hoe had ik dat voor elkaar moeten krijgen?*

CAVAIGNAC: *Dus zo is het gegaan? U ontving in 1896 een envelop met een brief erin, een onbeduidende brief. U hield de brief achter en fabriceerde een andere.*

HENRY: *Ja.*

Ik laat deze scène in de duisternis van mijn cel steeds opnieuw aan mijn geestesoog voorbijgaan. Ik zie Cavaignac achter zijn bureau – de overambitieuze jonge minister, de fanaat die zo roekeloos is te denken dat hij de affaire voor eens en altijd kan beëindigen en al snel merkt dat hij over zijn eigen hybris struikelt. Ik zie Gonse met trillende hand roken terwijl hij de ondervraging volgt. Ik zie De Boisdeffre bij het raam in nabije verten staren, onveranderlijk koel, als de stenen leeuwen die, ongetwijfeld, het hek van zijn familiechateau bewaken. En ik zie Henry naar zijn meerderen kijken terwijl de vragen op hem neerdalen, woordeloos smekend: help me! Maar ze steken natuurlijk geen poot uit.

En dan zie ik de uitdrukking op Henry's gezicht als Cavaignac – geen soldaat maar een civiele minister van Oorlog – ter plekke het bevel geeft hem te arresteren en af te voeren naar Mont-Valérien, waar hij in dezelfde kamers wordt opgesloten als waar ik de winter heb doorgebracht. De volgende dag, na een slapeloze nacht, schrijft hij Gonse (*Ik heb de eer u te verzoeken ermee in te stemmen mij hier op te komen zoeken: ik moet u absoluut zo snel mogelijk spreken*) en zijn vrouw (*Mijn aanbeden Berthe, ik voorzie dat iedereen behalve jij mij zal verlaten, maar jij weet in wiens belang ik heb gehandeld*).

Ik visualiseer hem met een fles rum op bed, rond het middaguur – het tijdstip waarop hij voor het laatst in leven is gezien – en dan, zes uur later, als een luitenant en een ordonnans zijn kamer binnenkomen en hem op hetzelfde bed zien liggen, dat nu met bloed doordrenkt is, zijn lichaam al koud en stijf, met twee diepe wonden in zijn keel, toegediend met een scheermes dat, vreemd genoeg, in zijn linkerhand is geklemd terwijl hij rechtshandig is.

Maar als ik me een voorstelling probeer te maken van de tijd tussen deze twee scènes in, tussen twaalf en zes (tussen de levende Henry en de dode Henry), laat mijn verbeelding me in de steek. Labori denkt dat hij, net als Lemercier-Picard, is vermoord, om hem het zwijgen op te leggen, en dat de moord als een zelfmoord is geënsceneerd. Hij haalt medische vrienden aan die verklaren dat het fysiek onmogelijk is om allebei je halsslagaders door te snijden. Maar ik ben er niet van overtuigd dat moord noodzakelijk was – niet bij Henry. Hij zal, toen De Boisdeffre en Gonse beiden nalieten hun stem te verheffen ter zijner verdediging, hebben geweten wat er van hem werd verwacht.

Als u me beveelt een man dood te schieten, dan schiet ik hem dood...

Die middag, terwijl de levenssappen uit Henry vloeien, schrijft De Boisdeffre de minister van Oorlog:

Minister,

Zojuist bereikte mij het bewijs dat mijn vertrouwen in kolonel Henry, hoofd van de inlichtingendienst, niet gerechtvaardigd is geweest. Dat vertrouwen was absoluut en heeft mij een valse voorstelling van zaken gegeven, waardoor ik een document ten onrechte voor authentiek heb gehouden, en het ook als zodanig heb gepresenteerd.

Onder deze omstandigheden heb ik de eer u te vragen mij uit mijn functie te ontheffen.

De Boisdeffre

Hij vertrekt meteen naar Normandië om daar stil te gaan leven.

Drie dagen later neemt ook Cavaignac ontslag, zij het opstandig (*ik blijf overtuigd van de schuld van Dreyfus en zal vastberaden als altijd tegen de herziening van het vonnis blijven vechten*); De Pellieux dient zijn ontslag in; Gonse wordt van het ministerie van Oorlog naar zijn regiment overgeplaatst en op wachtgeld gezet.

Ik neem, net als de meeste mensen, aan dat het nu allemaal voorbij is: dat men, nu Henry één document vervalst blijkt te hebben, wel zal aannemen dat hij dat veel vaker gedaan kan hebben, en dat de zaak tegen Dreyfus in elkaar stort.

Maar de dagen verstrijken en Dreyfus blijft op Duivelseiland en ik in La Santé. En langzaam maar zeker wordt duidelijk dat het leger zelfs nu zijn fout niet zal toegeven. Mijn vrijlating op parool wordt geweigerd; sterker nog, ik ontvang bericht dat ik, samen met Louis, over drie weken voor een gewone krijgsraad moet verschijnen om me te verantwoorden voor het illegaal openbaar maken van geheime documenten.

Aan de vooravond van de hoorzitting bezoekt Labori me in de gevangenis. Normaal gesproken bruist hij van de energie en is hij bijna agressief; nu ziet hij er zorgelijk uit. 'Ik ben bang dat ik slecht nieuws heb. Het leger brengt een nieuwe beschuldiging tegen je in.'

'Wat nu weer?'

'Valsheid in geschrifte.'

'Beschuldigen ze míj van valsheid in geschrifte?'

'Ja, inzake de petit bleu.'

Ik kan er alleen maar om lachen. 'Je kunt ze geen gevoel voor humor ontzeggen.'

Maar Labori weigert mee te lachen. 'Ze zullen zeggen dat een militair onderzoek naar valsheid in geschrifte vóór een civiele procedure gaat. Het is een tactiek om jou in hechtenis van het leger te laten nemen. En ik vermoed dat de rechter daarin mee zal gaan.'

'Ach,' zeg ik schouderophalend, 'of je nou in de ene of in de andere gevangenis zit maakt ook niet echt veel uit.'

'Daar vergis je je in, mijn vriend. Het regime in Cherche-Midi is veel strenger dan hier. En de gedachte dat jij je in de klauwen van het leger bevindt, bevalt me allerminst – wie weet wat je daar overkomt?'

De volgende dag, als ik naar de rechtbank voor strafzaken van de Seine ben gebracht, vraag ik de rechter of ik een verklaring mag afleggen. De rechtszaal is klein en zit vol journalisten – niet alleen Franse, maar ook buitenlandse: ik zie zelfs de kale knikker en enorme bakkebaarden van de beroemdste buitenlandcorrespondent van de wereld, monsieur De Blowitz van *The London Times*. Ik richt me tot de verslaggevers.

'Het zou,' zeg ik, 'goed kunnen dat ik vanavond naar de Cherche-Midi word overgebracht, dus dit is waarschijnlijk de laatste keer dat ik, voor het geheime onderzoek, in het openbaar kan spreken. Ik wil dat iedereen weet dat ik ben vermoord als er, zoals in het geval van Lemercier-Picard, schoenveters, of zoals in het geval van Henry, een scheermes in mijn cel worden gevonden, want bij een man zoals ik komt zelfmoord eenvoudigweg niet op, zelfs niet heel even. Ik trotseer deze beschuldiging met opgeheven hoofd, net zo sereen als ik mij eerder tegenover mijn aanklagers teweer heb gesteld.'

Tot mijn verbazing komt er een luid applaus van de verslaggevers, en ik word de zaal uit geleid terwijl zij '*Vive Picquart!*', '*Vive la verité!*' en '*Vive la justice!*' roepen.

Labori's voorspelling blijkt juist: het leger krijgt het recht om mij eerst te berechten, en de volgende dag word ik naar de Cherche-Midi gebracht – waar ik, wordt mij met veel plezier verteld, in precies dezelfde cel wordt opgesloten als waar de arme Dreyfus exact vier jaar eerder met zijn hoofd tegen de muur beukte.

Ik zit in eenzame opsluiting, mag geen bezoek ontvangen en word maar één uur per dag gelucht, in een minuscule binnenplaats van zes vierkante meter met hoge muren eromheen. Ik loop er kriskras doorheen, van de ene uiterste hoek naar de andere, en keer steeds met een boogje terug, als een muis die op de bodem van een put gevangenzit.

De beschuldiging is dat ik het oorspronkelijke adres van het telegram heb af gekrast en er Esterhazy's naam voor in de plaats heb geschreven. Op dit misdrijf staat een gevangenisstraf van vijf jaar. De ondervragingen strekken zich over weken uit.

Vertelt u ons onder welke omstandigheden u de petit bleu in uw bezit kreeg...

Gelukkig ben ik niet vergeten dat ik Lauth niet lang nadat hij de petit bleu aan elkaar had geplakt heb gevraagd er fotokopieën van te maken: uiteindelijk worden zij erbij gehaald, en zij laten duidelijk zien dat er op dat moment niet met het adres is geknoeid; pas later is ermee gerommeld, als onderdeel van de samenzwering om mij erin te luizen. Maar ik blijf in de Cherche-Midi opgesloten zitten. Pauline schrijft me, en vraagt of ze me mag bezoeken; ik zeg haar dat niet te doen – het zou in de kranten terecht kunnen komen, en bovendien wil ik niet dat ze me zo ziet; ik kan het gemakkelijker in mijn eentje verdragen. Af en toe wordt de verveling doorbroken door tochtjes naar de rechtbank. In november leg ik mijn getuigenis nogmaals af, deze keer voor de twaalf hoge rechters van de rechtbank voor strafzaken; zij beginnen het burgerproces over de vraag of het vonnis tegen Dreyfus standhoudt.

Mijn langdurige detentie zonder proces begint berucht te worden. Clemenceau, die toestemming heeft gekregen mij te bezoeken, stelt in *L'Aurore* voor *...Picquart te nomineren voor de post van grootgevangene der staat, die sinds 'de Man in het IJzeren Masker' vacant is.* 's Nachts, als ze mijn lamp uitdoen en ik niet meer kan lezen, hoor ik in de rue Cherche-Midi zowel demonstraties voor als tegen mij. De gevangenis moet door zevenhonderd manschappen worden beschermd; de hoeven van de cavalerie kletteren op de kasseien. Ik ontvang duizenden brieven van supporters, onder wie oud-keizerin Eugénie. Dit alles wordt zo gênant voor de regering dat Labori van ambtenaren op het ministerie van Justitie te horen krijgt dat hij de rechtbank moet vragen te interveniëren en me vrij te laten. Ik weiger hem daarvoor toestemming te geven: als gegijzelde ben ik van groter nut. Hoe langer ik zit opgesloten, hoe wanhopiger en rancuneuzer het leger overkomt.

Er gaan maanden voorbij, maar dan, op de middag van zaterdag 3 juni 1899, komt Labori bij me langs. Buiten schijnt de zon zo fel dat hij zelfs door het vuil en de tralies van mijn kleine raampje heen komt; ik hoor een vogel zingen. Hij legt zijn grote, met inkt besmeurde handpalm op het metalen traliewerk en zegt: 'Picquart, ik wil je de hand schudden.'

'Waarom?'

'Moet je nou echt altijd zo godvergeten tegendraads doen?' Hij rammelt met zijn lange, dunne vingers langs het stalen gaas. 'Vooruit, doe nou één keer gewoon wat ik zeg.' Ik leg de palm van mijn hand in die van hem, en hij zegt zacht: 'Gefeliciteerd, Georges.'

'Waarmee?'

'Het hooggerechtshof heeft het leger bevolen Dreyfus terug te brengen en zijn zaak te heropenen.'

Ik heb zo lang op dit nieuws gewacht, en nu het er is, voel ik niets. Het enige wat ik weet uit te brengen is: 'Welke redenen hebben ze gegeven?'

'Ze noemen er twee, die ze allebei aan jouw getuigenissen ontlenen: ten eerste, dat "dat schorem van een D" uit de brief geen betrekking heeft op Dreyfus en niet aan de rechters getoond had mogen worden zonder de verdediging erover te informeren, en ten tweede dat – hoe formuleren ze het ook weer? O ja, hier staat het: "feiten die de oorspronkelijke krijgsraad niet bekend waren lijken te bewijzen dat het bordereau niet door Dreyfus kan zijn geschreven."'

'Wat is dat toch voor taaltje dat jullie juristen spreken!' Ik proef het juridische jargon op mijn tong, als ware het een delicatesse: '"...feiten die de oorspronkelijke krijgsraad niet bekend waren lijken te bewijzen dat..." En het leger kan hier niet tegen in beroep gaan?'

'Nee. Het is gedaan. Een oorlogsschip is nu onderweg om Dreyfus op te pikken en hem terug te brengen. Dan zal er een nieuwe krijgsraad komen. En deze keer zal die niet achter gesloten deuren plaatsvinden – deze keer zal de hele wereld toekijken.'

23

Ik word de vrijdag daarop uit de gevangenis ontslagen, en op dezelfde dag verlaat Dreyfus Duivelseiland, om aan boord van oorlogsschip *Sfax* aan de lange reis terug naar Frankrijk te beginnen. In het licht van de beslissing van het hooggerechtshof zijn alle aanklachten tegen mij ingetrokken. Edmond staat me op te wachten met zijn laatste speeltje, een auto, die voor de gevangenispoort staat en waarmee hij me naar Ville-d'Avray zal terugbrengen. Ik weiger de journalisten, die op de stoep om me heen staan te dringen, te woord te staan.

De abrupte omslag in mijn omstandigheden desoriënteert me. De kleuren en geluiden van Parijs in de vroege zomer, de absolute levendigheid ervan, de glimlachende gezichten van mijn vrienden, de lunches, diners en recepties die ter ere van mij worden georganiseerd – na de eenzame somberheid en bedompte stank van mijn cel word ik erdoor overweldigd. Pas nu ik weer onder de mensen ben, besef ik hoezeer het me heeft aangegrepen. Gesprekken met meer dan één persoon verwarren me; mijn stem klinkt mij schril in de oren; ik ben snel buiten adem. Als Edmond me naar mijn kamer brengt, ben ik niet in staat de trap te beklimmen zonder me na iedere derde of vierde stap aan de reling vast te klampen en te blijven staan: de spieren van mijn knieën en enkels zijn weggekwijnd. In de spiegel zie ik er bleek en dik uit. Bij het scheren ontdek ik grijze haren in mijn snor.

Edmond en Jeanne nodigen Pauline uit te blijven slapen en zijn zo tactvol haar de kamer naast die van mij te geven. Tijdens het eten houdt ze onder de tafel mijn hand vast en later, als de huishouding slaapt, komt ze bij mij in bed. De zachtheid van haar lichaam voelt tegelijkertijd vertrouwd en vreemd aan, als de herinnering aan een vorig, verdwenen leven. Ze is uiteindelijk gescheiden; Philippe heeft, op zijn eigen verzoek, een post in het buitenland gekregen; zij heeft haar eigen appartement, de meisjes wonen bij haar.

We liggen bij kaarslicht met onze gezichten naar elkaar toe.

Ik strijk het haar uit haar gezicht. Bij haar mond en ogen zitten lijnen die er eerder niet waren. Ik besef meer dan ooit dat ik haar al kende toen ze een meisje was. We zijn samen oud geworden. Ik word plotseling overmand door liefde voor haar. 'Dus je bent een vrije vrouw?'

'Dat ben ik.'

'Zou je willen dat ik je ten huwelijk vroeg?'

Stilte.

'Niet speciaal.'

'Waarom niet?'

'Als jij, mijn liefste, mij die vraag op die manier stelt, heeft het niet veel zin om te trouwen, vind je niet?'

'Het spijt me. Ik ben niet meer aan het voeren van gesprekken gewend, om van een gesprek als dit nog maar te zwijgen. Laat het me nog een keer proberen. Wil je met me trouwen?'

'Nee.'

'Echt waar? Wijs je me af?'

Ze neemt haar tijd voor het antwoord. 'Je bent er het type niet naar om te trouwen, Georges. En nu ik gescheiden ben, besef ik dat dat ook voor mij geldt.' Ze kust mijn hand. 'Zie je? Je hebt me geleerd alleen te zijn. Dank je.'

Ik weet niet goed hoe ik moet antwoorden.

'Als jij het zo wilt...'

'O, ja, zoals het nu is ben ik volkomen gelukkig.'

En zo wordt mij iets onthouden wat ik nooit heb gewild. Maar waarom heb ik dan het onverklaarbare gevoel dat mij iets is afgenomen? We liggen zwijgend bij elkaar, en dan vraagt ze: 'Wat ga je nu doen?'

'Weer fit worden, hoop ik. Naar schilderijen kijken. Naar muziek luisteren.'

'En daarna?'

'Ik zou het leger willen dwingen me terug te nemen.'

'Ondanks wat ze je hebben aangedaan?'

'Of ze nemen me terug, of ze komen ermee weg. Waarom zou ik dat toestaan?'

'Dus je wilt mensen laten boeten?'

'Absoluut. Als Dreyfus wordt vrijgelaten, volgt daaruit dat de legertop verrot is. Het zou me niet verbazen als er mensen gearresteerd worden. Dit is nog maar het begin van een oorlog waarvan het einde nog niet in zicht is. Hoezo? Denk je dat ik er verkeerd aan doe?'

‘Dat niet, maar ik denk dat je het gevaar loopt geobsedeerd te raken.’

‘Als ik niet geobsedeerd was, zou Dreyfus nu nog steeds op Duivelseiland zitten.’

Ze kijkt me aan. Het is onmogelijk te raden wat haar gezicht uitdrukt. ‘Zou je de kaars willen uitblazen, liefste? Ik ben opeens erg moe.’

We liggen beiden wakker in de duisternis. Ik doe alsof ik in slaap val. Na een tijdje komt ze uit bed. Ik hoor dat ze haar peignoir aantrekt. Ze doet de deur open, en even zie ik in de zwakke gloed van de overloop haar silhouet – dan verdwijnt ze in de duisternis. Ze is er, net als ik, aan gewend alleen te slapen.

Dreyfus wordt midden in een onstuimige nacht in Bretagne aan land gezet. Zijn nieuwe berechting kan niet in Parijs plaatsvinden, dat wordt te gevaarlijk gevonden. Daarvoor in de plaats wordt hij, beschermd door de duisternis, naar de Bretonse stad Rennes overgebracht, en de regering kondigt aan dat hij daar voor een nieuwe krijgsraad zal verschijnen, op een veilige driehonderd kilometer ten westen van Parijs. De hoorzitting zal op maandag 7 augustus worden geopend.

Edmond staat erop met mij mee te gaan naar Rennes, voor het geval ik bescherming nodig heb, al verzeker ik hem dat dat nergens voor nodig is: ‘De regering heeft me laten weten dat ik een lijfwacht krijg.’

‘Des te meer reden om iemand om je heen te hebben die je kunt vertrouwen.’

Ik verzet me er niet langer tegen. De sfeer is onaangenaam, agressief. De president is bij de paardenrennen door een antisemitische aristocraat met een wandelstok aangevallen. Er zijn in het openbaar afbeeldingen van Zola en Dreyfus verbrand. *La Libre Parole* biedt zijn lezers treinkaartjes met korting aan om hen aan te moedigen naar Rennes te reizen en daar een paar Dreyfusards de hersens in te slaan. Als Edmond en ik op zaterdagochtend vroeg naar het station van Versailles lopen, dragen we allebei een pistool, en voel ik me alsof we ons op een missie op vijandelijk grondgebied begeven.

In Versailles worden we door een lijfwacht van vier man opgewacht: twee inspecteurs van de politie, en twee gendarmes. De trein vanuit Parijs, die om negen uur vertrekt, zit van voor naar achter vol journalisten en andere mensen die de rechtszaak willen bijwonen. De politie heeft het laatste compartiment van de eersteklas voor ons gereserveerd en de agenten willen per se tussen mij en de deur in zitten. Het geeft me het gevoel dat ik weer in hechtenis ben genomen. Mensen komen me door de glazen afscheiding heen staan aangapen. Het is snikheet. Als iemand een foto neemt, flitst er een licht. Ik verstijf. Edmond legt zijn hand op die van mij. 'Rustig, Georges,' zegt hij zacht.

De reis duurt eindeloos. We komen pas laat in de middag aan in Rennes, een stadje van zo'n zeventigduizend inwoners, dat, voor zover ik het kan zien, geen buitenwijken heeft; het ene moment rijden we door bossen en uiterwaarden en zien we hoe een paard een trekschuit door een brede rivier heen trekt, het volgende zie je alleen maar fabrieksschoorstenen en statige gele en grijze huizen met daken van blauwe leisteen, die trillen in de hitte. De twee inspecteurs springen voor ons uit op het perron om te kijken of de kust veilig is; dan klimmen Edmond en ik omlaag, gevolgd door de gendarmes. We worden snel door het station naar een paar wachtende rijtuigen geleid. Ik ben me er vagelijk van bewust dat er in de volle stationshal kreten van herkenning klinken: er wordt '*Vive Picquart!*' geroepen, en er volgen een paar kreten van tegenstanders. Dan zitten we in de rijtuigen en rijden we door een brede, door bomen omzoomde avenue met aan weerszijden veel hotels en cafés.

Na nog geen driehonderd meter draait een van de inspecteurs, die naast de voerman zit, zich om en zegt: 'Hier zal de zitting plaatsvinden.'

Ik weet dat de plaats van handeling naar een gymnasium is verplaatst om de pers en het publiek te kunnen herbergen, en om de een of andere reden heb ik me daar een vaal stedelijk lyceum bij voorgesteld. Maar dit is een prachtig gebouw, symbool van provinciale trots, een kasteeltje bijna: vier verdiepingen van roze baksteen en bleke natuursteen, met hoge ramen en een groot dak. Gendarmes houden de omgeving in de gaten; werklui laden een wagen vol hout uit.

We slaan een hoek om.

'En dat,' voegt de inspecteur er even later aan toe, 'is de militaire gevangenis waar Dreyfus zit.'

De gevangenis ligt tegenover de zijingang van de school, aan de andere kant van de straat. De voerman trekt de teugels aan, en ik vang een glimp op van een grote poort in een hoge muur met punten, waarachter nog net de getraliede ramen van een fort zichtbaar zijn; op de straat staan cavaleristen te paard en gewone voetsoldaten tegenover een kleine menigte toeschouwers. Ik ben inmiddels een gevangeniskenner en vind dat deze er erg somber uitziet; Dreyfus zit er al een maand.

Edmond zegt: 'Raar idee dat die arme kerel zo dicht bij ons zit. Ik vraag me af hoe het met hem gaat.'

Dat wil iedereen weten. Die vraag heeft driehonderd journalisten vanuit de hele wereld naar deze slaperige uithoek van Frankrijk gebracht, ertoe geleid dat er telegrafisten zijn ingehuurd om de naar verwachting twee of drie miljoen woorden per dag door te seinen, de autoriteiten ertoe genoodzaakt de Bourse de Commerce met honderdvijftig bureaus voor verslaggevers uit te rusten, cameraploegen ertoe verleid hun statieven voor de militaire gevangenis te zetten in de hoop op een paar seconden schokkerig beeldmateriaal van de gevangene die de binnenplaats oversteekt en koningin Victoria ertoe gebracht de opperrechter van Engeland te sturen om de opening van de rechtszaak bij te wonen.

Tot op dit moment is het slechts vier buitenstaanders toegestaan geweest om hem, sinds hij in Frankrijk is teruggekeerd, te bezoeken: Lucie en Mathieu en zijn twee advocaten, de loyale Edgar Demange, die hem ook bij de eerste krijgsraad verdedigde, en Labori, die er door Mathieu aan toe is gevoegd om de aanval op het leger aan te scherpen. Ik heb hem niet gesproken. Over de conditie van de gevangene weet ik niet meer dan wat er in de pers over wordt geschreven:

> *Toen Dreyfus in Rennes was aangekomen, lichtte de prefect Mme Dreyfus in, zodat ze hem die ochtend meteen kon zien. Om 8.30 uur liepen haar vader, moeder en broer met haar naar de gevangenis. Alleen zij werd tot zijn cel op de eerste verdieping toegelaten, en ze bleef daar tot 10.15 uur. Er was een kapitein van de gendarmerie aanwezig, maar die bleef discreet op afstand. Naar verluidt vond ze dat hij minder was veranderd dan ze had gevreesd, maar ze verliet de gevangenis erg terneergeslagen.*

Edmond heeft kamers gehuurd in een rustige woonstraat, de rue de Fougères, in een fraai, met blauweregen begroeid huis met witte luiken, dat eigendom is van madame Aubry, een weduwe. De kleine voortuin wordt door een laag muurtje van de weg gescheiden. Buiten houdt een gendarme de wacht. Het huis staat op een heuvel op slechts één kilometer van de rechtszaal. Vanwege de zomerhitte staan de hoorzittingen van zeven uur 's ochtends tot lunchtijd gepland; we zijn van plan er iedere ochtend vroeg naartoe te lopen.

Die maandag sta ik om vijf uur op. De zon is nog niet op, maar het is al licht genoeg om me te kunnen scheren. Ik kleed me zorgvuldig in mijn zwarte militaire overjas met het lint van het Legioen van Eer in mijn knoopsgat; de bult van de Webley in mijn schouderholster valt nauwelijks op. Ik pak mijn wandelstok en zijden hoge hoed en klop op Edmonds deur, en gevolgd door twee politiemannen lopen we samen de heuvel af, naar de rivier.

De huizen waar we langskomen zijn solide gebouwde villa's van de welvarende bourgeoisie, met stevig gesloten luiken; iedereen slaapt hier nog. Onder aan de heuvel, op de trappen van de bakstenen rivierkade, kieperen wasvrouwen met kanten kapjes op hun hoofd manden vuile was om; drie mannen in een tuig trekken een schuit vol steigermateriaal en ladders. Ze draaien zich om en bekijken ons als we hen passeren – twee nette heren met hoge hoeden die worden gevolgd door twee gendarmes – maar zonder nieuwsgierigheid, alsof de aanblik op dit moment van de dag iets heel gewoons is.

Inmiddels staat de zon aan de hemel; het is al warm, en de rivier is ondoorzichtig algengroen. We lopen een brug over en slaan af naar het lyceum, waar over de volle breedte van de straat een dubbele rij gendarmes te paard staat opgesteld. Onze papieren worden gecontroleerd en we worden naar een plek geleid waar een kleine menigte een rij vormt om door een smalle deur naar binnen gelaten te worden. We gaan een paar stenen traptreden op, lopen weer een deur door, passeren een kordon van infanteristen met de bajonetten op de geweren en zijn dan plotseling in de rechtszaal.

Die is misschien twintig meter lang, vijftien meter breed en twee verdiepingen hoog, en het heldere Bretonse daglicht stroomt overvloedig binnen door een rij ramen aan weerszijden. In deze frisse ruimte verdringen zich een paar honderd man. Aan het einde is een podium met een tafel en zeven stoelen met karmozijnrode rugleuningen; aan de muur daarachter hangt een witte gipsen christus aan een kruis van zwart hout; ervoor staan, tegenover elkaar, de bureaus en stoelen van de aanklager en de verdediging; de rest van de rechtszaal staat over de gehele lengte aan weerszijden vol met smalle tafels en bankjes voor de verslaggevers, die de zaal in aantal domineren; en achterin, achter weer een rij infanteristen, bevindt zich het publiek. Het deel in het midden is voor de getuigen gereserveerd, en daar zitten ze weer: De Boisdeffre, Gonse, Billot, De Pellieux, Lauth, Gribelin. We mijden elkaars blik.

'Pardon,' kraakt achter mij een zachte stem die me de haren te berge doet rijzen. Ik doe een stap opzij en Mercier schuifelt langs me zonder me een blik waardig te keuren. Hij loopt het gangpad door en gaat tussen Gonse en Billot in zitten, en meteen gaan de generaals fluisterend in conclaaf. De Boisdeffre ziet er ontredderd uit, zijn blik is hol – er wordt over hem gezegd dat hij kluizenaar is geworden; Billot strijkt over zijn snor en maakt een verstrooide indruk; Gonse knikt kruiperig; De Pellieux zit met zijn rug half naar me toe gedraaid. De gepensioneerde Mercier, die zijn vuist zwaait, is hier plotseling weer de dominante figuur; hij heeft in dit proces de leiding van het leger op zich genomen. *Er moet in deze zaak een schuldige partij zijn*, heeft hij tegenover de pers verklaard. *En er zijn twee mogelijkheden: óf Dreyfus is schuldig, óf ik ben het. En aangezien ik het niet ben, is Dreyfus het. Dreyfus is een verrader. En dat zullen we bewijzen ook.* Hij draait zijn gelooide, maskerachtige gezicht kort naar mij; de ogen als schietgaten zijn even op mij gericht.

Het is bijna zeven uur. Ik ga achter Mathieu Dreyfus zitten, die zich omdraait en mijn hand schudt. Lucie knikt naar me, haar gezicht bleek als een middagmaan, en slaagt erin even, zij het gespannen, te glimlachen. De juristen komen binnen in hun zwarte gewaden en met hun vreemde, taps toelopende hoofddeksels op; de reus Labori gebaart de oudere Demange met uitvoerige beleefdheidsbetuigingen voor te gaan. Dan komt er een kreet vanachter uit de zaal 'Presenteer – geweer!' en vijftig laarzen stampen in de houding, en de rechters komen achter elkaar aan binnen, voorgegaan door de kleine kolonel Jouaust. Hij heeft een borstelige witte snor die nog groter is dan die van Billot; hij is zo gigantisch dat hij eroverheen lijkt te gluren. Hij stapt het podium op en gaat op de stoel in het midden zitten. Zijn stem is dor en hard: 'Breng de beschuldigde binnen!'

De sergeant die als zaalwachter dienstdoet, marcheert naar een deur achter in de rechtszaal. In de plotseling neergedaalde stilte klinkt zijn tred heel luid. Hij opent de deur en er stappen twee mannen binnen. De ene is de geleidende officier, de andere Dreyfus. Iedereen die in de rechtszaal aanwezig is, ikzelf ook, hapt naar adem, want hij is een oude man geworden – een kleine, oude man, die met stijve ledematen loopt; zijn lichaam is zo ver ineengekrompen dat zijn tuniek om hem heen floddert en zijn broek om zijn enkels wappert. Hij loopt met schokkerige bewegingen naar het midden van de rechtszaal, blijft als om zijn krachten te verzamelen staan voor de traptreden die naar het platform met zijn advocaten voeren, beklimt deze dan met moeite, brengt de rechters met een in een witte handschoen gestoken hand de militaire groet en neemt zijn kepie af; zijn schedel is op een randje zilverkleurig haar dat over zijn boord heen hangt na helemaal kaal. Hij krijgt te horen dat hij moet gaan zitten terwijl de griffier de reglementen van de rechtbank voorleest, en daarna zegt Jouaust: 'Beschuldigde, sta op.'

Hij werkt zich weer overeind.

'Wat is uw naam?'

Het is doodstil in de rechtszaal, maar het antwoord is nauwelijks hoorbaar: 'Alfred Dreyfus.'

'Leeftijd?'

'Negenendertig.' Dat ontlokt opnieuw een geschokt naar adem happen.

'Geboorteplaats?'

'Mulhouse.'

'Rang?'

'Kapitein, behorende tot de generale staf.' Iedereen zit op het puntje van zijn stoel en spant zich in om hem te horen. Hij is moeilijk te verstaan: hij lijkt te zijn vergeten hoe hij de woorden moet formuleren; uit de gaten tussen zijn tanden komt een zacht fluitend geluid.

Als de verschillende formaliteiten van de juridische procedure zijn volbracht, zegt Jouaust: 'U wordt ervan beschuldigd hoogverraad te hebben gepleegd, een spion van een vreemde mogendheid de documenten te hebben geleverd die worden gespecificeerd in het memorandum dat het bordereau wordt genoemd. De wet geeft u het recht het woord te nemen. Hier is het bordereau.'

Hij knikt naar een gerechtsdienaar, die het aan de gevangene overhandigt. Dreyfus bestudeert het. Hij trilt, hij lijkt ieder moment te kunnen instorten. Ten slotte zegt hij, met die merkwaardige stem die zelfs als hij geëmotioneerd is vlak klinkt: 'Ik ben onschuldig. Ik zweer het, kolonel, zoals ik dat ook in 1894 onder ede heb gedaan.' Hij zwijgt; het is een kwelling om te zien hoe hij worstelt om zich te beheersen. 'Ik verdraag alles, kolonel, maar ik herhaal, voor de eer van mijn goede naam en mijn kinderen, ik ben onschuldig.'

De rest van de ochtend neemt Jouaust Dreyfus mee door de inhoud van het bordereau, onderwerp voor onderwerp. Zijn vragen zijn scherp en beschuldigend. Dreyfus antwoordt droog en technisch, alsof hij een deskundige in de rechtszaak van een ander is: nee, hij had geen verstand van de hydraulische rem van een 120-millimeterkanon; ja, hij had informatie over troepenbewegingen bemachtigd kunnen hebben, maar daar heeft hij nooit om gevraagd; hetzelfde gold voor de plannen voor een invasie in Madagaskar – hij had het kunnen vragen, maar hij heeft het niet gedaan, nee, de kolonel vergist zich; hij werkte niet in het Derde Departement toen er veranderingen in artillerieformaties werden ingevoerd; nee, ook de officier die beweert hem een kopie van *Het handboek schietinstructies* te hebben gegeven vergist zich – hij heeft het nooit in zijn bezit gehad; nee, hij heeft nooit gezegd dat Frankrijk onder Duitse heerschappij beter af zou zijn, beslist niet.

Door de dubbele rij ramen verandert de rechtszaal in een broeikas. Iedereen zweet, behalve Dreyfus, misschien omdat hij aan de tropen gewend is. Hij reageert maar één keer echt emotioneel, namelijk als Jouaust op de proppen komt met de oude canard dat hij op de dag van zijn degradatie aan kapitein Lebrun-Renault heeft bekend.

'Ik heb niet bekend!'

'Maar er waren getuigen.'

'Daar weet ik niets van!'

'Goed dan, waar ging het gesprek tussen jullie dan wel over?'

'Het was geen gesprek, kolonel. Het was een monoloog. Ik stond op het punt om te worden voorgeleid aan een enorme menigte die trilde van de patriottische emoties, en toen heb ik tegen kapitein Lebrun-Renault gezegd dat ik iedereen mijn onschuld in het gezicht wilde slingeren. Ik wilde tegen iedereen zeggen dat ze de verkeerde man voor zich hadden. Van een bekentenis was geen sprake!'

Om elf uur loopt de sessie ten einde. Jouaust kondigt aan dat de zaak de volgende vier dagen achter gesloten deuren zal plaatsvinden, zodat de rechters de geheime dossiers te zien kunnen krijgen. Het publiek en de pers mogen er niet bij zijn, ook ik niet. Het zal nog minstens een week duren voordat ik als getuige word opgeroepen.

Dreyfus wordt zonder dat hij ook maar één keer mijn kant op kijkt teruggeleid naar waar hij vandaan kwam, en de rest van de aanwezigen loopt in een lange rij de felle augustushitte in; de journalisten rennen in hun haast om de eerste te zijn met hun beschrijving van 'de Gevangene van Duivelseiland' de straat uit, naar de speciale telegrafisten.

Edmond heeft met de hem karakteriserende aandacht voor de goede dingen des levens een restaurant in de buurt van ons logeeradres gevonden – 'een verborgen juweeltje, Georges, het had zo in de Elzas kunnen zijn' –, les Trois Marches, in de rue d'Antrain, een rustieke herberg aan de rand van de bebouwde kom. We lopen ernaartoe om er te gaan lunchen, we zwoegen in de brandende zon de heuvel op, gevolgd door mijn bodyguards. De herberg zit in een boerenhuis en wordt geleid door een echtpaar dat Jarlet heet; ze hebben een groentetuin, een boomgaard, stallen, een schuur en een varkenskot. Buiten, op bankjes onder een boom, drinken we te midden van de zoemende wespen cider en bespreken wat er die ochtend is gebeurd. Edmond, die Dreyfus nooit eerder heeft gezien, becommentarieert zijn merkwaardige onvermogen sympathie op te wekken – 'Iedere keer dat hij zegt "Ik ben onschuldig", klinkt het, ook al weet hij zelf zeker dat hij onschuldig is, alsof hij er zelf niet helemaal van overtuigd is...' – als ik aan de overkant van de straat een groepje gendarmes zie staan praten.

Jarlet serveert een *paté de campagne*. Ik wijs op de gendarmes. 'Twee van die heren horen bij ons, maar wie zijn die anderen?'

'Zij houden de wacht voor het huis van generaal de Saint-Germain, monsieur. Hij is de hoogste bevelhebber van het leger in deze streek.'

'Heeft hij echt politiebescherming nodig?'

'Nee, monsieur, de bewakers staan er niet voor hem. Zij staan er voor de man die bij hem logeert – generaal Mercier.'

'Hoor je dat, Edmond? Mercier verblijft aan de overkant van de straat.'

Edmond barst in lachen uit. 'Dat is geweldig! We vestigen een permanent bruggenhoofd vlak bij de vijand.' Hij richt zich tot de patron. 'Jarlet, vanaf vandaag wil ik voor iedere lunch en elk diner, zolang als het proces duurt, een tafel voor tien personen reserveren. Kan dat?'

Monsieur Jarlet vindt het uitstekend, en vanaf dat moment begint de 'Samenzwering van Les Trois Marches', zoals het in de rechtse kranten heet, waar alle belangrijke Dreyfusards elke dag om twaalf uur en om zeven uur samenkomen om Jarlets' uitstekende, eerlijke burgerkost te eten. Onder de vaste klanten bevinden zich de gebroeders Clemenceau, de socialisten Jean Jaurès en René Viviani, de journalisten Lacroix en Séverine en de 'intellectuelen' Octave Mirbeau, Gabriel Monod en Victor Basch. Waarom Mercier een bodyguard nodig heeft om hem tegen vandalen als zij te beschermen is niet helemaal duidelijk – denkt hij nou echt dat professor Monod hem met een opgerold exemplaar van de *Revue Historique* te lijf zal gaan? Op woensdag dien ik een verzoek in mijn eigen politiebescherming op te heffen. Ik denk niet alleen dat zij overbodig is, ik vermoed bovendien dat ze informatie naar de autoriteiten doorspeelt.

In Les Trois Marches is het de hele week een komen en gaan van mensen. Ook Mathieu Dreyfus laat zich er zien, maar Lucie, die bij een weduwe in de stad logeert, niet; Labori, die zijn onderkomen vlak bij ons heeft, loopt bijna ieder avond samen met zijn vrouw Marguerite de heuvel op, nadat hij zijn beraadslagingen met zijn cliënt in de militaire gevangenis heeft beëindigd.

'Hoe houdt hij zich?' vraag ik op een avond.

'Verbazingwekkend goed, alles bij elkaar. Maar mijn god, hij is wel een vreemde snuiter, vind je niet? Ik zie hem al een maand lang bijna dagelijks, maar ik geloof niet dat ik hem nu beter ken dan na de eerste tien minuten. Hij houdt alles op afstand. Misschien dat hij het op die manier heeft weten vol te houden.'

'En hoe gaan de hoorzittingen? Wat concludeert de rechtbank uit alle dossiers van de inlichtingendienst?'

'Ach, wat zijn militairen toch gek op die dossiers! Honderden en nog eens honderden pagina's – liefdesbrieven, amoureuze berichtjes van een stel nichten, roddels, geruchten, vervalsingen, loze sporen die tot niets leiden... Het zijn net de sibillijnse boeken: je kunt de papieren in iedere volgorde leggen en erin lezen wat je wilt. Maar ik betwijfel of in totaal meer dan twintig regels daadwerkelijk betrekking hebben op Dreyfus.'

We staan op enige afstand van de anderen een sigaret te roken. Het begint te schemeren. Achter ons wordt gelachen. De stem van Jaurès, die eerder door de natuur lijkt te zijn gemaakt om een publiek van tienduizenden dan om een tafel van tien toe te spreken, schalt door de tuin.

Labori zegt opeens: 'Ik zie dat we een toeschouwer hebben.'

Aan de overkant van de straat, in een van de ramen op de bovenste verdieping, kijkt Mercier onverbloemd naar ons.

'Hij heeft zijn oude kameraden net te eten gehad,' zeg ik. 'De Boisdeffre, Gonse, De Pellieux, Billot – ze lopen daar de deur plat.'

'Ik heb gehoord dat hij van plan is te proberen in de Senaat te komen. Voor hem is dit proces een geweldig platform. Als hij geen politieke ambities had, zouden zij sturing missen.'

'Als hij geen politieke ambities had,' antwoord ik, 'zou het misschien allemaal nooit gebeurd zijn. Hij dacht dat Dreyfus zijn ticket naar het presidentschap was.'

'Dat denkt hij nog steeds.'

Mercier zal volgens de planning zaterdag getuigen – de eerste dag sinds de opening van de hoorzitting dat de pers en het publiek weer in de rechtszaal worden toegelaten. Naar zijn optreden is nauwelijks minder uitgekeken dan naar dat van Dreyfus zelf. Hij arriveert in het klein tenue van een generaal – rode tuniek, zwarte broek, een karmozijnrode-met-gouden kepie. Op zijn borst schittert de medaille van grootofficier van het Legioen van Eer. Als hij wordt geroepen, komt hij van zijn zitplaats tussen de militaire getuigen en loopt met een zwartleren aktetas in zijn hand naar de getuigenbank. Hij staat op niet meer dan twee passen van de plek waar Dreyfus zit, maar kijkt niet één keer in zijn richting.

'Mijn verklaring onder ede,' zegt hij met zijn zachte, hese stem, 'zal een beetje lang zijn.'

Jouaust zegt vleierig: 'Zaalwachter, haal een stoel voor de generaal.'

Mercier voert het woord drie uur lang, waarbij hij het ene na het andere document uit zijn zwartleren aktetas haalt – onder andere de brief met 'dat schorem van een D', die, zo houdt hij vol, aan Dreyfus refereert, en zelfs de door Guénée in elkaar geflanste rapporten over een spion in het departement van de inlichtingendienst, hoewel hij de naam van de bron, Val Carlos, uit zijn relaas weglaat. Hij overhandigt ze aan Jouaust, die ze aan de rij met rechters doorgeeft. Na een tijdje leunt Labori achterover in zijn stoel en strekt zijn nek om mij te kunnen zien, alsof hij wil zeggen: 'Waar is die idioot mee bezig?' Ik doe mijn best een neutrale gelaatsuitdrukking te behouden, maar denk dat hij gelijk heeft: door bewijsmateriaal uit het geheime dossier in de openbare rechtszitting te introduceren, opent Mercier een kwetsbare flank die Labori tijdens het kruisverhoor kan aanvallen.

Mercier praat maar door, als ware het een paranoïde, ongeletterd hoofdredactioneel stuk in *La Libre Parole* dat overal Joodse samenzweringen ontwaart. Hij beweert dat er in Engeland en Duitsland vijfendertig miljoen frank is ingezameld om Dreyfus vrij te krijgen. Hij citeert alsof het om feiten gaat wat Dreyfus over de bezetting van Elzas-Lotharingen gezegd zou hebben en altijd ontkend heeft: 'Voor ons Joden is het toch anders; waar wij zijn, is onze God.' Hij sleept de oude mythe van de 'bekentenis' voor de degradatie erbij. Hij fabriceert allerlei fantastische verklaringen om uit te leggen waarom hij het geheime dossier aan de rechters van de krijgsraad heeft getoond – hij beweert dat het land door de controverse rondom Dreyfus 'op het randje van een oorlog met Duitsland' balanceerde, en dat hij generaal De Boisdeffre bevel heeft gegeven telegrammen te versturen waarmee de aanzet tot een volledige mobilisatie kon worden gegeven, terwijl hij, Mercier, tot halfeen 's nachts met president Casimir-Perier in het Élysée-paleis zat af te wachten of de Duitse keizer zou inbinden.

Casimir-Perier, die bij de getuigen zit, staat nota bene op om deze leugen aan te vechten, en als Jouaust hem geen toestemming geeft het woord te nemen, schudt hij zijn hoofd om zo veel onzin, wat in de rechtszaal een sensatie is.

Mercier trekt zich er niets van aan. Het is de oude paranoia tegenover Duitsland, de stank van defaitisme die sinds 1870 de atmosfeer verpest. Hij dramt door. 'Hadden we op dat moment,' vraagt hij, 'dan op oorlog uit moeten zijn? Had ik, als minister van Oorlog, erop uit moeten zijn mijn land onder deze omstandigheden ten strijde te laten trekken? Ik aarzel niet om "nee" te zeggen. Aan de andere kant, moest ik de krijgsraad onwetend laten van de beschuldigingen tegen Dreyfus? Deze documenten' – hij klopt op de map die voor hem ligt – 'vormen wat toen het geheime dossier heette, en ik vond het noodzakelijk dat de rechters er kennis van konden nemen. Kon ik me verlaten op de relatieve geheimhouding van een proces achter gesloten deuren? Nee, ik verlaat me niet op gesloten deuren! Het journaille slaagt er, vroeg of laat, altijd in te bemachtigen wat het hebben wil en publiceert toch, ondanks de dreigementen van de regering. Onder deze omstandigheden heb ik de geheime documenten in een verzegelde envelop gestopt en naar de president van de krijgsraad verstuurd.'

Dreyfus zit nu rechtop in zijn stoel en kijkt naar Mercier met intense verbazing; met iets wat aan de verbazing voorbijgaat – voor het eerst kookt hij van woede.

Mercier ziet het niet, omdat hij het angstvallig vermijdt hem aan te kijken. 'Laat me er nog één ding aan toevoegen,' zegt hij. 'Ik heb mijn leeftijd niet bereikt zonder de trieste ervaring te hebben opgedaan dat alles wat menselijk is, fouten maakt. Misschien ben ik niet goed bij mijn hoofd, zoals monsieur Zola heeft beweerd, maar ik ben in ieder geval wel een eerlijk man, en de zoon van een eerlijk man. En als er ook maar een spoor van twijfel in mij huisde, zou ik de eerste zijn om dat toe te geven' – en nu draait hij dan eindelijk toch zijn stoel om Dreyfus aan te kunnen kijken – 'en ten overstaan van jullie tegen kapitein Dreyfus te zeggen: "Ik heb me in goed vertrouwen ernstig vergist."'

Dit goedkope theatrale maniertje wordt de gevangene te veel. Plotseling springt Dreyfus zonder ook maar een spoor van stijfheid in de benen overeind, balt zijn vuist en zwaait die naar Mercier alsof hij hem een klap wil geven, en hij brult met een verschrikkelijke stem, half schreeuw en half snik: 'Dat zou u inderdaad moeten zeggen!'

De hele rechtszaal houdt zijn adem in. De beambten zijn te verbaasd om in beweging te komen. Alleen Mercier lijkt onaangedaan. Hij negeert de figuur die voor hem opdoemt en herhaalt geduldig. 'Dan zou ik tegen kapitein Dreyfus zeggen: "Ik heb me eerlijk vergist. Ik erken het in goed vertrouwen en zal alles wat in mijn macht ligt doen om deze verschrikkelijke fout te herstellen."'

Dreyfus staat nog steeds en kijkt met geheven vuist op hem neer. 'Dat is uw plicht!'

Er wordt geapplaudisseerd, vooral door de journalisten; ik val in.

Mercier glimlacht een beetje alsof hij zich tegenover een emotioneel kind ziet gesteld, schudt zijn hoofd en wacht tot het oproer is gaan liggen. 'Nee, dat is het niet. In mijn overtuiging is sinds 1894 niet de minste verandering gekomen. Sterker nog, ik ben erin gesterkt, niet alleen door een gedegen bestudering van het geheime dossier, maar ook door de pathetische manier waarop Dreyfus' supporters hebben geprobeerd zijn onschuld aan te tonen, en dat ondanks al hun verwoede pogingen en de miljoenen die ten behoeve van hem zijn uitgegeven. Zo. Ik heb gezegd.'

Daarop sluit Mercier zijn aktetas, staat op, buigt voor de rechters, pakt zijn kepie van de plank voor hem, steekt de documenten onder zijn arm, draait zich om en loopt onder luide toejuichingen de rechtszaal uit. Als hij langs de perstribune loopt, sist een van de verslaggevers – het is Georges Bourdon van *Le Figaro* – naar hem: 'Moordenaar!'

Mercier blijft staan en wijst naar hem. 'Deze kerel heeft me net een moordenaar genoemd!'

De aanklager van het leger komt overeind. 'Monsieur president, ik eis dat deze man wordt gearresteerd voor minachting.'

Jouaust roept naar de zaalwachter: 'Neem hem in hechtenis!'

Terwijl soldaten Bourdon insluiten, staat Labori op. 'Monsieur president, neemt u mij niet kwalijk, maar ik wil de getuige graag ondervragen.'

'Natuurlijk, maître Labori,' antwoordt Jouaust terwijl hij koeltjes op zijn klokje kijkt, 'maar het is al twaalf uur geweest, en morgen is het zondag. Maandagochtend om halfzeven krijgt u uw kans. Tot dan is de zitting verdaagd.'

24

Merciers getuigenis wordt voor een fiasco gehouden – het is een ernstige teleurstelling voor de zijnen dat hij er niet in is geslaagd het beloofde 'bewijs' te leveren dat Dreyfus schuldig was, en een kans voor ons, aangezien Labori, die doorgaans als de agressiefste ondervrager van de Parijse balie wordt gezien, nu in staat zal zijn hem in de getuigenbank over het geheime dossier te ondervragen. Het enige wat hij nodig heeft, is voldoende munitie, en zondagochtend loop ik naar het huis waar hij kamers huurt om hem te helpen bij zijn voorbereiding. Ik heb geen enkele gewetenswroeging over het breken van de laatste restanten van mijn eed van geheimhouding: als Mercier over aangelegenheden van de nationale veiligheid kan praten, kan ik het ook.

'Het punt met Mercier is,' zeg ik als Labori en ik ons in zijn geïmproviseerde werkkamer hebben geïnstalleerd, 'is dat er zonder hem helemaal geen Dreyfus-affaire zou zijn. Hij heeft besloten dat de spion in de generale staf moest werken – de eerste en fundamenteelste fout. Hij heeft bevolen dat Dreyfus wekenlang in eenzame afzondering moest worden opgesloten om hem te breken. En hij heeft opdracht gegeven om het geheime dossier op te stellen.'

'Over die drie punten zal ik hem ondervragen.' Labori maakt snelle aantekeningen. 'Maar zeggen we niet dat hij altijd heeft geweten dat Dreyfus onschuldig was?'

'Niet meteen bij het begin. Maar toen Dreyfus weigerde te bekennen, en zij zich realiseerden dat ze alleen het handschrift van het bordereau tegen hem hadden, toen zijn ze in paniek geraakt en zijn ze bewijs gaan fabriceren.'

'En jij denkt dat Mercier daarvan op de hoogte was?'

'Absoluut.'

'Hoe weet je dat dan?'

'Omdat het ministerie van Buitenlandse Zaken begin november de code van een Italiaans, in geheimschrift opgesteld telegram heeft gebroken en daaruit bleek dat Panizzardi nooit van Dreyfus had gehoord.'

Labori trekt, terwijl hij doorschrijft, zijn wenkbrauwen op. 'En dat is aan Mercier getoond?'

'Ja. Het ontcijferde telegram is hem persoonlijk overhandigd.'

Labori stopt met schrijven, leunt achterover in zijn stoel en tikt met zijn potlood op zijn notitieboekje. 'Dus hij moet ruim een maand voor de krijgsraad hebben geweten dat "dat schorem van een D" uit die brief geen betrekking op Dreyfus kon hebben?' Ik knik. 'En toch zette hij door en toonde het aan de rechters en verklaarde hoe belangrijk het was als bewijs van Dreyfus' schuld?'

'En gisteren heeft hij het nog een keer herhaald. Die man is echt volkomen schaamteloos.'

'En wat heeft de afdeling Statistiek met het Italiaanse telegram gedaan? Ik neem aan dat ze het gewoon hebben genegeerd?'

'Nee, erger nog: ze hebben het oorspronkelijke exemplaar van het ministerie van Oorlog vernietigd en het vervangen door een vervalste versie, waarin het tegenovergestelde staat – dat Panizzardi volledig van Dreyfus op de hoogte was.'

'En Mercier is daar uiteindelijk verantwoordelijk voor geweest?'

'Daar ben ik, na er maanden over nagedacht te hebben, wel van overtuigd geraakt. Er zijn genoeg anderen met vuile handen – Sandherr, Gonse, Henry – maar Mercier was de drijvende kracht. Hij was degene die, op het moment dat hij het telegram onder ogen kreeg, de gerechtelijke stappen tegen Dreyfus had moeten stopzetten. Maar hij wist dat hem dat politiek enorm zou beschadigen, terwijl hij op de golven van een succesvolle gerechtelijke vervolging helemaal tot in het Élysée-paleis zou kunnen komen. Het was een idioot waanidee, maar hij is in de grond van de zaak dan ook een stompzinnige man.'

Labori schrijft weer verder. 'En hoe zit het met dat andere document in het geheime dossier waar hij gisteren uit citeerde – het rapport van die Sûreté-officier, Guénée – kan ik hem daarop aanpakken?'

'Dat is een vervalsing, daarover bestaat geen enkele twijfel. Guénée beweerde dat de Spaanse militaire attaché, de markies de Val Carlos, hem had verteld dat de Duitsers een spion in de inlichtingendienst hadden. Henry heeft gezworen dat Val Carlos hem drie maanden later hetzelfde verhaal heeft verteld en gebruikte dat bij de eerste krijgsraad tegen Dreyfus. Maar kijk maar eens naar het taalgebruik: dat is volkomen verkeerd. Ik heb Guénée daar kort nadat ik dit had ontdekt mee geconfronteerd. Ik heb nog nooit iemand zo onoprecht zien reageren.'

'Moeten we Val Carlos als getuige oproepen? Om hem te vragen of hij kan bevestigen dat hij dat heeft gezegd?'

'Dat zou je kunnen proberen, maar ik weet zeker dat hij zich op zijn diplomatieke immuniteit beroept. Waarom roep je Guénée niet op?'

'Guénée is vijf weken geleden overleden.'

Ik kijk hem verbaasd aan. 'Waaraan?'

'In de overlijdensverklaring staat aan "cerebrale congestie", wat dat ook mag zijn.' Labori schudt zijn grote hoofd. 'Sandherr, Henry, Lemercier-Picard en Guénée – dat geheime dossier bleek een bloedpact.'

Maandagmorgen sta ik om vijf uur op en scheer en kleed me zorgvuldig. Mijn pistool ligt op het nachtkastje naast mijn bed. Ik pak het, weeg het in mijn hand, denk er even over na en leg het dan in de ladekast.

Er wordt zachtjes op mijn deur geklopt, en Edmond vraagt: 'Georges, ben je zover?'

Behalve de lunch en het diner hebben Edmond en ik er inmiddels een gewoonte van gemaakt ook het ontbijt in Les Trois Marches te gebruiken. We eten omeletten met een baguette in de kleine salon. Aan de overkant van de weg zitten de luiken van het huis van Mercier nog potdicht. Buiten loopt een gendarme gapend op en neer.

Om kwart over zes lopen we de heuvel af. Het is voor het eerst bewolkt, er lijkt regen op komst; de wolken zijn net zo grijs als de stenen gebouwen van het stille stadje, en het is koeler, de lucht is glazig. Vlak voordat we bij het kanaal zijn, wordt er achter ons 'Goedemorgen, heren!' geroepen; ik draai me om en zie dat Labori zich haast om ons in te halen. Hij draagt een donker pak en een platte strohoed en zwaait met een grote, zwarte aktetas.

'Ik denk dat we ons vandaag wel zullen vermaken!'

Hij heeft een uitstekend humeur, als een sportman die ernaar verlangt het strijdperk te betreden. Hij komt bij ons en we lopen met hem tussen ons in, ik rechts van hem, Edmond links, verder over het brede zandpad langs het kanaal. Hij vraagt nog wat allerlaatste details over Mercier – 'Was De Boisdeffre in de kamer aanwezig toen de minister Sandherr opdroeg het geheime dossier samen te stellen?' – en ik wil hem antwoord geven als ik achter ons geluid hoor. Ik vermoed dat iemand ons probeert af te luisteren en draai me om.

Er staat inderdaad iemand: een grote, vrij jonge kerel met rood haar, een zwart jasje en een witte pet – en in zijn hand een revolver. Er klinkt een enorme knal, die de eenden verschrikt snaterend over het water doet wegvliegen. Labori zegt verbijsterd: 'O, o, o...' en zakt op één knie, terwijl hij naar adem hapt. Ik steek mijn hand uit als hij, met zijn aktetas nog in zijn hand, voorover op zijn gezicht valt.

Mijn eerste instinct is neer te knielen en hem te ondersteunen. Hij klinkt eerder verbaasd dan gekweld: 'O, o...' Er zit een gat in zijn jasje, bijna precies in het midden van zijn rug. Ik kijk op en zie de moordenaar een meter of honderd van ons vandaan langs het kanaal rennen. Dan neemt een ander instinct het in mij over – dat van de soldaat.

Ik zeg tegen Edmond: 'Blijf hier.'

En ik zet de achtervolging op de schutter in. Vrijwel direct besef ik dat Edmond vlak achter me rent. Hij roept: 'Georges, wees voorzichtig!'

Ik roep over mijn schouder: 'Ga terug naar Labori!' maak mijn passen groter en beweeg mijn armen mee.

Edmond rent nog een tijdje mee en geeft de achtervolging op. Ik steek mijn hoofd naar voren om mezelf te dwingen nog harder te lopen. Ik loop in op mijn prooi. Wat ik precies van plan ben als ik hem in mijn handen krijg, weet ik niet – hij heeft nog vijf kogels, en ik ben ongewapend – maar dat zie ik wel als het zover is. Verderop, voor ons, zie ik jagers lopen, en ik roep dat ze de schutter moeten grijpen. Ze kijken op, zien wat er aan de hand is, laten hun touwen vallen en blokkeren zijn weg.

Ik ben nu vlakbij, op twintig meter misschien – in ieder geval zo dichtbij dat ik zie dat hij zijn revolver op hen richt en hem hoor schreeuwen: 'Uit de weg! Ik heb Dreyfus vermoord!'

Of het dankzij de revolver of zijn geschreeuw is weet ik niet, maar het werkt. Ze stappen opzij en hij rent door, en als ik langs hen ren, moet ik over een voet springen die wordt uitgestoken om me te laten struikelen.

Van het ene op het andere moment verdwijnen de huizen en de fabrieken en bevinden we ons in het open Bretonse land. Rechts van me, aan de overkant van het kanaal, zie ik de spoorweg en een trein die naar het station stoomt; links van me liggen weilanden met koeien en, wat verderop, bosrijk gebied. Plotseling verlaat de schutter het jaagpad; hij schiet naar links en stevent op de bomen af. Een jaar geleden had ik hem nog wel te pakken gekregen. Maar de maanden in de gevangenis doen me de das om. Ik ben buiten adem en heb kramp, en mijn hart voelt vreemd aan. Ik spring over een greppel en kom slecht neer, en tegen de tijd dat ik de rand van het bos heb bereikt, heeft hij meer dan genoeg tijd gehad om zich te verstoppen. Ik vind een zware stok en doorzoek een halfuur lang met veel lawaai het kreupelhout, sla naar de varens en jaag fazanten op, me er ondertussen maar al te zeer van bewust dat hij me weleens in het vizier zou kunnen hebben, tot de stilte van de bomen het ten slotte van me wint en ik hinkend naar het kanaal terugloop.

Ik moet meer dan drie kilometer teruglopen en mis daardoor de directe nasleep van de aanslag. Edmond beschrijft later wat er is gebeurd: hoe de grote advocaat, toen Edmond bij hem terugkwam, er op de een of andere manier in was geslaagd met zijn lichaam op zijn aktetas te gaan liggen en zo te voorkomen dat individuen die hem hadden herkend zijn aantekeningen konden stelen; hoe Marguerite Labori in een zwart-met-witte zomerjurk naar de plaats delict kwam gesneld en haar man in haar schoot nam en hem met een kleine Japanse waaier koelte toewuifde; hoe hij daar op zijn zij had gelegen, zijn arm om haar heen, rustig pratend, maar nauwelijks bloed verliezend – een onheilspellend teken omdat het vaak op een interne bloeding duidt; hoe er een luik werd gehaald en vier soldaten Labori daarop hesen en de reus met moeite naar zijn logeeradres droegen; hoe de dokter hem onderzocht en vertelde dat de kogel op een paar millimeter van zijn ruggenwervel tussen de vijfde en zesde rib was blijven steken, en dat zijn toestand kritiek was – de patiënt kon zijn been niet bewegen; hoe Labori's collega-advocaat, Demange, vanuit de rechtbank met zijn assistenten kwam aansnellen om te horen wat er was gebeurd; hoe Labori de hand van zijn collega had gepakt en zei: 'Ik ga misschien dood, ouwe reus, maar Dreyfus is veilig'; en hoe iedereen commentaar leverde op het feit dat Dreyfus in de rechtszaal het nieuws dat zijn advocaat was neergeschoten had aangehoord zonder dat zijn gelaatsuitdrukking ook maar de geringste verandering had ondergaan.

Tegen de tijd dat ik er terugkom, wat ongeveer een uur na de aanslag moet zijn geweest, ligt de plaats delict er gek genoeg verlaten bij, alsof er niets is gebeurd. In het huis waar Labori logeert, vertelt de hospita me dat hij is overgebracht naar het huis van Victor Basch; een Dreyfusard en professor aan de lokale universiteit, in de rue d'Antrain, de straat waar ook Les Trois Marches zit. Ik loop de heuvel op en tref op de weg ervoor een groepje journalisten en een paar gendarmes die de deur bewaken. Binnen ligt Labori, die inmiddels zijn bewustzijn heeft verloren, op een matras in een kamer op de begane grond, en Marguerite zit naast hem en houdt zijn hand vast. Zijn gezicht is lijkbleek. De dokter heeft een chirurg opgeroepen, maar die is nog niet gearriveerd; zijn eigen, voorlopige mening is dat opereren te gevaarlijk is en dat de kogel het best kan blijven zitten waar hij zit: de volgende vierentwintig uur zullen cruciaal zijn, omdat daarin de omvang van de aangerichte schade duidelijk zal worden.

In de voorkamer zit een inspecteur van politie, die Edmond ondervraagt. Ik geef hem mijn beschrijving van de aanvaller, de achtervolging en de locatie van het bos waar hij in rende. 'Het Cesson-bos,' zegt de inspecteur. 'Ik laat het doorzoeken,' en hij loopt naar de hal om met een van zijn mannen te praten.

Als hij de kamer uit is, vraagt Edmond: 'Gaat het?'

'Met mijn conditie is het niet best gesteld, maar verder mankeer ik niets.' Ik sla gefrustreerd op de armleuning van mijn stoel. 'Had ik mijn wapen nou maar bij me gehad – dan had ik hem gemakkelijk neergeschoten.'

'Had hij het op Labori gemunt, of op jou?'

Die mogelijkheid is geen moment bij me opgekomen. 'O, op Labori, dat weet ik zeker. Ze hebben alles op alles gezet om te voorkomen dat hij Mercier zou ondervragen. Tegen de tijd dat het proces wordt hervat, zullen we een vervanger gevonden moeten hebben.'

Edmond ziet er terneergeslagen uit. 'Mijn god, heb je het nog niet gehoord? Jouaust stond niet meer dan vijfenveertig minuten uitstel toe. Demange is teruggegaan om Mercier te ondervragen.'

'Maar Demange is totaal niet voorbereid! Hij weet helemaal niet welke vragen hij moet stellen!'

Het is rampzalig. Ik ren het huis uit, schiet langs de journalisten en vlieg de heuvel af naar het lyceum. Het begint te regenen. Grote, warme druppels spatten op de straatstenen uiteen en de geur van nat stof vult de lucht. Verschillende verslaggevers komen achter me aan. Ze draven naast me voort en stellen ondertussen vragen en proberen zo goed en zo kwaad als dat gaat antwoorden op te schrijven.

'Dus de schutter is nog op vrije voeten?'

'Voor zover ik weet wel.'

'Denkt u dat ze hem te pakken zullen krijgen?'

'Het moet kunnen – of ze het ook doen is een andere zaak.'

'Denkt u dat het leger erachter zit?'

'Ik hoop van niet.'

'Maar u sluit het niet uit?'

'Laat ik het zo zeggen: het is wel heel merkwaardig dat iemand in een stad waar vijfduizend politiemannen en soldaten rondlopen, Dreyfus' advocaat kan neerschieten en schijnbaar moeiteloos in rook kan opgaan.'

Dat is wat ze willen horen. Bij de ingang naar het lyceum rennen ze in de richting van de Bourse de Commerce om hun verhaal te telegraferen.

Binnen heeft Mercier op de getuigenbank plaatsgenomen, en nadat ik ben gaan zitten wordt me onmiddellijk duidelijk dat Demange niet in staat is hem behoorlijk te ondervragen. Demange is een fatsoenlijke, beschaafde man met rooddoorlopen ogen, die tegen de zestig loopt en zijn cliënt nu bijna vijf jaar lang trouw heeft verdedigd. Maar op deze zitting is hij niet voorbereid, en zelfs als hij dat wel was, mist hij Labori's retorische dreiging. Bot gezegd is hij een ouwehoer. Hij laat aan iedere vraag die hij stelt een toespraak voorafgaan, waardoor Mercier alle tijd heeft om een antwoord te formuleren. Mercier schuift hem dan ook moeiteloos opzij. Gevraagd naar het vervalste Panizzardi-telegram in het archief van het ministerie van Oorlog, ontkent hij het bestaan ervan; op de vraag waarom hij het telegram niet aan het geheime dossier heeft toegevoegd en het aan de rechters heeft laten zien, zegt hij dat het ministerie van Buitenlandse Zaken dat niet op prijs zou hebben gesteld. Niet veel later mag hij de getuigenbank verlaten. Als hij door het gangpad terugloopt, schiet zijn blik mijn kant op. Hij blijft staan, buigt zich voorover om mij aan te spreken en steekt zijn hand uit. Hij weet dat iedereen in de rechtszaal naar ons kijkt. Hij zegt zoetgevooisd en luid genoeg om voor de helft van het publiek verstaanbaar te zijn: 'Monsieur Picquart, wat een afschuwelijk bericht. Hoe gaat het met maître Labori?'

'De kogel zit nog in hem, generaal. Morgen zullen we meer weten.'

'Het is een schokkend incident. Wilt u madame Labori namens mij het allerbeste voor het herstel van haar man wensen?'

'Zeker, generaal.'

Zijn vreemde, zeegroene ogen blijven nog even aan die van mij gehaakt, en gedurende een fractie van een seconde zie ik de schaduw, als een vin in het water, van zijn stompzinnige kwaadaardigheid; dan knikt hij en verwijdert zich.

De volgende dag is het Maria-Tenhemelopneming, een officiële feestdag, en het hof heeft geen zitting. Labori overleeft de nacht. Zijn koorts neemt af. Er is hoop op herstel. Op woensdag vraagt Demange in de rechtszaal het woord en bepleit een uitstel van twee weken, zodat Labori voldoende is hersteld om zijn werk te hervatten of om de zaak met een nieuwe advocaat te hebben kunnen doornemen: Albert Clemenceau heeft zich bereid verklaard de zaak op zich te nemen. Jouaust wijst het verzoek af: de omstandigheden zijn ongelukkig, maar de verdediging zal er het beste van moeten maken.

Het eerste deel van de ochtendzitting is aan de details van Dreyfus' opsluiting op Duivelseiland gewijd, en als de verschrikkelijke wreedheid van het regime wordt beschreven, hebben zelfs de door de aanklager opgeroepen getuigen – zelfs De Boisdeffre en Gonse – het fatsoen om bij de opsomming van kwellingen die Dreyfus in naam van het recht zijn aangedaan, beschaamd te kijken. Maar als Jouaust de beschuldigde uiteindelijk vraagt of hij hier iets aan heeft toe te voegen, is het enige wat Dreyfus stijfjes zegt: 'Ik ben hier om mijn eer en de eer van mijn kinderen te verdedigen. Over de martelingen die ik heb moeten ondergaan, zeg ik niets.' Hij verkiest de haat van het leger boven het medelijden van het leger. Dat maakt misschien een kille indruk, maar ik besef nu dat hij vastberaden is geen slachtoffer te zijn en daar respecteer ik hem om.

Op donderdag word ik als getuige geroepen.

Ik loop naar de voorkant van de rechtszaal en beklim de twee stappen naar het podiumpje, me bewust van de stilte die in de overvolle rechtszaal achter me is neergedaald. Nerveus ben ik niet, maar ik kijk er wel naar uit om het achter me te hebben. Voor mij is een reling met een plank, waarop de getuigen hun aantekeningen of militaire kepie kunnen leggen; daarachter de verhoging met het rijtje rechters – twee kolonels, drie majoors en twee kapiteins – en links van me, op nog geen twee meter van me af, Dreyfus. Wat is het vreemd om zo dicht bij hem te staan dat ik hem een hand zou kunnen geven en tegelijkertijd niet met hem te kunnen praten! Ik probeer zijn aanwezigheid uit mijn hoofd te zetten en kijk, terwijl ik zweer de waarheid, en niets dan de waarheid te vertellen, recht voor me.

Jouaust begint: 'Kende u de beschuldigde al voordat datgene waarvan hij werd verdacht zich voordeed?'

'Ja, kolonel.'

'Waar kende u hem van?'

'Ik doceerde aan de École Supérieure de Guerre toen Dreyfus daar studeerde.'

'Verder ging uw relatie niet?'

'Correct.'

'U was geen mentor of bondgenoot van hem?'

'Nee, kolonel.'

'U was niet bij hem in dienst, of hij bij u?'

'Nee, kolonel.'

Jouaust maakt een aantekening.

Nu pas waag ik het een korte blik op Dreyfus te werpen. Hij heeft zich zo lang in het centrum van mijn bestaan bevonden, hij heeft mijn lot zo'n grote wending gegeven, hij is in mijn verbeelding zo groot geworden, dat ik niet verwacht dat de man zelf gelijk zal zijn aan alles waarvoor hij staat. Evengoed is het vreemd deze stille vreemdeling te zien; als ik hem niet kende, zou ik denken dat de man die me met half toegeknepen ogen door zijn pince-nez aankijkt alsof we bij toeval op een lange reis in dezelfde treincoupé terecht zijn gekomen, een gepensioneerde lagere beambte uit de koloniale dienst zou zijn.

Jouausts droge stem haalt mij uit mijn overpeinzingen: 'Beschrijf de gebeurtenissen zoals u die kent...' en ik wend mijn blik af.

Mijn bewijsvoering neemt de hele zitting van die dag en een groot deel van die van de dag erna in beslag. Het heeft geen zin ook die te beschrijven – petit bleu, Esterhazy, bordereau... Ik lepel het voor de zoveelste keer op als ware het een lezing, wat het in zekere zin ook is. Ik ben de grondlegger van de school voor Dreyfus-studies: de leidinggevende geleerde, de sterprofessor – je kunt me niets over mijn specialisme vragen waarop ik het antwoord schuldig moet blijven: ik ken elke brief, elk telegram, iedere persoonlijkheid, elke vervalsing, elke leugen. Nu en dan staat een officier van de generale staf als een zwetende student op en valt me op een specifiek punt aan; ik krijg ze stuk voor stuk moeiteloos klein. Van tijd tot tijd kijk ik, terwijl ik praat, naar de gerimpelde gezichten van de rechters, op dezelfde manier als ik mijn leerlingen placht te bekijken, om te zien hoeveel er tot hun doordringt.

Als Jouaust me ten slotte zegt dat ik de getuigenbank mag verlaten en ik me omdraai en naar mijn zitplaats terugloop, heb ik de indruk dat Dreyfus me bij wijze van dank het kortst denkbare knikje en een half glimlachje schenkt – maar ik kan me vergissen.

Labori herstelt spoedig en halverwege de volgende week keert hij, met de kogel nog in zijn schouder, terug in de rechtszaal. Hij komt, vergezeld van Marguerite, onder luid applaus binnen. Met een armzwaai betuigt hij zijn erkentelijkheid voor deze ontvangst en loopt naar zijn plek, waar hij een grote, comfortabele armstoel toegewezen heeft gekregen. Afgezien van zijn klamme, ziekelijk bleke gelaat wijst alleen de stijfheid van zijn linkerarm, die hij nauwelijks kan bewegen, op zijn verwonding. Dreyfus staat als hij langsloopt op en schudt hem vol warmte de hand.

Ik persoonlijk ben er niet van overtuigd dat hij, zoals hij zelf beweert, fit genoeg is om zich weer van zijn taak te kunnen kwijten. Van kogelwonden heb ik verstand. Het herstel vergt langer dan men denkt. Naar mijn mening had Labori geopereerd moeten worden om de kogel te verwijderen – maar daarmee was hij voor de duur van het restant van het proces uitgeschakeld geweest. Hij heeft veel pijn en slaapt erg slecht. Daarnaast is er ook een mentaal trauma, dat hij weigert onder ogen te zien. Ik merk het aan hem als hij de straat op gaat – de manier waarop hij iedere keer dat een onbekende hem met uitgestoken hand nadert even terugdeinst, of ineenkrimpt als hij voetstappen achter zich hoort. Professioneel uit het zich in een zekere geïrriteerdheid en opvliegendheid, vooral naar de president van de rechtbank, die Labori met veel plezier uitdaagt:

JOUAUST: *Ik vraag u met klem u te matigen.*
LABORI: *Ik heb geen onmatig woord gesproken.*
JOUAUST: *Maar uw toon is ongematigd.*
LABORI: *Ik heb geen beheersing over de toon waarop ik spreek.*
JOUAUST: *Nou, dat zou wel moeten – iedere man moet zichzelf kunnen beheersen.*

LABORI: *Ik beheers mezelf wel, maar mijn toon niet.*
JOUAUST: *Dan trek ik uw permissie om het woord te voeren in.*
LABORI: *Gaat u uw gang, trek maar in.*
JOUAUST: *Gaat u zitten!*
LABORI: *Ik zal gaan zitten – maar niet omdat u het mij beveelt!*

Op een dag, tijdens een vergadering waarop we de juridische strategie bepalen en waarbij Mathieu Dreyfus en ik ook aanwezig zijn, zegt Demange op die nogal pompeuze manier van hem: 'We moeten niet vergeten wat onze centrale doelstelling is, mijn beste Labori; die is, met alle respect, niet het leger de les te lezen over de fouten die het heeft gemaakt, maar ervoor te zorgen dat onze cliënt straks als vrij man wegloopt. En omdat dit een hoorzitting van het leger is, waarin militaire officieren bepalen wat de uitkomst zal zijn, zullen we diplomatiek moeten zijn.'

'O ja,' antwoordt Labori vinnig, '"diplomatiek"! En dat is dan zeker dezelfde diplomatie als die ertoe heeft geleid dat onze cliënt vier jaar op Duivelseiland heeft doorgebracht?'

Rood van woede verzamelt Demange zijn papieren en verlaat de kamer.

Mathieu staat bezorgd op en volgt hem. Bij de deur zegt hij: 'Ik begrijp uw frustratie, Labori, maar Edgar heeft mijn familie vijf jaar lang loyaal bijgestaan. Hij heeft er recht op de richting van onze strategie te bepalen.'

Ik ben het met Labori eens. Ik ken het leger. Het reageert niet op diplomatie. Het reageert op kracht. Maar Labori gaat zelfs mij te ver als hij, zonder het met Demange te overleggen, besluit de keizer van Duitsland en de koning van Italië te telegraferen om hun te vragen Von Schwartzkoppen en Panizzardi (die beiden door hun moederland zijn teruggeroepen) toe te staan naar Rennes te komen en te getuigen. De kanselier van Duitsland, graaf Von Bülow, antwoordt als door een slang gebeten:

Zijne Keizerlijke Hoogheid, onze meest goedgunstige meester, beschouwt het vanzelfsprekend volkomen onmogelijk om op wat voor manier ook aan het vreemde verzoek van maître Labori tegemoet te komen.

De bitterheden tussen Labori en Demange nemen daarna toe en lopen zo hoog op dat Labori, lijkbleek van de pijn, aankondigt dat hij de slotrede niet zal uitspreken: 'Ik kan geen deel nemen aan een strategie waarin ik niet geloof. Als die oude dwaas denkt dat hij met beleefd zijn van deze moordzuchtige klootzakken kan winnen, mag hij het in zijn eentje proberen.'

Nu het einde van het proces nadert, word ik tijdens een schorsing waarin iedereen de benen strekt op de drukke binnenplaats van het lyceum, benaderd door de prefectuur van de politie van Rennes, Dureault. Hij gebaart me naar de zijkant van de binnenplaats te komen en zegt zacht: 'We hebben informatie uit betrouwbare bron, monsieur Picquart, dat de nationalisten van plan zijn om hier ten tijde van de uitspraak in groten getale aanwezig te zijn en ervoor te zorgen dat er, als Dreyfus wordt vrijgelaten, ernstige onlusten zullen ontstaan. Onder die omstandigheden kunnen we, vrees ik, niet voor uw veiligheid instaan, en ik dring er dan ook bij u op aan de stad voortijdig te verlaten. Ik hoop dat u het begrijpt.'

'Dank u, monsieur Dureault. Ik waardeer uw openhartigheid.'

'En nog een advies, als u het mij toestaat: neemt u de nachttrein, om te voorkomen dat u wordt gezien.'

Hij vertrekt. Ik leun in de zon tegen de muur en rook een sigaret. Ik vind het niet erg om weg te gaan. Ik ben hier nu bijna een maand. Dat geldt voor bijna iedereen. Daar wandelen Gonse en De Boisdeffre, arm in arm, alsof ze zich aan elkaar vastklampen. Daar zitten Mercier en Billot op een muurtje, ze zwaaien als schooljongens hun benen heen en weer. Daar is madame Henry, de weduwe des vaderlands, van top tot teen in het zwart, die als een engel des doods aan de arm van majoor Lauth over de binnenplaats zweeft; men zegt dat ze op intieme voet met elkaar staan. Daar is de plompe, behaarde Bertillon, met zijn aktetas vol diagrammen, die blijft volhouden dat Dreyfus zijn eigen handschrift heeft vervalst om het bordereau te kunnen fabriceren. Daar heb je Gribelin, die een schaduwplekje heeft gevonden. Niet iedereen is er natuurlijk. Er zijn mensen die verstek moeten laten gaan omdat zij niet meer onder ons zijn – Sandherr, Henry, Lemercier-Picard, Guénée – en er zijn mensen die nog wel onder ons zijn maar andere redenen hebben: Du Paty, die heeft vermeden te moeten getuigen door te beweren dat hij daar te ziek voor is; Scheurer-Kestner, die echt ziek is en naar het schijnt op het punt staat aan kanker te bezwijken; en Esterhazy, die in het Engelse dorp Harpenden is ondergedoken. Maar verder zijn we er allemaal, als de bewoners van een gekkenhuis of de passagiers op een gerechtelijke Vliegende Hollander, gedoemd om voor altijd om elkaar heen en op deze wereld rond te blijven draaien.

De bel wordt geluid, we worden de rechtszaal in geroepen.

Op de avond van donderdag 7 november organiseren Edmond en ik een afscheidsetentje in Les Trois Marches. Labori en Marguerite zijn er wel, Mathieu en Demange niet. We brengen een laatste toost op de overwinning uit en heffen onze glazen in de richting van Merciers huis; dan laten we een huurrijtuig voorkomen, rijden naar het verlaten station en nemen de nachttrein naar Parijs. Niemand ziet ons vertrekken. Achter ons zinkt de stad weg in de duisternis.

Het vonnis zal zaterdagmiddag gewezen worden, en Aline Ménard-Dorian vindt dat een fantastische aanleiding voor een lunch. Ze is bevriend met de staatssecretaris voor Post en Telegrafie, die een open telefoonverbinding vanuit haar zitkamer met de Bourse de Commerce in Rennes regelt, zodat we vrijwel direct nadat het is uitgesproken kennis zullen kunnen nemen van de uitslag – en ze nodigt haar hele salon, plus nog een paar anderen, uit voor een buffet om één uur, in de rue de la Faisanderie.

Ik heb niet veel zin om te gaan, maar haar uitnodiging is zo dwingend – 'het zou echt geweldig zijn om je in ons midden te hebben, mijn beste Georges, en in jouw moment van glorie mee te delen' – dat weigeren wel erg onbeleefd zou zijn; trouwens, ik heb toch niets anders te doen.

Zola, die uit ballingschap is teruggekeerd, is er, net als Georges en Albert Clemenceau, Jean Jaurès en De Blowitz van *The London Times*; we zijn met een man of vijftig, zestig, inclusief Blanche de Comminges, in het gezelschap van een jongeman die d'Espic de Ginestet heet en die ze als haar verloofde voorstelt. Een lakei in livrei zit op zijn hurken bij de telefoon in de hoek van de kamer, en controleert af en toe of de lijn nog werkt. Om kwart over drie, als we klaar zijn met eten – of, in mijn geval, niet-eten – gebaart hij naar onze gastheer, Paul Ménard, de echtgenoot van Aline, een industrieel met radicale sympathieën, en geeft hem het apparaat. Ménard luistert met een ernstig gezicht en zegt: 'De rechters hebben zich teruggetrokken om tot hun vonnis te komen.' Hij legt de hoorn van de telefoon terug in de in een witte handschoen gestoken hand van de lakei.

Ik loop het terras op om alleen te zijn, maar verschillende gasten volgen me. De Blowitz, wiens bolvormige lichaam en ronde, blozende gezicht me aan een karakter van Dickens doen denken – Bumble misschien, of Pickwick – vraagt me of ik me herinner hoe lang de rechters bij de eerste krijgsraad beraadslaagden.

'Een halfuur.'

'En denkt u, monsieur, dat het voor de beschuldigde gunstiger is naarmate het langer duurt, of juist niet?'

'Ik zou het echt niet weten. Excuseert u me.'

De minuten die volgen zijn een kwelling. Een kerkklok in de buurt slaat eerst halfvier, en dan vier uur. We lopen rond over het kleine gazon. Zola zegt: 'Ze wegen het bewijsmateriaal blijkbaar zorgvuldig, en als ze dat doen, moeten ze wel in ons voordeel beslissen. Het is een goed teken.'

'Nee,' zegt Georges Clemenceau, 'ze proberen sommigen van hen van mening te doen veranderen, dat kan niet goed zijn voor Dreyfus.'

Ik keer terug naar de zitkamer en ga bij het raam staan. Buiten op straat heeft zich een menigte verzameld. Iemand schreeuwt of er al nieuws is. Ik schud mijn hoofd. Om kwart voor vijf gebaart de lakei naar Ménard, die naar de telefoon loopt.

Ménard luistert en zegt: 'De rechters keren terug in de rechtszaal.'

Dus hun beraadslagingen hebben anderhalf uur geduurd. Is dat lang of kort? Goed of slecht? Ik weet niet wat ik ervan moet denken.

Er gaan vijf minuten voorbij. Tien minuten. Iemand maakt een grapje om de spanning te breken, mensen lachen. Plotseling steekt Ménard zijn hand op. Er gebeurt iets aan de andere kant van de lijn. Hij fronst zijn wenkbrauwen. Langzaam, verpletterend, zakt zijn arm. 'Schuldig,' zegt hij zacht. 'Vijf tegen twee. Het vonnis is gewijzigd in tien jaar gevangenis.'

Een week later, aan het eind van de middag, komt Mathieu Dreyfus bij me langs. Het verbaast me hem voor mijn deur te zien staan. Hij is nooit eerder naar mijn appartement gekomen. Voor het eerst ziet hij er verfrommeld uit; zelfs de bloem in zijn knoopsgat is verwelkt. Hij gaat op het puntje van mijn kleine sofa zitten en draait zijn bolhoed nerveus rond in zijn handen. Hij knikt naar mijn secretaire, die is bedolven onder de papieren, en de brandende bureaulamp. 'Ik zie dat ik u bij uw werk stoor. Vergeeft u mij.'

'Dat geeft niets – ik ben op het idee gekomen om mijn memoires te schrijven, nu alles nog vers in mijn geheugen ligt. Niet om te publiceren hoor – tenminste, niet zolang ik leef. Wilt u iets drinken?'

'Nee. Dank u. Ik blijf niet lang. Ik neem de avondtrein naar Rennes.'

'Aha. Hoe gaat het met hem?'

'Eerlijk gezegd, Picquart, vrees ik dat hij zich op de dood voorbereidt.'

'Och, kom, kom, Dreyfus!' zeg ik terwijl ik tegenover hem ga zitten. 'Als uw broer vier jaar op Duivelseiland overleeft, houdt hij het heus nog wel een paar maanden in de gevangenis uit! En ik ben ervan overtuigd dat het niet veel langer zal duren. De regering zal hem voor het begin van de wereldtentoonstelling laten gaan, anders wordt die geboycot. Ze kunnen het zich echt niet veroorloven dat hij in de gevangenis sterft.'

'Hij heeft voor de eerste keer sinds zijn arrestatie gevraagd of hij zijn kinderen mag zien. Kunt u zich voorstellen wat voor uitwerking dat op hen zal hebben – hun vader onder zulke omstandigheden te zien? Hij zou hen niet aan die beproeving onderwerpen als het niet was om afscheid te nemen.'

'Weet u zeker dat zijn gezondheid zo zwak is? Is hij door een arts onderzocht?'

'De regering heeft een specialist naar Rennes gestuurd. Die zegt dat Alfred ondervoed is, aan malaria lijdt en wellicht ook tuberculose van het ruggenmerg heeft. Naar zijn mening zal hij het in gevangenschap niet lang volhouden.' Hij kijkt me ongelukkig aan. 'Daarom hebben we besloten, en om die reden ben ik hier, en het spijt me het te moeten zeggen, daarom hebben we besloten hun aanbod van gratie te accepteren.'

Hij zwijgt. Ik zou willen dat mijn stem niet zo kil klonk. 'Ik begrijp het. Ik neem aan dat er dus een aanbod op tafel ligt?'

'De minister-president vreest dat het land permanent verdeeld raakt.'

'Dat geloof ik onmiddellijk.'

'Ik weet dat dit een klap voor u is, Picquart. En ik begrijp dat dit u in een zeer ongemakkelijke positie brengt...'

'Ja, natuurlijk, wat denkt u anders?' barst ik uit. 'Gratie accepteren betekent schuld bekennen!'

'Technisch gezien wel, ja. Maar Jaurès heeft een verklaring opgesteld die Alfred zal afleggen zodra hij de gevangenis uit is.' Hij haalt een gekreukeld vel papier uit zijn binnenzak en reikt het mij aan.

De regering van de republiek verleent mij mijn vrijheid. Die betekent niets voor mij zonder mijn eer. Vanaf de dag van vandaag zal ik mij onvermoeibaar inzetten voor de herziening van de vreselijke juridische dwaling waar ik het slachtoffer van ben...

Er staat nog meer, maar ik heb genoeg gelezen. Ik geef het terug. 'Tjonge, dat zijn nobele woorden,' zeg ik bitter. 'Natuurlijk zijn het nobele woorden – op Jaurès kun je rekenen, als het om nobele woorden gaat. Maar de realiteit is dat het leger heeft gewonnen. En het eerste wat ze in ruil voor de vrijlating van uw broer zullen eisen is amnestie voor degenen die de samenzwering tegen uw broer hebben georganiseerd.' En tegen mij, wil ik eraan toevoegen. 'Het maakt het voor mij onmogelijk mijn aanklacht tegen de generale staf in te dienen.'

'Op korte termijn, misschien. Maar ik twijfel er niet aan dat we uiteindelijk, als het politieke klimaat verandert, volledig zullen worden vrijgesproken.'

'Ik zou willen dat ik uw vertrouwen in het rechtssysteem kon delen.'

Mathieu stopt de verklaring weer in zijn zak en staat op. De manier waarop hij zijn benen uit elkaar plant, heeft iets uitdagends. 'Ik betreur het dat u er zo over denkt, Picquart. Ik begrijp dat u, in het belang van uw eigen zaak, liever had gezien dat mijn broer sterft als martelaar, als dat ervoor nodig is. Maar zijn familie wil hem levend terug. Om u de waarheid te vertellen, heeft hij zichzelf ook niet met deze beslissing verzoend. Ik denk dat het voor hem een groot verschil zou maken als ik hem kon vertellen dat hij uw goedkeuring heeft.'

'Mijn goedkeuring? Wat doet die er voor hem toe?'

'Ik denk toch dat het zo is. Welke boodschap kan ik hem van u brengen?'

Hij staat daar onverbiddelijk.

'Wat zeggen de anderen ervan?'

‘Zola, Clemenceau en Labori zijn tegen. Reinach, Lazare, Basch en de rest is voor, de een meer dan de ander.’

‘Zeg hem dat ik ook tegen ben.’

Mathieu knikt kort, alsof hij niet anders heeft verwacht, en draait zich om om te vertrekken.

‘Maar zeg hem ook dat ik het begrijp.’

Dreyfus wordt op woensdag 20 september 1899 vrijgelaten, hoewel het nieuws pas een dag later bekend wordt gemaakt om het hem mogelijk te maken te reizen zonder door het publiek te worden lastiggevallen. Ik verneem, net als ieder ander, uit de krant dat hij zijn vrijheid terug heeft. Hij wordt bij het vallen van de avond in een donkerblauw pak en met een slappe zwarte hoed ter vermomming, per auto door officieren van de Sûreté van de gevangenis in Rennes naar het station in Nantes gebracht, waar zijn broer Mathieu hen opwacht; vandaar nemen de broers de slaaptrein naar het zuiden. In een familiehuis in de Provence wordt hij met zijn vrouw en kinderen herenigd. Daarna vertrekt hij naar Zwitserland. Hij keert niet terug naar Parijs: hij vreest daar te zullen worden vermoord.

Wat mij betreft, ik kan maar net rondkomen en probeer, met Labori’s hulp, een krant bereid te vinden om een smaadschrift van mijn hand te publiceren. In december weiger ik het aanbod van de regering een generaal pardon voor iedereen die bij de affaire is betrokken te accepteren, ook al wordt me verteld dat ik mijn positie in het leger zal terugkrijgen en een legeronderdeel onder mijn hoede zal mogen nemen. Waarom zou ik hetzelfde uniform als Mercier, Du Paty, Gonse, Lauth en de rest van die wetteloze bende willen dragen?

In januari wordt Mercier op basis van een nationalistisch partijprogramma als senator voor de Loire gekozen.

Van Dreyfus hoor ik niets. Maar meer dan een jaar nadat hij is vrijgelaten, op een sombere dag in de winter van 1900, loop ik naar beneden om mijn post op te halen en vind ik een brief, gestempeld in Parijs. Het adres is geschreven in zijn handschrift, dat ik alleen ken van de geheime dossiers en het bewijs uit de rechtszaak.

Kolonel,

Ik heb de eer u te verzoeken een dag en een tijdstip te bepalen waarop u het mij toestaat u persoonlijk te bedanken.
Hoogachtend,

A. Dreyfus

Het bericht is afkomstig van een adres in de rue de Châteaudun.

Ik breng het naar boven. Pauline heeft de nacht bij mij doorgebracht, wat ze, nu haar dochters ouder worden, vaak doet. Ze noemt zich tegenwoordig madame Romazzotti, naar haar meisjesnaam: mensen denken dat ze weduwe is. Ik plaag haar dat het klinkt alsof ze een spiritist van de boulevard Saint-Germain is.

Ze roept vanuit de slaapkamer: 'Zit er iets interessants bij?'

Ik lees het bericht nog een keer.

'Nee,' roep ik terug. 'Niets.'

Later die ochtend pak ik mijn visitiekaartje en schrijf op de achterkant: *Mijnheer, ik zal u laten weten wanneer ik u kan zien. G. Picquart.*

En daar laat ik het bij. Hij is geen man die het gemakkelijk vindt 'dank u' te zeggen; prima, ik ben geen man die het gemakkelijk vindt om bedankt te worden; laten we ons de anticlimax van een ontmoeting besparen. Later word ik er in de kranten van beschuldigd geweigerd te hebben Dreyfus te ontmoeten. Een anonieme vriend van de familie – het blijkt de zionistische pamfletschrijver Bernard Lazare te zijn geweest – heeft tegen de rechtse krant *L'Echo de Paris* gezegd: *We begrijpen niets van Picquart, en van zijn houding evenmin... U, en niet alleen u, weet waarschijnlijk niet dat Picquart fel antisemitisch is.*

Wat moet ik daarop antwoorden? Misschien dat, zoals Aristoteles zegt, iemands ware karakter uit zijn daden blijkt, en je uit die van mij toch niet echt kunt opmaken dat ik antisemitisch ben. Maar toch, een beschuldiging van antisemitisme werkt als een rode lap op de stier van de oude vooroordelen, en ik schrijf bitter aan een vriend: 'Ik wist dat ik op een dag door de Joden zou worden aangevallen, en dan met name door de familie Dreyfus...'

En zo verwordt onze nobele zaak tot woede, teleurstelling, verwijten en venijn.

Op het exercitieterrein van de École Militaire draaien de compagnieën met cadetten stampvoetend op de ingeklonken bruine modder. Ik sta achter de reling van de place de Fontenoy, wat ik vaak doe, en kijk toe hoe zij hun passen maken. Deze plek omvat een groot deel van mijn leven. Ik ben hier als jonge officier opgeleid, en ik heb hier opgeleid. Hier was ik getuige van Dreyfus' degradatie. Daar is de manege waar ik mijn duel met Henry heb uitgevochten.

'Compagnie – in de houding!'

'Compagnie – presenteer geweer!'

De jonge mannen marcheren voorbij, de blik vooruit, de stappen perfect in de maat, en het ergst van alles is dat ze me niet eens zien. En als ze me wel zien, zien ze me zonder te weten wie ik ben – gewoon, een burger van middelbare leeftijd met een zwart pak en een bolhoed die vanaf de kant weemoedig toekijkt.

Uiteindelijk winnen we toch – al is het dan niet, zoals we hadden gehoopt, glorieus; het is niet de climax van een groot proces, de veroordeelde man wordt niet gerehabiliteerd en gaat de vrijheid niet op de schouders gehesen tegemoet. We winnen achter gesloten deuren, als iedereen zijn kalmte heeft hervonden, in commissies en archieven, als voorzichtige juristen de feiten keer op keer hebben gezeefd.

Ten eerste houdt Jaurès, de leider van de socialisten, een retorisch ijzersterke toespraak in het Huis van Afgevaardigden die anderhalve dag duurt en de hele affaire zo helder uiteenzet dat de nieuwe minister van Oorlog, generaal André, toezegt het bewijsmateriaal opnieuw te bekijken – dat is in 1903. Naar aanleiding van het onderzoek van André ziet de rechtbank voor strafzaken zich genoodzaakt de zaak zelf op te pakken, en concludeert dat het hof van cassatie het vonnis moet herzien – dat neemt het jaar 1904 in beslag. Het jaar daarop gaat verloren met politieke onrust over de scheiding van Kerk en Staat – zeg maar dag tegen 1905. Maar ten slotte vernietigt het hooggerechtshof het Rennes-vonnis en spreekt Dreyfus op alle fronten vrij – dat gebeurt op 12 juli 1906.

Op de dertiende wordt er in het Huis van Afgevaardigden een motie ingediend waarin wordt verzocht Dreyfus de rang van majoor toe te wijzen, en hem de hoogste onderscheiding, het kruis van het Legioen van Eer, te geven; die wordt met een meerderheid van vierhonderdtweeëndertig tegen tweeëndertig aangenomen, en als Mercier er in de Senaat tegen ageert, wordt hij weggehoond. Op dezelfde dag wordt er over een tweede motie gedebatteerd, om mij in het leger te rehabiliteren en de rang toe te kennen die ik, ware ik in 1898 niet oneervol ontslagen, had gehoopt te bereiken; deze resolutie wordt met een nog grotere meerderheid van vierhonderdnegenenveertig tegen zesentwintig aangenomen. En zo loop ik tot mijn eigen verbazing ter gelegenheid van Dreyfus' medailleceremonie op het exercitieterrein van de École Militaire in het uniform van brigadegeneraal.

Op 25 oktober wordt mijn vriend Georges Clemenceau minister-president; ik zit op dat moment in Wenen. Die avond ga ik, met een wit strikje om in rokkostuum en met Pauline aan mijn arm naar de Weense Staatsopera om te zien hoe Gustav Mahler *Tristan und Isolde* dirigeert. Ik heb weken naar deze uitvoering uitgekeken. Maar net voordat de lichten worden gedimd, zie ik een beambte van de Franse ambassade door het gangpad lopen, en dan wordt er in de rij waarin ik zit een telegram doorgegeven, van de ene in een handschoen gestoken naar de andere met juwelen versierde hand. Ten slotte bereikt het Pauline, die het aan mij geeft.

Het doet me genoegen u te informeren dat ik u vandaag heb benoemd tot minister van Oorlog. Kom onmiddellijk terug naar Parijs. Clemenceau

Epiloog

donderdag 29 november 1906

‘Majoor Dreyfus voor de minister van Oorlog...’

Ik hoor dat hij zich, met die vertrouwde stem waarin een spoor van Duits zit, onder aan de marmeren trap bij mijn ordonnans aandient. Ik luister naar het klikken van zijn hakken als hij de treden bestijgt; dan komt hij langzaam in beeld – de kepie, de epauletten, de gouden knopen, de galon, de sabel, de strepen op zijn broek: alles precies als voor de degradatie, maar nu met het rode lint van het Legioen van Eer op zijn zwarte artillerietuniek.

Hij blijft op de overloop staan en salueert. ‘Generaal Picquart.’

‘Majoor Dreyfus.’ Ik glimlach en steek mijn hand uit. ‘Ik heb u verwacht. Komt u binnen.’

De ministeriële werkkamer met zijn Frans-blauwe panelen is sinds de dagen van Mercier en Billot onveranderd gebleven, hoewel Pauline, die als chatelaine optreedt, iedere dag verse bloemen op de tafel tussen de grote ramen die op de tuin uitkijken neerzet. De bomen zijn kaal; hoewel het nog middag is, heerst de novemberduisternis en branden de lichten van het ministerie al.

‘Gaat u zitten, majoor,’ zeg ik. ‘Maakt u het zich gemakkelijk. Bent u hier al eens eerder binnen geweest?’

‘Nee, minister.’ Hij neemt plaats op de vergulde stoel en gaat stijfjes zitten, zijn rug kaarsrecht.

Ik ga tegenover hem zitten. Hij is zwaarder geworden en ziet er goed uit – gesoigneerd bijna, in zijn dure, op maat gemaakte uniform. De bleekblauwe ogen achter de vertrouwde pince-nez staan alert. ‘Goed,’ zeg ik, terwijl ik mijn vingertoppen tegen elkaar zet en hem lang en aandachtig opneem: ‘Wat wilt u bespreken?’

‘Het betreft mijn rang,’ zegt hij. ‘De promotie die ik heb gekregen, van kapitein naar majoor, houdt geen rekening met de jaren die ik ten onrechte gevangen ben gehouden op Duivelseiland. Terwijl uw promotie – als u het mij wilt vergeven dat ik het naar voren breng – van kolonel tot brigadegeneraal, de acht jaar die u niet in het leger heeft gezeten meeneemt alsof u ze in actieve dienst heeft doorgebracht. Dat vind ik oneerlijk – vooringenomen, om precies te zijn.'

'Aha.' Ik voel dat mijn glimlach bevriest. 'En wat wilt u van mij?'

'Dat u het rectificeert. Promoveert u me naar de rang die ik bereikt zou moeten hebben.'

'En welke zou dat, naar uw mening, moeten zijn?'

'Luitenant-kolonel.'

Ik zwijg. 'Maar dat zou speciale wetgeving vereisen, majoor. De regering zou opnieuw naar het Huis van Afgevaardigden moeten gaan en een nieuwe motie moeten indienen.'

'Toch is dat nodig. Ik heb er recht op.'

'Nee. Het is onmogelijk.'

'Mag ik vragen waarom?'

'Omdat het politiek onhaalbaar is,' zeg ik geërgerd. 'De motie is in juli aangenomen, toen was de publieke opinie in overgrote meerderheid in uw voordeel omdat het de dag na uw rehabilitatie was. Inmiddels is het november – de stemming is alweer omgeslagen. Bovendien is mijn taak, zoals u vast en zeker zult begrijpen, al moeilijk genoeg zoals het nu is: ik ben als minister van Oorlog in dit gebouw teruggekeerd en probeer samen te werken met officieren die heel lang bittere vijanden van ons zijn geweest. Ik moet dagelijks mijn woede wegslikken en gestreden strijden achter me laten. En dan zou ik me nu weer recht tegenover hen opstellen en de hele controverse opnieuw beginnen?'

'Ik heb er recht op.'

'Het spijt me, Dreyfus. Het kán eenvoudigweg niet.'

We zwijgen. Opeens worden wij door meer dan alleen een tapijt gescheiden: er is een kloof tussen ons, en ik zou dat moment een van de ondraaglijkste van mijn leven willen noemen. Ten slotte kan ik er niet langer tegen en sta op. 'Als dat alles is...?'

Onmiddellijk staat ook Dreyfus op. 'Ja, dat is alles.'

Ik laat hem uit. Het is een ontstellende manier om mee te eindigen.

'Ik heb altijd betreurd, majoor,' zeg ik voorzichtig, 'dat we elkaar tot op heden nooit privé hebben ontmoet.'

'Nee. Niet sinds de ochtend van mijn arrestatie, toen u me, voordat u me naar kolonel Du Paty bracht, meenam naar uw kamer.'

Ik voel dat ik rood word. 'Ja, ik bied u mijn excuses aan voor mijn aandeel in die akelige vertoning.'

‘Nou ja, ik zou zo zeggen dat u dat wel heeft goedgemaakt!’ Dreyfus kijkt de kamer rond en knikt waarderend. ‘Het is geweldig om dat allemaal te hebben gedaan en op de koop toe in het kabinet van de Franse republiek te worden benoemd.’

‘Het kan raar lopen, want zonder u zou ik nooit zo ver zijn gekomen.’

‘Nee, mijn generaal,’ zegt Dreyfus, ‘u bent zo ver gekomen omdat u uw plicht deed.’

Dankwoord

Een roman als deze leunt zwaar op het werk van anderen, en ik ben veel dank verschuldigd aan alle auteurs van boeken die dit onderwerp voor me hebben blootgelegd. Het eerste algemeen historisch relaas dat ik las was *The Affair: The Case of Alfred Dreyfus* van Jean-Denis Bredin: nog altijd een uitmuntend werk voor het grote publiek. Ook *The Man on Devil's Island: Alfred Dreyfus and the Affair that Divided France* was van groot nut, en ik bedank de auteur ervan, Ruth Harris van het New College, Oxford, voor de aanvullende informatie en adviezen die ze me heeft gegeven. Ik heb ook veel profijt gehad van *Dreyfus: A Family Affair 1789-1945* van Michael Burns, *Why the Dreyfus Affair Matters* van Louis Begley, *France and the Dreyfus Affair* van Douglas Johnson, *The Dreyfus Affair* van Piers Paul Read en het monumentale *Histoire de l'affaire Dreyfus* van Joseph Reinach, dat, ook al kwam het in 1908 uit, onontbeerlijk blijft. Ook *Zola: A Life* van Frederick Brown en George Painters uit twee delen bestaande *Life of Proust* waren nuttig.

Onder de meer specialistische boeken ben ik enorm veel verplicht aan *The Dreyfus Affair: A Chronological History* van George R. Whyte, dat een jaar lang zelden aan mijn zijde ontbrak. Een andere extreem waardevolle bron was *Georges Picquart: dreyfusard, proscrit, ministre: La justice par l'exactitude* van Christian Vigouroux, de eerste biografie van Picquart, die bijna honderd jaar na zijn dood verscheen en brieven en informatie uit politiedossiers bevat. Ik heb het geluk gehad te hebben mogen profiteren van de allerlaatste kennis over de affaire uit *Le Dossier Secret de l'affaire Dreyfus* van Pierre Gervais, Pauline Peretz en Pierre Stutin. De bijbehorende website, www.affairedreyfus.com, ging online terwijl ik schreef en bevat een schat aan informatie, waaronder links naar foto's en transcripties van alle documenten uit het geheime dossier, die nog maar kort geleden door het Franse ministerie van Defensie zijn vrijgegeven.

In het begin van mijn onderzoek las ik kopieën van het proces tegen

Zola wegens smaad, van de krijgsraad van Rennes, en van de verschillende onderzoeken en hoorzittingen in 1898, 1904, 1905 en 1906; dat alles kan inmiddels online worden teruggevonden. De meeste belangrijke Franse kranten uit die periode zijn gratis beschikbaar op de website van de Bibliothèque Nationale de France, www.gallica.bnf.fr. Ook het digitaal archief van *The London Times*, waartoe ik via de London Library toegang had, was van grote waarde.

Ik heb uitgebreid geciteerd uit Dreyfus' eigen geschriften, die hij publiceerde in *Cinq années de ma vie: 1894-1899* (geschreven met zijn zoon, Pierre) en *Carnets (1899-1907)*. Andere bronnen uit die tijd zijn *Journal de l'affaire Dreyfus, 1894-1899, L'Affaire Dreyfus et le Quai d'Orsay* van Maurice Paléologue en *L'Affaire Dreyfus: L'Iniquité, la Réparation* van Louis Leblois. *The Tragedy of Dreyfus* van G. W. Steevens, een ooggetuigenverslag van de gebeurtenissen in Rennes door Jerome K. Jerome, is, anders dan de titel doet vermoeden, een bron van enorm veel plezier en ik heb zijn versie van Bertillons krankzinnige getuigenis bijna woordelijk overgenomen.

Het plan om het verhaal van de zaak-Dreyfus opnieuw te vertellen werd in het begin van 2012 geboren tijdens een lunch met Roman Polanski in Parijs: ik zal hem altijd dankbaar blijven voor zijn generositeit en aanmoedigingen. Ik wil ook mijn Engelstalige redacteuren Jocasta Hamilton van Hutchinson in Londen en Sonny Mehta van Knopf in New York bedanken voor hun wijze adviezen en suggesties; ook dank ik mijn literair agent, Michael Carlisle. Mijn Duitse vertaler Wolfgang Müller werkt al vele jaren aan mijn manuscripten terwijl ik er nog aan schrijf, en zoals gebruikelijk heeft hij ook nu weer veel suggesties gedaan en talloze fouten gecorrigeerd. Ook mijn Franse redacteur, Ivan Nabokov, is een grote steun geweest.

Tot slot is er nog één naam die genoemd moet worden. In de loop van vijfentwintig jaar huwelijk – een jubileum dat werd bereikt toen dit boek net was voltooid – heeft mijn vrouw, Gill Hornby, ons huis achtereenvolgens moeten delen met nazi's, codeontcijferaars, KGB-mannen, hedgefundmanagers, ghostwriters en een verscheidenheid aan Romeinen uit de klassieke oudheid; deze keer waren het de officieren van de Franse generale staf. Ik dank haar voor een kwarteeuw liefde, tolerantie en intelligente literaire oordelen.

Alle resterende fouten, zowel feitelijke als stilistische, komen, net als de verschillende kunstgrepen in de beschrijvingen en karakteriseringen die nu eenmaal onvermijdelijk zijn als je feiten in fictie omzet, geheel voor mijn rekening.